MIRA®

Der Preis dieses Bandes versteht sich einschließlich
der gesetzlichen Mehrwertsteuer.

Umwelthinweis:
Dieses Buch wurde auf chlor- und säurefreiem Papier gedruckt.

Die Handlung und Figuren dieses Romans sind frei erfunden.
Ähnlichkeiten mit lebenden oder verstorbenen Personen
sind nicht beabsichtigt und wären rein zufällig.

Christiane Heggan

Unschuldig

Roman

Aus dem Amerikanischen von
Ralph Sander

MIRA®

MIRA® TASCHENBUCH
Band 25159
1. Auflage: Dezember 2005

MIRA® TASCHENBÜCHER
erscheinen in der Cora Verlag GmbH & Co. KG,
Axel-Springer-Platz 1, 20350 Hamburg
Deutsche Taschenbucherstausgabe

Titel der nordamerikanischen Originalausgabe:
Trust no one

erschienen bei: MIRA Books, Toronto
Published by arrangement with
Harlequin Enterprises II B.V., Amsterdam

Konzeption/Reihengestaltung: fredeboldpartner.network, Köln
Umschlaggestaltung: pecher und soiron, Köln
Redaktion: Claudia Wuttke
Titelabbildung: Digital Vision / Getty Images
Autorenfoto: © by Harlequin Enterprise S.A., Schweiz
Satz: Buch-Werkstatt GmbH, Bad Aibling
Druck und Bindearbeiten: Ebner & Spiegel, Ulm
Printed in Germany
ISBN 3-89941-198-6

www.mira-taschenbuch.de

PROLOG

Das Treffen fand in einer luxuriösen, auf einem Hügel gelegenen Villa statt, die in nördlicher Richtung gut fünfzehn Kilometer von Monterey und zehn Kilometer vom nächsten Haus entfernt war. Von der sonnigen Terrasse aus hatte man einen wunderbaren Blick auf den Pazifischen Ozean. Aus der Ferne war das Gebrüll zufriedener Seelöwen zu hören, die im Wasser herumtollten und wohl nichts von der Schönheit wahrnahmen, die sie umgab.

Bis auf einen waren alle der fünf anwesenden Männer am Abend zuvor eingetroffen. Sie waren aus verschiedenen Teilen des Landes in unregelmäßigen zeitlichen Abständen angekommen, um kein Misstrauen zu wecken, obwohl eine derartige Vorsichtsmaßnahme eigentlich nicht erforderlich war. Der fünfte Mann, Gastgeber und Anführer der Gruppe, hatte dieses Haus gekauft, weil es abgelegen und nur über eine lange Privatstraße zu erreichen war. Diese beiden Punkte machten es praktisch unmöglich, dass irgendjemand seine Aktivitäten ausspionieren konnte.

Leger gekleidet saßen die Männer in bequemen Korbsesseln mit hoher Rückenlehne, tranken frisch gepressten Orangensaft aus Kristallgläsern und unterhielten sich. Wie üblich war es eine lockere und freundliche Unterhaltung. Einer der Männer war vor kurzem Großvater geworden und reichte voller Stolz Fotos des Babys herum, während die anderen ihn damit aufzogen, er werde allmählich alt.

Wer das Gespräch der Männer belauscht hätte, wäre davon überzeugt gewesen, dass sie alte Freunde waren – vielleicht ehemalige Klassen- oder Armeekameraden, die für ein Wiedersehen zusammengekommen waren.

Sie waren zwar alle wohlhabend, kamen aber aus den unterschiedlichsten Bereichen des Lebens. Einige hatten ihr Vermögen geerbt, andere hatten es aus eigener Kraft zum Millionär gebracht. Sie waren die harten Kerle, denen niemand zu sagen wagte, wo es langging. In ihrer Gemeinde war jeder von ihnen hoch angesehen, sie spendeten großzügig für diverse gemeinnützige Einrichtungen, sie unterstützten Jugendprogramme und leisteten ihren Beitrag, damit die Heimatstadt jedes Einzelnen aufblühte.

Ihr Gastgeber, der blaue Bermuda-Shorts und ein farbenfrohes Hawaii-Hemd trug, hörte den Gesprächen zu, beteiligte sich aber nicht daran. Weder sprach er gerne über sich selbst, noch wollte er mehr als unbedingt nötig über sein Privatleben preisgeben. Nicht einmal denen gegenüber, denen er vertraute.

Der Mann war klein und drahtig, hatte einen breiten Brustkorb und kräftige Arme. Sein hellbraunes, im Armeestil geschnittenes Haar unterstrich sein kantiges Gesicht und ließ ihn jünger aussehen als fünfundsechzig.

Das Fesselndste aber waren seine Augen. Sie waren von fahlem, fast schon transparentem Blau – und völlig ausdruckslos. In sie zu schauen war so, als würde man in das klare Wasser eines Sees blicken, ohne dessen Grund erkennen zu können.

Nachdem er seinen Gästen noch einige Minuten Zeit gelassen hatte, um sich zu unterhalten, schlug er mit den Fingernägeln gegen sein Glas. „Also gut, Gentlemen. Genug geplaudert. Dafür haben wir beim Mittagessen noch Zeit genug. Jetzt müssen wir erst einmal eine wichtige Entscheidung treffen."

Sofort verstummte die Gruppe.

„Ich gehe davon aus, dass jeder von euch Zeit hatte, über unser kleines Problem nachzudenken." Er ließ seinen Blick für einen Moment auf jedem der vier Männer ruhen, und obwohl sich an seinem Ausdruck nichts geändert hatte, war die Spannung auf der Terrasse fast greifbar.

Der frisch gebackene Großvater räusperte sich. „Ich bin nicht sicher, ob wir so weitermachen sollen, wie wir es zuvor beschlossen hatten", sagte er und warf den anderen einen unbehaglichen Blick zu. „Immerhin befinden wir uns auf amerikanischem Boden. Wenn man uns schnappt, bedeutet das ein sehr großes Risiko."

„Es wird noch größer sein, wenn wir nichts tun", erwiderte der Anführer scharf. „Außerdem müssen wir jetzt handeln. Wir werden niemals eine bessere Gelegenheit bekommen."

„Das sehe ich auch so", erklärte der Mann rechts von ihm. Er sah auf den Zeitungsausschnitt, der vor ihm lag. Der zeigte das Foto eines großen, gut aussehenden Mannes, der auf einem Podium stand und zu einer größeren Menschenmenge sprach. „Diese Pressekonferenz, die unser *Freund* arrangiert hat, ist ein Geschenk Gottes, das wir nicht ignorieren können." Die Betonung des Wortes *Freund* brachte dem Sprecher ein paar leise Lacher ein.

Mit zufriedenem Gesichtsausdruck lehnte sich der Anführer in seinem Sessel zurück. „Sollen wir also über die Sache abstimmen?"

Einer der Männer, der bislang noch nichts gesagt hatte, betrachtete den Zeitungsausschnitt. Mit zusammengebissenen Zähnen nickte er knapp. „Ich schlage vor, dass wir ihn umbringen."

„Ich bin derselben Meinung", sagte der Anführer. „Alle, die dafür sind, heben ihre Hand."

Vier Hände gingen gleichzeitig nach oben, nur der frisch gebackene Großvater zögerte. Als er sah, wie die vier Männer ihn anstarrten und warteten, hob er schließlich auch die Hand.

1. KAPITEL

„Was du brauchst“, sagte Penny Walsh keuchend, während sie Julia half, einen schweren Tontopf aus dem Kofferraum ihres roten Mazda MX5 zur mit Kopfsteinen gepflasterten Terrasse der „Hacienda“ zu tragen, „ist ein Mann. Am besten einen mit einem kräftigen Rücken, breiten Schultern und handwerklicher Begabung.“

Ein schwaches Lächeln umspielte Julias Lippen. Obwohl Penny geschworen hatte, niemals zu heiraten, hatte sie sich doch in dem Moment Hals über Kopf in Frank Walsh vom Monterey Police Department verliebt, in dem sie sie mit dem attraktiven Polizisten bekannt gemacht hatte. Jetzt, da Penny völlig glücklich war, ließ sie keine Gelegenheit aus, um die Vorzüge der Ehe zu preisen oder Anspielungen zu machen, dass Julia der Liebe doch noch eine Chance geben sollte.

„Hier ist es genau richtig“, sagte Julia und setzte den Blumentopf gleich neben einer Steinbank ab. Der Topf mit dem Motiv sich windender Weinranken war Pennys jüngste Kreation und wirkte in dieser Ecke des kleinen, schattigen Hofs optimal.

„Hast du gehört, was ich gesagt habe?“ fragte Penny.

„Jedes einzelne Wort.“ Julia ging in die Hocke und begann, aus einem großen Sack Erde in den Topf zu füllen. „Leider ist die Jagd auf Männer noch nie meine große Stärke gewesen.“

„Aber genau darum geht es ja. Du musst nichts weiter machen, als mit Frank und mir nächsten Monat zum Polizeiball mitzukommen. Der Saal wird randvoll sein mit gut aussehenden Junggesellen, denen bei dem Gedanken, eine der schönsten Frauen von Monterey zu begleiten, das Wasser im Mund zusammenläuft.“

Julia lachte ein wenig verlegen. Als sie sich dann eine blonde Locke hinters Ohr strich, sah sie ihre Freundin liebevoll an. *Sie* war eine schöne Frau. Mit ihrer langen braunen Mähne, die seitlich durch zwei Spangen zurückgehalten wurde, ihren großen nussbraunen Augen und den schlichten langen Röcken, die sie immer trug, sah Penny aus wie eine moderne Ausgabe von Jo, der großen Schwester in *Meine drei Schwestern und ich.*

Und so wie bei der stets zuverlässigen Jo war es auch ihre Lebensaufgabe, auf die Menschen Acht zu geben, die sie liebte.

„Also, was sagst du, Freundin?“ Penny stieß sie sanft mit ihrer Sandale an. „Können wir auf dich zählen? Ich helfe dir auch bei der Wahl des Outfits.“

Julia schüttelte den Kopf. „Ich wäre eine miese Begleiterin, Penny. Und das arme Schwein, das die Freude hätte, von mir ausgewählt zu werden, würde dich bis in alle Ewigkeit hassen, dass du uns bekannt gemacht hast.“

Penny setzte sich auf die Bank, stützte ihre Ellbogen auf die Knie und legte ihr Kinn zwischen die Hände. „Noch immer nicht bereit, wie?“

Wieder schüttelte Julia den Kopf und dachte zurück an die katastrophalen sechs Jahre Ehe mit Paul Bradshaw. „Ich fürchte nicht. Und wenn ich ganz ehrlich sein soll, weiß ich nicht, ob ich jemals wieder bereit sein werde. Eine schlimme Beziehung reicht mir. Außerdem“, fuhr sie fort, „habe ich im Moment zu viel um den Kopf, um mir über die Liebe Gedanken zu machen. Meine gesamte Energie ist ausschließlich auf zwei Dinge gerichtet: auf meinen Sohn und auf die ‚Hacienda‘, die ein Erfolg werden soll.“

Die „Hacienda“ war ein kleines Gasthaus, das Julia kurz nach ihrer Scheidung vor einem Jahr gekauft hatte. Da nur wenige Unternehmen im ersten oder zweiten Jahr Gewinne abwarfen, hatte sie davon abgesehen, eine Hilfe einzustellen, und sich stattdessen selbst um alles gekümmert: das Saubermachen, den Garten und die Küche, die gegenwärtig nur für das Frühstück und den Fünfuhrtee zum Einsatz kam. In einigen Jahren würde sie im Gasthaus einen umfassenden Service anbieten wollen, mit Gourmetgerichten und sogar einem monatlichen Kochkurs.

Für den Moment nahmen das Gasthaus und ihr sechsjähriger Sohn Andrew sie genug in Anspruch.

„Und wie läuft das Geschäft?“ fragte Penny.

Julia verzog das Gesicht. „Meine beiden einzigen Gäste reisen nächste Woche ab, und wenn ich die freien Zimmer nicht schnell neu belege, muss ich wieder an meine Ersparnisse gehen.“

Ersparnisse, die zu ihrem Unglück jeden Tag geringer wurden. Anfangs hatten die 250.000 Dollar, die sie im Rahmen der Scheidungsvereinbarung erhalten hatte, wie eine gewaltige Summe ausgesehen, doch die „Hacienda“ hatte fast jeden Cent verschlungen.

„Das liegt an dieser verdammten Ferienanlage.“ Zwar konnte man „Cliffside“ vom Hof des Gasthauses nicht sehen, dennoch warf Penny einen wütenden Blick in Richtung der Hügel, hinter denen die feudale, neue Anlage lag. „Du kannst werben, wo du willst. ‚Cliffside‘ ist immer da, wirbt noch größer und schwärmt von seinem 4-Sterne-Restaurant, der Sauna, vom tadellosen Service.“ Sie schnaufte aufgebracht. „Die machen mich rasend.“

„Ach, ein wenig Wettbewerb macht mir nichts aus“, erwiderte Julia, während sie weiter Erde in den Topf füllte. „Mir machen diese lächerlich niedrigen Einführungsangebote Sorgen.“

„Die können sie aber bestimmt nicht lange durchhalten.“

Julia nahm eine rosafarbene Begonie und drückte sie in die Erde. „Die Frage ist, ob ich sie durchhalte.“

„Ist es so schlimm?“ Als Julia nickte, hockte sich Penny neben sie und reichte ihr die nächste Pflanze. „Hör mal“, sagte sie nach kurzem Zögern. „Ich habe nur deshalb nichts gesagt, weil ich weiß, dass du mir Vorwürfe machen würdest. Aber Frank und ich haben uns vor ein paar Tagen darüber unterhalten, und wenn du ein Darlehen brauchst, bis sich alles stabilisiert hat, dann … na ja, wir haben etwas zurückgelegt und würden uns wirklich freuen, wenn wir es dir leihen könnten."

Von dem großzügigen Angebot gerührt, umarmte Julia ihre Freundin. Penny hatte schon vor einiger Zeit von einem Darlehen gesprochen, doch sie war stur geblieben. Die „Hacienda" zu kaufen, war ihre Idee und ihr Traum gewesen, und damit waren jegliche Probleme auch ganz alleine ihre eigene Sache.

„Danke", sagte sie und hoffte, dass ihre Weigerung Pennys Gefühle nicht zu sehr verletzen würde. „Das ist wirklich sehr lieb von dir, und ich weiß deine Großzügigkeit zu schätzen, aber mit einem weiteren Darlehen würde ich mich nur noch tiefer hineinreiten."

„Du müsstest es nicht so schnell zurückzahlen."

„Ich weiß." Julia lächelte sie bedauernd an. „Ich kann es trotzdem nicht annehmen."

Penny seufzte enttäuscht. „Na gut, ich werde es nicht wieder ansprechen. Aber du sollst wenigstens wissen, dass das Geld da ist, wenn du es brauchst. Okay?"

„Okay."

Penny drückte leicht Julias Schulter. „Du schaffst das schon. Frank meint, du bist viel zu stur, als dass es ein Fehlschlag werden könnte." Sie sah auf ihre Uhr. „Wo ich gerade von meinem Traummann rede – ich muss los. Er arbeitet diese Woche von acht bis vier, und ich will noch in etwas Sündiges schlüpfen, bevor er nach Hause kommt."

Julia verdrehte die Augen. „Du bist unverbesserlich."

„Ich weiß", sagte Penny.

Arm in Arm gingen die beiden Frauen zu Pennys Mazda. „Danke für das Geburtstagsgeschenk." Julia warf einen Blick über die Schulter, um den jetzt förmlich überquellenden Blumentopf zu bewundern. „Das war genau das, was in der Ecke noch fehlte. Da tut es nicht ganz so weh, dass ich vierunddreißig geworden bin."

„Gut." Penny schlug die Kofferraumhaube zu. „Vergiss nicht – Dinner *chez moi* am Sonntag."

„Andrew sorgt dafür, dass ich es nicht vergesse. Kann ich irgendetwas mitbringen?"

Penny warf ihr einen verschwörerischen Blick zu. „Vielleicht deine Linzer Torte? Die mag Frank ganz besonders."

Julia lachte. „Dann bringe ich Linzer Torte mit."

Sie lehnte sich gegen den plätschernden Springbrunnen in der Mitte des Hofs und winkte Penny nach, während sie ihren Wagen über den Kiesweg lenkte. Nachdem sie außer Sichtweite war, ging Julia zum Briefkasten am Straßenrand, um die Post zu holen. Dann kehrte sie zum Gasthaus zurück und bewunderte so wie jeden Tag dessen vollkommene Schönheit.

Obwohl man in Monterey nie weit vom Meer entfernt war, waren es die Nähe zum Ozean und der atemberaubende Ausblick auf die Bucht gewesen, die sie zuerst auf das dreistöckige Gebäude im spanischen Kolonialstil an der Via del Rey aufmerksam hatte werden lassen.

Das Bauwerk an sich war zwar intakt gewesen, hatte sich aber in einem schrecklich heruntergekommenen Zustand befunden. Doch für Julia, die am College einen kaufmännischen Abschluss gemacht und immer davon geträumt hatte, ein Gasthaus zu betreiben, war das Potenzial sofort erkennbar gewesen.

Als sie dann herausgefunden hatte, dass der Eigentümer das Anwesen für gerade einmal 225.000 Dollar verkaufen wollte, hatte sie einen Teil ihrer Scheidungsabfindung genommen, um es zu erwerben, und mit einer Hypothek hatte sie die Instandsetzung finanziert.

Drei Monate später war aus dem ziemlich zerfallenen Gebäude aus dem 19. Jahrhundert ein beeindruckendes Gasthaus mit fünf Schlafzimmern geworden, ein Gebäude mit einem mit roten Ziegeln gedeckten Dach, Bögen und Balkonen, die die Schönheit und die einzigartige Geschichte von Monterey widerspiegelten.

Das Erdgeschoss, das aus der Küche, zwei Schlafzimmern und einem Badezimmer bestand, hatte sie für sich und Andrew genommen, wobei sie der Küche besonders viel Aufmerksamkeit geschenkt hatte, da sie und ihr Sohn dort die meiste Zeit verbrachten. Sie hatte keine Kosten gescheut und eine hochmoderne Küche einbauen lassen, dazu ein runder Eichentisch mit sechs passenden Stühlen und einem Regal, in dem sie ihre antiken spanischen Teller aufgestellt hatte. Die Kochinsel, über der eine beeindruckende Sammlung verschiedenster Kupferkessel hing, bildete den Mittelpunkt des Raums. In einer Ecke nahe den großen Fensterbögen war mit zwei hellbeigen Sesseln, einem kleinen Tisch und dem Fernseher ihr bescheidener Wohnbereich.

Als sie ins Haus zurückgekehrt war, ging Julia zum Küchenfenster und öffnete es, um die frische Mailuft ins Zimmer zu lassen. Auf halber Strecke den Hügel hinab markierte ein Pfahl die Stelle, an der sie einen Jacuzzi bauen lassen wollte. Doch damit würde sie so lange warten müssen, bis sich ihre finanzielle Situation besserte, was hoffentlich schon bald der Fall sein würde.

„Du siehst hübsch aus, wenn du tagträumst."

Als Julia die vertraute Stimme hörte, machte sie einen Satz. Obwohl so viele Monate verstrichen waren, seit sie Paul verlassen hatte, fühlte sie sich in seiner Gegenwart nicht wirklich sicher. Sie sagte sich, dass sie nichts zu befürchten hatte, und drehte sich um.

Sein braunes Haar war perfekt gekämmt, er lächelte charmant, und sein Jackett hatte er lässig über die Schulter gelegt. Er sah exakt so aus wie das Image, das er in den letzten zwölf Jahren präsentiert hatte – das eines charismatischen, freundlichen und fürsorglichen Politikers.

Julia hatte eine andere Seite an ihm kennen gelernt.

„Du hättest klingeln können“, sagte sie mit mehr Mut, als sie eigentlich verspürte.

Er warf seine Jacke über einen Stuhl. „Ich dachte, die ‚Hacienda‘ würde eine Politik der offenen Tür betreiben.“

„Das gilt nur für die Gäste.“ Um sich mit irgendetwas zu beschäftigen, begann sie, einige Gläser wegzuräumen, die sie auf einem Holzgestell neben der Spüle hatte trocknen lassen. „Was willst du, Paul?“

„Mit dir reden.“

Von Zeit zu Zeit vorbeizuschauen, war etwas, was sich ihr Exmann angewöhnt hatte, seit sie aus dem Haus ihrer Mutter ausgezogen war und sich in der „Hacienda“ eingerichtet hatte. Er gab zwar immer vor, dass er sich nach Andrews schulischen Leistungen erkundigen wollte, aber Julia wusste es besser. Die spontanen Besuche waren seine Art, *sie* zu überwachen und sicherzustellen, dass es in ihrem Leben keinen neuen Mann gab.

„Und was gibt es zu besprechen, das nicht auch bis Samstag warten könnte, wenn du Andrew abholst?“ Ihr Tonfall wurde sarkastisch. „Oder bist du hier, um mal wieder eine Verabredung mit deinem Sohn abzusagen?“

„Ich bin nicht hergekommen, um mit dir zu streiten, Julia, also könntest du bitte bei der Sache bleiben?“

Sie sah ihn lange forschend an. Er machte einen so ernsthaften Eindruck, dass sie ihm wohl hätte glauben können, wenn sie ihn nicht so gut gekannt hätte. Aber sie hatte diesen Gesichtsausdruck so viele Male gesehen, dass er sie nicht täuschen konnte. „Also gut.“ Sie lehnte sich gegen die Spüle. „Du hast fünf Minuten, und jetzt sprich.“

Er betrachtete sie, das vertraute schiefe Lächeln umspielte seinen Mund, während sein Blick sie von Kopf bis Fuß erfasste. „Ich bin so ein Idiot gewesen, Julia“, sagte er und klang auf einmal völlig ernst. „Ich hätte dich nie gehen lassen dürfen.“

„*Gehen lassen?*" Sie lachte kurz auf. „Wenn ich mich nicht irre, hattest du kaum eine andere Wahl."

„Ich hätte früher versuchen können, mich zu ändern."

Ihr entging nicht die unterschwellige Andeutung, dass er sich geändert *hatte,* sie ging aber nicht darauf ein.

„Die Wahrheit ist", fuhr er fort, „dass ich mich ohne dich elend fühle."

Sie öffnete einen Schrank und stellte die Gläser hinein. „Das kann ich mir nicht vorstellen. Nach allem, was ich in der Zeitung lese, scheint es dir nicht an weiblicher Begleitung zu fehlen."

Er machte eine wegwerfende Geste. „Die Frauen, mit denen ich ausgehe, bedeuten mir nichts. Sie sind nur eine Ablenkung, sie könnten dich niemals ersetzen."

Julia seufzte, während sie das Küchentuch an einen Haken hängte. „Warum machst du das, Paul?"

„Weil ich dich liebe. Ich werde dich immer lieben. Und weil es mir Leid tut, was ich dir angetan habe. Dass ich dir wehgetan habe."

„Für eine Entschuldigung ist es jetzt etwas zu spät."

„Es ist nie zu spät." Überraschend ging er auf sie zu und fasste sie an den Schultern. „Heirate mich noch einmal, Julia", sagte er mit tiefer und rauer Stimme. „Lass uns die Vergangenheit vergessen und einen neuen Anfang machen. Ich verspreche, dass ich diesmal alles richtig machen werde."

Einen Augenblick war Julia so verblüfft, dass sie ihn nur anstarren konnte.

„Sieh mich nicht so an." Sie konnte einen schmerzerfüllten Ausdruck auf Pauls Gesicht erkennen. „Das ist doch kein so abwegiges Ansinnen, oder? Jedenfalls nicht, wenn du weißt, was ich für dich empfinde."

Julia schüttelte ungläubig den Kopf. „Ich kann es nicht fassen, dass du mich bittest, dich nach all dem noch einmal zu heiraten, was du mir angetan hast. Die Schläge ...“

„Ich habe dir gesagt, dass ich heute ein anderer Mensch bin.“

„Das bin ich auch.“ Mit einem Schulterzucken befreite sie sich aus seinem Griff. „Und diese Julia liebt dich nicht mehr.“

„Gibt es einen anderen?“ fragte er schneidend.

Wieder seufzte Julia gelangweilt. Auch nach einem Jahr verhielt er sich immer noch eifersüchtig. „Nein, es gibt keinen anderen. Aber selbst wenn es so wäre, geht dich mein Privatleben nichts mehr an.“

„Ich weiß. Tut mir Leid.“ Seine Stimme wurde sanfter. „Ich hätte dich nicht etwas so Dummes fragen sollen. Du bist eine wunderschöne Frau, Julia. Ich kann es keinem Mann verdenken, dass er dich haben möchte. Es ist nur ...“, er strich mit dem Rücken seines Zeigefingers über ihre Wange, „... ich kann den Gedanken nicht ertragen, dass dich ein anderer Mann berühren oder küssen würde.“

Sie drehte den Kopf zur Seite. „Hör auf damit.“

Er schien sie nicht gehört zu haben. „Du fehlst mir so sehr, Baby. Es gibt Nächte, da kann ich nur an dein Gesicht, an deinen Körper denken.“

Bevor sie ihn stoppen konnte, riss er sie an sich und presste seine Lippen auf ihre, um sie auf eine vertraute und gleichermaßen abstoßende Weise zu küssen.

Sie legte ihre Hände auf seine Brust, stieß ihn so kraftvoll von sich, wie es nur ging, und war kurz davor, ihm eine Ohrfeige zu geben. „Was ist mit dir los? Hast du den Verstand verloren?“

„Sag mir ins Gesicht, dass du nichts empfunden hast.“ Er atmete jetzt schneller, sein Blick verfinsterte sich und wurde durchdringender. Wieder zog er sie an sich. „Sag mir, dass dieser Kuss nicht alte Erinnerungen und alte Sehnsüchte in dir geweckt hat.“

Diesmal verpasste sie ihm eine Ohrfeige. „Nein, hat er nicht", herrschte sie ihn an. „Und mach so etwas nie wieder."

Sein Gesichtsausdruck veränderte sich, und für einen flüchtigen Moment blitzte dieser alte Zorn wieder auf, als wolle er jeden Augenblick explodieren. Doch dann war diese Wut so schnell verschwunden, wie sie aufgetaucht war. Er strich mit der Hand über seine Wange. „Ich schätze, das habe ich verdient."

„Allerdings." Sie machte ein paar Schritte nach hinten. „Und jetzt geh bitte. Andrew kommt bald nach Hause, und ich möchte ihm eine hässliche Szene ersparen."

„Du hast Recht." Paul nahm sein Jackett und warf es über seine Schulter. „Aber unser Gespräch ist noch nicht beendet."

„Für mich schon."

Er lächelte wieder so strahlend, als hätten sie sich lediglich über einen Elternabend unterhalten. „Ich bin am Samstagmorgen hier. Sorgst du dafür, dass Andrew eine Krawatte trägt? Wir essen mit meinem Vater im Club zu Mittag."

„Was hast du gemacht?" Charles Bradshaw, ehemaliger Gouverneur von Kalifornien, vergaß den Martini, den er üblicherweise vor dem Abendessen trank, stellte sein Glas mit einem lauten Knall auf den Tisch und starrte seinen Sohn an.

„Ich habe Julia gefragt, ob sie mich heiratet."

„Ich habe dich schon verstanden. Was ich wissen will, ist, warum in Gottes Namen du etwas derart Dämliches machst!"

„Weil ich sie liebe."

„Komm darüber hinweg. Die Frau ist es nicht wert. Das ist sie noch nie gewesen." Charles zupfte an der makellos weißen Manschette. „Sie ist von einem anderen Schlag, Sohn. Ich habe schon vor Jahren versucht, dir das zu sagen, aber du wolltest ja nicht auf mich hören." Sein Blick wurde kühler. „Um Gottes willen, wenn du so sehr eine Frau brauchst, dann sieh dich um und such dir eine aus. Diese Stadt ist voller hübscher, gebildeter Frauen, die alles tun würden, um die nächste Mrs. Bradshaw zu werden."

„Ich will keine andere Frau, Dad, ich will Julia."

Pauls Tonfall ließ Charles zusammenzucken. Er hatte zwei Kinder, eine idealistische Rebellin und einen Jammerlappen. So sehr er auch Sheilas ungebändigten Willen gehasst hatte, so sehr wünschte er sich jetzt, dass Paul etwas von ihrem Rückgrat besaß. Manchmal wunderte er sich, wie der Junge es bloß geschafft hatte, in den Stadtrat gewählt zu werden. Der Name Bradshaw hat dafür gesorgt, dachte er verbittert. Gott allein wusste, was Paul ohne diesen Namen heute machen würde.

Charles folgte ihm zum Fenster und legte eine Hand auf seine Schulter. „Vergiss sie, mein Sohn. Sie ist die Mühe nicht wert."

Paul wirbelte herum. Seine Augen leuchteten plötzlich. „Warum kämpfst du in dieser Sache so hart gegen mich an, Dad? Verstehst du nicht, dass ich Andrew auch wiederbekomme, wenn ich Julia zurückgewinne? Willst du das etwa nicht? Willst du nicht, dass er wieder in die Familie zurückkehrt?"

Charles' Blick wurde schärfer. Gott, daran hatte er überhaupt nicht gedacht. Andrew. Natürlich wollte er ihn zurückhaben. Er hätte ihn gar nicht erst verlieren dürfen. Aber aus irgendwelchen Gründen, die er noch immer nicht verstand, hatte sich Paul geweigert, Julias Bitte um das Sorgerecht abzulehnen.

„Ich möchte Andrew nicht in ein erbittertes Gerichtsverfahren hineinziehen", hatte Paul als Erklärung von sich gegeben. „Außerdem ist er bei seiner Mutter ohnehin besser aufgehoben."

Das war eines der wenigen Male, vielleicht sogar das einzige Mal gewesen, dass sich Paul gegen seinen Vater durchgesetzt hatte. Und Charles hatte nichts tun oder sagen können, um seine Einstellung zu ändern.

Der Gedanke, Andrew doch noch zurückzubekommen, wischte seine schlechte Laune beiseite. Er liebte den Jungen.

Andrew war alles das, was Paul nicht war – geistreich, klug und sturer, als es für ihn gut war. So wie er, Charles. Und so wie seine Tochter Sheila, auch wenn er sich das nicht völlig eingestehen wollte.

Neugierig darauf geworden, wie Julia reagiert haben mochte, fragte er: „Was hat sie denn gesagt, als du um ihre Hand angehalten hast?"

„Sie hat mich abblitzen lassen." Paul wirkte nicht sonderlich verärgert, während er zum gut sortierten Getränkewagen ging und sich einen großzügig bemessenen Scotch einschenkte. „Genau das hatte ich auch erwartet."

„Und trotzdem hast du sie gefragt?" Charles lachte leise. „Bist du etwa so masochistisch veranlagt?"

Paul drehte sich um, das Glas in der Hand, ein überheblicher Ausdruck auf dem Gesicht. „Sie wird ihre Meinung schon ändern."

Charles sah ihn finster an. „Und wie kommst du auf den Gedanken?"

„Ich habe ihr etwas gekauft." Er wirbelte das Eis in seinem Glas umher, dann nahm er einen Schluck.

„Wenn du glaubst, dass ein teures Schmuckstück sie dazu bringt, ihre Meinung zu ändern, dann hast du dein Geld zum Fenster rausgeworfen. Julia hasst Schmuck."

„Es ist kein Schmuck."

„Und warum hast du es ihr nicht heute überreicht, als du bei ihr warst?" fragte Charles ungeduldig. „Du hättest dir vielleicht eine Abfuhr erspart."

„Weil heute nicht der richtige Zeitpunkt war." Wieder lächelte Paul selbstgefällig. „Sie bekommt mein Geschenk nach der Pressekonferenz am Samstag. Dann wird sie in einer viel empfänglicheren Stimmung sein. Das garantiere ich dir."

Charles' Blick wurde noch finsterer. „Ach ja, die mysteriöse Pressekonferenz." Er verzog mürrisch das Gesicht und wartete darauf, dass Paul mehr sagte. Das war aber nicht der Fall, sodass Charles direkt auf den Punkt kam. „Ich dachte, die hätte etwas mit deiner Arbeit mit der Kommission zur Verbrechensbekämpfung zu tun ."

„Hat sie auch. Zum Teil."

„Und was hat Julia damit zu tun?"

Pauls Ausdruck nahm überlegene Züge an. „Da wirst du schon bis Samstag warten müssen, Dad."

Charles machte weiterhin ein besorgtes Gesicht. Es gefiel ihm nicht, wenn Paul Geheimnisse vor ihm hatte. Das erinnerte ihn zu stark an die vielen Ausrutscher, *kostspieligen* Ausrutscher, die der Junge sich über die Jahre geleistet hatte. Welche Erklärung Paul auch immer am Samstag herausgeben wollte, Charles wäre es lieber gewesen, wenn er zuerst mit ihm darüber gesprochen hätte.

Paul nippte wieder an seinem Scotch und strich sich genussvoll mit seiner Zunge über die Lippen. „Übrigens habe ich eben erfahren, dass die Pressekonferenz im Fernsehen übertragen wird. Denk also dran, rechtzeitig einzuschalten." Das selbstgefällige Lächeln wandelte sich zu einem frechen Grinsen. „Ich glaube, du wirst auf deinen Sohn stolz sein, Dad."

2. KAPITEL

Julia parkte ihren schwarzen Volvo vor der Monterey Bank in der Alvarado Street und stellte den Motor ab.

Ihren Gärtneroverall hatte sie gegen einen engen rosafarbenen Rock eingetauscht, der ihre schlanke Hüfte betonte, und eine einfache weiße Baumwollbluse, deren Ärmel sie bis zu den Ellbogen hochgekrempelt hatte.

Ihr fiel ein, dass sie keine Zeit gehabt hatte, um ihr Make-up aufzufrischen, also zog sie ein kleines Schminkset aus ihrer Handtasche, tupfte ein wenig Puder auf ihre sommersprossige Nase, trug eine dünne Schicht Lippenstift auf und fuhr sich mit der Bürste durch ihre Haare in dem Bemühen, das Gewirr aus blonden Locken zu bändigen. Nachdem sie sich für geschäftsmäßig genug aussehend hielt, stieg sie aus und ging zu dem einstöckigen Stuckbau, in dem eine der ältesten Banken von Monterey ihren Sitz hatte.

Sie versuchte zwar, sich keine Gedanken zu machen, dennoch war sie ein Nervenbündel. Phil Gilmore hatte sie kurz zuvor angerufen und gebeten, in seinem Büro vorbeizuschauen. Den Grund hatte er ihr allerdings nicht gesagt. Als Eigentümer und Präsident der Bank war Phil der einzige Bankier in Monterey County gewesen, der ihr das Geld für die Instandsetzung der „Hacienda" gegeben hatte. Und als vor vier Monaten „Cliffside" seine Tore geöffnet und sich einen beträchtlichen Teil ihres Geschäfts einverleibt hatte, war Phil wieder ihre Rettung gewesen, da er sich damit einverstanden erklärt hatte, ihre Hypothekenrückzahlungen so lange auf zwei Beträge pro Monat zu verteilen, bis sich ihr Geschäft wieder erholt hatte.

Phils Sekretärin saß an ihrem Schreibtisch und sah die Post vom Nachmittag durch. LuAnn Snider, die sonst freundlich und gesprächig war, blickte nur kurz auf, vermied es aber, Julia in die Augen zu sehen.

„Sie können gleich durchgehen, Julia", sagte sie und deutete auf die Tür links von ihr. „Phil erwartet Sie."

Der Bankier, ein kleiner, rundlicher Mann von Anfang fünfzig, erhob sich gerade, als Julia in sein Büro kam. Ein Blick in sein Gesicht sagte ihr, dass irgendetwas nicht stimmte.

„Danke, dass Sie so schnell herkommen konnten, Julia." Er wartete, bis sie sich gesetzt hatte, dann nahm auch er wieder Platz.

„Ist etwas nicht in Ordnung?" Julia verbarg ihre Angst nicht. Phils Verhalten machte sie nervös, weshalb sie sich wünschte, dass er ihr umgehend sagte, was ihm so sehr auf den Nägeln brannte.

Etwas war ihm sichtlich unangenehm, da Phil einige Papiere auf seinem Schreibtisch hin und her schob. „Ich weiß nicht, ob es Ihnen bekannt ist, aber ich versuche seit einiger Zeit, die Bank zu verkaufen."

„Sie wollen die Bank verkaufen?" Julia sah ihn verwirrt an, zumal sie nicht wusste, warum er ihr das sagte. „Sie ist doch seit über hundert Jahren in Familienbesitz."

„Ich weiß. Aber seit dem Tod meines Vaters ist nichts mehr so wie früher. Außerdem haben sich die Zeiten geändert. All diese Fusionen, große Banken werden immer größer, kleine Banken werden vom Markt verdrängt ..." Er schüttelte den Kopf. „Ich müsste zu viel Zeit und Geld investieren, um mit allen anderen mitzuhalten."

„Das tut mir Leid." Julia kaute nervös auf ihrer Unterlippe, da ihr klar war, dass Phils Entschluss, die Bank zu verkaufen, auch Auswirkungen auf ihren Tilgungsplan haben würde. War es das, was er ihr sagen wollte?

„Bedauerlicherweise", fuhr er dann fort, „habe ich Schwierigkeiten, einen Käufer zu finden. Der Eigentümer der ‚Commerce Bank' in Carmel ist bereit, mir ein Angebot zu machen, verlangt aber, dass ich einige der … risikoreicheren Hypotheken loswerde."

Julias Herz setzte einen Moment lang aus. Sie sah Phil lange und kühl an. „Betrachten Sie meine Hypothek als risikoreich, Phil?"

„Nein", sagte er rasch und sah sie verlegen an. „Ganz und gar nicht. Ich kenne Sie doch, Julia. Sie arbeiten hart, und Sie sind zuverlässig. Die ‚Hacienda' in Schwung zu bringen dauert vielleicht etwas länger, als wir beide erwartet haben, weil gleich nebenan das neue Hotel gebaut worden ist. Aber es wird klappen." Er nahm einen Bleistift und drehte ihn zwischen seinen Fingern hin und her. „Leider sieht Arthur Finney von der ‚Commerce' das nicht so."

„Und wie wollen Sie bestimmte Hypotheken loswerden?"

„Indem ich sie an jemanden verkaufe, der sie übernehmen will."

„Können Sie das machen?"

Phil warf seinen Stift auf den Tisch. „Kleine Banken unterliegen nicht den strengen Vorschriften, die für größere Institutionen gelten. Außerdem handelt es sich um eine völlig legitime Transaktion. So läuft das überall."

„Das heißt, Sie verkaufen meine Hypothek an einen Dritten? Ist es das?"

Mit gesenktem Blick schwieg Phil einen Moment lang, dann sagte er leise: „Das habe ich schon gemacht."

Julia saß kerzengerade in ihrem Sessel. „Was?"

„Ich hatte keine andere Wahl, Julia. Hätte ich es nicht getan, wäre der Verkauf nicht zustande gekommen. Ihre Hypothek war die letzte, die ich veräußert habe. Glauben Sie mir, das war wirklich nicht einfach. Niemand von den Leuten, mit denen ich gesprochen habe, wollte irgendetwas mit der ‚Hacienda' zu tun haben."

Sie machte sich gar nicht erst die Mühe, den Zorn in ihrer Stimme zu verbergen. „Meinen Sie nicht, Sie hätten das erst mit mir besprechen sollen?“

Phil seufzte, als hätte er diese Frage erwartet, auf die er nur ungern antwortete. „Normalerweise ja, aber der Käufer hat mich gebeten, das nicht zu tun. Er wollte, dass die Transaktion vollzogen war, bevor Sie es herausfanden.“

„Und warum?“

„Bevor ich das beantworte, möchte ich Ihnen versichern, dass sich nichts ändern wird. Der Käufer hat mir sein Wort gegeben, dass die Vereinbarung zwischen Ihnen und mir hinsichtlich des Rückzahlungsmodus beibehalten wird.“

Julia atmete erleichtert aus. Zum ersten Mal, seit sie die Bank betreten hatte, konnte sie sich entspannen. „Warum haben Sie das nicht sofort gesagt? Wer ist dieser wunderbare Mensch?“

Phil erwiderte ihren Blick. „Ihr Exmann. Ich habe die Hypothek an Paul verkauft.“

Wie betäubt starrte Julia ihn einfach nur an.

„Ich habe ihn mir nicht ausgesucht, Julia“, sagte er, als wäre damit alles gerechtfertigt. „Er hat von meinen Problemen gehört und ist zu mir gekommen.“

„Wie konnten Sie das machen?“ fragte Julia, die an die Kante ihres Sessels gerutscht war.

„Ich hatte keine andere Wahl …“

„Sie und ich kennen uns seit 27 Jahren“, fiel sie ihm ins Wort. „Ich habe hier mein erstes Sparbuch eröffnet, als ich sieben Jahre alt war. Sie haben noch höchstpersönlich mein Guthaben von fünf Dollar in das Sparbuch getippt.“

Phil leckte über seine Lippen. „Ich weiß.“

„Ich dachte, wir wären Freunde, Phil“, sagte sie vorwurfsvoll.

„Das sind wir.“

„Ein Freund fällt aber nicht dem anderen in den Rücken."

„Julia, Sie sagen das, als wäre die ‚Hacienda' in Gefahr. Ich kann Ihnen versichern, dass dem nicht so ist."

Sie konnte dem nichts entgegensetzen. Sie konnte ihm nicht sagen, dass Paul ihre Hypothek übernommen hatte, weil er sie wieder kontrollieren wollte. Ebenso wenig konnte sie ihm sagen, welch ein Ungeheuer Paul in Wahrheit war. „Was kann er machen?" fragte sie stattdessen.

„Bitte?"

Sie machte eine ungeduldige Handbewegung. „Wenn Paul sich plötzlich entschließt, der mündlichen Vereinbarung zwischen Ihnen und mir nicht mehr nachzukommen, kann er dann auf der vollen Summe zum Monatsersten bestehen?"

„Ich denke, das könnte er, aber ..."

„Und wenn ich nicht zahlen kann? Kann er dann die gesamte Hypothek fordern?"

Phils unübersehbarer Adamsapfel sprang auf und ab. „Julia, dazu wird es nicht kommen."

Julia ließ sich nach hinten in den Sessel fallen. Er hatte alle ihre Fragen beantwortet.

Mit einem Mal machte der Heiratsantrag Sinn, nachdem er wenige Stunden zuvor einfach nur albern geklungen hatte. Paul wollte sich mit ihr seit Langem versöhnen, aber er hatte nie etwas gegen sie in der Hand gehabt. Aber jetzt. Jedenfalls *dachte* er das. Ich bin nicht völlig hilflos, sagte sie sich. Sie besaß noch immer die Beweisfotos, die sie nach jener entsetzlichen letzten Nacht im Haus ihres Mannes gemacht hatte. Und sie besaß den Bericht des Arztes.

„Vielleicht sollten Sie mit Paul sprechen", schlug Phil vor und klang erleichtert, dass es nicht zu einem großen Streit gekommen war. „Das wird Sie sicher beruhigen."

Julia erhob sich. „Ja, das werde ich machen."

Sie war zu aufgewühlt, um noch etwas zu sagen. Stattdessen nickte sie Phil nur kurz zu und verließ die Bank.

Der Markt auf der Cannery Row von Monterey war ein wöchentlich stattfindendes Ereignis, das Interessierte aus dem ganzen Land anlockte. Exotische Früchte, Gemüse und farbenprächtige Blumen waren großzügig zur Schau gestellt, deren Gerüche sich mit dem betörenden Aroma gerösteter Kaffeebohnen aus der nahe gelegenen Kaffeerösterei vermischten.

Gemeinsam mit ihrer Mutter spazierte Julia durch die Gänge, blieb hier und da an einem ihrer Lieblingsstände stehen, suchte Erdbeeren aus, die sie mit ihren Frühstückshörnchen servieren würde, und Aprikosen, aus denen sie eine köstliche Marmelade kochen konnte.

„Sieh dir diese Schönheit an", sagte Grace Reid, während sie eine große Pflaume nahm und auf Augenhöhe hielt. „Wo außer in Monterey kann man schon solche Perfektion finden?"

Julia lächelte. „Die Handelskammer hätte dir nie gestatten sollen, in den Ruhestand zu gehen, Mom. Du bist die beste Sprecherin gewesen, die sie je hatten."

Ihren 57. Geburtstag hatte Grace vor gerade erst zwei Wochen gefeiert, aber sie hatte noch immer viel von ihrer jugendlichen Schönheit und Vitalität bewahrt. Die Jahre hatten sie zwar ein wenig rundlicher werden lassen, doch die wenigen Pfunde zu viel kaschierte sie mit perfekt geschnittenen Hosen und weiten Blusen in leuchtenden Farben.

Nachdem ihr Mann sie 23 Jahre zuvor verlassen hatte und sie sich um ihre beiden kleinen Kinder kümmern musste, war sie jeder großen Herausforderung mit einem Mut und einer Würde begegnet, die Julia zutiefst bewunderte. Sie hatte sich aus der Handelskammer zurückgezogen, für die sie fast vier Jahrzehnte lang gearbeitet hatte, aber sie war noch immer mit ihrer Wohltätigkeitsarbeit im Krankenhaus und einer wöchentlichen Canasta-Runde mit ihren Freundinnen beschäftigt.

„Ich bin froh, dass ich von dir endlich mal eine Reaktion erhalte“, erwiderte Grace auf Julias Bemerkung.

„Wie meinst du das?“

„Seit wir hierher gekommen sind, bist du in Gedanken meilenweit entfernt.“ Grace legte die Pflaume auf die sorgfältig aufgestapelte Pyramide zurück und sah ihre Tochter an. „Stimmt etwas nicht?“

Julia verkniff sich ein Lächeln. Sie hatte es noch nie fertig gebracht, vor ihrer Mutter etwas zu verheimlichen. „Nicht wirklich“, antwortete sie. Sie wollte nicht, dass sich ihre Mutter Sorgen machte. „Ich habe nur überlegt, was ich meinen beiden Gästen zum Nachmittagstee servieren soll, weiter nichts.“

„Tatsächlich?“ Grace sah sie skeptisch an. „Das kann ich dir nur schwer abnehmen. Normalerweise stellst du die Menüs mehrere Tage im Voraus zusammen. Du bist der bestorganisierte Mensch, den ich kenne.“

„Das ist nicht gerade ein kleines Kompliment, wenn es von dir kommt.“

„Wechsel nicht das Thema.“ Grace nahm eine Melone auf, roch daran, um sie dann der Frau am Stand zu geben. „Etwas macht dir zu schaffen, und ich möchte wissen, was es ist.“

Es war sinnlos, weiter die Wahrheit zu verbergen. Grace war genauso stur wie sie selbst und würde nicht aufgeben, ehe sie nicht alle Einzelheiten wusste.

Julia wartete, bis ihre Mutter die Melone bezahlt hatte. Als sie weitergingen, fragte sie: „Wusstest du, dass Phil versucht, die Bank zu verkaufen?“

Grace winkte jemandem zu, den sie kannte, blieb aber nicht stehen. „Ich habe Gerüchte gehört. Woher weißt *du* es?“

„Phil hat es mir gesagt.“ Dann erzählte sie ihrer Mutter die schlechte Neuigkeit, weil sie es nicht länger aushielt, die ganze Angelegenheit für sich zu behalten.

Grace reagierte so entsetzt wie Julia, als sie davon erfahren hatte. „Phil hat deine Hypothek an Paul verkauft? Ohne dir etwas davon zu sagen?“

„Offenbar hatte Paul ihn gebeten, nichts davon zu erzählen, solange der Vertrag nicht unter Dach und Fach war.“ Sie hatten den Parkplatz erreicht, auf dem ihr Volvo geparkt war. Julia öffnete den Kofferraum und verstaute alles, was sie und Grace gekauft hatten.

„Warum soll Paul deine Hypothek übernehmen?“

„Um mich mal wieder zu etwas zu zwingen, was ich nicht machen möchte.“

Beide Frauen gingen um den Wagen herum und stiegen ein. „Und was zum Beispiel?“ hakte Grace nach.

Julia spürte, dass ihre Mutter sie besorgt ansah, und sie starrte einen Moment lang aus dem Fenster. Grace war die Einzige, die wusste, dass Paul sie geschlagen hatte. Doch da Julia die Vergangenheit hatte hinter sich bringen wollen, kamen sie auf diesen Punkt höchst selten zu sprechen.

„Paul war gestern bei mir.“ Sie drehte sich im Sitz zu ihrer Mutter um. „Er hat mich gefragt, ob ich ihn heiraten will.“

„O mein Gott!“ Erschrocken legte Grace die Hände vor den Mund. „Warum denn das? Meint er, dass du lebensmüde bist?“

„Er hat gesagt, dass er sich verändert hat. Dass er sich ohne mich elend fühlt und dass er einen Neuanfang unternehmen möchte.“

Grace’ Augen weiteten sich vor Schreck. „O Julia, du hast doch nicht Ja gesagt!“

„Natürlich nicht. Ich habe ihm gesagt, dass eine Versöhnung nicht zur Debatte steht.“ Sie hielt es für besser, weder ein Wort von Pauls hitzigem Kuss noch von der Ohrfeige zu sagen, die sie ihm verpasst hatte. Es hätte ihre Mutter umso stärker beunruhigt.

„Wie hat er es aufgenommen?“

„Eigentlich war er über meine Reaktion ... amüsiert. So als wüsste er etwas, was ich nicht wusste.“ Sie lächelte bitter. „Jetzt weiß ich auch, was es war.“

„O Julia, ich kann mir nicht vorstellen, dass er die Hypothek benutzen wird, damit du ihn heiratest. Das ist doch krank. Außerdem hast du etwas gegen ihn in der Hand, das weißt du doch, oder? Das kann er nicht ignorieren.“

„Er denkt nicht sachlich.“

Grace schüttelte den Kopf. „Er war immer besessen von dir. Ich hätte wissen müssen, dass er dich niemals aufgeben würde.“ Ein Ausdruck von Besorgnis trat in Grace' grüne Augen. „Und was geschieht jetzt?“

Julia steckte den Schlüssel ins Zündschloss. Sie hatte die ganze Nacht lang wach gelegen und überlegt, wie sie mit dieser Situation umgehen sollte. Die Entscheidung, Paul zur Rede zu stellen, begeisterte sie nicht, aber sie sah keine Alternative. „Ich warte ab, bis Paul heute Abend von der Ratssitzung zurückkommt“, sagte sie. „Dann gehe ich zu ihm nach Hause und rede mit ihm. Ich will hören, was er plant.“

„Vielleicht plant er überhaupt nichts.“

Julia startete den Wagen und rangierte aus der Parklücke. „Paul macht nie etwas grundlos, Mom. Das weißt du.“

„Mag sein, aber mir gefällt die Vorstellung nicht, dass du zu ihm nach Hause gehst.“

„Mir wird nichts passieren.“

„Lass mich dich wenigstens begleiten.“

Julia schüttelte den Kopf. „Nein, Mom. Das ist eine Sache zwischen Paul und mir." Sie beugte sich hinüber und drückte die Hand ihrer Mutter. „Mir wird nichts zustoßen. Paul ist nicht dumm. Er wird mich ganz sicher nicht schlagen, immerhin kandidiert er zur Zeit für den Posten des County Commissioners." Sie lächelte. „Außerdem hat er um meine Hand angehalten. Solange er an die Chance glaubt, dass ich meine Meinung ändere, wird er sich von seiner besten Seite zeigen."

„Du musst das ja wissen."

An der Art, wie Grace ihre Hände gefaltet in ihren Schoß legte, erkannte Julia aber, dass sie davon nicht überzeugt war.

Auch jetzt, nach zwölf Monaten, war es für Julia immer noch schwierig, das Haus zu betrachten, in dem sie und Paul sechs Jahre lang gelebt hatten, ohne dass ihr ein eiskalter Schauder über den Rücken lief.

Das zweistöckige Gebäude im Tudorstil war ein Hochzeitsgeschenk von Charles gewesen, eine großzügige Geste, um seine neue, sehr leichtgläubige Schwiegertochter zu beeindrucken. Damals war sie so unschuldig gewesen – und völlig verzaubert davon, dass Paul Bradshaw sich für sie als seine Ehefrau entschieden hatte. Paul, ein Mitglied des Stadtrates von Monterey, war ein Mann, über den viele sagten, dass er eines Tages Gouverneur von Kalifornien werden würde.

Anfangs war er der perfekte Ehemann, liebevoll, aufmerksam und aufopfernd. Julia, die nur zu bereit war, ihm zu gefallen, hatte eingewilligt, ihre Karriere im Hotelmanagement aufzugeben, um ihren Ehemann bei dessen beruflichem Vorankommen zu unterstützen. So wie Pauls Mutter und Großmutter es vor ihr auch getan hatten.

Doch an dem Tag, an dem Andrew ein Jahr alt wurde, änderte

sich alles. Während Julia den Kuchen anschnitt, verkündete Charles stolz, dass sein Enkel der Tradition der Bradshaws folgen und auf eines der ältesten und exklusivsten Internate des Landes gehen würde: die James Clark Academy in Alexandria, Virginia.

„Ich musste ein paar Freunde anrufen, die mir noch einen Gefallen schuldeten", sagte er mit einem zufriedenen Lachen. „Aber ich habe meinen Jungen auf die Liste bekommen."

Julia war entsetzt darüber, dass sie an dieser Entscheidung nicht beteiligt worden war, und sie war wütend auf Paul, der mit seinem Vater einer Meinung war. Sie stieß beide Männer vor den Kopf, indem sie erklärte, dass ihr Sohn nicht auf ein Internat geschickt würde, und dass ab sofort jeder Plan, der Andrew betraf, mit ihr besprochen werden müsse.

Als sie und Paul an dem Abend nach Hause kamen, eskalierte der Streit noch weiter. Paul hatte ihr mit aschfahlem Gesicht vorgeworfen, sie sei undankbar und wolle aus Andrew ein Muttersöhnchen machen. Julia ließ sich diesen Vorwurf nicht gefallen und bezahlte teuer dafür. Ohne Vorwarnung schlug Paul sie mit dem Handrücken. Die Wucht des Schlags war so groß, dass ihr Kopf zur Seite gerissen und sie gegen ein Bücherregal geschleudert wurde.

Während sie zu Boden glitt und Paul entsetzt ansah, eilte der zu ihr, nahm sie in seine Arme, murmelte, wie sehr er sie liebte und wie Leid ihm das tue, und er schwor, dass so etwas nie wieder geschehen würde.

Es geschah wieder. Viele Male.

Zunächst war Julia davon überzeugt, dass seine Wutausbrüche ihr Fehler waren. Sie war zu unreif, zu ungebildet. Sie verstand nicht in vollem Umfang, welche Verantwortung auf ihrem Ehemann lastete, nicht nur als ein Bradshaw, sondern auch als der Sohn des beliebtesten Exgouverneurs von Kalifornien. Oft hatte sie das Gefühl, dass seine Frustration von der tief sitzenden Furcht ausgelöst wurde, er könne nie so gut sein wie Charles, ganz gleich, wie sehr er sich anstrengte und wie viel er erreichte.

Weil sie ihren Mann liebte, versuchte sie mit aller Kraft die Frau zu sein, die Paul haben wollte. Sie schloss sich verschiedenen gemeinnützigen Organisationen an und wandte sich an verschiedene Frauengruppierungen. Und als Paul den Wahlkampf für seine Wiederwahl startete, war sie bis zur Siegesnacht immer an seiner Seite.

Doch da seine Beliebtheit zunahm und sie mehr mit anderen Menschen zusammenkommen mussten, zeigte sich bald eine neue Seite: Pauls krankhafte und grundlose Eifersucht. Es dauerte nicht lange, da beschuldigte er sie, mit anderen Männern zu flirten und ihn zu betrügen.

Ihr hartnäckiges Abstreiten, das er als eine andere Form des Betrugs auslegte, schürte seine Wut noch stärker.

Als Julia klar wurde, dass er nicht aufhören würde, sie zu misshandeln, stellte sie Paul ein Ultimatum. Entweder begab er sich in eine Therapie, oder sie würde ihn verlassen.

Seinen Gesichtsausdruck in jener Nacht würde sie nie vergessen. Er starrte sie einen Moment lang mit undurchschaubarer Miene an, dann legte er seine Hände auf ihre Schultern und drückte sie langsam und sanft aufs Sofa. Mit furchterregend ruhiger Stimme sagte er ihr, dass sie Andrew nie wieder sehen würde, wenn sie ihn verließ. Dafür würde Charles sorgen.

Als sie drohte, ihn wegen der Misshandlungen zu verklagen, lachte er nur. Wer würde ihr schon glauben? Wie wollte sie ihre lächerlichen Behauptungen untermauern? Hatte sie Zeugen? Hatte er ihr jemals eine bleibende Verletzung zugefügt? Oder war er in der Öffentlichkeit ihr gegenüber laut geworden? Hatte sie jemals irgendjemanden über ihre so genannte Prügel ins Vertrauen gezogen?

Während er leise und langsam auf sie in einer Weise einredete, in der man mit einem Kind spricht, erkannte sie die Ausweglosigkeit ihrer Situation. Sie wusste, dass Pauls Ankündigung, ihr Andrew für alle Zeit wegzunehmen, keine leere Drohung war. Charles Bradshaw war ein reicher, mächtiger und einflussreicher Mann, der alles erreichen konnte und der sich sogar das Sorgerecht für ein Kind würde erkaufen können.

Sie hatte keine andere Wahl, als ihr Ultimatum zurückzuziehen. Sie würde bleiben und vortäuschen, dass sie einlenkte. Und wenn Paul sie das nächste Mal schlug, dann würde sie sich rächen, aber nicht, indem sie zurückschlug. Das war zwecklos. Vielmehr würde sie die Beweise zusammentragen, die sie benötigte, um mit Andrew aus dieser Ehe herauszukommen.

Dieser Tag kam früher als erwartet. Es war ein milder Frühlingsabend, und sie befanden sich auf dem Rückweg von einer Wohltätigkeitsveranstaltung, als Paul einen Streit begann. Der Anlass war nichtig, eine völlig unbedeutende Bemerkung, die Julia über einen ihrer Freunde gemacht hatte. Der Wutausbruch endete erst, als Julia mit blutig geschlagenen Lippen erschöpft und hilflos auf dem Boden lag.

Am nächsten Morgen waren Schmerz und Angst das Einzige, was Julia fühlte, aber sie war auch fest entschlossen. Sie machte Fotos von ihrem blau geschlagenen Gesicht und fuhr nach Santa Cruz zu einem Arzt.

Am Abend desselben Tags war sie ins Haus zurückgekehrt, nachdem sie Andrew bei ihrer Mutter abgesetzt hatte. Ihre neu entdeckte Macht ließ sie beinahe leichtsinnig werden, während sie Paul ihre Forderungen erklärte: ihr Schweigen im Austausch gegen ihre Freiheit und das alleinige Sorgerecht für Andrew.

Paul war sich im Klaren, wozu sie in der Lage war, und willigte ein. Er war ein ehrgeiziger Mann mit großen Zukunftsplänen, doch ein einziges Wort von ihr hätte genügt, um aus dieser Zukunft einen Scherbenhaufen zu machen.

Augenblicke später war sie zum letzten Mal aus diesem Haus gegangen.

Und jetzt saß Julia in ihrem Volvo und betrachtete das große, hell erleuchtete Gebäude, während sie sich an jeden Streit, jeden Vorwurf und an jeden Schlag erinnerte. Sie umklammerte das Lenkrad noch fester. Wie konnte Paul nur glauben, dass sie in diese Hölle würde zurückkehren wollen, auch wenn die „Hacienda" dabei auf dem Spiel stand?

Sie öffnete die Fahrertür, zögerte aber, da sie mit einem Mal von Zweifeln erfüllt war. War es richtig, Paul wegen der Hypothek zur Rede zu stellen? War es sinnvoll, ihm zu zeigen, dass sie sich Sorgen machte? Sicher, sie wollte wissen, was er vorhatte. Aber was, wenn ihre Mutter Recht hatte und er tatsächlich keine hinterhältigen Absichten verfolgte? Sie wollte ihn ganz bestimmt nicht auf dumme Gedanken bringen.

Sie zog die Tür wieder zu. Sie hasste es, so verängstigt und unentschlossen zu sein, aber so reagierte sie immer noch auf Paul.

Fünf Minuten lang saß sie einfach da, bis sie einen Entschluss fasste. Sie startete den Wagen und fuhr nach Hause.

„Oh, Mom, muss ich diese blöde Krawatte tragen?"

Julia unterdrückte ein Lächeln, während sie vor ihrem sechs Jahre alten Sohn in die Hocke ging. Durch sein blondes Haar, die blauen Augen und den kräftigen kleinen Körper erinnerte er sie immer an ihren verstorbenen Bruder Jordan. Und so wie Jordan war auch Andrew ein Energiebündel, das nicht eine Minute lang stillsitzen konnte.

„Ja, das musst du", erwiderte sie und zog den Windsorknoten zurecht, den er gerade in eine Schieflage gebracht hatte. „Du gehst nachher mit deinem Großvater zum Mittagessen in den Club, und du weißt, wie genau er es nimmt, wenn es um das äußere Erscheinungsbild geht."

„Aber ich bin noch ein kleiner Junge. Ich muss nicht aussehen wie ein Erwachsener. Und heute ist Samstag."

Andrews gesunder Menschenverstand, der schärfer war als bei den meisten erwachsenen Männern, die sie kannte, brachte Julia zum Lachen. „Ich weiß, Schatz." Sie strich über die Krawatte und zwinkerte ihm zu. „Tu mir einfach den Gefallen, einverstanden?"

Andrew seufzte. „Ich hasse den Club. Da sind alles nur alte Männer mit gelben Zähnen und mit stinkenden Zigarren. Die sagen alle immer nur: ‚Als ich in deinem Alter war …'"

Julia musste laut auflachen, als Andrew perfekt die zittrige Stimme eines alten Mannes imitierte. „Du bist ein richtiger Komiker, weißt du das?"

Als er einen Finger zwischen Krawatte und Hemdkragen steckte, um den Knoten zu lockern, schob sie seine Hand zur Seite. „Ich mache dir einen Vorschlag. Wenn du deine Krawatte in Ruhe lässt und dich beim Mittagessen benimmst, gehen wir anschließend in die Videothek und leihen uns einen Film aus. Du darfst aussuchen."

Andrews Gesichtsausdruck wechselte von Verärgerung zu purer Begeisterung. „Können wir *Die Rache der Ninjas* holen?"

„Schon wieder? Den hast du doch bereits zweimal gesehen."

„Ja und? Jimmy hat ihn viermal gesehen."

Julia lachte. „Na ja, wenn das so ist …"

Sein Lächeln wurde schelmisch. „Können wir anschließend noch bei Ben und Jerry ein Eis essen?"

„Du bist ein zäher Verhandlungspartner, Schatz." Sie schob eine widerspenstige Haarsträhne zurück. „Na gut, ich schätze, das Geld für zwei Eishörnchen können wir noch verprassen."

„Cool.“ Mit einem Mal konnte er es nicht abwarten fortzukommen und sah auf die Küchenuhr. „Dad ist spät dran.“

Julia seufzte und hoffte, dass Paul es nicht vorzog, wieder mal nicht aufzutauchen. Jetzt, da er sich zur Wahl für den Posten des County Commissioner hatte aufstellen lassen, stand sein Sohn ganz unten auf der Liste seiner Prioritäten.

„Er wird bald hier sein“, sagte sie halbherzig.

Weitere zehn Minuten verstrichen, dann beschloss sie, bei ihm zu Hause anzurufen. Zu ihrer Überraschung wurde der Hörer bereits nach dem ersten Klingeln abgenommen, aber es war nicht Paul. Sie hörte eine männliche Stimme, die sie nicht kannte.

„Hallo?“

„Ähm …“ Sie zögerte. „Könnte ich bitte Paul Bradshaw sprechen?“

„Wer ist da?“

„Julia Bradshaw, Pauls Exfrau. Und wer sind Sie?“

Es folgte eine kurze Pause, dann sagte der Mann: „Mein Name ist Detective Hank Hammond vom Monterey Police Department. Ich fürchte, ich habe schlechte Neuigkeiten für Sie, Mrs. Bradshaw. Auf Ihren Exmann wurde geschossen. Er ist tot.“

3. KAPITEL

Julia war vor Schock wie gelähmt. Paul konnte nicht tot sein, sie hatte erst vor zwei Tagen noch mit ihm gesprochen. Er hatte direkt vor ihr gestanden, hier in der Küche.

„Was haben Sie gesagt?" Ihre Stimme klang weit entfernt und so unwirklich wie die Worte, die sie gerade gehört hatte.

„Mr. Bradshaw ist tot, Ma'am", wiederholte Detective Hammond. „Es tut mir Leid."

„Aber das ist nicht möglich. Er …" Sie hielt inne, weil sie nicht sicher war, ob sie Pauls Besuch erwähnen sollte.

Der Detective bemerkte sofort ihr kurzes Zögern. „Er … was, Mrs. Bradshaw?"

„Nichts." Sie sah zu Andrew, der immer noch mit seiner Krawatte kämpfte. Gott, wie sollte sie ihm das nur beibringen? „Wissen Sie, was geschehen ist?" fragte sie. „Oder wer es getan hat?"

„Noch nicht." Der Detective klang sachlich, als würde er solche Fragen routinemäßig beantworten. „Ich muss mich mit Ihnen unterhalten, Mrs. Bradshaw. Wo kann ich Sie finden?"

Wusste er das nicht? Wusste das nicht jeder in Monterey? „Ich betreibe ein Gasthaus an der Via del Rey – die ‚Hacienda'."

„Ich komme gleich bei Ihnen vorbei."

Andrew beobachtete sie. Sein Gesichtsausdruck war plötzlich ernst geworden. Julia hockte sich vor ihm nieder, umschloss seine Hände und sah sie einen Moment lang an. Durch Pauls vollen Terminplan waren er und Andrew sich nie nahe gewesen, aber der Junge liebte seinen Vater, sodass der Verlust ihm wehtun würde.

„Was ist, Mom?" fragte er. „Mit wem hast du denn da gesprochen?"

„Mit einem Polizisten." Sie sah auf. „Ich befürchte, dass es einen Unfall gegeben hat."

In den blauen Augen zeichnete sich Angst ab. „Ist es Dad?“ Er fixierte ihr Gesicht. „Es ist Dad, ja? Was ist passiert? Wo ist er?“

Ein Kloß bildete sich in Julias Hals. „Du musst jetzt sehr tapfer sein, Andrew. Und sehr stark.“

„Was ist mit Dad?“ Seine Stimme zitterte, als würde er bereits die Antwort ahnen.

Julia atmete tief durch und hasste sich für den Schmerz, den sie ihm gleich bereiten würde. „Er ist tot, Darling.“

Als wäre mit einem Mal ein gewaltiges Gewicht auf ihn herabgestürzt, sackten seine Schultern herab. Er presste die Lippen aufeinander, um nicht weinen zu müssen. Doch er konnte die Tränen nicht zurückhalten, stieß ein herzzerreißendes Schluchzen aus und sank in Julias Arme, um sein Gesicht gegen ihre Schulter zu pressen.

Von seiner Trauer am Boden zerstört, drückte Julia ihn an sich, presste ihren Mund auf sein Haar. „Es tut mir so Leid, Andrew, so schrecklich Leid.“

Nach einer Weile löste sich Andrew mit gerötetem Gesicht und rot unterlaufenen Augen aus der Umarmung. „War es ein Autounfall?“, fragte er flüsternd. Mit einer Geste, die Julia an seine frühe Kindheit erinnerte, wischte er sich die Tränen mit dem Hemdsärmel fort.

„Nein.“ Es machte keinen Sinn, ihn anzulügen. Paul war ein bekannter Mann. In wenigen Stunden kannte man in der ganzen Stadt die Umstände seines Todes, auch auf dem Schulhof. „Er wurde erschossen.“

Andrew riss die Augen auf, als würde der Gedanke sein Vorstellungsvermögen übertreffen. Dann funkelte durch den Schleier aus Tränen Wut, stechend und heiß. „Wer hat das getan?“ wollte er wissen. „Wer hat meinen Dad umgebracht?“

„Das wissen wir noch nicht, Darling.“ Sie schob erneut die

hartnäckige Strähne zurück, die wieder nach vorne fiel. „Die Polizei ist jetzt dort. Die wird herausfinden, wer es getan hat."

Wieder lief eine Träne über seine Wange, aber diesmal ignorierte er sie. „Letzte Woche war ich böse auf ihn", sagte er verschämt.

„Warum denn, Schatz?"

„Weil er nicht mit mir zum Baseballspiel gegangen ist, obwohl er es mir versprochen hatte."

Sie verstand sein Schuldgefühl. Ihr war es im vergangenen Jahr nicht anders ergangen, als ihr Bruder Jordan getötet wurde, der als Detective beim Monterey Police Department gearbeitet hatte. „Dein Vater wusste, dass du ihn geliebt hast", sagte sie sanft und hoffte, seinen Schmerz zu lindern. „Und er wusste auch, dass du böse auf ihn warst, weil du Zeit mit ihm verbringen wolltest."

„Aber er wollte keine Zeit mit mir verbringen."

Diese Worte trafen sie mitten ins Herz. „O Andrew, das ist nicht wahr", log sie. „Er hatte einfach nicht so viel Freizeit, das ist alles."

Mit gesenktem Kopf fragte er: „Weiß Grandpa es auch schon?"

Charles. Für einen kurzen Moment schloss sie ihre Augen und erinnerte sich an seine Bestürzung, als vor acht Jahren seine Tochter ums Leben gekommen war. Und jetzt auch noch Paul.

Mit einem Mal war jegliche Feindseligkeit gegen diesen Mann wie weggewischt, stattdessen empfand sie für ihn tiefes Mitgefühl. „Ich bin sicher, die Polizei hat ihn sofort angerufen. Du kannst später mit ihm reden, wenn du willst."

Sie sah auf die Uhr. Der Detective würde jeden Moment eintreffen, und sie wollte nicht, dass Andrew bei ihr war, wenn er sie befragte. „Erst mal werde ich jetzt Grandma anrufen, damit sie rüberkommt. Einverstanden?"

Er nickte. Einen Arm um seine Schultern gelegt, nahm Julia das schnurlose Telefon und drückte mit dem Daumen die Kurzwahltaste. Mit wenigen Worten schilderte sie ihrer Mutter die Situation.

Bevor Julia überhaupt fragen konnte, sagte Grace: „Ich komme sofort vorbei, Kind."

Nachdem sie aufgelegt hatte, brachte Julia Andrew zu einem der Sessel in der Ecke des Zimmers. Durch das geöffnete Fenster war der Schrei einer Möwe zu hören, die in Richtung Ozean flog. Julia setzte sich und zog Andrew an sich.

So blieben sie sitzen, bis Grace eintraf.

Detective Hank Hammond war ein mittelgroßer, leicht übergewichtiger Mann mit schütterem schwarzen Haar und müden Augen, die ihn aussehen ließen, als hätte er gerade eine Doppelschicht hinter sich gebracht.

„Mrs. Bradshaw?" Als sie nickte, zeigte er kurz seine Marke. „Ich bin Detective Hammond."

Julia ließ ihn ins Haus. Zum Glück waren die beiden Gäste der „Hacienda" Frühaufsteher und hatten das Haus bereits verlassen, um Ausflüge zu machen.

„Haben Sie seit unserem Telefonat noch irgendetwas herausbekommen?" fragte Julia, während der Detective ihr in die Küche folgte.

„Nur, dass es kein Raubüberfall war und dass keine Einbruchsspuren zu finden sind. Derjenige, der Ihren Exmann umgebracht hat, besaß entweder einen Schlüssel oder wurde von ihm ins Haus gelassen."

Sein Blick schweifte durch die Küche, ehe er sich wieder ihr zuwandte und sie aufmerksam ansah. „Haben Sie noch einen Schlüssel für sein Haus?"

Julia schüttelte den Kopf und verspürte eine unerklärliche Nervosität. „Nein, nicht mehr."

„Das ist gut." Er holte einen kleinen Notizblock aus seiner Brusttasche und blätterte, bis er ein leeres Blatt fand. „Wissen Sie, ob Ihr Mann irgendwelche Feinde hatte?" Seine Stimme war so matt und farblos wie sein gesamtes Erscheinungsbild. „Irgendjemand, der ihn gerne tot gesehen hätte?"

„Da fällt mir auf Anhieb nur Vinnie Cardinale ein." Es war kein Geheimnis, dass Paul seit seiner Aufnahme in die Kommission zur Verbrechensbekämpfung einen eifrigen Krieg gegen den Gangsterboss aus San Francisco geführt hatte. Er hatte nicht nur Cardinales Aktivitäten blockiert, in der Cannery Row einen Nachtklub zu eröffnen, er hatte auch geschworen, sich durch Cardinales Aktivitäten in Monterey zu graben, bis er genug zusammengetragen hatte, um den Mann für alle Zeiten hinter Gitter zu bringen.

„Und von Cardinale abgesehen?"

„Paul und ich haben nicht über unser Privatleben gesprochen, Detective, darum weiß ich nicht ..."

„Aber Sie haben sich noch gesehen."

Sie atmete tief durch, um sich zu beruhigen. „Ab und zu. An den Wochenenden, die Andrew bei ihm verbrachte."

„Und ... war das eines von diesen Wochenenden?"

„Eigentlich war heute der Tag, an dem das nachgeholt werden sollte. Paul hatte die letzten beiden Besuchstage verpasst."

Sie bedauerte ihre Worte in dem Moment, in dem sie sie aussprach. Die Bemerkung ließ sie unfreundlich klingen, fast schon vorwurfsvoll. Das Letzte, was sie wollte, war, der Polizei den Eindruck zu vermitteln, dass sie einen Groll gegen ihren Exmann hegte.

„Dann haben Sie ihn wann zum letzten Mal gesehen?"

Julia zögerte. „Donnerstagnachmittag“, sagte sie zögernd. „Er war für ein paar Minuten hier.“

„Um seinen Sohn zu sehen?“

Obwohl sich sein Gesichtsausdruck praktisch nicht veränderte, fühlte sie sich zunehmend unbehaglich. Sie verlagerte ihr Gewicht von einem Fuß auf den anderen. „Nein, er wollte mich sehen.“

Der Polizist wandte den Blick kurz von ihr ab, um etwas auf seinem Notizblock zu notieren. „Irgendein bestimmter Grund?“

Sie zuckte mit den Schultern und versuchte, gelassen zu erscheinen. „Er wollte nur mit mir reden, nichts Wichtiges.“

„Erzählen Sie mir es trotzdem.“

Der Gedanke, ihn zu belügen, verschwand so schnell, wie er ihr in den Sinn gekommen war. Sie war entsetzlich schlecht im Lügen, und warum sollte sie ihm nicht die Wahrheit sagen? Sie hatte nichts zu verbergen. Es gab nichts, wofür sie sich schuldig fühlen musste. „Er hat mich gefragt, ob ich ihn heiraten würde.“ Das klang jetzt noch lächerlicher als beim ersten Mal, als sie diese Worte gehört hatte.

„Tatsächlich? Und was haben Sie geantwortet?“

Julia versuchte, seinem Blick standzuhalten, ohne mit der Wimper zu zucken. „Ich habe ihm eine Abfuhr erteilt.“

„Wie hat er die aufgenommen?“

„Sehr gut“, sagte sie wahrheitsgetreu. „Ich glaube, dass er die Antwort schon kannte, bevor er mich gefragt hatte.“

Hammond notierte wieder etwas. „Was geschah dann?“

Julias Herz schien einen Salto zu machen. Es war eine direkte Frage, der sie nicht so einfach ausweichen konnte. „Was meinen Sie?“ fragte sie, um Zeit zu schinden.

„Ich meine, hat er versucht, Sie umzustimmen? Hat er Sie um ein Rendezvous gebeten? Oder ist er einfach gegangen?“

„Er ging kurz darauf.“ Sie umklammerte die Spüle hinter

ihr und zwang sich, Hammond anzusehen, während sie betete, er möge nicht bemerken, dass sie ihn anlog, indem sie etwas verschwieg. „Er sagte, er käme am Samstagmorgen zurück, um Andrew abzuholen."

„Und Sie haben ihn nicht noch einmal gesehen?"

„Nein."

Detective Hammond verzog den Mund und sah sich um, als versuche er, sich jeden Winkel und jeden Gegenstand im Raum zu merken. „Das ist ein wundervolles Haus. Es gehörte dem alten Sandi Garcia, oder?"

Julia nickte und war über sein plötzliches Interesse an ihrem Gasthaus ein wenig überrascht. „Ja, das stimmt."

Er nickte. „Sie haben hier mit der Renovierung großartige Arbeit geleistet."

„Danke."

Er sah sie wieder an. „Wo waren Sie gestern Abend zwischen elf Uhr und Mitternacht, Mrs. Bradshaw?"

Obwohl sie die Frage erwartet hatte, begann ihr Herz zu rasen. Ihr Gesicht hatte offenbar ihre Angst erkennen lassen, da er anfügte: „Es ist nur eine Routinefrage. Sie hilft, den Kreis der Verdächtigen einzugrenzen."

„Ich verstehe." Sie versuchte zu schlucken, doch ihre Kehle war so trocken, dass es ein nahezu unmögliches Unterfangen war. „Ich war hier." Es stimmte, aber nur ganz knapp. Sie war vor den 11-Uhr-Nachrichten zur „Hacienda" zurückgekehrt. „Wurde Paul in dieser Zeit ermordet?"

„Das ist nur eine grobe Schätzung. Eine genauere Todeszeit bekommen wir, wenn der Gerichtsmediziner die Autopsie abgeschlossen hat."

Eine genauere Todeszeit. Es erschien ihr noch immer unmöglich, dass er über Paul sprach.

Hammond klopfte mit dem Kugelschreiber gegen sein Kinn. „War außer Ihnen noch jemand hier? Jemand, der bestätigen kann, dass Sie zu Hause waren?"

Noch eine Routinefrage? überlegte sie. Oder hatte er sie noch nicht als Verdächtige ausgeschlossen? „Meine Mutter war hier."

Er schien überrascht. „Wohnt sie hier?"

„Nein, sie ..." Julia widerstand dem Drang, eine Hand auf ihren Bauch zu legen, wo ein kaltes Gefühl sich langsam ausbreitete. „Sie übernachtet manchmal hier, wenn ... wenn sie für mich auf meinen Sohn aufpasst."

Die Augen des Detective hatten ihre Schläfrigkeit verloren. „Hat sie gestern Abend auf Ihren Sohn aufgepasst, Mrs. Bradshaw?"

O Gott, hatte sie wirklich geglaubt, sie könne ihm etwas so Maßgebliches verschweigen? „Ja." Ihr Herz schlug so fest, dass sie sich fragte, ob Hammond es auch hören konnte. „Ich war eine Zeit lang unterwegs."

„Und wo waren Sie?"

Einige Sekunden verstrichen, dann sagte sie im Flüsterton: „Bei Pauls Haus."

Unter dem zerknitterten braunen Jackett strafften sich die Schultern des Detective. „Sagten Sie nicht, dass Sie Paul Bradshaw nicht mehr gesehen hatten, nachdem er am Donnerstagnachmittag auf der ‚Hacienda' gewesen war?"

„Ich habe ihn auch nicht mehr gesehen." Sie war froh, dass die Wahrheit endlich ausgesprochen war, und sprach mit festerer Stimme weiter. „Ich bin zu seinem Haus gefahren, aber ich bin nicht hineingegangen. Ich habe nur im Wagen gesessen und versucht, eine Entscheidung zu treffen. Nach etwa zehn Minuten bin ich dann zurück nach Hause gefahren."

„Sie sind zu seinem Haus gefahren und haben da einfach nur geparkt? Warum?"

Julia sah aus dem Fenster. Der Frühnebel hatte sich aufgelöst und war einem blauen Himmel und strahlendem Sonnenschein gewichen. Eine milde Meeresbrise wehte durch das geöffnete Fenster in den Raum und trug den frischen, salzigen Geruch der See mit sich. Alles sieht so friedlich aus, dachte sie. Ein ganz normaler Tag. Aber sie wusste, dass von diesem Moment ihr Leben nie wieder so friedlich und normal sein würde.

„Ich hatte an dem Tag etwas erfahren", sagte sie widerstrebend. „Etwas, das ich mit Paul besprechen wollte."

Der Blick des Detective war scharf und forschend. „Und was war das?"

Während sie gegen die Panik ankämpfte, kam sie zu der Einsicht, dass sie es ihm ebenso gut sagen konnte. Früher oder später würde er sowieso dahinterkommen. Sie löste sich von der Spüle, an der sie sich in den letzten zehn Minuten festgeklammert hatte, und ging hinüber zur Kücheninsel. Mit einer Hand, die sie versuchte, ruhig zu halten, nahm sie die Butterschale von der Theke und stellte sie zurück in den Kühlschrank. „Am Tag nach Pauls Besuch erfuhr ich, dass er von der Bank meine Hypothek für die ‚Hacienda' übernommen hatte." Indem sie beschäftigt tat, musste sie den Detective nicht ansehen, während sie weiterredete. „Darüber wollte ich mit ihm reden."

„Und darum fuhren Sie spätabends bis zu Mr. Bradshaws Haus. Und als Sie dort ankamen, überlegten Sie es sich anders und kehrten um."

Das waren mehr oder weniger ihre Worte, doch als Hammond sie aussprach, klangen sie völlig unglaubwürdig. „Ja", sagte sie, während sie ihre Schultern straffte und sich wieder zu ihm umdrehte. „Genau das habe ich gemacht."

„Warum haben Sie es sich anders überlegt?"

Die Angst, die sich ihren Magen verknotet hatte, wurde noch

größer. Wie eine Schlinge, dachte sie. „Ich war zu der Ansicht gelangt, dass ich das Thema nicht von mir aus anschneiden sollte. Ich dachte mir, dass er es mir über kurz oder lang von sich aus sagen würde."

Wieder verzog Hammond den Mund, als versuche er, sich über irgendetwas klar zu werden, dann fragte er sie plötzlich: „Besitzen Sie eine Waffe, Mrs. Bradshaw?"

Seine Angewohnheit, in Schweigen zu verfallen und sie dann auf einmal mit unterschwellig anschuldigenden Fragen zu bombardieren, begann ihr auf die Nerven zu gehen. „Nein."

„Aber Ihr Exmann. Wir haben in seinem Schreibtisch einen Waffenschein gefunden."

„Vor einigen Jahren hatte er eine Beretta gekauft, nachdem unsere Nachbarn mit vorgehaltener Waffe ausgeraubt worden waren." Sie beobachtete, wie er diese Information auf seinem Notizblock notierte. „Als wir uns getrennt haben, hat er die Waffe behalten."

„Das überrascht mich. Eine allein stehende Frau mit einem kleinen Jungen – ich hätte gedacht, dass Sie sich schützen würden."

„Das hier ist eine friedliche Nachbarschaft, Detective. Außerdem mag ich keine Waffen", fügte sie an. „Und schon gar nicht, wenn ein Kind im Haus ist."

„Wissen Sie, wo sich die Beretta jetzt befindet?"

„Paul hatte sie immer in einem Schrank im Schlafzimmer liegen. Warum fragen Sie?"

„Weil die Waffe verschwunden ist, Mrs. Bradshaw."

„Pauls Waffe ist verschwunden?"

Vom Hof her war das Geräusch quietschender Reifen zu hören. Eine Wagentür wurde zugeschlagen, dann eine zweite. Augenblicke später stürmte Penny, gefolgt von Frank, in die Küche.

„Oh, Julia, ich bin sofort hergekommen, als ich es gehört habe.“ Penny nahm Hammond kaum wahr, eilte zu Julia und nahm sie in die Arme. Frank machte das Gleiche, dann ließ er sie los und nahm ihre Hand. Er war ein attraktiver Mann mit dichtem schwarzen Haar, nussbraunen Augen und einer rauen Stimme, die schon in der Schule alle Mädchen verrückt gemacht hatte. „Wo ist Andrew?“ fragte er.

„In seinem Zimmer. Meine Mutter ist bei ihm.“

„Bist du okay?“

Julia nickte. „Mir geht es gut. Detective Hammond hat mir gerade einige Fragen gestellt.“

„Was ist hier los, Hank?“ wollte Frank mit leicht schneidendem Tonfall wissen. „Warum befragen Sie Julia?“

Hammond reagierte mit einem nichts sagenden Schulterzucken. „Routinemaßnahmen, Frank. Das sollten Sie wissen.“ Er schlug seinen Notizblock zu und lächelte matt in die Runde. „Ich bin hier fertig. Für den Augenblick“, fügte er an, während er Julia ansah.

Er gab ihr eine Visitenkarte. „Wenn Ihnen noch irgendetwas einfällt, das hilfreich sein könnte, rufen Sie an.“

Nachdem er gegangen war, ließ Julia sich in einen Sessel sinken. Sie stützte ihre Ellbogen auf den Tisch und drückte die Finger gegen ihre Schläfen, da sich heftige Kopfschmerzen bemerkbar machten. „Er glaubt, dass ich es war“, murmelte sie. „Er hat es nicht direkt gesagt, aber ich habe es an der Art gemerkt, wie er seine Fragen gestellt und mich angesehen hat. Er denkt, dass ich Paul umgebracht habe.“

„Aber das ist doch lächerlich!“ rief Penny. „Warum sollte er das glauben?“

„Das ist nur Hanks Art“, versicherte Frank. „Das hat nichts zu bedeuten.“

„Er hat gute Gründe, mich zu verdächtigen“, sagte Julia leise.

Wie zu erwarten, brachte ihre Bemerkung ihr überraschte Blicke von Frank und Penny ein. „Kurz bevor er ermordet wurde, habe ich vor Pauls Haus geparkt", erklärte sie.

Frank war einen Moment lang ruhig, dann setzte er sich ihr gegenüber an den Tisch, die Hände auf den Tisch gelegt, die Finger verschränkt. „Was hast du da gemacht?"

Sie berichtete von dem, was sie von Phil in der Bank erfahren hatte, und von ihrem Entschluss, Paul zur Rede zu stellen. Als sie den Heiratsantrag ihres Exmannes erwähnte, sah Penny sie bestürzt an. „Heiratsantrag? Wie ist er denn auf die Idee gekommen, dass du auch nur im Traum daran denken würdest?"

„Vielleicht hat er gedacht, er könnte die Hypothek als Druckmittel benutzen. Ich weiß es nicht. Ich bin aus ihm nie schlau geworden." Sie sah verzweifelt auf ihre Hände und hatte Angst, weiterzusprechen.

Frank beobachtete sie aufmerksam. „Was ist, Jules?" fragte er und benutzte den Spitznamen, den er ihr vor Jahren gegeben hatte. „Was verschweigst du uns?"

„Nichts."

„Du lügst."

Penny warf ihm einen vorwurfsvollen Blick zu. „Frank, was soll das? Merkst du nicht, dass sie völlig außer sich ist?"

„Natürlich merke ich das. Ich merke aber auch, dass sie mir nicht alles sagt." Er wandte sich wieder Julia zu und sagte: „Ich möchte dir helfen, Julia, aber das kann ich nicht, wenn du mir nicht alles sagst."

„Ich möchte euch nicht mit hineinziehen."

„Vergiss das lieber. Gibt es etwas, das du Hammond nicht gesagt hast?"

Julia nickte.

„Und was?"

Sie blickte auf. „Paul hat mich festgehalten und geküsst."

„Diese Schlange", stieß Penny tonlos hervor.

„Ich habe überreagiert", fuhr Julia fort. „Ich ... ich habe ihn geohrfeigt. Darum konnte ich Hammond nichts davon sagen. Wenn er das jetzt herausfindet ..."

„Das wird er nicht", sagte Frank, während er entschlossen seinen Kopf schüttelte. „Paul hasste es doch, sich zu blamieren, da bezweifele ich, dass er irgendjemandem von der Ohrfeige etwas gesagt hat. Und selbst, wenn Hammond das rauskriegt – was solls? Eine Ohrfeige ist kein Beweis, dass du deinen Exmann umgebracht hast." Er tätschelte ihre Hand. „Mach dir deshalb keine Sorgen, okay? Das ist keine große Sache."

Er sah auf seine Uhr. „Wisst ihr was? Ich fahre zurück zur Wache und erkundige mich, wie die Ermittlungen vorankommen. Ich kann mir sehr gut vorstellen, dass Charles Bradshaw den Chief ziemlich unter Druck gesetzt hat, damit der Fall mit oberster Priorität bearbeitet wird. Da dürfte sich also schon bald etwas abzeichnen."

Julia fühlte sich etwas besser und nickte. „Danke, Frank."

Er sah zum hinteren Teil des Raums. „Ist es dir recht, wenn ich nach meinem Kumpel sehe? Ein Gespräch unter Männern könnte ihm vielleicht gut tun."

Julia lächelte schwach. „Das würde ihm gefallen."

4. KAPITEL

In einer verrauchten Kneipe in Downtown Sacramento saß der ehemalige Sergeant Cooper „Coop" Reid an der Bar und klammerte sich an eine Coke. Ab und zu sah er nach oben zum Fernseher über der Theke, wo sich ein Baseballspiel zwischen den San Diego Padres und den San Francisco Giants unerträglich lange hinzog.

Coop trank wieder einen Schluck und verzog das Gesicht. Allmächtiger, wie konnten Leute dieses eklige Zeugs trinken und es auch noch mögen? Das Aroma von Metall erinnerte ihn an den Hustensaft, den seine Mutter ihm eingetrichtert hatte, als er noch ein Kind gewesen war. Er hatte den Geschmack damals nicht gemocht, und er mochte ihn jetzt auch nicht.

Ein Seufzer stieg in seiner Kehle auf, als er das Glas auf die mit Wasserflecken übersäte Theke stellte. Wonach er sich wirklich sehnte, das war ein Schuss Johnny Walker. Oder ein frisch gezapftes Bier. Irgendwas, das ihn wach werden ließ und den Geschmack nach Medizin vertreiben konnte, den diese verdammte Brühe ihm bescherte.

Doch der Wunsch blieb nichts weiter als ein Wunsch. Er hatte ein Versprechen gegeben. Nicht gegenüber seiner Frau oder seiner Tochter, die er beide seit einer Ewigkeit nicht mehr gesehen hatte. Auch nicht gegenüber seiner Vermieterin, die ihn wegen Ruhestörung aus dem Haus geworfen hatte. Nicht einmal gegenüber seinem Bewährungshelfer, der ihm geschworen hatte, ihn sofort wieder ins Gefängnis zurückzubringen, wenn er auch nur an einem Drink roch.

Nein. Diesmal hatte er aufgehört, weil er selbst das wollte. Coop Reid hatte die Talsohle erreicht und war durch die Hölle und zurück gegangen, und er hatte beschlossen, dass es reichte.

Als er aufsah, erhaschte er sein Spiegelbild im Spiegel hinter der Theke, und angewidert schüttelte er den Kopf. Die Jahre und der Alkohol hatten ihre Spuren hinterlassen – Tränensäcke unter seinen Augen und Falten um seinen Mund, die so tief wie Gräben waren. Sein feuerrotes Haar war überwiegend ergraut, und auch nach fünfundzwanzig Tagen Abstinenz sahen seine Augen aus wie nach einer dreitägigen Sauftour.

Die Hand, die einmal so sicher gewesen war, dass sie einen rennenden Hasen auf fünfzehn Meter Entfernung treffen konnte, wanderte zu seinem Gesicht und rieb über die Bartstoppeln. Er war froh darüber, dass er nicht länger zitterte, aber er bezweifelte, dass er jemals wieder mit Präzision eine Waffe abfeuern konnte.

Wie so oft, wenn er nüchtern war, wanderten seine Gedanken zu Grace, der hübschen und mutigen Frau, die er im Stich gelassen hatte. Ob sie ihn erkennen würde, wenn er ihr auf der Straße begegnete? Wahrscheinlich nicht. Er dagegen würde sie auf der Stelle wieder erkennen. Wie könnte er je diese wunderschönen grünen Augen vergessen? Oder ihr sanftes Lächeln?

Während er an alles dachte, was er geliebt und verloren hatte, erfüllten Schuldgefühle sein Herz. Dreiundzwanzig Jahre, seit er zum letzten Mal seine Familie gesehen hatte. Dreiundzwanzig Jahre seit jenem schicksalhaften Abend, als er Grace eröffnete, dass er wegen seiner Alkoholsucht wieder einen Job verloren hatte. Da hatte sie sich endgültig gegen ihn gestellt, sie war wütend und sie hatte es satt.

„Ich halte das nicht mehr aus, Coop“, hatte sie gesagt, während Tränen der Verzweiflung über ihre Wangen liefen. „Ich habe genug von den Saufgelagen und von Schlägereien in Kneipen. Und davon, dass ich kein Geld habe, um dich gegen Kaution aus dem Gefängnis zu holen. Julia ist elf Jahre alt, Jordan ist neun. Ich kann so etwas nicht mehr so vor den beiden verbergen wie früher, als sie noch kleiner waren. Und ich möchte nicht, dass sie mit einem betrunkenen Vater als Vorbild aufwachsen. Entweder hörst du jetzt endgültig auf zu trinken, oder du gehst."

Coop wusste aber, dass er mit dem Trinken so wenig aufhören konnte, wie er das Atmen hätte einstellen können. Nicht einmal das Ultimatum, das Grace ausgesprochen hatte, konnte daran etwas ändern.

Am nächsten Morgen hatte er seiner Frau und seinen Kindern einen Abschiedskuss gegeben, als sie alle noch schliefen. Dann hatte er sie – feige wie er war – ohne ein Wort verlassen, da er überzeugt davon war, dass sie ohne ihn besser dran waren.

In den folgenden Jahren war er von einer Stadt zur nächsten, von einem Job zum anderen und von einem schmuddeligen Motelzimmer zum nächsten gezogen. Da er seine wenigen Ersparnisse Grace überlassen hatte, verfügte er nur über das bisschen Geld, das ihm seine Gelegenheitsjobs einbrachten.

Er war nur mit einem Menschen in Kontakt geblieben, seinem alten Army-Kameraden Spike Sorensen. Sie hatten zusammen in Vietnam gekämpft, in der Elitetruppe Fifth Special Forces. Nach dem Ende seines Dienstes hatte Spike eine Stelle bei einer Ölgesellschaft bekommen und verbrachte seitdem die meiste Zeit damit, Ölplattformen auf hoher See zu besuchen. Alle paar Jahre kehrte er für seinen wohlverdienten Erholungsurlaub in seine Jagdhütte in den Santa Monica Mountains zurück, die knapp vierzig Kilometer östlich von Monterey gelegen war. Wenn er auf seinem Anrufbeantworter eine Nachricht von Coop vorfand, rief Spike immer zurück und gab ihm die Neuigkeiten über seine Familie weiter, wenn er etwas wusste.

Auf diesem Weg hatte Coop auch von Jordans Tod erfahren.

Er schloss die Augen. Er erinnerte sich an diesen Tag, als wäre es erst gestern gewesen. Und er erinnerte sich an den Schmerz, der sich so anfühlte, als hätte jemand ein Messer in seinen Leib gestoßen.

Schließlich hatte er sich zusammengerissen und die Rückkehr nach Hause geplant, um bei der Beerdigung anwesend zu sein. Und falls Grace ihn ließ, konnte er ihr durch die Zeit der Trauer helfen. Doch auf halber Strecke hatte er die Bekanntschaft einer weiteren Flasche gemacht und war über Modesto nicht hinausgekommen.

Vor über drei Wochen hatte sich Coop nach einer Schlägerei in einer Bar im Gefängnis wiedergefunden, ohne sich daran erinnern zu können, wie er dorthin geraten war.

Das hatte bei ihm panische Angst ausgelöst. Noch am gleichen Abend war er zu einem Treffen der Anonymen Alkoholiker gegangen, eines von vielen, an denen er in der Vergangenheit teilgenommen hatte. Doch diesmal schwor er sich, das Programm durchzuziehen.

Und jetzt saß er hier, fünfundzwanzig Tage später und zu seiner eigenen Verwunderung noch immer nüchtern. Er hatte sogar einen neuen Job gefunden, eine leichte Zimmerarbeit, die ihm der Eigentümer einer Haushaltswarenhandlung angeboten hatte. Die Bezahlung war nicht besonders gut, aber sie reichte aus, um satt zu werden und ein Dach über dem Kopf zu haben.

Er würde etwas Besseres finden, doch im Moment genügte es. So wie mit seiner Abstinenz würde er sich auch dieser Herausforderung dem Grundsatz der Anonymen Alkoholiker entsprechend jedem Tag einzeln stellen und auf das Beste hoffen.

Dass er jeden Tag Clydes Kneipe aufsuchte und etwas trank, was ihm nicht schmeckte, war für ihn ein Test seiner eigenen Willensstärke. Die Anonymen Alkoholiker empfahlen das zwar nicht, aber ihm half es. Der Barkeeper wusste, was er wollte: das Gericht des Tages und eine Coke. Beides stellte er vor ihn auf die Theke, und dann ließ er ihn in Ruhe.

Während er wieder von seiner Cola trank, sah Coop erneut nach oben zum Fernseher. Das Spiel war endlich vorüber, und nun liefen die 6-Uhr-Nachrichten.

Plötzlich war in der rechten oberen Ecke des Bildschirms das Foto einer jungen Frau und eines kleinen Jungen zu sehen. Coop ließ beinahe sein Glas fallen, und sein Herz blieb einen Moment lang stehen, als er die blonden Locken betrachtete, die grünen Augen, die so sehr an die von Gracie erinnerten, den vollen Mund, das stolze Kinn.

Julia. Seine Julia.

„Hey, Joe", sagte Coop, ohne den Blick vom Fernseher abzuwenden. „Mach doch bitte mal den Fernseher lauter."

Joe holte die Fernbedienung unter der Theke hervor und drückte auf eine Taste.

„... Ratsmitglied Bradshaw, Sohn des ehemaligen Gouverneurs von Kalifornien, Charles Bradshaw, hinterlässt seinen sechs Jahre alten Sohn Andrew. Die Polizei sucht immer noch nach Bradshaws Mörder. Eine Verhaftung hat es bislang nicht gegeben, jedoch bestätigt eine Meldung, dass die frühere Frau des Ratsmitglieds, Julia Bradshaw, über ihren Verbleib in der Mordnacht verhört wurde. Mrs. Bradshaw äußerte sich nicht zum Vorwurf, dass sie unter Verdacht stehen könnte. Und nun zum ..."

„Julia", flüsterte Coop, der immer noch auf den Bildschirm starrte, obwohl ihr Foto längst nicht mehr zu sehen war. „Meine kleine Julia." Er hätte sie nicht erkannt, wenn Spike ihm nicht nach Jordans Beerdigung den Zeitungsausschnitt geschickt hätte. Und der Junge. Großer Gott, dieser Junge war sein Enkel.

Er wollte die Cola austrinken, doch seine Hand zitterte so sehr, dass er das Glas wieder absetzen musste. Wie war das nur möglich? Sie war das netteste, süßeste Mädchen, das er kannte. Sie hatte geweint, als die Katze ihrer Nachbarin gestorben war. Nicht nur aus Trauer um das Tier, sondern auch, weil die Besitzerin der Katze, eine freundliche alte Dame, die für die Kinder immer Kekse im Haus hatte, untröstlich gewesen war. Julia war ins Tierheim gegangen und hatte von ihrem eigenen Geld die Gebühr bezahlt, um der Nachbarin ein schwarzes Kätzchen zu holen.

Wie zum Teufel konnte da jemand Unterstellungen machen und Julia als unter Mordverdacht stehend bezeichnen?

Er musste mit Spike sprechen, er musste herausfinden, welche Beweise die Polizei in der Hand hatte. Er war allerdings nicht sicher, ob sein Freund wieder im Land war. Coop hatte nicht mehr mit ihm gesprochen, seit Jordan vor einem Jahr gestorben war. Aber es war einen Versuch wert.

Mit Schritten, die so sicher waren wie schon seit Jahren nicht mehr, ging er zum Telefon an der gegenüberliegenden Wand, warf ein paar Münzen in den Schlitz und wählte die Nummer seines Freundes aus dem Gedächtnis. Beim vierten Klingeln sprang Spikes Anrufbeantworter an. Coop wartete den kurzen Ansagetext ab und hinterließ dann seine Telefonnummer der Haushaltswarenhandlung.

Zurück an der Theke stützte er seinen Kopf zwischen seine Hände.

„Noch eine Coke, Chef?"

Coop rieb sich das Gesicht, dann nickte er. Er musste etwas trinken, um die Trockenheit aus seiner Kehle zu vertreiben.

Und er musste sein kleines Mädchen wieder sehen.

Der Gedanke, nach Hause zurückzukehren, war ihm in den letzten fünfundzwanzig Tagen mehr als einmal in den Sinn gekommen. Jedes Mal hatte er ihn wieder verworfen, weil er sicher war, dass seine Familie nichts von ihm wissen wollte.

Aber jetzt war das etwas anderes. Julia war in Schwierigkeiten. Und da war auch noch der Junge – sein Enkel. Er hatte sein

Gesicht gesehen, und er konnte es nicht wieder vergessen. Ein schwaches, trauriges Lächeln umspielte seinen Mund. Wie man sich wohl als Großvater fühlt, überlegte er. Wie würde es sein, mit dem Jungen zum Fischen zu gehen oder mit ihm Fangen zu spielen? All die Dinge zu machen, die er mit seinem eigenen Sohn nicht gemacht hatte?

Vielleicht sollte er sich auf den Weg machen, um sie zu finden. Julia war immer nachsichtig gewesen, und jetzt brauchte sie ihn.

Dieser Gedanke war so dumm, dass er lachen musste. Wem wollte er etwas vormachen? Julia war dreiundzwanzig Jahre lang ohne ihn zurechtgekommen. Warum sollte sie ihm überhaupt einen Blick gönnen? Warum sollte sie ihm nicht einfach die Tür vor der Nase zuschlagen?

Er war nicht mal sicher, ob sein Bewährungshelfer es ihm überhaupt erlauben würde, den Landkreis zu verlassen. Vielleicht würde sich ja etwas arrangieren lassen, wenn er sich bei einem anderen Bewährungshelfer in Monterey meldete.

Coop saß noch eine halbe Stunde an der Bar und drehte sein Glas auf der Stelle, während die Coke kleine Wellen schlug. Hinter ihm hatte jemand einen Quarter in die Jukebox geworfen, und jetzt erfüllt Reba McEntires Stimme das Lokal, während sie über ihre verlorene Liebe klagte.

Nach einer Weile stand Coop auf, zog ein paar Banknoten aus seiner Tasche, um die Rechnung zu bezahlen. Dann legte er fünf Dollar als Trinkgeld dazu. War ja schließlich nur Geld. Und Joe war immer nett zu ihm gewesen.

Dann warf er dem Barkeeper mit zwei Fingern einen Gruß zu, verließ die Kneipe und ging hinaus in die feuchte Nacht.

5. KAPITEL

Über dreihundert Menschen waren zum Friedhof El Camino hoch oben in den Hügeln von Monterey gekommen, um Ratsmitglied Paul Bradshaw die letzte Ehre zu erweisen.

Julia war über die große Anzahl Trauergäste nicht erstaunt. Seit dem Tag, an dem Pauls Urgroßvater Ende des 19. Jahrhunderts zum Bürgermeister von Monterey gewählt worden war, waren die Bradshaws in der Region sehr beliebt gewesen. Doch erst als Charles das Familienvermögen geerbt und beträchtliche Geldbeträge für die Bedürftigen gespendet und zur Verschönerung der Stadt beigetragen hatte, fingen die Bürger von Monterey an, die Bradshaws zu verehren.

Gleich neben Charles stand eine Handvoll entfernt Verwandter an dem kurz zuvor ausgehobenen Grab, die Julia seit ihrer Hochzeit vor sieben Jahren nicht mehr gesehen hatte. Ihre Gesichter wirkten so kühl und distanziert, als wären sie Fremde. Keiner von ihnen sah ihr in die Augen. Allerdings waren sie schon bei der Hochzeit nicht übermäßig freundlich gewesen.

Einige Meter weiter drängten sich Kamerateams aus ganz Kalifornien, die die Ankunft verschiedener Vertreter der Stadt filmten – den Polizeichef, der zugleich Charles' bester Freund war, den Bezirksstaatsanwalt, den Bürgermeister und die verbliebenen drei Ratsmitglieder.

Zwar hatte Julia über Charles' Anwalt von den Einzelheiten der Beerdigung erfahren, jedoch war nur Andrew eingeladen worden, mit seinem Großvater in der Limousine zu fahren. Jetzt stand er da neben Charles, ein ernster und traurig dreinblickender kleiner Junge im Sonntagsanzug.

Kaum waren die ersten Bürger eingetroffen, wurde getuschelt.

„Diese Dreistigkeit von ihr, hier zu erscheinen", zischte eine Frau laut genug, dass Julia sie hören konnte.

„Als hätte sie nicht schon genug Unheil angerichtet.“

„Mir tut nur der Junge Leid.“

„Wenn du mich fragst“, mischte sich eine weitere Frauenstimme ein, „sollte Charles ihn bekommen und für eine gute Erziehung sorgen.“

Julias ganze Selbstbeherrschung war gefordert, um ihr Temperament zu zügeln. Unerschütterlich und unfähig, eine Träne zu vergießen, ignorierte sie das gehässige Getratsche und sah starr zu Reverend Barlow, dem Geistlichen, der sie und Paul getraut hatte.

Sie wusste sehr wohl, dass die Menschen in Monterey sie nie gemocht hatten. Die Nachricht, dass Paul Bradshaw die Tochter eines Säufers heiraten würde, der seine Familie im Stich gelassen hatte, war wie eine Welle des Entsetzens über die Kleinstadt hereingebrochen. Warum sie? fragten die Leute. Was konnte eine Frau wie Julia bloß zu Pauls Zukunft beitragen?

Sechs Jahre später gaben sie ihr erneut die Schuld, weil sie sich vom Lieblingssohn der Stadt scheiden ließ. Auch wenn sie und Paul unüberbrückbare Meinungsverschiedenheiten als Grund angegeben hatten, zeigten die Menschen schon bald mit dem Finger auf sie. Warum hatte sie sich nicht bemüht, damit die Ehe funktionierte? Wie konnte sie nur so herzlos sein und ihn verlassen, wo seine Karriere doch gerade auf einen Höhenflug zusteuerte?

Jetzt war er tot, und sie gaben ihr abermals die Schuld.

Während Julia einige Minuten später die Trauergäste beobachtete, die eine lange Reihe bildeten, um Charles ihr Beileid auszusprechen, fragte sie sich, was diese Menschen sagen würden, wenn sie wüssten, dass der Mann, um den sie trauerten und in den sie so viel Vertrauen gesetzt hatten, von der Sorte war, die ihre Ehefrau schlugen.

Würden sie es ihr überhaupt glauben?

„Julia?“

Sie drehte sich um und erkannte Barry Specter, den Bürgermeister von Monterey. Specter und Paul waren früher einmal befreundet gewesen, doch Pauls Entscheidung, als County Commissioner zu kandidieren und damit gegen seinen Vorgesetzten anzutreten, hatte ihrer Beziehung einen schweren Dämpfer erteilt.

Hinter ihm war Pauls treue Sekretärin Edith Donnovan, die Julia voller Wut ansah. Anstatt ihr Beileid auszusprechen, flüsterte Edith dem Bürgermeister etwas ins Ohr, dann ging sie fort.

„Was für eine schreckliche Sache." Mit ernster Miene drückte er Julias Hand und sah dann zu Andrew, der inzwischen wieder an ihre Seite zurückgekehrt war. „Ich möchte, dass ihr beide wisst, dass ich weder Kosten noch Mühen scheuen werde, um herauszufinden, wer das getan hat."

„Danke, Barry." Julia hatte Specter noch nie leiden können. Und sie vertraute ihm auch nicht. Man musste keine hellseherischen Fähigkeiten besitzen, um zu wissen, dass ihn Pauls Tod nicht im Geringsten berührte. Wahrscheinlicher war da schon, dass er ihn gefeiert hatte. Da ein so bemerkenswerter Konkurrent aus dem Weg geräumt worden war, konnte er nahezu sicher sein, zum neuen County Commissioner gewählt zu werden.

Andrew zupfte an ihrem Ärmel. „Gehen wir jetzt zu Grandpa nach Hause, Mom?"

Julia hätte am liebsten Nein gesagt. Der Gedanke, sich unter Leute zu mischen, die sie so sehr ablehnten, die sie anstarrten und abfällige Bemerkungen über sie machten, war mehr, als sie eigentlich ertragen konnte.

Aber Andrew ging offensichtlich davon aus, mehr Zeit mit seinem Großvater zu verbringen, und sie wollte ihn nicht enttäuschen. Und sie wollte Charles keinen Grund zu weiterer Kritik geben. Und wer konnte es schon wissen? Vielleicht würde ihr Exschwiegervater in diesem Augenblick der Trauer sogar die Vergangenheit ruhen lassen und sich ihr gegenüber zivilisiert verhalten.

„Ja, Andrew. Entschuldigen Sie uns bitte", sagte sie zu Specter.

„Natürlich."

Während der Bürgermeister und sein kleines Gefolge weiterzogen, wandte sich Julia ihrer Mutter zu. „Kommst du auch mit, Mom?" Sie beugte sich zu Grace vor und flüsterte: „Ich könnte ein wenig moralische Unterstützung gebrauchen."

Grace nickte verständnisvoll.

Während die Trauergäste auf die lange Reihe wartender Fahrzeuge zustrebten, die den Fahrbahnrand säumte, legte Julia ihre Arme um Andrews Schultern und ging mit ihm zu ihrem Volvo.

Das Anwesen der Bradshaws, das den Blick auf die Bucht von Monterey erlaubte, war von Charles' Vater gebaut worden, einem Mann mit einem Geschmack, der so verschwenderisch wie protzig war. Das pompöse viktorianische Haus beherbergte zweiundzwanzig Zimmer und tonnenweise Antiquitäten, deren Vergangenheit so schillernd war wie die der Familie selbst. Hinter dem Anwesen befand sich ein prachtvoller Rosengarten, den Pauls Mutter angelegt hatte, als sie und Charles vor vierzig Jahren in das Haus gezogen waren. Nach Sarah Bradshaws Tod 1982 hatte man die von ihr begründete Tradition fortgeführt, den Garten einmal im Jahr für das Publikum zu öffnen. Es war ein Ereignis, das Neugierige noch immer zu Tausenden anlockte.

Pilar, Charles' langjährige Haushälterin, inspizierte gerade den Buffettisch, als Julia eintraf. Sie war eine kleine, rundliche Frau mit vollem grauen Haar, dunkler Hautfarbe und liebevollen Augen. Sie war eigensinnig und freimütig, und damit war sie Charles' größte Verfechterin und heftigste Kritikerin zugleich. Ihre hitzigen Streitereien waren legendär, und viele fragten sich, wieso Charles ein solches Verhalten von einer Bediensteten tolerierte.

Tatsächlich war es aber so, dass Pilar trotz ihres aufbrausenden Temperaments zu einem unverzichtbaren Bestandteil des Bradshawschen Haushalts geworden war und dass Charles ohne sie einfach nicht zurechtkam.

Die Haushälterin sah auf, entdeckte Julia und eilte zu ihr, um sie und Andrew zu begrüßen und ihr Beileid auszusprechen.

„Wie geht es Ihnen?“ fragte Julia, die wusste, wie sehr Pilar Charles' Kinder geliebt hatte.

„Es ist ein trauriger Tag, *señora.*“ Pilar sah zu Andrew und legte eine Hand auf seine Schulter. *„¿Y tu, pequeño?“* , fragte sie in dem Spanisch, das sie ihm im Lauf der Jahre beigebracht hatte. *„¿Como estas?“*

„Ich bin schon fast sieben“, erwiderte er. „Du musst nicht mehr *pequeño* zu mir sagen.“

Pilar lachte glucksend. „Tut mir Leid, großer Mann“, sagte sie mit ihrem spanischen Akzent. „Ich werde versuchen, mir das zu merken. Kann ich dir in der Zwischenzeit etwas zu essen bringen? Eine Limonade?“

Andrew schüttelte den Kopf. „Nein, danke, Pilar.“

„¿Como?“ Pilar legte eine Hand an ihr Ohr. „Ich habe dich nicht richtig verstanden.“

Andrew lächelte. *„No, gracias, Pilar.“*

„Schon besser.“ Sie zerwühlte sein Haar. „Und Sie, Mrs. Bradshaw? Mrs. Reid? Ich würde mich freuen, wenn ich Ihnen einen Teller zusammenstellen kann.“

Julia schüttelte den Kopf. Ihr Magen befand sich in einer so festen Umklammerung, dass sie nichts hätte runterkriegen können. „Wir bleiben nicht lange.“ Julias Blick wanderte durch den Raum auf der Suche nach Charles. Sie hatte ihm bislang noch nicht ihr Beileid aussprechen können, und diese Tortur wollte sie so schnell wie möglich hinter sich bringen. „Es war ein anstrengender Tag für Andrew, er gehört nach Hause.“

„Er gehört hierher", sagte eine kühle Stimme hinter ihnen. „Zu mir."

Julia, dankbar dafür, dass Pilar und Grace Andrew rasch mitnahmen, drehte sich um und stellte sich ihrem ehemaligen Schwiegervater. Mit sechsundsechzig Jahren war Charles Bradshaw immer noch ein imposanter Mann. Er war gut über 1,80 Meter groß und besaß einen athletischen Körper, den er durch tägliche Tennispartien in Form hielt. Die scharfen blauen Augen hatten den Ausdruck eines Jägers. Mit zusammengepressten Lippen stand er vor ihr und durchbohrte sie mit seinem unerbittlichen Blick, als fordere er sie heraus, sich ihm zu widersetzen.

Julia hatte nicht vor, sich von ihm einschüchtern zu lassen. Die Zeiten, als sie bei seinem bloßen Anblick zurückwich, waren lange vorüber. „Andrew muss trauern, Charles, das braucht aber nicht öffentlich zur Schau gestellt zu werden."

„Was weißt du schon über das Trauern? Du hast meinen Sohn getötet."

„Das habe ich nicht." Weil sie es hasste, eine Szene zu machen, sprach sie kaum lauter als ein Flüstern. „Und das weißt du."

Charles gab einen sarkastisch klingenden Laut von sich. „Deine ganze falsche Aufrichtigkeit hat vielleicht die Polizei beeindruckt, aber mich täuschst du nicht. Ich weiß von der Hypothek, die Paul von Phil übernommen hatte. Und ich weiß von deinem Besuch in Pauls Haus am letzten Freitagabend."

Es überraschte sie nicht, dass er so gut informiert war. Charles hatte überall seine Spione. „Dann müsstest du auch wissen, dass ich niemals ins Haus gegangen bin", sagte sie und hielt seinem Blick stand.

„Ich weiß, du hast ihn gehasst."

Aus gutem Grund, Charles. Sie behielt den Gedanken für sich. Auch jetzt, nach Pauls Tod, hatte sie nicht die Absicht, ihr Versprechen ihm gegenüber zu brechen. Sie wollte auch nicht Andrews Leben zu einem Scherbenhaufen machen, indem er erfahren musste, dass sein Vater sie geschlagen hatte. „Ich habe Paul nicht gehasst“, erwiderte sie auf seine Worte. „Und selbst wenn es so gewesen wäre, macht mich das nicht zur Mörderin.“

Die Hände auf dem Rücken verschränkt, sah sich Charles im Zimmer um und nickte von Zeit zu Zeit jemandem zu, den er kannte. Ohne sie anzublicken, sagte er: „Du würdest es ohnehin bald erfahren, also kann ich es dir auch schon jetzt sagen. Ich beabsichtige, das Sorgerecht für Andrew zu beantragen.“

Julia hatte das Gefühl, einen Volltreffer in den Magen erhalten zu haben. Sie umfasste den Rand eines kleinen Tischs, der neben ihr stand. „Das Sorgerecht beantragen?“ wiederholte sie schwerfällig. „Du willst mir mein Kind wegnehmen? Hast du den Verstand verloren?“

„Alle sind der Ansicht, dass er bei mir besser aufgehoben ist.“

„Es kümmert mich nicht, was alle meinen.“ Sie bemerkte, dass sich eine kleine Gruppe der Gäste umgedreht hatte und zu ihnen sah. Sie atmete tief durch, um einen klaren Kopf zu bekommen, und als das Zittern verschwand, redete sie weiter, diesmal wieder viel ruhiger.

„Andrew ist mein Sohn, Charles, und nichts, was du besitzt – dein Geld, deine Macht, deine Verbindungen –, wird daran etwas ändern.“

In seinen kalten blauen Augen blitzte Feindseligkeit auf. „Und wer wird sich um ihn kümmern, wenn du im Gefängnis sitzt? Oder wenn du Konkurs anmelden und arbeiten gehen musst?“

„Ich werde nicht ins Gefängnis kommen“, sagte sie, während sie es zunehmend schwieriger fand, ihre Wut zu bändigen. „Und so sehr du dir das auch wünschen magst, mein Geschäft wird nicht in Konkurs gehen.“

„Bist du da so sicher?“ Charles verzog seinen Mund zu einem dünnen, gehässigen Lächeln. „Du kennst vielleicht noch nicht Pauls Testament, aber die Hypothek, die er von der Monterey Bank übernommen hat, gehört nun mir. Und ich fürchte, dass ich nicht so entgegenkommend sein kann wie Phil, der die Bank in den Ruin gewirtschaftet hat. Oder wie Paul, der statt eines Gehirns nur Marshmallows im Kopf hatte. *Ich* werde darauf bestehen, dass du deine Hypothek so zurückzahlst, wie es vereinbart worden war, nämlich immer zum Ersten eines jeden Monats.“

Sie zuckte nicht mit der Wimper. „Du bekommst dein Geld schon.“

Seine Blicke durchbohrten sie, aber sie hielt ihm stand. „Wie denn? Ich habe mich über dich erkundigt. Diese neue Ferienanlage gleich nebenan bringt dich um. Ich glaube, dass du noch vor dem Ende des Sommers Konkurs anmeldest.“

„Darauf solltest du nicht bauen.“ Sie stellte sich vor ihn. „Unterschätze mich nicht, Charles. Und unterschätze nicht, wozu ich in der Lage bin, wenn ich zu etwas getrieben werde.“

In seinen Augen brannte ein grausames Feuer. „Wozu du in der Lage bist, wenn du zu etwas getrieben wirst, weiß ich bereits, Julia. Ich muss es nur noch beweisen.“

Mit aller Willenskraft, die sie aufbringen konnte, verkniff sich Julia eine bissige Erwiderung. Dann, als sie wusste, dass sie es keine Sekunde länger in diesem Haus aushalten konnte, wandte sie sich ab und begann, nach Andrew zu suchen.

„Bist du sicher, dass es dir gut geht?“ fragte Grace, als sie alle drei wieder in der „Hacienda“ waren. „Seit wir von Charles abgefahren sind, hast du kaum ein Wort gesagt.“

Julia war zwar immer noch von ihrer Auseinandersetzung mit Charles angeschlagen, ließ es sich aber nicht anmerken. Das Letzte, was sie im Augenblick wollte, war, ihrer Mutter Sorgen zu bereiten. „Mir geht es gut, Mom. Es war einfach nur ein anstrengender Tag, weiter nichts."

Sie half Andrew, sein Jackett auszuziehen, und fragte ihn: „Und was ist mir dir, Süßer? Hast du Hunger? Ich könnte dir ein Sandwich machen."

Mit einer Hand, die eine Tonne zu wiegen schien, zog Andrew seine Krawatte aus und schüttelte den Kopf.

Besorgt kniete Julia vor ihm nieder und umfasste ihn auf Hüfthöhe. „Warum fragen wir nicht deinen Freund Jimmy, ob er herkommen will?" schlug sie vor. „Wenn du willst, kann er zum Essen bleiben. Ich habe mir gedacht, dass ich dir dein Lieblingsessen mache? Sloppy Joes und Pommes frites?"

Anstatt aber zustimmend zu lächeln, schüttelte Andrew nur wieder den Kopf. „Ich möchte in mein Zimmer gehen, bitte." Seine großen Augen, die sonst vor Leben sprühten, wirkten matt und traurig. „Darf ich?"

„Ja, natürlich, mein Schatz." Sie schob seine Strähne zurück und hielt ihre Hand dort. „Soll ich mitkommen?" fragte sie voller Hoffnung.

„Nein."

Bestürzt sah sie ihm nach, während er im Flur verschwand. „O Mom", sagte sie und warf ihrer Mutter einen hilflosen Blick zu. „Es hat ihn so verletzt."

„Ich weiß, mein Baby." Grace legte tröstend einen Arm um Julias Schultern. „Und ich weiß, dass du ihm helfen willst. Aber Kinder trauern auf ihre Art, und wenn er jetzt allein sein möchte, dann musst du das respektieren. Er wird es dich schon wissen lassen, wenn er dich braucht."

Julia nickte. Ihre Mutter hatte Recht. Kinder brauchten ihren Freiraum ebenso wie Erwachsene, auch wenn sein Anblick ihr das Herz zerriss. In einer Stunde würde sie nach ihm sehen, vielleicht war er dann bereit, mit ihr zu reden.

„Ich mache dir einen Tee“, sagte ihre Mutter und war bereits am Herd aktiv. „Du siehst so aus, als könntest du einen gebrauchen. Du warst den ganzen Tag lang am Rande der Verzweiflung.“

Julia hätte fast gelacht. *Du wärst auch am Rand der Verzweiflung, Mom, wenn dir jemand gedroht hätte, dir dein Geschäft und dein Kind wegzunehmen.*

Sie hatte den Gedanken gerade zu Ende geführt, als das Telefon klingelte. Sie nahm den Hörer auf: „Hallo?“

„Mrs. Bradshaw?“ Es war die Stimme einer jungen, zaghaften Frau.

„Ja, wer spricht da?“

„Sie kennen mich nicht, Mrs. Bradshaw. Mein Name ist Jennifer Seavers. Ich bin die Nichte von Eli Seavers.“

„Ich fürchte, der Name Eli Seavers sagt mir auch nichts.“

„Da war ich mir nicht sicher.“ Es folgte eine kurze Pause. „Mein Onkel ist krank, Mrs. Bradshaw. Er leidet an Alzheimer und ist seit sechs Monaten in einem Pflegeheim untergebracht.“

Julia sah zu Grace, die sie beobachtete, und zuckte ahnungslos mit den Schultern. „Das tut mir Leid.“

„Ich rufe Sie an, weil sich mein Onkel heute im Fernsehen die Beerdigung ihres Exmannes angesehen hat. Als er den Namen Bradshaw hörte, konnte ich seinen Augen ansehen, dass der irgendeine Erinnerung in ihm geweckt hat. Das ist deswegen so ungewöhnlich, weil er seit Monaten niemanden mehr erkannt hat.“

„Kannte Ihr Onkel Paul?“ fragte Julia.

„Ich weiß nicht. Aber er war sehr erregt, vor allem, als die Kamera über die Menge schwenkte und er Ihren Sohn sah. Daraufhin fing er an, immer wieder den Namen seines eigenen Sohnes zu sprechen: Joey.“

„Dann sollten Sie sich vielleicht mit seinem Sohn unterhalten", schlug Julia vor.

„Mein Cousin starb, als er noch ein kleiner Junge war, Mrs. Bradshaw. Das war vor zweiunddreißig Jahren. Mein Onkel hat Joeys Namen nicht mehr erwähnt, seit er im Pine-Hill-Pflegeheim untergebracht worden ist. Und wie gesagt, er hat seit Monaten niemanden mehr erkannt, auch mich nicht. Aber heute hat der Name Bradshaw seine Erinnerung geweckt."

Julia versteifte sich, ohne zu wissen, warum. „Geweckt? Was hat er gesagt?"

„Er hat nichts gesagt, er hat nur ... reagiert."

„Ich weiß ehrlich gesagt nicht so recht, warum sie mich anrufen, Miss Seavers." Julia nickte ihrer Mutter ein Dankeschön zu, als die einen Becher Tee vor ihr abstellte. „Ich kann Ihnen da nicht helfen, und Ihrem Onkel auch nicht."

„Ich denke schon", sagte Jennifer überzeugt. „Das ist das ermutigendste Zeichen, das wir seit seiner Einweisung in das Pflegeheim erlebt haben. Ich dachte, wenn Sie ... ich meine, ich hatte gehofft ..." Sie gab einen erstickten Laut von sich und ließ den Satz unvollendet.

Jennifer tat ihr Leid. Sie schien sich wirklich um ihren Onkel zu sorgen, auch wenn Julia nicht sicher war, wie sie ihr helfen sollte. „Was hatten Sie gehofft?" fragte sie vorsichtig.

„Dass Sie nach Pine Hill kommen würden", antwortete sie, nachdem sie sich geräuspert hatte. Sie sprach schnell, als würde sie befürchten, dass ihr Mut sie verlassen könnte. „Ich weiß, dass das heute kein guter Tag ist, um Sie darum zu bitten. Sie können mir glauben, Mrs. Bradshaw, dass ich das nicht machen würde, wenn ich nicht das Gefühl hätte, dass ein Besuch von Ihnen meinem Onkel irgendwie helfen könnte. Vielleicht würde Ihr Besuch ihn auch einfach nur beruhigen." Hastig fügte sie hinzu: „Pine Hill liegt in Carmel Valley, eine halbe Autostunde von Monterey entfernt."

„Ich schätze, dass ich ein paar Minuten Zeit finden könnte“, sagte Julia. „Aber nicht heute. Heute werde ich hier bei meinem Sohn gebraucht. Wäre morgen für Sie in Ordnung?“

„Das wäre wunderbar. Ich danke Ihnen, Mrs. Bradshaw.“

Julia nahm sich vom Tisch einen Zettel und einen Stift. „Gut, dann geben Sie mir die Adresse.“

6. KAPITEL

Das Pine-Hill-Pflegeheim lag in den Anhöhen oberhalb von Carmel Valley ein Stück nördlich des San Jose Creek. Von dem zerklüfteten Felsen, auf dem das Gebäude errichtet worden war, hatte man einen atemberaubenden Ausblick auf den Monastery Beach. Nach der Anzahl der Patienten zu urteilen, die sich allein oder mit einem Verwandten an der frischen Luft aufhielten, war die Lage des Heims einer seiner größten Vorzüge.

Jennifer Seavers wartete an der Schwesternstation, als Julia eintraf. Sie war eine hübsche, junge Frau mit hellbraunem Haar, das als Bob geschnitten war, und braunen Augen. Mit schnellen Schritten eilte sie auf Julia zu.

„Wie geht es Ihrem Onkel?" fragte Julia, als sie sich die Hand gaben.

„Er ist noch immer aufgeregt, wenn auch nicht so schlimm wie gestern."

Gemeinsam gingen sie den grün ausgelegten Flur entlang, bei jedem Schritt klapperten Julias Absätze.

Jennifer führte Julia in einen spärlich eingerichteten Raum mit grünen Wänden, einer kleinen Anrichte und einem Bett. Einige persönliche Gegenstände und vergilbte Fotos standen auf der Anrichte und waren der einzige Hinweis darauf, dass der Patient in Zimmer 106 einmal ein ganz normaler, voll funktionstüchtiger Mensch gewesen war.

Ein Mann, der mit dem Rücken zu Julia in einem Schaukelstuhl saß, sah aus dem Fenster. Als sie näher kam, war sie beim Anblick seines Gesichts entsetzt, wie zerbrechlich er aussah. Tiefe Linien zogen sich um seinen Mund, und nur ein paar graue Haarbüschel waren auf seinem Kopf verblieben. Er trug eine hellbraune Hose, ein sauberes weißes Hemd, dessen oberster Knopf offenstand, und eine beigefarbene Strickjacke, die zwei Nummern zu groß war.

Er nahm weder Julia noch Jennifer wahr, sondern schien vollkommen von dem erhabenen Ausblick vor seinem Fenster gefesselt zu sein.

„Onkel Eli?“ Jennifer hockte sich neben der stillen Gestalt nieder und umschloss seine schlaffe Hand. „Julia Bradshaw ist hier.“

Der Mann drehte den Kopf zur Seite, sein matter Blick erfasste Julia.

Sie lächelte ihn an. „Wie geht es Ihnen, Eli?“

Die spröden, blassen Lippen des Mannes begannen sich zu bewegen, und in seinen Augen, die eben noch ausdruckslos gewesen waren, zeichnete sich Angst ab.

„Onkel Eli, hab bitte keine Angst.“ Jennifer tätschelte beruhigend seine zitternde Hand. „Niemand tut dir etwas.“

Julia machte einen Schritt nach hinten. „Meint er, dass ich ihm wehtun werde?“

„Das hat nichts mit Ihnen zu tun. Er fürchtet sich vor allem. Paranoia ist eines der vielen Symptome dieser Krankheit. So wie der Gedächtnisverlust.“

Von einem Tablett nahm Jennifer einen Pappbecher, der zur Hälfte mit Wasser gefüllt war, und führte ihn an seinen Mund. Eli nahm einen kleinen Schluck, dann noch einen, bedankte sich aber nicht bei ihr.

„Ich kann einfach nicht glauben, wie schnell sich sein Zustand verschlechtert hat“, fuhr Jennifer fort. „Seit er hier ist, starrt er nur auf den Fernseher oder aus dem Fenster und sagt kein Wort.“

„Wie alt ist er?“

„Gestern ist er vierundsechzig geworden“, antwortete sie, dann sprach sie weiter, als sie Julias erstaunten Gesichtsausdruck bemerkte. „Ich weiß, er sieht viel älter aus.“

„Hat er hier in Carmel gelebt?"

„In Salinas. Und ich wohne in Ventura. Darum ist es auch sehr schwierig für mich, so oft herzukommen, wie ich es gerne würde. Ich arbeite als Kellnerin, um das College zu finanzieren", erklärte sie offen.

Julia dachte einen Moment lang nach. „Ich versuche, mich daran zu erinnern, ob mein Exmann irgendwann einmal davon gesprochen hat, dass er jemanden in Salinas kennt, aber ich habe keine Ahnung. Was hat Ihr Onkel gemacht?"

„Vor langer Zeit hat er Wirtschaft an der UCLA unterrichtet. Als Joey dann an Leukämie starb, wurde alles anders. Onkel Eli gab seine Arbeit auf, traf sich nicht mehr mit seinen Freunden und schottete sich von allen ab. Am ersten Todestag seines Sohnes sagte er meiner Tante, er habe die Scheidung eingereicht. Er überließ ihr alles, was er besaß, und zog in den Nahen Osten um, wo er an der Amerikanischen Universität in Beirut eine Stelle als Lehrer erhielt. Dort blieb er zwanzig Jahre, kam aber jeden Sommer zu Besuch wieder her. Schließlich zog er zurück nach Kalifornien. Aber das erfuhr ich erst vor sechs Monaten."

Julia beobachtete Jennifer, wie sie ein Taschentuch aus einer kleinen Schachtel zog und den Speichel an Elis Mundwinkel abtupfte. „Sie scheinen Ihren Onkel sehr zu mögen."

Tränen schossen der jungen Frau in die Augen. „Ich war nicht mal auf der Welt, als er L.A. verließ, aber ich habe wunderschöne Erinnerungen an seine alljährlichen Besuche und an die Geschenke, die er mir mitbrachte. Hübsche Puppen aus dem Nahen Osten, farbenprächtige Taschen, Schmuck."

„Und er hat sich nie bei Ihnen gemeldet, nachdem er wieder hergezogen war?"

Jennifer richtete sich auf und warf das Tuch fort. „Ich verstehe es auch nicht. Jetzt, da mein Vater tot ist, ist Onkel Eli die einzige

Familie, die ich noch habe. Und ich weiß, dass ich ihm etwas bedeutet habe." Das leise Geräusch, das sie von sich gab, klang verdächtig nach einem Schluchzen. „Aber aus irgendeinem Grund wollte er mich nicht sehen."

Julia spürte einen Kloß im Hals. So ein junges Mädchen, das keine Familie mehr hatte, nur noch einen Onkel, der es nicht mehr erkannte. „Und wie haben Sie ihn gefunden?"

„Als bei meinem Onkel vor ein paar Jahren Alzheimer festgestellt wurde, hat sich seine Nachbarin von Zeit zu Zeit um ihn gekümmert. Letzten Dezember hat sie ihn vor seinem Haus angetroffen, er war völlig orientierungslos und verängstigt. Nachdem sie einen Arzt gerufen hatte, suchte sie in Elis Unterlagen nach Hinweise auf Verwandte und stieß dabei auf meinen Namen und meine Adresse."

„Er wusste also, wo Sie leben?"

Sie nickte traurig. „Offensichtlich ja. Als Mrs. Hathaway – seine Nachbarin – mich anrief, habe ich mich sofort auf den Weg gemacht. Da war er schon sehr krank, und ich wusste, dass ich ihn in einem Heim unterbringen musste, wo er die richtige Pflege erhielt. Ich hätte ihn gerne näher zu mir untergebracht, aber es gab nur hier in Pine Hill einen freien Platz."

Jennifer machte Julia Platz. „Vielleicht reagiert er auf Sie, wenn Sie sich mit ihm unterhalten und ihm noch mal Ihren Namen sagen."

„Natürlich." Julia zog sich einen Stuhl heran und nahm Platz. „Hallo", sagte sie sanft, während sich Eli zu ihr umdrehte. „Mein Name ist Julia Bradshaw. Sind wir uns schon einmal begegnet, Mr. Seavers? Oder kannten Sie vielleicht meinen Exmann Paul Bradshaw?"

Als sie den Namen aussprach, schrak Eli in seinem Stuhl zurück. Er öffnete den Mund, und für ein paar Sekunden sah es so aus, als wolle er etwas sagen. Dann wurde sein Gesicht wieder ausdruckslos, und er widmete seine Aufmerksamkeit erneut der Aussicht vor seinem Fenster.

„Jennifer hat mir gesagt, dass Sie sich im Fernsehen Pauls Beerdigung angesehen haben", redete Julia weiter. Sie erinnerte sich daran, dass Eli Andrew für seinen Sohn gehalten hatte, und sagte: „Und ich habe gehört, dass Sie meinen Sohn gesehen haben."

Eli begann zu schaukeln, erst langsam, dann heftiger.

„Er heißt Andrew", fuhr Julia fort. „Er ist sechs Jahre alt, fast schon sieben, um genau zu sein. Mit ihm hat man alle Hände voll zu tun." Sie lächelte. „Sie wissen ja, wie kleine Jungs so sind."

Eli schaukelte weiter.

Julia fühlte sich, als hätte sie die junge Frau enttäuscht. Sie sah Jennifer an und schüttelte den Kopf. „Tut mir Leid, ich fürchte, ich dringe nicht zu ihm durch."

„Ich bin diejenige, die sich entschuldigen muss", sagte Jennifer seufzend. „Ich habe Sie völlig vergeblich herkommen lassen."

Julia drückte die Hand der jungen Frau. „Das konnten Sie doch nicht wissen. Außerdem haben Sie nur versucht, ihm zu helfen."

Als Julia aufstehen wollte, fühlte sie, wie sich eine kalte Hand um ihren Unterarm legte.

Sie sah hinab und erkannte, dass Eli sie anstarrte. Seine Augen strahlten und hatten fast etwas Fiebriges. Mit einer Kraft, die für einen so schwachen Mann bemerkenswert war, zog er sie an sich heran. „*Gleic Éire* hat es getan", flüsterte er.

Julia spürte einen eiskalten Schauder. *Gleic Éire?* Die irische Extremistengruppe, die acht Jahre zuvor Pauls Schwester ermordet hatte?

Eli sah sich rasch und verängstigt um. „Sei vorsichtig", flüsterte er heiser. „Sie dürfen Joey nicht bekommen." Er zog an Julias Handgelenk, bis ihr Gesicht nur noch wenige Zentimeter von seinem entfernt war. Auf diese geringe Entfernung glühte in seinen Augen ein so intensives Feuer, dass Julia versuchte, sich zurückzuziehen.

Seine knorrigen Finger umschlossen ihr Handgelenk noch fester. „Vertraue niemandem“, flüsterte er.

Julia setzte sich wieder hin und sah dem Mann tief in die Augen. „Wollen Sie sagen, dass *Gleic Éire* Paul Bradshaw umgebracht hat?“ fragte sie mit gedämpfter Stimme.

Das Glühen in Elis Augen erlosch, er lockerte seinen Griff und ließ seine Hand wieder schlaff in seinen Schoß fallen.

„Eli, bitte, sprechen Sie mit mir.“ Sie wollte ihn zurückholen, nahm seinen Arm und begann ihn sanft zu schütteln. „Wissen Sie, wer Paul Bradshaw getötet hat?“

Doch Eli schien sie nicht mehr zu hören. Seine Augen waren wieder leer, sein Mund war schlaff, und er begann von Neuem langsam zu schaukeln

Julia sah ihn eine Zeit lang an. Hat der Mann einen Augenblick der Klarheit erlebt? fragte sie sich. Oder waren seine eingebildeten Ängste schlimmer, als sie gedacht hatte?

Sie sah zu Jennifer, die blass geworden war. „Hat er vorher schon einmal *Gleic Éire* erwähnt?“

Jennifer schüttelte den Kopf. „Nein. Als er nach Pine Hill kam, fürchtete er sich vor marschierenden Soldaten, vor Männern, von denen er glaubte, sie seien hinter ihm her.“

Gleic Éire, die gälischen Worte für „Irischer Kampf“, war eine kleine, aber gut organisierte und bestens bewaffnete militante Gruppe, die in den letzten vier Jahrzehnten Angst und Schrecken in Nordirland und England verbreitet hatte.

Vor acht Jahren, als Julia ein Praktikum im „Fairmont Hotel“ in San Francisco ableistete, wurde Sheila Bradshaw von einer Bombe getötet, die die Terroristen vor dem britischen Konsulat in Manhattan deponiert hatten. Der Anschlag, dem der britische Premierminister während seiner Visite zum Opfer hätte fallen sollen, kostete drei Menschen das Leben – unter ihnen Sheila – und fügte einem Dutzend Passanten Verletzungen zu.

Das FBI hatte mit Unterstützung von Scotland Yard eine groß angelegte Suche nach den Attentätern eingeleitet, sowohl in den USA als auch in ganz Großbritannien. Doch die Gruppe, die angeblich von wohlhabenden Amerikanern irischer Abstammung geführt wurde, hatte sich förmlich in Luft aufgelöst.

Julia sah auf die bedauernswerte Gestalt im Schaukelstuhl. Einen Augenblick lang hatte er sich so lebendig angehört, so … leidenschaftlich. Könnte er die Wahrheit gesagt haben? Oder war es nur eine Halluzination gewesen?

Das waren Fragen, die beantwortet werden mussten, auf die Eli aber keine Antwort geben konnte. Sicher nicht jetzt, nachdem er sich wieder in seine eigene Welt zurückgezogen hatte.

Vielleicht wusste Frank, wie man mit ihm umgeben musste. Oder Detective Hammond, auch wenn es in den Sternen stand, welchen Wert er den Äußerungen eines kranken und alten Mannes beimessen würde.

Mit nur wenig Hoffnung verabschiedete Julia sich von Jennifer und verließ das Pflegeheim.

Nachdem sie ihre Mutter angerufen und sie gebeten hatte, noch eine Weile länger auf Andrew aufzupassen, fuhr Julia direkt zum Haus von Penny und Frank.

Die beiden hatten das reizvolle Cottage zwei Jahre zuvor gekauft. Penny, die die Natur liebte, hatte den einfachen Hof in einen üppigen englischen Garten verwandelt, der eine ideale Plattform für ihr künstlerisches Talent darstellte. Schrullige Tontiere, überwiegend Hasen, Eichhörnchen und Streifenhörnchen, fanden sich überall, spähten zwischen den dichten Rhododendronbüschen hindurch, säumten den aus Ziegelsteinen gelegten Weg und bewachten sogar die Vordertür.

Frank, der die Schicht von Mitternacht bis um vier Uhr nachmittags hatte, ließ Julia ins Haus, als Penny gerade aus ihrem Studio im hinteren Teil des Hauses kam. Sie trug eine lange marineblaue Schürze und hatte ihr volles braunes Haar zu einem wirren Knäuel hochgesteckt.

„Ich habe angerufen, weil ich hören wollte, wie du dich auf der Beerdigung mit Charles geschlagen hast", sagte sie und sah sie besorgt an. „Deine Mutter sagte etwas davon, dass du irgendjemandem in einem Pflegeheim in Carmel besuchen wolltest."

Julia berichtete ihnen von dem verwirrenden Besuch bei Jennifers Onkel und von seinen beunruhigenden Anschuldigungen.

„Bist du sicher, dass er das gesagt hat?" fragte Frank, als sie geendet hatte. „*Gleic Éire?* Hast du ihn nicht vielleicht falsch verstanden?"

Julia schüttelte den Kopf. „Seine Nichte hat es auch gehört. Sie hat gesagt, dass es das Klarste war, was er seit Wochen von sich gegeben hat."

Penny blickte von Julia zu ihrem Ehemann. „Augenblick mal. Reden wir hier von dieser Terroristenvereinigung? Von den Leuten, die damals in New York City den Bombenanschlag verübt haben, bei dem Pauls Schwester Sheila ums Leben kam?"

Frank nickte, sein Gesicht hatte einen finsteren Ausdruck angenommen. „Genau die." Er wandte sich an Julia. „Aber warum sollten sie Paul umbringen? Sie haben nur ein Ziel, und das ist die Abspaltung Nordirlands von Großbritannien. Warum sollten sie einen amerikanischen Kleinstadtpolitiker töten? Das ergibt keinen Sinn."

„Für mich schon", warf Penny ein. „Weißt du nicht mehr, wie

wütend Paul war, als Sheila starb? Er hatte doch geschworen, die Anführer von *Gleic Éire* zu finden und sie vor Gericht zu bringen."

Frank lachte. „Der Entschluss hielt zwei Monate lang an, soweit ich mich erinnere. Lange genug, damit er die Publicity nutzen und in den Rat gewählt werden konnte."

Das stimmt, dachte Julia. Paul war kein besonders kluger Politiker, aber er hatte die Gabe besessen, wie kein Zweiter die Medien zu manipulieren. Die Publicity, die durch den Tod seiner Schwester entstanden war, war genial gewesen, sogar perfekt arrangiert. Und am Ende hatte sie ihm einen erdrutschartigen Sieg beschert.

„Vielleicht hatte er beschlossen, Sheilas Fall wieder aufzugreifen", gab Penny zu bedenken, „und ist dabei auf neue Beweise gestoßen." Sie packte ihren Mann am Arm. „Vielleicht wollte er ja genau das auf dieser Pressekonferenz verkünden?"

Eine tiefe Falte zeigte sich auf Franks Stirn, während er zu Julia sah. „Hat Paul dir irgendetwas über diese Pressekonferenz gesagt, Jules? Irgendeinen Hinweis, um was es gehen mochte?"

„Kein Wort", sagte Julia und ging die Unterhaltung mit Paul noch einmal im Geiste durch. „An dem Tag schien er nichts anderes im Sinn zu haben als seinen dämlichen Heiratsantrag."

„Hmm." Frank schwieg einen Moment lang. Offenbar hatte er einen Entschluss gefasst, da er auf die Armlehne des Sessels schlug. „Ich rufe Hank an. Vielleicht bekommt er aus Eli Seavers nicht mehr heraus als du. Aber er kann die Vergangenheit dieses Kerls durchleuchten und herausfinden, womit er sich nach seiner Rückkehr nach Kalifornien beschäftigt hat."

Julia lachte verbittert auf. „Warum sollte sich Hammond die Mühe machen, nach anderen Verdächtigen zu suchen, wenn er schon eine mutmaßliche Täterin hat, die auch von Charles Bradshaw verdächtigt wird?"

„Weil er ein guter Polizist ist“, erwiderte Frank.

Er stand auf und ging zum Telefon. Augenblicke später hatte er den Detective am Apparat.

„Hank, hier ist Frank Walsh“, sagte er, während er die beiden Frauen ansah. „Julia Bradshaw ist hier … ja, bei mir zu Hause. Sie hat Informationen, die du dir anhören solltest.“

Er blickte zu Julia. „Willst du hier oder in der ‚Hacienda‘ mit ihm reden?“

„Hier“, erwiderte Julia schnell. „Ich möchte nicht, dass Andrew das mitbekommt.“

Frank sagte es Hank, dann legte er auf. „Er kommt her.“

7. KAPITEL

Julia saß allein am Küchentisch und trank von ihrem Kamillentee, während sie versuchte, sich zu entspannen. Es half nichts. Die Ereignisse der letzten achtundvierzig Stunden – die Beerdigung, der Streit mit Charles und ihr Besuch im Pine-Hill-Pflegeheim – hatten ihre Nerven extrem angespannt.

Ihr Gespräch mit Detective Hammond war weitgehend so verlaufen, wie sie es erwartet hatte. Eli Seavers' Behauptung fand er zwar bemerkenswert, doch der Mann war skeptisch, was den Wahrheitsgehalt dieser Worte anging.

„Ich werde das überprüfen", hatte er ihr gesagt, während er auf dem kleinen Notizblock, den er schon bei ihrer Befragung benutzt hatte, alles Wichtige festhielt. „Aber ich wäre an Ihrer Stelle nicht zu optimistisch. Jede Polizeiwache im ganzen Land und sogar das FBI erhält jedes Jahr Hunderte von Anrufen von Menschen, die behaupten, dass sie wüssten, wo sich die Anführer von *Gleic Éire* verkrochen haben. Wir überprüfen jeden einzelnen Hinweis. Wir müssen das machen, aber wir sind noch nie auf etwas gestoßen."

Bei dem Glück, das ich in den letzten Tagen hatte, wird sich auch diesmal nichts ergeben, dachte Julia in einem Moment des Selbstmitleids.

Das plötzliche Geräusch von zersplitterndem Glas, dem ein dumpfer Knall folgte, ließ sie aus ihrem Sessel aufspringen.

Zu überrascht, um Angst zu empfinden, rannte sie ins Foyer. Auf dem Boden vor ihr lagen die Überreste eines kleinen bunten Fensters über der Tür. Zwischen den verschiedenfarbigen Scherben lag ein Päckchen – ein Ziegelstein, um den eine Zeitung gewickelt war, die von einem Gummiring festgehalten wurde.

Von der Straße her war das Geräusch quietschender Reifen

zu hören, während ein Wagen wegfuhr. Zorn wallte in ihr auf, als sie die Tür aufriss und nach draußen rannte. Sie kam zu spät. Der Wagen war bereits im dichten Nebel verschwunden.

Ihr Herz pochte laut in ihrer Brust, während sie zurück zur „Hacienda" ging und besorgt war, dass Andrew von dem Lärm geweckt worden sein könnte. Aber nicht ihr Sohn wartete auf sie, sondern ihre beiden Gäste, eine im Ruhestand befindliche Lehrerin aus Joliet, Illinois, und ein Buchhalter aus Seattle. Beide standen im Foyer, einen Morgenmantel über den Schlafanzug gezogen, starrten sie auf das Loch, wo das Fenster gewesen war.

„Mrs. Bradshaw!" rief Emilie Harris. „Was ist passiert?"

„Das ist doch offensichtlich." Jack Woods, der Buchhalter, der von Natur aus schlecht gelaunt war, sah Julia an, als sei der Zwischenfall ihre Schuld. „Irgendein Scherzbold hat einen gottverdammten Stein durch das Fenster geworfen."

Julia ignorierte seine aggressive Art und hob den Stein auf, um ihn auszuwickeln. Sofort sah sie die Nachricht, die in großen roten Buchstaben quer über die Seite geschrieben worden war. Ein kaltes, klammes Gefühl ergriff von ihr Besitz, während sie das einzige Wort las, aus dem die Nachricht bestand.

Mörderin.

Emilie Harris presste ihre Hände an ihre Brust. „Was steht da drauf, Mrs. Bradshaw?"

Mit zitternden Händen faltete Julia rasch die Zeitung zusammen. „Nichts. Diese Woche ist Schulschluss. Ich bin sicher, dass es nur ein Scherz ..."

„Das ist nichts? Von wegen." Jack Woods ging auf sie zu und deutete mit dem Zeigefinger auf die Zeitung. „Wir sind Gäste in Ihrem Haus, Mrs. Bradshaw. Wenn das ein Drohbrief ist und unser Leben in Gefahr ist, haben wir ein Recht, das zu wissen."

„Das ist kein Drohbrief."

Bevor sie es verhindern konnte, hatte der Buchhalter ihr das Papier aus den Händen gerissen, starrte erst auf das hingekritzelte Wort, dann sah er wieder Julia an.

„Würde mir freundlicherweise jemand erklären, was da steht?“ Mrs. Harris' Stimme war von Panik erfüllt. Als Woods ihr die Zeitung zeigte, schnappte sie nach Luft. „O mein Gott!“

„Wer wird als Mörderin beschimpft?“ wollte der Buchhalter wissen. „Sie?“

„Ja, aber es stimmt nicht“, protestierte Julia. „Ich habe niemanden umgebracht.“ Sie hoffte, dass ihre Offenheit ihn besänftigen würde, doch das war nicht der Fall.

„Es geht um den Mord an Ihrem Exmann, oder?“ Emilie Harris' kleine Augen funkelten vor plötzlicher Neugier. Sie wandte sich an Woods. „Der Mann von gegenüber hat mir erzählt, dass die Polizei letzte Woche hier war und sie verhört hat.“

Woods' Blick hatte etwas Unerbittliches, als er wieder zu Julia sah. „Glaubt die Polizei, dass Sie Ihren Exmann umgebracht haben?“

„Nein, natürlich nicht.“ Angesichts solcher Feindseligkeit versuchte Julia verzweifelt, die Situation nicht ihrer Kontrolle entgleiten zu lassen. „Ansonsten hätte man mich auch schon längst verhaftet.“

Woods hielt die Zeitung wie ein Schwert und wedelte mit ihr umher. „Aber irgendjemand glaubt das offenbar, sonst würde man Sie nicht als Mörderin bezeichnen.“

„Mr. Woods, bitte“, flehte Julia. „Es gibt keinen Grund, laut zu werden. Sie wecken noch Andrew auf ...“

Ihre Bitte bewirkte nichts. „Sagen Sie, Mrs. Bradshaw“, sagte er sarkastisch. „Was kommt morgen Abend als nächstes durch die Fenster geflogen? Kugeln?“

„Ich habe Ihnen doch gesagt, dass es nur ein Streich gewesen ist. Es ist harmloser, als sie denken.“

„Egal, ob das ein Streich war oder nicht. Ich beabsichtige nicht, zur Zielscheibe irgendeines Verrückten zu werden, mit einer Vendetta gegen Sie." Er sah aus dem Fenster neben der Tür. „In dem Nebel komme ich hier jetzt wohl nicht weg, aber ich werde am Morgen sofort abreisen." Er nickte knapp. „Machen Sie meine Rechnung fertig."

„Meine auch", sagte Emilie Harris spitz und folgte ihm nach oben.

Entsetzt stand Julia da und sah ihnen nach, während sie sich fragte, was in ihrem Leben wohl noch schief gehen konnte. Innerhalb von nur vier Tagen hatte man sie des Mordes verdächtigt, ihr gedroht, ihr Kind und Geschäft abzunehmen, und jetzt das. Während ihr die Tränen in die Augen schossen, starrte sie auf die Glasscherben zu ihren Füßen. Sie wusste nicht, worüber sie sich mehr aufregen sollte: dass sie ihre beiden einzigen Gäste verloren hatte oder dass es jemanden gab, der sie genug hasste, um einen Ziegelstein durch ein Fenster zu werfen und sie als Mörderin zu beschimpfen.

Der Wunsch, ihrer Verzweiflung freien Lauf zu lassen, war stark, aber irgendwie schaffte sie es, gegen ihn anzukämpfen. Sie musste sich zusammenreißen, allein schon wegen Andrew.

Während sie hörte, wie im Stockwerk über ihr Türen zugeschlagen wurden, wischte sie die Tränen fort und drehte sich um, erstarrte aber in ihrer Bewegung.

Andrew stand im Durchgang, der die Küche vom Foyer abteilte. Seine Augen waren vor Angst und Fassungslosigkeit weit aufgerissen.

„Andrew." Rasch legte sie den Ziegelstein und die Zeitung auf einen kleinen Tisch und eilte zu ihm. „Wieso bist du auf?"

„Ich habe Mr. Woods' Stimme gehört." Seine großen, treuen Augen suchten den Blickkontakt zu ihr. „Er hat gesagt, dass du meinen Dad umgebracht hast."

Julia verspürte aufwallende Panik. Sie hatte sich so sehr bemüht, Andrew vor dem gehässigen Tratsch abzuschirmen, und jetzt war das Kind wegen eines unachtsamen, wütenden Mannes verwirrter als je zuvor.

„Er irrt sich, Andrew", sagte sie in einem Ton, von dem sie hoffte, dass er sanft und beruhigend war. „Ich habe deinen Dad nicht umgebracht. Ich würde niemals so etwas tun."

„Warum hat er das dann gesagt?"

Julia hielt seine Hände und streichelte sie sanft. „Ich weiß nicht, Andrew. Manchmal müssen Menschen jemandem die Schuld geben, und das ist oft ein Ehemann oder eine Ehefrau oder ein anderes Familienmitglied. Aber ich schwöre dir, dass ich es nicht getan habe." Plötzlich zählte für sie nur noch, das Vertrauen ihres kleinen Jungen zurückzugewinnen. „Du glaubst mir doch, oder?" fragte sie besorgt.

Zu ihrer Erleichterung nickte er nachdrücklich, machte aber immer noch einen verstörten Eindruck, da er an ihr vorbei ins Foyer blickte. „Hat wirklich jemand einen Stein durch unser Fenster geworfen?"

„Oh, das ist überhaupt nichts, Darling." Sie schaffte es, ihn anzulächeln. „Nur ein paar Kinder, die nichts Besseres zu tun hatten."

„Mr. Woods hat gesagt, dass jemand auf uns schießen wird."

Julia nahm sein Gesicht zwischen ihre Hände und gab ihm einen Kuss auf die Nasenspitze. „Mr. Woods weiß nicht, wovon er redet. Niemand wird auf uns schießen."

„Aber wenn diese Leute zurückkommen?"

„Das werden sie nicht." Als ihre Antwort ihn nicht beruhigte, schob Julia ihn fort von dem Durcheinander auf dem Fußboden. „Ich sage dir was. Warum hilfst du mir nicht, das hässliche Loch zuzumachen? Ich habe in der Garage ein Stück Sperrholz, das ganz genau passt. Das Problem ist nur, dass ich ein Paar kräftige Arme brauche, um es ins Haus zu tragen.“ Sie grinste ihn an. „Habe ich einen Freiwilligen?“

Sein beunruhigter Gesichtsausdruck verschwand plötzlich. „Ich helfe dir.“

Zehn Minuten später hatte Julia das eingeschlagene Fenster mit dem Stück Sperrholz zugenagelt. Während Andrew ihr zusah, stieg sie von der Leiter und machte einige Schritte nach hinten, um ihre Arbeit zu begutachten.

„Hmm, nicht schlecht, wenn ich mich selbst loben darf. Was meinst du, Schatz? Habe ich eine Zukunft im Reparieren von Fenstern?“

Andrew verzog das Gesicht. „Ich weiß nicht, Mom. Das Holz ist ziemlich schief.“

Julia legte den Kopf schräg und versuchte, gut gelaunt zu klingen. „Nicht, wenn du es auf diese Weise betrachtest.“

Andrew lachte, sein erstes von Herzen kommendes Lachen, das sie von ihm seit Pauls Tod vor vier Tagen gehört hatte.

Sie fuhr ihm durch seine blonden Haare. „Nachdem wir das erledigt haben, könnte ich dich ja wieder ins Bett bringen, einverstanden? Es ist schon ziemlich spät.“

Er sah sie an, ein Hauch von Verlegenheit huschte über seine Wangen. „Kann ich bei dir im Bett schlafen, Mom? Nur heute Nacht?“ Er zögerte kurz. „Ich habe ein bisschen Angst.“

Julia spürte einen kurzen, stechenden Schmerz. Der arme Junge. Nach allem, was geschehen war, hatte sich nun die Gewalt auch noch ihren Weg an den einzigen Ort gebahnt, an dem er sich sicher gefühlt hatte: nach Hause. Kein Wunder, dass er Angst hatte.

Sie wusste, dass es ihn einige Überwindung gekostet hatte, zuzugeben, dass er sich fürchtete, darum behielt Julia ihren unbeschwerten Tonfall bei. „Okay, aber nur, wenn du versprichst, nicht die Bettdecke an dich zu reißen."

Der Trick funktionierte. „*Du* reißt die Bettdecke an dich."

Nachdem Julia ihn ins Bett gebracht hatte, ließ sie die Tür offen, damit aus der Küche Licht ins Zimmer fiel, während sie zum Telefon ging und den Hörer aufnahm. Sie hatte gerade begonnen, die Nummer der Polizeiwache zu wählen, als sie innehielt.

Wenn sie den Vorfall polizeilich erfassen ließ, dann wüsste am Morgen die ganze Stadt darüber Bescheid. Wollte sie das wirklich? Sollte Charles glauben, das Gasthaus sei nicht mehr sicher, und sollte sie ihm auf diese Weise zusätzliche Argumente liefern, die er benutzen konnte, um ihr Andrew wegzunehmen?

Langsam ließ Julia den Hörer sinken.

Für den Augenblick war es am besten, den Zwischenfall auf sich beruhen zu lassen.

Diesmal war die Stimmung beim Zusammentreffen in der luxuriösen Villa auf dem Hügel düster. Auf der sonnigen Terrasse war kein unbeschwertes Gerede zu hören, keine Höflichkeiten, kein Wort über neugeborene Enkelkinder.

Unter den gleichen Vorsichtsmaßnahmen wie immer waren die vier Männer nur Augenblicke zuvor eingetroffen. Jeder wusste, dass eine unerwartete Krise ihre sofortige Aufmerksamkeit erforderlich machte.

Ihr Gastgeber Ian McDermott wartete, bis sein Butler die rituellen kristallenen Kelchgläser mit Orangensaft serviert und sich zurückgezogen hatte, ehe er sich an seine Partner wandte.

„Wie ihr bereits wisst", sagte McDermott, während er sein Glas nahm, „ist Ratsmitglied Bradshaw tot. Und ein verrückter, alter Kerl in einem Pflegeheim zeigt mit dem Finger auf uns."

Spencer Flynn, Chef eines der erfolgreichsten Sicherheitsunternehmen des ganzen Landes, reagierte als Erster: „Ich möchte wissen, wer zum Teufel Eli Seavers ist."

„Nicht nur du." McDermott wandte sich an Aaron Briggs, Eigentümer des über hundert Jahre alten *San Francisco Star* und sein Stellvertreter. „Aaron, deine Reporter haben die Sache recherchiert. Was weißt du über diesen alten Mann?"

Briggs senkte seinen Blick und las aus einer Aktenmappe vor. „Bislang nicht viel. Er hat in den letzten Jahren in Salinas gelebt. Vor zwei Jahren wurde bei ihm Alzheimer diagnostiziert, aber erst letzten Dezember kam er ins Pine-Hill-Pflegeheim. Seine einzige Verwandte ist eine Nichte, die von Polizei und FBI gründlich befragt worden ist. Laut Jennifer Seavers reagierte ihr Onkel aufgeregt, als er Paul Bradshaws Beerdigung im Fernsehen sah. Daraufhin hat sie Julia Bradshaw gebeten, ins Pflegeheim zu kommen, weil sie gehofft hat, irgendwie die Erinnerungen des alten Manns zu aktivieren."

„Und dabei hat er ihr so ganz nebenbei erzählt", sagte McDermott sarkastisch, „dass wir ihren Exmann umgebracht haben?"

Briggs nickte. „Seine genauen Worte waren: ‚*Gleic Éire* hat es getan.' Als Detective Hammond allerdings versucht hat, ihn zu befragen, hat er geschwiegen wie ein Grab, was eine gute Nachricht ist."

„Verdammt." Briggs gegenüber saß John Adams, der ungeduldig mit seinen Fingern auf die Armlehne seines Sessels trommelte. Der frühere Navy-Offizier und jetzige Chef des in Familienbesitz befindlichen Tiefkühlkostimperiums war ein sanftmütiger Mann und der frisch gebackene Großvater in der Gruppe. „Das könnte unsere Mission im nächsten Monat in Gefahr bringen."

McDermott presste seine Kiefer zusammen. „Die Mission wird *nicht* gefährdet werden. Wir haben zu hart daran gearbeitet, jede Phase zu perfektionieren, als dass wir jetzt zusehen, wie sie zu Fall gebracht wird."

„Dem stimme ich zu.“ Flynn wandte sich dem Verleger zu. „Aaron, vielleicht solltest du dich selbst um Seavers kümmern, anstatt deine Reporter an der Story arbeiten zu lassen. Das wäre sicherer.“

Briggs nickte. „Dagegen habe ich nichts.“ Er sah in die Runde. „Wenn alle einverstanden sind.“

Die vier Männer nickten gleichzeitig mit dem Kopf.

„Ich hänge mich sofort dran.“ Der Verleger sah zu seinem Gastgeber. „Was machen wir, wenn sich Seavers als Bedrohung entpuppt?“

McDermott hielt sein Kristallglas gegen das Licht und drehte es ein wenig, sodass das kostbare Kristall die Morgensonne einfangen konnte. „Dann töten wir ihn.“

8. KAPITEL

Briggs' ungeduldig erwarteter Anruf erfolgte gegen Mittag des nächsten Tages. McDermott, der trotz seines anfänglichen Optimismus nur ein paar Stunden geschlafen hatte, nahm den Hörer ab, bevor sein übereifriger Butler das für ihn erledigen konnte.

„Ja?"

„Ich habe Seavers überprüft."

Die Stimme seines Verbündeten verriet ihm, dass er keine guten Neuigkeiten hatte. „Wer ist er?"

„Wir kannten ihn als J.C. Spivak."

McDermott sog tief Luft ein und atmete langsam wieder aus. J.C. Spivak war ein selbsterklärter Söldner ohne besondere Verbundenheit für irgendein Land gewesen, der für sie als Chefunterhändler für Waffen aufgetreten war, ein Mann, der 1986 und 1987 im Alleingang einen immensen Waffenkauf zwischen *Gleic Éire* und Libyen abgeschlossen hatte.

Sie hatten über den Mann so gut wie nichts gewusst, außer dass er zuverlässig, als Waffenhändler und Bombenexperte höchst kompetent und nicht billig war. Zu der Zeit hatte das genügt.

Als sie ihn aber eines Tages wieder brauchten, hatte Spivak auf ihre Anrufe nicht reagiert. Nicht einmal Spencer Flynns hochsensibles Netzwerk aus Sicherheitsleuten hatte den Mann ausfindig machen können. Er war einfach verschwunden.

„Bist du sicher, dass er es ist?" fragte McDermott.

„Absolut. Ich habe die Patientenunterlagen im Pflegeheim überprüft. In Spivaks Akte gibt es ein Foto von 1986. Kein Zweifel, er ist unser Mann. Ein anderer Name, aber derselbe Mann."

„Verdammt." McDermott strich sich mit der Handfläche über seinen Bürstenschnitt. „Er weiß, wer ich bin und wo ich lebe."

„Komm schon, Ian. Spivak oder Seavers, oder wie immer du

ihn nennen willst, ist ein kranker Mann. Er kann sich ja nicht mal an seinen eigenen Namen erinnern."

Aber er hatte sich an den Namen ihrer Gruppe erinnert.

McDermott starrte einen Moment lang in die Ferne und versuchte, ruhig und rational zu denken. Die gute Nachricht war, dass die Polizei nichts aus ihm hatte herausholen können. Die schlechte Nachricht war, dass sie es wahrscheinlich wieder versuchen würde.

Was für McDermott bedeutete, dass er schnell handeln musste.

„Tu mir einen Gefallen", sagte er zu Briggs. „Überprüf die nächtlichen Abläufe im Pine-Hill-Pflegeheim und melde dich dann noch mal."

Die Stimmen waren wieder zurückgekehrt. Sie kamen immer in der Nacht, wenn es ganz dunkel im Zimmer war. Oder wenn er alleine war.

Er konnte nicht sagen, wie viele es waren oder was sie ihm sagten. Aber er wusste, dass sie seinetwegen kamen. Das wusste er, weil er hörte, wie die marschierenden Schritte näher kamen und lauter wurden.

Eli lag in seinem Bett und zog das Laken bis zu seinem Kinn hoch, während er versuchte, sich zu erinnern. Aber an was? Sein Kopf fühlte sich an wie ein großer Ballon, der nicht aufhörte, auf dem Boden aufzuprallen. Er wusste nicht, was ihm mehr Angst machte – der aufprallende Ball oder die marschierenden Stiefel.

Plötzlich wurde die Tür zu seinem Zimmer langsam geöffnet, ein Lichtschein aus dem Flur fiel herein. Von diesem Licht eingerahmt stand ein Schatten da, der furchterregender war als alles, was Eli jemals gesehen hatte.

Seine Augen waren weit aufgerissen, sein Herz hämmerte wie eine Trommel. Er hielt den Atem an und rutschte tiefer unter das

Laken. Der Schatten schloss die Tür und kam langsam auf sein Bett zu.

Aus der Nähe betrachtet, verwandelte sich der Schatten zu einem Mann, einem lächelnden Mann, der das vertraute Weiß der Pfleger trug.

„Hallo, J.C.", flüsterte der Mann ihm ins Ohr. „So heißt du doch, oder?" Er befreite das Laken aus Elis Griff und zog es fort. „Steh auf, J.C. Wir gehen ein wenig spazieren."

Verwirrt und verängstigt, aber stets gehorsam, ließ Eli es zu, dass sein Besucher ihn aus dem Bett holte und mit ihm zum Fenster ging.

Der Fremde, der Handschuhe trug, öffnete den komplizierten Mechanismus, um dann Eli am Arm zu nehmen und ihn sanft weiterzuschieben. „Komm schon, J.C. Über die Fensterbank." Die Stimme war sanft, fast melodisch. Eli hatte das Gefühl, dass er sie kennen sollte, aber er konnte sich nicht an den Grund dafür erinnern. „Erst das linke Bein, dann das rechte. Genau so. Gut gemacht, J.C."

Der kalte Wind schmerzte in seinem Gesicht, und unter seinen bloßen Füßen fühlte sich das Gras feucht an. Während sie über den weiten Rasen eilten, begann Eli zu frieren, da er nur seinen Schlafanzug trug. Wohin ging er? Wer war dieser Mann?

Das Geräusch und der Geruch der Brandung kamen näher, und Momente später standen er und sein Begleiter am Rand der Klippe, einem Gebiet, von dem er vage wusste, dass es tabu war. Unter ihm tobte wütend die See und schlug hart gegen die Felsen. Er schloss seine Augen, als ein feiner Nebel ihm ins Gesicht schlug.

Der Mann ließ seinen Ellbogen los. Ohne diesen Halt wankte Eli vor und zurück, und für einen Augenblick dachte er, dass er umfallen würde.

Der Mann fing ihn auf. Und lächelte ihn an. „Wolltest du schon mal fliegen, J.C.?“ fragte er. „So wie ein Vogel?“

Panik stieg in Eli auf. Er schüttelte den Kopf und überlegte wieder, was er machen sollte.

„Oh, komm schon, J.C. Du weißt nicht, wie viel Spaß das macht, wenn du es nicht mal versuchst.“ Die Hand des Mannes ruhte auf Elis Rücken. „Du hast doch keine Angst, oder, J.C.? Du hast doch nie Angst gehabt. Vor nichts und niemandem. Aber ich schätze, dass du dich daran nicht mehr erinnerst.“

Das Marschieren hatte wieder eingesetzt, langsam und leise, aber es wurde immer lauter.

„Flieg, J.C.“, flüsterte der Mann. „Flieg.“

Eli spürte nicht, dass er gestoßen wurde. Mit einem Mal befand er sich nicht mehr auf der Klippe. Ein Windstoß erfasste ihn und trug ihn mit sich, mit ausgebreiteten Armen stieg er auf wie ein Vogel. Einen Moment lang fühlte er sich erheitert.

Eli hörte Gelächter, war sich aber nicht sicher, ob er lachte oder der Mann auf der Klippe.

Dieser wunderbare Moment der Euphorie war nur von kurzer Dauer. Ohne Vorwarnung stürzte Eli in die Dunkelheit unter ihm.

Obwohl Julia versucht hatte, ihre beiden Gäste von der Abreise abzuhalten, hatten sie auf das Frühstück verzichtet, ihre Rechnung bezahlt und exakt um Viertel nach neun die „Hacienda“ verlassen. Zum ersten Mal seit der Eröffnung des Gasthauses vor neun Monaten hatte sie keinen Gast.

Der Gedanke erfüllte Julia mit erdrückender Verzweiflung. Am Anfang war das Gasthaus nichts weiter als ein Weg gewesen, um sie und Andrew zu ernähren, während sie etwas machte, das sie liebte. Jetzt aber war Charles’ Drohung ihr noch so gut in Erinnerung, dass ihr nur zu klar war, wie leicht Erfolg oder Scheitern der „Hacienda" einen Richter in einem Sorgerechtsprozess beeinflussen konnte.

Sie ballte die Hände zu Fäusten und drückte sie gegen ihren Mund. Ich lasse es nicht so weit kommen, schwor sie sich stumm. Ich werde alles machen, was nötig ist, um die „Hacienda" am Laufen zu halten. Und der erste Punkt auf dieser Liste bestand darin, das Fenster reparieren zu lassen. Um den Rest würde sie sich später kümmern.

Was sie jedoch für eine leichte Aufgabe gehalten hatte, erwies sich nur als eine weitere Quelle der Frustration. Nachdem Larry Sims von der Eisenwarenhandlung sich ihr Anliegen angehört hatte, erklärte er, er sei schrecklich im Rückstand und könne die Arbeit nicht ausführen.

Wütend legte sie den Hörer auf. Etwas an der Art, wie er sich um ihre Fragen wand, ließ sie daran zweifeln, dass er wirklich so beschäftigt war. Wahrscheinlicher war es, dass er zu den vielen Leuten gehörte, die sie für Pauls Mörderin hielten und die auf diese Weise ihre Ablehnung zum Ausdruck brachten.

Sogar das weit verbreitete *Monterey Journal,* in dem sie eine Dauerwerbung geschaltet hatte, war heute ohne ihre Annonce erschienen.

„Ich bin sicher, dass da etwas schief gelaufen ist", hatte der Anzeigenleiter gesagt, als sie sich bei ihm telefonisch beschwert hatte. „Wir werden dafür sorgen, dass die Anzeige in der Ausgabe der nächsten Woche steht. Kostenlos."

Etwas schief gelaufen, von wegen. Sie waren alle fest entschlossen, sie in den Bankrott zu treiben. So oder so.

Bevor sie sich wieder ihrem Selbstmitleid widmen konnte, klingelte das Telefon. Ohne ihre schlechte Laune abschütteln zu können, nahm sie den Hörer auf und murmelte ein knappes Hallo.

„Julia, hier ist Jennifer Seavers.“ Die junge Frau sprach mit bebender Stimme, als würde sie jeden Moment in Tränen ausbrechen. „Ich dachte, es würde Sie vielleicht interessieren ... Mein Onkel ist tot.“

Julia war geschockt, als sie das hörte. „O Jennifer, nein. Was ist passiert?“

„Es war ein Unfall. Er ist in der Nacht aufgestanden und nach draußen gegangen. Er ...“ Ein Schluchzen unterbrach ihre Worte. „Er ist von der Klippe gestürzt. Sie haben seine Leiche heute Morgen gefunden, auf einem Felsvorsprung in fünfzehn Meter Tiefe.“

Julia setzte sich hin und war voller Mitgefühl für Jennifer, die ihren Onkel so sehr geliebt hatte, und auch für sich selbst. Was Eli gewusst haben mochte, welche Geheimnisse er in seinem verwirrten Verstand mit sich getragen hatte, sie waren mit ihm gestorben.

„Das Personal kann sich das nicht erklären“, fuhr Jennifer fort, während ihre Stimme fester wurde. „So etwas ist noch nie geschehen. Von einigen Ausnahmen abgesehen, sind die Patienten in Pine Hill sehr passiv. Und sämtliche Fenster haben einen komplizierten Schließmechanismus, damit keiner von ihnen sie aus eigener Kraft öffnen kann.“

„Ihr Onkel ist tatsächlich durch das Fenster aus seinem Zimmer gelangt?“

„Sie haben das Fenster offen vorgefunden, darum kann man davon ausgehen, dass er herausgefunden hat, wie er es öffnen konnte. Es überrascht mich nicht. Er war schon immer sehr begabt, was mechanische Dinge angeht. Als ich klein war, habe ich ihm zugesehen, wie er Dinge auseinander genommen und wieder zusammengesetzt hat. Vielleicht war das etwas, was die Krankheit noch nicht völlig zerstört hatte.“

Ihre Stimme brach wieder ein. „Das ist alles meine Schuld. Hätte ich ihn nicht so sehr gedrängt, sich zu erinnern, dann wäre er auch nicht so rastlos gewesen."

Diese Worte lösten auch bei Julia Schuldgefühle aus. Sie war genauso hartnäckig gewesen, genauso begierig zu erfahren, was Eli wusste. Und das aus dem einzigen Grund, um ihre Unschuld zu beweisen.

„Geben Sie nicht sich die Schuld, Jennifer", sagte sie und wünschte, sie könnte ihren eigenen Ratschlag befolgen. „Sie haben nur versucht, ihm zu helfen."

„Ich schätze, Sie haben Recht. Ich werde noch verrückt, wenn ich denke, dass ich irgendwie zu seinem Tod beigetragen haben könnte."

Julia musste an etwas anderes denken. „Sind Sie sicher, dass er das Fenster geöffnet hatte?" fragte sie. Sie hasste es, in diesem Moment Jennifer Angst zu machen, doch wenn die Möglichkeit bestand, dass es ein Verbrechen war, dann musste Detective Hammond davon erfahren.

„Ich weiß nicht, worin ich mir noch sicher sein soll", seufzte Jennifer. „Und der Arzt auch nicht. Darum hat er die Polizei von Carmel benachrichtigt."

Julia bezweifelte, dass man irgendwelche verdächtigen Fingerabdrücke finden würde. Wenn es tatsächlich ein Verbrechen war, dann war derjenige, der Eli umgebracht hatte, sicher nicht so dumm gewesen, solche offensichtlichen Beweise zu hinterlassen. Der Verdacht war einfach zu nahe liegend. Das hatte Pauls Mörder schließlich auch nicht gemacht.

„Haben Sie schon Vorbereitungen für die Beerdigung getroffen?" fragte sie.

„Ja." Jennifer hatte sich wieder gefasst. „Ich lasse ihn in L.A. beerdigen. Neben seiner Frau und seinem Sohn. Er hat in seinem

Testament nichts zu seiner Beerdigung gesagt, aber ich glaube, er hätte es so gewollt."

„Das glaube ich auch, Jennifer." Der Gedanke, zur Beerdigung zu fahren, hielt sich nur einen Augenblick lang. L.A. war sechs Autostunden entfernt und würde eine Übernachtung erforderlich machen. Sie konnte Andrew unmöglich so lange allein lassen, wenn er gerade erst seinen Vater verloren hatte. Sie würde einen Blumenstrauß schicken oder der Alzheimer-Forschung etwas spenden.

„Geben Sie mir Bescheid, wenn ich irgendetwas für Sie tun kann", sagte sie ruhig. „Sie haben ja meine Nummer."

„Ja. Danke, Julia."

Nachdem Julia aufgelegt hatte, wichen Trauer und Schuldgefühle neuen beunruhigenden Fragen. War Elis Tod wirklich ein Unfall gewesen, wie jeder zu glauben schien? Oder hatte man ihn zum Schweigen gebracht? Sie musste abwarten, bis Detective Hammond von der Polizei in Carmel einen Bericht über die Fingerabdrücke erhielt.

Ihr wurde bewusst, dass sie absolut nichts machen konnte, also nahm sie das Telefonbuch und suchte nach einem anderen Glaser.

„Verdammt, Garrett", polterte Charles Bradshaw. „Erzähl mir nicht, dass du an das Märchen glaubst, *Gleic Éire* sei in den Mord an Paul verwickelt. So gerne ich die Bastarde finden würde, die meine Tochter auf dem Gewissen haben, glaube ich nicht eine Sekunde lang daran, dass eine irische Terroristenbande bis nach Monterey kommt, um Paul zu töten. Das ist nur ein Täuschungsmanöver von Julia, um den Verdacht von sich abzulenken."

Charles, der vor dem Schreibtisch seines alten Freundes stand, wartete darauf, dass Garrett antwortete, was bei ihm wie üblich eine ganze Weile dauerte. Polizeichef Garrett Browning, ein schlaksiger Mann mit einer gelassenen Haltung, von der seine Leute sehr wohl wussten, dass sie sich von ihr nicht täuschen lassen durften, war ein guter Bulle, aber seine langsame Art konnte einen manchmal rasend machen. Das, so fand Charles, war ein solcher Moment.

„Dieses Märchen", sagte Garrett, ohne auch nur eine Wimper zu rühren, „muss trotzdem untersucht werden. Vor allem, wenn Paul irgendetwas Wichtiges über die Gruppe herausgefunden hatte, das das FBI auf ihre Spur bringen könnte."

„Wenn das der Fall gewesen wäre, hätte er es mir gesagt."

„Nicht zwangsläufig. Paul war ein Showman. Er liebte es, zu überraschen und zu blenden. Und genau das hatte er mit dieser Pressekonferenz auch vor. Darum hat er so viel Theater darum gemacht."

„Die Pressekonferenz hat nichts mit Pauls Tod zu tun", sagte Charles verbohrt, während er wieder vor Garretts Schreibtisch auf und ab ging. „Julia hat meinen Sohn umgebracht. Du weißt das, ich weiß das. Warum zum Teufel verhaftest du sie nicht endlich?"

„Weil ich Beweise haben muss, Charles."

„Du hast Beweise. Erstens", sagte er und begann, an seinen Fingern abzuzählen, „hat sie Paul leidenschaftlich gehasst. Zweitens war sie zur Tatzeit am Tatort. Drittens weißt du, dass Paul gerade erst die Hypothek für die ‚Hacienda' übernommen hatte, was sie nicht glücklich gemacht haben kann." Er breitete die Arme aus. „Was zum Teufel willst du mehr?"

Garrett beugte sich vor, die schmalen langen Hände auf dem Tisch verschränkt. „Ein Augenzeuge wäre schön. Ein paar Fingerabdrücke. Oder die Mordwaffe." Sein gelassener Blick ruhte auf Charles. „Aber niemand hat sie in Pauls Haus gehen sehen. Von den Fingerabdrücken, die das Laborteam gefunden hat, stammte keiner von Julia. Und was die Waffe angeht ..." Er zuckte mit den Schultern. „Die ist nicht auffindbar."

Garretts Logik ging Charles allmählich sehr auf die Nerven. „Das liegt wahrscheinlich daran, dass sie sie ins Meer geworfen hat."

„Oder ein anderer hat Paul getötet, jemand mit einem besseren Motiv. Wie zum Beispiel Vinnie Cardinale. Aus meiner Sicht ist er ein sehr wahrscheinlicher Verdächtiger, auch wenn er in der Woche in Sacramento war, um vor der Grand Jury zu erscheinen. Das Problem ist, wir können niemals beweisen, dass er oder einer seiner Handlanger den Mord begangen hat."

Charles schüttelte den Kopf. „Cardinale hat das nicht gemacht. Der Mann ist vielleicht eine Schlange, aber er ist nicht dumm. Er hätte Paul nicht umgebracht, so kurz nachdem sein Antrag auf einen Nachtklub in der Cannery Row abgelehnt worden ist. Dann hätte er gleich ein Geständnis unterschreiben können."

„Und du glaubst, dass Julia dumm genug wäre, Paul zu töten, nachdem sie gerade erfahren hat, dass er ihre Hypothek übernommen hat?"

Charles seufzte verärgert angesichts der Tatsache, dass es dem Chief völlig an Fantasie mangelte. Musste er denn anderen Leuten immer alles haarklein erklären? „Vielleicht wollte sie ihn nicht umbringen, Garrett", sagte er geduldig. „Vielleicht ist sie zu ihm gegangen, um die Unterlagen über die Hypothek von ihm zu fordern. Und als er sie ihr nicht geben wollte, hat sie die Beherrschung verloren. Dazu ist nicht viel erforderlich, glaub mir. Das Mädchen war schon immer sehr aufbrausend."

„Du willst mir also erzählen, dass Julia mitten in diesem Streit in Pauls Schlafzimmer geht, die Waffe aus dem Versteck holt, natürlich vorausgesetzt, dass er sie noch immer an derselben Stelle liegen hat, und sie dann zurückkommt und ihn erschießt?" Garretts Lächeln war ein wenig überheblich. „Komm schon, Charles. Sogar *du* musst doch zugeben, dass das ziemlich weit hergeholt ist."

Garretts bewusst herablassender Tonfall machte ihn nur noch wütender. „Soll das heißen, dass du sie laufen lässt?"

„Das bedeutet, dass ich nichts überstürzen werde, bis ich etwas Konkreteres habe als deine wilden Vermutungen. Und wenn du dir nicht eine Klage einhandeln willst, dann solltest du aufhören, Julia des Mordes zu beschuldigen."

Diese Bemerkung brachte das Fass zum Überlaufen, vielleicht, weil Charles' Anwalt sich über denselben Punkt Gedanken gemacht hatte. „Auf wessen Seite stehst du eigentlich?" murmelte er, fest entschlossen, das letzte Wort zu haben.

„Ich stehe auf der Seite des Gesetzes, Charles."

Außerstande, noch etwas zu sagen, warf Charles die Hände in die Luft und stürmte aus dem Büro des Chiefs. Trottel, dachte er, während er durch den langen Flur eilte. Alle nur Trottel.

McDermott saß auf der Terrasse seiner Villa, zog an einer dünnen Zigarre und starrte in den wolkenlosen Morgenhimmel. Er war stolz auf sich. Von der Schrecksekunde abgesehen, als eine Schwester in den Vorratsraum kam, in dem er sich versteckt hatte, war sein kleiner Ausflug ins Pine-Hill-Pflegeheim problemlos verlaufen.

Und wie passend, dass sich dieser Zwischenfall ausgerechnet am Vorabend seines dreizehnten Jahrestags als Anführer von *Gleic Éire* abgespielt hatte.

Schon dreizehn Jahre. Er zog wieder an der Zigarre und blies den Rauch in die Luft. Viel war geschehen seit den Tagen, als er ein kleiner Junge in den Slums im Westen Belfasts gewesen war.

Ian McDermott, dem Sohn republikanischer Aktivisten, und seiner jüngeren Schwester Lizzy, waren seit ihrer Geburt Jahrhunderte des Hasses zwischen England und Irland eingehämmert worden. Aber erst als seine Eltern von britischen Truppen während einer von Ausschreitungen geprägten Demonstration getötet wurden, verstand der damals acht Jahre alte Ian, wie tief der Hass wirklich saß.

In seinem jungen Herzen kochte eine Wut, die er nicht unterdrücken konnte. Am Tag der Beerdigung seiner Eltern hatte er vor seinem Zuhause die irische Flagge gehisst, obwohl das illegal war. Als die Polizei die Flagge mit einer Spitzhacke herunterholte, rächte sich Ian, indem er die Männer mit Steinen bewarf, bis es erneut zu einer Straßenschlacht kam. Verletzt stürzte Ian auf den Fußweg, während Tränen des Schmerzes und der Frustration über seine Wangen liefen. In der Nacht im Krankenhaus legte er einen feierlichen Schwur ab: Eines Tages würde er den Tod seiner Eltern rächen.

Zu seinem Unglück hatte seine Großmutter andere Pläne. Da sie befürchtete, ihre beiden Enkel könnte das gleiche Schicksal ereilen wie ihren Sohn und ihre Schwiegertochter, beschloss sie, sie aus dem vom Krieg zerrissenen Land zu bringen.

Im Oktober 1950 wanderte der Rest der Familie der McDermotts mit der Hilfe eines entfernt Verwandten in die Vereinigten Staaten aus und ließ sich in San Francisco nieder.

Anfangs hasste Ian die USA. Er wollte zurück nach Irland, bei seinen Freunden sein und sein Versprechen einlösen. Doch mit der Zeit gewöhnte sich der rebellische Junge an sein neues Leben und wurde schließlich amerikanischer Staatsbürger, was seine Großmutter mit großem Aufheben feierte.

Weil ihn alles faszinierte, was mit dem Meer zu tun hatte, begann er schließlich, für einen Bootsbauer in Marin County zu arbeiten. Sein Chef, der kinderlose Syd Rupert, mochte den hart arbeitenden Jugendlichen auf Anhieb und brachte ihm alles bei, was man über das Geschäft des Bootsbauers wissen musste.

Kurz nach dem Tod seiner Großmutter im Jahr 1965 kehrte Ian für einen kurzen Aufenthalt nach Belfast zurück. Dort schloss er sich *Gleic Éire* an, einer kleinen, aber schlagkräftigen Gruppe, der zuvor schon seine Eltern und vor ihnen deren Eltern angehört hatten. Und er schwor Treue auf die gleiche verbotene Flagge, die die Briten siebzehn Jahre zuvor vom Haus seiner Eltern gerissen hatten.

Von dem Moment an ging jeder Dollar, den er von seinem Lohn erübrigen konnte, an die Gruppe.

Als Ian dreißig wurde, hatte sein Chef so großes Vertrauen in ihn entwickelt, dass er ihn zum vollwertigen Geschäftspartner machte. Als der alte Rupert 1981 starb, hinterließ er Ian die Werft und sein gesamtes Hab und Gut, das auf mehrere Millionen Dollar geschätzt wurde.

Das Erbe war für ihn wie ein Wink Gottes. Da er immer darauf aus gewesen war, eine aktivere Rolle in der Gruppe zu spielen, die er all die Jahre über finanziell unterstützt hatte, flog er nach Belfast und traf sich mit den Anführern von *Gleic Éire.* Die waren von Ians Zukunftsvisionen und seinem Geld sehr beeindruckt, hörten sich seine Pläne an und stimmten ihm zu, dass ein aggressiveres Vorgehen notwendig war, um schneller das gesetzte Ziel zu erreichen.

1985 war man so sehr von McDermotts Führungsqualitäten überzeugt und hielt sie genau für das, was die Gruppe benötigte, dass ein zwölfköpfiges Komitee ihn zum Präsidenten ernannte.

Eine der ersten Maßnahmen, die McDermott als der neue Anführer von *Gleic Éire* in Angriff nahm, war die Planung einer Reihe von mittelschweren Bombenanschlägen in London, um

Downing Street in die Knie zu zwingen. Die Briten reagierten zwar aufgeregt und wütend, wichen aber nicht von ihrer Position ab.

Damit kam die Zeit, die nächste Stufe einzuleiten. Um sein hochgestecktes Ziel zu erreichen, benötigte Ian Hilfe. Er benötigte mächtige Männer, vermögende Männer, Männer, die den gleichen brennenden Wunsch verspürten, Irland von seinen Unterdrückern zu befreien und zu einem eigenständigen Staat zu machen.

Die Suche nach diesen Männern kostete ihn drei Jahre, in denen er vier außergewöhnliche, leidenschaftliche und zutiefst pflichtbewusste Personen aussuchte.

Da die Aktivitäten dieser fünf Partner in völliger Verschwiegenheit ausgeführt werden mussten, verkaufte Ian die Werft und erwarb das abgelegene Haus auf Point Cobra. Schon bald kannten die ihn umgebenden Gemeinden Ian als zurückgezogenen, aber großzügigen Mann, der Orchideen züchtete und jedes Jahr den Pfadfinderinnen Kekse gleich kartonweise abkaufte.

Nach fünf Jahren Terror in den Straßen von London mussten die Briten 1990 einräumen, dass *Gleic Éire* tatsächlich eine Streitmacht war, die man nicht ignorieren konnte und die man bei kommenden Friedensgesprächen mit an den Tisch würde holen müssen.

Doch im Gegensatz zu anderen Gruppierungen, die ein Friedensabkommen bevorzugten, weigerte sich *Gleic Éire,* sich mit den Briten an einen Tisch zu setzen und über etwas zu verhandeln, was ihnen aus ihrer Sicht ohnehin gehörte. Was die Gruppe wollte, formulierte Ian in einem Brief an die Herausgeber der London Times: den umgehenden und bedingungslosen Abzug der britischen Truppen aus Irland.

Rivalisierende republikanische Gruppierungen waren besorgt,

dass die radikalen Ansichten von *Gleic Éire* den Friedensprozess stören könnten, und erklärten die Organisation zu einer Gruppe verantwortungsloser und rücksichtsloser Extremisten, denen Irland überhaupt nichts bedeutete. Diese Erklärung, die publik gemacht wurde, als sich Ian und seine vier Partner mit J.C. Spivak wegen eines möglichen Waffenhandels mit Libyen trafen, hatte McDermott amüsiert.

„Wir werden ja sehen, wer als Erster etwas erreicht", hatte er zu seiner kleinen Gruppe gesagt.

Den ersten großen Anschlag, den J.C. arrangiert hatte, gab es in einem Londoner Restaurant, in dem drei Mitglieder des Parlaments zu Mittag aßen. Die kamen zwar verletzt mit dem Leben davon, doch die Explosion tötete elf Menschen, darunter zwei Amerikaner, und machte in aller Welt Schlagzeilen.

Die internationalen Medien waren außer sich gewesen und nannten den Anschlag eine „barbarische und feige Tat".

McDermott nannte ihn gerecht.

Vor wenigen Wochen hatten McDermott und seine vier Partner die Planung für ihren bislang wagemutigsten Coup begonnen – einen Anschlag auf den Führer der Ulster Unionist Party. Patrick O'Donnell sympathisierte nicht nur massiv mit England, er hatte sich auch besonders geringschätzig über die Organisation *Gleic Éire* und die von ihr begangenen, so genannten „Grausamkeiten" geäußert.

O'Donnells Reise in die USA, deren Zweck es war, Unterstützung für das von seiner Partei vorgeschlagene Friedensabkommen zu bekommen, würde ihn in ein Hotel in Downtown Chicago führen. Dort würde O'Donnell auch seine viel diskutierte Pressekonferenz abhalten.

Als das Thema Sicherheit für O'Donnell und sein sechsköpfiges Gefolge zur Sprache kam, gab es nur wenig zu diskutieren.

Diese Aufgabe sollte dem größten und angesehensten Unternehmen in den USA zufallen: Flynn International.

Nur Sekunden, nachdem er von dieser Entscheidung in Kenntnis gesetzt worden war, hatte ein ausgelassener Spencer Flynn bei McDermott angerufen, um ihm die gute Nachricht mitzuteilen.

McDermott grinste, während er die Zigarre zwischen seine Zähne klemmte. Diese armen Schweine würden nie erfahren, was über sie gekommen war.

9. KAPITEL

Steve Reyes lag ausgestreckt in einem Liegestuhl, seinen Kopf der heißen Sonne Floridas zugewandt und seine Red-Sox-Baseballkappe bis über die Augenbrauen gezogen.

Es war einer von diesen heißen, lässigen und faulen Nachmittagen, die nur ein Minimum an Bekleidung erforderten – in seinem Fall ausgefranste Shorts und ausgetretene Turnschuhe – und dazu ein eiskaltes Corona, das Steve gerade aus der Kühltasche gleich neben seinem Stuhl geholt hatte.

Er war völlig zufrieden mit sich und nahm einen langen, angenehmen Schluck aus der Flasche.

Wenn von Zeit zu Zeit ein Motorboot den Intracoastal Waterway entlangfuhr, schlugen Wellen gegen den Rumpf der „Time Out“, seines Hausbootes, das jetzt sein Zuhause war.

Hinter den dunklen Gläsern seiner Pilotensonnenbrille hielt er die Augen geschlossen, nahm aber jedes Geräusch und jede Bewegung um sich herum wahr. Das war eine Angewohnheit, die er sich früh in seiner journalistischen Karriere zu Eigen gemacht und nie wieder abgelegt hatte.

Zwar hatte er sich am Morgen rasiert, doch die dunklen Bartstoppeln, die ein Vermächtnis seiner kubanischen Herkunft waren, bildeten bereits wieder einen deutlich erkennbaren Bartansatz. Sein dichtes schwarzes Haar, das zum größten Teil unter der Baseballkappe verborgen war, war schon seit Wochen nicht mehr mit der Schere eines Friseurs in Berührung gekommen und begann sich im Nacken bereits zu wellen, was ihn aber nicht störte. Hier im Hafen von Fort Lauderdale, wo er die letzten sieben Jahre verbracht hatte, regierte der lässige Look.

Gleich neben der „Time Out“ pulsierte T-Bones 12-Meter-Schaluppe zum Rhythmus von Salsa-Musik und von weiblichem

Gelächter. Der preisgekrönte Wrestler war ein alter Freund, und obwohl Steve zur wöchentlichen Party eingeladen war, hatte er wieder einmal abgesagt. Im Gegensatz zu seinem prahlerischen Nachbarn, der sich gerne mit Lärm, Musik und schlanken Körpern umgab, blieb Steve Reyes lieber für sich.

„Hey, schöner Mann, wie wärs mit ein bisschen Spaß?"

Als Steve die verlockende, weibliche Stimme hörte, öffnete er erst ein Auge, dann das andere.

Am Bug der Luxusschaluppe stand eine langbeinige Blondine in einem aufreizenden pinkfarbenen Bikini und lächelte ihn verführerisch an, während sie sich so über die Reling beugte, dass er einen Blick auf ihren Brustansatz werfen konnte, der sogar einem Halbblinden nicht entgangen wäre.

„Nächstes Mal", sagte er, zog seine Kappe tiefer ins Gesicht und schloss wieder die Augen.

Er wäre wohl eingedöst, doch als ein Schatten plötzlich die Sonne verdeckte, öffnete er wieder seine Augen.

Jesus Delgado stand vor ihm, ein kleiner, schmaler Mann mit einer umgänglichen Persönlichkeit und einer Leidenschaft für die See. Von Berufs wegen war er Schauspieler, aber um Geld zu verdienen, arbeitete er als Handwerker. Der gebürtige Kubaner teilte seine Zeit auf in Vorsprechtermine und auf den Hafen von Fort Lauderdale, wo er alle möglichen Gelegenheitsarbeiten erledigte.

Steve war ihm an dem Tag begegnet, als er zur Schiffswerft gekommen war, um nach einem Hausboot zu suchen. Delgado hatte ihm daraufhin eine 17 Meter lange Kingscraft gezeigt, ein Angebot des Handwerkers, das der Eigentümer sprichwörtlich für einen Apfel und ein Ei verkaufen wollte.

„Ich würde dir gerne helfen, sie wieder in Form zu bringen", hatte Delgado ihm mit diesem ansteckenden Lächeln angeboten. „Und wenn sie fertig ist, kann ich sie für dich bemannen. Mit einem solchen Boot kann man hier eine Menge Geld machen. Du kannst Touristen zu den Keys bringen oder Angelausflüge anbieten oder einfach nur vor der Küste auf und ab fahren."

Innerhalb weniger Wochen hatten Steve und Delgado aus der „Time Out" ein seetüchtiges, ansehliches Wasserfahrzeug gemacht, in der gleichen Zeit waren die beiden Männer zu guten Freunden geworden.

Steve setzte wieder die Flasche Corona an den Mund und nahm einen Schluck. „Du stehst mir im Licht, Amigo."

Delgado rührte sich nicht von der Stelle. „Am Kassenhäuschen wartet ein Gringo, der dich sehen will."

„Sag ihm, dass die morgige Fahrt ausgebucht ist."

„Er will nicht fischen. Er sagt, sein Name sei Tim Malloy."

Steve stöhnte auf. Er hatte seinen früheren Verleger seit sieben Jahren nicht mehr gesehen, seit dem Tag, an dem er bei der *New York Sun* gekündigt hatte und nach Florida gezogen war. Tim rief gelegentlich an, meistens wollte er, dass Steve eine Geschichte übernahm, die angeblich nur er machen konnte. Er lehnte jedes Mal ab.

„Und?" fragte Delgado. „Wer ist der Kerl?"

„Eine Nervensäge."

Delgado kicherte. „Das glaube ich dir. Er sagt, dass er so lange warten wird, bis er mit dir gesprochen hat."

„Sturer Hurensohn." Steve drehte den Kopf um und konnte einen Blick auf Tim erhaschen. Der Verleger saß breitbeinig auf einem Klappstuhl und wischte sich mit einem Taschentuch über Gesicht und Nacken, das mittlerweile schweißgetränkt sein musste.

„Ach, was solls", murmelte er, der Kerl tat ihm Leid. „Schick ihn her, bevor er wegschmilzt."

Kurz darauf hörte Steve Schritte auf der schmalen Gangway. Er sah auf und musste leise lachen. Malloy klammerte sich an die dicken Seilen zu beiden Seiten der Gangway und kam auf die „Time Out", während er darum bemüht war, die Balance zu halten.

Er war ein großer Mann, fast 1,90 Meter, mit breiter Brust und einem Bauch, der dank der Vorliebe seiner Frau für die italienische Küche ein wenig wabbelig geworden war.

„Hey, Kleiner, wie gehts?"

Steve stellte das Corona auf die Armlehne. „Was zum Teufel machst du denn hier?"

„Begrüßt man so einen alten Freund?"

„Freunde rufen üblicherweise an, bevor sie bei einem auf der Matte stehen."

Mit einem erleichterten Seufzer kam Tim schließlich an Deck und schnappte nach Luft. Trotz der Tatsache, dass die Hitze ihm zu schaffen machte, strahlte der Mann eine zurückgehaltene Begeisterung aus, die Steves sechster Sinn sofort bemerkte. Nachdem er zehn Jahre mit Malloy gearbeitet hatte, war der Mann für ihn wie ein offenes Buch.

„Was gibt es denn?" fragte Steve. „Der Dritte Weltkrieg ist ausgebrochen, als ich geschlafen habe?"

Malloy ließ seinen massigen Körper in einen Sessel fallen und deutete mit seinem Kinn auf die Flasche in Steves Hand. „Warum gibst du mir nicht erst mal so eine, bevor ich verdurste, und wir reden dann?"

Steve griff in die Kühltasche und holte eine Flasche heraus. „Bist du schon im Ruhestand?" fragte er, als er Tim das Bier reichte.

„Gott bewahre." Malloy drehte den Verschluss auf. „Mein Job ist das Einzige, was mich bei Verstand hält, auch wenn einige anderer Meinung sind." Er nahm einen tiefen Schluck und seufzte erleichtert. „Das ist verdammt gut. Ich weiß gar nicht, wann ich zum letzten Mal ein Bier getrunken habe."

„Marie hat dich schon immer an der kurzen Leine gehalten.“

„Marie hat damit nichts zu tun. Mein Arzt hat es mir verboten. Keinen Alkohol, kein Fett, keine Zigarren.“ Er klopfte mit dem Zeigefinger auf seine Herzgegend. „Probleme mit der Pumpe.“

„Tut mir Leid.“

„Es hätte schlimmer kommen können. Wenn er auch noch ‚keinen Sex‘ gesagt hätte.“

Steve lachte. „Wie ich sehe, bist du immer noch der gleiche dreckige, alte Kerl.“

„Ein Mann muss seinen Spaß haben.“ Er warf einen neidischen Blick auf Steves Oberkörper. „Du hast dich auch nicht verändert. Obwohl ich nicht verstehe, warum. Sieh dich nur an. Du liegst das ganze Jahr hier rum, lässt dich von der Sonne braten, trinkst so viel Bier, wie du nur kannst, und du siehst immer noch aus, als wärst du auf dem College. Wie zum Teufel machst du das bloß?“

„Ich schätze, dass ich einfach Glück habe.“

Malloy lockerte den Knoten seiner Krawatte. Auf seiner Stirn und Oberlippe hatten sich wieder Schweißperlen gebildet. „Wenn ich dich um eine Sache nicht beneide, dann ist es die verdammte Hitze. Ich bin erst seit einer Stunde in Florida und fühle mich jetzt schon, als wäre ich in einem Hochofen.“

„Daran gewöhnt man sich.“

Tim sah sich auf dem Hausboot um, begutachtete das Deck aus Teakholz, das Steve und Delgado immer auf Hochglanz polierten, die Instrumente und das grün gestreifte Kabinendach. „Schönes Boot. Fährst du damit immer noch mit den Leuten zum Fischen?“

„Ay ay.“

„Und davon kannst du gut leben?“

„Ich kann davon leben.“ Steve schob seine Sonnenbrille ein

Stück nach oben. „Bist du zweieinhalbtausend Kilometer gereist, um mit mir über nichts zu reden? Das hätten wir auch am Telefon machen können."

Malloys massiger Bauch zitterte vor Lachen. „Immer noch so direkt, wie ich sehe." Er nickte zustimmend. „Okay, du hast Recht, genug gequatscht." Sein Ausdruck wurde ernst. „Ich habe einen Auftrag für dich, den du nicht ablehnen kannst."

Steve schüttelte nur den Kopf.

„Du weißt ja gar nicht, um was es geht."

„Egal." Steve nahm einen Schluck aus seiner Flasche. „Die Antwort ist trotzdem nein."

Tim riss sich die Krawatte vom Hals und steckte sie in die Jackentasche. „Diese Woche ist ein kalifornischer Politiker ermordet worden. Stammte aus einer mächtigen und einflussreichen Familie."

„Von mir aus kann er auch adlig gewesen sein. Es interessiert mich nicht."

„Ich verdoppele dein altes Gehalt und zahle dir unbegrenzt Spesen."

Steve gab ein langes, gequältes Seufzen von sich. Der Mann konnte stur wie ein Esel sein, wenn er sich erst einmal eine Sache in den Kopf gesetzt hatte. „Mich interessiert das Geld nicht, Tim. Das weißt du. Ich mache mir heutzutage meinen eigenen Zeitplan. Ich arbeite, wenn ich Lust dazu habe, und die übrige Zeit hänge ich einfach nur rum. Verrate mir doch mal, warum ich das aufgeben sollte, um wieder in diese Tretmühle zurückzukehren."

Die Blonde in dem pinkfarbenen Bikini kam wieder in Sichtweite und lächelte beiden Männern verführerisch zu.

„Hörst du keine Nachrichten?" fragte Tim, während seine Blicke am wohlgeformten Po der jungen Frau hafteten.

„Nicht, wenn ich es vermeiden kann."

Die Blonde verschwand hinter der Kajüte, und Tim richtete seine Aufmerksamkeit wieder auf Steve. „Dann hast du es nicht mitbekommen."

„Was habe ich nicht mitbekommen?"

Malloy lehnte sich zurück und sah ihn selbstgefällig an. „Das Opfer war Paul Bradshaw, der Sohn von Charles."

Steve, der gerade einen Schluck Bier trinken wollte, ließ den Arm sinken. Er brauchte ein paar Augenblicke, um die Neuigkeit zu verarbeiten. „Paul?"

Malloy nickte. „Er wurde letzten Freitagabend zu Hause erschossen."

„Bist du sicher, dass Paul tot ist? Nicht Charles?"

„Absolut sicher."

„Zu schade. Wenn es Charles gewesen wäre, hätte ich mir dein Angebot noch mal überlegt, allein schon, um den Mörder zu finden und ihm ein Bier auszugeben."

Malloy hielt Steves desinteressiertem Blick stand. „Das ist noch nicht alles. Es besteht die Möglichkeit, dass es sich beim Mörder beziehungsweise bei den Mördern um alte Bekannte von dir handelt."

„Ach ja? Und wer soll das sein?"

„*Gleic Éire.*"

Diesmal spannte sich Steves ganzer Körper an. Die Teilnahmslosigkeit, die er gerade noch zur Schau gestellt hatte, war verschwunden und durch etwas Eiskaltes ersetzt worden, das sich um seinen Magen legte und ihn zusammenpresste. Ein bitterer Geschmack stieg in seiner Kehle hoch und raubte ihm fast die Luft. Der Anblick des benachbarten Bootes und die von dort kommenden Geräusche verblassten, bis nur noch sein rasender Herzschlag zu hören war.

Er war nicht sicher, wie lange er so dagesessen und gegen die

Dämonen angekämpft hatte, während die vertrauten Namen in seinem Kopf umherschwirrten und sich der Hass in ihm wie ein schnell wirkendes Gift ausbreitete.

Als er das Gefühl hatte, dass seine Lungen ihm wieder gehorchten, atmete er tief durch. „Hast du irgendeinen Beweis, dass *Gleic Éire* in den Mord verwickelt ist?"

„Paul Bradshaws Exfrau Julia hat mit einem alten Mann gesprochen, der behauptet, dass die Gruppe das Ratsmitglied ermordet hat."

„Wer ist dieser Mann?"

„Er heißt Eli Seavers."

Steve durchforstete seine Erinnerung auf der Suche nach den vielen Informanten, mit denen er in der Vergangenheit zu tun gehabt hatte. „Noch nie gehört."

„Hatte ich auch nicht erwartet. Niemand scheint allzu viel über ihn zu wissen. Eine polizeiliche Untersuchung hat nichts Ungewöhnliches ergeben. Er war früher Professor für Ökonomie gewesen, erst an der University of California in Los Angeles, danach an der American University in Beirut. 1981 kam er zurück in die Staaten und ließ sich in Kalifornien in Salinas nieder. Vor zwei Jahren wurde bei ihm Alzheimer diagnostiziert, letzten Dezember brachte seine einzige Verwandte, eine Nichte, ihn in ein Pflegeheim in Carmel."

Jemand auf dem Partyboot hatte das Signal gegeben für einen Limbo-Wettbewerb, und die rhythmische Musik begann zu hämmern, was Steve aber kaum wahrnahm. „Warum sollte Seavers eine solche Anschuldigung machen? Hat er Verbindungen zu der Gruppe? Hat er irgendeinen Beweis für seine Behauptung?"

„Wenn ja, dann hat er es niemandem gesagt. Und das wird er auch nie." Tim machte eine Pause, dann fügte er an: „Eli ist tot."

Steve hob fragend eine Augenbraue.

Tim lachte zufrieden. „Ich wusste, dass dich das aufhorchen lassen würde."

„Wie ist er gestorben?"

„Anscheinend ist der alte Mann mitten in der Nacht losmarschiert und praktischerweise von einer Klippe gestürzt."

Tim war seit jeher genauso skeptisch wie Steve gewesen, mit ein Grund, weshalb sie sich auch so gut verstanden. „Ein Verbrechen?"

„Nicht für die Bullen." Mit einem Schulterzucken, das erkennen ließ, wie wenig er auf das gab, was die Polizei sagte, fügte Malloy an: „Das Ermittlerteam fand Seavers' Fingerabdrücke an dem Fenster, durch das er gestiegen war, außerdem die der Putzkolonne. Sie haben es zum Unfalltod erklärt."

„Was quasi bedeutet, dass sie die *Gleic-Éire*-Theorie nicht glauben."

„Wichtiger ist noch, dass Charles Bradshaw nicht an die Theorie glaubt."

Der Name verursachte bei Steve einen üblen Nachgeschmack. „Warum nicht? Die haben seine Tochter umgebracht."

„Er glaubt, dass Pauls Exfrau seinen Sohn ermordet hat. Und das will er auch beweisen."

„Gibt es irgendwelche Beweise?"

Tim zuckte mit den Schultern. „Nur Indizienbeweise. Sie gibt zu, dass sie zur Tatzeit vor dem Haus von Bradshaw geparkt hat. Dann hat sie es sich anders überlegt, ist nicht hineingegangen, sondern stattdessen wieder zurückgefahren. Jedenfalls sagt sie das."

Diese letzte Bemerkung weckte erneut Steves Interesse. „Glaubst du, dass sie es getan haben könnte?"

„Vielleicht." Tim streifte sein Jackett ab. „Aber ich setze mein Geld auf *Gleic Éire.*"

Steve dachte an all die Bombenanschläge, für die *Gleic Éire* verantwortlich war, vor allem an den einen, der sein Leben zerstört hatte. „Jemanden aus nächster Nähe zu erschießen, ist nicht deren übliche Vorgehensweise", bemerkte er.

„Einen kranken, alten Mann von einer Klippe zu stoßen, passt aber auch nicht zu ihnen. Ich verwette ein Jahresgehalt, dass sie es waren. Bradshaw war nicht nur Ratsmitglied, sondern auch Mitglied der Kommission zur Verbrechensbekämpfung und sollte am nächsten Morgen eine wichtige Pressekonferenz geben, die auch im Fernsehen gesendet worden wäre."

Wieder verriet Steves Gesicht seine Aufmerksamkeit.

„Einige der Bewohner, mit denen sich mein Reporter unterhalten hat, sagen, dass Bradshaw genügend Beweise gegen einen örtlichen Gangsterboss vorlegen wollte, um Anklage zu erheben. Andere meinen, die Pressekonferenz habe *Gleic Éire* gegolten. Ein paar Leute behaupten sogar, Paul hätte das Basislager der Gruppe aufgedeckt, aber das sind pure Spekulationen." Seine Stimme ließ ein Mitgefühl erkennen, das er nur selten an den Tag legte. „Und du kannst mir glauben, dass ich nicht hier wäre, wenn ich dich bei diesem Job nicht für den besten Mann halten würde."

Der beste Mann für den Job. Steve unterdrückte ein seine eigenen Fähigkeiten abwertendes Lachen. Das hatte er auch von sich gedacht, als er sich vor acht Jahren daran gemacht hatte, diese Bastarde aufzuspüren. Die Spur eines ehemaligen Soldaten der IRA hatte ihn bis nach Kalifornien geführt, war aber dann im Sande verlaufen, sodass er schließlich hatte einsehen müssen, dass er nicht so gut war, wie er dachte.

Die Möglichkeit, dass sie die ganze Zeit dort gewesen waren, weckte in ihm den Wunsch, seine Faust mit aller Macht gegen eine Wand zu schlagen.

„Wenn sie in Kalifornien sind", sagte Tim, als hätte er seine Gedanken gelesen, „bist du der Einzige, der sie ausfindig machen kann."

Steve starrte auf seine Finger, die den Hals der Bierflasche umschlossen. Was würde er nicht alles dafür geben, den obersten Boss zu finden, die Hände um seinen Hals zu legen und zuzusehen, wie er sein Leben aushauchte.

Er hatte oft davon geträumt, es waren Albträume, die immer damit endeten, dass er mit wild pochendem Herzen und schweißgebadet aus dem Schlaf hochschreckte.

Und jetzt eröffnete sich tatsächlich eine Gelegenheit, dass er seinen gesichtslosen Feind zu fassen bekam, einen Mann, von dem manche behaupteten, er sei so diabolisch clever, dass nicht einmal das FBI auch nur eine leise Ahnung von seiner Identität und seinem Aufenthaltsort hatte.

„Ist das FBI informiert worden?" fragte Steve.

„Die örtliche Polizei hat es vor ein paar Tagen in Kenntnis gesetzt, aber man erwartet sich von dort keine große Hilfe. Du weißt, wie wortkarg FBI-Agenten sein können, wenn es darum geht, der Presse Informationen zukommen zu lassen."

Es folgte eine Stille, die mehrere Sekunden lang anhielt und von keinem der Männer gestört wurde.

„Was sagst du, Kleiner?" fragte Tim schließlich. „Willst du noch einen Anlauf wagen?"

Langsam richtete Steve den Blick auf seinen ehemaligen Boss. „Warum bist du auf einmal so versessen darauf, dass ich die Story mache? Nach dem Bombenanschlag hast du alles unternommen, um mich davon abzuhalten, *Gleic Éire* nachzujagen. Wieso hast du deine Meinung geändert?"

„Acht Jahre sind seitdem vergangen. Du bist ruhiger geworden, du gehst logischer vor. Nach Sheilas Tod warst du wie ein Wahnsinniger. Du hattest keinen Plan, keine Strategie, du wolltest einfach nur Rache. Du hast dich von deiner Wut leiten lassen und bist deshalb gescheitert. Diesmal wird es anders sein."

Mit der Bierflasche in der Hand stand Steve auf und ging hinüber zur Reling am Bug. Er konnte ein Dutzend Gründe nennen, warum er Malloys Angebot ablehnen sollte. Der wichtigste Grund war, dass er sich hier ein schönes und bequemes Leben aufgebaut hatte. Es gab Tage, an denen er sich fast einreden konnte, dass er glücklich war. Oder zumindest zufrieden.

„Ich bin nicht sicher, ob ich das machen kann, Tim." Er sah weiter in Richtung Horizont. „Es ist schon eine Weile her, dass ich als investigativer Reporter gearbeitet habe. Ich bin etwas eingerostet."

„Reporter wie du rosten nie ein, Steve. Das, was du für vergessen hältst, kommt dir sehr schnell wieder in Erinnerung."

Steve lachte laut und kehlig. „Du bist ziemlich von dir überzeugt, was?"

„Nein", antwortete Tim ruhig. „Ich bin von dir überzeugt."

Trotz seiner Vorbehalte konnte Steve bereits fühlen, wie das Adrenalin in seinen Körper gepumpt wurde, so wie in den guten alten Tagen. Delgado würde nur zu gerne für ein paar Tage einspringen, was die Charterfahrten anging. Er würde keine Fragen stellen. Seine Mutter würde schwerer zu überzeugen sein. Sie neigte dazu, sich übermäßig Sorgen um ihre erwachsenen Kinder zu machen, und es würde ihr nicht gefallen, wenn sich Steve wieder an die Spur von *Gleic Éire* heftete.

Wieder machte sich Stille breit, während er seine Gedanken ordnete und dabei wusste, dass er ohnehin niemals Seelenfrieden finden würde, solange diese Männer nicht gefasst waren.

Schließlich sah Steve seinen Verleger an und grinste schief. „Hast du gesagt, du würdest mein Gehalt verdoppeln?"

Tims dröhnendes Lachen übertönte fast die Musik vom Boot nebenan. „Habe ich. Ich und meine große Klappe."

„Dann bin ich dabei."

„Fantastisch." Als hätte er nie am Erfolg seiner Reise gezweifelt, zog Tim einen dicken Umschlag aus seiner Jackentasche und gab ihn Steve. „In dem Umschlag findest du ein Flugticket, tausend Dollar in bar, eine Kreditkarte und eine Buchung in der ‚Hacienda', dem Gasthaus, das Julia Bradshaw gehört und von ihr betrieben wird. Dein wöchentlicher Scheck wird dir mit Federal Express jeden Freitag ins Gasthaus geschickt. Schrei, wenn du sonst noch was brauchst."

Er warf einen Blick in den Umschlag. Tim war so gründlich gewesen wie immer und hatte einen Bericht und ein Foto von Julia Bradshaw beigelegt. Steve nahm sich einen Augenblick Zeit, um das attraktive Gesicht zu studieren. „Was kannst du mir über Bradshaws Exfrau sagen?" fragte er, fasziniert von diesen unglaublichen Augen.

Tim deutete auf den Umschlag. „Ist alles da drin. Du kannst es im Flugzeug lesen." Seine Mission war abgeschlossen, und er stand auf. „Deine Maschine geht morgen früh um acht Uhr."

10. KAPITEL

Steve wusste, dass er im Umkreis von fünf Häuserblocks keinen Parkplatz finden würde, also wartete er, bis ein Lieferwagen aus der Lücke in der Calle Ocho abgefahren war, um dann seinen zehn Jahre alten Jaguar in der Lücke abzustellen.

Das Viertel Little Havana in Miami war eine Kombination aus Bildern, Geräuschen und Gerüchen, die es sonst auf der Welt nur in Havanna selbst gab. Aber erst während des hektischen Treibens am späten Nachmittag begann dieses kubanische Viertel richtig aufzublühen.

Mit den Händen in den Taschen ging Steve eine bevölkerte Hauptverkehrsstraße entlang und steuerte auf das Haus seiner Mutter in der 31st Street zu.

Er war gerade einmal zwei Jahre alt gewesen, als seine Eltern mit ihm aus Castros Kuba geflohen und nach Miami eingewandert waren. Alles, was er über Havanna wusste, war gleich hier, in der Luft, die voll war vom Aroma des *Café Cubano,* in den Geschäften, in denen man alles von religiösen Artefakten bis hin zu *Cocofrio* kaufen konnte, einer eiskalten Kokosnussmilch, die bei den Touristen sehr beliebt war, und im Domino Park, wo alte Männer in weißer Baumwollkleidung Domino spielten, während sie in Erinnerungen an ihre alte Heimat schwelgten.

Steves Großvater hatte davon gesprochen, eines Tages nach Kuba zurückzukehren, in ein freies Kuba, in dem Angst und Unterdrückung nicht länger existierten. Doch Steves Vater Luis Reyes hatte es besser gewusst. Nach dreißig Jahren ohne eine Veränderung in Castros Politik hatte Luis die Hoffnung aufgegeben, je wieder seine Heimat zu sehen.

Zu dieser Zeit hatte er begonnen, die Rettung seines jüngeren Bruders Ricardo zu planen, der idealistischer als Luis gewesen war und Kuba während Castros Machtübernahme nicht hatte verlassen wollen. Viele Jahre danach, als er erkennen musste, dass die Versprechen des Diktators niemals Wirklichkeit werden würden, war es zu spät.

Im Frühjahr 1989 war Luis, der eine kleine Charterfluglinie besaß, mit einer seiner Maschinen um Mitternacht abgeflogen. Während er so tief flog, dass Castros Radar ihn nicht erfassen konnte, steuerte er einen verlassenen Strand an der Nordküste Kubas an.

Die Mission nahm ein tragisches Ende. Luis' Maschine wurde von einer von Castros MIGs abgeschossen, und Ricardo war mit seiner Familie in Havanna geblieben, wo er weiter darauf wartete, dass der kubanische Diktator seine Einstellung zur Einwanderungspolitik änderte.

Steve verdrängte die unerfreulichen Erinnerungen und bog in südlicher Richtung in die 31st Street ein. Obststände und Zigarrengeschäfte hatten dort Platz gemacht für einfache, gepflegte kleine Häuser mit winzigen Gärten, in denen die Wäsche zum Trocknen aufgehängt wurde. Als er an einem geöffneten Fenster vorbeiging, ließen ihn Salsa-Klänge lächeln, da sie einige lebhafte Erinnerungen aus seiner Zeit als Teenager weckten.

Das Haus seiner Mutter lag am Ende eines Blocks, ein kleiner Bungalow im Farbton eines Pfirsichs gestrichen. Die gelbe Schaukel, um die er und seine Schwester sich als Kinder immer gestritten hatten, war immer noch da, wurde aber nur benutzt, wenn Lenas Kinder von Coral Gables zu Besuch kamen.

Wie immer wartete seine Mutter bereits auf dem Fußweg auf ihn. Als sie ihn sah, lächelte sie. Sie war eine große, majestätische Frau mit dunklem Haar, das zu einem glatten Knoten zusammengebunden war, mit hohen Wangenknochen und einem langen, aristokratischen Hals.

„Du hast gerade Evita verpasst", sagte sie und küsste ihn

auf beide Wangen. Dann fügte sie listig an: „Sie sieht heute sehr hübsch aus."

„Gut für Evita." Er spürte, dass seine Mutter in der Stimmung war, ihn zu verkuppeln, und lenkte sie ab, indem er schnupperte. „Mmm, rieche ich da *puerco asado?*"

Anna Maria Reyes strahlte. „Würde ich irgendetwas anderes kochen, wenn du zu Besuch kommst?"

„Du verwöhnst mich, Mama."

Sie öffnete das kleine weiße Gartentor und ging voraus. „Irgendjemand muss das ja machen."

Diese Bemerkung war ihre alles andere als subtile Art, ihn daran zu erinnern, dass er mit achtunddreißig Jahren noch immer nicht verheiratet war. Dieser Zustand war für sie Anlass genug, ihn immer wieder mit einigen der begehrenswertesten, jungen Frauen von Little Havana bekannt zu machen. Evita war natürlich eine von ihnen.

Steve hatte es nicht eilig zu heiraten oder auch nur eine feste Beziehung einzugehen. Zwar hatte es nach Sheila andere Frauen gegeben, aber keine von ihnen hatte in ihm die Leidenschaft entfacht, die er für eine lebenslange Bindung für erforderlich hielt.

Arm in Arm gingen er und seine Mutter auf die mit Fliegengittern geschützte Veranda, wo ein Tisch hübsch gedeckt war. Zwei große Gläser mit eisgekühltem Kaffee, das Lieblingsgetränk der Reyes', wartete bereits auf ihn.

„Hier." Anna Maria reichte ihrem Sohn eines der Gläser. „Wirst du mir verraten, warum du nicht wolltest, dass deine Schwester heute mit uns zusammen isst?"

„Weil ich dir etwas sagen muss …"

Sie warf ihm einen ironischen Blick zu. „Etwas, das sie nicht hören soll?"

Er lächelte. Seine Mutter hatte es schon immer verstanden, seine

Gedanken zu erraten. „Etwas, das sie nicht von mir hören soll. Wenn sie es nämlich von mir hört, fängt sie wieder mit einer ihrer Predigten an, und ehrlich gesagt bin ich dafür nicht in der Stimmung."

„Feigling."

Steve lachte. „Wenn es um Lena geht, ja. Dieses Mädchen ist brutal."

„Wenn Lena ihre Meinung sagt, dann nur, weil sie dich liebt und nur dein Bestes will."

Das stimmte. Als Kinder waren er und seine jüngere Schwester unzertrennlich gewesen. Aber irgendwann war ein Augenblick gekommen, da war sie zu seiner großen Schwester geworden, die kostenlos Ratschläge erteilte und ihn wegen seines lässigen Lebensstils kritisierte. Als glückliche Hausfrau und Mutter von zwei ungestümen Jungs war sie außerdem der Ansicht, es sei an der Zeit, dass Steve die Vergangenheit hinter sich ließ und sein Leben wieder in den Griff bekam. So wie er Lena kannte, bedeutete das nichts anderes, als dass er heiraten und eine Familie gründen sollte.

„Was ist, Stefán?" fragte Anna Maria und sprach ihn mit seinem richtigen Namen an. „Was beschäftigt dich?"

Als er in Fort Lauderdale abgefahren war, hatte er kurzzeitig mit dem Gedanken gespielt, seiner Mutter nichts von seiner Entscheidung zu sagen, *Gleic Éire* aufzuspüren. Nicht nur, weil sie dagegen sein würde – er wusste, dass sie das sein würde –, sondern auch, weil sie sich um ihn sorgen würde.

Aber bei den Reyes' war es nie üblich, den anderen zu täuschen, und daran sollte sich auch jetzt nichts ändern.

„Tim Malloy war heute bei mir", sagte er beiläufig. Als sich die Augenbrauen seiner Mutter ein wenig zusammenzogen, erklärte er ihr den Grund für Tims Besuch.

Besorgnis stand in Anna Marias dunklen Augen geschrieben. „Ich dachte, du hättest mit diesen Männern abgeschlossen."

„Das habe ich auch gedacht."

„Bist du sicher, dass sie in Kalifornien sind? Oder ist das wieder eine falsche Fährte?"

„Tim glaubt, dass sie dort sind."

Anna Maria schüttelte missbilligend den Kopf. „Das ist so lange her, Stefán. Kannst du die Vergangenheit nicht ruhen lassen? Kannst du nicht dein eigenes Leben weiterleben und die Behörden ihre Arbeit machen lassen?"

Steve starrte in sein Glas Eiskaffee. Diese Frage hatte er sich Hunderte Male selbst gestellt, als er diese Bestien gejagt hatte. „Nein", sagte er nur. „Ich kann es nicht."

Der forschende Blick seiner Mutter blieb auf ihn gerichtet. „Liebst du Sheila immer noch? Machst du es deshalb?"

Er schüttelte den Kopf. „Nein, Sheila ist tot, und das habe ich akzeptiert. Was ich nicht akzeptiert habe, ist diese Tatsache, dass ihre Mörder davongekommen sind. Ich möchte sie für das zur Rechenschaft ziehen, was sie getan haben, Mama."

Es war keine wirkliche Überraschung, dass Anna Maria nickte. Sie ist eine bemerkenswerte Frau, dachte Steve. Stolz, mitfühlend und genauso ein Verfechter der Gerechtigkeit wie er selbst.

„Ich denke, ich habe immer gewusst, dass du dich eines Tages wieder auf die Suche nach ihnen machen würdest", sagte sie mit emotionsgeladener Stimme. „Jedes Mal, wenn ich den Namen *Gleic Éire* in Verbindung mit einem Bombenattentat höre, rechne ich mit deinem Anruf, weil ich denke, dass es jetzt so weit ist. Dass jetzt der Tag gekommen ist, an dem Stefán beschließt, sich wieder auf ihre Spur zu heften."

Sie sah ihn eine Weile an, dann fügte sie hinzu: „Ich bin dagegen, das weißt du. Welche Mutter wäre das nicht? Aber ich verstehe, warum du gehen musst." Mit ihren langen, schmalen Fingern berührte sie seine Wange. „Du bist deinem Vater so ähnlich – loyal, leidenschaftlich. Und du hast diesen verrückten Drang, dem Unrecht ein Ende zu setzen. So wie dein Vater."

Steve stellte das leere Glas auf den Tisch. „Jetzt hörst du dich an wie Lena."

„Ihr wird das nicht gefallen, das weißt du."

Er lachte, erleichtert darüber, dass sie diese schwere Hürde überwunden hatten und immer noch lachen konnten. „Darum übertrage ich dir die aufregende Aufgabe, es ihr zu sagen. *Nachdem* ich abgereist bin."

„Du passt auf dich auf", sagte Anna Maria ernst.

„Das kann ich dir versprechen."

Sie nickte kurz. „Gut, dann lass uns jetzt essen, bevor alles kalt ist."

Augenblicke später genoss Steve den köstlichen Schweinebraten nach kubanischer Art, während er das Neueste aus der Nachbarschaft erfuhr, so wie jedes Mal, wenn er nach Miami kam.

Er holte das Beste aus seinem Besuch heraus, indem er einen Teil des Zauns reparierte, der vom Sturm umgerissen worden war, und er half ihr, den neuen Videorekorder zu programmieren. Da Lenas Kinder solche Videofanatiker waren, war Anna Maria nichts anderes übrig geblieben, als den Sprung ins 21. Jahrhundert zu machen und sich einen Rekorder anzuschaffen.

Gegen sieben Uhr war Steve satt und zufrieden darüber, dass er alles erledigt hatte, was es im Haus zu tun gab. Er versprach ihr noch einmal, dass er auf sich aufpassen werde, gab seiner Mutter einen Abschiedskuss und ging. Bevor er um die Ecke bog, blickte er noch einmal zurück und sah, dass seine Mutter auf dem Fußweg stand und ihm nachwinkte.

Steve winkte ebenfalls.

Es konnte eine ganze Weile dauern, ehe er wieder nach Hause zurückkehren würde.

Er stand am Heck der „Time Out“, die Ellbogen auf die Reling gestützt, während er zusah, wie die Dämmerung blaue Schatten warf.

Eine elegante Donzi mit einem Mann am Steuer bahnte sich langsam den Weg in Richtung Hafen. Neben ihm lachte ein kleines Mädchen glücklich, während der Wind sein Haar in alle Richtungen wirbelte. Das Kind war vielleicht sieben Jahre alt.

So alt wie Steves Kind jetzt auch wäre, wenn es eine Chance zum Leben gehabt hätte.

Die Erinnerungen, gegen die er so hart ankämpfte, stürmten auf ihn ein – Bilder von Sheilas glücklichem Lächeln, als sie ihm sagte, sie sei schwanger, als er sie hochhob und herumwirbelte, um sie dann rasch abzusetzen, weil er fürchtete, er könnte ihrem Baby etwas getan haben.

Sie hatte darüber gelacht, mit ihrem hellen, sprudelnden Lachen, das ihn immer mit Freude erfüllt hatte.

„Du hast ihm nicht wehgetan“, hatte sie gesagt und sein Gesicht zwischen ihre Hände genommen. „Ein Baby muss sich geliebt und gewollt fühlen. Das hast du ihm gerade gezeigt. Oder ihr“, hatte sie mit einem noch nie gesehenen Funkeln in den Augen verkündet.

Sie waren sich zum ersten Mal im Central Park begegnet, an einem strahlenden Nachmittag im April.

Sheila, die in Teilzeit als Schaufensterdekorateurin arbeitete, während sie Innenarchitektur an der New York University studierte, blätterte in einem Buch mit Stoffmustern, als er an ihr vorüberging, mit einem Beutel Sonnenblumenkerne in der Hand. Er war mit ihr über das Taubenfüttern ins Gespräch gekommen und hatte ihr erklärt, dass er als Reporter für die *New York Sun* arbeitete. Nach zehn Minuten war er von der lebhaften Kalifornierin völlig verzaubert gewesen.

Zwar hatte er von dem bekannten Exgouverneur Charles Bradshaw gehört, aber über seine Kinder wusste er nicht viel.

„Ich schätze, ich bin das schwarze Schaf der Familie“, gestand Sheila, als sie ihm die Bradshaws zu erklären versuchte. „Ich hasse Geld. Und ich verabscheue die Politik, die für meine Familie der Lebenssaft ist. Von all den hochkarätigen Karrieren, die sich mein Vater für mich ausgemalt hatte, entschied ich mich dafür, Innenarchitektin zu werden, was er für weit unter dem gesellschaftlichen Status der Bradshaws angesiedelt hält.“

Als Sheila drei Monate später verkündete, dass sie jemandem begegnet sei, den sie heiraten wollte, reagierte Charles exakt so, wie sie es vorhergesagt hatte. Er sagte seiner einundzwanzig Jahre alten Tochter, sie sei noch zu jung und solle derartige Entscheidungen nicht treffen, ohne zuerst nach Hause zu kommen und das mit ihm zu besprechen. Als sie nicht auf ihn hören wollte, legte er auf.

Und als Sheila Wochen später wieder anrief, um ihm zu sagen, dass sie schwanger war, lernte Steve eine Seite von Charles Bradshaw kennen, von der Sheila noch nichts gesagt hatte: seine Engstirnigkeit.

„Meine Tochter“, brüllte der Exgouverneur laut genug, dass Steve ihn quer durchs Zimmer hören konnte, „wird keinen unterprivilegierten Einwanderer heiraten und sein Kind zur Welt bringen, hast du mich verstanden? Ich bestehe darauf, dass du diese Beziehung sofort beendest und herkommst. Wir werden uns mit der Schwangerschaft befassen, sobald du zu Hause bist.“

Charles’ Reaktion machte Steve wütend und war ein schwerer Schlag für Sheila, die ihren Vater trotz aller Meinungsverschiedenheiten sehr liebte. Sie war zu stur, um sofort aufzugeben, und rief nach einer Woche noch einmal an, da sie hoffte, dass er sich in der Zwischenzeit beruhigt hatte.

Diesmal war sie diejenige, die den Hörer aufknallte.

Ein paar Tage später änderte sich Steves perfektes Leben grundlegend. Auf dem Weg zur Arbeit ging Sheila am britischen Konsulat vorbei, als eine Bombe vor dem Gebäude explodierte und drei Menschen tötete, darunter Sheila.

Und ihr ungeborenes Kind.

Nach einer halben Stunde meldete sich eine irische militante Gruppe namens *Gleic Éire* und übernahm die Verantwortung für den Anschlag.

Steve raste vor Wut. Er schwor, Sheilas Tod zu rächen, und verbrachte den ganzen Tag im Archiv der *Sun,* um alles zusammenzutragen, was er über die gefürchtete Organisation und ihre Anführer finden konnte.

So wie viele andere terroristische Gruppen wollte auch *Gleic Éire* die Aufmerksamkeit der Medien auf sich lenken. Voller Wut auf eine Regierung, die ihnen ihr Land geraubt hatte, schrieb ihr Präsident – der nie mit seinem Namen unterzeichnete – lange und wortgewandte Briefe an die Verleger der *London Times* und der *Irish Voice,* in denen er forderte, dass sich die Briten aus Irland zurückzogen.

Von Zeit zu Zeit folgten den Forderungen Drohungen, und wenn diese Drohungen nicht ernst genommen wurden, schlug *Gleic Éire* zu. Ihre Ziele waren immer zentrale, stark frequentierte Gebiete, in denen es fast unmöglich war, sie zu entdecken. Der Anschlag auf das britische Konsulat in New York City war einer Aufforderung gefolgt, Großbritannien solle den Besuch des Premierministers in der Stadt absagen.

Als die Aufforderung ignoriert wurde, wurde die Drohung in die Tat umgesetzt.

Während seiner jahrelangen Suche nach Sheilas Mördern hatte Steve mit jedem gesprochen, der bereit war, auch nur ein Minimum an Information über die Gruppe zu geben – die örtliche Polizei, FBI-Agenten, Scotland Yard sowie eine Reihe von irischen Informanten, denen er bei seiner Suche begegnet war.

Die Suche hatte sich als ergebnislos entpuppt.

Zum Ende dieses Jahres hatte Steve erschöpft und enttäuscht die Suche aufgegeben, sein Apartment in Manhattan verkauft und war nach Florida gezogen.

Und jetzt war er bereit, es noch einmal zu versuchen. Würde er diesmal Erfolg haben? Oder würde er nur wieder einem Phantom nachjagen?

Er hörte, wie Delgado unter Deck die wenigen noch fehlenden Vorräte für die morgige Fahrt verstaute. Wie erwartet, war sein Freund davon begeistert, die Touren zu übernehmen. Auch wenn er neugierig war, hatte er doch Steves Privatsphäre respektiert und keine Fragen gestellt, nicht einmal, wann Steve zurückkehren würde.

Die hätte er ihm ohnehin nicht beantworten können.

Julia betätigte schwungvoll die letzte Taste und drehte sich zu Penny um, die ihr über die Schulter geschaut hatte. „Und? Du bist die Künstlerin, was meinst du?"

Penny nickte zustimmend. „Fantastisch", sagte sie, während ihr Blick über den Flyer huschte. „Das ist kurz und knapp, es fällt ins Auge, und es kommt direkt auf den Punkt. Das hätte ich nicht besser machen können."

„Nur ... wird es mir Gäste einbringen?"

„Bergeweise, wenn du das an den richtigen Stellen verbreitest."

„Ich möchte mich auf die Nachbargemeinden wie Pacific Grove, Pebble Beach und Carmel konzentrieren. Diese Städte sind nicht so in die Bradshaw-Historie verstrickt wie Monterey. Dadurch, dass ich einige Extras wie das Essen und die anschließende Diskussionsrunde dazugenommen habe, dürften die Kurse wohl außergewöhnlich genug sein, um die Leute anzusprechen."

Penny machte eine ungeduldige Handbewegung. „Mach schon, druck es aus."

Julia klickte auf das Druckersymbol, und Sekunden später gab der Laserdrucker ein cremefarbenes Blatt Papier aus. Penny nahm es und las laut vor: „Anmeldung für wöchentliche Gourmet-Kochkurse jetzt möglich. Lernen Sie in vier einfachen, praktischen Übungseinheiten köstliche Gerichte von Antipasti bis Desserts zuzubereiten. Ihre Lehrerin, eine Absolventin des French Culinary Institute, führt in angenehmer, ländlicher Atmosphäre durch die Kurse. Die Teilnahmegebühr von 300 Dollar umfasst den viertägigen Kurs, Abendessen im Haus und anschließende Diskussionen. Rufen Sie die ‚Hacienda' an unter 555-3943."

Penny legte den Flyer auf den Schreibtisch. „Die Leute werden vor der Tür Schlange stehen."

„Das hoffe ich." Mit neuer Hoffnung erfüllt, nahm Julia einen Stoß Papier, legte ihn ins Papierfach und befahl dem Drucker, diesmal hundert Exemplare zu drucken. „Von der einen Reservierung ab heute abgesehen, ist die ‚Hacienda' leer. Und leer bedeutet keine Einnahmen. Also musste ich mir etwas ausdenken und ich halte diese Aktion für sehr lukrativ."

„Hast du nicht gesagt, du wolltest deine Anzeigen in *Travel & Leisure* überarbeiten?"

Julia nickte. „Schon geschehen. Die neue Version sollte ab der nächsten Ausgabe erscheinen. Bis dahin", fügte sie an und beobachtete die Flyer, die der Drucker auswarf, „sollte das hilfreich sein. Auch wenn ich die Kurse auf zwölf Teilnehmer beschränke, bringt mir das dreitausendsechshundert Dollar im Monat."

„Wieviel ist das netto?"

„Etwa zweitausendachthundert. Das reicht auf jeden Fall, um Charles zu bezahlen und ihn ruhig zu stellen, wenigstens was die ‚Hacienda' angeht."

Pennys Miene verfinsterte sich. „Hast du die Sorgerechtsangelegenheit mit einem Anwalt besprochen?“

Das Wort Sorgerecht erfüllte sie immer mit Furcht. Julia rieb mit ihrer Hand behutsam über die Magengegend. „Ich habe meine ehemalige Mitbewohnerin vom College angerufen. Sie praktiziert Familienrecht. Vom Gesetz her hat Charles nicht das Recht, Andrew zu sich zu holen. Er hätte Schwierigkeiten, einen Richter davon zu überzeugen, ihm das Sorgerecht zu übertragen.“

„Du machst dir trotzdem Gedanken.“

„Wenn ein Mann mit so viel Macht eine solche Drohung ausspricht, dann mache ich mir Gedanken.“ Sie sah wieder zum Drucker. „Darum mache ich das hier, Penny. Solange ich Gewinne erziele, kann Charles nicht Fuß fassen. Hoffe ich“, fügte sie mit einem skeptischen Schulterzucken an.

Als der Drucker den letzten Flyer ausgab, nahm Julia den Stoß und reichte ihn Penny. „Du kannst mir helfen, indem du die hier an deine Kunden verteilst. Nach dem zu urteilen, was du mir über sie erzählst“, sagte sie lächelnd, „könnten einige von ihnen noch das eine oder andere über das Kochen lernen.“

Als Julia von der Post zurückkam, wo sie ihre insgesamt fünftausend Flyer als Wurfsendung aufgegeben hatte, saß ein gepflegter und attraktiver Mann auf der Stufe und wartete offenbar auf sie.

„Mrs. Bradshaw?“ Er lächelte sie freundlich an. „Mein Name ist Ron Kendricks. Ich arbeite für die *Los Angeles News* …“

Bevor er weiterreden konnte, schüttelte Julia den Kopf. „Ich habe der Presse nichts zu sagen, Mr. Kendricks.“

Ihr scharfer Ton schien ihn nicht zu beeindrucken. „Ich bin nicht hier, um Sie zu belästigen, Mrs. Bradshaw. Meiner Ansicht nach hat man das schon viel zu viel mit Ihnen gemacht.“ Er schloss zu ihr auf und ging neben ihr, während sie auf die Vordertür zueilte. „Ich möchte Ihnen einen Vorschlag machen, über den Sie nachdenken sollten."

„Leben Sie wohl, Mr. Kendricks."

„Sie verstehen nicht", sagte er eindringlich. „Ich bin auf Ihrer Seite. Ich finde es abscheulich, wie die Stadt und vor allem Charles Bradshaw Sie behandeln."

Julia blieb stehen. „Woher wollen Sie wissen, wie Charles Bradshaw mich behandelt?"

Er hob sein Kinn geringfügig höher, als hätte sie ihm gerade das größte Kompliment gemacht. „Ich war am Dienstag auf dem Friedhof. Ich habe gesehen, wie er und die anderen Trauergäste Sie angeschaut haben. Ich habe sogar einige Bemerkungen gehört, die über Sie gemacht wurden."

„Sehr gut, Mr. Kendricks, Sie bekommen einen Bonuspunkt für Ihre scharfe Beobachtungsgabe. Das ändert nichts an meiner Einstellung zu einem Interview."

Er versperrte ihr den Weg zur Tür, woraufhin sie ihm einen eisigen Blick zuwarf und darauf wartete, dass er zur Seite ging. Das geschah nicht.

„Ich möchte Ihre Geschichte erzählen, Mrs. Bradshaw", sagte er mit der unerfreulichen Hartnäckigkeit, die für einen gewissen Schlag von Reportern typisch war. „Sie unterhalten sich mit mir, und ich werde dafür sorgen, dass Ihre Botschaft zu den Menschen gelangt. Ich stelle Sie als das Opfer dar, nicht als eine Verdächtige. Eine unschuldige, hart arbeitende Frau, die von einer ganzen Stadt ausgegrenzt wird und die versucht, sich gegen ihren reichen und mächtigen Exschwiegervater zu behaupten."

Endlich kam Julia dahinter, was er haben wollte: eine schmutzige Story, die jeder Zeitung im Land beste Verkaufszahlen bescheren würde. „Welches Stück Dreck sind Sie ..."

„Wir befassen uns mit allen Aspekten", unterbrach Kendricks

sie. „Vielleicht gibt es etwas in der Vergangenheit von Charles Bradshaw, das wir benutzen können, um ihn in Misskredit zu bringen. Oder in Pauls Vergangenheit. Und wir setzen auch Ihren Sohn ein. Wir zeigen seinen Kampf, wie er hin- und hergerissen ist zwischen seiner Liebe zu Ihnen und seiner Loyalität gegenüber seinem Großvater. Die Leser werden uns diese Geschichte aus den Fingern reißen. Da könnte sogar ein Buch folgen oder ein Filmvertrag. Ich habe Verbindungen nach Hollywood."

Julia warf ihm einen hasserfüllten Blick zu. „Sie sind so verabscheuenswürdig wie alle anderen Reporter, die versuchen, sich in dieses Haus einzuschleichen." Sie spuckte ihm die Worte fast entgegen. „Wie können Sie es wagen, meinen Sohn in Ihre schäbigen Pläne hineinzuziehen und aus der Trauer eines unschuldigen Sechsjährigen Kapital zu schlagen?"

„Sie verstehen nicht ..."

„Ich verstehe sehr gut. Und jetzt verschwinden Sie von hier."

„Sie verzichten auf die Möglichkeit, ein paar Millionen Dollar zu verdienen?" Er lachte ungläubig auf. „Das meinen Sie doch nicht Ernst."

Wütend darüber, dass er sie noch immer nicht weitergehen ließ, stieß Julia ihm dem Finger gegen die Brust. „Sie haben fünf Sekunden Zeit, um mir aus dem Weg zu gehen, und noch einmal fünf Sekunden, um meinen Grund und Boden zu verlassen. Wenn Sie das nicht machen, werden Sie merken, wie ernst ich das meine."

Kendricks Lächeln nahm gehässige Züge an. „Dann werde ich wohl meine Geschichte ohne Sie schreiben müssen."

„Wenn Sie das machen, sollten Sie darauf achten, dass Sie die Fakten überprüft haben. Wenn Sie nämlich auch nur ein Wort drucken, das nicht der Wahrheit entspricht, werde ich Sie und Ihren Verleger verklagen. Sie haben noch drei Sekunden."

Sie sah seinem überheblichen Lächeln an, dass er schon früher bedroht worden war und trotzdem weiter über seinen Vorschlag geredet hatte. Er unternahm einen letzten Anlauf, griff in seine Hemdtasche und holte eine Visitenkarte heraus, die er auf die Steinbank legte.

„Ich wohne im Monterey Arms …"

„Eine Sekunde."

Ihr Blick musste ihn schließlich davon überzeugt haben, dass er ihre Geduld überstrapaziert hatte, da er mit einem Mal den Rückzug antrat. „Rufen Sie mich an, wenn Sie Ihre Meinung ändern sollten."

Nachdem er gegangen war, machte Julia die Tür hinter sich zu, lehnte sich dagegen und schloss die Augen. Es genügte nicht, dass die Stadt gegen sie war, jetzt wollte auch noch die Presse aus ihrer Pechsträhne eine Soap Opera machen.

Einen verrückten Augenblick lang dachte sie daran, sich an Charles zu wenden. Er hasste es, wenn der Name Bradshaw in den Schmutz gezogen wurde. Ein Wort aus seinem Mund, und Ron Kendricks würde in L.A. nur noch Nachrufe schreiben.

Andererseits war Charles immer noch ihr ärgster Feind. Die Drohung des Reporters und die Möglichkeit, dass er Andrew nachstellte, wären für Charles nur weitere Gründe gewesen zu glauben, dass sein Enkel bei ihm besser aufgehoben sei.

Wieder ergriff ein Gefühl völliger Hilflosigkeit von ihr Besitz. Was machte sie verkehrt? Warum tauchte sofort ein neues, unheilvolleres Problem auf, sobald ein anderes gelöst worden war?

Sie atmete mehrmals tief durch, dann öffnete sie wieder die Augen. Sie würde sich von Ungeziefer wie Ron Kendricks nicht in die Knie zwingen lassen. Und welcher Kampf auch immer am Horizont auf sie wartete – sie würde sich so wie immer stellen, nämlich ganz allein.

11. KAPITEL

„Was ist los, Schatz?“ fragte Julia, als Andrew seine Makkaroni auf dem Teller hin- und herschob. „Hast du keinen Hunger?“

Mit gesenktem Blick schüttelte Andrew den Kopf.

Da sie spürte, was ihm im Magen lag, schob Julia ihren Stuhl zurück und klopfte auf ihre Knie. „Komm her zu mir.“

Er kletterte auf ihren Schoß, und als sie ihn in ihre Arme schloss, legte er seinen Kopf auf ihre Schulter.

„Bist du heute wieder traurig?“ flüsterte sie ihm ins Ohr. Sie fühlte, dass er nickte, und wünschte, sie könnte sich um diese Wunde genauso einfach kümmern wie um ein aufgescheuertes Knie. „Das ist schon in Ordnung, wenn du traurig bist, Andrew.“

Er sah auf, in seinen Augen standen Tränen. „Du warst doch auch traurig, als Onkel Jordan gestorben ist, oder, Mommy?“

„Das ist richtig. Aber nach einer Weile ging es mir wieder besser, und das hatte ich dir, Grandma, Tante Penny und Onkel Frank zu verdanken. Du wirst dich auch wieder besser fühlen, Andrew, das verspreche ich dir.“

Er zwinkerte, als versuche er, nicht zu weinen. „Aber ... wenn ...“ Er biss sich auf die Lippe.

„Wenn was, Darling?“

„Wenn du auch stirbst?“ fragte er mit bebender Stimme.

„O Andrew.“ Das hatte sie nicht erwartet. Der Gedanke, dass er seit Tagen mit dieser Angst lebte und ihr nichts davon gesagt hatte, erschütterte sie. „Ich werde nicht sterben“, sagte sie und drückte ihn fest an sich. „Ich werde hier sein, hier bei dir.“

„Connie Monroes Mom ist letztes Jahr gestorben.“ Da sein Mund gegen ihre Schulter gedrückt war, klang seine Stimme gedämpft.

„Connies Mutter war sehr krank“, erinnerte sie ihn. „Ich bin nicht krank, Baby. Ich bin sehr gesund und werde nicht sterben.“

Er legte seine Arme um ihren Hals. „Schwörst du das?“

Sie küsste ihn auf den Kopf. „Das schwöre ich dir. Ich werde immer für dich da sein, Andrew. Bis ich alt und faltig bin und so rede wie die alten Männer in Grandpas Club.“

Als er sich von ihr fortbewegte, waren seine Wangen von den Tränen feucht, die er so sehr hatte zurückhalten wollen. Aber gleichzeitig lächelte er, und dafür war Julia dankbar. „Wieder besser?“ fragte sie.

Er nickte.

„Gut.“ Die Makkaroni waren inzwischen kalt geworden, und sie fragte: „Wie wärs, wenn wir das Abendessen vergessen und runter zum Spielfeld der Little League fahren? Wenn wir uns beeilen, können wir noch die letzten Innings mitbekommen.“

Durch die Tränen hindurch strahlten sein Augen. „Okay.“

Sheila Fay Bradshaw
Geliebte Tochter und Schwester
1969-1990
Paul Maximilian Bradshaw
Geliebter Sohn
1958-1998

Weiße Blüten eines in der Nähe stehenden Mandelbaums lagen verstreut über dem marmornen Grabstein und verdeckten teilweise Sheilas Namen.

Steve, der vor dem Grab hockte, schob sie zusammen und legte das kleine Häufchen neben den Wildblumenstrauß, den er in der Friedhofsgärtnerei gekauft hatte.

Es war in acht Jahren sein zweiter Besuch an Sheilas Grab. Der erste Besuch am Tag der Beerdigung war ihm noch immer lebhaft in Erinnerung. Obwohl Charles ihm die Teilnahme an dem

Trauergottesdienst nicht erlaubt hatte, war Steve dennoch hergekommen, wurde aber am Tor von zwei uniformierten Wachen aufgehalten. Während Charles dem Ganzen zusah, ließen sie ihn wissen, dass es sich um eine private Bestattung handele und er gehen solle.

Aus Respekt vor Sheila und in dem Wissen, dass es sinnlos war, Theater zu machen, hatte er dem Drang widerstanden, sich mit Gewalt Zutritt zu verschaffen. Stattdessen hatte er gewartet, bis der letzte Trauergast gegangen war, um dann zum Grab seiner Verlobten zu gehen und sich von ihr zu verabschieden, bevor er sich auf die Jagd nach ihren Mördern machte.

„Ich bin ihnen wieder auf der Spur, Sheila", sagte er und sah sich um. „Hältst du mich für verrückt?"

Es war ein warmer Nachmittag im Juni, angenehm erfrischend nach der schweißtreibenden Hitze im Süden Floridas. Er lauschte dem Geräusch der Brandung und atmete tief die frische und klare Luft ein. Er verstand, warum Sheila diesen Teil von Kalifornien geliebt und weshalb sie sich so darauf gefreut hatte, mit ihm zusammen herzukommen.

Sein Blick wanderte über den gepflegten Friedhof, wo Dutzende von Grabsteinen standen. „Ziemlich edler Platz, den dein Vater für dich ausgesucht hat", sagte er. „Überall nur Damen mit Doppelnamen. Und die Herrschaften haben alle ein III. oder IV. hinter dem Namen."

Er fühlte sich erstaunlich ruhig. Die nagende Trauer und der blinde Zorn, den er kurz nach Sheilas Tod verspürt hatte, waren verschwunden, und er hatte sich wieder völlig unter Kontrolle. Vielleicht hatte Tim Recht. Nur halb bei Sinnen einem Verrückten zu folgen, war eine dumme Idee gewesen.

Diesmal würde es anders sein.

„Ich werde ihn kriegen, Sheila", murmelte er und blinzelte in die Sonne, als er in die Ferne sah. „Und dann lasse ich ihn für das büßen, was er dir angetan hat. Und unserem Baby.“

Er blieb dort, bis ein Trauerzug den steilen asphaltierten Weg heraufkam.

Mit den Gedanken bereits bei der Aufgabe, die vor ihm lag, machte er sich auf den Weg zu dem grünen Landrover, den er am San Francisco International Airport gemietet hatte.

Steve lenkte den sportlichen Geländewagen durch den Verkehr von Monterey, bog in die Via del Rey ein und fuhr bergauf auf der Suche nach der „Hacienda“, während er die Schönheit der Stadt bewunderte.

Monterey hatte sich zu einem Mekka an Kultur und Tradition entwickelt und war einer der beliebtesten Urlaubsorte des Landes. Während er sich weiter in die Hügelregion bewegte, erkannte er auch den Grund. Von hier oben war der Blick auf die Halbinsel, die sich von der im Sonnenschein glitzernden Bucht bis zu den sie umgebenden Pinienwäldern erstreckte, einfach atemberaubend. Nicht einmal die dunklen, bedrohlich wirkenden Wolken, die vom Meer in Richtung Binnenland zogen, konnten diese Schönheit beeinträchtigen.

Die „Hacienda“ war nur etwas mehr als einen Kilometer vom Zentrum der Aktivitäten auf der Cannery Row entfernt, lag zugleich aber abseits genug, um ihm das Gefühl zu geben, eine grüne ruhige Oase gefunden zu haben.

Am Ende des Kiesweges angekommen, stellte Steve den Landrover im Schatten einer riesigen Eiche ab und sah aus dem Fenster.

Mit ihren lila Bougainvilleen, die kaskadenartig vom zweiten Stockwerk herunterhingen, den Balkonen, dem blumenübersäten Hof und dem sprudelnden Brunnen erinnerte die „Hacienda“ an eines der prächtigen Landhäuser, die bei den spanischen Edelleuten beliebt gewesen war, die einst über das Gebiet geherrscht hatten.

Die Fakten, die Tim über Julia Bradshaw zusammengetragen hatte, ergaben, dass sie neben dem Collegeabschluss im kaufmännischen Bereich ein Praktikum in einem großen Hotel in San Francisco gemacht hatte, wo sie an Marketingprogrammen mitgewirkt hatte.

Die Erfahrung hatte sich offenbar bezahlt gemacht. Die „Hacienda“, die auf einer zwei Hektar großen Klippe mit Blick auf den Pazifik gelegen war, stellte eine der attraktivsten Immobilien in der gesamten Gegend dar. Es war einfach nur Pech, dass eine luxuriöse Ferienanlage mit Tennisplätzen, einer Sauna und einem 4-Sterne-Restaurant kurz nach der „Hacienda“ eröffnet und dem kleineren Gasthaus das Überleben schwer gemacht hatte.

Nach ein paar Minuten stieg er aus dem Landrover und ging zur Eingangstür. Er ignorierte den schmuckvollen Türklopfer in der Form von Stierhörnern und klingelte stattdessen.

Steves erster Gedanke, als er Julia Bradshaw vor sich sah, war, dass das Foto, das Tim ihm gegeben hatte, ihr nicht gerecht wurde.

Auf dem Schnappschuss hatte sie auf eine zurückhaltende Weise hübsch ausgesehen. In natura war ihre Schönheit dagegen nahezu atemberaubend. Er schätzte sie auf 1,65 Meter und nicht schwerer als 55 Kilo. Ihr Haar wies einen gedeckten Blondton auf und rahmte ihr Gesicht in einem Wust aus Locken und Strähnen ein. Ihre Lippen waren voll und sinnlich und konnten wahrscheinlich den stärksten Mann zu einem stammelnden Idioten machen. Ihre grünen Augen betrachteten ihn in dem Moment kühl.

Das strahlend gelbe Kleid, das sie trug, war Welten von dem seriösen dunklen Anzug auf dem Foto entfernt. Es betonte ihre schmalen Hüften und die vollen, festen Brüste und gab den Blick frei auf die schönsten Schultern, die er je gesehen hatte. Abgesehen von einer zweckmäßigen, preiswerten Uhr trug sie keinen Schmuck.

Einen Augenblick lang war sein Kopf wie benebelt.

„Kann ich Ihnen behilflich sein?“ fragte sie.

Steve erkannte, dass er sie angestarrt hatte, gab sich einen geistigen Tritt und räusperte sich. „Mrs. Bradshaw?“

Ihr Ausdruck wurde noch kühler. „Sind Sie Reporter?“

„Ja, das stimmt. Mein Name ...“

Die Tür fiel mit Schwung vor seiner Nase ins Schloss.

Irritiert stand Steve einen Moment lang da, sein Gesicht nur Zentimeter von dem bedrohlichen Türklopfer entfernt. Offenbar hatte die Frau eine ausgeprägte Antipathie gegen die Presse.

Das bedeutete, dass er einen anderen Weg gehen musste, um ihr ohne viele Worte sein Anliegen zu verstehen zu geben – und zwar rasch.

Wieder klopfte er.

Als Julia diesmal die Tür öffnete, hielt Steve ihr die Bestätigung für sein Zimmer vors Gesicht.

Sie warf einen Blick darauf, machte „Oh“ und ging einen Schritt nach hinten. „Sie sind mein neuer Gast.“

Lächelnd breitete Steve seine Arme aus: „Unbewaffnet und ungefährlich, das versichere ich Ihnen.“

Sie wirkte nicht amüsiert. „Der Mann, der das Zimmer gebucht hat, hat nicht erwähnt, dass Sie Reporter sind.“

„Hätte er das machen sollen?“

Wieder sah sie ihn ausdruckslos an. „Normalerweise nicht, aber angesichts des Verhaltens Ihrer Kollegen wäre es mir lieber gewesen.“

„Hätten Sie mir ein Zimmer vermietet, wenn Sie es gewusst hätten?“

„Nein.“

Kein Lächeln, keine honigsüße Antwort, nur eine klare, tonlose Erwiderung, die keinen Zweifel daran ließ, was sie empfand. Das gefiel ihm, auch wenn mit jeder Sekunde die Chancen schlechter wurden, ein Zimmer in der „Hacienda" zu bekommen. „Es tut mir Leid, dass meine Kollegen Sie belästigen, Mrs. Bradshaw. Und es tut mir Leid, dass die Reservierung ein Missverständnis verursacht hat. Die Wahrheit ist, dass ich mit alledem nichts zu tun hatte."

„Hören Sie, Mister ..."

„Reyes." Er machte einen Schritt nach vorn und reichte ihr die Hand. „Steve Reyes von der *New York Sun.*"

Nachdem sie ein paar Sekunden lang seine Hand angestarrt hatte, ergriff sie sie und ließ sie dann schnell wieder los.

„Ich wäre Ihnen sehr dankbar, wenn Sie mich übernachten lassen würden", fügte er hinzu, bevor sie die Gelegenheit bekam, das auszusprechen, was ihr auf der Zunge lag. „Im Gegenzug verspreche ich, ganz leise zu sein, die Hausordnung zu beachten und mich auf jede nur denkbare Weise nützlich zu machen."

Er zeigte ihr sein Lächeln, von dem er hoffte, dass es so freundlich war, wie er das meinte. „Nun, Mrs. Bradshaw? Haben wir eine Übereinkunft?"

Nachdem sie einen Moment lang über seine Frage nachgedacht hatte, schien sie einzulenken. „Wenn ich Sie hier übernachten lasse", sagte sie vorsichtig, „dann bedeutet das, dass ich keine Interviews gebe. Alles, was Sie über den Mord an meinem Exmann wissen wollen, müssen Sie auf eigene Faust herausfinden."

„Kein Problem."

„Und mein Sohn ist für Sie auch tabu."

„Selbstverständlich."

Ihre Stimme war nach wie vor kühl und geschäftsmäßig. „Ich muss Ihr Wort darauf haben."

Mit den Händen in den Taschen verbeugte sich Steve leicht. „Das haben Sie. Sonst noch etwas?"

„Im Augenblick nicht." Schließlich machte sie die Tür ganz auf und trat zur Seite. „Warum kommen Sie nicht herein und tragen sich in unser Gästebuch ein?"

Er beugte sich über den kleinen Tisch und vermerkte Name und Adresse.

„Florida?" fragte sie und klang mit einem Mal misstrauisch. „Sie hatten doch eben gesagt, dass Sie für die *New York Sun* arbeiten."

„Ich bin kein fester Mitarbeiter der *Sun*", antwortete er, während er weiterschrieb. „Ich übernehme nur besondere Aufträge für sie. Von Florida aus."

„Ich wusste nicht, dass der Tod eines örtlichen Politikers für eine Zeitung wie die *New York Sun* von Interesse ist."

„Nun, es geht ja auch nicht mehr *nur* um den Tod eines örtlichen Politikers, Mrs. Bradshaw." Er legte den Stift zur Seite. „Jetzt, wo *Gleic Éire* ins Spiel gekommen ist, hat der Mord an Ihrem Exmann eine neue Bedeutung erreicht. Ganz zu schweigen von Eli Seavers' rätselhaftem Tod …"

„Rätselhaft?" Sie versuchte, desinteressiert zu klingen, dennoch spürte er eine plötzliche Erregung. „Ich dachte, sein Tod war ein Unfall."

„Für einen alten Hasen wie mich sind Unfälle dieser Art immer dubios, vor allem, weil Eli Ihnen gegenüber *Gleic Éire* erwähnt hatte und ein paar Tage später tot war."

Sie betrachtete ihn lange, so als würde sie nicht ganz schlau aus ihm. „Für einen Neuen in der Gegend sind Sie aber sehr gut informiert."

„Ein Reporter ist nur so gut wie seine Quellen, Mrs. Bradshaw. Meine Quellen sind zum Glück hervorragend." Er sah sich um und rieb sich die Hände. „Und“, sagte er gut gelaunt, „wo ist meine Koje?“

„Das überlasse ich Ihnen. Da Sie der einzige Gast sind, können Sie sich eines der fünf Zimmer im zweiten Stock aussuchen. Ich bringe Ihnen die Schlüssel.“

Während sie in die große, sonnendurchflutete Küche ging, folgte Steve ihr und schnupperte kurz und intensiv. „Brownies?“ fragte er. „Mit doppelter Portion Schokolade?“

Sie hob eine Augenbraue. „Sind Sie ein Experte für Brownies, Mr. Reyes?“

„Seit ich so klein war.“ Er hielt eine Hand auf Kniehöhe. „Ich habe sie immer quer durch die ganze Stadt riechen können.“ Wieder schnupperte er. „So gute habe ich schon seit Jahren nicht mehr gerochen.“

Diese Bemerkung brachte ihm ein Lächeln ein, ihr erstes, wie er feststellte. „Schmeichelei bringt Sie in diesem Haus nicht weiter“, sagte sie und ging an ihm vorbei. „Aber ich werde dran denken, für Sie ein paar zurückzulegen.“

Ihr Duft, den er für eine feine Mischung aus Jasmin und Geißblatt hielt, hüllte ihn wie eine verführerische Wolke ein. „Danke.“

Steve folgte ihr in einen großen, hohen Raum, dessen Decke mit Holzbalken verkleidet war, mit einem gemauerten Kamin und schweren spanischen Möbeln, die mit Firnis behandelt worden waren und matt glänzten. Feudale Sofas und Sessel in sattem bordeauxroten Samt waren zu kleinen Sitzgruppen zusammengestellt. Ein Bücherregal aus Eiche nahm eine ganze Wand in Anspruch und war mit alten und neuen Büchern randvoll gestellt. An einer anderen Wand erinnerten Landschaftsgemälde von Monterey an eine vergangene, ruhigere Zeit.

Der glänzende kleine Flügel war eine wirkliche Überraschung. Mit einem wertvollen alten Stoff behängt, auf dem wunderschöne

Blumenarrangements angeordnet waren, stand er in einer Ecke direkt unter der breiten, gewundenen Treppe.

Steve blieb stehen, um ihn zu bewundern. „Spielen Sie?"

Sie hielt in der Bewegung inne, eine Hand auf dem Geländer. „Leider nicht. Das Instrument habe ich zusammen mit dem Haus gekauft. Eine Zeit lang habe ich mit dem Gedanken gespielt, es zu verkaufen. Aber in letzter Minute habe ich mich anders entschieden und es stimmen und neu lackieren lassen."

Dann fügte sie an: „Übrigens … der Salon steht meinen Gästen zur Verfügung, Sie können also gerne jederzeit nach unten kommen. Dort drüben können Sie sich immer einen Kaffee oder einen Tee nehmen." Sie zeigte auf einen Tisch am zur Bucht hin gelegenen Fenster, auf dem eine Kaffeemaschine und eine Auswahl verschiedener Sorten Kaffee und Tee säuberlich angeordnet waren. „In der Küche können Sie sich Wasser und Milch holen oder was Sie sonst noch haben möchten. Ach ja, diese Bücher dort dürfen gerne gelesen werden. Wir haben alles von Faulkner bis Clancy."

Steve beobachtete sie, während sie sprach. Auch wenn sie sich bemühte, distanziert zu wirken, nahm sein geübtes Auge unter diesem Panzer etwas anderes wahr: Stolz. Und Leidenschaft. Er versuchte vergeblich sich vorzustellen, dass sie jemanden kaltblütig ermordete. „Danke", sagte er auf ihre Einladung. „Ich werde sicher einen Blick riskieren."

„Das Frühstück wird entweder im Salon serviert oder im Hof", fuhr sie fort. „Sie können alles bekommen, was Sie haben möchten – Pfannkuchen, Eier, Cornflakes, Obst. Ich muss es nur am Abend zuvor wissen."

Gemeinsam gingen sie nach oben. „Sie müssen sich keine Umstände machen", sagte er. „Ich brauche nur einen starken schwarzen Kaffee."

„Wie Sie möchten."

Nachdem sie ihm die fünf Zimmer gezeigt hatte, die jeweils ein eigenes Flair ausstrahlten, entschied Steve sich für das, das einfach nur als der Grüne Raum bezeichnet wurde. Frei von jeglichen Kinkerlitzchen war er mit den gleichen schweren spanischen Möbeln eingerichtet, die er schon im Parterre bewundert hatte. Der vorherrschende Farbton war ein dunkles Grün, das ihn an seine Kabine an Bord der „Time Out" erinnerte.

Auf dem Weg nach unten fiel Steves Blick auf das notdürftig reparierte Fenster. Er wandte sich an Julia und fragte scherzend: „Ein wütender Vogel?"

„Vandalen." Sie blieb am Fuß der Treppe stehen. „Ich habe Probleme, jemanden zu finden, der es repariert, daher werden Sie sich noch ein paar Tage mit meiner Heimarbeit abfinden müssen. Ich hoffe, es macht Ihnen nichts aus."

„Überhaupt nicht. Hat die Polizei die Täter schon gefasst?"

„Ich habe es nicht gemeldet." Offensichtlich wollte sie nicht weiter über den Vorfall sprechen und reichte ihm stattdessen einen Bund mit großen, altmodischen Schlüsseln. „Dieser ist für die Tür im Parterre", erklärte sie. „Der kleinere ist für Ihr Zimmer, wenn Sie das Gefühl haben, sich vor Mörderinnen schützen zu müssen."

Als hätte sie gespürt, dass diese Bemerkung ihn völlig unerwartet getroffen hatte, lächelte sie ihn freundlich an: „Noch Fragen?"

„Nein, ich ..."

„In dem Fall", sprach sie weiter und schien seinen verwirrten Gesichtsausdruck zu genießen, „lasse ich Sie erst mal zur Ruhe kommen." Sie nahm seine Hand und ließ die Schlüssel in seine Handfläche fallen. „Sagen Sie mir, wenn Sie irgendetwas brauchen."

An der Spüle stehend, hatte Julia freie Sicht auf ihren Gast, der mehrere große Reisetaschen von der Ladefläche des Landrovers hob.

Sie hoffte, dass es kein Fehler gewesen war, ihn hier logieren zu lassen. Das Erlebnis mit Kendricks am Tag zuvor hätte eigentlich genügen sollen, um sie davon zu überzeugen, dass alle Reporter potenziell gefährlich waren, ganz egal, was sie von sich behaupteten. Oder wie charmant sie zu sein schienen.

Dieser Reporter dagegen wirkt irgendwie anders, dachte sie, während sie ihn beobachtete, wie er auf das Haus zuging. Er hatte etwas Harmloses und Ehrliches an sich, eine Art wie der nette Junge von nebenan, die sofort Vertrauen weckte.

Außerdem sah er gut aus, auf eine raue, natürliche Art. Sein dichtes schwarzes Haar war für ihren Geschmack etwas zu lang, aber der Rest – die strahlenden, dunklen Augen, die so aussahen, als ob ihnen nichts entging – hätte auch dem Geschmack der anspruchsvollsten Frauen entsprochen.

Irgendwo in ihrem Kopf schrillte eine Alarmglocke auf. So hatte sie auch für Paul empfunden. Er war auch charmant und schön anzusehen. Und er hatte in ihr auch dieses blinde Vertrauen geweckt.

Anders aber als bei Paul war an Steve Reyes' Einstellung keine Arroganz, keine Blasiertheit. Nur eine Selbstsicherheit, die zu locker war, um nicht echt zu sein.

Als er das Foyer betrat und mit seinem Gepäck gegen die Tür stieß, wandte sie sich schnell ab und erwischte sich dabei, dass sie lächelte.

12. KAPITEL

Als Julia am nächsten Morgen in die Küche kam, entdeckte sie als Erstes Steve Reyes, der im Foyer auf einer Leiter stand und an dem eingeworfenen Fenster arbeitete.

Mit großen Augen sah sie von der Sperrholzplatte auf dem Boden zu dem farblosen Glas, das jetzt den Platz im Rahmen eingenommen hatte. „Was machen Sie da?"

Der Reporter drehte sich um, hielt ein Spachtelmesser in der Hand und lächelte auf die gleiche entwaffnende Art, die sie schon am Tag zuvor so irritiert hatte. „Ich hoffe, es macht Ihnen nichts aus. Ich bin Frühaufsteher und musste nach meinem morgendlichen Joggen irgendetwas tun."

„Und das Erste, was Ihnen einfiel, war die Reparatur meines Fensters?"

Er zuckte mit den Schultern. „Ich habe Ihnen ja gesagt, dass ich mich gerne nützlich mache."

„Woher haben Sie die Scheibe?"

„Aus Larrys Eisenwarenhandlung. Zum Glück verkaufen die an Handwerker und machen früh auf."

Julia sah ihn überrascht an. Sie hatte doch Larry angerufen. „Larry hat mir gesagt, er sei sogar zu beschäftigt, um das Glas zu schneiden. Wie haben Sie ihn dazu gebracht, es sich anders zu überlegen?"

„Ich habe ihn einfach gefragt."

„Haben Sie ihm gesagt, dass es für mich ist?"

Mit einem Finger drückte Steve ein wenig Kitt in die Rille, die am Fensterrahmen entlang verlief. „Hab ich. Erst war er etwas störrisch, aber ich habe ihm angeboten, dass ich es auch gerne selber schneide." Er strich seinen Finger am Rand der Dose ab. „Danach war er ganz friedlich."

Mit verschränkten Armen stand Julia da und betrachtete ihren Gast plötzlich mit neuem Interesse. „Wieso habe ich das Gefühl, dass Sie mehr getan haben, als nur vorzuschlagen, das Glas selber zu schneiden?"

„Ich weiß nicht. Wieso?"

„Nennen Sie es Instinkt."

„Larry und ich kommen miteinander aus." Er sprühte Fensterputzmittel auf die Glasscheibe und wischte sie mit einem Küchentuch sauber. Die Flasche musste er so wie die Leiter im Schuppen gefunden haben. „Übrigens wird er Sie heute wegen des farbigen Glases anrufen. Das ist eine Sonderbestellung, die kann einen Monat oder noch länger dauern. Bis dahin muss das hier genügen."

„Das wird es. Ich meine ... danke." Julia war noch immer verblüfft, dass sich ein völlig fremder Mensch solche Mühe machte, während sie zum Schreibtisch ging, wo sie ihre Handtasche aufbewahrte. Mit der Geldbörse in der Hand kehrte sie zu ihm zurück. „Wie viel schulde ich Ihnen für die Scheibe?"

„Gar nichts." Er kam von der Leiter herunter und wischte sich die Hände ab. „Larry entschuldigt sich auf die Weise für sein schroffes Verhalten Ihnen gegenüber. Er hat gesagt, dass er Ihnen keine Schwierigkeiten machen wollte. Er hat in letzter Zeit ziemlich unter Stress gestanden."

Julia musste verblüfft lachen. Stress gehörte nicht zu den Zuständen, die sie mit Larry in Verbindung gebracht hätte, aber tatsächlich wissen konnte sie es nicht. „Tja ... also gut. Aber wenn Sie schon kein Geld nehmen, dann mache ich Ihnen wenigstens ein Frühstück. Schwarzer Kaffee scheint mir für das, was Sie gemacht haben, nicht genug zu sein."

Während sie redete, ging sie zum Kühlschrank und holte einen Beutel heraus. „Wie wäre es mit Waffeln?" fragte sie und hielt den Beutel hoch. „Die sind Andrews Lieblingsfrühstück, und es ist kein Problem, ein paar mehr zu backen."

Steve betrachtete den Beutel in ihrer Hand. „Reden wir hier über *selbst gemachte* Waffeln?"

„Etwas anderes kommt mir nicht ins Haus. Ich erhöhe auch noch um Erdbeeren, frisch aus meinem Garten."

„Warum fühle ich mich auf einmal so hungrig?"

Sie lachte und nahm ein Sieb von der Theke. „Ich nehme an, dass das ein Ja ist."

Seinen Ellbogen auf die Leiter gestützt, sah Steve ihr nach, wie sie zur Hintertür ging. Die ausgebleichte Jeans umspannte ihren wohlgeformten Po wie eine zweite Haut, und da war genug Schwung in ihren Hüften, um eine Welle purer Lust durch seinen Körper zu jagen. Die unerwartete Reaktion machte ihn völlig perplex. Zu Hause waren wunderschöne weibliche Körper praktisch ein alltäglicher Anblick, und er machte sich nie die Mühe, zweimal hinzusehen. Jedenfalls so gut wie nie.

Aber wieso Julia Bradshaw? Eine Frau, die er kaum kannte? Eine Frau, die nach allem, was er gehört und gelesen hatte, eine kaltblütige Mörderin sein konnte?

„Hi."

Als er die junge Stimme hörte, schüttelte Steve seine lüsterne Trance ab und drehte sich um. Ein hübscher Junge mit blonden Haaren und aufgeweckten blauen Augen betrachtete ihn aufmerksam mit zur Seite geneigtem Kopf.

„Selber hi."

„Ich bin Andrew", sagte der Junge, kam auf ihn zu und streckte ihm die Hand entgegen.

So wie immer, wenn er Kindern gegenüberstand, verspürte Steve ein vertrautes Ziehen an seinem Herzen, eine Mischung aus

Sehnsucht und Freude. „Steve Reyes." Er nahm die Hand des Jungen, die kraftvoll und kühl war.

„Reparierst du unsere Fenster?" fragte der Junge.

„Eigentlich bin ich der neue Gast."

Die Hintertür fiel zu, und Julia kehrte zurück. „Ah", sagte sie. „Wie ich sehe, haben Sie Andrew kennen gelernt." Sie stellte das Sieb, das nun voller kleiner Erdbeeren war, in die Spüle und begann, sie zu waschen. „Mr. Reyes war so nett, unser Fenster zu reparieren, Andrew, darum habe ich ihn eingeladen, mit uns zu frühstücken."

„Cool."

„Übrigens", sagte Steve, während er die Leiter über die Schulter nahm. „Mir wäre es lieber, wenn Sie beide Steve zu mir sagen würden." Er deutete auf die Hintertür. „Kann ich hier durchgehen?"

„Natürlich." Julia ließ sich nicht anmerken, ob sie seine Bitte gehört hatte, ihn mit seinem Vornamen anzureden.

Als Steve alles in den Schuppen zurückgestellt hatte, war der Tisch bereits gedeckt, und Julia goss Andrew gerade ein großes Glas Milch ein.

Der Junge fiel mit dem Hunger und der Begeisterung eines Kindes über die Waffeln her. „Was arbeitest du?" fragte er, während er sein Essen hinunterschlang.

„Andrew! Lass ihn in Ruhe essen und sei nicht so neugierig", sagte Julia tadelnd.

„Das ist schon in Ordnung." Steve zerschnitt eine Waffel in vier Stücke, spießte ein Stück mit seiner Gabel auf und tauchte es in den zähflüssigen Ahornsirup. „Immerhin wohne ich mit ihm zur Zeit unter einem Dach, da hat er auch ein Recht zu wissen, was ich mache."

Er wandte sich wieder Andrew zu und fuhr fort: „Ich bin das, was man einen investigativen Reporter nennt. Das heißt, ich höre mich in der Stadt um, stelle viele Fragen und stecke meine Nase in die Angelegenheiten anderer Leute."

Andrews Augen betrachteten ihn ernst. „So wie die Polizei."

„Genau."

„Mein Onkel Frank ist Polizist." Andrew ertränkte seine Waffeln in noch mehr Sirup. „Er ist nicht *wirklich* mein Onkel, aber ich nenne ihn trotzdem so. Wir machen viel zusammen."

„Aha." Steve bemerkte Julias amüsierten Blick. „Und was macht ihr alles zusammen?"

Andrew zuckte mit den Schultern. „Meistens Baseball. Ich bin im T-Ball-Team in der Schule. Ich spiele Shortstop, aber im nächsten Jahr will ich Pitcher werden." Er sah auf. „Magst du Baseball?"

„Sehr sogar. Leider komme ich nur zum Spielen, wenn mein Freund in der Stadt zu Besuch ist."

Andrew kaute gewissenhaft. „Wer ist denn dein Freund?"

„Andrew, das reicht." So sehr sich Julia auch bemühte, ernst zu klingen, verriet das verhaltene Lächeln, dass sie sich gut amüsierte.

„Mich stört das nicht", sagte Steve. „Ich habe zwei Neffen in seinem Alter, die auch jeden ausquetschen." Er sah wieder zu Andrew. „Mein Freund heißt Gary Sheffield. Du hast vielleicht ..."

Der Junge riss seine Augen ungläubig auf, seine Gabel kam auf halbem Weg zwischen Teller und Mund zum Stillstand. „*Gary Sheffield* ist dein Freund?"

„Ich sehe, dass du von ihm gehört hast."

„Machst du Witze? Die ganze Welt kennt ihn. Er spielt Outfield bei den Florida Marlins. Er ist *total cool.*"

Steve lachte. „Das werde ich ihm sagen, wenn ich ihn das nächste Mal sehe. Vielleicht kann ich ihn dazu überreden, dass er dir einen Baseball mit Autogramm schickt."

„Wow." Andrews Gesicht glühte vor Aufregung und Freude. „Das wär ja toll."

Von der Straße her war ein zweimaliges Hupen zu hören.

„Na komm, Schatz", sagte Julia und lehnte sich zu dem Jungen hinüber, um den Hemdkragen zu glätten. „Total coole Outfielder müssen jetzt erst mal warten. Dein Bus ist da."

Andrew trank hastig seine Milch aus und gab seiner Mutter einen flüchtigen Kuss. „Bist du hier, wenn ich zurückkomme?" fragte er Steve.

„Wann bist du denn wieder zu Hause?"

„Viertel vor drei."

Steve ging im Geist seinen Zeitplan durch. „Ich werde hier sein."

Der Junge grinste und präsentierte eine breite Lücke, wo seine Milchzähne gewesen waren. „Cool."

Dann schnappte sich Andrew seine Schultasche von der Kochinsel, warf sie sich über die Schulter und lief nach draußen.

„Reizender Junge", bemerkte Steve, während er seine Kaffeetasse anhob.

„Er ist auch unerbittlich", warnte sie ihn. „Wenn Sie nicht so voller Leidenschaft für Baseball sind wie er, sollten Sie sich in Acht nehmen. Sonst will er, dass Sie ihm so lange Bälle zuwerfen, bis Ihnen der Arm abfällt."

Steve nippte an seinem Kaffee und sah sie über den Rand der Tasse hinweg an. Er war froh, dass sie ihn nicht länger als einen Feind zu betrachten schien. „Heißt das, dass Sie mir allmählich vertrauen? So ein ganz klein wenig?"

Julia lächelte. „Es fällt mir schwer, jemandem zu misstrauen, der morgens beim ersten Sonnenstrahl aufsteht und eingeschlagene Fensterscheiben repariert. Außerdem", fügte sie an, „scheint Andrew Sie auf Anhieb zu mögen. Das kommt nicht oft vor."

„Das beruht auf Gegenseitigkeit.“ Er nahm eine reife Erdbeere und biss in die saftige Frucht. „Wie kommt er mit dem Tod seines Vaters zurecht?“

Julia schenkte ihm Kaffee nach. „Er macht Höhen und Tiefen durch, aber er kommt allmählich damit klar. Ich versuche, sein Leben so normal wie möglich zu gestalten. Doch wenn Leute die Scheiben einwerfen und hässliche Briefe schicken, dann legt sich schon ein Schatten auf die Normalität.“

„Mit den hässlichen Briefen ... meinen Sie da Drohbriefe?“

Sie sah ihm wieder ins Gesicht. „Weniger ein Drohbrief, eher eine Anschuldigung.“ Julia biss sich auf die Lippe, als überlege sie, wie viel sie ihm erzählen sollte. Oder ob sie ihm überhaupt etwas erzählen sollte.

Als sie weitersprach, war ihr Tonfall kühl, fast schon distanziert. „Sicher wissen Sie längst, dass viele Leute in der Stadt glauben, ich hätte meinen Exmann umgebracht. Ich schätze, einer von ihnen wollte mit dieser Aktion seine Meinung etwas nachdrücklicher kundtun.“

„Warum haben Sie den Vorfall nicht der Polizei gemeldet?“

„Weil meine beiden einzigen Gäste am nächsten Morgen abgereist sind, da sie dachten, man würde sie erschießen, entweder ein Querschläger oder ich.“ Sie trank einen Schluck Kaffee. „Tatsache ist, dass ich keine potenziellen Gäste abschrecken möchte, also habe ich nichts gesagt. Zwischen El Niño, der das Wetter durcheinander gebracht hat, und dem Luxushotel gleich daneben boomt das Geschäft in letzter Zeit nicht gerade.“

Es war ihm nicht klar gewesen, wie stark sich ihre Situation auf ihr Geschäft auswirkte. Und er hatte auch nicht vermuten können, wie besorgt sie wirklich war – bis jetzt. „Sie haben also keine Ahnung, wer Ihnen das angetan haben könnte?“ fragte er.

Diesmal machte sie sich keine Mühe, ihre Verbitterung zu verbergen. „Das kann jeder in der Stadt gewesen sein. Suchen Sie sich einen aus."

„Es tut mir Leid", sagte er glaubhaft. „Das muss sehr schwierig für Sie sein."

Der Stolz, den er schon vorher bemerkt hatte, gewann wieder die Oberhand. „Es muss Ihnen nicht Leid tun, Mr. Reyes. Ich habe gelernt, auf mich selbst aufzupassen."

Als sie aufstand, wurde deutlich, dass sie damit das Gespräch beendete. Steve stand ebenfalls auf. „Lassen Sie mich Ihnen helfen", sagte er und stellte die Teller zusammen.

„Nein", entgegnete sie und nahm ihm die Teller aus den Händen. „Sie haben schon mehr als genug geholfen." Sie lächelte ihn an. „Und was Andrew angeht, sollten Sie sich nicht verpflichtet fühlen, wirklich heute Nachmittag hier zu sein. Wie gesagt, er kann hartnäckig sein."

„Ich werde hier sein", sagte Steve. „Nicht, weil ich mich dazu verpflichtet fühle, sondern weil ich es möchte." Er zwinkerte ihr zu. „Danke fürs Frühstück, das war fantastisch. Sie könnten mich noch zu mehr als einer Tasse Kaffee am Morgen bekehren."

Dann verließ er den Raum, um ihre Gastfreundschaft nicht zu sehr zu strapazieren.

Nachdem Steve die „Hacienda" verlassen hatte, führte ihn sein erster Weg zur Polizeiwache, wo er sich bei dem Detective vorstellte, der mit dem Fall befasst war – Hank Hammond. Der erfahrene Mann hatte zunächst säuerlich reagiert, war aber dann erheblich aufgetaut, als er bemerkt hatte, dass ihn mit Steve eine gemeinsame Leidenschaft verband: Hockey.

Eine halbe Stunde später verfügte Steve über eine knappe, aber umfassende Zusammenfassung der Informationen, die Hammond bislang an die Medien herausgegeben hatte, darunter auch die Namen der von ihm verhörten Zeugen. Die reichten von Leuten, die das Ratsmitglied bestens kannten, bis hin zu einem Gangsterboss aus San Francisco namens Vinnie Cardinale.

Von allen Namen interessierte sich Steve nur für zwei: Jennifer Seavers, von der er sich erhoffte, dass sie ihm erlaubte, sich im Haus ihres Onkels umzusehen, und Edith Donnovan, Pauls langjähriger Sekretärin. Mit ihr würde er sich als Erstes befassen.

Anstatt zu ihr ins Büro zu gehen, wartete er in dem kleinen Park vor dem Kommunalgebäude auf sie, wo Edith nach Aussage der Empfangsdame jeden Tag Pause machte und ihr Mittagessen zu sich nahm.

Anhand der Beschreibung, die er von der Empfangsdame erhalten hatte, erkannte er Edith sofort, als sie das Gebäude verließ. Die Frau, die knapp über vierzig zu sein schien, steuerte zielstrebig auf eine schattige Bank am südlichen Ende des Parks zu. Steve blieb in einiger Entfernung stehen und nahm ihr schlichtes Erscheinungsbild in sich auf, das unscheinbare braune Haar, das mit einem Schal zurückgehalten wurde, die schwarzen Mokassins und die nüchterne graue Kombination.

Mit den Händen in den Taschen ging er zu ihr und blieb in dem Moment vor ihr stehen, als sie eine kleine braune Papiertüte öffnete. „Miss Donnovan?“

Ruhige nussbraune Augen blickten ihn an. „Ja?“

Unaufgefordert setzte sich Steve zu ihr und versuchte, so harmlos zu klingen wie möglich. „Mein Name ist Steve Reyes, ich bin Reporter für die *New York Sun.* Ich hatte gehofft, dass Sie mir ein paar Fragen beantworten könnten. Es geht um den Mord an Paul Bradshaw.“

Edith holte ein in Klarsichtfolie verpacktes Sandwich aus der Tüte. „Ich habe schon mit der Presse gesprochen“, antwortete sie kurz angebunden.

„Ich weiß, aber ich bin gerade erst in die Stadt gekommen und muss einiges nachholen."

„Warum reden Sie dann nicht mit Ihren Kollegen? Ich bin sicher, dass einer von ihnen Sie …"

„Würde er nicht." Als sie ihn überrascht ansah, redete er weiter. „Reporter sind eine vom Konkurrenzkampf geprägte Spezies, Miss Donnovan. Und sie geben nie Informationen weiter." Es war eine ungerechte Aussage, aber wenn er keine Möglichkeit fand, an ihre sanftmütigere Seite zu appellieren, vorausgesetzt, sie besaß überhaupt eine, war er aufgeschmissen.

Ihre nussbraunen Augen beobachteten ihn aufmerksam, bis er das Gefühl hatte, einen Anflug von Mitgefühl in ihnen zu erkennen. „Ich denke, dass ich mich mit Ihnen unterhalten kann, während ich mein Mittagessen zu mir nehme." Sie packte ihr Sandwich aus, das in zwei gleich große Dreiecke geschnitten war und das keine Rinde mehr aufwies.

„Danke." Er entdeckte einen Getränkeverkäufer und zog einen 5-Dollar-Schein aus der Tasche. „Sie sollten etwas zu Ihrem Sandwich trinken", sagte er. „Orangenlimonade?"

Sie machte einen angenehm überraschten Eindruck. „Woher wissen Sie, dass ich Orangenlimonade mag?"

Steve machte sich eine geistige Notiz, der Empfangsdame einen Blumenstrauß zu schicken. „Gut geraten", log er.

Als er mit den beiden Dosen zurückkam, öffnete er eine und gab sie Edith.

„Danke." Sie zögerte kurz, dann bot sie ihm die Hälfte ihres Mittagessens an. Steve schüttelte jedoch den Kopf.

„Während der Arbeit esse ich grundsätzlich nicht", sagte er. „Das lenkt nur ab."

Edith nickte, als wüsste sie genau, was er meinte, dann biss sie in ihr Sandwich, das nur mit Käse belegt zu sein schien.

Da er vermutete, dass zu direkte Fragen sie eher in die Defensive treiben würden, führte er sie langsam dorthin, wo er sie haben wollte. „Der Tod von Ratsmitglied Bradshaw muss eine tiefe Lücke hinterlassen haben." Er sah, wie Angestellte der Stadt das Gebäude verließen. „Ich habe gehört, dass er sehr beliebt war."

„Paul war einer der nettesten und rücksichtsvollsten Menschen, die ich kannte." Einen Moment lang hing ihr Blick am Eingang des Gebäudes, als erwarte sie, ihren verstorbenen Chef zu sehen, wie er durch die Türe schritt. „Ich kann mir nicht vorstellen, wer ihn hätte umbringen wollen."

„Hatte er keine Feinde, von denen Sie wussten?"

Sie wandte ihren Blick ab und biss wieder in das Sandwich. „Seine Exfrau hat ihn nicht sehr gut leiden können."

Die recht unverhohlene Anschuldigung überraschte Steve. „Glauben Sie, dass Julia Bradshaw ihn getötet hat?"

In ihren Augen leuchtete Ablehnung. „Sie ist aufbrausend, das weiß jeder hier."

Die Verbitterung in ihrer Stimme war eine Spur stärker, als er es von einer Sekretärin erwartet hätte – auch einer besonders treuen. War da vielleicht mehr im Spiel als bloße Dienstbeflissenheit? „Ich habe das Gefühl, dass Sie Paul Bradshaw sehr gemocht haben."

„Das haben wir alle." Sie kaute langsam weiter, die Lippen fest aufeinander gepresst.

„Und Sie haben lange Zeit für ihn gearbeitet?"

„Sieben Jahre."

„Dann kannten Sie wohl besser als jeder andere seine Gepflogenheiten, die Leute, mit denen er sich traf, wen er nicht mochte, wem er nicht traute."

Edith hatte die erste Hälfte ihres Mittagessens verzehrt und spülte mit ein paar Schlucken Limonade nach, um dann zur zweiten überzugehen. „Er kam mit vielen Menschen zusammen. Das ist bei allen Ratsmitgliedern so.“

„Haben Sie zufälligerweise noch seinen Terminkalender?“ fragte er hoffnungsvoll.

„Den hat die Polizei an sich genommen, aber ich habe seinen Terminplan immer auswendig gelernt.“ Sie machte eine Pause und sah Steve an, als versuche sie, eine Entscheidung zu treffen. Ihr Gesichtsausdruck verriet nichts. „Ich könnte Ihnen sagen, wen er in den letzten drei Wochen vor seinem Tod getroffen hat“, sagte sie nach einer Weile.

„Das würde ich sehr zu schätzen wissen, Edith.“

Es schien ihr zu gefallen, dass er sie mit ihrem Vornamen angesprochen hatte. Mit monotoner Stimme rasselte sie alle Namen der Leute herunter, mit denen Paul in den letzten 20 Tagen Kontakt gehabt hatte. Darunter befand sich der Bürgermeister, mit dem sich Paul täglich getroffen hatte, die drei anderen Ratsmitglieder, sein Wahlmanager, der einen großen Teil seiner Zeit beanspruchte, sowie ein halbes Dutzend seiner großzügigsten Unterstützer und eine Hand voll örtliche Reporter.

Steve notierte alle Namen. „Er ist nicht von einem Fremden angerufen worden? Oder von jemandem, der sich verdächtig oder gefährlich angehört hat?“

Edith schüttelte den Kopf. „Vinnie Cardinale ist der Einzige, der in diese Kategorie fällt, aber er hat Paul nie besucht. Wenn sie Kontakt hatten, dann lediglich telefonisch oder über Cardinales Anwälte.“

„Machte sich Paul seinetwegen Sorgen?“

„Wenn Sie wissen wollen, ob er Angst hatte, dass Cardinale ihn umbringen könnte …“, sie schüttelte den Kopf, „… nein, Angst hatte er nicht. Auch wenn Cardinale einen gewissen Ruf hat, habe ich ihn auch nie für eine Bedrohung gehalten. Ein Mann von seinem Schlag schert sich nicht darum, wenn er in einer Stadt abgeschmettert wird. Er zieht einfach weiter zur nächsten."

Steve war zu der gleichen Ansicht gelangt, weshalb er auch nicht vorhatte, den Gangsterboss zu befragen. Jedenfalls nicht im Augenblick.

Dann endlich stellte er die Frage, die ihm schon die ganze Zeit über auf den Nägeln gebrannt hatte. „Und was ist mit *Gleic Éire?* Ich habe gehört, dass Paul vorhatte, den Mord an seiner Schwester neu aufzurollen."

Edith schluckte erst den letzten Bissen, bevor sie antwortete. „Das stimmt. Vor ein paar Monaten hatte er mich gebeten, alle Informationen zusammenzutragen, die über das Bombenattentat in Manhattan und über *Gleic Éire* verfügbar waren."

„Halten Sie es für möglich, dass *Gleic Éire* auch der Grund für die Pressekonferenz war, die er angesetzt hatte?"

„Ich weiß nicht. Es könnte sein." Mit gesenktem Kopf drückte Edith die Klarsichtfolie zu einer kleinen Kugel zusammen und hielt sie einen Moment lang fest, bevor sie sie in den braunen Beutel warf. „Ich habe ihn damit aufgezogen", sagte sie mit einem traurigen Lächeln, das ihren Gesichtszügen etwas Sanftes verlieh. „Ich habe ihm vorgehalten, er hätte Geheimnisse vor mir, seiner loyalsten Mitarbeiterin."

„Und was hat er gesagt?"

„Dass ich ihn noch ein wenig länger ertragen müsste, und dass die Verschwiegenheit schon bald einen Sinn ergeben würde."

Sie hielt abrupt inne, als wäre ihr klar geworden, dass sie mehr gesagt hatte als beabsichtigt. Als sie auf ihre Uhr sah, wusste er, dass das Gespräch beendet war.

„Danke, dass Sie sich mit mir unterhalten haben, Edith."

„Gern geschehen." Sie stand auf. „Ich muss jetzt los, ich möchte nicht zu spät kommen."

Steve bezweifelte, dass Edith jemals zu spät gekommen war oder auch nur einen Tag gefehlt hatte. Er stand neben der Bank, während er ihr nachsah. Als sie an einem Papierkorb vorbeiging, warf sie die braune Papiertüte hinein und war wenig später im Gebäude verschwunden.

Steve starrte einen Moment lang auf die Tür, dann sah er auch auf die Uhr und bemerkte, dass die Zeit gerade noch reichte, um für die tägliche Pressekonferenz zur Polizeiwache zu gehen. Danach würde er versuchen, Jennifer Seavers ausfindig zu machen, um zu sehen, ob sie ihn ins Haus ihres Onkels ließ.

Dort befanden sich möglicherweise die Antworten auf viele seiner Fragen.

13. KAPITEL

Mit gelbem Regenmantel, einem passenden Regenhut und schwarzen Gummistiefeln ausgerüstet, ignorierte Julia den prasselnden Regen und bahnte sich langsam ihren Weg hügelabwärts, um ihr Grundstück auf mögliche Wasserschäden abzusuchen. Rund fünfzehn Meter unter ihr schlug die See, die durch den Wolkenbruch kaum zu sehen war, heftig gegen die Felsen.

Dank El Niño hatte dieser Frühling Mittelkalifornien einige der heftigsten Stürme in der Geschichte beschert. Der heutige Tag stellte keine Ausnahme dar. Nach drei Tagen milden Wetters hatte der Regen um kurz vor zwei Uhr nachmittags wieder eingesetzt, um mit neuer Wut auf die Küste und die Hügel niederzupeitschen.

Die Bewohner entlang der Küste hatten verzweifelt versucht, ihre Häuser daran zu hindern, ins Meer abzurutschen, indem sie Sandsäcke aufeinander gestapelt und eine künstliche Wand zwischen dem Regenwasser und den Fundamenten errichtet hatten. Einige Gebäude hielten stand, während andere mit einer Schlammlawine mitgerissen wurden.

Mit der Stiefelspitze testete Julia den Boden unter ihren Füßen und zuckte zusammen, als sie spürte, wie die vollgesogene Erde nachgab. In Anbetracht ihres geringen Budgets war eine Versicherung gegen Flutschäden das Letzte gewesen, woran sie gedacht hätte. Jetzt sah sie mit an, wie der Regen einen kleinen Fluss in den Hügel schnitt, und wünschte sich, dass sie diese Ausgabe an erste Stelle gesetzt hätte.

Sie versuchte, optimistisch zu bleiben, und dachte an Sandi Garcias Bemerkungen über das Haus, als sie es sich zum ersten Mal angesehen hatte.

„So etwas wird heute nicht mehr gebaut“, hatte der alte Mann voller Stolz gesagt. „Die ‚Hacienda' ist vielleicht alt und angestaubt, aber sie steht so sicher wie ein Fels."

Ich hoffe, du behältst Recht, Sandi.

Julia sah in Richtung „Cliffside", wo sich gut ein Dutzend Gäste fröhlich unterhielt, während sie auf der verglasten Veranda saßen und zu Mittag aßen. Der Luxuskomplex war auf einem höheren Hügel errichtet worden und stand weit genug von der steil abfallenden Kante entfernt, so dass sich die Eigentümer keine Gedanken über Schlammlawinen machen mussten.

Bevor sie in Selbstmitleid versinken konnte, zuckte ein Blitz über den Himmel, gefolgt von einem Donner, der bedrohlich nahe klang. Julia drehte sich um und machte sich behutsam auf den Weg zurück zur „Hacienda".

Vom Fenster im Salon, an dem Steve die letzten fünfzehn Minuten gestanden hatte, sah er zu, wie Julia den steilen Hang hinaufkletterte.

Ihm war ihr besorgtes Gesicht aufgefallen, als sie das Regenwasser beobachtete, das hügelabwärts strömte. Gleichzeitig hatte er aber auch eine bemerkenswerte Stärke an ihr wahrnehmen können, eine Entschlossenheit, sich zur Wehr zu setzen, ganz egal, was Mutter Natur ihr bescherte.

Augenblicke später kam Julia in den Salon und erschrak zuerst, als sie ihn und das knisternde Kaminfeuer bemerkte. Sie hatte den Regenmantel ausgezogen und sah verdammt sexy aus in ihrer braunen Jeans, den dicken schwarzen Socken, die sie bis zu den Knöcheln heruntergeschoben hatte, und ihrem beigefarbenen Rollkragenpullover, den er lieber nicht zu genau inspizieren wollte.

„Ich hoffe, das stört Sie nicht." Steve deutete auf das Feuer. „Sie haben ja gesagt, ich solle mich wie zu Hause fühlen."

„Ich bin froh, dass sie das gemacht haben." Sie rieb ihre Arme, um sie zu wärmen. „Seit gestern ist das Thermometer um acht Grad gefallen, und diese Regenfront macht keine Anzeichen, dass sie weiterzieht."

Steve sah aus dem Fenster. „Andrew wird enttäuscht sein."

„Oh, machen Sie sich um ihn keine Gedanken." Sie blieb am Fenster stehen und hielt ihre Hände den lodernden Flammen entgegen. „Er und sein Freund Jimmy sind nie um Ideen verlegen, was sie machen können. Auch nicht, wenn es regnet."

„Hier." Steve nahm einen Becher von dem kleinen runden Tisch am Fenster und reichte ihn Julia. „Ich dachte, etwas Heißes würde Ihnen vielleicht zusagen."

Ihr irritierter Blick verriet ihm, dass sie es nicht gewohnt war, dass sich jemand um sie kümmerte. „Wie ich sehe, können Sie sogar Gedanken lesen."

„Nur manchmal."

Julia setzte sich auf das Sofa und nahm einen Schluck.

„Mmm. Köstlicher Kaffee."

„Das sollte er auch sein, sonst würde mich meine Mutter wahrscheinlich enterben. Ich bin auf Kuba geboren", erklärte er. „In unserer Familie ist es sozusagen eine Tradition, guten Kaffee zu machen."

„In dem Fall dürften Ihre Eltern stolz auf Sie sein."

Steve versuchte zu ignorieren, wie sie sich auf dem Sofa einer zufriedenen Katze gleich zusammengekuschelt hatte. Er wandte seinen Blick von ihr ab und griff nach dem Schürhaken, um den Holzscheiten ein paar kurze Stöße zu versetzen. Ein Scheit, der zur Hälfte abgebrannt war, gab mit einem leisen Zischen nach. Blaue und orangerote Funken stiegen auf.

„Wie schlimm ist es draußen?" fragte er.

„Schlimm genug. Gott sei Dank habe ich Anfang der Woche Sandsäcke bestellt. Die werden sich jetzt als nützlich erweisen."

Sie legte die Hände um den großen blauen Becher und nahm wieder einen Schluck. „Ich habe in den letzten vierunddreißig Jahren alle nur denkbaren Katastrophen miterlebt – Brände, Erdbeben, Dürren." Sie schüttelte den Kopf. „Aber nichts davon war so heftig wie das hier. Oder so unerbittlich."

Steve hängte den Schürhaken zurück in seine Halterung. „Ich bin heute früh einmal um die ‚Hacienda' gegangen. Die Erde rund um das Fundament scheint zu halten, aber die Sandsäcke sind schon eine gute Idee."

Er ging zurück zu seinem Sessel und nahm seinen Becher. „Ich stapele sie gerne für Sie auf, da ich heute Nachmittag wohl kaum mit Andrew zum Ballspielen kommen werde."

Sie legte den Kopf schräg, was die Ähnlichkeit zwischen ihr und Andrew noch stärker unterstrich. „Und ich dachte, Sie würden kneifen und irgendwo anders Unterschlupf suchen."

„Ich bin nicht der Typ, der kneift. Außerdem habe ich schon schlimmere Unwetter mitgemacht als das hier."

„Tatsächlich? Wo?"

„In Indonesien, während meiner Zeit als Auslandskorrespondent. Sie wissen nicht, was ein schwerer Regen ist, wenn Sie noch keinen Monsun mitgemacht haben."

Sie drückte sich tiefer in die Kissen. „Warum sind Sie zum investigativen Journalismus gewechselt?"

„Schicksal." Diesmal konnte er seinen Blick nicht von ihr lösen, also setzte er sich einfach hin und genoss ihren Anblick. „Einem hochkarätigen Schönheitschirurgen aus Manhattan wurde vorgeworfen, er habe seine Frau ermordet. Der Reporter, der das übernehmen sollte, war nicht verfügbar, ich dagegen schon. Mein Verleger, der Mann, mit dem Sie letzte Woche gesprochen haben, gab mir den Auftrag. Als ich die Story geschrieben hatte, merkte ich, dass es mir gefiel, nach Hinweisen zu suchen und sie zusammenzufügen, so wie ein Puzzle." Er zuckte mit den Schultern. „Ich sprach meinen Verleger auf einen festen Job an, und prompt hatte ich ihn."

„War er es gewesen?"

„Bitte?"

„Der Schönheitschirurg. Hat er seine Frau umgebracht?"

„Oh." Er lächelte. „Nein. Es war ihre Schwester. Als sie merkte, dass ich ihr auf der Spur war, versuchte sie, mich ebenfalls umzubringen. Aber zum Glück war ich ihr einen Schritt voraus."

Julia trank wieder einen Schluck Kaffee. „Ihr Job klingt etwas gefährlich."

„Nur, wenn man nicht auf sich aufpasst." Er grinste sie an. „Ich passe sehr gut auf mich auf."

„Gut. Ich möchte nämlich nicht, dass meinem einzigen Gast etwas passiert. Erst recht nicht, wenn er einen so guten Kaffee kocht."

Er ließ seinen Blick über ihren anmutigen Körper wandern. „Das ist schon eine bemerkenswerte Aussage von jemandem, der mir vor nicht mal vierundzwanzig Stunden die Tür vor der Nase zugeschlagen hat."

Julias Wangen wurden vor Verlegenheit rot. „Darauf bin ich wirklich nicht stolz, aber ich war noch immer wütend auf einen anderen Reporter, mit dem ich am Tag zuvor ziemlich aneinander geraten war."

Steve verspürte den plötzlichen und unerklärlichen Drang, sie zu beschützen. „Tatsächlich? Wer war es? Vielleicht kenne ich ihn."

„Er heißt Ron Kendricks."

„Noch nie gehört."

„Er schreibt für die *L.A. News,* ein Boulevardblatt, das vor allem im Süden und Südwesten Kaliforniens erscheint."

„Und was wollte er?"

Sie hob die Schultern. „Meine Geschichte schreiben, natürlich sensationell aufgebauscht, und sie dann in Hollywood verkaufen. Er wollte sogar Andrew benutzen, um sie noch dramatischer zu machen.“

Dieser Bastard. Kein Wunder, dass Julia vorsichtig war, wenn es um Reporter ging. „Wenn er wieder auftaucht“, sagte Steve, „lassen Sie es mich wissen. Es gibt immer Mittel und Wege, um mit solchem Abschaum fertig zu werden.“

Die Bemerkung ließ sie lächeln. „So wie mit Larry im Eisenwarengeschäft?“

Steve lachte, als er an sein Gespräch mit Larry dachte. Er hatte keine Gewalt angewendet, nicht einmal ein böses Wort gesagt, aber der Mann hatte ihn sehr schnell verstanden. „Wenn es funktioniert.“

„Oh, es hat funktioniert. Larry war hier, als Sie unterwegs waren, und hat das Fenster ausgemessen. Das Buntglas dürfte in drei Wochen da sein.“ Sie lachte. „Er hat gesagt, dass er der Reparatur Vorrang geben wird.“

Steve nickte zufrieden. „Ich werde ihm ein Bier ausgeben.“ Mit einem Mal wurde er ernst und beugte sich vor, während er den Becher mit beiden Händen fest umschlossen hielt. „Ich habe mich heute mit Edith Donnovan unterhalten.“

Julia warf ihm einen irritierten Blick zu. „Pauls Sekretärin? Wie haben Sie das denn geschafft?“

„Ich habe herausbekommen, dass sie ihre Mittagspause immer im Park verbringt, also bin ich hingegangen und habe mich zu ihr gesetzt. Wir haben uns angenehm unterhalten.“

„Das überrascht mich. Edith reagiert nicht gut auf Fremde.“

„Das Gefühl hatte ich auch. Was wissen Sie über sie?“

Julia sah einen Moment lang in das lodernde Kaminfeuer. „Nicht viel. Sie ist ruhig, tüchtig, loyal.“

„Und sie hat Ihren Exmann geliebt.“

Julia riss erstaunt den Mund auf. „Das hat sie Ihnen gesagt?“

„Nein, aber es war nicht schwer zu erkennen. Ich nehme an, dass Sie das wussten?“

„Sie hat es nie offen erkennen lassen, jedenfalls nicht in meiner Gegenwart. Aber ich wusste, dass sie sich zu Paul hingezogen fühlte.“

„Hat Sie das nicht gestört?“

Ihr Blick war jetzt etwas kühler, als sie ihm in die Augen sah. „Wenn Sie wissen wollen, ob ich eifersüchtig war, dann ist die Antwort nein. Um ehrlich zu sein fand ich ihre Verliebtheit anfangs ziemlich ... niedlich. Paul und ich haben uns oft darüber amüsiert. Als wir uns aber immer mehr voneinander entfernten, habe ich nicht mehr darauf geachtet.“

„Hüten Sie sich vor ihr, okay? Sie könnte gefährlich sein. Vielleicht nicht mit Taten, aber mit Worten.“

„Sie meinen, dass sie irgendwelche Gerüchte über mich verbreiten könnte?“

„Das könnte sie schon gemacht haben.“

Diese Bemerkung ließ Julia ein wenig unbehaglich reagieren. „Da irren Sie sich. Edith mag mich vielleicht nicht, aber sie würde mir keinen Schaden zufügen.“

Und doch, dachte Steve, hat jemand mit genauso viel Hass im Herzen einen Ziegelstein durch ihr Fenster geworfen.

„Wie haben Sie überhaupt von Edith erfahren?“ fragte Julia.

„Detective Hammond hat mir eine Liste der Leute gegeben, die er befragt hat.“

Überrascht schüttelte Julia langsam den Kopf. „Ich bin beeindruckt. Von den täglichen Presseterminen abgesehen, die für ihn eine Qual sein sollen, spricht Detective Hammond so gut wie nie mit Reportern.“

Steve grinste. „Das kommt nur dadurch, dass er noch nie einem Reporter begegnet ist, der seine Leidenschaft für Hockey teilt.“

„Leidenschaft?“ Sie lächelte. „Ich hätte nicht gedacht, dass Hammond *überhaupt* Leidenschaft verspüren kann.“

„Bei diesen schweigsamen Typen kann man sich manchmal irren.“

Er sah zu, wie sie ihre Beine auf dem roten Sofa ausstreckte, und fragte, was wohl ihre Leidenschaft wecken konnte. Sie war da, gleich unter der Oberfläche. Er hatte sie für einen Moment lang gespürt, als sie ihm die Tür vor der Nase zugeschlagen hatte und als sie so voller Stolz über die „Hacienda“ gesprochen hatte. Er verspürte das Verlangen, sie zu berühren, nur um zu sehen, ob er eine Reaktion bei ihr hervorrufen konnte.

Er wollte der Versuchung nachgeben, als sie wieder zu reden begann. „Hat Edith etwas über *Gleic Éire* gesagt?“

Steve berichtete ihr alles, was er von der tüchtigen Miss Donnovan erfahren hatte. Als er erwähnte, dass er sich als Nächstes vermutlich mit Jennifer Seavers unterhalten wolle, sah sie ihn erstaunt an.

„Jennifer? Wieso?“

„Ich möchte mir gerne das Haus ihres Onkels ansehen, wenn das möglich ist. Ich habe gehört, dass Eli es ihr vererbt haben soll.“

„Das stimmt, aber das FBI hat bereits alles durchsucht, und nach Jennifers Worten recht gründlich. Viel gefunden hat man allerdings nicht.“

Er zuckte mit den Schultern. „Vielleicht hat man etwas übersehen. Wäre nicht das erste Mal.“

„Ich kann sie gerne für Sie anrufen“, sagte sie unerwartet. „Ich kann ihr sagen, dass Sie hier wohnen. Ich glaube, sie hat bei Elis Nachbarin einen Schlüssel hinterlegt, einer Frau namens Esther Hathaway.“

Er war von dem Angebot angenehm berührt, da es seine Arbeit erheblich erleichtern würde. „Das wäre sehr hilfreich. Danke, Julia."

Aus dem Wolkenbruch war inzwischen ein feiner Nieselregen geworden. Steve stellte seinen Becher ab und stand auf. „Dafür tue ich Ihnen auch einen Gefallen", sagte er. „Warum zeigen Sie mir nicht, wo Sie die Sandsäcke liegen haben? Irgendwann muss ich schließlich damit anfangen."

„Sie müssen nicht …"

„Ich weiß." Er hielt ihr seine Hand entgegen. „Kommen Sie. Zeigen Sie mir, wo sie liegen."

Er sah, dass sie zögerte, dann nahm sie seine Hand und ließ sich vom Sofa hochziehen.

„Julia!" rief Penny, als sie in Julias Küche gestürmt kam. „Da draußen ist ein griechischer Gott, der vor dem Gasthaus Sandsäcke aufstapelt."

Julia blickte von ihrem Scheckbuch auf, wo sie versucht hatte, die Beträge zu addieren. „Beruhige dich, Mädchen. Du bist verheiratet, weißt du noch?"

Penny drückte ihre Nase gegen die Fensterscheibe, um besser nach draußen sehen zu können. „Wer ist das?"

„Mein neuer Gast."

„Sag bloß." Penny drehte sich, ihre Augen strahlten vor Ausgelassenheit. „Meine Güte, Julia! Schau ihn dir an, dein neuer Gast ist ja ein richtiger Prachtkerl."

„Wenn du das sagst."

„Na, komm schon. Erzähl mir nicht, dass dir das nicht aufgefallen ist."

„Es ist mir aufgefallen, und das ist auch schon alles. Also hör auf, irgendetwas hineinzuinterpretieren. Und komm um Gottes willen vom Fenster weg, sonst wird er dich sehen."

Penny setzte sich auf die Kante von Julias Schreibtisch. „Wie lange bleibt er? Was macht er? Ist er verheiratet?"“

Julia seufzte ungeduldig auf und klappte ihr Scheckbuch zu. Solange Penny sie in die Mangel nahm, würde sie ihre Finanzen nicht auf die Reihe bekommen. „Sein Name ist Steve Reyes, er ist Reporter für die *New York Sun,* er lebt auf einem Hausboot in Florida, ich weiß nicht, wie lange er bleibt, und nein, er ist nicht verheiratet." Sie holte Luft. „So, bist du jetzt zufrieden, Miss Ich-muss-alles-wissen?"

„Tja." Pennys Gesichtsausdruck wurde besserwisserisch. „Jetzt weiß ich, dass du wirklich sein gutes Aussehen wahrgenommen hast."

„Und wieso das?"

„Der Mann ist ein *Reporter?* Und du hast ihn ins Haus gelassen? Schlimmer noch, du hast ihm ein *Zimmer* vermietet?"

„Ich brauche das Geld."

„Ah, ja." Penny machte den Mund auf, als wolle sie noch etwas sagen, doch in dem Moment ging die Hintertür auf, und Steve kam herein. Sein Haar war vom Regen nass und klebte am Kopf, seine Brust hob und senkte sich, da er durch die Anstrengung schwer atmen musste.

„Fertig", sagte er und trat sich die Füße auf der Türmatte ab. Dann sah er Penny. „Entschuldigung, ich wusste nicht, dass Sie Besuch haben."

„Oh, ich bin kein Besuch." Strahlend stürmte Penny vor und streckte ihm ihre Hand entgegen. „Ich bin Julias Freundin Penny Walsh. Und Sie müssen Steve sein."

Steve schüttelte die Hand der jungen Frau. „Sagten Sie Walsh? Wie in *Frank* Walsh?"

„Sie kennen meinen Frankie?"

„Andrew hat mir von ihm erzählt."

„Wenn das so ist, dann müssen Sie Frank auch mal kennen lernen." Sie warf Julia einen listigen Blick zu. „Vielleicht sollten wir alle vier mal essen gehen. Mögen Sie Meeresfrüchte, Steve? Ich kenne ein wunderbares Restaurant in der Cannery Row, da gibt es die besten *Chioppino* ..."

„Ich muss mich für meine Freundin entschuldigen." Mit einem Lächeln legte Julia ihre Hände auf Pennys Schultern, drehte sie von Steve fort und schob sie sanft aus dem Zimmer. „Sie ist sehr nett, aber manchmal sehr geschwätzig."

Mit diesen Worten drängte Julia Penny durch die Tür.

„Wirf ihn genau hierhin, Kleiner." Julia stand in der Eingangstür der „Hacienda" und sah zu, wie Steve seine Faust in die Vertiefung seines neuen Baseballhandschuhs schlug. „Mit voller Wucht."

Mit einer Form, die für einen Jungen in dem Alter bemerkenswert war, winkelte Andrew langsam ein Bein an, nahm seinen Wurfarm nach hinten und feuerte den Ball los, der mit einem satten Geräusch in Steves Handschuh landete.

„Guter Wurf!" Steve warf den Ball zurück zu Andrew, der ihn mühelos auffing.

Als der Regen aufhörte, hatten beide die Gelegenheit genutzt und waren nach draußen gegangen, wo sie seit einer Stunde unermüdlich spielten. Julia brachte es nicht übers Herz, sie zu stoppen. Auch wenn sich Andrews Stimmung beträchtlich gebessert hatte, war dies das erste Mal seit über einer Woche, dass er sich für irgendwelche Aktivitäten unter freiem Himmel interessierte. Es war ein gutes Gefühl, zu sehen, dass er sich wieder wie ein ganz normales Kind benahm.

Während sich Andrew auf einen weiteren Wurf vorbereitete, ging Julia zu ihnen nach draußen. „Seid ihr noch immer nicht müde? Ihr spielt seit drei Uhr."

Steve ließ seine Schultern rotieren. „Erst?"

Sie warf ihm einen amüsierten Blick zu. „In jedem Badezimmer im Haus gibt es eine Salbe gegen Gelenkschmerzen, falls Sie sie benötigen." Sie winkte Andrew zu. „Komm her, Schatz. Ich muss mit Grandma zum Arzt fahren, und du gehst in der Zwischenzeit zu Tante Penny."

„Oh, Mom", jammerte Andrew wehleidig. „Kann ich nicht hier bleiben? Steve hat gestern doch nicht mit mir spielen können, weil es so geregnet hat."

„Das ist kein Grund, Steves Zeit heute in Anspruch zu nehmen, hörst du?"

Zum ersten Mal hatte sie seinen Vornamen ausgesprochen. Es war unbewusst geschehen, und sie war erstaunt, wie leicht ihr der Name über die Lippen gekommen war. „Ich bin sicher, dass er etwas Besseres zu tun hat, als auf einen kleinen Rabauken wie dich aufzupassen."

„Eigentlich nicht", sagte Steve. Er schlug wieder mit der Faust in den Handschuh und zwinkerte Andrew zu. „Außerdem bin ich gerade erst warm geworden."

Julia zögerte. Sie hatte Andrew noch nie in die Hände eines Fremden gegeben. Irgendwie war es zwischen ihrer Mutter, Penny und Frank bisher nie zu einem Mangel an Babysittern gekommen.

Gleichzeitig fiel es ihr aber schwer, Steve Reyes als Fremden zu betrachten. *Nicht mehr* jedenfalls. In nur drei Tagen hatte der Reporter ihre sämtlichen Verteidigungslinien durchbrochen oder es geschafft, sich unabkömmlich zu machen. Noch überraschender war die Erkenntnis, dass es ihr gefiel, ihn in ihrer Nähe zu haben. Sie mochte das Geräusch seiner Schritte, wenn er die Treppe herunterkam und wie jeden Morgen zum Joggen ging, ob es regnete oder ob die Sonne schien. Und sie mochte es, wie es im Foyer noch immer nach seinem dezenten After Shave roch, wenn er schon längst das Haus verlassen hatte. Ihr gefiel sogar die Art, wie er sie manchmal ansah, mit dieser Mischung aus Belustigung und Bewunderung.

„Mom, bitte." Andrews Augen hatten einen flehenden Ausdruck. „Ich bin auch ganz brav. Das schwöre ich."

„Penny sollte dir bei den Hausaufgaben helfen."

„Steve kann mir auch helfen. Ja, Steve?"

„Solange ich nichts buchstabieren muss. Ich wurde in sechs Jahren sechs Mal aus dem Buchstabierwettbewerb geworfen."

„Also …" Julia fühlte, dass sie weich wurde. Andrew schien es so gut zu gehen. Wollte sie ihn jetzt wirklich fortbringen? „Na gut", sagte sie nach einer Weile. „Ich nehme an, ich kann dir vertrauen, dass du die nächsten Stunden keinen Unsinn machst." Sie wandte sich dann an Steve. „Aber er muss seine Hausaufgaben machen."

„Schon verstanden."

„Sie können mich über mein Autotelefon oder im Haus meiner Mutter oder in der Praxis von Dr. Cantrell erreichen. Die ersten beiden Nummern sind im Telefon gespeichert, die Nummer von Dr. Cantrell finden Sie in dem kleinen roten Buch auf meinem Schreibtisch."

Steve salutierte mit zwei Finger. „Jawohl, Commander."

Während Andrew laut lachte, verdrehte Julia die Augen und ging zu ihrem Wagen.

„Willst du reinkommen, Darling?" fragte Grace, als Julia in die Einfahrt fuhr. „Ich habe noch etwas von dem Früchtekuchen, den du so magst."

Julia schüttelte den Kopf. „Nächstes Mal, Mom. Ich bin seit über einer Stunde weg und weiß nicht, wie lange Steve noch durchhält. Du weißt ja, wie gnadenlos Andrew sein kann."

„Ach, da würde ich mir keine Gedanken machen. Nach allem, was du mir über deinen Mister Reyes erzählt hast, muss er ein ziemlich fähiger und verantwortungsvoller, junger Mann sein."

„Er ist nicht *mein* Mister Reyes, Mom."

„Wie du meinst." Grace suchte in ihrer Handtasche nach den Schlüsseln. „Es war sehr nett von ihm, bei Andrew zu bleiben."

„Andrew hat ihm keine Wahl gelassen."

Grace warf ihrer Tochter einen Blick von der Seite zu. „Ich glaube, ich würde ihn gerne mal kennen lernen."

Sofort wurde Julia misstrauisch. „Warum?"

„Weil er charmant zu sein scheint. Und weil ich gerne einen Blick auf den Mann werfen würde, der auf meine Tochter eine solche Wirkung hat."

Julia fühlte, dass sie rot wurde. „*Wirkung?* Was redest du da? Er hat gar keine Wirkung auf mich. Hast du etwa mit Penny gesprochen?"

Grace zog den Schlüsselbund aus der Tasche hervor. „Ach ja, jetzt, wo du das erwähnst. Sie war gestern kurz bei mir."

„Und was hat sie gesagt?"

„Dass Steve Reyes sehr gut aussieht und sich im Gasthaus sehr nützlich macht, was doch ziemlich ungewöhnlich ist, oder nicht?" In ihren grünen Augen sprühte Humor. „Normalerweise lässt du doch deine Gäste nicht für dich arbeiten, oder? Und du lädst sie auch nicht zum Frühstück mit dir und Andrew ein."

„Woher weiß Penny das mit dem Frühstück?"

„Weiß sie nicht, Andrew hat es mir gesagt. Dein neuer Gast hat bei ihm einen ziemlichen Eindruck hinterlassen."

Julia wusste, dass ein weiteres Abstreiten sinnlos war, vor allem wenn Grace und Penny und auch noch Andrew sich gegen sie verbündet hatten. Sie schüttelte frustriert den Kopf. „Ich muss los."

Grace beugte sich hinüber und gab Julia einen Kuss auf die

Wange. „Danke, dass du mich zum Arzt gefahren hast, Darling. Ich stelle mich immer an wie ein Baby, wenn es um Ärzte geht."

Julias Verärgerung verschwand sofort. „Und dabei musstest du dir gar keine Gedanken machen. Dr. Cantrell hat dich wie immer für kerngesund erklärt."

„Ich weiß. Und wie immer tut es mir hinterher Leid, dass ich dich mitgeschleppt habe." Grace öffnete die Wagentür. „Beeil dich, Schatz, deine beiden Männern warten bestimmt schon auf dich."

Julia wollte etwas erwidern, doch da hatte Grace bereits die Tür hinter sich ins Schloss fallen lassen.

Steve, Andrew und ein ihr unbekannter Mann saßen am Küchentisch, als Julia zur „Hacienda" zurückgekehrt war.

Ein neuer Gast? überlegte sie und fühlte sich plötzlich von neuer Hoffnung erfüllt. Oder ein Freund von Steve?

Während der Fremde sich zu ihr umdrehte, legte sie ihre Handtasche auf den Schreibtisch und betrachtete den Mann eindringlich. Sie schätzte ihn auf Anfang bis Mitte sechzig. Über seinen blauen Augen lag aus einem unerfindlichen Grund ein Schleier, tiefe Falten zogen sich um seinen Mund, er hatte angegrautes Haar und einen breiten Brustkorb. Er trug eine sorgfältig gebügelte dunkelgrüne Hose und ein rotes Polohemd.

Ohne zu wissen, warum, ging Julia nicht auf ihn zu, um sich vorzustellen. Stattdessen blieb sie wie angewurzelt stehen, ihre Augen auf den Mann geheftet.

Der Fremde rutschte mit dem Stuhl nach hinten und stand auf.

„Hallo, Prinzessin", sagte er.

14. KAPITEL

Julia stand wie erstarrt da. Während die Erkenntnis dämmerte, bohrte sich ein Schmerz durch ihre Brust, so schrecklich wie an jenem entsetzlichen Morgen vor dreiundzwanzig Jahren. Sie versuchte zu sprechen, musste aber feststellen, dass sie nicht ein einziges Wort herausbrachte. Hätte nicht gleich hinter ihr der Schreibtisch gestanden, nach dem sie blindlings tastete, wäre sie möglicherweise hingefallen.

„Mom, guck mal, wer hier ist!" Ohne etwas von dem Kampf zu merken, der in ihr tobte, sprang Andrew von seinem Stuhl. „Mein Großvater ist da!"

Zorn, der so bitter war, dass sie ihn förmlich schmecken konnte, holte sie aus ihrer Trance. „Was machst du hier?" fragte sie und erkannte fast ihre eigene Stimme nicht wieder.

Coop ging ein paar Schritte auf sie zu. „Ich wollte dich sehen, ich wollte wissen, wie ..."

Während seine Stimme immer leiser wurde, starrte sie den Vater an, den sie einmal angebetet hatte, den Mann, den sie immer und immer wieder in Schutz genommen hatte, ihrem Bruder, ihren Klassenkameraden und sogar ihrer Mutter gegenüber. „Er kommt zurück", hatte sie ihnen allen gesagt. „Du wirst es schon sehen."

Sie hätte lügen müssen, wenn sie behaupten wollte, dass sie in all den Jahren niemals an ihn gedacht hatte. Im Jahr nach seinem Verschwinden hatte sie an ihn gedacht, wenn sie einschlief, und gleich wieder, wenn sie am nächsten Morgen aufwachte. Als sie an der High School ihren Abschluss gemacht hatte, war sie dummerweise von der Hoffnung erfüllt gewesen, er könnte plötzlich auftauchen und in diesem stolzen Augenblick bei ihr sein.

Sie hatte am Tag ihrer Hochzeit an ihn gedacht und als Andrew geboren wurde, und dann wieder, als ihr Bruder Jordan starb.

Zu der Zeit war ihre Bewunderung aber längst einer tief sitzenden Ablehnung gewichen.

„Was willst du?“ fragte sie und verkniff sich Tränen des Zorns. „Dass du einfach wieder in mein Leben platzen kannst, als wäre nie etwas geschehen? Als wärst du nur mal eben aus dem Haus gegangen, um die Zeitung zu holen?“

„Julia …“

„Hör auf.“ Sie hob warnend eine Hand. „Ich will deine Lügen nicht hören. Du bist hier nicht willkommen, also geh.“

„Mom!“

Mit einem beklommenen Gefühl in der Magengegend sah Julia, wie Andrew Coops Hand nahm. In seinen Augen erkannte sie eine Mischung aus Entsetzen und Vorwürfen, während er sie ansah. „Er ist mein Großvater. Er ist von ganz weit hergekommen, um mich zu sehen. Ich will nicht, dass er geht.“

„Andrew, geh in dein Zimmer.“ Sie wollte es nicht so grob klingen lassen, aber die Worte platzten einfach aus ihr heraus. „Bitte“, fügte sie leise an, als Andrew protestieren wollte.

Steve, der wortlos und aufmerksam alles mitverfolgt hatte, stand auf. „Komm schon, Kleiner“, sagte er und legte einen Arm um Andrews Schultern. „Warum lassen wir deine Mom und deinen Grandpa nicht eine Zeit lang allein? Vielleicht kannst du mir ja deinen tollen Roboter zeigen. Wie hieß er noch? Zokor?“

Schmollend ließ sich Andrew von Steve in sein Zimmer manövrieren.

Julia wartete, bis sie verschwunden waren und sie sicher sein konnte, dass Andrew nichts mitbekam, dann sagte sie knapp: „Draußen.“

Auf dem Hof zog bereits der nachmittägliche Nebel vom Ozean herüber und hüllte die „Hacienda“ in einen feuchten Dunst, der Julia erschaudern ließ.

Sie wandte sich Coop zu und ließ ihrem Zorn so rasch freien Lauf, dass sie ihn nicht einmal hätte zurückhalten können, wenn sie es gewollt hätte. „Wie kannst du es wagen, hierher zu kommen?“ herrschte sie ihn an. „Du dringst in mein Zuhause ein und platzt in das Leben meines Sohnes? Hast du nicht schon genug angerichtet? Musst du uns allen noch mal wehtun?“

„Ich möchte dir nicht wehtun, Julia.“ Seine Stimme war der gleiche Bariton, den sie so gut in Erinnerung hatte. „Du hast mir so sehr gefehlt. Ich habe jeden Tag an euch drei gedacht und gebetet, dass es euch gut geht. Und ich habe mir gewünscht, dass alles anders sein könnte.“

„Es hätte alles anders sein können, wenn du dich nicht lieber besoffen hättest, anstatt bei uns zu sein.“

„Ich habe es versucht.“

Sie lachte trocken und sarkastisch. „Ach, erspar mir doch den Mist. Das habe ich alles schon mal gehört, weißt du noch? Ich war vielleicht noch klein, aber ich war weder taub noch blind noch dumm.“

„Es tut mir Leid.“

Sie legte ihre Arme um sich, um das Frösteln abzuschütteln, bezweifelte aber, dass sie damit auch gegen die Kälte in ihr selbst ankämpfen konnte. „Warum jetzt?“ fragte sie und fühlte sich mit einem Mal todmüde. „Nach so langer Zeit?“

„Ich habe vom Tod deines Mannes gehört und dass die Polizei dich verhört hat. Ich habe dich und Andrew in den Nachrichten gesehen“, antwortete Coop, dessen Stimme fast versagte.

„Und?“

„Und da habe ich gedacht, wenn ich herkomme … vielleicht könnte ich dir irgendwie helfen.“ Seine Augen flehten sie fast an. „Und ich wollte meinen Enkel sehen.“

Sie verarbeitete noch immer den Schock, ihm plötzlich gegenüber zu stehen, während sie heftig ausatmete. „Wie hast du mich gefunden?"

„Ich stehe in Kontakt mit einem alten Freund. Du kennst ihn – Spike Sorensen."

Sie überlegte, ob Spike ihm etwas von Jordan gesagt hatte. Sie wollte ihm den Tod ihres Bruders ins Gesicht schleudern, sie wollte ihn so verletzen, wie er sie verletzt hatte. Aber sie bekam die Worte nicht über die Lippen. „Weiß Mom, dass du in der Stadt bist?"

„Nein, ich habe mich im Monterey Arms einquartiert und bin direkt hergekommen."

Sie atmete tief durch und sah in den Nebel, während sie sich wünschte, darin verschwinden und so tun zu können, als wäre das alles nie geschehen. „Ich möchte, dass du gehst und nie wieder herkommst."

„Julia …"

„Ich brauche deine Hilfe nicht. Niemand von uns braucht deine Hilfe."

„Ich möchte meinen Enkel kennen lernen. Du kannst ihn mir doch nicht vorenthalten."

„*Vorenthalten?*" wiederholte sie. „Und was ist mit allem, was du uns vorenthalten hast? Eine normale Kindheit ohne Angst und Peinlichkeiten. Gemeinsam gefeierte Geburtstage, Weihnachten, so wie andere Kinder auch, einen Vater, den man lieben und zu dem man aufblicken kann."

„Ich weiß, dass ich Fehler gemacht habe."

„Tatsächlich? Hast du irgendeine Vorstellung davon, wie schwer es für Jordan und mich all die Jahre gewesen ist? Wir haben die Väter unserer Freunde gesehen und uns gefragt, wo unser Vater ist und ob er jemals wieder zurückkommen würde."

„Ich kann es mir vorstellen." Seine Stimme war nur noch ein Flüstern. „Und ich weiß auch, dass ich viel von dir verlange, wenn ich dich um Vergebung bitte. Aber ich habe dir nie wehtun wollen. Das musst du mir glauben. Ich bin nur gegangen, weil ich wusste, dass ihr alle ohne mich besser dran sein würdet."

Sie musste lachen. Und einen grässlichen Augenblick lang dachte sie, dass sie in Tränen ausbrechen müsste. „Willst du das damit rechtfertigen? Indem du dir einredest, du hättest uns einen *Gefallen* getan?"

„Anfangs vielleicht ja", gab er zu. „Weil es alles viel einfacher machte. Aber jetzt weiß ich, dass es nicht stimmte. Was ich gemacht habe, war falsch, und ich hasse mich dafür, dass ich so schwach gewesen bin. Es ist für mich auch nicht leicht gewesen. Als ich dann das mit Jordan erfuhr ..." Diesmal versagte seine Stimme, sein Gesicht war vom Schmerz gezeichnet.

„Das weißt du?" fragte Julia erstickt.

Coop nickte.

„Und nicht mal da konntest du zurückkommen? Zur Beerdigung deines eigenen Sohnes?" Ihre Stimme zitterte beleidigt und ungläubig. „Mein Gott, was für ein Ungeheuer bist du bloß."

„Ich habe es versucht." Er sah zur Seite. „Es ... es hat einfach nicht geklappt."

„Mit anderen Worten: Du warst zu betrunken."

„Ja." Er entgegnete ihren harten, erbarmungslosen Blick. „Aber diese Tage liegen hinter mir, Julia. Ich trinke nicht mehr. Und ich gehe jeden Tag zu den Anonymen Alkoholikern, egal, wo ich bin."

„Das kommt dreiundzwanzig Jahre zu spät", sagte sie und weigerte sich, auch nur eine Spur von Mitgefühl zu empfinden. „Wenn du erwartest, dass ich jetzt beeindruckt bin, dann vergeudest du deine Zeit. Ich möchte dich nicht hier haben", fügte sie hinzu, als er sie weiter mit diesem bereuenden Gesichtsausdruck ansah. „Und ich möchte dich nicht in der Nähe meines Sohnes."

Coop schossen Tränen in die Augen. „Das meinst du nicht ernst."

„Doch, das meine ich ernst." Sie spürte, dass in ihrer Kehle ein Schluchzer aufstieg, und eilte zurück zum Haus.

Steve konnte nicht gut mit weinenden Frauen umgehen. Meistens war ein Mann der Grund, dass sie weinten. Und da er selbst ein Mann war, hatte er immer das Gefühl, ein Teil des Problems zu sein.

Julias Tränen allerdings sprachen etwas in ihm an, von dem er geglaubt hatte, es könne ihn nie wieder berühren. Sie saß in einem der großen Sessel im Wohnbereich der Küche, den Kopf in ein Kissen vergraben. Ihr ersticktes Weinen erschütterte ihren ganzen Körper und ließ ihre Schultern zucken. Er verspürte den Wunsch, sie in seine Arme zu nehmen und zu wiegen, bis sie in den Schlaf sank.

Mit einem Gefühl der Hilflosigkeit schloss Steve die Tür, die die Küche vom Schlafzimmer trennte, und stand einfach nur da und sah sie an. Er beschloss, den Tränen ihren Lauf zu lassen. Diese Verzweiflung benötigte ein Ventil.

Erst als das Schluchzen leiser wurden, ging er hinüber zur Spüle, goss ein Glas Wasser ein und brachte es ihr. „Hier, Sie können es wahrscheinlich brauchen."

Julia sah mit geröteten und verquollenen Augen auf. „Danke." Sie nahm das Glas und trank einen Schluck. „Sie halten mich jetzt wahrscheinlich für einen schrecklichen Menschen."

„Nein, das mache ich nicht. Außerdem möchte ich mich entschuldigen, wenn ich in irgendeiner Weise zu dem Problem zwischen Ihnen und Ihrem Vater beigetragen habe. Andrew und ich spielten immer noch Ball, als Coop eintraf und sich vorstellte. Ich habe ihn erst ins Haus gelassen, nachdem er mir seinen Ausweis gezeigt hatte. Er sagte, er sei einige Zeit fort gewesen, und meinte, es sei Zeit, seinen Enkel zu sehen."

„Und Sie haben nicht gedacht, dass da irgendetwas nicht stimmen könnte?"

Ihre Stimme war vorwurfsvoll, aber Steve ignorierte das. „Es war nicht meine Sache, über ihn zu urteilen, Julia. Oder ihm zu verbieten, seinen Enkel zu sehen. Außerdem habe ich die beiden nie allein gelassen, ich war die ganze Zeit über bei ihnen."

„Welche Lügen hat er Ihnen aufgetischt?" fragte sie sarkastisch.

„Er hat nur gesagt, dass er Fehler gemacht habe, die er wieder gutmachen wolle, wenn es dafür nicht zu spät ist. Andrew hat sich auf Anhieb mit ihm verstanden."

„Das habe ich gesehen", merkte sie verbittert an.

Eine Haarsträhne klebte an ihrer feuchten Wange. Er schob sie fort, bevor sie es selbst machen konnte. „Wollen Sie darüber reden?"

„Nein." Sie trank einen Schluck Wasser. „Ja."

Sie schwieg einige Augenblicke, dann kehrten Erinnerungen zurück, die sie in eine entlegene Ecke ihres Gedächtnisses verdrängt hatte. „Ich war elf Jahre alt, als er uns verließ", begann sie mit immer noch bebender Stimme. „Im einen Moment war er da, im nächsten war er verschwunden. Ich war am Boden zerstört. Ich wusste nicht, wie ich damit zurechtkommen sollte. Meiner Mutter ging es nicht viel besser, und mein Bruder tobte eine ganze Woche lang."

„Warum hat er Sie verlassen?"

Sie starrte auf das Glas in ihrer Hand. „Er trank. Sehr viel. Er ging wochenlang auf Sauftouren, er vergaß, nach Hause zu kommen. Ein paar Jahre zuvor hatte man ihn aus der Army geworfen, seitdem nahm er immer wieder irgendwelche Aushilfsjobs an, von denen er keinen sehr lange behielt. Ich schlief jeden

Abend ein, während ich im Nebenzimmer meine Mutter weinen hörte. Und dann waren da die Streitereien, von denen wir nichts mitbekommen sollten, die Vorwürfe, das Schlagen von Türen, die Nachbarn, die einen Bogen um uns machten, und die Kinder, die uns hänselten."

„Das tut mir Leid", sagte er leise.

„Wir haben es überlebt. Es war nicht einfach, aber wir haben es geschafft. Nachdem er gegangen war, nahm meine Mutter eine zweite Arbeitsstelle an, damit das Geld reichte. Ich erinnere mich daran, dass sie abends nach Hause kam und so müde war, dass sie sich kaum noch auf den Beinen halten konnte. Aber sie hatte immer Zeit für uns, sie hörte sich unsere Probleme an, sie tröstete uns. Wir fühlten uns nie von ihr vernachlässigt."

Julia lachte. Es war ein trauriges, leises Lachen, das fast in ein Schluchzen überging. „Ich habe immer auf ihn gewartet. Jeden Abend nach dem Essen saß ich in meinem Zimmer am Fenster und wartete darauf, dass er mit seinem alten Chevy um die Ecke kam. Jedes Mal, wenn ich ein Scheinwerferpaar sah, machte mein Herz einen Satz, weil ich dachte, er würde endlich nach Hause kommen."

„Und wo ist Ihr Bruder jetzt?"

Sie schloss die Augen und begann wieder zu weinen. „Er ist tot. Er war Detective in der Rauschgiftabteilung beim Monterey Police Department. Vor einem Jahr kam er bei einer Drogenrazzia ums Leben."

Steve sagte nichts. In solchen Augenblicken reichten Worte einfach nicht aus.

Er sah, dass sie ihre Hände zu zierlichen Fäusten ballte. Einen Moment lang war das einzige Geräusch im Zimmer ein gelegentliches Schluchzen.

„Jordan hatte seiner Trauer auf andere Weise Ausdruck verliehen“, fuhr sie fort. „Nachdem er aufgehört hatte zu heulen, bekam er einen Wutanfall und zerstörte alles, was ihn an seinen Vater erinnerte. Jedes Spielzeug, das Coop ihm jemals geschenkt hatte, jedes Foto, jedes Stück Kleidung, das er zurückgelassen hatte. Wir konnten ihn nicht aufhalten.“

Sie sah Steve mit mattem Blick an. „Heute habe ich erfahren, dass Coop von Jordans Tod wusste und dass er zu betrunken war, um zur Beerdigung zu kommen.“ Eine Träne lief ihr über die Wange, sie wischte sie wütend weg. „Können Sie sich das vorstellen? Er war zu betrunken, um zur Beerdigung seines Sohnes zu kommen.“

„Alkoholismus ist eine schreckliche Krankheit, Julia. Er kann aus den liebevollsten und zuverlässigsten Menschen ...“

„Hören Sie auf, sich auf seine Seite zu stellen! Sie kennen ihn nicht. Und Sie wissen nicht, wie es für uns gewesen ist.“ Sie drückte ihren Hinterkopf gegen das Polster und starrte an die Decke. „Ich habe ihn so sehr geliebt, aber er hat diese Liebe einfach weggeworfen.“

„Nein, das hat er nicht. Sonst wäre er nicht zurückgekommen und hätte sich Ihrem Zorn und Ihrer Ablehnung gestellt. Ich glaube, ich verstehe, was Sie durchgemacht haben“, sagte Steve. „Ich weiß, was es heißt, seinen Vater zu verlieren.“

Julia zwinkerte, um ihre Tränen zu unterdrücken. „Hat Ihr Vater Sie auch verlassen?“

„Nein. Er starb.“

„Oh.“ Sie strich ihr Haar zurück. „Das tut mir Leid.“

„Ich ging zu der Zeit aufs College, meine Schwester war noch in der High School. Meinem Vater gehörte eine kleine Charterfluglinie in Miami. Er war außerdem Mitglied einer Organisation namens Brothers to the Rescue.“

„Davon habe ich gehört.“ Mit einem Taschentuch tupfte sie

die Tränen ab. „Sie fliegen Einsätze, um anderen Kubanern zu helfen, die ihr Land verlassen wollen."

Steve starrte in die Ferne. „Das gehört mit zu den Dingen, die sie machen. Und mein Vater machte das sehr gut. Er ist Dutzende dieser Missionen geflogen, immer mit Erfolg. In einer Nacht stieg er auf mit Ziel Havanna, um meinen Onkel zu retten, der im Land geblieben war, als Castro an die Macht kam. Dad hatte alles geplant: die Route, die geringe Flughöhe, um nicht entdeckt zu werden, die Landebahn auf einem verlassenen Stück Strand, wo mein Onkel mit seiner Familie warten sollte."

Julia vergaß für einen Moment ihren Schmerz und beugte sich vor. „Was ist geschehen?"

„Er unterschätzte Castros neue Technologie und die Möglichkeit, tief fliegende Maschinen zu entdecken. Zwei Meilen vor der kubanischen Küste wurde die Maschine meines Vaters abgeschossen. Die kubanische Luftwaffe machte sich nicht mal die Mühe, ihn zu warnen. Sie schickte keine Maschine, die meinen Vater zum nächsten Luftwaffenstützpunkt begleitet hätte. Sie eröffnete einfach das Feuer. Mein Vater hatte keine Chance. Sein Flugzeug explodierte und stürzte ins Meer. Nur ein paar Leichenteile wurden geborgen."

„O Steve, das ist ja entsetzlich." Julia legte eine Hand auf seinen Arm. „Für Sie und Ihre Familie."

„Wir waren danach nie wieder eine richtige Familie. Wir drei stehen uns sehr nahe, und inzwischen hat meine Schwester Kinder, aber ohne meinen Vater ist es nicht mehr so wie früher."

„Er starb für eine Sache, an die er geglaubt hat."

„Ich weiß, aber ich habe mich mit ihm oft über diese Missionen gestritten. Ich habe ihm gesagt, sie seien zu gefährlich, dass er aufhören solle, dass er nach einer anderen Möglichkeit suchen solle, um diesen Menschen zu helfen. Er hat nur gelacht.

‚Anders kann ich meinem Volk nicht helfen, *hijo*', hat er zu mir gesagt. ‚Ich muss das einfach machen.' Danach habe ich nie wieder etwas gesagt, aber wir wussten beide, dass er mich nicht überzeugt hatte."

Steve sah wieder zu ihr. „Ich beneide Sie, Julia. Ihr Vater ist hier. Ich hätte alles gegeben, um meinen Vater noch einmal zu sehen, um ihm sagen zu können, dass ich ihn geliebt habe, dass ich verstanden habe, warum er so handeln musste."

Abrupt zog Julia ihre Hand zurück. „Ich hoffe nicht, dass Sie Ihren Vater mit meinem vergleichen wollen."

„Nein. Was ich sagen will, ist, dass das Bedauern für etwas, das wir hätten machen können, aber nicht getan haben, oft mehr schmerzen kann als der Verlust selbst."

Hinter sich hörte Steve, dass die Tür geöffnet wurde. Als er sich umdrehte, sah er Andrew in der Türöffnung stehen. „Wo ist Grandpa?" Seine Stimme war tonlos, sein Ausdruck kühl, während er sich umsah.

„Er ist gegangen ...", begann Julia.

Der Blick des Jungen erfasste sie. „Hast du ihm gesagt, dass er gehen soll?"

„Ich weiß, dass das für dich nur schwer zu verstehen ist, Andrew ..." Sie wollte auf ihn zugehen, aber er machte einen Schritt nach hinten.

„Du hast es ihm gesagt, nicht?" schrie er. „Du hast ihn weggeschickt. Er ist so weit gefahren, weil er bei uns sein wollte. Und du hast ihn weggeschickt."

„Andrew, du weißt überhaupt nichts über ihn."

Tränen liefen Andrew über die Wangen, die Julias eigenen Schmerz noch stechender zu machen schienen. „Ich weiß, dass er böse Dinge gemacht hat. Aber er ist zurückgekommen. Er wollte sich entschuldigen."

„Ich kann jetzt nicht darüber reden“, sagte Julia und sah so aus, als sei sie selbst ebenfalls wieder den Tränen nahe. „Warum gehst du dir nicht die Hände waschen? Das Abendessen …“

„Ich will kein Abendessen!“

Mit diesen Worten stampfte er aus dem Zimmer und warf die Küchentür hinter sich zu.

15. KAPITEL

Coop öffnete eine Dose Coke aus dem Sechserpack, den er auf dem Rückweg von der „Hacienda" gekauft hatte, während er sich wünschte, eine Dose Bier vor sich zu haben.

Nach Julias Zurückweisung hatte er sich so verdammt erniedrigt gefühlt, dass er einen Moment lang befürchtet hatte, er könnte in Versuchung geraten, tatsächlich einen Sechserpack Bier zu kaufen. Er hatte seine gesamte Willenskraft aufbringen müssen, um sich von dem verlockenden Aufsteller zu entfernen.

Die Schultern leicht gebeugt, ging er zum Fenster seines Motelzimmers und sah zu, wie ein Sattelschlepper auf den Parkplatz fuhr.

Sein Versuch, sich mit seiner Tochter zu versöhnen, war vollends gescheitert. Sie hatte ihm unmissverständlich gesagt, dass sie ihn schon vor langer Zeit aus ihrem Leben gestrichen hatte und nicht beabsichtigte, ihm zu vergeben.

Was hatte er auch erwartet? Einen Empfang wie für einen Helden?

Wutschnaubend ging er durch das Zimmer, als sein Blick auf dem Nachttisch hängenblieb, wo ein Brief gegen die kleine Tischlampe gelehnt stand. Er war an Julia gerichtet. Er würde ihn morgen in die Post geben. Eine letzte Entschuldigung an die Tochter, die er liebte, und dann würde er sich auf den Weg machen und sie nie wieder belästigen.

Auch wenn er tief in seinem Herzen einen Schmerz fühlte, war er froh, dass er die Gelegenheit bekommen hatte, Andrew zu begegnen, selbst wenn es nur eine kurze Begegnung war. Was für ein großartiger Junge. Allein ihn zu sehen, wie er diesem freundlichen Reporter den Ball zuwarf, hatte ihn zutiefst berührt. Und jetzt hatte er Andrew auch noch verloren.

Du hast nichts anderes verdient, alter Mann.

Jemand klopfte an der Tür und riss ihn aus seinem Selbstmitleid. „Wer ist da?“ fragte er, während er eine Hand auf den Türgriff legte. Wenn es eine Sache gab, die er sich aus seiner Zeit als Trinker gemerkt hatte, dann war es die, sich vor Räubern zu hüten.

Es folgte eine kurze Stille, dann sagte eine Stimme, von der er geglaubt hatte, er würde sie nie wieder hören. „Ich bins. Julia.“

Sie saßen im Salon, jeder an einem Ende des großen roten Sofas. Nachdem Steve bei Andrew geblieben war, um auf ihn aufzupassen, bis er eingeschlafen war, hatte sie sich mit ihrem Vater für ein klärendes Gespräch zusammengesetzt.

Fast eine Stunde lang hatte sie nach dem Gespräch mit Steve mit sich selbst gerungen, und die meiste Zeit über hatte sie sich einfach nur ihrem Zorn hingeben wollen, anstatt sich schuldig zu fühlen. Ihre Wut war das Einzige, was sie tröstete, und die würde ihr verdammt noch mal niemand abnehmen.

Erst als Andrew sich noch immer geweigert hatte, aus seinem Zimmer zu kommen, war ihr klar geworden, wie gravierend ihre Entscheidung sich auf ihn auswirkte. Der Junge trauerte noch immer um seinen Vater, und sie nahm ihm auch noch den Großvater weg, dem er gerade erst begegnet war.

Und so seltsam es auch war – sie fühlte sich ihrem Vater gegenüber genauso schuldig. Hierher zu kommen hatte von seiner Seite sehr viel Mut erfordert. Wenn sie nicht so sehr von ihrer Wut eingenommen gewesen wäre, hätte sie das erkannt. Und sie hätte auch gemerkt, dass unter dieser Wut ein viel mächtigeres Gefühl verborgen lag, nämlich Liebe.

Die Erkenntnis, dass sie ihn noch immer liebte, hatte sie überwältigt. Ein paar Minuten darauf hatte sie sich – zitternd, aber entschlossen – auf den Weg zum Monterey Arms gemacht, um mit ihrem Vater zu reden.

Ihr Vater. Sie hatte das Wort immer und immer wieder gesprochen, erst nur in Gedanken, dann aber laut, als müsste sie sich mit dem Klang wieder vertraut machen, bevor sie es wirklich benutzen konnte.

Jetzt, wo die Wut verraucht war, wollte sie alles erfahren, von den täglichen Besäufnissen über die gelegentlichen Aufenthalte in Obdachlosenunterkünften bis zu jenem erschreckenden Augenblick, als Coop im Gefängnis gelandet war, ohne sich an die Umstände erinnern zu können, die dazu geführt hatten.

Sie unterbrach ihn nicht, sie kommentierte nichts, nicht einmal, nachdem er geendet hatte.

„Jetzt bist du an der Reihe", sagte Coop und nahm seine Kaffeetasse.

Sie erzählte ihm alles, was er wissen wollte, wartete auf seine Fragen, beantwortete sie, so gut sie konnte. Von Pauls Misshandlungen erwähnte sie nichts, und auch Jordan brachte sie nicht zur Sprache. Das würde Coop machen müssen.

Sie waren mittlerweile bei der dritten Tasse Kaffee, als er schließlich sagte: „Erzähl mir von Jordan. Wie war er?"

Julia brauchte einen Moment, um sich zu sammeln. „Gut aussehend, liebevoll, witzig. Er hat es geliebt, den Leuten zu helfen. Darum wurde er auch Polizist." Julia lächelte. „Ich wette, Spike hat dir nicht erzählt, dass Jordan die Polizeiakademie mit Auszeichnung abgeschlossen hatte."

Coop schüttelte den Kopf.

„Nachdem er Detective geworden war, wurde er in die Rauschgiftabteilung versetzt und hat mit Frank Walsh zusammengearbeitet."

„Sein Idol."

„Ja, weil Frank immer da war – für jeden von uns. Wie ein großer Bruder."

Coop drückte eine Fingerspitze gegen seine Augenwinkel, als wolle er eine Träne aufhalten. „Ich bin froh, dass ihr Kinder jemanden hattet, zu dem ihr aufsehen konntet."

„Frank hat Jordan in den wenigen Jahren viel beigebracht. Er hatte sogar vorhergesagt, dass Jordan noch vor ihm zum Sergeant befördert werden würde. Das hätte auch geschehen können, wenn …"

Sie biss sich auf die Lippe und versuchte, nicht zu weinen.

„Was ist passiert? Wie ist er gestorben?"

„Hat Spike dir das nicht gesagt?"

„Er hat mir die Zeitungsausschnitte gegeben, aber ich möchte es von dir hören."

Julia wünschte sich, diesen schrecklichen Tag nicht noch einmal durchleben zu müssen, aber sie verstand, warum Coop es wissen musste. „Jordan und ich hatten uns an dem Tag gestritten."

Coop runzelte die Stirn. „Worüber?"

Sie starrte auf ihre Hände, die sie verschränkt in den Schoß gelegt hatte. „Irgendwas hatte ihm seit Tagen Sorgen gemacht. Ich wollte wissen, was los war, aber er wollte es mir nicht sagen. Als ich ihn drängte und fragte, ob er und Cassie Probleme hätten, sagte er, ich solle mich um meine eigenen Angelegenheiten kümmern. Und dann stürmte er aus dem Zimmer."

„Wer ist Cassie?"

„Seine Verlobte. Sie wollten im nächsten Juni heiraten."

„Lebt sie noch hier?"

„Nein, sie ist kurz nach Jordans Tod nach L.A. gezogen. Sie kommt alle paar Monate zu Besuch."

Julia machte eine Pause und fühlte, wie die Trauer wieder auf ihr lastete. „Nachdem Jordan gegangen war, rief ich auf der Wache an, um mich zu entschuldigen, aber der diensthabende Sergeant sagte, er und Frank seien zu einem Einsatz gefahren. Sie hatten hier in Monterey einen Drogenring aufgespürt. An dem Abend hatte jemand angerufen und mitgeteilt, in einem Lager nahe dem Kai sei etwas im Gange. Dass sie zahlenmäßig unterlegen waren, wussten Frank und Jordan erst, als sie sich im Gebäude befanden."

„Haben sie keine Verstärkung angefordert?"

„Drei Wagen waren unterwegs, aber Jordan und Frank trafen als Erste ein. Frank wollte noch warten, doch Jordan wollte nicht auf ihn hören. Er brannte darauf, ins Gebäude zu gehen, um diejenigen zu überraschen, die sich dort aufhielten. Stattdessen erwartete sie eine Überraschung. Eine Wache auf dem Dach sah sie kommen. Es kam zu einer Schießerei, und Jordan wurde in die Brust getroffen. Frank eilte zu ihm, aber es war zu spät. Jordan starb in seinen Armen."

Tränen liefen über Coops zerfurchtes Gesicht.

„Frank war am Boden zerstört", fuhr Julia fort und kämpfte selber mit den Tränen. „Er war davon überzeugt, dass Jordans Tod seine Schuld war, dass er ihn nicht hätte gehen lassen dürfen, solange keine Verstärkung eingetroffen war. Aber Jordan war als Erwachsener genauso, wie du ihn als Kind gekannt hast. Er war impulsiv und furchtlos. Das machte Frank immer wieder verrückt."

„Frank hätte ihn zurückpfeifen müssen", sagte Coop. „Er war Jordans Vorgesetzter."

„Niemand weiß das besser als Frank. Eine Zeit lang spielte er mit dem Gedanken, den Dienst zu quittieren. Mom, Cassie und ich mussten wochenlang auf ihn einreden, um ihn davon zu überzeugen, dass er bei der Polizei mehr Gutes bewirken konnte, als wenn er aus dem Dienst ausschied. Vor allem, da der Abschaum hatte entkommen können, der Jordan auf dem Gewissen hatte."

Coop presste seine Lippen zusammen. „Du meinst, die Täter wurden nie gefasst?"

Julia schüttelte den Kopf. „Sie sind spurlos verschwunden. Frank glaubt, dass sie ihre Basis in einen anderen Bundesstaat verlegt haben. Vielleicht sogar nach Mexiko."

Sie machte eine kurze Pause, dann murmelte sie: „Er fehlt mir so sehr. Er war mein Kumpel, mein bester Freund. Und er hat Andrew geliebt."

„Andrew", sagte Coop kopfschüttelnd. „Wie hat er das aufgenommen, innerhalb eines Jahres einen Onkel und seinen Vater zu verlieren?"

„Nicht sehr gut. Er hatte vor Jordan noch nie etwas mit dem Tod zu tun gehabt, und ich musste es ihm erklären. Ich danke Gott für Frank und seine Frau, und natürlich für Mom. Ich weiß nicht, was ich ohne sie gemacht hätte."

„Du hättest einen Weg gefunden, um deinem Sohn zu helfen, daran habe ich keinen Zweifel." Coop sah sie liebevoll an. „Du warst ein so starkes, kleines Mädchen. Und für ein Mädchen in deinem Alter so klug. Du hast anderen immer Ratschläge gegeben, du hast sie getröstet und bemuttert."

Überrascht sah sie ihn an: „Das weißt du noch?"

„Ich habe nichts vergessen, was meine Kinder angeht."

Langsam, fast schon ängstlich schob Coop seine große schwielige Hand über das Polster und drehte die Innenfläche nach oben.

Julia zögerte einen Moment, dann legte sie ihre Hand in seine.

„Wach auf, Schlafmütze." Julia saß auf Andrews Bett und rüttelte ihn sanft.

Andrew murmelte etwas Unverständliches. Julia beugte sich vor und küsste ihn auf die Stirn. Er war noch nie ohne Abendessen zu Bett gegangen und musste halb verhungert sein.

„Andrew?“ Sie schüttelte ihn wieder, diesmal etwas fester. „Hier ist jemand, der dir Hallo sagen will.“

Mit einem Mal war er hellwach, als hätte sein kindlicher Radar, der in den letzten Tagen noch wachsamer zu sein schien, ihm einen Hinweis gegeben. Als er Coop in der Türöffnung sah, ließ er einen Freudenschrei los, sprang aus dem Bett und stürzte seinem Großvater in die Arme.

„Bleibst du hier?“ Seine großen blauen Augen strahlten, als er ihn ansah.

„Sieht ganz so aus.“

Julia sah die beiden und spürte in ihrem Herzen ein leichtes Ziehen. Sie hoffte, dass sie sich richtig entschieden hatte, indem sie Coop bei sich wohnen ließ. Andrew war so vertrauensvoll. Er liebte grenzenlos und bedingungslos. Aber konnte sie ihrem Vater trauen? Was, wenn er wieder zu trinken begann? Was, wenn er plötzlich wieder verschwand und Andrew das Herz brach?

Einen Arm um Coops Hüfte gelegt, drehte sich Andrew zu Julia um. „Danke, Mom.“

„Gern geschehen.“ Sie fuhr ihm durchs Haar. „Grandpa wird erst mal hier bleiben, bis er eine eigene Unterkunft gefunden hat. Du wirst also noch viel Zeit mit ihm verbringen können. Aber jetzt musst du dich erst mal für die Schule fertig machen, okay?“

„Okay.“

Während Andrew ins Badezimmer rannte, drückte Coop Julias Arm und ging dann zurück in die Küche, wo er und Steve darüber diskutierten, welches Baseballteam der National League es in die Play-offs schaffen würde.

Julia nahm Eier und Milch aus dem Kühlschrank und dachte an die nächste Hürde, die jetzt vor ihr lag.

Sie musste ihrer Mutter erzählen, dass Coop zurückgekehrt war. Und das würde verdammt schwierig werden.

„Er ist hier?“ Entsetzt starrte Grace sie an. „In Monterey?“

Julia nickte zaghaft, während sie im Wohnzimmer ihrer Mutter saß, umgeben von vertrauten Möbelstücken und alten Erinnerungen.

„O mein Gott.“ Als befürchte sie, dass ihre Beine den Dienst versagen würden, nahm Grace in einem der dunkelblauen Sessel Platz.

„Wie hat er dich gefunden?“ fragte Grace. „Wo ist er gewesen? Was will er?“

„Er ist rumgezogen und hat sich so durchgeschlagen. Als er letzte Woche das von Paul hörte, ist er hergekommen, um zu sehen, ob er mir helfen kann.“

„Helfen?“ Grace sprang aus dem Sessel. „Geht es ihm noch gut? Haben wir ihn um seine Hilfe gebeten? Hat er in den letzten dreiundzwanzig Jahren einmal seine Hilfe angeboten?“

„Und er wollte Andrew sehen.“

Grace’ Stimme wurde höher, während sie hin- und herlief. „Das ist wieder typisch. Kein Wort die ganze Zeit über, nicht mal ein Anruf. Und taucht einfach so auf.“ Sie blieb vor dem Sofa stehen und begann, die Kissen aufzuschütteln. „Er hat vielleicht Nerven.“

„Er hat sich verändert, Mom.“

„O bitte.“ Sie drehte sich um und lächelte so bitter, dass es fast wie ein Grimasse aussah. „Du bist doch nicht auf diesen alten Trick reingefallen, oder? Und du hast ihn hoffentlich nicht in die Nähe von Andrew gelassen?“

„Ich hatte keine andere Wahl“, erwiderte Julia. „Andrew war da, als er eintraf. Ich war nicht da, ich war mit dir unterwegs.“

Grace atmete tief ein und ließ die Luft langsam wieder aus ihren Lungen entweichen. „Na gut. Ich schätze, das war nicht zu verhindern. Wo ist Coop jetzt?“

Julia machte sich innerlich auf die Reaktion bereit. „Auf der ‚Hacienda'."

„Was meinst du damit, auf der ‚Hacienda'? Du hast gesagt …" Ungläubig riss sie ihre Augen weit auf. *„Er wohnt bei dir?"*

„So lange, bis er etwas Eigenes gefunden hat."

„O Julia." Grace ließ sich wieder in den Sessel sinken. „Was hast du nur getan?"

„Was hätte ich denn *sonst* machen sollen, Mom?"

„Du hättest ihm sagen können, dass er sich dorthin zurückscheren soll, wo er hergekommen ist."

„Das habe ich gemacht. Zuerst war ich so wütend wie du im Augenblick. Ich habe ihn angebrüllt, ich habe ihn beschimpft, ich habe ihm gesagt, er soll uns in Ruhe lassen. Aber Andrew war am Boden zerstört. Ich konnte es ihm nicht verständlich machen, Mom." Sie machte eine kurze Pause, dann fügte sie an. „Ich wollte es auch nicht. Erst recht nicht nach allem, was er durchgemacht hat."

„Und so wie immer", sagte Grace spitz, „hat Coop die Situation ausgenutzt."

Von einer Loyalität gegenüber ihrem Vater getrieben, die sie nicht erklären konnte, schüttelte Julia den Kopf. „Nein, das hat er nicht. Nachdem ich ihm meine Meinung gesagt hatte, ist er zurück zu seinem Motel gegangen. Erst als mir Steve von seinem Vater …"

Grace zog die Augenbrauen zusammen. „Was hat Steves Vater damit zu tun?"

„Er ist gestorben. Bevor Steve seine Differenzen mit ihm beilegen konnte. Ich habe mich gefragt, was wäre, wenn Coop sterben würde? Vielleicht im Motel, keinen Kilometer von meinem Haus entfernt? Wie würde ich mich fühlen? Wie würde ich das meinem Sohn erklären?"

„Und jetzt ist Coop in deinem Haus und plündert unter Garantie deinen Spirituosenvorrat oder stiehlt dir dein Geld. Oder beides."

„Das wird er nicht. Nicht, solange er in der Nähe von Andrew ist. Außerdem ist er trocken. Er geht zu den Anonymen Alkoholikern."

Grace gab einen sarkastischen Laut von sich. „Und wie lange soll das anhalten?"

„Ich weiß es nicht, Mom, aber er hat es einen ganzen Monat lang geschafft. Das ist vielleicht nicht viel, doch es ist wenigstens etwas. Vielleicht schafft er es diesmal mit ein wenig Hilfe, auf Dauer durchzuhalten."

„Er wird dir wehtun, ganz sicher", gab Grace kühl zurück. „Und er wird Andrew wehtun. Vielleicht nicht absichtlich, aber er wird es machen. Sag nicht, ich hätte dich nicht gewarnt. Und bring ihn nicht her." Ihr Gesicht nahm einen gequälten Ausdruck an, den Julia nur zu gut kannte. „Ich möchte ihn nicht sehen."

Das Geräusch eines Wagens, der in die Einfahrt fuhr, unterbrach sie. Grace ging zum Fenster und schob die weiße Gardine zur Seite. „Ich sehe mal, wer das ist."

Julias Blick folgte ihrer Mutter, bis sie außer Sichtweite war, dann wanderte er langsam durch das Zimmer. Abgesehen von dem Fehlen des Hochzeitsfotos ihrer Eltern, das vor langer Zeit weggestellt worden war, hatte sich im Haus überhaupt nichts verändert. Grace hatte alles unberührt gelassen, nicht einmal die Möbel verrückt. Sie hatte es machen wollen, oft sogar, um die Vergangenheit auszulöschen. Aber jedes Mal, wenn Julia oder Jordan angeboten hatten, ihr zu helfen, fand sie immer irgendeine Ausrede, um es auf ein anderes Mal zu verschieben.

Es war ein gutes Zuhause, dachte Julia, während ihr Blick all die vertrauten Stellen erfasste. Der Geruch, eine Mischung aus Schokoladenkeksen und Möbelpolitur, war noch immer da und weckte schöne Erinnerungen. Dieses Haus hatte glückliche Zeiten genauso wie verzweifelte erlebt.

Ihre Gedanken wurden unterbrochen vom Geräusch der Haustür, als die ins Schloss fiel. Dann kehrte Grace ins Wohnzimmer zurück und trug einen Schuhkarton.

„Was ist das?“ fragte Julia.

„Jordans Audiocassetten. Ich hatte dir doch erzählt, dass Paul sie sich letzten Monat ausgeliehen hatte, weil er hoffte, dass sie ihm bei seiner Arbeit in der Kommission zur Verbrechensbekämpfung helfen könnten.“ Sie stellte den Karton vor sich auf den Tisch. „Detective Hammond hat sie in Pauls Haus entdeckt und mitgenommen als potenzielles Beweisstück.“

„Hat er was gefunden?“

„Offenbar nicht. Das war einer von seinen Männern. Er hat gesagt, Detective Hammond sei damit durch und ich könne die Kassetten jetzt zurückhaben.“

Julia erinnerte sich nur zu gut an Jordans Leidenschaft für ungelöste Verbrechen. Er war genauso penibel wie stur und verbrachte Tage, manchmal Wochen damit, Polizeiakten durchzugehen, jedes Beweis zu inspizieren, die verschiedenen Zeugenaussagen zu lesen, um dann seine Erkenntnis auf Band zu sprechen. Ein- oder zweimal hatte sich seine Ausdauer bezahlt gemacht, als er einen Fall lösen konnte. Aber meistens machte er es aus bloßer Freude am Ermitteln.

Julia beugte sich vor und las die Aufkleber, die Jordan von Hand beschriftet hatte. Plötzlich stutzte sie. „Warte mal. Hast du mir nicht gesagt, du hättest Paul acht Kassetten gegeben?“

„Ja.“

Julias Finger gingen rasch über die Kassetten. „Das sind nur sieben.“

„Wie ist denn das möglich?“ Grace zählte die Bänder nach,

dann sah sie Julia an. „Meinst du, Detective Hammond hat es gefunden und mir nichts davon gesagt?"

Julia griff bereits nach dem veilchenblauen Telefon auf dem Beistelltisch. „Das möchte ich gerade herausfinden."

Als der Beamte den Hörer abnahm, kam Julia sofort auf den Punkt. „Detective, hier ist Julia Bradshaw. Ich rufe an wegen der Kassetten meines Bruders, die Sie uns haben zurückbringen lassen."

„Was ist mit ihnen?"

„Wissen Sie noch, wie viele Kassetten Sie in Pauls Haus gefunden hatten?"

„Sieben Stück. Warum?"

„Meine Mutter sagt, dass sich in dem Karton, den sie Paul letzten Monat gegeben hatte, acht Kassetten befanden."

Nach einer kurzen Pause sagte Hammond: „Ist sie sich ganz sicher?"

Julia blickte zu Grace, die sie eindringlich ansah. „Sie ist absolut sicher. Sie hat Paul acht Bänder gegeben."

Der Detective am anderen Ende der Leitung war ruhig. Sie hörte, wie er in einer Akte blätterte. „Wir haben nur sieben Kassetten hier vermerkt", sagte er nach einiger Zeit. „Ich habe das Formular vor mir liegen."

„Dann fehlt eine."

„Ich gehe noch mal ins Haus und sehe mich um. Sie könnte noch dort sein, auch wenn ich das bezweifele. Meine Leute übersehen normalerweise solche Dinge nicht."

Julia spürte eine plötzliche Aufregung. „Rufen Sie mich an, wenn Sie zurück sind?"

Sie hörte, wie er seufzte. „Mrs. Bradshaw, ich bin ein sehr beschäftigter Mann …"

Julia wollte sich nicht abwimmeln lassen. „Das weiß ich. Aber ich habe an diesen Ermittlungen großes Interesse, Detective. Wenn es auch nur den leisesten Hinweis darauf geben sollte, dass man etwas herausgefunden hatte, das mich entlasten könnte, dann habe ich sicher ein Recht darauf, das zu wissen, oder meinen Sie nicht?“

„Ich melde mich bei Ihnen“, sagte er mürrisch und legte auf.

„Und jetzt?“ fragte Grace, nachdem Julia den Hörer zurückgelegt hatte.

„Ich muss zurückfahren, aber ich rufe dich an, sobald ich etwas von Hammond gehört habe.“

„Ich fürchte, das wird dir nicht gefallen." Luther Aldridge warf einen Blick auf die Akte vor sich auf dem Schreibtisch. „Um es kurz zu machen, Charles: Du hast nichts in der Hand."

Charles betrachtete den Mann, der seit über drei Jahrzehnten sein Anwalt war, und fragte sich, warum er ihn immer noch behielt. „Dann sorg dafür, dass ich etwas in der Hand habe, Luther. Ich zahle dir nicht fünfhundert Dollar pro Stunde, damit du Däumchen drehst."

Offenbar unbeeindruckt von der Bemerkung, lehnte sich Luther in seinem Sessel zurück. „Ich weiß, dass du das nicht hören wolltest, aber ich muss es dir so direkt sagen. Deine Chancen, das Sorgerecht für Andrew zu erhalten, sind gleich null. Man hat Julia nicht wegen des Mordes an Paul angeklagt, und ehrlich gesagt glaube ich auch nicht, dass es dazu kommen wird. Es sei denn, die Polizei findet noch handfeste Beweise."

„Dann vergiss die handfesten Beweise und konzentriere dich darauf, dass Julias Vater wieder in der Stadt ist und unter einem Dach mit meinem Enkel lebt."

„Womit du was sagen willst?" fragte Luther kühl.

„Womit ich verdammt noch mal sagen will, dass Coop ein Säufer ist, ein Mann, der seine Familie im Stich gelassen hat und jetzt zurückgekehrt, um sich bei seiner Tochter durchzuschnorren. Was für ein Vorbild ist das für einen Sechsjährigen?"

„Ich fürchte, dass du das völlig falsch siehst, Charles. Erstens trinkt Cooper Reid nicht mehr. Er ist seit über einem Monat trocken, er geht zu den Anonymen Alkoholikern und hilft im Gasthaus aus. Zweitens: Was Andrew angeht, verehrt der nach Schilderung von Joe und Vera Martinez, deren Sohn der beste Freund von Andrew ist, seinen Großvater. Wenn dich das fuchst", fügte er an, als Charles einen ungeduldigen Laut von sich gab, „dann tut es mir Leid."

„Leid tun ist nicht genug", sagte Charles säuerlich. „Du solltest vernichtende Informationen über Coop ans Tageslicht bringen, keinen jubelnden Bericht."

„Das versuche ich dir ja gerade zu erklären. Es gibt nichts Vernichtendes über Coop, er ist ein geläuterter Mann."

„Okay, okay", sagte Charles ungeduldig. „Vergiss den heiligen Coop. Was ist mit der ‚Hacienda'? Wie hält sie sich?"

Luther schüttelte den Kopf. „Keine große Veränderung. Julia hat zwar nur einen Gast, aber sie hat sich etwas ausgedacht, um Geld einzunehmen."

„Ich traue mich kaum zu fragen", sagte Charles sarkastisch.

Luther ignorierte die Bemerkung. „Sie beginnt mit einer Reihe von Gourmetkochkursen. Nach allem, was ich gehört habe, scheint das gut anzukommen. Wenn du also darauf hoffst, dass der ‚Hacienda' das Wasser bis zum Hals steht, dann musst du dich auf eine weitere Enttäuschung gefasst machen."

Charles verdaute die Neuigkeit. So sehr er es auch hasste, musste er doch zugeben, dass Julia eine erfinderische Frau und vielleicht sogar eine bessere Geschäftsfrau war, als er gedacht hatte. Aber er würde Andrew nicht aufgeben. Nicht ohne Kampf. „Was schlägst du jetzt vor, wie wir weitermachen können?" fragte er.

Luther zuckte mit den Schultern. „Im Moment gar nicht. Wenn Julia festgenommen *wird* – und das ist zur Zeit ein großes ‚Wenn' –, könntest du eine Chance haben. Aber ich würde nicht darauf zählen. Julia wird das Sorgerecht wahrscheinlich vorübergehend auf ihre Mutter übertragen. Es gibt keinen Grund, warum das Gericht dem nicht zustimmen sollte. Grace Reid ist über jeden Zweifel erhaben und mühelos in der Lage, sich um ihren Enkel zu kümmern."

Nachdem sie weitere zehn Minuten in diesem Stil diskutiert hatten, verließ Charles die Anwaltskanzlei in der Alvarez Street und wünschte sich, er wäre zu Hause geblieben. Als er auf den Fußweg trat, war er sofort von einer Schar Reporter umlagert, von denen er einige sehr gut kannte.

Froh über diese Gelegenheit, seinen Ansichten Ausdruck zu verleihen, blieb er auf der Türschwelle stehen, während sich Syd Rimer, ein Kolumnist des *San Francisco Star*, in die vorderste Reihe vorkämpfte.

„Mr. Bradshaw, was sagen Sie zu der Möglichkeit, dass *Gleic Éire* hinter dem Anschlag auf Ihren Sohn steht, also die Gruppe, die auch Ihre Tochter umgebracht hat?"

„Das ist eine lächerliche Annahme", erwiderte Charles scharf. „Völlig unbegründet."

„Wollen Sie damit sagen, dass die Polizei ihre Zeit verschwendet, wenn sie dieser Spur nachgeht?"

Charles erhob eine Hand. „Das habe ich nicht gesagt. Die Polizei macht nur ihre Arbeit, und dazu gehört es, jede Möglichkeit zu untersuchen. Aber was *mich* angeht, gibt es keinen Beweis, dass *Gleic Éire* darin verwickelt ist."

„Aber Sie meinen, dass es genügend Beweise gegen Julia Bradshaw gibt?" fragte jemand.

Charles sah zu dem Reporter, der die letzte Frage gestellt hatte, und sah einen großen Mann mit Sonnenbrille und Boston-Red-Sox-Kappe. Er konnte ihn nicht erkennen, aber er wusste, dass er nicht aus der Gegend war. Kein Reporter aus Monterey würde es wagen, in diesem Ton mit ihm zu reden.

„Ja, das glaube ich", erwiderte er und sah, wie sich der Mann seinen Weg durch die Menge bahnte. „Und das glauben auch die guten Bürger von Monterey. Julia Bradshaw hat meinen Sohn getötet, und ich will, dass sie dafür bestraft wird. Ich vertraue unserer örtlichen Polizei. Wenn Sie mich jetzt entschuldigen würden, ich bin in Eile."

„Welchen Beweis haben Sie denn dafür, dass Julia Bradshaw Paul ermordet hat?" Der Tonfall des Mannes klang wie eine Herausforderung. „Oder sagen Sie das nur, um sie in Misskredit zu bringen, damit Sie das Sorgerecht für Julias Sohn bekommen?"

Charles blieb bei dieser unverhohlenen Attacke fast die Luft weg. Er straffte seine Schultern und warf dem Zwischenrufer, der nicht der Erste war, mit dem er sich in seinem Leben abgegeben hatte, einen eisigen Blick zu.

„Wie heißen Sie, junger Mann?" fragte er. „Und für welche Publikation arbeiten Sie?"

„Warum beantworten Sie nicht einfach die Frage?"

Charles sah ihn giftig an. „Ich versuche nicht, irgendjemanden in Misskredit zu bringen. Ich äußere nur meine Meinung, die auf dem beruht, was ich weiß."

„Und *was* genau wissen Sie, Mr. Bradshaw?" Der Reporter machte noch einen Schritt nach vorne und blieb direkt vor Charles stehen.

Charles' Herz pochte wie wild in seiner Brust. Er traute seinen Augen kaum.

Trotz der Sonnenbrille hätte er dieses Gesicht immer wieder erkannt. Das war Steve Reyes, ein Mann, den er fast so sehr hasste wie die Männer, die seine Tochter auf dem Gewissen hatten.

Angesichts der Kameras, die von allen Seiten auf ihn gerichtet waren, zwang sich Charles, Ruhe zu bewahren. Er würde sich von diesem Bastard nicht in aller Öffentlichkeit in eine Auseinandersetzung hineinziehen lassen.

„Wenn Sie das nicht wissen", sagte er schließlich unter Aufbietung aller Selbstbeherrschung, „dann haben Sie die Bezeichnung Reporter nicht verdient."

Dann ging Charles etwas steifer als üblich an ihm vorbei zu seinem Wagen, der am Straßenrand geparkt war.

Charles benötigte genau viereinhalb Minuten, um herauszufinden, wann Steve Reyes in die Stadt gekommen war und wo er wohnte. Als er hörte, dass der Reporter der *New York Sun* ein Zimmer in der „Hacienda" gebucht hatte, wurde aus seinem Zorn ein ausgewachsener Wutausbruch.

Da Garrett der Einzige war, der von Sheilas Affäre mit Steve Reyes wusste, begab er sich sofort ins Büro seines Freundes. „Wusstest du, dass Steve Reyes in der Stadt ist?" fragte er den Polizeichef ohne Umschweife.

„Ja", erwiderte Garrett ruhig.

„Warum hast du mir das nicht gesagt?"

„Weil ich nicht noch mehr Ärger haben will, Charles. Ich muss mir um genug Dinge Gedanken machen, oder ist dir das noch nicht aufgefallen?"

Charles beugte sich über den Schreibtisch. „Ich möchte, dass er aus der Stadt verschwindet."

Garrett verzog den Mund. „Vor Sonnenuntergang, richtig?"

„Sprich nicht so mit mir, Garrett."

„Dann führ dich nicht auf wie ein Vierjähriger. Steve Reyes hat niemandem etwas getan. Ich habe damals dafür gesorgt, dass er nicht zu Sheilas Beerdigung kommt, weil ich das Gefühl hatte, dass du ein Recht darauf hattest, deine Tochter im engsten Familienkreis zu beerdigen. Aber ich kann und werde ihn nicht aus der Stadt weisen. Der Mann macht nur seine Arbeit."

„Er macht mich lächerlich!"

„Dann nimm es mit ihm auf. Aber bleib um Gottes willen ruhig. Du wirst nichts dadurch lösen, dass du einen Herzanfall bekommst." Garrett drehte sich in seinem Stuhl um, sah aus dem

Fenster und lachte kehlig. „Na, wer sagts denn? Hier hast du schon deine Gelegenheit."

Charles folgte Garretts Blick und sah, dass Reyes gerade das Polizeigebäude verlassen hatte und zum anderen Ende des Parkplatzes ging. „Was macht er hier?" murmelte er.

„Wahrscheinlich hat er mit Hammond gesprochen. Hank scheint den Kerl zu mögen."

Charles war bereits aus dem Büro gestürmt.

„Reyes!"

Steve erkannte Charles' Stimme und drehte sich um. „Ich habe mich schon gefragt, wie lange es dauern würde, ehe Sie mich aufgespürt haben."

Einen Moment lang musterten sich die beiden Männer wie zwei Feinde, die versuchten, die Stärken ihres Gegenübers einzuschätzen. Und die Schwächen.

„Wie können Sie es wagen, noch einmal in dieser Stadt aufzutauchen?" fragte Charles, während er auf Steve zumarschierte. „Ich dachte, ich hätte mich beim letzten Mal klar ausgedrückt. Ich wollte Sie nie wieder in meiner Stadt sehen."

Steve lehnte sich gegen den Range Rover und verschränkte die Arme. „Wenn ich mich nicht irre, ist das ein freies Land."

„Was wollen Sie hier?"

Steve hob die Schultern. „Was ich seit acht Jahren will – Sheilas Mörder finden und vor Gericht bringen."

„Hier werden Sie sie nicht finden."

„Das überlassen Sie doch bitte mir. Wenn das für Sie ein Problem ist, dann …"

„*Sie* sind mein Problem, Reyes. Ich will, dass Sie aus meiner Stadt verschwinden."

Charles' herablassender Tonfall ließ in Steve das Verlangen

aufkommen, diesem sturen alten Bock eine Lektion zu erteilen. Er wusste, dass er nicht viel ausrichten konnte, wenn er wegen eines tätlichen Angriffs auf den ehemaligen Gouverneur im Gefängnis landete, und öffnete langsam seine Hand, die er zur Faust geballt hatte.

„Die Zeit ist vorüber, in der Sie mich nach Belieben springen lassen konnten, Bradshaw." Steves Stimme zerschnitt wie ein Messer die Luft, und für einen Moment lang hatte er die Genugtuung zu sehen, wie Charles zusammenzuckte.

„Da ich aber weiß", fuhr er fort, „wie sehr Sie die Vorstellung hassen, ein unterprivilegierter Einwanderer könnte mit Ihrer Familie verbunden sein, können Sie sich ruhig entspannen. Ich habe nicht die Absicht, irgendjemandem davon zu erzählen, dass Sheila und ich heiraten wollten. Und", fügte er an und genoss den Ausdruck rasender Wut auf Charles' Gesicht, „dass Sie von ihr verlangt haben, ihr Kind abzutreiben, damit der kostbare Name Bradshaw nicht in den Schmutz gezogen wird. *So* haben Sie es doch formuliert, nicht wahr, Charles? Das waren exakt Ihre Worte."

Charles hatte seine Augen zu schmalen Schlitzen verengt. „Sie war noch ein Kind, und Sie haben ihre Unschuld schamlos ausgenutzt. Wenn Sie nicht gewesen wären und ihr nicht diese Lügen erzählt hätten, dann hätte sie meine Worte befolgt. Sie wäre nach Hause gekommen."

„Und wenn sie nicht so sehr darauf aus gewesen wäre, Ihrer Tyrannei zu entkommen, wäre sie gar nicht erst von zu Hause fortgegangen. Haben Sie daran schon mal gedacht?"

Die Bemerkungen schienen ins Schwarze getroffen zu haben. Charles' Gesicht wurde knallrot, und über seiner rechten Schläfe pulsierte eine kleine Ader. „Bastard."

Steve verzog den Mund zu einem Lächeln. „Schließen Sie von sich auf andere, Charles?"

Der Exgouverneur sah ihn eine Minute lang an, sein Blick war so hart und unerbittlich wie an dem Tag, an dem sich die beiden Männer zum ersten Mal begegnet waren. Steve hatte immer daran geglaubt, dass Zeit und Trauer einen Menschen sanfter werden lassen. Für Charles Bradshaw galt das nicht. Er war noch immer der gehässige, arrogante Dreckskerl, der er sein ganzes Leben lang gewesen war.

Als Charles sich schließlich abwandte und fortging, sah Steve ihm einen Moment lang nach. Und plötzlich tat ihm der Mann Leid. Er hatte einmal so viel besessen, und jetzt hatte er nichts mehr. Er würde den Rest seines Lebens ganz allein in seinem großen, schicken Haus verbringen.

Leise seufzend öffnete Steve die Tür des Landrovers, stieg ein und fuhr mit Ziel Salinas ab, wo er ein Treffen mit Eli Seavers' Nachbarin vereinbart hatte.

Dank Jennifer Seavers, die alle notwendigen Vorbereitungen getroffen hatte, war Esther Hathaway einverstanden gewesen, Steves Fragen zu beantworten und ihn anschließend in Elis Haus zu lassen.

„Ich weiß allerdings nicht, was Sie da drin finden wollen", hatte die Frau am Telefon zu Steve gesagt. „Diese FBI-Agenten haben nach Gottweißwas gesucht und das ganze Haus auf den Kopf gestellt. Sie haben ein schreckliches Durcheinander hinterlassen, Jennifer und ich haben zwei Tage lang aufgeräumt."

Steve erkannte an ihrem Tonfall, dass weder die FBI-Agenten noch die Polizei von Monterey auf sie einen guten Eindruck gemacht hatten. Vielleicht konnte er das zu seinen Gunsten nutzen.

Esthers Haus war zehn Minuten vom Zentrum Salinas' entfernt. Es stand am Ende einer langen Straße, die sich durch mehrere Kilometer fruchtbaren Ackerlandes zog – ein kleines gelbes, einer Ranch ähnliches Gebäude mit weißen Fensterläden und einem altmodischen weißen Jägerzaun. Elis Haus, das ähnlich aussah, aber kleiner war, befand sich direkt auf der gegenüberliegenden Seite. Vor dem Eingang war ein „Zu verkaufen"-Schild aufgestellt worden.

Er traf Esther im Garten an, wo sie verwelkte Gänseblümchen abschnitt und in einen Papierbeutel warf, der zu ihren Füßen stand. Sie war eine kleine weißhaarige Frau mit sanftem Lächeln und intelligentem Blick.

„Oh!" rief sie aus, als Steve ihr einen beeindruckenden Farn übergab, den er in einem Blumenladen in Monterey gekauft hatte. „Das ist aber nett von Ihnen, Mr. Reyes."

„Jennifer hat mir gesagt, dass Sie Farne mögen."

Sie drückte die Pflanze liebevoll an sich, während sie Steve ins Haus führte. „Ich liebe Farne. Die können ja eine solche Herausforderung sein, nicht wahr?"

„Ich habe nicht die geringste Ahnung." Er folgte ihr und trat seine Schuhe mehrmals auf der dicken Türmatte ab. „Ich schätze, ich habe keinen grünen Daumen."

„Ach, Unsinn. Pflanzen sind Lebewesen, und so wie alle Lebewesen brauchen sie nur ein wenig Liebe und Fürsorge, weiter nichts."

Im Haus war alles aufgeräumt und makellos sauber, im Wohnzimmer stand eine Tweedgarnitur, und überall lagen Läufer mit goldfarbenen Fransen. Beim Klang ihrer Stimmen kam eine kleine Katze aus dem Hinterzimmer hereingelaufen, sah Steve an, um dann zu ihm zu kommen und sich als Zeichen ihrer Zustimmung an seinem Bein zu reiben.

„Lass meinen Gast in Ruhe, Houdini." Esther stellte den Farn auf das breite, sonnige Fensterbrett. „Nun", sagte sie, während sie sich Steve zuwandte. „Kann ich Ihnen eine Zitronenlimonade anbieten? Ich habe immer eine Kanne bereitstehen, falls meine Tochter zu Besuch kommt."

Da er spürte, dass ein Nein sie verärgern würde, nickte er. „Das wäre sehr nett von Ihnen, Mrs. Hathaway. Vielen Dank."

Augenblicke später kehrte sie mit einem Tablett zurück, auf dem zwei große Gläser Zitronenlimonade und ein Silberteller mit Ingwerkeksen standen. Nachdem sie sich ihr Glas genommen hatte, setzte sich Esther in einen der Tweedsessel. Houdini, der geduldig abgewartet hatte, sprang sofort auf ihren Schoß und drehte sich erst ein paar Mal im Kreis, ehe er sich endlich schlafen legte.

„Sie sind anders als die anderen", sagte Esther, während sie die Katze streichelte.

„Die anderen?"

„Die Polizei und diese FBI-Leute. Die sind hier reingestürmt, haben kaum gegrüßt und mich mit Fragen überschüttet, als wäre ich eine Maschine."

Steve verkniff sich ein Lächeln, als er sich vorstellte, wie Agenten in schwarzen Anzügen in Esthers Wohnzimmer saßen und immer wieder nervös auf die Uhr sahen, während eine einsame, alte Dame mit einer Katze auf dem Schoß versuchte, gastfreundlich zu sein. Er hätte darauf wetten können, dass sie keine Zitronenlimonade hatten trinken wollen.

„Die schmeckt sehr gut", sagte er, nachdem er in aller Ruhe einen Schluck getrunken hatte. Während Esther zustimmend lächelte, sah er zum Haus auf der anderen Straßenseite. Elis Garten, der nicht so üppig war wie der von Esther, sah gepflegt aus. Steve konnte einen Rasensprenger sehen, der jeden Zentimeter des kleinen Vorgartens beregnete.

„Ich konnte nicht zulassen, dass seine Blumen sterben", sagte Esther, die seinem Blick gefolgt war. „Die Gartenarbeit war eine der wenigen Freuden, die Eli hatte."

„Jennifer sagte, Sie hätten sich um sein Haus gekümmert, wenn er auf Reisen war."

„Nur um seinen Garten", berichtigte sie ihn. „Und das in der Zeit, bevor er krank wurde. Danach ist er nie wieder weg gewesen." Sie deutete auf den Teller. „Ein Keks?"

Steve hasste Ingwerkekse, nahm aber trotzdem einen. „Und Sie haben auch nach ihm gesehen, nachdem er erkrankt war."

„Ach, am Anfang musste ich nicht oft nach ihm sehen. Er war hin und wieder etwas durcheinander, er vergaß meinen Namen. Aber insgesamt ging es ihm gut. Ich habe zwei- oder dreimal in der Woche nach ihm gesehen, um zu hören, ob er irgendetwas brauchte. Es hat mir nichts ausgemacht. Außerdem war er früher immer so nett zu mir gewesen, so aufmerksam. Wissen Sie, er hat immer daran gedacht, mir von seinen Reisen etwas mitzubringen – teure Seife aus Deutschland, Schokolade aus der Schweiz." Sie deutete auf den Teller mit den Keksen. „Den hat er mir mal aus Frankreich mitgebracht."

Steve stellte sein Glas ab und betrachtete den Teller genauer. Er war klein, aber hübsch, mit einem eingravierten Blumenmuster und einen bogenförmig geschwungenen Rand.

„Sehr hübsch." Er sah auf. „Sie sagten, dass Eli Ihnen den aus Frankreich mitgebracht hat?"

Esther nickte. „Aus einem kleinen Antiquitätengeschäft in der Rue Jacob. Die ist in Paris", fügte sie recht stolz hinzu.

„Wissen Sie noch, wann das war?"

Sie überlegte einen Moment lang. „Sommer 1987, glaube ich. Oder vielleicht Herbst?" Sie hob beiläufig die Schultern. „Ich weiß es nicht mehr genau, aber es war um diese Zeit."

Steve kommentierte ihre Antwort mit einem Nicken. Wann und wo das Objekt gekauft worden war, ließe sich leicht feststellen. Schwieriger würde es wohl sein, Mrs. Hathaway davon zu überzeugen, sich für ein paar Tage von diesem guten Stück zu trennen.

„Haben Sie den Teller den FBI-Agenten gezeigt?“ fragte er.

„Nein … warum?“ Sie sah mit einem Mal beunruhigt aus und hörte auf, die Katze zu streicheln. „Daran habe ich nie gedacht. Sie waren auch nur ein paar Minuten hier und haben sich nur für Elis Haus interessiert.“

„Das ist schon in Ordnung, Mrs. Hathaway. Sie haben nichts falsch gemacht.“ Er wartete, bis ihre Finger wieder über Houdinis Fell strichen, dann fuhr er fort: „Würde es Ihnen etwas ausmachen, wenn ich diesen Teller für eine Weile ausleihe und einem Antiquitätenhändler zeige?“

Ihr Gesicht verriet eine gewisse Bestürzung. „Warum um alles in der Welt wollen Sie das denn machen?“

„Ich muss wissen, wo Eli ihn gekauft hat.“

„Das habe ich Ihnen gesagt“, bemerkte sie ein wenig gereizt. „In einer Galerie in der Rue Jacob.“

„Ich bin sicher, dass er ihnen das gesagt hat, aber ich möchte es gerne überprüfen.“

„Sie glauben, dass er gelogen hat.“ Ihr Tonfall wurde vorwurfsvoll.

„Das könnte sein.“ Steve beugte sich vor. „Vertrauen Sie mir, Mrs. Hathaway?“

Sie straffte ihre Schultern. „Ich kenne Sie nicht, Mr. Reyes.“

Ein erfahrener Reporter und zweifacher Pulitzer-Preisträger hatte ihm einmal gesagt, es gebe zwei Methoden, um Leute zur Kooperation zu bringen. Entweder müsse der Reporter lügen oder die Wahrheit sagen. Der Trick bestand darin, zu wissen, wann welche Methode anzuwenden war.

Nachdem er inzwischen gut eine Viertelstunde mit Esther Hathaway verbracht hatte, fand Steve, dass sie zu schlau war, um sich eine Lüge erzählen zu lassen. „Lesen Sie die Tageszeitungen, Mrs. Hathaway?" fragte er.

„Selbstverständlich." Sie hob das Kinn. „Und ich sehe CNN."

Steve verkniff sich ein Lächeln. „Dann wissen Sie, dass Eli Seavers möglicherweise etwas über diese irischen Extremisten wusste, von denen man in letzter Zeit so viel hört. Eine Gruppe namens *Gleic Éire?*"

Sie nickte knapp. „Darum hat sich das FBI so für sein Haus interessiert. Sie haben gedacht, sie würden etwas über diese schrecklichen Menschen finden."

„Richtig."

„Aber sie haben nichts gefunden."

„Nein." Unerschütterlich nahm Steve noch einen weiteren Keks und biss ab. „Dieser Teller könnte uns helfen herauszufinden, wohin Eli gereist ist."

Sie stieß einen ungeduldigen Seufzer aus. „Das habe ich Ihnen doch auch gesagt. Haben Sie nicht zugehört? Er war in Frankreich und Deutschland und manchmal auch in der Schweiz. Ich wäre wirklich froh, wenn alle aufhören würden, ihn für einen Kriminellen zu halten. Eli war ein freundlicher und großzügiger Mann, der zurückgezogen lebte und von anderen das Gleiche erwartete. Warum lassen Sie ihn nicht in Frieden ruhen? Sie und all die anderen?"

In ihrer Aufregung hatte sie die Katze etwas zu heftig gestreichelt, woraufhin Houdini laut miaute und vom Schoß sprang.

„Ich bewundere Ihre Loyalität, Mrs. Hathaway", sagte Steve ruhig und fragte sich, wie viele Ingwerkekse er noch essen musste, ehe sie beschloss, ihm zu vertrauen. „Aber in Wahrheit könnte Eli woandershin gereist sein, und das werden wir nur herausfinden, wenn wir in alle Richtungen ermitteln."

Er tippte auf den Tellerrand. „Und das hier könnte unser wichtigster Hinweis überhaupt sein. Ich verspreche Ihnen, dass ich ihn nur ein paar Tage lang behalte. Und ich werde dafür Sorge tragen, dass ihn sich nur die angesehensten Antiquitätenhändler der Halbinsel Monterey ansehen werden.“

„Tja …“ Allmählich erwärmte sie sich für den Gedanken. „Da Sie mir die Wahrheit gesagt haben, anstatt mir irgendein Märchen zu erzählen, glaube ich, dass ich Ihnen vertrauen kann. Außerdem hat Jennifer mich gebeten, Ihnen in jeder Hinsicht behilflich zu sein.“

„Ich danke Ihnen, Mrs. Hathaway.“ Er sah wieder auf die andere Straßenseite. „Und wenn Sie nichts dagegen haben, würde ich mich jetzt gern in Elis Haus umsehen.“

Sie stand auf. „Ich hole die Schlüssel. Nehmen Sie doch noch einen Keks, Sie haben ja so gut wie gar nichts davon gegessen.“

17. KAPITEL

Julias Blicke hafteten auf dem Fernsehbildschirm, als sie ungläubig mit ansah, wie Charles in die Kameras blickte und *sie* eine Mörderin nannte. Bislang hatte er seine Anschuldigungen eher beiläufig und in Gegenwart nur weniger Leute gemacht, und auch wenn er bei Pauls Beerdigung um seine Gefühle ihr gegenüber keinen Hehl gemacht hatte, war er nie in der Öffentlichkeit gegen sie vorgegangen, erst recht nicht mit einer solchen Heftigkeit.

Kein Wunder, dass jeder sie wie eine Aussätzige behandelte. Warum sollte angesichts solcher Worte, die von einem Mann kamen, der so verehrt wurde, irgendjemand von ihnen anders denken oder handeln?

Als sie erkannte, dass Steve Reyes der Reporter war, der Charles so in Wut versetzt hatte, reagierte sie zunächst verärgert. Wenn er nicht Charles mit seinen Hetzbemerkungen angestachelt hätte, wäre es vielleicht nicht zu diesen Beschuldigungen in aller Öffentlichkeit gekommen. Aber ihre Wut war nur von kurzer Dauer. Sie kannte Charles und wusste, dass diese informelle Pressekonferenz eine Gelegenheit gewesen war, die er nicht ungenutzt hätte verstreichen lassen.

Womit er aber nicht gerechnet hatte, war ein Reporter, der sich vorgenommen hatte, ihn in Misskredit zu bringen und öffentlich bloßzustellen. Nach der Art zu urteilen, wie abrupt Charles das Gespräch beendet und sich einen Weg durch die Menge gebahnt hatte, war Steves Absicht verwirklicht worden.

Während sie zusah, wie der Exgouverneur abzog, wünschte sich Julia, wenigstens ein ganz klein wenig Befriedigung über diesen kleinen Sieg zu spüren. Aber es ging nicht. Charles' schroffe Worte hatten sie zu sehr verletzt. Und ab heute Abend würden Millionen von Kaliforniern diese Worte gehört haben. Welche

Hoffnung gab es da, nach einer solchen Breitseite ihr Geschäft noch retten zu können?

Eine gewaltige Müdigkeit versuchte, von ihr Besitz zu ergreifen. Das waren diese Augenblicke, in denen sie einfach nicht weiterkämpfen wollte. Mit einem Mal wünschte sie sich, Andrew zu nehmen, alles hinter sich zu lassen und in eine andere Stadt zu ziehen, die weit weg war von Monterey.

Einen kurzen Moment lang hatte dieser Gedanke etwas Verlockendes. Sie würde ein neues Leben beginnen, frei von Verdächtigungen oder Misstrauen oder der ständigen Angst, man könnte ihr Andrew wegnehmen.

Die Erkenntnis, dass sie damit auf der Flucht sein würde und in jeder Minute ihres Lebens über ihre Schulter blicken müsste, ließen sie innehalten. Was machte sie da? Sie war kein Feigling. Hier waren ihre Wurzeln, die Menschen, die sie liebten. Und dazu zählte auch ihr Vater, der zu einem wichtigen Teil ihrer Familie geworden war. Wie konnte sie das zurücklassen und sich nicht so fühlen, als würde sie alles im Stich lassen?

Sie verdrängte ihre Ängste, stand auf, brachte ihren Teller mit den nicht angerührten Sandwiches zur Spüle und versuchte, Charles aus ihren Gedanken zu verbannen.

Noch immer aufgebracht über seinen Schlagabtausch mit Steve Reyes, warf Charles die Haustür hinter sich ins Schloss, schleuderte seinen Schlüsselbund auf einen Tisch im Foyer und ging in den Salon, um sich einen wohlverdienten Drink zu gönnen.

Dieser aufgeblasene, arrogante Bastard! Für wen hielt er sich, dass er so mit einem Bradshaw sprach? Dass er seine Anweisungen missachtete? Und was zum Teufel machte er in der „Hacienda“? Vermutlich schmiedete er gemeinsam mit Julia Pläne, wie sie ihn bloßstellen konnten.

„Gut, dass Sie zu Hause sind", sagte seine Haushälterin hinter ihm. „Ich möchte mit Ihnen reden."

Charles seufzte gereizt. Er kannte diesen Tonfall und wusste, dass sich Pilar auf dem Kriegspfad befand.

Er winkte ungeduldig ab. „Nicht jetzt, Pilar."

„*Si, señor*, jetzt." Sie stellte sich vor ihn und stemmte ihre zierlichen Fäuste in die Hüften. „Ich habe etwas zu sagen, das nicht warten kann."

„Sie haben immer irgendwas zu sagen", murmelte Charles. Er wusste, dass jeder weitere Protest sinnlos war, also ging er hinüber zur Bar und schenkte sich einen Scotch ein. Einen doppelten. „Also gut, raus damit. Was habe ich Schreckliches verbrochen?" Er drehte sich um und begegnete Pilars stechendem Blick. „Habe ich meine getragenen Hemden im Badezimmer auf dem Boden liegen lassen? Haben Sie wieder nasse Handtücher im Bett gefunden? Was?"

„Sie haben sich ganz schön was eingebrockt, das haben Sie gemacht."

Charles trank einen Schluck von seinem Scotch. „Ich weiß nicht, wovon Sie reden."

„Dann werde ich's Ihnen sagen." Sie verschränkte die Arme vor der Brust und sah ihn finster an. „Was haben Sie sich dabei gedacht, vor laufender Kamera Julia vorzuwerfen, sie hätte Ihren Sohn umgebracht? Wissen Sie, was Sie Andrew damit antun, wenn er das erfährt?"

„Wenn Sie meine Erklärungen gegenüber der Presse heute meinen, da waren keine Fernsehkameras, Pilar, nur *Zeitungsreporter.*"

„Nein, Mr. B. WKYS war da und hat Sie in den 12-Uhr-Nachrichten gezeigt. Ich habe es gesehen." In ihren dunklen Augen loderte Zorn. „Wie können Sie sagen, dass Sie das Kind lieben, und ihm dann so etwas antun? Sie wissen, wie sehr er an seiner Mutter hängt."

„Ich habe keine Kamera gesehen“, sagte Charles verbohrt, obwohl er nicht sicher war, ob es überhaupt einen Unterschied gemacht hätte. Nachdem Reyes ihn so unverschämt angegriffen hatte, war es ihm egal gewesen, wer ihn hatte hören können.

„Sie haben keine Kamera gesehen, weil Sie zu sehr damit beschäftigt waren, Julia schlecht zu machen“, fuhr Pilar fort. „Das ist das Einzige, was Sie in den letzten Tagen interessiert.“

„Gut, Pilar, das reicht. Sie haben gesagt, was Sie sagen wollten, jetzt …“

„Ich bin noch nicht fertig.“ Sie legte ihre Hände auf die Rückenlehne eines grünen Damastsessels. „Ich arbeite seit dreißig Jahren in diesem Haus. Ich habe Ihnen und Mrs. B. geholfen, die Kinder großzuziehen, und Gott ist mein Zeuge, dass ich sie geliebt habe, als wären sie meine eigenen gewesen.“

„Ich weiß, dass …“

Sie hob beschuldigend einen Finger und zeigte auf Charles. „Aber es gibt Dinge, die habe ich nie gutheißen können. Dazu gehört auch, wie Sie Julia behandelt haben. Als wäre sie nicht gut genug gewesen für Ihren Sohn und für die Bradshaws insgesamt.“

Charles öffnete den Mund, sah seine Haushälterin an und schloss ihn wieder.

„Das arme Kind hat sich alle Mühe gegeben, um sich einzufügen“, redete Pilar weiter. „Und um Paul zu gefallen. Wenn er sich nur halb so viel Mühe gegeben hätte wie sie, wären sie vielleicht immer noch verheiratet. Aber das blieben sie nicht, und natürlich gaben Sie ihr die Schuld. Sie haben sich nie gefragt, ob Paul irgendetwas getan haben könnte, das Julia zum Auszug bewogen haben könnte. Und jetzt soll sie ins Gefängnis für etwas gehen, das sie nicht verbrochen hat? Und Sie wollen ihr den Jungen abnehmen?“ Sie schüttelte den Kopf. „Oh, Mr. B., das ist falsch, sehr falsch sogar.“

„Sind Sie jetzt fertig?“ fragte Charles ruhig.

„Ja.“ Sie nickte kurz. „Ich bin fertig.“

„Also gut, dann bin ich jetzt an der Reihe. Erstens wäre Andrew bei mir besser aufgehoben. Hier hätte er geordnete Verhältnisse und die Art von Erziehung, die er verdient. Und zweitens hat Paul nichts mit Julias Auszug zu tun. Er hatte vielleicht seine Fehler, aber er war ein guter Ehemann …“

„Er war ein mieser Ehemann“, warf Pilar ein.

„Wie können Sie das sagen? Julia war diejenige, die ihn enttäuscht hat, als sie ihn verließ.“

„Sie wissen nicht, warum sie gegangen ist?“

„Natürlich weiß ich das. Sie konnte den Stress nicht aushalten, die Frau eines Politikers zu sein. Das hat sie selbst gesagt.“ Er schüttelte angewidert den Kopf. „Ich weiß nicht, was in die heutigen Frauen gefahren ist. Immer machen sie ihre eigenen Dinge, sie haben keine Zeit, und sie interessieren sich nicht für die Karriere ihres Mannes. Man könnte fast meinen, dass Loyalität zum Schimpfwort geworden ist.“

„Julia war Paul gegenüber loyal“, sagte Pilar sehr leise. „Mehr als Sie wissen. Darum hat sie nie etwas gesagt.“

Charles senkte sein Glas. „Worüber hat sie nie etwas gesagt?“

Pilar sah ihn misstrauisch an. „Sie wissen es wirklich nicht? Oder ist es Ihnen zu peinlich, um darüber zu sprechen?“

„Ich habe Ihnen doch gerade …“

Sie machte eine ungeduldige Handbewegung. „Nicht diese fadenscheinige Geschichte vom Stress. *La verdad, señor.* Die Wahrheit.“

„Welche Wahrheit, um Himmels willen?“

Pilar hielt Charles' Blick stand, ohne mit der Wimper zu zucken. „Paul hat sie geschlagen.“

Charles hätte nicht schockierter sein können, wenn im gleichen Augenblick das Haus um ihn herum in sich zusammengefallen wäre. Er sah seine Haushälterin an und überlegte, ob die Jahre ihr zu schaffen gemacht hatten und sie senil geworden war.

„Sehen Sie mich nicht so an“, sagte Pilar ernst. „Ich bin nicht *loca.*“

„Und wie kommen Sie dann auf etwas derart Verrücktes?“

„Ich bin auf gar nichts gekommen. Ich habe Augen und kann sehen. Julia hat versucht, den Schmerz zu verbergen, innerlich und äußerlich.“ Sie schüttelte den Kopf. „Aber mich hat sie nicht täuschen können.“

„Sie haben sich das doch einfach nur ausgedacht!“

„Nein, Mr. B., das habe ich nicht. Ich habe versucht, sie dazu zu bringen, dass sie mit mir darüber spricht. Sie wissen schon, von Frau zu Frau. Aber sie hat nur gelächelt und sagt, es gehe ihr gut. Sie sei nur müde. Aber jemand, der nur müde ist, verzieht nicht das Gesicht, wenn er aus einem Sessel aufsteht. Und er läuft auch nicht, als hätte er einen Stock verschluckt.“

Charles spürte, wie sich etwas Kaltes in seiner Magengrube festsetzte. „Paul hätte nie eine Frau geschlagen“, sagte er. „Erst recht nicht seine Ehefrau.“

„Paul war ein zorniger Mann. Ich konnte es in seinen Augen sehen und seiner Stimme hören. Sie nicht?“

Charles setzte sich hin. „Ich glaube Ihnen kein Wort.“

„Warum fragen Sie nicht Julia?“

Charles schwieg. Was Pilar ihm erzählt hatte, ergab keinen Sinn. Paul hatte noch nie zu Gewalt geneigt, und er hätte nie im Leben Julia geschlagen. Dafür hatte er sie viel zu sehr geliebt.

Aber warum fühlte er sich mit einem Mal so, als sei er um zehn Jahre gealtert? Und warum war er plötzlich von Zweifeln erfüllt?

Er trank sein Glas aus. Vielleicht würde der Alkohol das alles verschwinden lassen.

„Möchten Sie jetzt Ihr Mittagessen?" Pilars Stimme war wieder sanfter geworden, so wie nach jedem guten Streit.

„Ich habe keinen Hunger." Er reichte ihr sein leeres Glas. „Ich nehme lieber noch einen hiervon."

„Um ein Uhr mittags? Auf leeren Magen?" Sie gab einen missbilligenden Laut von sich. „Das glaube ich nicht."

„Verdammt, Pilar, wer zum Teufel ist in diesem Haus der Boss?"

Sie machte sich nicht die Mühe, darauf zu antworten. „Falls Sie Ihre Meinung über das Mittagessen ändern – ich bin in der Küche."

Dann drehte sie sich um und ging aus dem Zimmer.

Entgegen Julias Befürchtungen wirkten sich Charles' Anschuldigungen nicht abträglich auf ihren Kochkurs aus. Seit der Nachrichtenmeldung hatte das Telefon nicht mehr stillgestanden. Zu ihrer Überraschung waren die Anrufer keine Reporter oder irgendwelche Verrückten, sondern Leute, die auf ihre Flyer reagierten. Nach nicht einmal einer Stunde hatte sie neunzehn Männer und Frauen zusammen, von denen einige sogar aus Pebble Beach kamen und die alle an ihrem Kurs teilnehmen wollten. Die große Nachfrage machte es für sie erforderlich, zwei Kochkurse in Folge zu planen. Der erste würde in wenigen Tagen anfangen, der zweite irgendwann im Juli. Wenn diese Glückssträhne anhielt, würde ihr die Publicity sogar noch ein paar Übernachtungen einbringen.

Da Steve in Salinas war und sich in Elis Haus umsah und Coop mit Andrew zum Baseballtraining gegangen war, herrschte Ruhe im Gasthaus, die sie nutzte, um Menüs vorzubereiten und eine Liste der Zutaten zusammenzustellen, die sie für den ersten Kurs benötigte.

Sie würde den Tisch im Salon decken, mit der antiken Decke, die sie vor Jahren von ihrer Großmutter erhalten hatte. Darauf würde sie ihr bestes Porzellan und frische Blumen aus dem Garten stellen. Mit ein wenig Glück würde das Mahl selbst zu einem unvergesslichen Ereignis und tagelang zum Gesprächsthema von hier bis Sand City werden. Mundpropaganda war alles, das war ihr klar.

Sie ging ihr Rezept für Poulet Normand durch, als jemand an der Tür klopfte. Es war Detective Hammond. Anstatt des braunen Anzug trug er heute einen dunkelblauen, der nicht ganz so zerknittert war. Seine ruhige, fast bedauernde Art, in der er sie ansah, ließ sie seufzen.

Ihre Schultern sackten herab. „Sie haben das Band nicht gefunden, richtig?"

„Nein." Er steckte die Hände in die Taschen und folgte ihr in die Küche. „Wir haben zu dritt jeden Zentimeter im Haus Ihres Exmannes abgesucht, aber nichts gefunden. Es tut mir Leid", fügte er in einem Tonfall an, als würde er das wirklich so meinen.

Julia lehnte sich mit hinter dem Rücken verschränkten Armen gegen die Kochinsel. Der kurze Hoffnungsschimmer, den sie im Haus ihrer Mutter verspürt hatte, war verschwunden. „Sind Sie sicher, dass Sie wirklich überall gesucht haben?" Aber noch als sie diese Worte sprach, wusste sie, dass es eine dumme Frage war. Wenn Hammond eines war, dann gründlich.

Sein Blick ruhte auf einer Schale mit Schokoladenkeksen, die sie zum Abkühlen hingestellt hatte. „Ganz sicher."

„Dann muss es irgendwo anders sein."

„Oder der Mörder hat es gefunden und vernichtet."

Julia entging nicht die Andeutung in diesen Worten. „Heißt das, Sie betrachten mich nicht länger als verdächtig?"

Sie glaubte, ein leises Lachen zu hören. „Legen Sie mir nichts in den Mund, Mrs. Bradshaw. Ich halte mir nur meine Optionen offen, weiter nichts."

Als sie bemerkte, dass er wieder auf die Schale sah, holte sie einen Kuchenteller aus dem Schrank und legte drei Kekse darauf. „Ich hoffe nicht, dass das als Bestechung ausgelegt wird", sagte sie gelassen. „Ich möchte nicht meine Situation verschlimmern."

„Das bleibt unser Geheimnis." Hammond nahm einen Keks und biss ein großes Stück ab. „Mmmm." Er nickte zustimmend. „Hervorragend. Wo haben Sie gelernt, so zu backen?"

„Bei meiner Mutter in der Küche, danach im French Culinary Institute in San Francisco."

„Meine Frau kann nicht kochen", sagte er mit vollem Mund. „Sie lässt alles anbrennen."

Julia nahm einen Flyer von dem Stapel auf der Kochinsel und reichte ihn ihm. „Wenn das so ist, warum geben Sie ihr nicht das hier?"

Hammond las, während er weiteraß. „Ein Kochkurs? Wann haben Sie sich denn dazu entschlossen?"

Sie zog ein großes Einweckglas heran und sortierte die abgekühlten Kekse hinein. „Als mir klar wurde, dass ich meine Rechnungen nicht würde bezahlen können." Sie sah ihn von der Seite an. „Wie Sie sehen, Detective, muss man nicht zum Mörder werden, um sich aus einem finanziellen Engpass zu befreien. Es gibt immer einen anderen Weg."

Hammond sagte dazu nichts. Er kaute noch immer, als er den Flyer zweimal längs faltete und ihn in seine Brusttasche steckte. „Ich werde das meiner Frau sagen."

Den dritten Keks aß er auch noch, auf den vierten, den Julia ihm anbot, verzichtete er dann. „Danke, aber ich muss gehen. Ich will noch vor Feierabend das Haus von Charles Bradshaw durchsuchen, nur für den Fall, dass Paul das Band dort versteckt hatte."

„Charles?“ Sie konnte sich kaum vorstellen, dass ihr Exschwiegervater dabei behilflich sein müsste, ihren Namen reinzuwaschen. „Wird er Ihnen das gestatten?“

Hammond wischte die Krümel vom Revers. „Er wird gar keine andere Wahl haben. Wenn ich gleich im Revier ankomme, wird der Durchsuchungsbefehl schon auf mich warten.“

18. KAPITEL

In eine weite Hose und eines seiner farbenprächtigen Hawaii-Hemden gekleidet, beugte sich Ian McDermott über eine exquisite rosafarbene Blüte und fühlte sich völlig zufrieden. Nur wenige Dinge in seinem Leben bescherten ihm so viel Vergnügen und Befriedigung wie seine preisgekrönten Orchideen.

Hunderte von ihnen, in allen Größen, Farben und Variationen, waren in seinem hochmodernen, mit Klimaanlage ausgestatteten Gewächshaus zur Schau gestellt. Zwei aus Steinplatten gelegte Wege zogen sich durch das Labyrinth aus Topfpflanzen und Ranken, in dem kleine, an strategisch wichtigen Punkten angeordnete Ventilatoren leise surrten und Luft und Feuchtigkeit umwälzten, die so entscheidend für das Überleben der Orchideen waren.

Ein ausgefeiltes Bewässerungssystem sorgte dafür, dass Woche für Woche genau die richtige Menge Wasser verteilt wurde, auch wenn McDermott es manchmal vorzog, seine „Schönheiten", wie er sie nannte, auf die altmodische Art zu gießen – mit einer Gießkanne.

Er betrat jeden Morgen um exakt 10:15 Uhr das Gewächshaus und ging langsam von Pflanze zu Pflanze, während er sich mit ihnen unterhielt, ihr Wachstum beobachtete und sich täglich um ihr Wohl kümmerte. Die meisten seiner Pflanzen blühten recht schnell, nach neunzig bis hundertzwanzig Tagen. Bei anderen wiederum dauerte es bis zu sieben Jahre, ehe sich eine Blüte zeigte. Vielen Blumenliebhabern mangelte es an der Geduld, so lange zu warten. Nicht McDermott.

McDermott war ein sehr geduldiger Mensch.

Die Sprechanlage an der Tür des Gewächshauses summte. Verärgert über die Störung seufzte er hörbar auf und ging hinüber, um den Schalter zu betätigen. „Was gibt es, Eanu?" fragte er gereizt.

Sein Butler antwortete ungerührt: „Mr. Briggs ist am Telefon, Sir. Er sagt, es sei dringend."

Aaron rief nie an, wenn es nicht etwas wirklich Wichtiges zu besprechen gab. „Na gut", sagte McDermott. „Stellen Sie ihn durch."

Der Verleger hielt sich nicht mit einer Begrüßung auf. „Wir haben ein Problem, Ian. Erinnerst du dich an den jungen Bullen, der vor knapp einem Jahr bei einer Drogenrazzia ums Leben kam?"

„Der Bruder von Julia Bradshaw. Was ist mit ihm?"

„Er hat ein paar Bänder hinterlassen."

„Was für Bänder?"

„Detective Reid hatte die Angewohnheit, sich mit alten ungelösten Fällen zu beschäftigen und seine Erkenntnisse auf Kassette zu diktieren. Die Polizei hat diese Kassetten im Haus von Paul Bradshaw gefunden. Sie sind an sich harmlos, allerdings fehlt eine davon."

„Und warum ist das so wichtig?"

„Weil das Ratsmitglied nach Aussage seiner Sekretärin in Sachen *Gleic Éire* ermittelt hatte. Die Polizei vermutet jetzt, dass sich auf der fehlenden Kassette Informationen über uns befinden."

McDermott atmete tief durch. Damit hatte er nicht gerechnet. „Wir müssen diese Kassette finden, Aaron."

„Aber wie? Die Polizei hat schon überall gesucht, auch im Haus von Charles Bradshaw. Sie hat nichts gefunden."

„Wurde die ‚Hacienda' auch durchsucht?"

Für einen Moment herrschte Stille. „Die ‚Hacienda'? Wieso?" fragte Briggs schließlich. „Julia und ihr Ex haben ja kaum noch miteinander gesprochen."

„Ein Grund mehr, dass Paul Bradshaw das Gasthaus für einen sicheren Ort gehalten haben könnte."

„Hmmm, daran hatte ich noch nicht gedacht."

McDermott verzog seinen Mund zu einem sarkastischen Lächeln, sagte aber weiter nichts.

„Wie willst du vorgehen?“ wollte Briggs wissen.

„Lass mich nachdenken. Ich rufe dich an.“

McDermott legte auf und wollte wieder zu seinen Orchideen zurückkehren, überlegte es sich dann aber anders. Ihm stand der Sinn nicht länger nach seinen Blumen. Der Anruf von Briggs hatte ihn herausgerissen. So sehr er die Jagd auch genoss, so wenig gefiel es ihm, wenn der Jäger zu nahe herankam. Und er mochte keine unerledigten Angelegenheiten.

Sie mussten die Kassette finden.

Er betätigte wieder die Sprechanlage: „Eanu, stellen Sie eine Verbindung zu meinem Neffen her.“

„Na, Sie stecken ja voller Überraschungen“, sagte Julia, nachdem Steve ihr von seiner neuen Freundin Mrs. Hathaway erzählt hatte.

Obwohl Steve gehofft hatte, dass er auf etwas stieß, das das FBI übersehen hatte, war Julia nicht so optimistisch gewesen, erst recht nicht, nachdem sie gehört hatte, wie gründlich das Haus auf den Kopf gestellt worden war.

Der Gedanke, dass sie ein potenzielles Beweisstück vor sich hatte, hob ihre Laune beträchtlich.

„Wie konnte das FBI so etwas übersehen?“ fragte sie und hielt den hübschen Silberteller in ihren Händen.

„Weil man sich zu sehr auf das Offensichtliche konzentriert hat“, erwiderte Steve. „In diesem Fall auf Elis Haus.“

„Aber was ist, wenn Eli diesen Teller wirklich in Paris gekauft hat? Was geschieht dann?“

„Dann folgen wir dieser Spur und sehen, wohin sie uns führt. Vielleicht kennt man im Antiquitätengeschäft in der Rue Jacob den Namen des Hotels, in dem Eli gewohnt hat. Und wenn wir Glück haben, erinnert sich der Portier im Hotel an einen Besucher oder einen Anrufer.“

Julias Begeisterung ließ ein wenig nach. „Oh, Steve, ist das nicht ziemlich weit hergeholt? Das ist elf Jahre her. Glauben Sie wirklich, dass sich noch jemand an ihn erinnern wird?"

Steves Optimismus war unerschütterlich. „Haben Sie ein wenig Vertrauen, Julia."

Sie seufzte. „Nichts lieber als das. Es ist nur so, dass ich jedes Mal, wenn ich mir Hoffnungen mache, einen Eimer mit eiskaltem Wasser ins Gesicht geschüttet bekomme."

Steve sah sie besorgt an. „Ist irgendwas passiert?"

Sie erzählte ihm von Jordans verschwundenem Band und Hammonds ergebnisloser Suche. „Was bedeutet, dass ich immer noch verdächtigt werde", sagte sie zum Schluss ihrer Schilderung. „Hammond behandelt mich zum Glück zwar nicht mehr wie eine Verdächtige, aber aus dem Gröbsten bin ich aber noch immer nicht heraus."

„Ein Grund mehr, das zu überprüfen", sagte Steve, während er den Silberteller einpackte. „Mal sehen, ob wir unseren unerschrockenen Detective nicht zu einer anderen Spur führen können. Kennen Sie einen namhaften Antiquitätenhändler?"

„Einige, aber empfehlen kann ich Maurice Garnier. Er hat ein Geschäft in Carmel und ist Experte für praktisch alles. Er ist ein wenig steif, macht jedoch seine Sache gut. Vor einigen Jahren hat er die für mich ausfindig gemacht." Sie deutete auf das Regal, in dem die antiken spanischen Teller standen.

Steve klemmte sich den Teller unter den Arm. „Und worauf warten wir dann noch?"

Der Eigentümer von „Belvedere Antiques" in der Dolores Street in Carmel war ein kleiner, flinker Mann mit einem öligen Lächeln, makellosen Manieren und einer offensichtlichen Begeisterung für schöne Frauen.

„Madame Bradshaw“, sagte er und nahm Steve kaum zur Kenntnis. „Welch eine Freude, Sie wieder zu sehen. Was kann ich heute für Sie tun?“ Sein Blick wurde eine Spur cooler, als er Steve ansah.

„Mr. Reyes ist ein Freund von mir, Mr. Garnier“, erklärte Julia. „Ich habe ihn hergebracht, weil er Ihre Expertise zu einem Silberobjekt benötigt.“

Während sie sprach, legte Steve sein Päckchen auf die Glasplatte des Tresens und packte es aus.

Ohne eine Miene zu verziehen, holte der Händler eine runde Lupe mit kurzem Griff unter der Theke hervor und beugte sich über den Teller, um ihn eingehend zu betrachten. „Hmm.“ Er drehte ihn um, wiederholte den Prozess und studierte aufmerksam das kleine eingravierte Wappen in der Mitte.

„Ein sehr schönes Stück“, sagte er schließlich und legte die Lupe zur Seite. „Das ist ein Sheraton, circa 1795, Teil eines ganzen Satzes, der aus vierundzwanzig Tellern bestand, die in dem Jahr hergestellt wurden. Dieser hier ist in exzellentem Zustand. Ich kann Ihnen dafür einen guten Preis ...“

„Ich will ihn nicht verkaufen“, unterbrach ihn Steve.

Die Gesichtszüge des Händlers verhärteten sich noch ein wenig mehr. „Oh. Dann wollen Sie ihn nur schätzen lassen?“

Steve lächelte entschuldigend, während er den Kopf schüttelte. „Tut mir Leid, ich möchte nur wissen, wo er zuletzt erworben wurde.“ Er sah den Franzosen an. „Können Sie das herausfinden?“

Als hätte ihn die Frage beleidigt, drückte Maurice Garnier den Rücken durch. „Natürlich, *Monsieur.* Die Anfrage wird ein oder zwei Tage in Anspruch nehmen, vielleicht auch drei, aber ich werde Ihnen die Antwort geben können.“

„Merci, Monsieur Garnier.“

Der Händler gestattete es sich, ein angedeutetes Lächeln zu zeigen. *„Le plaisir est à moi.“*

Wieder ganz Geschäftsmann holte er einen kleinen Block aus einer Schublade, stellte eine Quittung mit allen erforderlichen Angaben aus und gab Steve die Durchschrift. „Ich rufe Sie an, sobald ich etwas höre." Er machte vor Julia eine Verbeugung. „Und grüßen Sie Ihre Mutter von mir, Mrs. Bradshaw."

„Das werde ich machen. Danke, Mr. Garnier."

„Und", sagte Julia, nachdem sie das Geschäft verlassen hatten, „was halten Sie von ihm?"

„Ich glaube", erwiderte Steve, „ich habe unbeabsichtigt seinen gallischen Stolz beleidigt, weshalb er jetzt Himmel und Erde in Bewegung setzen wird, um mir die Information zu beschaffen, die ich brauche."

Julia lachte. „Unbeabsichtigt, meine Güte."

„Wie bitte?"

Ihre Augen funkelten fröhlich. „Das haben Sie absichtlich gemacht. Sie haben gemerkt, dass er von dieser unwürdigen kleinen Aufgabe nicht gerade begeistert war, also haben Sie seine Schwachstelle gefunden und ausgenutzt."

Auf dem Fußweg nahm Steve Julias Kinn zwischen zwei Finger und gab ihr einen flüchtigen Kuss auf ihre vollen Lippen. „Und Sie, schöne junge Frau, fangen allmählich an, mich zu gut zu kennen."

Nachdem Steve sich an den Schreibtisch vor seinem Schlafzimmerfenster gesetzt hatte, schaltete er seinen Laptop ein und begann den ersten in einer Reihe von enthüllenden Berichten für die *New York Sun* zu schreiben.

In der letzten Woche wurde die friedliche kalifornische Küstenstadt Monterey vom Mord am Ratsmitglied Paul Bradshaw erschüttert. Auch nach neun Tagen ist die Po-

lizei, die rund um die Uhr ermittelt, dem Mörder keinen Schritt näher als in der Mordnacht.

Doch es gibt Hinweise. Einer davon ist so verwirrend wie beunruhigend und kommt in Form eines zweiten Todesfalls – eines Mannes, der vielleicht die Identität von Paul Bradshaws Mörder kannte.

Allem Anschein nach war Eli Seavers ein einfacher Mann, der ein einfaches Leben führte. Er war Professor für Wirtschaft an der UCLA, später an der American University in Beirut, ehe er sich in das ruhige, fruchtbare Tal von Salinas zurückzog, wo er siebzehn Jahre lang ein zurückgezogenes Leben führte. 1996 wurde bei ihm die Alzheimersche Krankheit diagnostiziert, und schließlich wies man ihn in ein Pflegeheim ein, wo er verstarb.

Was seinen Tod so verdächtig macht, ist die Tatsache, dass Eli Seavers nur zwei Tage, nachdem er der ehemaligen Mrs. Bradshaw in einem kurzen, einmaligen Augenblick der Klarheit gesagt hatte: ‚Gleic Éire war es', starb. Damit meinte er, dass Gleic Éire Paul Bradshaw ermordet hat.

Gleic Éire ist bekanntlich eine Gruppe rücksichtsloser irischer Extremisten, die zur Gewaltanwendung entschlossen sind, um den Friedensprozess zwischen Nordirland und England zu torpedieren. Sie fordern Freiheit für Irland, ohne Kompromisse eingehen zu wollen. Sie wollen Frieden, aber sie wollen sich nicht an den Verhandlungstisch setzen. Sie wollen, dass der Rest der Welt auf ihrer Seite ist, aber sie unternehmen nichts, um das Blutvergießen zu beenden.

Warum sollte ein Mann wie Eli Seavers, der keine erkennbare Verbindung zu Gleic Éire hat, eine solche Anschuldigung aussprechen? Warum sollte er sich so auf-

regen, nur weil er den Namen Bradshaw hört? Und wieso hat dieser anscheinend so ruhige und passive Mann mitten in der Nacht sein Zimmer verlassen, um sich von einer Klippe zu stürzen?

War es ein Unfall? Das glaubt jedenfalls die Polizei. Und die Mitarbeiter des Heims sind ebenfalls davon überzeugt. Es heißt, dass Eli ein von Wahnvorstellungen geplagter, verwirrter und paranoider Mann war, ein Opfer seiner eigenen Ängste.

Was aber, wenn sein Tod kein Unfall war? Was, wenn seine wenigen Worte Gleic Éire hat es getan ihn selbst zu einer Gefahr hatten werden lassen? Einer Gefahr, die zum Schweigen gebracht werden musste?

Das sind die Fragen, die auf eine Antwort warten …

Ein leises Klopfen hinderte Steve daran, den Satz zu beenden. „Herein." Er speicherte seinen Text ab, schob seinen Stuhl zurück und stand auf.

Die Tür zu seinem Zimmer wurde gerade so weit geöffnet, dass Julia ihren Kopf hindurchstecken konnte. „Komme ich ungelegen?"

„Überhaupt nicht. Um ehrlich zu sein, habe ich gerade nach einem Vorwand für eine Pause gesucht."

„Gut, da unten ist nämlich jemand, der Sie sehen möchte."

„Tatsächlich? Wer?"

„Frank Walsh." Sie lächelte. „Wussten Sie nicht, dass Sie zum Stadtgespräch geworden sind?"

„Ich?"

Ihre Augen strahlten kurz auf. „Ja, Sie. Dieses kleine tête-a-tête mit Charles Bradshaw gestern beherrscht von hier bis San Francisco die Schlagzeilen."

„Ach, das." Er lachte. „Der Kerl hatte es verdient."

„Das haben Sie mir ja gesagt."

Als sie in die Küche kamen, stellte ein gut aussehender Mann Ende dreißig eine Dose Limonade auf dem Tisch und erhob sich von seinem Stuhl, um seine Hand auszustrecken.

„Hi, ich bin Frank Walsh."

„Angenehm, Steve Reyes." Steve schüttelte dem Detective die Hand. „Ich habe gehört, Sie werfen einen unhaltbaren Baseball."

„Und Sie kennen Gary Sheffield." Frank grinste ihn breit an. „Da kann ich nur schwer etwas entgegensetzen."

Steve lehnte sich mit einer Hüfte gegen die Ecke der Kochinsel. „Ich glaube, in Sachen Beliebtheit müssen Sie sich keine Gedanken machen. Andrew kriegt nicht einen Satz raus, ohne seinen Onkel Frank zu erwähnen."

Julia klopfte ihrem Freund auf die Schulter. „Frank hat ihn gut erzogen."

Der Detective sah Steve lange und zustimmend an. „Ich habe auf der Wache eine Wiederholung der Nachrichten von heute Mittag gesehen." Er lachte leise. „Gute Arbeit, die Sie da an unserem Exgouverneur geleistet haben. Ich habe Charles noch nie so außer sich gesehen. Wenn ich es nicht besser wüsste, könnte ich schwören, dass Sie zwei Erzfeinde sind, die eine alte Rechnung zu begleichen haben."

Steve gab Frank Walsh einen Bonuspunkt für gute Beobachtungsgabe, aber er ließ sich von der Bemerkung nicht aus der Ruhe bringen. „Ich bin nur ein Reporter, der seine Arbeit macht", sagte er dahin. „Allerdings muss ich in dem Fall zugeben, dass auch ein wenig mehr dahinter gesteckt hat."

„Hat der alte Sack Sie so sauer gemacht, weil er Julia angegriffen hat?"

Steve lachte. „Das kommt dem Ganzen sehr nahe."

Frank wurde ernst. „Seien Sie vorsichtig, Steve. Der Mann hat mehr Verbindungen als eine Telefonzentrale. Er könnte Ihnen Schwierigkeiten machen."

Darüber machte sich Steve keine Sorgen. Charles war viel zu sehr darauf bedacht, die kurze Beziehung seiner Tochter zu einem Kubaner unter Verschluss zu halten, als dass er ihm hätte Schwierigkeiten machen können. Aber das konnte er Frank nicht sagen. Stattdessen dankte er ihm einfach für die Warnung.

„Nicht der Rede wert", entgegnete Frank. „Ich weiß es zu schätzen, dass Sie auf meine kleine Freundin aufpassen." Frank legte Julia seinen Arm um die Schulter und zog sie an sich. „Sie ist etwas Besonderes für mich."

Steves Blick ruhte einen Moment lang auf der lächelnden Julia. „Ja, das sehe ich."

Frank schaute auf seine Uhr und drückte flüchtig seine Lippen auf Julias Wange. „Ich muss los. Der Chef ist wieder in Rage. Jeder, der mehr als fünf Minuten zu spät kommt, muss am Ende der Schicht eine zusätzliche Stunde Dienst schieben."

Er trank noch einmal an seiner Limonade, um dann die Dose abzustellen. „War schön, Sie kennen zu lernen, Steve. Wir müssen uns noch mal unterhalten, wenn ich nicht so in Eile bin."

„Gerne."

Steve wartete, während Julia ihn zur Tür brachte. „Netter Kerl", sagte er, als sie zurückkam. „Sie beide scheint ein ganz besonderes Band zu verbinden."

„Wir kennen uns schon lange."

Er verspürte einen leichten, aber deutlich spürbaren Stich, den er nicht genauer erforschen wollte. „Wie lange?"

„Wir sind zusammen zur Grundschule gegangen. Eines Tages, nachdem mein Vater uns verlassen hatte, machte ein anderer Schüler eine Bemerkung über Coop, woraufhin ich zu weinen anfing.

Frank hat ihn vor den Augen von bestimmt hundert gaffenden Kindern zur Schnecke gemacht. Dann hat er ihn auf die Füße gezerrt und dafür gesorgt, dass er sich entschuldigt."

Steve beobachtete sie weiter und fragte sich, ob Frank mehr war als nur ein guter Freund. „Richtig heldenhaft. Ich bin überrascht, dass Sie ihn nicht geheiratet haben."

„Das haben viele gedacht, aber es ist wirklich so, dass wir nur gute Freunde sind." Sie warf die leere Dose in den Mülleimer unter der Spüle. „Sogar noch bessere Freunde, seit ich ihn mit Penny bekannt gemacht habe."

Steve fühlte, dass er sich wieder entspannte. „Verkuppeln Sie gerne andere Leute?"

„Nicht einmal annähernd so gerne wie Penny. Sie versucht seit Monaten, mich mit Mr. Unwiderstehlich zusammenzubringen. Jedes Mal ist es ein anderer. Ich zähle nicht mehr mit, aber wir könnten inzwischen bei Nummer fünfundzwanzig angelangt sein."

Und noch ein Stich, diesmal aber kein kleiner. „Und schon den Jackpot geknackt?"

Julia hob die Schultern. „Keine Ahnung. In letzter Minute kriege ich immer kalte Füße und sage ab." Sie verzog das Gesicht. „Ich hasse Blind Dates. Nein, ich hasse Dates insgesamt. Punkt."

„Das ist witzig", sagte er grinsend. „Ich nämlich auch." Er behielt seinen gelassenen Tonfall bei. „Vielleicht sollten wir uns mal einen Abend zusammensetzen und Horrorgeschichten austauschen?"

Julia warf ihm einen raschen, beunruhigten Blick zu. „Ist das eine Einladung zu einem Date?"

„O nein." Er hob in gespieltem Protest die Hände. „Nichts so Geschmackloses. Nur ein Abendessen … unter Freunden. Wie wäre es mit heute Abend?"

Nervös schüttelte sie den Kopf. „Es tut mir Leid, ich …“

„Sie wählen das Lokal, irgendetwas Lässiges.“ Er grinste wieder. „Irgendwo, wo man nicht bei einem Date hingeht.“

„Ehrlich, Steve. Ich wäre eine miserable Gesellschaft.“

„Das Risiko gehe ich ein. Sieben Uhr?“

Bevor sie Nein sagen konnte, klingelte das Telefon und sie ging, um das Gespräch anzunehmen.

Dankbar für diese Störung zog Steve sich leise in sein Zimmer zurück.

19. KAPITEL

Charles stand vor der Tür der „Hacienda" und überlegte zum hundertsten Mal, was er sagen sollte, wenn Julia ihm schließlich gegenüberstand.

Seine Entscheidung, herzukommen und mit seiner Exschwiegertochter zu reden, hatte er erst wenige Stunden zuvor gefällt, als er im Schlafzimmer auf und ab gegangen war, weil er nicht einschlafen konnte. So sehr er Pilars Instinkten auch traute, konnte er noch immer nicht glauben, dass Paul seine Frau geschlagen haben sollte. Er würde es so lange nicht glauben, ehe er es nicht von Julia persönlich gehört hatte.

Er straffte seine Schultern, während er klingelte.

Julia öffnete innerhalb weniger Augenblicke und stand einfach nur da und sah ihn an, während ihr Ausdruck ihren Schreck verriet.

„Hallo, Julia."

Sie hätte allen Grund gehabt, ihm die Tür vor der Nase zuzuschlagen. Stattdessen nickte sie nur knapp. „Charles."

„Darf ich reinkommen? Bitte." Er sprach mit gedämpfter, fast unterwürfiger Stimme.

Ohne ein Wort machte sie die Tür ganz auf. Als er eintrat, blickte er in den Salon und entdeckte den eleganten Tisch, der für zehn Personen gedeckt worden war. Er drehte sich zu ihr um. „Erwartest du Gäste?"

Sie lachte. „Wohl kaum. Ich werde aber zusammen mit meinen Schülern essen." Als er die Stirn runzelte, fügte sie an: „Ich veranstalte Kochkurse, Charles. Der erste fängt morgen an."

„Oh, natürlich." Er erinnerte sich an sein Gespräch mit Luther. „Stimmt ja."

„Du weißt davon?"

Er nickte. „Mein Anwalt hat es mir gesagt."

Sie hob ihr Kinn. „Verstehe. Du lässt mich überwachen."

Anstatt etwas zu erwidern, folgte er ihr in den Salon. Dabei musste er bewundern, was sie aus dem alten Gebäude gemacht hatte. Das ganze Haus strahlte förmlich, und obwohl sie umfangreiche Renovierungsarbeiten hatte durchführen lassen, war es ihr gelungen, die Schönheit und den Charakter des Bauwerks zu erhalten.

„Du hast doch nichts dagegen, dass ich weiterarbeite, während wir uns unterhalten, oder?" fragte sie über die Schulter.

„Nein." Er sah zu, wie sie die Bestecke an jeden Platz legte, während er überlegte, wo und wie er anfangen sollte. Er war nie besonders gut gewesen, was Entschuldigungen betraf. Vor allem, wenn er sich bei jemandem entschuldigen musste, den er immer für seinen Gegner gehalten hatte.

„Möchtest du etwas trinken?" fragte Julia. „Kaffee? Limonade?"

„Warum hast du mir nichts davon gesagt?"

Irritiert sah Julia ihm in die Augen. „Gesagt? Wovon?"

„Ich weiß alles."

Sie schüttelte langsam und perplex den Kopf. „Tut mir Leid, Charles. Ich habe nicht die leiseste Ahnung, wovon du sprichst."

„Verdammt, muss ich es etwa aussprechen? Reicht es nicht, dass ich hier bin?"

„Charles, hör bitte auf, in Rätseln zu sprechen, und …"

„Ich weiß, dass Paul dich geschlagen hat. Zufrieden?"

Sie atmete heftig ein. Einen Moment lang verhärteten sich ihre Züge, als wollte sie es abstreiten. Als sie ihn dann aber weiter ansah, seufzte sie schließlich und legte die restlichen Gabeln auf den Tisch. „Wer hat es dir gesagt?"

„Pilar."

„Wieso Pilar? Ich habe ihr nie …"

„Sie hat es trotzdem gewusst." Er gestikulierte ungeduldig. „Weibliche Intuition oder so was."

Er war noch nie ein Mann gewesen, der lange Zeit stillstehen konnte, und ging durch den Raum und blieb hier und da stehen, um sich den Wasserspender, ein Buch oder einen antiken Kerzenständer anzusehen.

„Sie sagte, sie hätte mehrmals versucht, mit dir darüber zu sprechen", fuhr er mit dem Rücken zu ihr fort. „Sie hatte wohl gehofft, du würdest dich ihr anvertrauen. Aber du hast immer irgendeine Ausrede gehabt."

Er spürte, dass ihr Blick ihm folgte, während er durch das Zimmer ging. „Es war mein Problem", sagte sie leise.

Er drehte sich ruckartig um und sah sie lange an. „Du hättest zu mir kommen sollen."

Julia musste bitter lachen. „Ach, komm schon, Charles. Du hättest mir nie geglaubt. So wenig, wie du mir glauben wolltest, als ich dir geschworen habe, dass ich Paul nicht umgebracht habe."

Mit den Händen auf dem Rücken stellte er sich auf die andere Seite des Tischs. „Wann hat er angefangen, dich zu schlagen?"

Sie zögerte, als könne sie sich nicht dazu durchringen, diesen Teil ihres Lebens mit ihm zu teilen. „Das erste Mal war an Andrews erstem Geburtstag", sagte sie schließlich. „An dem Nachmittag, an dem du und ich uns über seine Schulausbildung gestritten hatten."

Charles sagte nichts, da ihm keine passende Erwiderung in den Sinn kam.

„Paul war wütend auf mich, weil ich mich gegen dich gestellt hatte und weil ich angeblich nicht erkannte, wie glücklich ich doch sein konnte, dass du dich so sehr für Andrews Schulbildung interessierst."

„Ich liebe den Jungen so wie ein eigenes Kind."

Sie verzog keine Miene. „Das ist er aber nicht."

Einige Sekunden des Unbehagens verstrichen. „Paul hat dir in der Nacht wehgetan?"

Julia sah zur Seite. „Ja, aber die Wunden verheilten, jedenfalls die körperlichen."

„Gab es andere … Vorfälle?"

Sie lächelte kurz. „Ja, Charles, es gab andere Vorfälle. Sogar sehr viele."

„Und nie eine Entschuldigung?"

„O doch, unzählige sogar. Immer mit dem Versprechen, er würde mich nie wieder schlagen. Ein Versprechen, das er nie gehalten hat. Nach ein paar Wochen ärgerte er sich über irgendetwas anderes, und dann begann das ganze Spiel von vorn."

„Was genau hat ihn geärgert?"

„Was genau?" Sie verzog spöttisch den Mund. „Mal sehen. Da waren seine Anschuldigungen, ich würde ihn betrügen." Als Charles eine Augenbraue hob, wurde Julia sichtlich wütend. „Das habe ich nicht gemacht. Aber ich konnte ihn davon natürlich nicht überzeugen. Wenn wir ausgingen und irgendjemand war an dem Abend etwas zu aufmerksam zu mir, dann gab er mir die Schuld. Er warf mir vor, wie ich mich angezogen hatte, wie ich ging, wie ich lächelte. Er meinte auch, ich würde nicht genug für seine Karriere tun, ich würde mich zu sehr auf Andrew konzentrieren, ihn verwöhnen und zum Muttersöhnchen machen."

„Und du hast darüber mit niemandem gesprochen? Hast du nie daran gedacht, eine Eheberatung aufzusuchen?"

„Eine Eheberatung?" Sie lachte verbittert. „Paul wollte davon nichts wissen. Er hatte Angst, jemand könnte davon erfahren, und seine Karriere könnte Schaden nehmen. Nur meine Mutter weiß davon, und das auch nur, weil sie mir meine fadenscheinigen Ausreden nicht abnehmen wollte."

„Warum hat er dich nicht daran gehindert, ihn zu verlassen? Oder warum hat er nicht um das Sorgerecht für Andrew gekämpft?“

Sie nahm die Gabeln wieder auf und ging weiter um den Tisch herum. „Paul und ich hatten eine Abmachung. Er würde weder gegen die Scheidung noch gegen das Sorgerecht etwas sagen, im Gegenzug würde ich mich nicht an die Presse wenden.“

„Die Presse?“ Charles verzog den Mund. „Ich bezweifele, dass sie dir geglaubt hätte, Julia.“

„Das weiß ich. Darum habe ich am Morgen nach den letzten Schlägen mit einer Polaroid-Kamera Fotos von mir gemacht. Und ich habe einen Arzt in Santa Cruz aufgesucht.“

So hat sie es also angestellt, dachte er, indem sie ihren Kopf gebraucht hat. Kein Wunder, dass Paul nicht um das Sorgerecht gekämpft hatte. Sie hatte ihm einen gewaltigen Schreck beschert.

Die Hände noch immer auf dem Rücken verschränkt und den Kopf gebeugt, begann Charles vor dem Tisch in langsamen, maßvollen Schritten hin- und herzugehen. „Würdest du mir glauben, wenn ich sage, dass ich davon nichts gewusst habe?“

„Ich habe dich nie für einen Lügner gehalten, Charles“, sagte Julia. „Für einen Starrkopf, ja. Ganz sicher für einen Tyrannen, aber nicht für einen Lügner.“

Er begann zu lächeln, bremste sich dann aber. „Pilar hat gesagt, Paul sei ein zorniger Mann gewesen. Das … war mir nicht bewusst.“

„Er wollte nicht, dass du es weißt. Er wäre lieber gestorben, ehe er dir gegenüber seine Fehler gezeigt hätte.“

„Aber warum dieser Zorn?“ fragte er. „Paul hatte alles, was er wollte. Er kam herum.“

Sie schüttelte den Kopf. „Das, was er sich am meisten wünschte, besaß er nicht.“

„Was war das?"

„Er wollte so wie du sein, so gut wie du, damit du auf ihn stolz sein konntest. Das wollte er mehr als alles andere in der Welt, und er wusste, dass er das nicht haben konnte."

Charles stand am Fenster und hatte das Gefühl, dass eine zentnerschwere Last auf seiner Brust lag. Er dachte an Pauls letzte Worte.

„Du wirst auf deinen Sohn stolz sein, Dad."

War das alles, was er erreichen wollte? Dass sein Vater stolz auf ihn war? Hatte Paul die Pressekonferenz nicht arrangiert, um Julia, sondern um ihn zu beeindrucken?

Dann schoss Charles ein Gedanke durch den Kopf, der einen bohrenden, fast lähmenden Schmerz verursachte.

Hatte er unabsichtlich seinen eigenen Sohn getötet?

„Es tut mir Leid, Charles."

Er spürte Julias Hand auf seiner Schulter, drehte sich aber nicht um. „Du hast nichts falsch gemacht."

„Ich habe mich nicht entschuldigt. Ich fühle mit dir mit. Mit dir und deinem Leid."

„Ich weiß nicht, ob ich dein Mitgefühl verdient habe."

„Im Augenblick schon." Sie klopfte ihm leicht auf die Schulter, dann zog sie ihre Hand zurück. „Und für den Fall, dass du es nicht schon selbst gemerkt hast: Ich weiß das sehr zu schätzen, dass du hergekommen bist. Das kann nicht so einfach für dich gewesen sein."

„Einfacher jedenfalls, als mich Pilar zu stellen, wenn ich es nicht gemacht hätte."

Sein Versuch, witzig zu sein, ließ Julia lächeln. „Ich hoffe nur, du wartest nicht noch mal zwölf Monate, bevor du zurückkommst."

Ihre Blicke trafen sich. „Das wird nicht geschehen."

Er stand einen Moment lang verlegen da. „Wie geht es Andrew?“ fragte er und machte dem Schweigen ein Ende.

„Jeden Tag besser.“

„Das ist gut.“ Er nickte. „Ich melde mich.“

Er ging zurück zu seinem Eldorado, den Kopf gesenkt, während er die Dämonen bekämpfte, von denen er wusste, dass sie ihn für den Rest seines Lebens verfolgen würden.

20. KAPITEL

„Mom, gehst du zu einem Date?“

Andrew lag auf dem Bauch auf Julias Bett und hatte sein Kinn in die Hände gestützt, während er sie interessiert beobachtete.

„Es ist kein Date.“ Julia holte den schwarzen Blazer aus dem Schrank und hielt ihn vor sich, um sich im Spiegel zu betrachten. „Steve und ich essen nur gemeinsam zu Abend.“

„Grandma sagt, es ist ein Date.“

Das war klar, dachte Julia. Am gestrigen Nachmittag, nachdem sie sicher sein konnte, dass Coop nicht da war, hatte Grace einen Zwischenstopp an der „Hacienda“ eingelegt, um Steve zu treffen. Vom ersten Moment war offensichtlich gewesen, dass sie sehr erfreut war über den neuen Gast. Umso erfreuter war sie, als sie erfuhr, dass Steve und Julia gemeinsam ausgingen.

„Wenn es kein Date ist“, bohrte Andrew nach, „warum tust du dann dieses Zeug auf die Augen? Jimmys Schwester macht das immer, wenn sie mit ihrem Freund weggeht.“

Beunruhigt darüber, dass sie es mit dem Lidschatten übertrieben haben könnte, sah Julia in den Spiegel. Sie fand das zwar eigentlich nicht, dennoch feuchtete sie einen Finger mit der Zunge an und strich leicht über ihre Augenlider, bis nur noch ein Hauch von grün zu sehen war.

„Und?“ sagte sie, drehte sich um und schnitt eine Grimasse. „So besser?“

Andrew grinste.

Julia wandte sich wieder dem Spiegel zu. Gott sei Dank muss ich mir nicht allzu viele Gedanken darüber machen, was ich anziehen soll, dachte sie, während sie ein anderes Jackett aus dem Schrank nahm und es der gleichen strengen Begutachtung unterzog. Das „Raging Bull“ in der Cannery Row war die Verkörperung des Lässigen, mit Sägemehl auf dem Boden, lauten Gästen und großen Steaks. Egal, was sie anziehen würde, alles wäre passend.

„Magst du ihn?" fragte Andrew plötzlich.

„Wen?" Sie sah ihn ahnungslos an und tat so, als wisse sie nicht, wovon er sprach.

Andrew verdrehte die Augen. „Du weißt doch, wer. Steve."

Die Frage überraschte sie nicht. Andrew hatte mehr als einmal eine Bemerkung fallen lassen, wie sehr er sich wünschte, Steve könnte für immer in Monterey bleiben. Seine Anhänglichkeit an den Reporter machte ihr aus einem einzigen Grund Sorgen. Irgendwann würde Steve wieder abreisen, und dann würde er Andrew damit wehtun.

Sie warf ihre Jacke auf einen Stuhl, auf dem bereits drei andere lagen, und setzte sich zu ihm aufs Bett. „Ja, ich glaube, ich mag ihn", antwortete sie. „Und du?"

„Ich mag ihn sehr", sagte Andrew ehrlich. „Er ist cool. Er erzählt mir Geschichten von seinem Hausboot in Florida, und wie es einmal fast gesunken ist, und wie er und sein Freund ins Wasser springen mussten." Er lachte. „Er ist lustig."

Mit einer raschen Bewegung setzte er sich auf die Bettkante und begann, mit seinen Turnschuhen gegen den Bettkasten zu treten. „Tante Penny sagt, dass er ein Prachtkerl ist." In seinen Augen war etwas Schelmisches zu sehen. „Findest du auch, dass er ein Prachtkerl ist?"

Julia musste unwillkürlich lachen. „Weißt du überhaupt, was das Wort bedeutet?"

„Na klar. Jimmys Schwester sagt es immer. Sie sagt, dass sie nur mit Prachtkerlen ausgeht."

Weil Andrew so bezaubernd aussah, ergatterte sich Julia von ihm einen schnellen Kuss. „Ich schätze, dass manche Frauen Steve als Prachtkerl betrachten würden. Ich sehe ihn nicht wirklich so."

Die Tatsache, dass sie gerade wie gedruckt gelogen hatte, und das auch noch gegenüber ihrem Sohn, ließ Julias Wangen erröten.

Bevor die Unterhaltung zu heikel wurde, gab sie Andrew einen kumpelhaften Klaps auf den Po. „Wie wäre es, wenn du jetzt nach unten gehst und auf Grandma wartest? Die muss jeden Augenblick da sein."

„Okay." Er rannte aus dem Zimmer.

Nachdem er gegangen war, tauschte Julia ihre schwarze Hose, die zu schick aussah, gegen eine ausgebleichte Jeans, die mehr zum „Raging Bull" passte. Sie beschloss, die blau gestreifte Bluse anzubehalten, streifte den schwarzen Blazer über und schob die Ärmel nach oben, um ein wenig legerer auszusehen.

Für jemanden, der sich keine Gedanken über sein Aussehen macht, gibst du dir verdammt viel Mühe, Mädchen.

Nein, eigentlich doch nicht, sagte sie sich, während sie ihr Haar bürstete. Nicht wirklich. Immerhin würde sie heute Abend zum ersten Mal seit ihrer Scheidung von Paul wieder mit einem Mann ausgehen. Sie war einfach etwas unschlüssig, weiter nichts.

Aber wenn wirklich weiter nichts war, wie erklärte sie sich dann diese verwirrenden Gefühle, die sie immer empfand, wenn sie an Steve Reyes dachte? Im einen Moment Verärgerung, im nächsten Übermut und freudige Erwartung.

Von ihrer plötzlichen Besessenheit wegen ihrer Kleidung völlig abgesehen.

Zum Glück gingen sie nur ins „Raging Bull" und nicht zu irgendeinem romantischen, abgelegenen Restaurant mit Kerzenlicht, wie Penny vorgeschlagen hatte. Dann hätte Julia Grund gehabt, sich Sorgen zu machen.

Was Steve anging, so würde sie ihn schnell wieder in die richtige Richtung lotsen, sollte er auf andere Ideen kommen, die über gutes Essen und angenehme Unterhaltung hinausgingen.

Schließlich war sie kein naiver Teenager mehr. Auch während ihrer Ehe mit Paul war ihr mehr als ein Romeo untergekommen, und sie hatte immer gewusst, wie sie mit ihm umgehen musste.

Nachdem das geklärt war, ging sie den Inhalt ihrer schwarzen Handtasche durch, warf ihren Lippenstift hinein und zog den Reißverschluss zu. Spontan nahm sie die Flasche Joy, die Penny ihr zu Weihnachten geschenkt hatte, und sprühte ein wenig von dem teuren Parfüm hinter ihre Ohren.

Während sie sich weigerte, ihre letzte Handlung zu analysieren, machte sie das Licht aus und ging aus dem Zimmer.

Das „Raging Bull" war wie immer überaus gut besucht, als Steve und Julia um kurz nach sieben eintrafen. Da Julia eine der Kellnerinnen kannte, wurden sie schnell zu einem Tisch für zwei Personen im hinteren des Teil des Lokals gebracht. Die Kaugummi kauende Blondine nahm den Bleistift, den sie sich hinters Ohr gesteckt hatte, und deutete auf eine Schiefertafel, auf der die Tagesgerichte mit grüner Kreide geschrieben standen, nahm die Getränkebestellung auf und zog sich zurück.

Mit einem Blick auf die voll besetzte Bar und den konstanten Fluss an Besuchern, die ins Lokal drängten, nickte Steve zustimmend. „Sieht nach einer guten Wahl aus."

„Wenn man Steaks mag und über den Lärm hinweghören kann, dann ist man hier genau richtig."

Steve hatte seinen Hunger vergessen und lehnte sich zurück, um Julia zu betrachten, während die die Gerichte auf der Tafel studierte. Auch wenn sie das Gegenteil behauptete, war Julia Bradshaw eine schneidige und mutige Frau. Ihre ansprechendste Eigenschaft aber war die Liebe zu ihrem Sohn. Irgendetwas geschah mit ihr, wenn Andrew ins Zimmer kam, etwas Wundervolles und Bewegendes, das Steve nie langweilig wurde. Gleichzeitig wurde ihm auf schmerzhafte Weise deutlich, wie sehr ihm eine eigene Familie fehlte.

Die Kellnerin kehrte Augenblicke später mit zwei Flaschen Bier zurück – ohne Gläser – und stellte ein Schälchen Erdnüsse auf den Tisch.

Nachdem sie beide New York Strips, medium, bestellt hatten, nahm Steve seine Flasche und stieß mit Julia an. „Auf morgen – und auf Ihren ersten Kurs, der ganz sicher ein Erfolg werden wird."

„Danke."

„Nervös?"

„Ein wenig." Sie nahm einen Schluck. „Das ist Neuland für mich, das ich eigentlich erst hatte betreten wollen, wenn ich mich mit dem Gasthaus etabliert hatte."

„Das wird ein Erfolg werden. Wir feuern Sie alle an, müssen Sie wissen. Penny, Frank, Ihre Mutter. Nicht zu vergessen Coop. Der ist so stolz auf Sie, der könnte fast platzen."

Julia nahm eine Erdnuss aus dem Strohkorb und drückte sie auf. „Er ist ein typischer Vater, aber ich weiß dieses Vertrauensvotum zu schätzen. Nicht nur seines, sondern das von allen."

Steve trank wieder einen Schluck Bier. „Ich habe heute Charles in der ‚Hacienda' gesehen", sagte er beiläufig. „Ich wollte nach unten kommen, für den Fall, dass er Ihnen die Schuld dafür gab, dass ich ihn so aus der Fassung gebracht habe. Aber er sah nicht aus wie jemand, der auf Streit aus war, darum bin ich dann doch oben geblieben."

Sie nahm die Erdnuss in den Mund. „Charles hat sich zur Abwechslung mal von seiner besten Seite gezeigt."

„Wie kommt das?"

Sie straffte ein wenig ihre Schultern. Wenn Steve nicht so wachsam gewesen wäre, hätte er die Bewegung wohl kaum wahrgenommen. Während sie in die Ferne starrte, beschloss er, sie nicht zu bedrängen. Sie hatte ein Recht auf ihre Geheimnisse, so wie er ein Recht auf sein Geheimnis hatte.

„Er kam vorbei, um sich zu entschuldigen", sagte sie nach einer Weile.

„Tatsächlich? Wofür?"

Als sie nicht antwortete, wurde ihm klar, dass mehr hinter Charles' Besuch steckte, als er bislang angenommen hatte. Aus eigener Neugier und aus dem Gefühl heraus, dass sie reden musste, hakte er vorsichtig nach. „Wenn Sie darüber reden möchten, ich kann ziemlich gut zuhören."

Julia lächelte. „Er hat sich nicht für seine öffentlichen Unterstellungen entschuldigt", sagte sie, nachdem sie sicher war, dass sie niemand belauschte. „Und auch nicht dafür, dass er mir gedroht hat, Andrew wegzunehmen, obwohl ich das Gefühl habe, dass er sich unterschwellig schon entschuldigt hat." Sie atmete tief durch. „Er wollte sich für das entschuldigen, was sein Sohn mir angetan hat, während wir verheiratet waren."

Steves Augen verengten sich. „War er untreu?"

Sie lachte. „Ich wünschte, es wäre so einfach." Als er sie weiter ansah, sagte sie leise: „Paul hat mich geschlagen."

Steve presste die Kiefer aufeinander. „Wiederholt?"

Sie nickte.

„Dieser Hurensohn."

„Darum habe ich ihn auch verlassen, ich konnte es nicht länger aushalten."

„Und Charles wusste davon nichts?"

„Niemand wusste es. Außer meiner Mutter."

„Wie ist Charles dahinter gekommen?"

„Seine Haushälterin hat es ihm gesagt." Julia nahm wieder eine Erdnuss, spielte aber nur mit ihr. „Ich wusste, dass Pilar intuitiv war, aber ich hätte mir nie träumen lassen, dass sie unser hässliches, kleines Geheimnis erahnen würde. Sie hat Charles die Wahrheit gesagt, nachdem sie ihn in den 12-Uhr-Nachrichten gesehen hatte.“ Sie sah Steve an, ein schwaches Lächeln umspielte ihren Mund. „Das Gespräch hätte ich gerne belauscht. Pilar nimmt kein Blatt vor den Mund, nicht mal gegenüber ihrem Boss.“

Auch wenn er nichts sagte, erinnerte sich Steve gut an Pilar, da Sheila mit viel Liebe von ihr erzählt hatte.

„Pauls Neigung hat Charles sehr schwer getroffen“, fuhr Julia fort, während ihr Essen gebracht wurde. „Er hat es als persönliches Versagen aufgenommen. Sein ganzes Leben lang hat er versucht, seinen Kindern das zu geben, was sie seiner Meinung nach haben sollten: eine gute Ausbildung, gute Erziehung, ein Gefühl von Stolz. Dabei muss er vergessen haben, ihnen das zu geben, was sie am meisten brauchten, nämlich die Freiheit, sie selbst zu sein. Seine Tochter Sheila ging mit zwanzig aus dem Haus, weil ihr Vater sie förmlich erstickt hat. Bedauerlicherweise starb sie drei Monate später.“

Sie sah von ihrem Teller auf. „Aber das wissen Sie bestimmt alles. Wenn Sie in Sachen *Gleic Éire* recherchiert haben, und davon gehe ich aus, dann wissen Sie, dass Charles' Tochter in New York City bei einem Bombenattentat ums Leben kam, für den *Gleic Éire* die Verantwortung übernahm.“

Steve mied ihren Blick. Er hasste es, sie zu belügen, aber es war schon zu spät, um noch die Wahrheit über sich und Sheila zu sagen. Julia würde glauben, dass er sie nur benutzt hatte. Anfangs hatte er nichts gesagt, weil seine Vergangenheit niemanden etwas anging. Aber jetzt hatten sich seine Gefühle für Julia verändert, und die Lüge lastete schwer auf seinem Gewissen.

Einen Moment lang war er versucht, alles zu gestehen und sich ihren Zorn zuzuziehen. Doch dann entschied er sich dagegen. Warum sollte er Erinnerungen wecken, die er so schwer hatte verdrängen können? Welchem Zweck würde das dienen?

„Ich weiß von Charles' Tochter." Er konzentrierte sich auf das Steak, damit er Julia nicht ansehen musste. „Im Gegensatz zu Ihnen kann ich nicht viel Sympathie für ihn empfinden. Es ist schwer, diesen Mann zu mögen."

Sie lächelte. „Und das sagt ein Mann, der mir vor ein paar Tagen eine Predigt über die Tugend der Vergebung gehalten hat?"

Er lachte. „Touché."

Steve war sich nicht sicher, wann das Gespräch von den Bradshaws abgedriftet war, um sich ausschließlich auf Julia zu konzentrieren. Jedenfalls erzählte sie im nächsten Augenblick von ihren drei Monaten an der Kochschule, zu dem auch zwei Wochen in der Provence gehört hatten, und sie brachte ihn zum Lachen mit der Schilderung ihrer Abenteuer in der Küche eines temperamentvollen, französischen Kochs.

Sie unterhielten sich über eine Stunde lang und tranken Kaffee, während sie Anekdoten über ihre Familien austauschten. Im Verlauf ihres Gesprächs stellten sie fest, dass sie sich beide für Filme aus den vierziger Jahren, für Krimis von Agatha Christie und Erdbeereis begeistern konnten.

„Kommen Sie", sagte er, nachdem er bezahlt hatte. „Es ist eine wunderschöne Nacht, führen Sie mich durch die Stadt."

Mit einer Geste, die so selbstverständlich schien, als würden sie sich seit Jahren gut kennen, fasste er ihre Hand und nahm sie unter seinen Arm, während sie das Restaurant verließen.

Die Luft war kühl geworden, und auf dem Fußweg waren zahlreiche Menschen unterwegs, so dass sich Julia näher an Steve kuschelte und an seinem Arm festhielt, eine weitere Geste, die in dem Augenblick völlig natürlich wirkte.

Sie fühlte sich erstaunlich entspannt. Steve hatte es entweder zufällig oder bewusst geschafft, dass sie wenigstens an diesem Abend vergaß, dass sie immer noch unter dem Verdacht stand, ihren Exmann ermordet zu haben.

„Sie lieben es hier, nicht wahr?“ fragte Steve, während sie durch das Gedränge aus Touristen und Einheimischen gingen, die jeden Abend herkamen.

„Ja, das stimmt. Es gibt wenige Orte in Monterey, die farbenvoller oder die umstrittener sind als die Cannery Row. Angefangen hat es Mitte des neunzehnten Jahrhunderts als kleines Fischerdorf der Chinesen. Sehen Sie da drüben die weißen Felsblöcke?“ Sie drückte sich enger an ihn, während sie in Richtung Meer zeigte. „Das waren Markierungen für die chinesischen Fischerfamilien, die von Canton aus nach Westen gesegelt waren und schließlich in die Bucht von Monterey kamen.“

„Faszinierend. Und was ist so umstritten?“

„Ein Investor möchte auf dem Standort einer großen Kunstgalerie, die geschlossen worden ist, ein Einkaufszentrum errichten. Die Händler auf der Cannery Row rasen vor Wut. Sie befürchten, dass ein Einkaufszentrum die historische Integrität des Gebietes zerstört.“

„Stellt die Stadt historische Gebäude nicht unter Denkmalschutz?“

„Das ist das Problem. Jeder war der Ansicht, dass die gesamte Cannery Row historischen Wert besitzt und damit geschützt ist. Aber jetzt behauptet die Stadt, dass nur ein einziges Gebäude in diese Kategorie fällt.“

Im Lichtschein des Vollmondes sah Julia Steves Augen funkeln. „Ich muss wohl nicht fragen, auf welcher Seite Sie stehen.“

Sie lächelte zaghaft. „Ich bin in Monterey geboren und aufgewachsen. Ich würde mir wünschen, wenn nicht nur die Cannery

Row, sondern die ganze Stadt ihre Einzigartigkeit behalten würde. Ich habe nichts gegen Einkaufszentren, aber sie gehören nicht an diesen Küstenabschnitt."

„Gehen Sie zu öffentlichen Versammlungen? Machen Sie Ihrer Meinung Luft?"

„Nicht mehr. Nicht, seit ich mich von Paul habe scheiden lassen. Vielleicht mache ich das wieder und mische mich stärker ein, wenn das alles vorüber ist und ich nicht länger des Mordes verdächtigt werde."

Sie deutete auf ein gelbes Stuckgebäude. „Da drüben ist das La Ida Café. Steinbeck hat es in seinem Roman *Die Straße der Ölsardinen* in den vierziger Jahren unsterblich gemacht. Im zweiten Stock war früher ein Bordell." Sie lachte. „Das war einer der beliebtesten Orte der gesamten Halbinsel."

Ein heftiger, vom Ozean kommender Windstoß ließ sie zittern. Steve nahm den Arm fort, an dem sie sich untergehakt hatte, und legte ihn um ihre Schultern, um sie näher an sich heranzuziehen, während sie weitergingen.

Julias Körper versteifte sich für einen Moment, dann entspannte er sich wieder. Es war lange her, dass sie einem Mann körperlich so nahe gewesen war. Die Erkenntnis, dass es ihr viel besser gefiel, als sie erwartet hatte, ließ in ihr die Frage aufkommen, ob sie sich auch zu sehr an den attraktiven Reporter gewöhnte.

Als sie schließlich den Landrover entdeckte, atmete sie fast erleichtert auf.

„Vielen Danke für die Führung", sagte Steve und ging mit ihr zur Beifahrerseite. „Ich hätte mir keine bessere oder reizendere Reiseführerin wünschen können."

„Meine Mutter hat früher für die Handelskammer gearbeitet. Ich bin gut ausgebildet worden ..."

Überraschend griff er an ihr Haar, spielte mit einer Locke,

bevor er seine Hand um ihren Nacken legte und Julia sachte an sich zog.

Mit einem leisen, anziehenden Seufzen ließ es Julia geschehen, da sie nicht die Kraft hatte, sich dagegen zu wehren. Der Kuss war zunächst sanft, ein vorsichtiges Abtasten ihrer Lippen, ein Vorschnellen ihrer Zungen. Sie bewegte sich nicht, während sie jede Empfindung in sich aufnahm und es sich gestattete, dass die Hitze in ihr langsam, aber stetig zunahm.

Seine erregende, forschende Zunge war warm und sanft. Plötzlich konnte sie nicht länger still dastehen, nicht mit diesen starken Händen, die sich auf ihrem Rücken auf und ab bewegten und sie näher an ihn heranzogen, als wolle er ihren Körper in seinen aufnehmen.

Als der Kuss vor Verlangen rauer wurde, entstieg ein leises Stöhnen ihrer Kehle. Sie konnte sich nicht erinnern, jemals so empfunden zu haben. Sie konnte sich nicht an dieses süße, brennende Verlangen erinnern, diese perlende Wärme, dieses Entgleiten jener Kontrolle, von der sie sich geschworen hatte, sie nie loszulassen.

O Gott, was machte sie da? Wohin sollte das führen?

Sie nahm ihre ganze Willenskraft zusammen, um sich schließlich von ihm zu lösen. Sie atmete tief und bebend durch und hielt sich noch einen Augenblick lang an ihm fest, um sicherzugehen, dass sie nicht das Gleichgewicht verlor.

„Wenn du erwartest, dass ich mich entschuldige", sagte Steve mit rauer Stimme, „dann wartest du vergeblich. Das werde ich nicht machen, weil ich dich von dem Tag an küssen wollte, an dem ich dich gesehen habe."

Sie lächelte und fühlte sich unerklärlich schamlos. „Ich hoffe, ich habe dich nicht enttäuscht. Ich bin ein wenig eingerostet."

Er nahm ihre Hand und begann, eine Fingerspitze nach der

anderen zärtlich zu küssen. „Du hast mich nicht enttäuscht. Und was das Eingerostete angeht, kennst du bestimmt das Sprichwort ... Übung macht den Meister."

Wieder seufzte sie leise. Was immer er da mit ihren Fingerspitzen machte, ihr Körper reagierte auf eine Weise, die ihr den Atem raubte. Sie merkte, dass sie seinen Mund anstarrte und ihn wieder erforschen, wieder berühren wollte.

Bevor sie abermals schwach werden konnte, zog sie ihre Hand zurück. Was war mit ihr los? Ein Kuss, und sie wurde zum sexhungrigen Teenager und ignorierte alle Regeln, die sie für sich aufgestellt hatte, um jetzt jede Vorsicht einfach in den Wind zu schlagen.

„Es ist schon spät", sagte sie, bekam aber kaum die Worte heraus. „Wir sollten uns auf den Weg machen."

Sie wartete, fast so, als warte sie auf einen anderen Vorschlag.

Steve aber öffnete nur die Beifahrertür und half ihr beim Einsteigen.

21. KAPITEL

Stimmen und Gelächter waren über den gesamten Hof zu hören. Lächelnd stieg Steve aus dem Landrover, ging den aus Ziegelsteinen gelegten Weg entlang und betrat die „Hacienda".

Julia war Gastgeberin für sieben Frauen und zwei Männer, die um die Kochinsel versammelt standen. Um ihre schlanke Hüfte gebunden trug sie eine weiße Schürze mit der Karikatur eines angeheiterten Kochs auf dem Latz. Keine Bewegung war überflüssig, während sie die Zutaten klein hackte, in die Töpfe warf und sautierte.

Sie ist richtig in ihrem Element, dachte Steve, als er ihrem munteren Geplauder lauschte. Die Rezepte, die sie so präzise vorbereitet hatte, waren vergessen. Sie ging ihre Kochanleitungen durch und gab auf auftauchende Fragen kompetent und selbstsicher Antworten, die sie mit der genau richtigen Portion Humor würzte.

Leise machte er sich auf den Weg in sein Zimmer, obwohl ohnehin niemand auf ihn achtete.

Der Anruf von Monsieur Garnier kam am nächsten Morgen, als Steve in Julias Küche seinen ersten Kaffee des Tages trank.

„Es ist für dich, Monsieur Reyes." Julia gab ihm schwungvoll den Hörer.

Die sanfte Stimme des Händlers klang höchst selbstzufrieden. „Ich habe die Information, um die Sie mich gebeten haben, *Monsieur.*"

„Ich höre."

„Der fragliche Teller wurde am 3. August 1987 bei ‚Malamoud Antiques' in Kairo gekauft."

Steve sah Julia an, die aufmerksam zuhörte. „Sagten Sie Kairo? Kairo in Ägypten?"

„Das ist richtig."

Steve atmete langsam aus. Seavers hatte also doch gelogen. Aber warum? Was hatte er in Ägypten gemacht? „Wissen Sie, wer den Teller gekauft hat?" fragte er.

„Nein, *Monsieur,* der Käufer hat bar bezahlt."

„Danke, Monsieur Garnier. Ich komme in Kürze vorbei, um Sie für Ihre Bemühungen zu bezahlen und um den Teller abzuholen."

„Das wäre sehr nett."

Steve legte auf, dann rief er sofort Tim in New York an. „Durchsuch das Archiv der *Sun*", sagte er, als der Verleger sich meldete. „Und sieh nach, ob es am oder um den 3. August 1987 irgendwelche terroristische Aktivitäten in England oder Irland gab."

„Wieso? Was war am 3. August 1987?"

Steve erklärte es ihm, während Tim an seinem Computer Daten eingab. Julia stellte ihre Tasse Kaffee ab. „Eli hat den Teller in Kairo gekauft?" fragte sie.

Steve legte die Hand auf die Sprechmuschel. „Die Vergangenheit unseres harmlosen, kleinen Professors wird mit jedem Augenblick verdächtiger."

„Was hat er in Kairo gemacht?"

„Ich weiß nicht. Auf jeden Fall wollte er nicht, dass es jemand herausfindet."

„Steve?" Tim war wieder am Apparat.

Steve nahm die Hand weg. „Hast du was gefunden?"

„Es gab ein paar Bombenattentate in Frankreich und eines in Rom, aber die Schiiten hatten für alle die Verantwortung übernommen, nicht *Gleic Éire.* Ich habe aber noch etwas anderes gefunden. Das Datum passt nicht, es könnte jedoch eine Verbindung geben."

„Und was ist das?"

„Am 13. September 1987 erhielt Scotland Yard einen Hinweis,

dass eine große Schiffsladung Waffen nach Nordirland geliefert worden waren, vermutlich an *Gleic Éire.*"

Steve konnte hören, wie Tims Finger über die Tastatur flogen. „Ein paar Tage später", fuhr der Verleger fort, „begann *Gleic Éire* eine Reihe von Anschlägen in Nordirland und England. Vom Zweiten Weltkrieg abgesehen, gilt dieser September 1987 als eine der blutigsten Phasen in England."

„Ich kann mich erinnern. Es gab Gerüchte, dass ein Amerikaner mit Verbindungen in den Nahen Osten den Handel arrangiert hatte, aber es gab keinerlei Beweise."

Tims Stimme war gepresst. „Denkst du, was ich denke?"

„Dass Seavers dieser Amerikaner gewesen sein könnte?"

„Er hatte den richtigen Hintergrund. Zwanzig Jahre in Beirut. Er beherrschte die Sprache fließend. Und er hatte viele libysche Freunde mit guten Verbindungen." Wieder war zu hören, dass Tasten gedrückt wurden. „Es gibt nur ein Problem."

„Das wäre?"

„Wie kann er in Ägypten gewesen sein, wenn der Pass, den das FBI gefunden hat, während seiner Zeit in Beirut nur Reisen von und nach Libyen aufweist?"

„Gefälschte Dokumente, mein lieber Watson. Wenn er ein Waffenhändler war, dann wusste er genau, an wen er sich dafür wenden musste." Steves Herz schlug laut und schnell. „Vielleicht sollte ich mir sein Haus noch einmal ansehen."

„Das wäre nicht schlecht"; sagte Tim. Steve hörte ein anderes Telefon klingeln. „Da kommt ein anderes Gespräch rein, halt mich auf dem Laufenden."

Julia sah Steve an, als er auflegte. „Ein Waffenhändler? Dieser gebrechliche, hilflose alte Mann?" Sie schüttelte den Kopf. „Das kann ich nicht glauben."

„Die Unauffälligsten sind oft diejenigen, die wir am wenigsten verdächtigen. Darum sind sie auch so erfolgreich.“ Steves Nerven waren auf das Äußerste gespannt, während er hin und her lief und im Geist noch einmal alles durchging, was er in Elis Haus gemacht hatte, die Stellen, an denen er so gründlich gesucht hatte, sowohl im Haus als auch im Schuppen. Siebzehn Jahre im Leben dieses Mannes waren irgendwo versteckt, und er hatte nichts gefunden.

„Was kann ich bloß übersehen haben?“ fragte er sich und überlegte, ob er stärker aus der Übung gekommen war, als er es für möglich gehalten hatte. „Ich dachte, ich hätte alles durchsucht.“

„Hast du einen Schlüssel herumliegen sehen?“ fragte Julia. „Vielleicht hatte er irgendwo ein Schließfach.“

„Es gab ein Schließfach, aber da hat das FBI nur eine Kopie seines Testaments gefunden. Und in dem vermacht er alles, was er besitzt, seiner Nichte.“

„Vielleicht bei einer anderen Bank? Einer, von der wir nichts wissen?“

Steve schüttelte den Kopf. „Das haben sie auch schon überprüft. Er hatte nur eine Bank, ein Konto, keine Ersparnisse.“

„Hatte er einen Speicher?“

Wieder schüttelte er den Kopf. „Keinen Speicher, keinen Keller, keine Garage. Nur das kleine Haus und einen Schuppen voller Gartengeräte und Pflanzenschutzmittel.“

„Ich weiß nicht, was ich sonst noch sagen soll“, meinte Julia mit einem enttäuschten Seufzer. „Mrs. Hathaway scheint ihn besser gekannt zu haben als sonst jemand. Was hat sie dir über ihn erzählt? Vielleicht hat sie irgendeinen Hinweis gegeben, der dir nur nicht aufgefallen ist. Was hat Eli gerne gemacht?“

„Nicht viel. Sie sagte, er habe viel in seinem Garten gearbeitet. Der schien das Einzige zu sein, was ihm wirklich Vergnügen bereitet hat …“

Er hielt inne und wirbelte herum. „Das ist es! Der Garten!“ Er schlug auf den Küchentresen. „Warum habe ich nicht daran gedacht? Wie dumm von mir!“ Er nahm Julias Gesicht in seine Hände und gab ihr einen Kuss auf den Mund. „Du bist ein Genie, danke!“

Sie lachte. „Ich habe gar nichts gemacht.“

Aber er war schon aus dem Zimmer geeilt.

Diesmal rief Briggs aus Monterey an, wo er persönlich beim täglichen Pressegespräch der Polizei anwesend gewesen war. „Ich fürchte, es gibt noch mehr schlechte Nachrichten“, sagte er am Telefon zu McDermott.

Der atmete laut aus. „Du langweilst mich allmählich, Aaron. Was ist es diesmal?“

„Steve Reyes ist hier in der Stadt. Und er wohnt oben in der ‚Hacienda‘.“

Als er den Namen des Mannes hörte, der ihm acht Jahre zuvor so hartnäckig auf den Fersen gewesen war, versteifte sich McDermott. „Du hast ihn gesehen?“

„Ja, er war bei dem Gespräch.“

„Er ist schon die ganze Zeit in der Stadt“, brüllte McDermott, „und das erfahre ich erst jetzt?“

„Er ist nicht die ganze Zeit hier gewesen“, erwiderte Briggs gereizt. „Er ist vor einer Woche eingetroffen. Und ich habe das gerade eben erst erfahren.“

Vor einer Woche. McDermott rechnete schnell nach. Das war in etwa kurz nach Julia Bradshaws Besuch im Pine-Hill-Pflegeheim. „Wenn er so spät eingetroffen ist“, sagte er zu Briggs, „dann kann das nur eines bedeuten: Er ist nicht nach Monterey gekommen, um sich mit dem Mord an Paul Bradshaw zu befassen. Er ist unseretwegen hier.“

„So weit bin ich auch schon gekommen. Was machen wir mit ihm?"

McDermott ließ sich zu einem Lächeln hinreißen. Steve Reyes hatte sich als exzellenter Gegner erwiesen. Er war aufgeweckt, erfinderisch und erbarmungslos, was ihm wenigstens für einen gewisse Zeit das Durchhaltevermögen eines jungen Stiers verliehen hatte.

Als McDermott erfahren hatte, dass Reyes die Jagd aufgegeben und die *New York Sun* verlassen hatte, war er erleichtert und enttäuscht zugleich gewesen. Nicht jeden Tag begegnete er einem Mann, der es in puncto Intelligenz und Ausdauer mit ihm aufnehmen konnte. Eine Zeit lang hatte er sich versucht gefühlt, dem Reporter einen Knochen zuzuwerfen, einen winzigen Hinweis, der nur dem Zweck gedient hätte, dass er die Verfolgung nicht aufgab.

Die anderen hatten ihn überstimmt.

Und jetzt war Reyes wieder da. Wie aufregend. Wie unglaublich aufregend.

„Ian", sagte Briggs ungeduldig. „Hast du mich gehört? Was sollen wir mit Reyes machen?"

„Nichts." Vielleicht würde der fantasievolle Reporter nahe genug an ihn herankommen, damit er mit ihm um der alten Zeiten willen ein harmloses kleines Katz-und-Maus-Spiel treiben konnte.

„Was soll das heißen, dass wir nichts machen? Hast du mich nicht gehört? Er wohnt in der ‚Hacienda'. Wie können wir einen von Flynns Leuten nach dem Band suchen lassen, wenn Reyes dort ist?"

Von der Haustür her waren Stimmen zu hören. McDermott lächelte. „Wir müssen keinen von Flynns Leuten schicken, Aaron. Ich habe jemanden, der besser ist."

„Wovon redest du? Wer …" McDermott hörte Briggs am anderen Ende der Leitung aufstöhnen. „O nein, du hast doch nicht etwa Ben geholt? Ohne dich mit uns zu beraten?“

„Was hast du gegen meinen Neffen?“

„Der Junge ist unreif, impulsiv und unberechenbar. Reicht das für den Anfang?“

„Er hat sich geändert, Aaron. Und was noch wichtiger ist, der Job liegt genau auf seiner Linie.“

„Das ist mir egal. Wir waren uns einig, dass einer von Flynns Leuten das erledigt.“

McDermott schüttelte den Kopf. „Zu riskant. Wir brauchen jemanden, dem wir bedingungslos vertrauen können.“

„Flynn nimmt nur Leute, denen er vertrauen kann.“

„Aber es sind trotzdem Fremde, Aaron. Sie könnten auspacken.“

„Wissen die anderen, dass du Ben geholt hast?“

„Ich wollte erst mit ihm reden, bevor ich die anderen anrufe. Mach dir keine Sorgen“, fügte er an. „Wenn ich das Gefühl habe, dass er noch nicht bereit ist, werde ich ihn nicht losschicken.“

McDermott beendete gerade das Telefonat, als sein Neffe ins Zimmer kam, einen Matchbeutel über die Schulter geworfen und ein großspuriges Lächeln auf den Lippen. Mit sechsundzwanzig Jahren war Ben Rosenthal über 1,80 Meter groß und stark wie ein Bulle. Als Kontrast zu seiner beeindruckenden Statur hatte er sein feines blondes Haar fast so geschnitten wie McDermott, blaue Augen, die so unschuldig blickten wie die eines Neugeborenen, und ein Lächeln, dem kaum eine Frau widerstehen konnte.

McDermott hatte sich vor zwölf Jahren des Jungen angenommen, der das einzige Kind seiner Schwester Lizzy war, die mit ihrem Ehemann bei einem Flugzeugabsturz ums Leben gekommen war. Er war auf die Vaterrolle nicht vorbereitet, und auch nicht auf den großmäuligen und zu Nervenkitzel bereiten Vierzehnjährigen, dessen bevorzugtes Hobby darin bestand, in Einkaufszentren herumzuhängen und nichtsahnende Käufer zu berauben.

Da er befürchtete, der Junge könne sich als Hindernis erweisen, hatte McDermott ihn auf ein Internat geschickt, sodass er nur an den Feiertagen und in den Sommerferien nach Hause kam. Im Laufe der Jahre hatte sich die rebellische Einstellung des Jungen deutlich verbessert, seine Vorliebe zum Stehlen dagegen nicht.

Ben hatte gerade die High School abgeschlossen, als er die Unterhaltungen seines Onkels belauscht hatte und dahinter gekommen war, dass er und seine vier reichen Freunde Mitglied von *Gleic Éire* waren. Zu McDermotts Überraschung wusste der Junge einiges über den Unabhängigkeitskampf des irischen Volks und sympathisierte mit ihrer Sache.

„Mom hasste die Briten für das, was sie deinen Eltern angetan haben“, hatte er McDermott gesagt. „Ich hasse sie auch, Onkel Ian. Dein Geheimnis ist bei mir sicher.“

Ben hatte sein Wort gehalten. Kurz nach dieser Unterhaltung hatte er sich als Rucksacktourist auf den Weg nach Europa gemacht. Dort hatte er sein gutes Aussehen und sein Talent als Hochstapler genutzt, um reiche, einsame Frauen zu verführen und ihnen ihren Schmuck zu stehlen, wenn sie schliefen.

Die europäischen Medien hatten ihm den Spitznamen Gentleman-Dieb gegeben, wegen seines Markenzeichens: einer roten Rose, die er immer auf dem Kopfkissen der Frau hinterließ, die er gerade ausgeraubt hatte.

Als McDermott während eines kurzen Besuchs zu Hause von ihm wissen wollte, warum er solche Risiken einging, wenn seine Eltern ihm doch so viel Geld hinterlassen hatten, lautete die Antwort des unerschrockenen Jungen: „Natürlich wegen des Nervenkitzels, Onkel Ian. Weswegen sonst?“

Von einer brenzligen Situation vor ein paar Jahren wegen einer Rubinhalskette abgesehen, die einer saudi-arabischen Prinzessin gehörte, war er nie gefasst worden. Letztes Jahr war er von Europa gelangweilt in die Staaten zurückgekehrt und hatte sich am Santa Barbara College eingeschrieben.

Nachdem er seinen Neffen gründlich inspiziert hatte, nickte McDermott: „Du siehst gut aus."

„Danke." Ben warf seine Tasche auf den Boden, nahm in einem Sessel Platz und sah seinen Onkel mit einem gierigen Grinsen an. „Was ist denn so dringend, dass ich eine scharfe Frau allein lassen musste?" Er lehnte sich neugierig nach vorne. „Soll ich was für dich und deine Compadres stehlen? Juwelen? Ein Gemälde?" Die blauen Augen leuchteten. „Inhaberobligationen?"

„Leider nichts so Aufregendes. Ich möchte nur, dass du für mich etwas findest."

„Was denn?"

„Eine Audiokassette."

Ben sah ihn enttäuscht an. „Das ist alles?"

„Das ist alles."

„Klingt langweilig." Seine Augen verengten sich. „Augenblick mal. Das ist nicht zufällig dieses mysteriöse Band, nach dem die Polizei von Monterey immer noch vergeblich sucht? Das Band, das mit dem Tod von Ratsmitglied Bradshaw zusammenhängen könnte?"

McDermott war angenehm überrascht. Von der *Irish Voice* abgesehen, die er immer aufmerksam gelesen hatte, war Ben nie sonderlich an Nachrichten interessiert gewesen. „Woher weißt du, dass Bradshaw tot ist?"

Ben lächelte blasiert. „Ich achte immer darauf, von allem etwas zu wissen, Onkel Ian. Hast du mir das nicht selbst beigebracht?"

„Ich wusste nicht, dass du zugehört hattest."

„Ich höre dir immer zu.“ Ben streckte seine langen Beine aus, verschränkte seine Hände hinter dem Kopf und lehnte sich zurück. Jetzt war er derjenige, der die Situation unter die Lupe nahm. „Warum willst du das Band haben? Hast du den Kerl umgelegt?“

„Nein, das habe ich nicht, aber auf dem Band könnten sich Informationen über meine Partner und mich befinden, von denen ich nicht möchte, dass sie den Falschen in die Hände fallen.“

Ben grinste. „Dann bin ich euer Mann.“

„Nicht so schnell, mein Junge. Wir müssen noch ein paar Dinge klarstellen.“

Als bereite er sich auf eine Predigt vor, verschränkte Ben die Arme vor seinem breiten Brustkasten. „Okay, schieß los.“

„Falls ich dir diesen Job anvertraue, ist das keine Vergnügungsreise ins Boudoir einer deiner Geliebten. Du wirst keine Rosen zurücklassen, auch keine Gedichte, nichts Theatralisches. Ist das klar?“

Ben rollte mit den Augen, als hätte er diese Predigt schon unzählige Male gehört. „Ja, ja.“

„Nicht in diesem Ton, Junge“, herrschte McDermott ihn an. „Wenn du einen Fehler machst, könnten auf mich zweihundert Jahre Gefängnis warten.“

Sofort wurde Ben ernst. „Ich werde keinen Fehler machen, Onkel Ian.“

„Hast du irgendjemandem davon erzählt, dass du mich besuchen würdest?“

„Keiner Menschenseele.“

„Gut. Du musst irgendwo in einem Hotel wohnen, allerdings nicht in Monterey. Such dir etwas Unauffälliges. Und bezahl bar.“

„Das mache ich immer.“

McDermott betrachtete seinen Neffen schweigend für ein paar Sekunden. Auch wenn er immer noch einen großspurigen Eindruck machte, war Ben äußerst bemüht darum, ihm zu gefallen und vor allem zu beweisen, dass er vertrauenswürdig war.

Als plötzlich Eanu in der Tür stand und ein Zeichen gab, stand McDermott auf. „Wir reden beim Mittagessen weiter. Eanu hat das marokkanische Gericht zubereitet, das dir so gut schmeckt." Mit einem Arm um die breiten Schultern des Jungen gelegt, führte McDermott ihn auf die sonnenüberflutete Terrasse.

Das köstlich duftende *Tagine* in dem kegelförmigen Tontopf wartete bereits auf ihn in der Mitte des Steintischs. Hohe Gläser mit heißem Pfefferminztee, dem traditionellen marokkanischen Getränk, sowie ein runder, dunkler Brotlaib rundeten das Mahl ab. Neben jedem Teller stand ein kleines Schälchen mit Zitronenwasser für die Finger.

Eanu servierte jedem von ihnen eine großzügige Portion *Tagine,* dann zog er sich zurück.

Ben, der es so authentisch wie möglich liebte, tauchte seine Finger in den Lammeintopf und aß mit großer Begeisterung. „Mmm, wie ich sehe, hat Eanu es noch immer drauf. Das ist köstlich."

McDermott, der die konventionellere Art bevorzugte, nahm seine Gabel. „Das Haus, das du durchsuchen sollst, ist genau genommen ein Gasthaus."

Mit vollem Mund fragte Ben. „Abgelegen?"

„Relativ. Die ‚Hacienda' liegt am oberen Teil der Via del Rey, hinter dem Veterans Memorial Park. Ich glaube, du bist mit der Gegend vertraut."

Ben nickte, während er kaute. „Ruhige Nachbarschaft, überwiegend Wohnhäuser."

„Mrs. Bradshaw hat zwei direkte Nachbarn – eine ältere Frau, die auf der vom Gasthaus aus nach Osten gelegenen Seite wohnt, und einen Arzt mit seiner Familie in westlicher Richtung. Beide Anwesen sind rund dreißig Meter von der ‚Hacienda' entfernt."

„Ist das Gasthaus belegt?"

„Nicht im Augenblick. Julia Bradshaw, die übrigens auch die Exfrau des Toten ist, hat nur zwei Gäste – ihren Vater und einen Reporter namens Steve Reyes."

„Reyes, Reyes", sagte Ben, während er kaute. „Ist das nicht der Reporter, der dir vor Jahren dicht auf den Fersen war und dich fast geschnappt hätte?"

McDermott bemühte sich, seine Verärgerung zu unterdrücken. „Er war nicht mal in meine Nähe gekommen", zischte er und nahm einen Schluck Pfefferminztee, der genauso heiß und stark war, wie er ihn mochte. „Zurück zu Julia Bradshaw. Sie und ihr kleiner Sohn wohnen im Haus. Ich nehme an, im Parterre."

„Kein Problem."

„Aber Reyes könnte eines sein."

Ben stützte einen Ellbogen auf den Tisch und ließ einen beeindruckenden Bizeps spielen. „Mit Reyes werde ich fertig."

„Ich möchte nicht, dass es zu einer Auseinandersetzung kommt, Ben", sagte McDermott scharf. „Ich will nur das Band haben."

„Wenn es da ist, bekommst du es." Er tauchte wieder seine Finger in die dickliche Mischung aus Fleisch und Gemüse. „Hat Julia Bradshaw die Kassette selbst versteckt?"

„Nein. Wenn, dann hat er das getan. Ich bezweifle, dass Julia oder irgendwer sonst auf die Idee gekommen ist, dass sich das Band oder eine Kopie davon in ihrem Haus befinden könnte."

„Muss ich das gesamte Haus durchsuchen?"

„Ich hoffe nicht. Wenn wir Glück haben, befindet es sich irgendwo in Julias Wohnbereich. Wenn nicht, wirst du auch in den oberen Stockwerken suchen müssen."

„Okay."

„Du darfst nicht gesehen werden, wenn du deine Aufklärungsarbeit machst. Ist das klar?"

Ben verzog das Gesicht, als habe er Schmerzen. „Bitte, Onkel Ian, ich bin kein Amateur."

„Das ist eine Kleinstadt. Fremde werden bemerkt, und die Leute erinnern sich an sie."

„Keine Sorge." Er grinste. „Wenn es neben dem Stehlen eine Sache gibt, die ich beherrsche, dann ist es die, sich unter die Leute zu mischen. Niemand wird sich nach mir umdrehen."

Ben schien völlig unbesorgt, was McDermott ein wenig beunruhigte. Er hatte von klein auf gelernt, dass man keinen Job, ganz gleich, wie trivial er auch schien, als selbstverständlich betrachten durfte. Und er erwartete von anderen, dass sie das genauso machten.

„Wie lange wirst du für die Vorbereitungen brauchen?" fragte McDermott.

„Wenn alles gut läuft, ein paar Tage. Höchstens drei Tage."

„Ich hatte gehofft, dass es schneller gehen würde."

Ben schüttelte den Kopf. „Unmöglich, Onkel Ian. Wenn das Haus leer wäre, dann wär das kein Problem. Aber bei so vielen Leuten muss ich erst mal deren Gewohnheiten studieren. Ich muss sehen, wer weggeht, wer im Haus bleibt, wer wann schlafen geht, ob es eine Alarmanlage gibt." Er grinste. „Ob jemand schlafwandelt. Diese Details dauern alle ihre Zeit."

Nachdem er nachgedacht hatte, nickte McDermott. „Also gut, drei Tage." Er sah zu, wie Ben sich eine weitere Portion *Tagine* auf den Teller schaufelte. „Aber nicht eine Minute länger."

Esther Hathaway war erfreut, dass Steve sie erneut besuchte und ihr den Teller zurückbrachte.

„Mr. Garnier war so freundlich und hat das Stück schätzen lassen, Mrs. Hathaway", sagte er, während sie den Teller fast ehrfürchtig in das Regal im Esszimmer zurückstellte.

Sie wandte sich überrascht um. „Aber ich habe doch gar nicht darum gebeten …"

„Ich weiß. Aber in Anbetracht des Wertes meinte Mr. Garnier, dass Sie es doch erfahren sollten."

Sie zwinkerte ein paar Mal. „Wie … Wie viel ist er denn wert?"

Steve dachte an den Schreck, den er erlitten hatte, als der Händler ihm den Schätzpreis nannte, und fragte sich, ob Mrs. Hathaways fünfundsiebzig Jahre altes Herz das überstehen würde.

Er beschloss, das Risiko einzugehen und es ihr zu sagen. Nachdem sie sich so lange Zeit um Eli und dessen Garten gekümmert hatte, hatte sie eine kleine Belohnung verdient. „Der komplette Satz mit vierundzwanzig Tellern hat ursprünglich dem Erzbischof von York gehört", erklärte er und wiederholte den Namen, den Garnier so voller Stolz ausgesprochen hatte. „Dieser spezielle Teller hat gegenwärtig einen Wert von elftausend Dollar."

Einen Moment lang dachte er, sie würde ohnmächtig. „O Himmel." Mrs. Hathaway drückte eine Hand gegen ihre Brust. „Elftausend Dollar." Sie sah sich um. „Alles, was in diesem Haus steht, ist zusammen nicht so viel wert."

„Jetzt schon, Mrs. Hathaway." Er zog eine Karte aus seiner Tasche und gab sie ihr. „Das ist die Adresse des Händlers. Er sagte, sie sollten ihn anrufen, falls Sie mal daran interessiert wären, den Teller zu verkaufen."

Während sie die Karte unter eine Blumenvase im Esszimmer steckte, fuhr er fort: „Wenn Sie nichts dagegen haben, werde ich mich jetzt noch einmal gegenüber umsehen."

„Noch einmal?" Als Steve bereits auf dem Weg zur Tür war, seufzte sie und holte ihren Schlüsselbund, bevor er ihr sagen konnte, dass er ihn nicht benötigte.

„Warum spazieren Sie durch Elis Garten?" fragte sie, als sie sich ihm wenig später dort anschloss.

Er beschloss, die Frage mit einer Gegenfrage zu beantworten. „Sie haben mir doch gesagt, dass er seinen Garten geliebt hat? Dass er viel Zeit hier verbracht hat, richtig?"

„Das hat er gemacht." Sie ging neben ihm her, während die Schlüssel in ihrer Tasche klimperten. „Er kannte sogar den lateinischen Namen jeder Pflanze und jeder Blume. Und er hat für sein Leben gern gejätet, gepflanzt und neu gepflanzt. Sogar dieses wilde Fleckchen da drüben hat ihm Vergnügen bereitet." Sie zeigte auf einen überwucherten Bereich hinter dem Schuppen. „Er nannte ihn seinen ‚ungezähmten Garten'. Er wollte nicht, dass ich ihn jäte oder irgendetwas verändere, wenn er nicht hier war. Er sagte, der Flecken sollte genauso bleiben, wie er war."

Steves Herz machte einen Satz. „Hat er das?"

Er ging zu der zugewucherten Stelle, die vielleicht vierzig Quadratmeter groß war. Dichte Ranken und wilde Pflanzen, von denen einige über einen Meter hoch aufragten, bedeckten die gesamte Fläche. Nachdem er über eine niedrige Mauer aus grauen Steinen gestiegen war, hockte sich Steve hin und begann, einige der Ranken zur Seite zu ziehen.

„Was machen Sie denn?" Esther klang beunruhigt. „Das ganze Stück ist voll mit giftigem Efeu."

Steve sah sich beiläufig um, konnte aber keine Spur von giftigem Efeu entdecken. Indem man eine übervorsichtige Nachbarin glauben machte, die giftige Pflanze wachse in großen Mengen, konnte man sicher sein, dass Neugierige auf Distanz blieben. „Ich passe schon auf."

Stück für Stück setzte er seine Suche fort. Nach dem Zweiten Weltkrieg waren in ländlichen Gebieten in Frankreich Juwelen, Kunstwerke und Goldmünzen entdeckt worden, die von ihren Eigentümern vergraben worden waren, damit sie nicht in Feindeshand geraten konnten.

Vielleicht hatte Eli ganz ähnlich gedacht, als er nach einem Versteck suchte.

Nachdem Steve eine Viertelstunde lang gesucht hatte, stieß er plötzlich auf etwas Festes. Er entdeckte einen Stein, der so aussah wie in der Trennmauer. Er konnte zufällig dorthin geraten sein, als die niedrige Mauer gebaut worden war.

Oder Eli hatte ihn als Markierung benutzt.

Während Esther ihm mit missbilligender Miene zusah, hob Steve den Stein zur Seite. Dann begann er mit bloßen Händen in der Erde zu graben. Als er erkannte, dass er nicht schnell genug vorankommen würde, lief er zum Schuppen und holte eine Schaufel.

„Was machen Sie denn jetzt?" wollte Esther wissen. „Jennifer hat nichts davon gesagt, dass Sie den Garten umgraben würden. Ich fürchte, das müssen Sie mir erklären."

„Ich übernehme die volle Verantwortung, Mrs. Hathaway", versprach Steve, als er zu graben begann. „Vertrauen Sie mir."

Nachdem er mehrere Schaufeln voll Erde aus dem Weg geschafft hatte, stieß er auf etwas Hartes. Steve kniete nieder und wischte mit den Händen die restliche Erde zur Seite und griff in das entstandene Loch.

„Bingo", stieß er atemlos hervor.

„Was haben Sie gefunden?" Esther, die noch immer wegen des giftigen Efeus zurückhaltend war, kam so nahe heran, wie sie sich traute, und reckte den Hals, um mehr sehen zu können.

„Ich weiß es noch nicht." Steves Finger fanden einen Griff und umschlossen ihn. Er zog eine Metallkiste heraus, die mit einem einfachen Schnappschloss verschlossen war.

Sein Hals war vor Anspannung wie ausgetrocknet, während er den Deckel öffnete. „Verdammt noch mal", sagte er tonlos.

In dem rostigen Behälter lag ein halbes Dutzend Reisepässe, alle in mehrere Lagen Klarsichtfolie verpackt. Von dem amerikanischen Pass abgesehen, waren alle anderen von verschiedenen Ländern ausgestellt worden.

„Was ist in der Kiste?“ fragte Esther mit vor Neugier bebender Stimme. Er konnte es ihr nicht verübeln. Diese heimliche Operation im Garten ihres Nachbarn war wahrscheinlich das Aufregendste, was sie jemals miterlebt hatte.

„Pässe, Mrs. Hathaway.“ Steve packte zuerst den amerikanischen Pass aus. Der war 1983 ausgestellt worden und enthielt ein älteres Foto von Eli Seavers. Allerdings stand neben dem Foto nicht der Name Eli Seavers, sondern John C. Spivak.

Steve blätterte in dem Dokument, das wahrscheinlich eine Fälschung war. Er fand Vermerke über Reisen nach Spanien, Italien, Ägypten und in die Türkei.

Ein anderer Pass war von der iranischen Regierung ausgestellt worden und identifizierten den ernst dreinblickenden, bärtigen Mann auf dem Foto als Ahmed Jamoul. Nur ein aufmerksamer Blick auf Augen und Augenbrauen ließen eine Ähnlichkeit zwischen dem Iraner und J.C. Spivak erkennen.

Nach den zahlreichen Stempeln in diesem Pass zu urteilen, war Ahmed zwischen 1985 und 1991 sehr oft nach Libyen eingereist. Ein Datum fiel Steve ganz besonders auf: der 4. August 1987. Ein Tag nach Elis Besuch bei „Malamoud Antiques“ in Kairo.

Man musste kein Genie sein, um Elis geschickten Plan zu verstehen. Mit seinem gefälschten, amerikanischen Pass reiste er zunächst nach Europa oder Ägypten, um dann das iranische Dokument oder irgendeinen der vier anderen Pässe zu benutzen und nach Libyen zu fliegen.

Libyen. Das Herkunftsland der Waffenlieferung für Nordirland.

„Ich schätze, ich rufe jetzt besser die Polizei, Mrs. Hathaway. Das ...“ Er brach mitten im Satz ab, als er noch einmal in das

Loch in der Erde sah. Da war noch etwas, eine Tasche, die ebenfalls in Plastik gewickelt und tiefer vergraben worden war.

Steve holte das Bündel heraus, riss die schützende Verpackung auf und zog den Reißverschluss der voll gepackten Tasche auf.

Dann stieß er einen anerkennenden Pfiff aus.

In dem klammen Segeltuch befanden sich etliche Bündel mit 100-Dollar-Noten. Während er die Bündel sichtete, nahm er eine grobe Schätzung vor.

Der Stapel belief sich auf etwa eine halbe Million Dollar.

22. KAPITEL

„Eine halbe Million Dollar?" Julia konnte sekundenlang ihren Mund nicht schließen. „Das ist unglaublich. Wie hat Eli so viel Geld zusammenbekommen?"

„Ich glaube nicht, dass er das alles als Wirtschaftsprofessor verdient hat."

„Aber ... das verstehe ich nicht. Jennifer sagte, dass nicht mal genug Geld auf seinem Konto war, um die Beerdigung zu bezahlen. Es existieren auch keine weiteren Konten. Sie musste das Geld aufbringen."

„Wahrscheinlich hat er besser gelebt, als alle gedacht haben, indem er sich aus der Tasche immer nur so viel geholt hat, wie er gerade brauchte, aber nie mehr. Und als dann seine Krankheit schlimmer und sein Gedächtnis immer schlechter wurde, hat er irgendwann vergessen, wo sein Geld war. Vielleicht sogar, dass er es überhaupt besaß."

„Wo ist das Geld jetzt?"

„Ich habe es Hammond gegeben, der es ans FBI weitergeleitet hat. Sie versuchen, die Herkunft festzustellen."

Sie konnte nicht den Anblick vergessen, wie Eli in seinem Schaukelstuhl dagesessen hatte. „Er machte den Eindruck eines völlig harmlosen, fast schon liebenswerten Mannes. Er hat mir Leid getan wegen dieser Höllenqualen, die er mit sich selbst austrug, dieser Angst, dieser Verwirrung."

„Dein Mitgefühl war fehl am Platz." Wieder zeigte sich auf Steves Gesicht keine Gefühlsregung. „Wenn meine Vermutungen stimmen, dann könnte Eli Seavers alias Ahmed Jamoul alias drei weitere Namen, die ich mir notiert habe, die ich mir jedoch nicht merken konnte, in den letzten elf Jahren den Tod von über vierhundert Menschen mitverschuldet haben."

Julia atmete langsam aus. „Wie konnte er so lange etwas so Abscheuliches machen, ohne erwischt zu werden?"

„Manche Leute sind gut darin, ein Doppelleben zu führen. Es gibt ihnen ein Gefühl der Macht. Und nicht zu vergessen die finanzielle Seite. Wenn man überlegt, was Eli als Professor verdient hat, dann musste das Geld sehr motivierend wirken."

„Du meinst, er hat neben *Gleic Éire* auch für andere Organisationen gearbeitet?"

„Wahrscheinlich ja. Der Handel mit Waffen ist schon immer ein riesiger Markt gewesen, nicht nur in Europa, auch in Afrika und Südamerika."

„Dieser lukrative Zeitvertreib dürfte dann auch der Grund gewesen sein, warum er nie mit seiner Nichte Kontakt aufgenommen hat", sagte Julia. „Obwohl er wusste, wo sie lebte. Er wollte nicht entdeckt werden." Julia dachte an den Nachmittag in Pine Hill zurück und daran, wie liebevoll sich Jennifer um ihren Onkel gekümmert hatte. „Arme Jennifer", murmelte sie. „Wenn das alles stimmt, wird sie am Boden zerstört sein. Sie hat ihren Onkel sehr geliebt."

Ein anderer Gedanke ging ihr durch den Kopf, und sie sah Steve an. „Wird sie das Geld erben?"

„Nicht, solange das FBI nicht weiß, woher es stammt. Wenn es in irgendeiner Weise mit Drogenhandel, Erpressung, Terrorismus oder einem anderen Verbrechen zusammenhängt, wird sie nicht einen Cent zu sehen bekommen."

„Sie würde es auch nicht haben wollen. Nicht, wenn andere dadurch Leid erfahren haben."

Aus dem Nebenzimmer, wo Andrew, Jimmy und Coop Monopoly spielten, kam ein Freudenschrei. „Gewonnen!" jubelte Andrew.

Steve lächelte und zog Julia aus dem Sessel. „Komm schon", sagte er. „Vergiss das alles mal für einen Abend und schließ dich der fröhlichen kleinen Gruppe da drüben an." Er zwinkerte ihr zu. „Vielleicht lädt uns Andrew von seinem Gewinn allesamt zum Essen ein."

Einige Tage später wachte Julia mitten in der Nacht auf, ohne zu wissen, warum. Eben noch hatte sie friedlich geschlafen, und jetzt war sie hellwach.

Der zunehmende Mond schien durch die weißen Gardinen. Vor ihrem Fenster bewegte sich der Ast einer Pinie in der nächtlichen Brise und warf sonderbar geformte Schatten an die Wand gegenüber ihrem Bett.

Julia lag wie erstarrt da, alle Sinne in Alarmbereitschaft. Da war es wieder gewesen, ein Rascheln – so leise, dass sie es sich vielleicht sogar nur eingebildet hatte. Das Geräusch war aus der Küche gekommen. War Steve für irgendetwas nach unten gegangen und hatte das Licht nicht eingeschaltet?

Als sie auf dem Zifferblatt die Zeit erkannte, verwarf sie sofort den Gedanken. Er würde niemals nachts um ein Uhr ihre Küche betreten.

Was nur eines bedeuten konnte: Ein Einbrecher war im Haus.

Sie wollte die Polizei anrufen, besann sich aber eines Besseren. Einen Notruf machte man nur, wenn es sich *wirklich* um einen Notfall handelte.

Sie schob das Bettlaken fort, stieg aus dem Bett und ging geräuschlos durch das Zimmer in den Flur.

Sie schlich an Andrews Zimmer vorbei und war dankbar, dass er diese Nacht bei Jimmys Eltern verbrachte. Eine nervöse Mutter wäre das Letzte gewesen, was ihm noch fehlte.

Von den grün leuchtenden Ziffern der Mikrowelle abgesehen, war die Küche völlig dunkel. Und so still wie ein Grab.

Sie atmete erleichtert aus. *Du hast zu viele Miss-Marple-*

Romane gelesen, altes Haus. Dummerweise war sie jetzt hellwach und würde so schnell nicht wieder einschlafen können, also konnte sie sich auch einen Tee machen. Sie griff nach dem Lichtschalter.

In dem Augenblick legte sich eine behandschuhte Hand auf ihren Mund.

Julia erstarrte vor Schreck.

„Keinen Laut", flüsterte ihr eine männliche Stimme ins Ohr. „Wenn du einen Ton von dir gibst, töte ich dich."

Selbst wenn sie es gewollt hätte, wäre kein Wort über ihre Lippen gekommen. Ihre Stimmbänder verkrampften sich, und sie schien unfähig, einen einzigen klaren Gedanken zu fassen.

Dann fühlte sie, wie der harte Lauf einer Waffe in ihre Seite gedrückt wurde.

Unbändige Angst durchfuhr ihren Körper. O Gott! Das konnte nicht wahr sein. Es musste ein Traum sein, ein schrecklicher Albtraum.

Als der Arm sich fester auf ihren Mund legte und sie mit dem Rücken gegen ihren Angreifer drückte, wusste sie, dass es kein Albtraum war, sondern die unerbittliche Realität.

Tausend Gedanken schossen ihr durch den Kopf. Ein Einbrecher? Ein Vergewaltiger? Sie versuchte, sich an das zu erinnern, was sie vor Jahren in einem Selbstverteidigungskurs gelernt hatte, aber sie konnte keinen klaren Gedanken fassen.

Warme Lippen drückten sich gegen ihr Ohr. „Hast du mich verstanden?"

Sie nickte langsam und vorsichtig, da sie befürchtete, dass er bei der kleinsten Bewegung auf sie schießen könnte. Die Angst hatte ihre Beine zu Gummi werden lassen. Bloße Willenskraft hielt sie davon ab, dass sie ihr den Dienst versagten.

„Ich hatte nicht damit gerechnet, dass Sie aufwachen würden“, flüsterte der Mann. „Aber wenn Sie schon wach sind, kann ich mir das gleich zunutze machen.“ Er verstärkte seinen Griff um ihre Hüfte. „Wo ist es?“

Geld? Wollte er Geld? Bei dem Gedanken stieg hysterisches Lachen in ihrer Kehle auf, erstarb aber gleich wieder, als er sie erneut brutal an sich drückte. „Antworte schon.“

„In der Schreibtischschublade“, flüsterte sie, als er seine Hand gerade so lange von ihrem Mund nahm, dass sie etwas sagen konnte. „Viel ist es aber nicht …“

Die Waffe bohrte sich tiefer in ihre Seite und ließ Julia erstickt wimmern. „Spiel keine Spielchen mit mir, Julia. Du weißt, wovon ich rede.“

Er kannte sie! Und er wollte weder Geld noch Sex. Aber was dann?

„Das Band, Julia“, sagte er ungeduldig. „Das Audioband deines Bruders. Dein Mann hat es versteckt, und du wirst mir erzählen, wo es ist.“

Jordans Band. Er dachte, dass *sie* es hatte. Die Forderung war so lächerlich, dass ihre Furcht einen Moment lang wie weggewischt war und von dem absurden Wunsch ersetzt wurde zu lachen. Dachte er tatsächlich, dass sie nicht der Polizei das Band gegeben hätte, wenn es in ihrem Besitz gewesen wäre, um sich von dem Verdacht reinzuwaschen, der ihr anhing?

Tränen schossen ihr in die Augen. „Ich habe es nicht“, sagte sie mit erstickter Stimme. „Paul hätte niemals …“

„Denk nach, Julia, denk nach. Du kanntest ihn. Du weißt, wie er gedacht hat. Wenn er in diesem Haus etwas verstecken wollte, wo wäre das wohl?“ Der Lauf der Waffe bohrte sich wieder ein Stück tiefer in ihre Seite. „Hilf mir, Julia, sonst töte ich dich auf der Stelle.“

Er legte eine kurze Pause ein, dann fuhr er mit bösartigem Tonfall fort: „Oder … oder ich fange mit dem Jungen an. Wie würde dir das gefallen, Julia? Soll ich Andrew holen? Ich weiß, wo er ist. Ich habe ihn die letzten Tage beobachtet." Die letzten Worte sang er auf eine Weise, als wollte er mit ihm Verstecken spielen.

Entsetzen schnürte ihr den Hals zu. „N-nein", flehte sie ihn an. „Tun Sie ihm nichts, bitte."

Er lachte leise. „Wirst du gehorchen?"

„J-ja."

Sie kämpfte gegen die Furcht an und atmete kurz und flach, während sie versuchte, ruhig zu bleiben und rational zu denken. Er würde sie so lange nicht töten, wie er dachte, dass sie wusste, wo sich die Kassette befand. Zeit. Sie musste Zeit gewinnen.

Sie sah zum Foyer und hoffte, dass Steve einen leichten Schlaf hatte. Wenn sie ihm irgendein Signal zukommen lassen konnte, ohne sich zu sehr in Gefahr zu bringen, dann würde sie das hier vielleicht überleben können.

„Ich werde langsam ungeduldig, Julia."

„Ich … ich überlege. Ich versuche …"

„Du spielst auf Zeit." Er stieß sie gegen einen Stuhl. In der Stille der Nacht kam das Kratzen von Holz auf dem Kachelboden einer Explosion gleich.

Sie fühlte, wie er sich versteifte. Er drückte seine Hand wieder fest auf ihren Mund, und einen entsetzlichen Augenblick lang glaubte sie zu ersticken. Dann lockerte er seinen Griff, und sie konnte wieder atmen. Ihr Blick klebte an der Decke. *Bitte, Steve, Dad. Wacht auf.*

Als einige Sekunden verstrichen und nichts geschehen war, lachte der Mann nervös auf. „Ich schätze, deine beiden Gäste haben nicht so einen leichten Schlaf wie du."

Er wusste, dass Steve und ihr Vater oben waren? Und trotzdem war er hergekommen? Ist er so furchtlos? fragte sie sich, als ein erneuter Anflug von Panik sie erfasste. Oder ist er einfach nur verrückt?

Sie hatte keine Chance weiter zu überlegen. Ohne Vorwarnung wurde sie von einer gewaltigen Wucht getroffen und gegen die Kochinsel geschleudert. Eine Kupferpfanne, die auf dem Herd stehen geblieben war, fiel scheppernd zu Boden. Julia ging auf alle viere hinunter, griff nach dem Kessel und rappelte sich wieder auf.

Sie hörte Kampfgeräusche, eine Faust, die auf Knochen traf, dann einen lauten, dumpfen Schlag, gefolgt von einem Fluch und schmerzerfülltem Stöhnen.

„Steve!" schrie sie. „Bist du in Ordnung?"

„Ja. Geh aus dem Weg."

Julia, die den Griff der Pfanne wie einen Baseballschläger in beiden Händen hielt, holte mit aller Kraft, die sie aufbringen konnte aus, und traf den Einbrecher am Hinterkopf, als er an ihr vorbeirannte.

Sie hätte ebenso gut mit einer Fliegenklatsche nach ihm schlagen können. Ohne aus dem Gleichgewicht zu geraten, stürmte der Mann weiter.

Steve setzte ihm nach und ignorierte den Schmerz in der Seite, in die der Angreifer ihm einen heftigen Tritt versetzt hatte. Als er aber den Fußweg erreichte, war der Mann in der Dunkelheit verschwunden.

Ohne zunächst wieder zu Atem zu kommen, rannte er das kurze Stück zur „Hacienda" zurück. Julia stand blass und aufgelöst mitten in der Küche und hielt immer noch den Kupferkessel in der Hand. Sie trug ein hellblaues Nachthemd, auf dessen Vorderseite der Name irgendeiner Universität geschrieben stand. Es bedeckte kaum ihre Oberschenkel und betonte irritierend ihre Kurven.

„Ist er entkommen?“ Mit der freien Hand hielt sie sich an der Kochinsel fest.

„Nach dem Schlag, den du ihm verpasst hast, hätte er tot sein müssen. Leider ist er mir entwischt. Tut mir Leid.“

Er bemerkte, dass sie zitterte, und nahm ihr die Pfanne aus der Hand, stellte sie auf die Kochinsel und legte seine Arme um Julia, um sie an sich zu ziehen. „Ganz ruhig, Baby. Es ist alles gut. Er ist weg.“

Julia lehnte sich einen Moment lang an ihn und drückte ihr Gesicht an seine Schulter. Dann löste sie sich sanft aus seinem Griff, als wäre ihr plötzlich klar geworden, dass sie beide nicht allzu viel trugen – sie ein dünnes Nachthemd und er Boxershorts. „Entschuldige ... ich wollte nicht die Nerven verlieren.“

„Bist du okay?“ fragte Steve sanft. „Hat er dich verletzt?“

„Nein.“ Sie rieb ihren Ellbogen.

„Er hat dich verletzt.“ Er nahm ihren Arm, drehte ihn behutsam um und tastete mit seinem Daumen ihren Ellbogen ab.

Sie wollte die Situation auf die leichte Schulter nehmen, aber ihre bleichen Wangen sagten etwas anderes. „Was erwartest du, wenn du wie ein wilder Stier herangestürmt kommst?“

„Tut mir Leid. Ich habe nicht nachgedacht.“

„Darüber bin ich ja so froh.“

Steve ging zum Kühlschrank, nahm ein paar Eiswürfel heraus und wickelte sie in ein Küchentuch. „Hier, halt das an deinen Ellbogen. Dann geht die Schwellung zurück.“

Das Geräusch schneller Schritte ließ sie beide aufsehen.

„Was zum Teufel ...“ Coop, der einen blau gestreiften Pyjama trug, sah von Steve zu Julia und hatte sofort die Situation erfasst. „Julia? Was ist passiert?“

Während Steve sie losließ, fasste Coop Julia an den Schultern. „Bist du okay, Baby?“

Sie nickte. „Jemand ist eingebrochen. Ein Mann …“

„Hat er dir etwas angetan?“

„Nein.“ Ein Schauder lief ihr über den Rücken. „Er … er hat nach der Kassette gesucht. Jordans Kassette.“

„Er hat gedacht, dass *du* sie hast?“

„Ja.“ Sie drückte eine Hand gegen ihre Brust. „Er … er hat Andrew bedroht.“

Coop stieß einen Fluch aus. „Ich bringe ihn um“, sagte er mit zusammengepressten Zähnen. „Ich werde ihn finden, und dann bringe ich ihn um.“

Julia konnte sich nicht länger auf den Beinen halten und sank in den am nächsten stehenden Sessel. „Er hat gesagt, dass er weiß, wo Andrew ist“, murmelte sie und begann wieder zu zittern. „Er hat ihn beobachtet.“ Sie stöhnte leise auf. „Stell dir vor, Andrew wäre hier gewesen!“

„Das war nur ein Druckmittel, er wollte dir nur Angst einjagen“, sagte Steve.

Sie stand auf. „Ich muss wissen, ob es ihm gut geht …“

„Julia, es ist ein Uhr in der Nacht …“

„Das interessiert mich nicht, ich will wissen, ob es meinem Sohn gut geht.“

„Okay, okay, beruhige dich, Julia.“ Sanft drückte Steve sie zurück in den Sessel. „Ich kümmere mich sofort darum, ich rufe Joe Martinez an.“

Mit vor Angst weit aufgerissenen Augen sah sie ihm zu, wie er den Hörer nahm, mit dem Finger über die Telefonliste ging und eine Taste drückte. Als Jimmys Vater sich meldete, fasste sich Steve kurz.

„Ich bin sicher, dass es den Jungs gut geht“, sagte Joe Martinez. „Aber ich sehe mal nach.“

Nach wenigen Augenblicken war er wieder am Telefon. „Die

beiden schlafen fest, Steve. Der Alarm ist eingeschaltet, aber zur Sicherheit werde ich aufbleiben.“

Nachdem er sich bedankt hatte, legte Steve auf und gab die Antwort an Julia weiter, die sich erst jetzt zu entspannen schien.

Dann nahm Steve den Hörer wieder ab und rief Detective Hammond an.

23. KAPITEL

Hammond traf mit einem Ermittlerteam kurz nach dem Anruf ein und ließ die „Hacienda" gründlich durchsuchen.

Während einer seiner Männer Fingerabdrücke nahm, notierte Hammond erst Julias Aussage, dann die von Steve.

Julia hatte unterdessen einen gelben Frotteebademantel angezogen und setzte sich in einen der Sessel. Während die Angst sie hartnäckig umklammert hielt, sah sie zu, wie Steve Hammond über die Ereignisse informierte. Der Reporter war ein Muster an Ruhe und Selbstbeherrschung. Er sprach gleichmäßig und mit neutraler Stimme, als hätte er derartige Situationen dutzendweise erlebt. Sie dagegen fühlte sich wie auf einer Achterbahn – im einen Moment auf dem Weg nach oben, im nächsten nach unten. Ohne zu wissen, wann diese irrsinnige Fahrt eine Ende haben würde.

Julia legte die Arme um sich, ohne das Frösteln vertreiben zu können, und sank tiefer zurück in den Sessel, um von etwas Vertrautem umgeben zu sein.

„Mrs. Bradshaw?"

Sie machte einen Satz. Als sie erkannte, dass Detective Hammond mit ihr gesprochen hatte, sah sie auf. „Entschuldigen Sie. Haben Sie etwas gesagt?"

„Ja. Sie haben erwähnt, dass der Einbrecher Sie mit Ihrem Vornamen angesprochen hat. Haben Sie seine Stimme erkannt?"

Julia dachte einen Moment lang nach. So viele Menschen in dieser Stadt waren gegen sie, aber sie konnte sich niemanden vorstellen, der sie so sehr hassen würde und der bösartig genug wäre, um eine Waffe auf sie zu richten und Andrews Leben zu bedrohen. „Nein. Er hat immer nur geflüstert."

Sie lachte müde und sah zu dem Kupferkessel auf dem Tresen. „Er hatte einen Dickschädel, wenn das irgendwie weiterhilft."

Hammond sah Julia mit einem seltsamen Lächeln an. „Ich werde das vermerken. Wenn Sie nichts dagegen haben, würde ich die Pfanne gerne mitnehmen." Er nickte einem der Labormitarbeiter zu, der die Pfanne nahm und in einen Plastikbeutel steckte. „Vielleicht kleben ein oder zwei Haare daran. Und wenn wir sehr viel Glück haben, sogar Blutreste."

Er machte eine kurze Pause, dann fuhr er fort: „Übrigens. Nicht, dass ich Sie unnötig beunruhigen will. Aber der Eindringling hat nicht das bekommen, wonach er gesucht hat. Es besteht also die Gefahr, dass er wieder kommt. Wahrscheinlich nicht mehr heute Nacht. Ich würde Ihnen gerne einen Polizisten in Uniform vors Haus stellen, aber wie üblich sind wir unterbesetzt."

„Kein Problem, Detective." Steve deutete auf den anderen Sessel. „Ich werde heute Nacht hier bleiben."

„Gut." Er sah sich um und bemerkte, dass seine Leute zusammenpackten. „Dann sind wir hier wohl fertig. Rufen Sie mich an, wenn noch etwas passiert." Er sah zu Steve. „Meine Privatnummer haben Sie ja, stimmts?"

„Ja, Hank. Danke. Für alles."

Steve und Coop begleiteten ihn hinaus, dann hörte Julia, wie die Tür geschlossen und verriegelt wurde.

Als die beiden Männer in die Küche zurückkehrten, ging Coop zum Herd, um Wasser aufzusetzen, während sich Steve in den anderen Sessel setzte.

„Wir werden diesen Kerl schon finden", sagte er ruhig. „Egal, was es kostet."

Julia, die sich noch immer wie betäubt fühlte, nickte und sah, wie er ihre Hände umfasste.

„Deine Finger sind eiskalt." Er rieb sie kräftig.

„Ich habe Angst. Nicht um mich, sondern um Andrew. Er könnte ihm etwas antun."

„Das werde ich nicht zulassen."

„O Steve", sagte sie ungeduldig. „Du kannst nicht vierundzwanzig Stunden am Tag auf ihn aufpassen. Niemand kann das."

Coop kam herüber und reichte ihr einen Becher mit heißem Kamillentee. „Ich schon."

Sie zwinkerte irritiert, während sie ihm den Becher abnahm. „Was? Wie?"

„Ich kann ihn mitnehmen in Spikes Berghütte. Da ist er in Sicherheit. Und du musst dir keine Sorgen machen."

Julia erinnerte sich an Spikes Hütte und daran, wie viel Spaß sie als Kind dort gehabt hatte beim Fischen, Bergsteigen und Beobachten der Vogelwelt. Sie erinnerte sich auch an den finsteren, unheimlichen Wald, an das Heulen der wilden Tiere in der Nacht, die vielen Schilder, die die Wanderer warnten, bestimmte Gebiete nicht zu betreten.

„Das ist zu gefährlich", sagte sie, sobald ihre Mutterinstinkte wieder die Oberhand gewonnen hatten. „Ich wäre die ganze Zeit über ein nervliches Wrack."

„Ich werde schon auf ihn aufpassen." Coop nahm ihr Kinn zwischen zwei Finger und brachte sie dazu, ihm ins Gesicht zu sehen. „Und wenn du dir Sorgen machst, ich könnte wieder anfangen zu trinken, dann hör auf damit. Ich habe dir mein Wort gegeben, und ich habe nicht die Absicht, es zu brechen."

„Ich mache mir nicht deinetwegen Gedanken", sagte sie unumwunden. „Ich vertraue dir, Dad. Es ist nur … Andrew ist ein kleiner Junge, und er braucht mich."

Coop lächelte. „Du warst fünf, als ich dich zum ersten Mal mit zur Hütte genommen habe. Ich kann mich nicht erinnern, dass ich von dir in dieser einen Woche irgendwelche Klagen gehört habe. Wenn ich mich nicht täusche, wolltest du sogar überhaupt nicht mehr nach Hause zurück."

„Das ist etwas anderes", protestierte sie. „Er hat gerade seinen Vater verloren, er braucht Sicherheit. Er muss wissen, dass ich für ihn da bin."

Aber noch während sie sprach, sah sie vor ihrem geistigen Auge Bilder, die zeigten, was alles hätte geschehen *können,* wenn Andrew hier gewesen wäre. Sie musste ihren Sohn beschützen.

Coop legte ihr eine Hand auf die Schulter. „Lass es mich bitte für dich tun, Julia. Ich bin hergekommen, weil ich dir helfen wollte, aber bislang habe ich mich noch nicht sehr nützlich machen können."

„Das ist nicht wahr!" wandte sie ein. „Du bist fantastisch gewesen."

„Coop hat Recht", warf Steve ein. „Solange dieser Verrückte noch frei herumläuft, wäre es für Andrew besser, wenn er woanders ist."

„Und was ist mit der Schule?" fragte sie und griff nach dem erstbesten Vorwand.

„Bis zu den Sommerferien sind es nur noch drei Tage", bemerkte Steve. „Wenn du seiner Lehrerin die Situation erklärst, wird sie das bestimmt verstehen. Vor allem, weil die Nachricht vom Einbruch morgen früh ohnehin in der ganzen Stadt bekannt ist."

Er hat Recht, dachte Julia, als ihr die Drohungen des Angreifers wieder durch den Kopf gingen. Ob zu Hause, in der Schule oder bei seinem Freund – Andrew würde immer ein Ziel abgeben. Die einzige andere Alternative war, ihn nicht aus dem Haus zu lassen und rund um die Uhr zu bewachen. Aber nicht mal das war eine Garantie für seine Sicherheit.

Bei Coop wäre er sicher. Sie drückte die Finger auf ihre Augenlider und begann ihn schon jetzt zu vermissen. Sie überlegte, wie lange es wohl dauern würde, ehe die Polizei den Angreifer gefasst hätte. Tage? Wochen?

Denk an Andrew. Das sagte sie sich immer und immer wieder, wie ein Mantra, bis sie sich stark genug fühlte, das zu tun, was getan werden musste.

„Also gut“, sagte sie und sah ihrem Vater in die Augen. „Bring ihn in die Berghütte, Dad.“

„Okay.“ Coop stand auf. „Nachdem wir das geklärt haben, wäre es ganz gut, wenn wir uns alle wieder schlafen legen würden. Es wird schon bald hell.“

Nachdem Coop nach oben gegangen war, rutschte Julia bis zur Kante ihres Sessels. „Was den Rest der Nacht angeht“, sagte sie, als Steve sich erhob, „musst du nicht hier unten bleiben und Wache schieben. Du hast gehört, was Hammond gesagt hat. Der Einbrecher kommt bestimmt nicht heute Nacht zurück.“

„Ich bleibe, Julia, also hör schon auf damit.“

Er wurde von einem kurzen, grellen Lichtblitz am Fenster unterbrochen.

Erschrocken sprang Julia auf. „Was war das?“

„Ein Kamerablitz. Bleib hier.“

Zum zweiten Mal in dieser Nacht jagte Steve hinter einem Eindringling her. Diesmal aber verlieh die Wut ihm Flügel, und diesmal, das schwor er sich, würde er den Bastard nicht entwischen lassen.

Gerade wollte der Fremde nach rechts in die Via del Rey einbiegen, als Steve mit ausgestreckten Armen auf ihn zusprang. Sie stürzten beide hin und rollten den Abhang hinunter. Als sie endlich liegen blieben, schrie der Mann, der unter Steves Körper in der Falle saß, eine Warnung.

„Wenn Sie mir nur ein einziges Haar krümmen, werde ich Sie verklagen!“

„Mich verklagen?“ Steve riss ihn herum und setzte sich rittlings auf dessen Oberkörper. „Freundchen, so lange wirst du gar nicht leben.“ Er packte das Hemd des Mannes und schüttelte ihn heftig. „Wer zum Teufel bist du?“

„Mein Name ist Ron Kendricks.“ Mit zitternden Fingern wühlte er in seiner Hemdtasche und zog einen Presseausweis hervor. „Ich bin Reporter.“

„Na, sieh mal an“, sagte Steve und packte fester zu. „Du bist doch das Stück Dreck, das Julia Bradshaw belästigt.“

„Ich mache nur meine Arbeit, Reyes.“

„Tatsächlich?“ Steve entdeckte die Kamera, die im Rinnstein gelandet war, ließ Kendricks los und ging, um sie aufzuheben.

„Hey!“ Kendricks rappelte sich auf, als Steve gerade die Klappe an der Kamera öffnete. „Was soll das?“

Steve antwortete nicht, sondern zog den Film heraus und zerknüllte ihn.

„Hey, du Hurensohn. Du vergehst dich an meinem Eigentum, verdammt!“

„Und das hier ist Privatbesitz, auf den du eingedrungen bist. Also verschwinde.“

Kendricks machte einen Schritt nach vorne, um seinen Film zu holen, überlegte es sich dann aber noch einmal. „Sie werden dafür büßen, Reyes.“

Steve warf ihm die Kamera zu. „Verschwinde.“

Er wartete auf dem Fußweg, bis Kendricks außer Sichtweite war, erst dann ging er zur „Hacienda“ zurück.

Julia trat einen Schritt zur Seite, um Steve ins Haus zu lassen. „Das war Kendricks, nicht wahr?“

„Der miese, kleine Bastard“, murmelte er.

Julia war besorgt, als sie in Steves Augen für einen Moment Zorn aufblitzen sah, und beobachtete ihn, wie er die Tür verriegelte. „Was hast du mit ihm gemacht?“

„Nicht genug." Steve warf den unbrauchbar gewordenen Film auf den Couchtisch. Ein flüchtiges Lächeln spielte um seinen Mund. „Was *glaubst* du, was ich mit ihm gemacht habe?"

„Ich weiß nicht, aber nach deinem Gesichtsausdruck zu urteilen, als du ihm nachgelaufen bist, dachte ich, du würdest ihn zu Brei schlagen."

„Mit dem Gedanken hatte ich gespielt."

Sie lachte nervös auf, spürte aber, wie die Anspannung, die sich in der letzten Stunde aufgestaut hatte, ein wenig nachließ. „Ich bin sicher, er hätte nichts Besseres verdient. Ich hoffe nur, er hat seine Lektion gelernt und kommt nicht wieder."

„Oh, der kommt wieder", sagte Steve und erntete von ihr einen beunruhigten Blick. „Solche Typen kommen immer wieder. Nicht heute Nacht, und auch bestimmt nicht, wenn ich da bin. Aber er wird einen Weg finden, wie er sich hier wieder einschleichen kann."

„Na, wunderbar."

„Mach dir keine Sorgen." Steve sah aus dem Fenster nach draußen, wo wieder alles ruhig war. „Ich rede nachher mit Hammond über eine einstweilige Verfügung. Jetzt solltest du dir erst mal den Rat deines Vaters zu Herzen nehmen und schlafen. Du siehst so aus, als könnte es dir gut tun."

Sie bezweifelte, dass sie würde schlafen können, sagte ihm aber nichts davon. „Du musst doch sehr müde sein. Kann ich dich denn gar nicht dazu überreden, dass du die Nacht doch in deinem Bett verbringst?"

„Nein, also versuchs gar nicht erst."

Julia unterdrückte ein Lächeln. „Hat dir schon mal jemand gesagt, dass du unglaublich stur bist?"

„Meine Schwester erzählt mir das ständig."

Sie unterdrückte ein Gähnen. „Du brauchst Bettwäsche."

„Hole ich mir aus meinem Zimmer. Geh schlafen, Julia."

Sie war zu müde, um mit ihm zu diskutieren.

Er konnte nicht schlafen. Nicht, dass er überhaupt erwartet hatte, einschlafen zu können. Überraschenderweise waren es aber nicht die nächtlichen Ereignisse, die ihn wach hielten, sondern das geistige Bild von Julia in ihrem dünnen, kurzen Nachthemd.

Er hatte die beiden Sessel zusammengeschoben und es sich in dem behelfsmäßigen Bett einigermaßen bequem gemacht und sah zu den Schatten an der Decke. Es hat alles so harmlos angefangen, dachte er. Er hatte einfach nur die Gegenwart einer hübschen Frau wahrgenommen und einen harmlosen, kleinen Flirt folgen lassen. Wie oft hatte er sich diesem Zeitvertreib schon hingegeben und nichts Komplizierteres als reines Vergnügen erlebt?

Julia hatte sich dagegen irgendwie anders auf ihn ausgewirkt. Und heute Nacht, als er plötzlich aufgewacht war und erkannt hatte, dass jemand hier unten war und ihr möglicherweise wehtat, hatte sich etwas in ihm geregt. In dem Moment, in dem er leise aus dem Bett geklettert war, hatte er gewusst, dass die Person, die ihr auch nur ein Haar krümmen würde, ein toter Mann wäre.

Steve sah in den dunklen Flur, der zum Schlafzimmer führte. Zu wissen, dass sie dort war und friedlich schlief und sich vielleicht sogar sicher durch seine Anwesenheit fühlte, erfüllte ihn mit einem sonderbar wohligen und warmen Gefühl, wie er es seit Jahren nicht mehr erlebt hatte.

Jesus! Er fuhr sich durchs Haar. Immer hatte er seine Gefühle unter Kontrolle gehabt und darauf geachtet, dass ihm niemand so unter die Haut ging. Was zum Teufel geschah mit ihm?

Du beginnst, dich in sie zu verlieben, Alter.

Und er hatte nicht die geringste Ahnung, was er machen sollte, denn all seine Gedanken kreisten nun um Julia.

Um Andrew nicht unnötig Angst einzujagen, hatte Julia nichts von dem nächtlichen Angreifer erwähnt, als sie ihn am nächsten Morgen bei den Martinez abholte. Steves Vorschlag entsprechend hatte sie erklärt, dass ein neugieriger Reporter um die „Hacienda“ schlich, um Fotos zu machen, und sie Andrew deshalb nicht im Haus haben wollte.

Er hatte nicht viel dagegen einzuwenden, erst recht nicht, als er hörte, mit wem und wohin er stattdessen fahren würde.

Jetzt, da die Zeit des Tränenvergießens drohte, sah Julia ihm zu, wie er aus dem Haus kam, seine Angel in einer Hand, den Roboter in der anderen. Unter den Arm hatte er sich zudem ein paar seiner Lieblingsvideos geklemmt.

Sie lächelte tapfer. „Wenn du noch eine Runde durch dein Zimmer machst, müssen wir einen Pick-up mieten.“

„Nee.“ Andrew legte die Angel in den Kofferraum von Coops Buick. „Ich bin fertig.“

Sie drückte ihn fest an sich und erinnerte ihn daran, jeden Tag anzurufen und auf seinen Großvater aufzupassen. „Ich liebe dich, Schatz“, sagte sie und schluckte, während sie versuchte, den Kloß in ihrem Hals zu ignorieren.

„Ich liebe dich auch, Mom.“ Er sah zu Steve und streckte ihm die Hand entgegen, dann aber zuckte er nur kurz mit den Schultern und umarmte ihn ebenfalls.

Julia konnte an Steves Gesichtsausdruck erkennen, dass der spontane Liebesbeweis ihn völlig unvorbereitet getroffen hatte. Aber die Fassungslosigkeit hielt nicht lange an. Er hob Andrew hoch und drückte ihn an sich. „Hab viel Spaß, Kleiner.“

„Mach ich.“

Wenige Augenblicke später waren Andrew und Coop angeschnallt und fuhren hupend und winkend los.

Julia biss sich auf die Unterlippe, um nicht zu weinen, und sah zu, wie der Wagen die Zufahrt entlangfuhr. Als Steve einen Arm um ihre Schultern legte, lehnte sie sich an ihn und war froh über eine körperliche und moralische Stütze an ihrer Seite. „Ich weiß, dass er nicht weit weg ist“, sagte sie. „Und ich weiß auch, dass er in guten Händen ist, aber …“

„Aber du bist seine Mutter und wirst dich immer um ihn sorgen.“ Er küsste sie auf die Wange. „Komm mit“, sagte er und drehte sie herum. „Ich mache dir mein sofort wirkendes Allheilmittel.“

Sie sah ihn an, da sie nicht wusste, was sie erwartete. „Was soll das sein?“

„Café Cubano. Der hebt garantiert deine Laune.“

Sie brachte ein Lächeln zustande. „Und er erhöht den Blutdruck.“

„Oh.“ Er drückte sie etwas stärker an sich. „Ich hatte gehofft, dass ich das auch ohne künstliche Anregungsmittel schaffen kann.“

Mit einem Lachen folgte sie ihm ins Haus.

„Coop?“ Grace sah Julia an, als habe sie den Verstand verloren. „Du hast deinen Sohn, dein Ein und Alles, deinem *Vater* anvertraut? Einem Mann, der seine eigenen Kinder nicht mal vor einer streunenden Katze beschützen konnte?“

„Dad wird gut auf Andrew aufpassen, Mom. Ich weiß, dass du dir wegen seiner Alkoholprobleme Sorgen machst, aber er hat mir geschworen, dass er nie wieder einen Drink anrühren wird, und ich glaube ihm.“

Wenn sie sich erst einmal etwas in den Kopf gesetzt hatte, war ihre Mutter unerbittlich, und so warf sie Julia jetzt auch einen durchdringenden Blick zu. „Wenn du wolltest, dass Andrew in Sicherheit ist, warum hast du ihn dann nicht zu Charles gebracht? Sein Haus ist eine Festung. Und du kannst über den Mann sagen, was du willst, aber er liebt Andrew und hätte gut auf ihn geachtet.“

„Ich will das nicht abstreiten. Und ich hätte auch kein Problem damit, ihn Charles anzuvertrauen. Vor allem jetzt nicht mehr, wo … sich die Dinge zwischen uns verändert haben."

„Und warum hast du es nicht gemacht?"

„Weil Andrew sich bei Charles zu Tode langweilen würde. Wenn er aber mal für einige Zeit von zu Hause wegkommt, hat er vielleicht ein wenig Spaß."

Grace zuckte resigniert mit den Schultern und begann zum dritten Mal, den Stapel Zeitschriften auf dem Couchtisch zu ordnen. „Du bist die Mutter, also nehme ich an, dass ich deinen Instinkten trauen muss. Ich möchte aber feststellen, dass es mir nicht gefällt."

Sie ließ die Zeitschriften liegen und wandte sich Julia zu. „Geht es Andrew denn gut? Hast du von ihm gehört?"

„Es geht ihm gut. Wir haben telefoniert, bevor ich hergekommen bin." Sie lächelte. „Ich soll dich von ihm grüßen. Und ich soll dir ausrichten, dass du auch hinkommen und etwas Zeit mit ihm und Coop verbringen sollst."

Grace' Wangen röteten sich ein wenig. „Das hat er nicht gesagt."

„Ich schwöre dir, er hat es gesagt. Er hat mich viel über dich und Dad gefragt. Ich habe ihm so viel beantwortet, wie ich konnte, aber ich glaube, den Rest solltest du ihm erklären."

Grace verzog säuerlich das Gesicht. „Ich habe nichts dazu zu sagen …"

„Mom …"

Grace fuchtelte ungeduldig mit der Hand. „Nicht im Augenblick, Julia, bitte. Ich bin noch zu aufgeregt über das, was dir letzte Nacht zugestoßen ist, da kann ich nicht über meinen nutzlosen Ehemann diskutieren."

Julia fühlte sich augenblicklich schuldig. „Ich wollte nicht, dass du dir meinetwegen Sorgen machst, Mom. Mir geht es gut, und daran wird sich auch nichts ändern. Steve sorgt schon dafür."

Im gleichen Augenblick verschwand Grace' Verärgerung. „Das ist gut. Aber was ist mit der Polizei? Versucht die überhaupt, den Mann zu fassen, der dich angegriffen hat?"

„Natürlich. Detective Hammond geht auf der Via del Rey von Tür zu Tür, um zu erfahren, ob jemand etwas gesehen hat. Steve fragt auch rum, aber bislang ohne Ergebnis."

Es sei denn, dachte Julia, sie haben etwas gesehen und sagen es nur nicht. Das wäre keine Überraschung gewesen, wenn man überlegte, wie die Stadt zu ihr stand.

Auf ihrem Platz gegenüber von Julia auf der sonnigen Veranda des „Clock Garden" in der Abrego Street ignorierte Penny ihren Hummersalat und stützte beide Ellbogen auf den Tisch. „Ich kann es nicht glauben, dass dieser Dreckskerl eine Waffe auf dich gerichtet hat", sagte sie mit vor Verärgerung bebender Stimme. „Ich wünschte, Steve hätte ihn erwürgt, als er die Gelegenheit dazu hatte."

Julia lächelte. „Penny, ich wusste gar nicht, dass du eine sadistische Ader hast."

„Wie kannst du darüber bloß Witze reißen?"

„Weil ich sonst den Verstand verliere." Als Penny endlich zu essen begann, fing auch Julia an und schnitt ein Stück von ihrer gegrillten Flunder ab. „Mir geht es gut", fügte sie hinzu. „Und was noch viel wichtiger ist: Andrew geht es gut."

„Ja." Penny spießte ein Stück Hummer mit der Gabel auf. „Gott sei Dank." Sie kaute schweigend, bevor sie wieder zu Julia sah. „Frank möchte, dass du bei uns wohnst, bis sie den Kerl gefasst haben."

Julia schüttelte den Kopf. „Das geht nicht, Penny. Ich habe ein

Geschäft zu führen.“ Sie lächelte. „Außerdem ist Steve da, und du kannst mir glauben, dass wir in letzter Zeit praktisch unzertrennlich sind.“

„Hmmm.“ Penny imitierte Groucho Marx, indem sie die Augenbrauen auf viel sagende Weise hob und senkte. „Keine schlechte Sache, wenn du mich fragst.“

Julia blickte auf ihren Teller. „Unter anderen Umständen würde ich dir zustimmen. Steve ist charmant, und er lenkt mich ab, aber im Moment mache ich mir zu viele Gedanken über diesen Wahnsinnigen, der wieder kommen könnte, als dass ich über die Liebe nachdenke.“

„Dann hör auf, dir Sorgen zu machen.“ Penny nahm die Flasche Evian und füllte ihr Glas wieder auf. „Frank war sicher, dass du unsere Einladung ausschlagen würdest. Deshalb hat er ein paar Kollegen gebeten, Tag *und* Nacht regelmäßig in deiner Straße zu patrouillieren. Das ist nicht das Gleiche wie einen uniformierten Polizisten vor der Tür zu haben, aber es sollte helfen.“

Überrascht lehnte sich Julia zurück. „O Penny, das hätte er nicht machen sollen. Er könnte Ärger bekommen.“

„Nein, bekommt er nicht. Ein paar Leute waren ihm noch einen Gefallen schuldig. Das läuft bei den Jungs ständig so.“

Julia schüttelte den Kopf. „Ich scheine allen Leuten nur Unannehmlichkeiten zu bereiten. Meinem Vater, der praktisch über Nacht in eine Stresssituation geraten ist. Steve, der meint, er müsse mich jetzt Tag und Nacht bewachen. Frank, du, meine Mutter.“

„Hörst du endlich auf?“ fragte Penny und lehnte sich vor. „Wir lieben dich, das sind für uns keine Unannehmlichkeiten, um Gottes willen.“

„Ich weiß. Ich bin nur einen Moment lang in meinem Selbstmitleid versunken. Das kommt in letzter Zeit des Öfteren vor.“ Sie wusste, dass sie keinen Bissen mehr schlucken würde, und schob ihren Teller zur Seite. „Ich will mein Leben zurückhaben, Penny. Mein einfaches, ruhiges Leben mit Andrew, so wie früher."

„Genau so wie früher?" fragte Penny mit einem Blitzen in den Augen. „Bist du sicher, dass du nicht wenigstens eine neue Sache dazuhaben möchtest?"

Julias sinkende Laune besserte sich ein wenig. „Jetzt, wo du es sagst", erwiderte sie und beschloss, sich auf Pennys Kosten ein wenig zu amüsieren. „Ich könnte im Parterre noch ein Badezimmer gebrauchen."

Penny gab Julia einen spielerischen Klaps auf die Hand. „Ach, hör auf."

„Eleanor, was für eine angenehme Überraschung."

Julia öffnete die Tür, um ihre frühere Nachbarin ins Haus zu lassen. Eleanor Bailey war einer der wenigen Menschen in Monterey, die sie nach ihrer Scheidung von Paul nicht schief angesehen hatten. Julia vermutete sogar, dass die ältere Frau genau wusste, was sich hinter den verschlossenen Türen des hübschen Tudor-Hauses abgespielt hatte, in dem Julia und Paul gelebt hatten. Sie war aber so diskret, dass sie nie ein Wort gesagt hatte.

Julia hatte sie seit der Beerdigung nicht mehr gesehen, und auch da war es nur ein kurzer Augenblick gewesen. Doch heute blieb Eleanors Gesichtsausdruck unverbindlich und zeigte keine Spur von dem freundlichen Lächeln, das Julia so vertraut war. Sie wollte nicht einmal ins Haus kommen.

„Ich wollte nur das Kochbuch zurückbringen, das ich mir bei dir vor Monaten ausgeliehen hatte", sagte sie und wich ihrem Blick aus.

Julia sah auf das Buch, das Eleanor ihr gegeben hatte, und war etwas irritiert über das kühle Verhalten der Frau. „Das hatte keine Eile", sagte sie. „Aber ich freue mich, dass du vorbeigekommen bist." Sie zog Eleanor ins Haus. „Komm rein. Lass uns neuen Klatsch austauschen, ich mache uns einen Kaffee. Vielleicht habe ich sogar noch ein paar Haferkek..."

„Ich kann nicht bleiben."

Julia ließ sie los. „Stimmt etwas nicht?"

„Nein, ich bin nur in Eile, sonst nichts."

Julia spürte aber, dass das nicht alles war, und sorgte sich wegen der plötzlichen Veränderung ihrer alten Freundin. „Bist du wütend auf mich?" hakte sie nach. „Habe ich dir etwas getan?"

Schließlich sah die alte Frau Julia an, die in ihren Augen eine Mischung aus Traurigkeit und Enttäuschung entdeckte.

Julia fühlte, wie sich eine eisige Hand um ihr Herz legte. „Oh, Eleanor, du glaubst nicht etwa diesen albernen Gerüchten, dass ich Paul getötet habe, oder? Du weißt doch, dass das nicht stimmt."

Eleanor wirkte noch unglücklicher und steuerte auf die Tür zu. „Ich hätte nicht herkommen sollen", sagte sie und winkte Julia aus dem Weg.

Julia kam zu dem Schluss, dass sie die Lage nur klären konnte, wenn sie ihre ehemalige Nachbarin direkt darauf ansprach, und stellte sich ihr in den Weg. „Eleanor, wir beide kennen uns seit langem, und wir hatten immer ein gutes Verhältnis. Aber du fühlst dich jetzt in meiner Gegenwart nicht behaglich, und ich möchte den Grund dafür wissen!"

„Manche Dinge spricht man besser nicht aus", erwiderte Eleanor hartnäckig. Sie sah kurz in Julias Richtung, konnte ihr aber nicht in die Augen blicken. „Darum habe ich der Polizei auch nichts gesagt."

Perplex schüttelte Julia den Kopf. „Der Polizei nichts gesagt? Worüber?"

„Dass ich dich in der Nacht gesehen habe, in der Paul starb." Sie nahm ein weißes Taschentuch aus ihrer Handtasche und betupfte ihre Augen. „Ich wollte dich nicht in Schwierigkeiten bringen."

„Oh", seufzte Julia erleichtert. „Das musstest du doch nicht verschweigen, Eleanor. Ich habe der Polizei gesagt, dass ich vor Pauls Haus geparkt habe. Das stand sogar in der Zeitung."

Eleanor drückte das Taschentuch gegen das andere Auge. „Ich habe mehr als das gesehen, Julia."

Beunruhigt starrte Julia sie an. „Wovon redest du? Was hast du gesehen?"

Eleanor drückte das Taschentuch zu einer Kugel zusammen und sah sie gepeinigt an. „Oh, Julia, weißt du es nicht?"

„Nein, was denn?"

„Ich habe dich gesehen, Julia. Ich habe gesehen, wie du in Pauls Haus gegangen bist."

Fassungslos über das, was sie soeben gehört hatte, trat Julia einen Schritt zurück. „Das ist nicht möglich“, sagte sie nach ein paar Sekunden. „Ich bin nie ins Haus gegangen. Ich bin die ganze Zeit über im Wagen geblieben.“

Eleanor schüttelte starrsinnig den Kopf. „Ich habe an dem Abend zweimal aus dem Fenster gesehen. Beim ersten Mal habe ich dich gesehen. Ich konnte mir nicht vorstellen, was du um diese Zeit da draußen machen solltest. Ich habe zuerst sogar überlegt, ob du es wirklich *warst* oder jemand, der so aussah wie du. Dann habe ich den Wagen erkannt, und als dann die Fahrertür geöffnet wurde, habe ich dich ganz deutlich erkannt.“

„Aber ich habe die Tür fast gleich wieder zugemacht, *ohne* auszusteigen. Hast du das nicht gesehen?“

Eleanor schüttelte wieder den Kopf. „Ich bin vom Fenster weggegangen, weil ich nicht neugierig erscheinen wollte. Aber ich muss zugeben, dass es mich doch interessierte. Also habe ich nach einiger Zeit noch mal rausgeguckt.“ Sie sah auf das Taschentuch, das sie noch fester zusammenpresste. „Da habe ich dich aus dem Wagen aussteigen und zum Haus gehen sehen.“

„Das war ich nicht!“ schrie Julia frustriert. „Du musst jemand anderen gesehen haben.“

„Du warst das, Julia. Als am nächsten Morgen die Polizei bei mir vor der Tür stand und mir sagte, Paul sei tot, da wusste ich nicht, was ich denken sollte. Als ich aber gefragt wurde, ob ich in der Nacht irgendetwas gesehen oder gehört hatte, da konnte ich mich nicht dazu durchringen, ihnen von dir zu erzählen.“

In ihren Augen standen Tränen, als sie Julia ansah. „Ich bin einundsiebzig Jahre alt, und ich habe noch nie eine Lüge erzählt, Julia. Der einzige Grund, warum ich an dem Morgen nichts gesagt habe, war der, dass ich es nicht hätte mit ansehen können, wie sie dich ins Gefängnis stecken. Nicht nach allem, was du mit diesem Mann durchgemacht hast."

Voller Wut packte Julia sie an den Schultern. „Eleanor, hör mir zu. Wen auch immer du an dem Abend gesehen hast, das war nicht ich. Hörst du? Du hast selbst gesagt, dass es jemand gewesen sein könnte, der so aussah wie ich. Oder vielleicht hat der Regen ..."

„Was ist denn hier los?"

Als sie die vertraute Stimme hörte, ließ Julia Eleanor los und fuhr herum. In der Tür stand Detective Hammond und sah sie beide an. Sein ruhiger Blick ging zwischen Eleanor und Julia hin und her, ehe er ihn auf Eleanor ruhen ließ.

„Was haben Sie gesehen und mir nicht gesagt, Mrs. Bailey?" Er betrat das Foyer und schloss die Tür hinter sich.

Unter dem bohrenden Blick lief das Gesicht der Frau hochrot an. „Nichts ... ich ... ich habe Ihnen alles gesagt, was ich weiß."

„Nicht alles, Mrs. Bailey." Er sah zu Julia. „Und Sie offenbar auch nicht."

„Ich war es nicht." Julia schien nicht in der Lage, mehr als diesen knappen Satz zu sprechen. Nach Hammonds Blick zu urteilen, glaubte er ihr genauso wenig wie Eleanor.

„Mrs. Bailey." Hammond sprach langsam und geduldig. „Haben Sie Mrs. Bradshaw am Abend des 26. Mai in das Haus von Ratsmitglied Bradshaw gehen sehen?"

Eleanor warf Julia einen verzweifelten Blick zu.

„Sehen Sie nicht Julia an, Mrs. Bailey. Sehen Sie mich an, und beantworten Sie bitte meine Frage."

„Ich weiß nicht ... ich meine ... ich bin nicht sicher."

„Dann werde ich Ihnen helfen. Ihr Haus steht direkt gegenüber dem von Paul Bradshaw, richtig?" Er wartete, bis sie genickt hatte, dann erst fuhr er fort. „Und Sie haben Mrs. Bradshaw deutlich – das war Ihre Formulierung: *deutlich* – gesehen, wie sie an dem Abend die Fahrertür öffnete. Stimmt das?"

„Ja." Eleanors Stimme war kaum zu hören.

„Und als Sie nach einiger Zeit noch einmal hingesehen haben, sahen sie, wie Mrs. Bradshaw zum Haus des Ratsmitglieds ging. Das haben Sie gesagt."

Mrs. Bailey zog an einer Ecke des Taschentuchs. „Ich habe jemanden gesehen, der einen Regenmantel mit Kapuze trug und der aus einem Auto ausstieg."

„Konnten Sie den Wagen erkennen?"

Ihr Gesicht wurde bleich vor Schreck. „Er war ... schwarz."

„War es ein Volvo?"

„Ich kenne mich mit Autos nicht gut aus." Ihre Stimme war vor Angst gepresst, und sie tat Julia Leid. Sie versuchte zu helfen, machte aber dadurch alles noch schlimmer.

„Sah der Wagen aus wie der von Mrs. Bradshaw?"

„Ich ... ich glaube schon."

Hammond wandte sich an Julia. „Was haben Sie an dem Abend getragen, Mrs. Bradshaw?"

Julia spürte, wie zwischen ihren Brüsten kalter Schweiß über ihre Haut lief. „Einen Regenmantel."

„Hat der eine Kapuze?"

„Ja, aber das besagt gar nichts. An dem Abend hat jeder, der aus dem Haus gegangen ist, irgendwelche Regenkleidung getragen."

Hammond seufzte, als würde er sich auf das, was er gleich machen musste, nicht freuen. „Sie kommen besser mit auf die Wache", sagte er. „Ich muss Ihnen noch ein paar Fragen stellen. Und Ihnen auch, Mrs. Bailey."

„Wollen Sie mich jetzt etwa festnehmen?" fragte Julia mit bebender Stimme.

Hammonds Augen wurden ein wenig sanfter. „Nein, aber an Ihrer Stelle würde ich einen Anwalt anrufen. Sie könnten ihn gebrauchen, bevor der heutige Tag vorüber ist."

Voller Nervosität, weil er noch nichts von Ben gehört hatte, ging McDermott durch sein Gewächshaus und wartete auf den Anruf seines Neffen, als die Tür aufging.

Ein Blick auf Bens blau geschlagenes und verquollenes rechtes Auge verriet ihm, dass die Mission nicht nach Plan gelaufen war.

„Was zum Teufel ist denn mit dir passiert?" brüllte er ihn an.

„Ah ..." Unübersehbar verlegen trat Ben von einem Fuß auf den anderen. „Es gab Komplikationen."

McDermott bewegte sich nicht. „Komplikationen welcher Art denn?"

„Julia ist aufgewacht." Seine Hand wanderte zu seinem Hinterkopf, den er zaghaft berührte. „Dieses Miststück hat mir fast den Schädel zertrümmert. Das muss wahrscheinlich genäht werden."

McDermott bemühte sich, Ruhe zu bewahren. „Ben, hast du das Band?"

„Nein."

Er atmete tief ein und hielt die Luft einige Sekunden lang an. Erst als er sicher war, dass er sein Temperament unter Kontrolle hatte, atmete er langsam wieder aus. „Von Anfang an, Ben."

Ben sprach langsam, schuldbewusst, und er schwor immer wieder, dass es nicht sein Fehler gewesen war. Er war so leise wie eine Maus gewesen. Woher sollte er wissen, dass Julia Bradshaw einen so leichten Schlaf hatte? Und dass Reyes völlig lautlos nach unten kommen und wie ein Berserker auf ihn losstürmen würde?

Nach einer Weile ließ McDermott Bens Ausführungen in den Hintergrund treten, bis er nichts mehr davon wahrnahm. Welchen Unterschied machte es schon, warum oder wie es zu diesem

Fiasko gekommen war? Was zählte, war nur, dass das verdammte Band noch immer irgendwo da draußen war. Und dass er den Zorn seiner Mitstreiter über sich ergehen lassen musste, die alle skeptisch waren, was Bens Befähigung anging, diesen Auftrag auszuführen.

„Ich hatte Pech, es ging zu viel schief. Es tut mir Leid, Onkel Ian", sagte Ben abschließend.

„Das sollte es auch. Ich habe dir vertraut, Ben. Ich habe dich sogar vor meinen Partnern verteidigt, die Vorbehalte gegen dich hatten. Und was machst du? Du hast es verpatzt, du machst mich vor ihnen zum Narren. Das ist etwas, was ich überhaupt nicht mag."

„Ich erkläre es ihnen, Onkel Ian. Sie werden es verstehen."

McDermott lächelte ihn gönnerhaft an. Die Naivität der Jugend, dachte er, der Glauben, dass man Fehler mit Worten beheben kann. Das erstaunte ihn immer wieder.

Während seine Enttäuschung vorübergehend seine anderen Probleme in den Hintergrund drängte, zog er eine Schublade heraus, in der er kleinere Gartengeräte aufbewahrte, und betrachtete nachdenklich den Inhalt. „Ich hatte so große Dinge mit dir vor, Ben", sagte er wehmütig. „Ich hatte gehofft, dich eines Tages zu meinem Stellvertreter zu machen. Es hätte mir Spaß gemacht, mit dir zusammenzuarbeiten und dir alles beizubringen, was ich weiß."

„Das möchte ich mehr als alles andere, Onkel Ian", sagte Ben ernst. „Das weißt du, und das wissen auch die anderen."

„Ja, aber das ist jetzt nicht mehr möglich."

„Doch, doch, sicher, ich … ich werde das Band finden. Ich durchsuche die ganze Stadt, wenn es sein muss, aber ich werde das Band finden."

„Ich fürchte, das würde nicht genügen."

„Wieso nicht?"

Nachdem er gefunden hatte, wonach er suchte, holte McDermott eine Glock 17 aus der Schublade.

Als Ben sah, dass die Waffe auf ihn gerichtet war, begann er wirres Zeug zu reden. Noch so ein enttäuschender Zug, dachte McDermott angewidert. Jeder Mann und jede Frau in der Familie der McDermotts, die dem Tod ins Auge gesehen hatten, hatten das mutig und würdevoll getan. Es schmerzte ihn, dass sein Neffe, mit dem er so große Hoffnungen verbunden hatte, ein so hoffnungsloser Feigling war.

„Onkel Ian … w-was machst du da?" Ben gab einen kläglichen Laut von sich, irgendwas zwischen einem Schluchzer und einem Lacher. „Du kannst mich nicht umbringen … wir sind Familie."

McDermott hob die Waffe, zielte auf Bens Herz und feuerte kurz hintereinander drei Schüsse auf ihn ab.

25. KAPITEL

Davon überzeugt, dass die Wahrheit auf ihrer Seite war, hatte Julia darauf verzichtet, einen Anwalt zu ihrem Verhör dazuzuholen. Wo sollte sie auch einen Anwalt für Strafrecht finden? Und – viel wichtiger – wie sollte sie seine Dienste bezahlen?

In dem stickigen, fensterlosen Raum, in dem Hammond und ein anderer Detective ihre Aussage aufgenommen hatten, war sie bei ihrer Version geblieben. Sie war zu Paul gefahren, um ihn wegen der Hypothek zur Rede zu stellen, hatte es sich dann aber anders überlegt und war nach Hause gefahren. Sie ist definitiv nicht in Pauls Haus hineingegangen.

Als sie fertig waren, musste sie ihre Aussage wiederholen. Zwischendurch stellten sie ihr Fragen, als wollten sie ihr widersprüchliche Antworten entlocken. Sie verwickelte sich in keinen Widerspruch. Auch wenn sie verängstigt war, unterschied sich ihre zweite Darstellung in nichts von der ersten, ihre Stimme war matt, aber ruhig. Es war keine einfache Aufgabe. Alles an Detective Hammond, von seinem scharfen, wachsamen Blick bis hin zu seinem Sperrfeuer aus Fragen, sollte sie aus der Fassung bringen. Er war ein völlig anderer Mann als der, der in ihrer Küche gestanden und Kekse gegessen hatte.

Bevor sie die „Hacienda“ verließ, hatte sie Penny angerufen. So ruhig und gefasst, wie sie es in Krisenzeiten immer war, hatte sie ihr gesagt, dass Frank dienstfrei hatte und zum Golfen gefahren war. Sie würde ihn aber schon finden.

Die beiden trafen zwanzig Minuten später ein, als Julia gerade zu Hammonds Schreibtisch zurückgebracht wurde. Steve, der ein sorgenvolles Gesicht machte, war bei ihnen, außerdem ein kleiner, stattlicher Mann, den Julia noch nie gesehen hatte.

Während sich Frank mit Hammond unterhielt, eilte Steve mit

dem Fremden im Schlepp zu ihr. „Geht es dir gut?“ Er nahm ihr Gesicht in seine Hände und sah sie aufmerksam an.

Wie soll es mir gut gehen, dachte sie, während sie gegen ihre Tränen ankämpfte. Vor der Polizeistation hatten sie Reporter umringt, ihr Fragen zugerufen und Mikrofone vors Gesicht gehalten. Im Gebäude war die Stimmung nicht viel besser gewesen. Sie war wie eine gewöhnliche Kriminelle verhört worden, und man hatte sie angesehen wie die Attraktion in einer Freakshow. Seit der Zeit, da sie von Paul geschlagen worden war, hatte sie sich nicht mehr so erniedrigt und entwürdigt gefühlt. „Mir gehts gut“, erwiderte sie kategorisch.

Sie konnte an der Art, wie er beschützend seine Arme um ihre Schultern legte, erkennen, dass er ihr nicht glaubte. „Julia“, sagte er, während er den Fremden herbeiwinkte. „Das ist Michael Rumson. Er ist Strafverteidiger, und nach allem, was Frank mir gesagt hat, ein sehr guter.“

Panik ergriff von ihr Besitz. „Steve, ich kann es mir nicht leisten, einen An…“

„Pst.“ Er legte einen Finger auf ihre Lippen. „Das ist alles geregelt.“

„Von wem?“

„Von mir. Und jetzt hör auf, mir damit auf die Nerven zu gehen. Du kannst es mir später zurückzahlen, wenn du dich dann besser fühlst. Im Moment will ich dich nur hier rausholen.“

„Ich fürchte, das ist nicht möglich.“

Der Mann, der gerade gesprochen hatte, war Tanner Brooks, einer der schärfsten und ehrgeizigsten Bezirksstaatsanwälte, die Monterey jemals erlebt hatte. Offenbar weil es ein Wahljahr war und ein hochkarätiger Mordprozess für seine Karriere Wunder wirken würde, hatte er von Anfang an persönliches Interesse an dem Fall gezeigt.

„Warum?“ wollte Michael Rumson wissen und schlüpfte augenblicklich in die Rolle des Verteidigers. „Meine Klientin hat nichts Falsches getan. Sie ist aus freien Stücken hergekommen und hat alle Ihre Fragen beantwortet. Außerdem haben Sie nur Indizienbeweise gegen sie in der Hand, daher beantrage ich die sofortige Freilassung.“

„Wir haben eine Augenzeugin“, sagte Brooks lakonisch. „Mrs. Bailey, die gegenüber von Paul Bradshaw wohnt, hat Julia Bradshaw als die Person identifiziert, die sie am Abend von Pauls Ermordung in dessen Haus hat gehen gesehen.“

„Das ist nicht wahr!“ protestierte Julia. „Sie hat sich geirrt …“

Rumson legte eine Hand auf ihren Unterarm, damit sie schwieg. „Kommen Sie schon, Tanner“, sagte er in einem Tonfall, der etwas Appellierendes haben sollte. „Sie haben hier keine Argumente in der Hand. Mrs. Bailey ist eine alte Frau, ihre Sehkraft …“

„Sie werden noch genug Zeit haben, um den Fall Ihrer Klientin zu schildern, Counselor.“ Brooks knöpfte sein Jackett zu, drehte sich zu Hammond um, nickte knapp und ging dann.

Hammond presste seine Lippen zusammen und wandte sich an Julia. „Es tut mir Leid, Julia. Ich habe keine andere Wahl, ich nehme Sie wegen des Mordes an Paul Bradshaw fest.“

Der restliche Morgen gestaltete sich wie eine Szene aus einem schlechten Film. Mit steifen Schritten folgte Julia einer uniformierten Polizistin in einen anderen Raum, wo man sie fotografierte, ihre Fingerdrücke nahm und sie offiziell des Mordes anklagte.

So sehr Mike Rumson sich auch bemühte, die Kaution zu reduzieren, setzte der Richter sie dennoch auf zweihunderttausend Dollar fest, eine Summe, die so unerhört hoch war, dass er ebenso gut zwei Millionen Dollar hätte verlangen können.

Die Vorverhandlung, in der entschieden wurde, ob der Fall vor Gericht kam oder nicht, wurde für den 30. Juni angesetzt. Sie hatte den Richter in stummem Schock angestarrt und nur an einen einzigen Menschen gedacht: Andrew. Wie würde sie ihrem kleinen Jungen erklären sollen, dass man sie des Mordes beschuldigte? Und was würde mit ihm geschehen, wenn man sie für schuldig befand?

„Bevor der Tag um ist, bist du hier wieder raus", versprach Steve ihr, bevor eine Polizistin sie zurück in ihre Zelle brachte. „Halt noch eine kurze Weile durch."

Julia sagte nichts. Sie sagte auch nichts zu der Kaution, von der sie wusste, dass er sie bezahlen wollte. Während sie aus dem Gerichtssaal geführt wurde, dachte sie daran, dass sie die Wahrheit erzählt und niemand ihr geglaubt hatte. Ihr war nie bewusst gewesen, wie zerbrechlich die Freiheit in Wirklichkeit war, bis die Zellentür hinter ihr ins Schloss fiel.

Sie sah sich um. Ihr Blick wanderte langsam über die verdreckten Wände, die gesprungene und übel riechende Toilettenschüssel, das Bettgestell mit der dunkelbraunen Decke und einem Kissen an einem Ende.

Nach einer Weile setzte sie sich auf den einzigen Stuhl. Sie hatten ihr die Armbanduhr abgenommen, damit sie kein Gefühl für die Zeit hatte. Sie dachte an Andrew und betete zu Gott, dass er nichts von alledem erfuhr.

Steve hatte ihr versprochen, nichts zu sagen. Er wollte Coop anrufen und ihm mitteilen, er solle Andrew vom Fernsehen abhalten.

Irgendwo weiter den Flur entlang zerrte eine Frau an der Zellentür und fluchte laut, während sie verlangte, dass man sie freiließ. Es dauerte nicht lange, bis sich ihr ein Mann anschloss, der mehr volltrunken als verärgert klang. „Haltet das Maul da hinten", brüllte jemand, doch die Unruhe wurde nur noch schlimmer.

Eine Ewigkeit verging, ehe dieselbe Polizistin, eine dralle und großspurig wirkende Blondine, zurückkehrte, den klimpernden Schlüsselbund am Gürtel baumelnd. „Sieht aus, als wär heute dein Glückstag, Goldköpfchen." Sie schloss die Tür auf. „Die Kaution wurde gestellt."

Steve wartete im Vorzimmer. Er stand da, während sie ihre Habseligkeiten einsammelte und ein Formular unterschrieb. Sie bewegte sich wie ein Roboter, der den größten Teil seiner Energie verloren hatte.

„Hast du meinen Vater erreichen können?" fragte sie, als sie hinausgingen.

„Ja. Er sagt, du sollst dir keine Sorgen machen. Spike hat keine Satellitenschüssel, und damit gibt es da oben nichts zu sehen. Und Andrew geht es gut."

Sie atmete erleichtert auf. Nachdem sie das Gebäude verlassen hatte, konnte sie nicht schnell genug laufen. „Was die Kaution angeht", sagte sie, während sie die Straße überquerten, „die werde ich dir zurückzahlen, und wenn ich dafür …"

„Ich habe die Kaution nicht gestellt."

Sie blieb stehen. „Nicht?"

Er schüttelte den Kopf.

„Wer dann?"

„Charles."

„Hallo, Pilar."

„Señora Bradshaw!" Pilars Gesicht zeigte ein breites Willkommenslächeln. „Es ist so gut, Sie zu sehen." Sie sah zum Landrover, in dem der wartende Steve saß, der sich geweigert hatte, Julia mit einem Taxi fahren zu lassen. „Kommt der Gentleman nicht herein?"

Julia hätte fast gelacht. „Ich glaube nicht, Pilar."

Die Haushälterin schloss die Tür. „Geht es Ihnen gut?“ fragte sie besorgt. „Man hat Sie doch hoffentlich nicht in dieser schrecklichen Zelle misshandelt?“

Julia lächelte. „Es war nicht gerade das Ritz, aber misshandelt hat man mich nicht.“

„Und Sie sind nicht böse auf mich?“ Sie sah sie plötzlich verlegen an. „Sie wissen schon ... weil ich Mr. B. von den Dingen erzählt habe, die sich ereignet hatten.“

Julia drückte Pilars Hand. „Eigentlich bin ich Ihnen sogar dankbar. Sie haben erreicht, was mir nie gelungen ist, nämlich dass Charles mich mit etwas anderem als Verachtung ansieht.“

„Mr. B. ist ein guter Mann“, sagte Pilar. Die Loyalität gegenüber ihrem Boss war nicht zu übersehen. „Er ist nur stur, sonst nichts.“

„Und er hat das Glück, dass er Sie hat, Pilar. Ist er da?“

„In seinem Arbeitszimmer.“

„Sie brauchen mich nicht anzumelden“, sagte Julia. „Ich möchte ihn überraschen.“

Pilar nickte und zog sich zurück.

Julia traf Charles bei seiner üblichen Nachmittagsbeschäftigung an – dem Studium des *Wall Street Journal* in seinem bevorzugten Ledersessel.

Obwohl die Tür offen stand, klopfte sie zweimal leise an.

Er blickte hoch, schlug die Zeitung zu und erhob sich. „Julia.“ Er sah sie rasch von oben bis unten an. „Schlechter Morgen?“

Wieder musste sie über seinen Anflug von Humor lächeln. „Der Nachmittag wird besser werden. Und das habe ich dir zu verdanken.“

„Ach.“ Er machte eine wegwerfende Geste.

Seine Großzügigkeit war jedoch etwas, was sie nicht ohne Weiteres abtun konnte. „Ich bin dir dankbar für das, was du getan hast, Charles. Aber ich bin nicht nur hier, um mich zu bedanken.“

Charles schob die Zeitung beiseite. „Du möchtest über Eleanor Bailey sprechen und über das, was sie dem Staatsanwalt erzählt hat.“

Gab es irgendetwas, was dieser Mann nicht wusste? „Ja, genau, so ist es.“

Charles deutete auf einen Stuhl, und sie nahm Platz, war aber zu nervös, um so bequem zu sitzen wie er. „Ich will Eleanor nicht als Lügnerin bezeichnen“, begann sie, während er sie aufmerksam beobachtete. „Ich mag sie. Sie und ich sind seit Jahren gut befreundet.“

„Sie muss dich auch mögen, sonst hätte sie eine so wichtige Information nicht der Polizei vorenthalten.“

„Ich bin in dieser Nacht nicht ins Haus gegangen, Charles“, sagte sie ernst. Sie wusste nicht, warum, aber mit einem Mal war es für sie extrem wichtig, dass er ihr glaubte. „Ich weiß nicht, wen Eleanor gesehen hat, aber nicht mich.“

„Wen dann?“

„Ich weiß nicht. Zuerst hat sie geschworen, ich wäre es gewesen, aber dann sagte sie, sie sei nicht ganz sicher. Als Detective Hammond sie in der ‚Hacienda‘ befragt hat, erklärte sie, sie hätte jemanden in einem Regenmantel aus einem Wagen aussteigen sehen, der so wie mein Wagen *ausgesehen* hat. Auf der Wache hat sie dann eine völlige Kehrtwendung gemacht.“

Zu ihrer Überraschung nickte Charles. „Ich weiß. Offenbar hat der Staatsanwalt Eleanor so unter Druck gesetzt, dass die arme Frau völlig überrumpelt war. Kein Grund zur Sorge“, fügte er an. „Im Zeugenstand wird ein guter Verteidiger ihre Aussage in Stücke reißen. Und das ist genau das, was du brauchst. Einen erstklassigen Verteidiger.“

„Ich habe einen Anwalt. Er ist sehr kompetent.“

Charles machte eine ungeduldige Geste. „Kompetent genügt nicht. Du brauchst jemanden, der keine Angst vor einer Auseinandersetzung mit Leuten vom Schlag eines Tanner Brooks hat. Ich habe genau den richtigen Mann für dich."

Das Telefon auf seinem Schreibtisch klingelte. „Das dürfte er schon sein", sagte er, während er den Hörer abnahm.

Von einer kurzen Begrüßung abgesehen, sagte Charles fast eine Minute lang kein Wort, sondern hörte nur zu, während er das Muster des Aubusson-Teppichs studierte. Als der Anrufer geendet hatte, bedankte er sich und legte auf.

Er wandte sich Julia zu. „Tja, sieht so aus, als würdest du doch keinen Anwalt benötigen."

„Was soll das heißen?"

„Das war der Polizeichef. Die Anklage gegen dich wurde fallengelassen. Man hat Edith Donnovan wegen des Mordes an Paul festgenommen. In ihrem Garten vergraben wurde seine Beretta gefunden."

26. KAPITEL

„Edith?“ Steve schüttelte ungläubig den Kopf, als sie ihm die Neuigkeit berichtete. „Das ist doch lächerlich. Auf sie passt ebenso wenig das Profil eines Mörders wie auf dich.“

„Du hast doch gesagt, sie sei gefährlich.“

Steve, der froh war, das Anwesen der Bradshaws wieder verlassen zu können, legte den Gang ein und fuhr die lange, mit Eichen gesäumte Einfahrt entlang. „Sie ist nicht im eigentlichen Sinne des Wortes gefährlich“, erwiderte er. „Selbst wenn sie zu einem Mord fähig wäre, was sie nicht ist, dann wärst *du* ihr Ziel gewesen, nicht Paul.“

Julia beugte sich in gespieltem Entsetzen zurück. „Vielen Dank.“

„Du weißt, wie ich das meine. Außerdem hat dich ein Mann angegriffen.“

Während sie sich dem beliebten Viertel am Kai näherten, wurde der Verkehr dichter, sodass Steve langsamer fahren musste. Julia drehte sich zu ihm herum. „Wenn du nicht glaubst, dass Edith schuldig ist, wie lautet dann *deine* Theorie?“

„Genau genommen habe ich zwei Theorien. Die erste ist die, dass Paul beim Abhören der Bänder deines Bruders auf Informationen über *Gleic Éire* stieß, vielleicht auf die Namen der Anführer, oder auf ihre Operationsbasis, möglicherweise auch auf beides. Was immer er herausgefunden hatte, es war wichtig genug, um eine Pressekonferenz anzuberaumen. Als die Anführer von *Gleic Éire* davon erfuhren, haben sie ihn umgebracht.“

Julia dachte darüber nach. „Aber warum suchen sie dann nach der Kassette? Hätten sie die nicht erst an sich genommen, bevor sie Paul töteten?“

„Weil es wichtiger war, ihn zum Schweigen zu bringen, hat

der Mörder ihn erschossen und wollte später nach der Kassette suchen."

„Aber du denkst, dass er sie nicht gefunden hat", sagte Julia, als sie an einer roten Ampel anhalten mussten.

„Das beginne ich mich allmählich zu fragen."

„Du hast von zwei Theorien gesprochen. Wie sieht die andere aus?"

Die Ampel schaltete wieder auf Grün. „Ich habe nie so richtig daran glauben können, dass *Gleic Éire* Paul getötet hat, auch wenn ich annehme, dass sie Eli umgebracht haben. Daher glaube ich auch, dass der Einbrecher in der ‚Hacienda' entweder ein Mitglied der Gruppe oder von ihr angeheuert worden war."

„In jedem Fall war er nicht sehr gut", merkte Julia an.

Er lächelte. „Finde ich auch. Und das wundert mich ebenfalls. Dich zu fragen, wo die Kassette ist, war ein dämlicher Zug, der überhaupt nicht zu der vorsichtigen Art passt, wie diese Bastarde sonst vorgehen."

Wieder hatte sie das vage, beunruhigende Gefühl, dass er viel mehr über *Gleic Éire* wusste, als er sagte. „Du redest über sie, als würdest du sie persönlich kennen", sagte sie leise.

Er zuckte mit den Schultern. „Sie sind leicht zu durchschauen. Sie werden von Hass und einem teuflischen Machthunger getrieben. Sie beseitigen alles und jeden, der ihnen im Weg steht. Sie töten so lange, bis sie erreicht haben, was sie haben wollen. Oder bis sie jemand stoppt."

„Jemand?" Sie flüsterte fast schon. „Du?"

Sein von Herzen kommendes Lachen überzeugte sie nahezu davon, dass ihr Misstrauen völlig unbegründet war. „Ich habe sinnbildlich gesprochen. Egal, genug über *Gleic Éire* geredet. Heute feiern wir deine Freiheit." Er lenkte den Landrover auf die Via del Rey. „Wie wäre es, wenn wir uns ein besonderes Lokal für ein kleines gemütliches Dinner suchen und eine Flasche Champagner köpfen? Wir bringen sogar einen Toast auf Charles aus."

Seine Begeisterung war ansteckend. „Angesichts dessen, was er für mich getan hat", neckte sie ihn, „könnten wir ihn doch fragen, ob er mit uns feiern will."

„Übertreibs nicht. Dir gegenüber hat er sich vielleicht geändert, aber mich hasst er noch immer, weil ich ihn so bloßgestellt habe. Was ist jetzt mit unserem Dinner?"

„Du bist hartnäckig, weißt du das?"

Er verzog amüsiert den Mund. „Ist das ein Ja?"

„Unter einer Bedingung", sagte sie, als sie an die Menschenmenge dachte, die auf sie vor der Polizeiwache gewartet hatte. „Wir feiern zu Hause. Ich kann mich keiner gaffenden Menge stellen. Außerdem muss ich unter die Dusche", fügte sie an und wischte an einem dunklen Fleck auf ihrer Bluse. „Nach drei Stunden im Gefängnis fühle ich mich, als wäre der Gestank in meine Haut eingezogen."

„Dann fahren wir nach Hause."

Als sie die „Hacienda" erreicht hatten, war die Verhaftung von Edith Donnovan Thema in allen Nachrichten. Detective Hammond zufolge hatte die Polizei einen anonymen telefonischen Hinweis erhalten. Der „besorgte Bürger" hatte der Polizei mitgeteilt, er habe Edith dabei beobachtet, wie sie am Abend des 26. Mai etwas in ihrem Garten vergrub. Auf die Frage, warum er sich nicht früher gemeldet hatte, erklärte der Mann, er habe Angst gehabt, und dann hatte er aufgelegt.

Zehn Minuten später hatte die Polizei die Waffe in der Erde unter Ediths Rosenbüschen gefunden. Obwohl Edith wiederholt protestiert und erklärt hatte, man habe ihr etwas angehängt, war sie festgenommen und wegen Mordes angeklagt worden.

In der Zeit, in der Julia duschte, nahm sich Steve ein Bier aus dem Kühlschrank und ging nach draußen in den Hof, während seine Gedanken immer noch um Edith kreisten. Wie konnte er sich so in ihr getäuscht haben?

Er dachte immer noch darüber nach, als er Schritte auf dem Kies hörte. Er sah auf und entdeckte den kleinen Jimmy Martinez, der die Einfahrt heraufkam.

Er war ein kleiner, etwas untersetzter Junge mit schwarzem Haar. Unter dem Arm trug er etwas, das wie ein Hot Wheels-Koffer aussah. Als Autoexperte besaß Jimmy eine Modellautosammlung, die in die Hunderte ging.

Als er den gedankenverlorenen Gesichtsausdruck des Jungen bemerkte, vermutete Steve, dass ihm sein Freund fehlte. „Na, wie gehts dir, Jimmy?“

Der Achtjährige hob die Schultern. „Geht so.“

„Dir fehlt dein Kumpel, stimmts?“

„Kann sein.“

Steve lächelte. Jimmy sprach wenig, außer, wenn er mit Andrew zusammen war. Dann konnte man ihn nicht dazu bringen, auch nur eine Minute lang ruhig zu sein. „Was hast du denn da?“ Er deutete auf den Koffer unter dem Arm des Jungen.

„Mein neuer Satz Hot Wheels.“

Steve winkte ihn zu sich. „Lass doch mal sehen.“

Sofort strahlte Jimmy. Er setzte sich neben Steve auf die Stufe, öffnete den Koffer und stellte ihn zwischen Steve und sich. Unaufgefordert begann er, die Namen aller vierundzwanzig Wagen herunterzurasseln, und stoppte nur, wenn er auf eines seiner Lieblingsautos zeigte.

Als er geendet hatte, sah er auf. „Wann kommt Andrew zurück?“

„In ein oder zwei Wochen.“ Steve hoffte, dass er nicht zu optimistisch war. Angesichts Julias zahlreicher Anrufe in der Hütte würde sie es nicht viel länger aushalten.

„Du verstehst, warum er verreisen musste, oder?" fragte Steve.

Jimmy, der genauso rastlos wie Andrew war, begann mit einigen der Autos zu spielen. „Meine Mom sagt, dass es mit dem neugierigen Reporter zu tun hat. Aber ich weiß, dass das nicht stimmt."

Steve horchte überrascht auf. „So?"

Der Koffer mit den Hot Wheels stand noch immer offen, während Jimmy begann, mit einem der Wagen zu spielen. „Ich habe gehört, wie sich Mom und Dad unterhalten haben. Ich weiß, dass ein Mann mit einer Waffe in die ‚Hacienda' gekommen und Mrs. Bradshaw Angst gemacht hat. Darum fragen Sie und der Polizist überall nach."

„Du bist ein ziemlich aufgeweckter Junge, Jimmy."

Jimmys braune Augen sahen ihn eindringlich an. „Werden Sie den Mann finden, der das gemacht hat?" fragte er.

„Das versuche ich, aber es ist nicht so leicht. Niemand hat etwas gesehen." Steve war schon immer sehr gut darin gewesen, Stimmungen und Empfindungen der Leute wahrzunehmen, die ihn umgaben, und so merkte er auch sofort das plötzliche Funkeln in den Augen des Jungen. Er hätte sich dafür treten können, dass er ihn nicht schon früher gefragt hatte. „Hast du irgendetwas Ungewöhnliches beobachtet, Jimmy?"

Der Junge sah nicht auf, sondern spielte wieder mit seinem Auto. „Kann sein."

Steves Herz schlug ihm sofort bis zum Hals. „Was hast du denn gesehen?"

„Ein Auto."

Das war an sich nicht ungewöhnlich. Einige Häuser in der Via del Rey und in den umliegenden Straßen hatten keine Garagen, sodass deren Bewohner und Besucher ihren Wagen am Straßenrand abstellen mussten. Aber das wusste Jimmy. „Du meinst einen Wagen, den du vorher noch nicht gesehen hast?"

Jimmy nickte.

„Wann war das?"

„Mittwoch und Donnerstag. Er hat weiter unten auf der Straße geparkt. Gegenüber von Mr. Obermills Haus."

„Und am Freitag hast du ihn nicht gesehen? Oder heute?"

Jimmy schüttelte den Kopf.

„Hast du jemanden im Wagen gesehen?"

„Einen Mann", antwortete Jimmy. „Aber ich konnte ihn nicht richtig erkennen. Er hatte einen Bart. Und er trug einen Hut, den er ins Gesicht gezogen hatte."

Steve überlegte, dass es sich um eine Tarnung handeln mochte. „Und der Wagen? Kannst du ihn beschreiben?"

Der Junge nahm die beigefarbene Limousine, mit der er gespielt hatte, aus dem kleinen Fach und gab sie Steve. „Er sah so aus."

Steve betrachtete den unauffälligen Wagen, genau die Art, die niemandem auffallen würde, nur einem Autokenner wie Jimmy. „Warum hast du das nicht schon früher erzählt?" fragte er vorsichtig.

Jimmy hob die Schultern. „Niemand hat mich gefragt."

Steve unterdrückte ein Lächeln und schwor, nie wieder von einem Kind das Gleiche zu erwarten wie von einem Erwachsenen. „Hast du dir zufälligerweise das Kennzeichen gemerkt?" Wahrscheinlich nicht, aber einen Versuch war es wert.

„Nein." Er machte eine kurze Pause. „Aber ich habe den Aufkleber an der Windschutzscheibe gesehen."

Wieder fühlte Steve sein Herz aufgeregt schlagen. „Was für einen Aufkleber?"

„Na, so einen zum Parken. Mein Dad hat auch einen."

„Konntest du lesen, was auf dem Aufkleber stand?"

Jimmy reagierte sofort abwehrend. „Ich bin acht Jahre alt. Ich kann lesen."

„Entschuldigung, Jimmy. Natürlich kannst du das." Steve wartete einen Augenblick und hoffte, dass er sich mit dieser dummen Frage nicht alles verscherzt hatte. „Was stand denn auf dem Aufkleber?"

„Santa Barbara College. Student Nr. 117."

„Du bist so nahe an den Wagen herangekommen, um das entziffern zu können?"

Jimmy nickte. „Der Schulbus setzt mich an der Ecke ab, und ich bin an dem Wagen vorbeigegangen."

Steve gab Jimmy das Modellauto zurück. „Hat der Mann im Wagen gesehen, dass du dir den Aufkleber angeguckt hast?"

„Am Donnerstag war er nicht im Wagen. An dem Tag habe ich den Aufkleber gelesen."

Steve atmete langsam aus und zwang sich, nicht zu optimistisch zu werden. Was Jimmy ihm erzählt hatte, bewies noch gar nichts. Der Fahrer des Wagens konnte auch ein Student sein, der seine Eltern besuchte. Oder der Wagen war aus zweiter Hand, und der neue Eigentümer hatte den Aufkleber nicht entfernt.

Das Problem mit diesen beiden Überlegungen ist, dachte Steve, während Jimmy den Koffer zumachte, dass ich an keine von ihnen glaube.

Der Anblick, der Steve erwartete, als er in die Küche der „Hacienda" zurückkehrte, lenkte ihn sofort von seinen Gedanken über den rätselhaften Wagen und dessen Fahrer ab. Julia hatte ein T-Shirt angezogen, das das gleiche Grün wie ihre Augen hatte, und es in eine weiße seidene Bundfaltenhose gesteckt. Sie hatte kein Make-up aufgelegt, was sie auch gar nicht nötig hatte, und ihre Haare, die noch von der Dusche nass waren, ließ sie an der Luft trocknen.

„Wow, nun sieh dir *das* an!"

Sie lachte. Es war das erste von Herzen kommende Lachen, das er seit seiner Ankunft in der „Hacienda“ von ihr gehört hatte. „Ich deute das als Zustimmung.“

„O ja, das ist Zustimmung.“

Sie blickte hinunter auf ihre Kleidung. „Findest du nicht, dass das zu schick ist für ein Abendessen zu Hause?“

„Das ist genau richtig“, sagte er, ohne seinen Blick von ihr abwenden zu können. „Ich schätze, ich sollte wohl einen Smoking anziehen.“

„Na, wir sollten es nicht übertreiben.“ Sie band sich die Schürze mit dem beschwipsten Koch um. „Habe ich da Jimmy reden gehört?“

Die Frage holte ihn zurück in die Realität. „Ja, wir hatten ein interessantes Gespräch.“

Sie holte eine Flasche Chardonnay aus dem Kühlschrank und gab sie ihm zusammen mit einem Korkenzieher. „Tatsächlich? Um was gings denn?“

Er erzählte, was Jimmy gesehen hatte, in der Zwischenzeit holte sie zwei langstielige Gläser aus dem Schrank. „Denkst du, dass der Fahrer hier eingebrochen ist?“

„Es gibt nur einen Weg, das herauszufinden.“ Steve stieß mit ihr an. „Wie wäre es, wenn wir morgen früh als Erstes nach Santa Barbara fahren?“

Den Abend verbrachten sie in aller Ruhe im Salon, wo sie aßen und über Jimmys faszinierende Enthüllung sprachen. Steve hatte ein Feuer im Kamin angezündet, das in dem riesigen Raum ein warmes und kuscheliges Gefühl aufkommen ließ. Auf dem Couchtisch standen die Reste eines leichten Abendessens: ein Pilzomelett, ein Salat und eine fast leere Flasche Chardonnay, die sie schon vor dem Essen geöffnet hatten.

Zum ersten Mal seit drei Wochen fühlte sich Julia entspannt und zufrieden, zwar nicht völlig sorgenfrei, aber nahe dran.

Dass der Grund für ihre glückliche Stimmung gleich neben ihr saß, war ihr nicht entgangen. Innerhalb weniger Wochen war Steve Reyes für sie so unverzichtbar geworden wie die Luft, die sie atmete. Sie fragte sich bereits, wie sie zurechtkommen sollte, wenn er wieder fort war.

Sie hatte sich nicht in ihn verlieben wollen. Nachdem sie zuerst von ihrem Vater und dann von Paul enttäuscht worden war, hatte sie nicht vorgehabt, einem dritten Mann zu vertrauen, erst recht nicht, sich in ihn zu verlieben. Aber von dem Moment an, als er vor ihrer Tür stand und sie den Charme gespürt hatte, den er ausstrahlte, sah sie keine Chance, dagegen anzukämpfen.

„Was ist?" Er beugte sich vor, um ihr in die Augen zu sehen. „Grübelst du? An einem solchen Abend?"

„Ich grübele nicht."

„Was immer auch ist, wir müssen es loswerden." Er hob ihren Kopf an. „Vielleicht hilft das ja."

Er küsste ihren Mundwinkel, dann bewegte er sich langsam weiter, bis seine Lippen ihre bedeckten. Sie reagierte im gleichen Moment mit einem sanften Seufzer. „Steve ...", flüsterte sie heiser. Sie schloss die Augen und genoss das erregende Spiel seiner Hände, die ihre Schultern streichelten, ihre Brüste umschlossen, ihre Brustwarzen sanft berührten. Jegliche Kontrolle, an die sie sich hatte klammern wollen, entglitt ihr.

„Du bist wunderschön, Julia." Er küsste sie auf ihre Augenlider, auf den Mund, auf den Hals. „So wunderschön."

„Kommt das vom Chardonnay?" neckte sie ihn.

„Wohl kaum."

Ihre Arme um seinen Nacken geschlungen, stemmte sie sich gegen ihn, drückte schamlos ihren Körper durch und wollte von ihm berührt werden, während sie nichts mehr wahrnahm außer der Hitze, die sie verzehrte, einer Hitze, die nichts mit dem Feuer zu tun hatte, das im Kamin loderte.

Mit zitternden Fingern widmete sie sich den Knöpfen seines Hemds und öffnete sie hastig und unbeholfen. Sie musste über ihr Ungeschick lachen, als sie ihm den letzten Knopf fast abriss. Dann zog sie ihm mit einem leisen Triumphlaut das Hemd aus und entblößte seine breite Brust.

Sie setzte sich rittlings auf ihn, drückte ihn ins Polster und beugte sich vor, um mit der Zungenspitze an seinen Brustwarzen zu spielen.

„Du machst alles, was ich eigentlich vorhatte", sagte Steve heiser.

Sie warf ihm mit gesenkten Lidern einen lasziven Blick zu. „Was dagegen?"

„Nein."

Steve bekam den Saum ihres T-Shirts zu fassen und zog es ihr langsam über den Kopf. Warme Finger wanderten über ihren Rücken, öffneten geschickt den weißen Spitzen-BH und ließen das Stück Stoff zu Boden fallen. Seinen begehrlichen Blick auf ihre nackten Brüste gerichtet, zog er sie zu sich, aber sie bremste ihn.

Mit einem spielerischen, kehligen Lachen entzog sie sich seinen Armen, stand auf und stieg langsam aus ihrer Hose. Schließlich war das einzige Stück Stoff, das noch ihren Körper bedeckte, ein Hauch aus weißer Spitze zwischen ihren Schenkeln.

Den Blick auf dieses weiße Dreieck geheftet, schob Steve seine Daumen zu beiden Seiten unter das Gummiband und zog ihr langsam den Slip aus.

Mit einem leisen Stöhnen umfasste er mit beiden Händen ihren Po und zog sie an sich, drückte seinen Mund gegen sie.

Die Augen geschlossen, warf Julia den Kopf nach hinten. Sie fühlte sich, als würde sie hochgehoben und unter ein brennendes

Licht gehalten. Mehr, dachte sie, während sein Mund so wundervolle Dinge mit ihr machte. Sie wollte mehr.

„Ich gebe dir alles, was du willst“, murmelte Steve. „So viel, wie du aushalten kannst.“

Sie hatte nicht gemerkt, dass sie laut gesprochen hatte, aber es machte ihr auch nichts aus. Sie wollte, dass er alles über sie wusste, jeden Gedanken, jede Sehnsucht, jedes Verlangen.

Sie wusste nicht, wie sie es auf den dicken weißen Teppich vor dem Kamin geschafft hatten oder wie es Steve gelungen war, sich seiner restlichen Kleidung zu entledigen. Mit einem Mal erforschten sie ihre Körper mit einem Hunger, den sie nicht länger bändigen konnten.

„Ich will dich, Julia“, flüsterte er. „Ich will dich so sehr.“

Die Worte ließen sie heiß und feucht werden. Tief in ihrem Körper baute sich der Druck zu einer Intensität auf, die befreit werden wollte. „Dann nimm mich. Jetzt und hier.“

Er drang tief in sie ein und nahm ihr lustvolles Keuchen in seinem Mund auf. Sie legte ihre Beine um seinen Rücken und begann, sich mit ihm zu bewegen, bis sie seinen Rhythmus gefunden hatte, der zunächst langsam war, dann aber an Tempo und Intensität gewann. Mit einer Leidenschaft, die sie nicht länger erstaunte, passte sie sich an seine Ekstase an.

Ihr ganzer Körper war schweißnass, ihr Atem war heiß und keuchend. Der Höhepunkt kam fast ohne Vorwarnung und traf sie mit einer Gewalt, dass sie laut aufschrie. In dem Moment, als sie über die Schwelle hinausgewirbelt wurde, wusste sie mit absoluter Gewissheit, dass sie niemals einem anderen als diesem Mann gehören konnte.

27. KAPITEL

Dunkle Wolken begannen sich zusammenzuziehen, als Steve und Julia die schöne, am Strand gelegene Stadt Santa Barbara erreichten, die nicht ganz 400 Kilometer südlich von Monterey lag.

Das College war ein ausladendes rosafarbenes Stuckgebäude mit Blick auf den Ozean und auf Palmenbäume, die sich sanft im Wind wiegten. Da das laufende Semester gerade erst zu Ende gegangen war, wirkte der Parkplatz so gut wie verlassen. Auch Platz 117 war frei.

Eine Putzkolonne beschrieb ihnen den Weg zu einem Zimmer am Ende eines langen Flures, wo eine hübsche Sekretärin mit Namen Sophie Mathers an ihrem Schreibtisch saß, auf dem sich Aktenstapel türmten.

Steve nahm Julias Hand und lächelte der plötzlich sehr aufmerksamen Brünetten zu. „Guten Morgen, Miss Mathers", sagte er freundlich. „Mein Name ist Steve Reyes, und das ist meine Schwester Anita Delgado."

Julia warf ihm einen irritierten Blick zu, den er aber ignorierte. „Ihr Ehemann ist vor sechs Monaten untergetaucht", fuhr er fort. „Wir vermuten, dass er das Santa Barbara College besucht, möglicherweise unter einem anderen Namen."

Die Brünette sah Julia ein wenig mitfühlend an. „Sollten Sie das nicht mit der Polizei besprechen, Miss Delgado?"

Bevor sich Julia eine glaubwürdige Antwort ausdenken konnte, sagte Steve entschuldigend: „Ah … ich fürchte, meine Schwester spricht nicht Englisch."

„Oh." Sophie Mathers schien nichts dagegen zu haben, ihre Aufmerksamkeit ausschließlich auf Steve zu richten. „Ich würde Ihnen gerne helfen, Mr. Reyes, aber ich glaube, das geht nicht. Wir mischen uns nicht in …", sie sah wieder kurz zu Julia, „… häusliche Meinungsverschiedenheiten ein."

Steve ließ Julias Hand los, stützte seine Hände auf den Schreibtisch der Sekretärin und beugte sich so weit vor, dass er kaum mehr als zehn Zentimeter von ihrem Gesicht entfernt war. Julia dachte leicht verärgert, dass er bei der Nummer, die er gerade abzog, viel zu dick auftrug. Aber es wirkte.

„Um ehrlich zu sein, Miss Mathers", sagte er mit gedämpfter Stimme, „meine Schwester möchte die Polizei nicht hineinziehen und auch nichts machen, was für das College unangenehm sein könnte. Und sie will ganz bestimmt keinen Streit. Sie möchte nur mit ihrem Mann reden."

Miss Mathers nickte verstehend. „Und wie kann ich Ihnen helfen?"

„Eine Adresse wäre hilfreich."

„Der Unterricht endete vor zwei Tagen, Mr. Reyes. Die meisten Studenten sind nach Hause gefahren."

„Das ist mir bewusst." Wieder lächelte er sie an.

Die Sekretärin zögerte. „Wir wollen wirklich keinen Ärger."

„Den wird es auch nicht geben." Steve legte wie ein großer Bruder seinen Arm um Julia und drückte sie an sich. „Anita ist ein liebes und friedliches Mädchen. Sie möchte nur mit ihm reden. Wenn ihre Ehe gerettet werden kann, gut, wenn nicht ...", er zuckte kurz resigniert mit den Schultern, „... dann lebt sie ihr Leben weiter."

Er grinste Julia an, die ihn wie auf ein Stichwort hin hoffnungsvoll, aber nichts sagend anlächelte.

Miss Mathers wandte sich ihrem Computer zu und betätigte eine Taste. „Na gut. Wie lautet der Name?"

„Antonio Delgado", sagte Steve.

Die junge Frau sah auf den Bildschirm und stoppte bei *D*, las die Liste durch, um dann wie erwartet den Kopf zu schütteln. „Unter dem Namen ist bei uns niemand geführt."

„Können Sie über die Parkerlaubnis weiterkommen?“ fragte Steve mit süßlichem Tonfall. „Er hat die Nummer 117.“

„Eins-eins-sieben. Mal sehen.“ Wieder bediente die Sekretärin eine Taste, wartete auf die richtige Anzeige und begann wieder zu suchen. „Da habe ich einen Ben Rosenthal.“

Sie sah zu Steve, als der Julia einen unauffälligen Stoß in die Rippen versetzte. Julia zuckte zusammen und begann eifrig zu nicken, da sie annahm, dass sie improvisieren sollte. *„Si, es possible“*, sagte sie und hoffte, dass es nach einem einigermaßen guten Spanisch klang. *„Antonio tio … se llama Benito. Benito Delgado.“*

„Antonios Onkel heißt Benito“, übersetzte Steve. „Könnte sein, dass wir ihn gefunden haben.“

Die Sekretärin notierte die Adresse auf einem Zettel, den sie von einem pinkfarbenen Block auf ihrem Schreibtisch abgerissen hatte. „Er wohnt außerhalb des Campus“, sagte sie und reichte Steve den Zettel. „Das ist ganz einfach zu finden. Die Chapala Street ist nicht weit entfernt. Sie biegen an der Ampel links ab, und dann gleich noch mal links.“

„Danke, Miss Mathers, Sie haben uns sehr geholfen.“

Die junge Frau errötete. „Freut mich, dass ich Ihnen behilflich sein konnte.“ Sie sah zu Julia und erinnerte sich daran, dass sie ja kein Englisch sprach, blickte dann wieder Steve an. „Ich hoffe, dass Ihre Schwester ihren Mann findet.“

„Ich auch.“ Steve steckte die Notiz in die Hosentasche, nahm Julia an der Hand und zog sie hinter sich aus dem Büro.

Nachdem sie im Flur standen, riss Julia ihre Hand los. *„Anita Delgado?“* fragte sie.

Steve lachte leise. „Was denn? Gefällt dir der Name nicht?“

„Das hat damit nichts zu tun. Aber wie konntest du mir so etwas antun? Ich war völlig ahnungslos.“

„Du warst fantastisch. Wo hast du Spanisch gelernt?“

„Ach, hör auf. Das war schrecklich, und das weißt du. Ich kann es nicht fassen, dass sie mir das abgenommen hat. Du hättest mich wenigstens warnen können."

„Wie denn? Ich hatte doch keine Ahnung, was ich sagen würde, als wir ins Büro von Miss Mathers gingen." Er öffnete eine Glastür und ließ Julia vorgehen.

„Du hast dir diese lächerliche Geschichte vom verschwundenen Ehemann in dem Moment ausgedacht?" fragte Julia ungläubig.

„Was soll ich sagen? Ich bin halt der impulsive Typ. Und darf ich dich daran erinnern, dass uns diese lächerliche Geschichte die Information eingebracht hat, die wir haben wollten?"

„Kein Wunder", sagte sie naserümpfend. „Du hast das Mädchen ja förmlich unter deinem Charme begraben. Mich wundert, dass sie nicht noch freiwillig für dich nach Ben Rosenthal suchen wollte."

„In meiner Branche heißt das, eine Gelegenheit beim Schopf packen."

Julia rümpfte wieder die Nase. „Ich nenne es abstoßend."

Steves Tonfall wurde amüsiert. „Eifersüchtig, Sweetheart?"

Julia verdrehte die Augen. „Ich habe nicht einen Funken Eifersucht im Leib. Und nenn mich nicht Sweetheart."

Als sie den Landrover erreicht hatten, machte er die Beifahrertür auf. „Darf ich dich denn Anita nennen?"

Weil sein Humor so unwiderstehlich war, musste sie einfach lachen. „Okay, du hast gewonnen. Unser Auftritt da drinnen *war* nützlich. Und lustig."

„Und er hat dir Spaß gemacht."

„Einem Teil von mir hat er Spaß gemacht", gestand sie ein. Sie wartete, bis auch er eingestiegen war, dann fragte sie: „Ich bin trotzdem etwas irritiert. Was sagst du diesem Ben Rosenthal, wenn wir ihn gefunden haben? Wir wissen nicht, ob er in die ‚Hacienda‘ eingebrochen ist. Wir wissen nur, dass Jimmy einen Wagen gesehen hat, der ihm möglicherweise gehört.“

Steve steckte den Schlüssel ins Zündschloss. „Das hängt davon ab, wie abweisend er sich verhält. Wir werden einfach sehen, was sich ergibt.“

Julia konnte sich einen letzten Seitenhieb nicht verkneifen. „Wirst du ihm auch schöne Augen machen?“

Er lächelte sie an. „Es gibt im Moment nur einen Menschen, dem ich schöne Augen machen will“, sagte er und nahm ihr Gesicht in seine Hand. „Und das bist du.“

Sein Geschmack, als er sie küsste, war berauschend genug, um Julia vergessen zu lassen, dass sie auf einem Parkplatz standen. Mit geschlossenen Augen verlor sie sich in der puren Lust, seine Lippen auf ihren zu fühlen. Erst als ein paar junge Mädchen in sehr kurzen Röcken kichernd am Landrover vorbeigingen, löste sie sich von Steve. „Warum besuchen wir nicht erst mal Benito und schmusen später?“ schlug sie vor.

„Hmmm, klingt gut – das mit dem Schmusen, meine ich.“ Er ließ sie los, winkte den Mädchen zu, die noch immer tuschelten, startete den Wagen und fuhr rückwärts aus der Parklücke.

Sie fanden die Tür zum Apartment B2 offen stehend vor. In der Wohnung war eine hübsche junge Frau mit roten Haaren damit beschäftigt, Haushaltsgegenstände aus der Küche zur Tür zu tragen. Zwei übervolle Koffer, ein CD-Player und ein Fernseher standen dort schon bereit, als sollten sie für die Zeit der Sommerferien mit nach Hause genommen werden.

Julia klopfte vorsichtig an die Tür. „Guten Morgen.“

Die Rothaarige wirbelte herum. „Also sowas! Was zum Teufel wollen *Sie* denn hier?“ Sie sah aus, als würde sie sie jeden Moment anspringen wollen.

Erschrocken sah Julia zu Steve.

Die Fäuste in die Hüften gestemmt, machte die Rothaarige nicht den Anschein, dass sie auch eine freundlichere Seite zeigen würde, während sie von Julia zu Steve blickte. „Was ist los mit Ihnen? Sind Sie taub?"

Steve schob Julia beschützend hinter sich. „Wir suchen Ben Rosenthal. Man hat uns gesagt …"

Die junge Frau ließ ihn gar nicht erst ausreden. Sie nahm ein gerahmtes Foto und warf es gegen die Wand, wobei sie Steves Kopf nur um Zentimeter verfehlte. „Da", sagte sie. „Jetzt haben Sie ihn gefunden."

Die Aktion schien sie ein wenig zu besänftigen und sie wirkte plötzlich sehr umgänglich. „Ich suche diesen Schweinehund selbst", sagte sie. „Wenn Sie ihn finden, dann überlassen Sie ihn mir, haben Sie verstanden?"

Steve blickte auf die Scherben zu seinen Füßen. „Ich nehme an, er … ähm … hat Sie sitzen lassen?"

„Wie eine Schlange hat er sich davongemacht, während ich meine Prüfungen abgelegt habe", spuckte sie die Worte förmlich aus. „Kein Lebewohl, kein ‚Bis dann', kein ‚War nett, dich kennen gelernt zu haben'. Nichts, kein Wort, *nada.* Er hat alles mitgenommen, was ihm gehörte, und mir hat er die Rechnungen überlassen." Sie versetzte dem Sessel gleich neben ihr einen kräftigen Fußtritt. „Dieser Mistkerl."

Julia spürte, dass weibliches Mitgefühl für die Rothaarige vielleicht genau das Richtige war, und machte einen Schritt nach vorn. „Männer können solche Schweine sein", sagte sie.

Anstatt zu antworten, nahm die junge Frau eine große Tasche vom Esstisch und brachte sie zur Tür, wobei sie Julia leicht anrempelte, ohne sich zu entschuldigen.

Mit einem Blick auf Steve zuckte Julia mit den Schultern und bedeutete ihm, die weitere Unterhaltung zu führen. Er war wesentlich besser im Improvisieren als sie.

Steve räusperte sich. „Wissen Sie, wohin er abgereist ist?" fragte er.

Die junge Frau sah ihn an, als wäre er soeben vom Mond auf die Erde gekommen. „Er hat mich sitzen lassen, Mister. Verstehen Sie? Er hat sich aus dem Staub gemacht. Warum sollte er da wohl eine Adresse hinterlassen, wo ich ihn finden kann? Damit ich vorbeikommen und ihm sein falsches Herz aus dem Leib reißen kann?"

Beiläufig begann Steve, durch das Zimmer zu gehen, prüfende Blicke in leere Regale zu werfen und Schubladen zu öffnen.

„Hey, was soll denn das geben?" fragte die Rothaarige gereizt.

„Ich will nur sehen, ob Ben irgendetwas zurückgelassen hat."

„Kein Stück. Ich habe schon alles durchsucht. Der Bastard ist mit Sack und Pack verschwunden."

Julia stieß Steve an und gab ihm das Foto, das sie vom Boden aufgehoben hatte. Es zeigte die Rothaarige in einer deutlich besseren Laune am Arm eines sonnengebräunten, gut aussehenden Mannes. Er trug keinen Bart.

Steve hielt das Foto hoch. „Ist er das?"

Die Frau runzelte die Stirn und wurde sofort misstrauisch. „Ich dachte, Sie kennen ihn."

„Nicht persönlich. Er schuldet einem Freund von mir Geld."

Sie verschränkte die Arme vor ihrem schmalen Oberkörper und sah von Steve zu Julia. „Sind Sie Geldeintreiber oder so was?"

„Das könnte man so sagen", erwiderte Steve.

„Gut, wenn Sie ihn finden sollten, dann haben Sie meine Erlaubnis, ihm die Beine zu brechen oder Nadeln unter die Fingernägel zu jagen oder irgendwas anderes, was Sie mit zahlungsunwilligen Kunden machen. Aber vergessen Sie im Eifer des Gefechts nicht, *mir* gehört er zuerst."

Julia unterdrückte ein Lächeln und sah sich im Zimmer um. Von dem einen Foto abgesehen, hatte Ben Rosenthal nichts in dem Apartment zurückgelassen, was ihm gehört hatte. „Können Sie uns irgendetwas über ihn erzählen?" fragte sie. „Wo …"

„Er ist ein dreckiger, elender, hinterhältiger, verlogener Hurensohn. Genügt das?"

Nach dem leisen Lachen zu urteilen, das Julia hinter ihrem Rücken hörte, vergnügte sich Steve außerordentlich gut. „Ich meine, hatte er Familie? Freunde? Ein Lieblingslokal?"

„Seine Eltern sind tot." Die junge Frau betrachtete eine Bratpfanne und kam zu dem Schluss, dass es sich nicht lohnte, sie mitzunehmen. Also warf sie sie in den Abfalleimer. „Er hat nicht über sich gesprochen." Allmählich beruhigte sie sich wieder und atmete zwischen jedem Satz tief durch. „Er hat einen Onkel, aber über den hat er auch nicht gesprochen. Jedenfalls muss der Typ steinreich sein, weil Ben mit dem Geld nur so um sich geworfen hat."

Julia und Steve sahen sich an. „Wissen Sie, wie sein Onkel heißt?" fragte Steve.

„Ian McDermott. Aber der hat von Ben seit den Osterferien nichts mehr gehört oder gesehen."

Mit den Händen in den Taschen lehnte sich Steve gegen den Esstisch. „Sie haben nicht zufällig die Adresse von Mr. McDermott?" Er holte einige Geldscheine aus der Hosentasche, zog eine 100-Dollar-Note heraus und legte sie auf den Tisch. „Eine kleine Geste der Dankbarkeit", sagte er.

Die Frau blickte auf das Geld, nahm es aber nicht an sich. „Ich habe nur diese Telefonnummer."

„Das genügt."

„Die habe ich mir von der Telefonrechnung abgeschrieben", erklärte sie, während sie in einer alten ramponierten Handtasche herumsuchte. „Nicht mal Ben weiß, dass ich sie notiert habe."

Sie reichte Steve ein kleines Adressbuch, das sie beim Buchstaben *M* aufgeschlagen hatte. Steve notierte die Nummer auf einer Visitenkarte. „Was dagegen, wenn ich das Foto behalte?“ fragte er.

„Mit Vergnügen. Ich hätte es sowieso in den Müll geworfen.“

Vorsichtig nahm Steve das Foto aus dem Rahmen und warf den Überrest in den Abfalleimer, während er das Bild in seine Brusttasche steckte.

„Ich habe das übrigens ernst gemeint, dass ich Ben zuerst in die Finger bekommen will.“ Die junge Frau nahm den Hunderter, faltete ihn und steckte ihn in ihre Lederhandtasche. Aus dem Adressenverzeichnis zog sie eine Visitenkarte. „Da halte ich mich den Sommer über auf. Rufen Sie mich an, wenn sie ihn gefunden haben.“

Julia sah auf die Karte. Die Rothaarige hieß Kelly Sanders und kam aus Scottsdale, Arizona.

„Werd ich machen“, versprach Steve.

Ohne dass sich an ihrem Gesichtsausdruck etwas änderte, deutete sie auf den Berg Sachen an der Tür. „Da ich bei Ihnen beiden jetzt was gut habe, können Sie mir helfen, den Krempel zu meinem Auto zu bringen.“

„Mit Vergnügen.“ Steve zwinkerte Julia zu und nahm den Fernseher. „Sagen Sie nur, wo es langgeht.“

Hinter ihm warf sich Julia eine Tasche über die Schulter und folgte ihm.

Zehn Minuten später war alles in Kelly Sanders’ kleinem blauen Camry verstaut, in dem es enger war als in einer Dose Ölsardinen. Sie rangierte aus der Lücke, hupte einmal und fuhr ab.

„Interessantes Mädchen.“ Julia sah zu, wie der Camry in der Ferne verschwand.

Steve lachte. „Der möchte *ich* nicht in die Quere kommen.“

Julias Augen blitzten auf. „Das ist nicht witzig, Steve. Ben hat sich ihr gegenüber mies verhalten. Jede Frau würde so reagieren wie sie."

„Hmm." Er nahm ihre Hand und gab ihr einen Kuss auf die Innenfläche, der sofort besänftigend wirkte. „Erinnere mich daran, dass ich *dir* nicht in die Quere komme."

Der Wind hatte wieder zu wehen begonnen und erfüllte die Luft mit dem Aroma von Orangenblüten der Bäume, die in ihrer Nähe standen. „Was machen wir jetzt?" fragte Julia, als sie zurück zum Landrover gingen.

Steve holte bereits sein Mobiltelefon aus der Tasche. „Das ist eine einfache Übung. Wir rufen Tim in New York an und warten, was er über Ian McDermott und Ben Rosenthal in Erfahrung bringen kann."

„Kann er das?"

Er tippte die Nummer seines Verlegers ein und wartete. „Du darfst nie die Macht einer Großstadtzeitung unterschätzen." Tims Sekretärin meldete sich und stellte ihn durch. „Und während wir warten, können wir zu einem dieser kleinen Cabanas fahren, die wir auf dem Hinweg gesehen haben, und vielleicht am Strand picknicken. Wie klingt das?"

Sie lächelte. „Sehr romantisch."

Zum Cabana gehörten eine überdachte Terrasse, ein Jacuzzi und ein kleiner privater Strandabschnitt. Julia saß auf dem Badetuch, das Steve auf den warmen Sand gelegt hatte, und sah erfreut zu, wie er kleine Behälter aus einem Picknickkorb nahm.

„Wann hast du denn dafür Zeit gefunden?"

„Habe ich nicht. Ich habe mit der Dame am Empfang gesprochen und sie gebeten, den besten Catering-Service der Stadt anzurufen. Alles Weitere hat sie erledigt."

Er begann, die Deckel zu öffnen. „Wir haben *Paté de Camp-*

agne", sagte er in nahezu fehlerfreiem Französisch. „Einen Gurkensalat mit Minze, kalten Lachs in Sauce Ravigote, gegrillte Zucchini, ein frisch gebackenes Baguette und als krönenden Abschluss Erdbeeren Benedictine."

Sie lachte erstaunt. „Das ist mein Lieblingsnachtisch. Es gibt nichts Leckereres."

„Ich weiß. Penny hat es mir verraten."

„Du hast Penny angerufen?"

Er drehte den Korkenzieher in die Flasche Sancerre und begann zu ziehen. „Wenn man jemanden beeindrucken will, muss man alle Register ziehen."

„Das hat noch niemand für mich getan."

Der Korken kam mit einem leisen Knall heraus. „Dann bin ich sehr froh, dass ich der Erste bin." Er nahm eine große und sehr reife Erdbeere und ließ Julia davon abbeißen, um dann den Saft aus ihrem Mundwinkel zu lecken. „Ich liebe es, wenn du lächelst", sagte er.

Wieder lachte sie. „Wenn du so weitermachst, werde ich noch viel öfter lächeln."

„Daran könnte ich mich gewöhnen."

Während aus den Lautsprechern leise R&B-Musik erklang, aßen und lachten sie. Eine Zeit lang konnte Julia sogar vergessen, dass irgendwo da draußen ein Killer unterwegs war und ihr vielleicht auflauerte.

Sie machten sich gerade über die Erdbeeren her, als sie aus der Ferne Donner grollen hörten.

„Willst du nach drinnen gehen, bevor wir völlig durchnässt sind?" fragte Steve.

Julia schüttelte den Kopf und sah hinaus aufs Meer. „Lass uns noch eine Weile warten. Hier draußen ist es so schön. Außerdem beobachte ich gerne den Ozean, wenn ein Unwetter heranzieht.

Eine wütende See wirkt auf mich irgendwie erschreckend und anziehend zugleich."

„Stimmt." Steve starrte auf die Weite des Meeres vor ihnen. „Darum habe ich mich entschlossen, auf dem Wasser zu leben. Ich fühle mich auch so davon angezogen."

Sie nippte an ihrem Wein. „Fehlt dir New York denn gar nicht?"

Er sah fort. „Nein." Bevor sie weitere Fragen stellen konnte, zuckte über ihnen ein Blitz über den Himmel, direkt gefolgt von einem ohrenbetäubenden Donner. Julia fuhr zusammen. Im gleichen Moment fielen die ersten dicken Regentropfen vom Himmel und schlugen winzige Krater in den Sand.

„Oh, oh." Steve stand auf und zog Julia hoch. „Jetzt müssen wir rennen."

Schnell warfen sie die Reste ihres Festmahls in den Picknickkorb, packten das Badetuch und liefen los. Fast gleichzeitig setzte ein Wolkenbruch ein.

Als sie die Terrasse erreicht hatten, ließ Julia das Badetuch auf den Boden fallen, lehnte sich gegen die Wand, während sie lachte und nach Luft schnappte. „Eine Sekunde länger, und wir hätten zurück schwimmen müssen."

Während sich Steve zu ihr umdrehte, betrachtete Julia ihn und genoss die Art, wie sein weißes Baumwollhemd nass an seinem Körper klebte. Durch den voll gesogenen Stoff konnte sie seine Haut und die dunklen Brusthaare sehen.

Er war ein Mann, und er strahlte Leidenschaft aus, und sie wollte ihn, jetzt und hier. Als sich ihre Blicke trafen, erkannte sie in seinen Augen das gleiche Verlangen. Sie musste nur auf ihn zugehen, um zu sehen, dass aus Verlangen ungezügelte Leidenschaft wurde.

Sie berührte sein nasses Gesicht, ihre Finger wanderten über seine Wangen, seine Lippen, sein Kinn.

„Denkst du, was ich denke?“ fragte er mit rauer Stimme.

„Hmm, kommt drauf an, was du denkst.“

„Ich denke daran, wie sehr ich mit dir schlafen möchte.“

Vom Wein übermütig geworden, fasste sie sein Hemd und zog ihn an sich. „Und worauf wartest du dann noch?“

Bevor er antworten konnte, drückte sie ihren Mund auf seinen. Ihr Kopf drehte sich ein wenig, als sie ihre Finger in seine Schultern und ihre Nägel durch den Stoff hindurch ins Fleisch bohrte. „Ich will dich auch“, flüsterte sie ihm zu. „Merkst du das nicht?“ Lachend öffnete sie seinen Gürtel, zog den Reißverschluss nach unten und schob seine Jeans über seine schlanken Hüften.

Er reagierte prompt, indem er ihr Kleid hochschob und ihre feuchten Schenkel liebkoste. „Du machst mich verrückt, Julia.“

Sie griff ihm ins Haar. „Ich mag es, wenn ich Männer verrückt mache.“

Als würde er ihr Verlangen spüren, ließ Steve seine Hände unter ihren Po gleiten und hob sie hoch, während sie ihre Beine um ihn legte.

Diesmal bestimmte sie das Tempo, presste ihren Körper gegen seinen, forderte ihn und rief seinen Namen, während sie sich an seinen Schultern festklammerte.

Und dann fühlte sie es, eine Hitze, die so intensiv war, so explosiv, dass sie sie vom Kopf bis zu den Zehenspitzen durchzuckte und ihr die Sicht nahm. Den Kopf an seine Schulter gepresst, schrie sie seinen Namen noch ein weiteres Mal, dann verharrte sie entkräftet in ihrer Position, während sie darauf wartete, dass die Erregung abebbte und sie wieder normal atmen konnte.

28. KAPITEL

Steve war erstaunt, dass der bloße Anblick von Julia, die neben ihm lag und schlief, ihn immer noch erregte, obwohl sie sich die halbe Nacht durch geliebt hatten. Er wusste, dass nicht viel erforderlich war, um sie zu wecken, also ließ er einen Finger zwischen ihren Brüsten umherwandern, und lächelte, als er sah, dass sie sich regte.

Sie öffnete ein Auge und lächelte. „Schon wieder?"

„Überzeug mich vom Gegenteil."

Er drehte sie bereits zu sich herüber, als das Telefon klingelte. Als er es ignorierte, rüttelte Julia ihn sanft. „Steve, dein Telefon."

„Lass es klingeln." Er nahm eine Brustwarze in den Mund.

Julia seufzte und schloss die Augen. „Es könnte Tim sein."

Er ließ seinen Kopf auf ihren Oberkörper sinken. „Der Kerl hat immer ein lausiges Timing."

Steve griff nach dem Nachttisch und nahm das Handy. „Ja?"

„Was ist denn los mit dir?" fragte Malloy fast fünftausend Kilometer entfernt. „Du hörst dich an wie nach dem New-York-Marathon."

Steve zwinkerte Julia zu, die reagierte, indem sie sich in seine Arme kuschelte. „Nichts so Lahmes, das kann ich dir versichern." Er hielt das Telefon ans andere Ohr und legte einen Arm um Julia. „Was hast du herausgefunden?"

„Einiges. Meinen Quellen zufolge ist – oder besser gesagt: war – Ian McDermott ein bekannter und wohlhabender Bootsbauer. Vor dreizehn Jahren hat er sein Geschäft verkauft und sich nach Point Cobra zurückgezogen, so etwa fünfzehn Kilometer nördlich von Monterey. Da züchtet er seitdem Orchideen."

„Irgendeine Verbindung zu *Gleic Éire?*"

„Wir haben nichts gefunden, aber meine Leute suchen noch.

Allem Anschein nach ist der Mann okay, ein aufrechter Bürger und so weiter und so fort."

Steve wickelte eine blonde Locke um seinen Finger. „Höre ich da einen Zweifel?"

„Ach, du kennst mich doch. Mir gefällt das nicht, wenn sich alles hübsch zusammenfügt. Aber wie gesagt, wir forschen noch nach. In ein paar Tagen sollte ich mehr wissen."

„Was ist mit dem Neffen?"

„Der Neffe", sagte Malloy mit unüberhörbarer Befriedigung, „hat eine ziemlich bemerkenswerte Vergangenheit."

Steve hörte auf, mit Julias Haaren zu spielen. „Was heißt das?"

„Er ist der Polizei bekannt. Überwiegend Einbruchsdiebstahl und Diebstahl, alles vor seinem sechzehnten Lebensjahr. Sein Onkel hat ihn immer wieder vor dem Jugendgericht bewahrt, indem er den Opfern das Diebesgut zurückgegeben und eine saftige Entschädigung gezahlt hat. Vor sieben Jahren wurde er erneut festgenommen, aber die Anklage wurde kurz darauf fallen gelassen."

„Wieso das?"

„Die Frau, die er angeblich beraubt hatte, eine saudi-arabische Prinzessin, erklärte, ihre Rubinhalskette befinde sich immer noch in ihrem Safe unter einem großen Berg Bargeld."

„Glück für Ben. Sonst noch was?"

„Nichts. Seitdem scheint er sich benommen zu haben."

„Danke, Tim. Wir bleiben in Kontakt."

Nachdem er aufgelegt hatte, sah Julia ihn an. „Und? Was hat er gesagt?"

„Später." Er bewegte seinen Mund wieder auf Julias Busen zu. „Wo waren wir stehen geblieben?"

Steve und Julia brauchten fast zwei Stunden, um die Information zu bekommen, nach der sie suchten. Mit Bens Foto hatten sie sich daran gemacht, die zahlreichen Hotels und Gasthäuser in und um Monterey aufzusuchen, um dann ihre Suche auf Pacific Grove, Carmel und Sand City auszudehnen.

Elf Häuser hatten sie schon überprüft, als die Empfangsdame im „Hidden Oak Inn“ in Sand City sich an Ben erinnerte. „Er hat für die komplette Woche bar bezahlt“, sagte sie, während sie auf den Computermonitor sah. „Er ist aber nur drei Nächte geblieben.“

„Wann hat er eingecheckt?“ fragte Steve.

„Am 15. Juni nachmittags.“

„Hat er jemanden angerufen?“

Wieder blickte sie auf den Monitor. „Nein.“

„Wurde er angerufen?“

Sie schüttelte den Kopf.

„Tja“, sagte Steve, während er und Julia das abgelegene Gasthaus verließen. „Wir wissen, dass Ben Rosenthal zur Zeit des Einbruchs in der Gegend war.“

„Ich verstehe das nicht. Warum hat er nicht bei seinem Onkel gewohnt?“

Steve grinste sie schief an. „Warum fragen wir ihn nicht persönlich?“

Von einer unerklärlichen Unruhe erfasst, füllte McDermott dunkle, schwere Erde in einen Blumentopf und überlegte, dass seinen angegriffenen Nerven mit einem ausgiebigen, heißen Bad besser gedient gewesen wäre.

Der Anruf von Steve Reyes und dessen Bitte, sich mit ihm über Ben zu unterhalten, hatte ihn schwer getroffen. Wie hatte der Reporter Ben aufspüren können? Und welche Art von Information wollte er von ihm bekommen?

Das waren Fragen, von denen Reyes versprochen hatte, sie

ihm zu beantworten, wenn sie sich trafen, vorausgesetzt, McDermott war damit einverstanden.

Als ob ich eine andere Wahl gehabt hätte, dachte er und warf eine Hand voll Erde auf die Arbeitsplatte. Hätte er ihn abgewiesen, mit welcher Entschuldigung auch immer, dann wäre das höchst verdächtig gewesen. Und das konnte er sich nicht leisten.

Er wartete, bis seine Verärgerung nachgelassen hatte. Was ihm noch fehlte, war, dass Steve Reyes seine Besorgnis wahrnahm. Es war unbedingt notwendig, dass er bis zum Eintreffen von Reyes und Julia Bradshaw seine Gefühle wieder völlig unter Kontrolle hatte.

Als er sich endlich etwas ruhiger fühlte, ging er hinüber zur Wand, wo er den Handstaubsauger montiert hatte, und begann, die Unordnung zu beseitigen, die er selbst gemacht hatte.

Auch wenn ihm Steves Bitte um ein Gespräch offensichtlich Sorgen bereitet hatte, lud Ian McDermott ihn und Julia dennoch in sein Haus in Point Cobra ein.

Die luxuriöse Villa im mediterranen Stil lag hoch in einem majestätischen fünf Hektar großen Hügelgebiet und wurde im Osten von den Gabiland Mountains, im Westen vom Pazifik und im Süden von einem dichten Zypressenhain umgeben, der gleich hinter dem Gewächshaus begann.

Ein höflicher, aber ausdrucksloser Butler in weißem Jackett und schwarzer Hose öffnete die Tür. Die Sandalen, die der kleine Mann trug, gaben kein Geräusch von sich, während er Julia und Steve zum Gewächshaus führte, wo Ian McDermott auf sie wartete.

Auf dem Weg dorthin bemerkte Steves geübtes Auge auf dem vom Regen aufgeweichten Boden zwei Paar Reifenspuren, die von der Vorderseite des Hauses bis zu den Garagen führte. Eine dritte Spur verlief weiter in südlicher Richtung in den Zypressenhain.

„Ah, Mrs. Bradshaw", sagte Ian McDermott, als sie eintraten. „Und Mr. Reyes. Bitte, kommen Sie doch herein."

Ihr Gastgeber war kleiner, als Steve sich vorgestellt hatte, doch was ihm an Größe fehlte, machte er mit Muskeln wieder wett. Der Gedanke, dass McDermott der Angreifer hätte sein können, war schnell wieder verschwunden. Der Eindringling war kräftig gebaut gewesen, aber auch viel größer.

„Es macht Ihnen doch nichts aus, wenn wir uns hier unterhalten, oder?" fragte McDermott, während er eine ausholende Geste machte. „Eine meiner Pflanzen hat sich ein Virus zugezogen, und ich möchte sicher sein, dass sich die Erkrankung nicht auf die anderen überträgt."

„Kein Problem", erwiderte Steve. „Es ist sehr freundlich von Ihnen, Mr. McDermott, dass wir herkommen durften." Er betrachtete die Fülle von Pflanzen, allesamt Orchideen, und wünschte sich, sie hätten sich woanders getroffen. In der extrem feuchten Umgebung war der widerliche Geruch fast übelkeiterregend.

McDermotts Blick ruhte eine Weile auf Julia, bevor er sich wieder Steve zuwandte. „Sie haben am Telefon gesagt, dass Sie meinen Neffen suchen. Darf ich fragen, warum?"

„Nach unseren Informationen könnte er etwas wissen über einen Angriff auf Mrs. Bradshaw vor wenigen Tagen."

Perplex sah McDermott zu Julia. „Informationen welcher Art denn?"

„Bens Wagen ist in der Straße gesehen worden, in der ich wohne. Vor dem Einbruch hat er zwei volle Tage dort gestanden", sagte Julia. „Danach ist er verschwunden." Während McDermott sie weiter ansah, fragte sie: „Sie haben doch von dem Einbruch gehört, oder? Und dass ich mit einer Waffe bedroht wurde?"

„Davon habe ich gehört. Das tut mir auch sehr Leid.“ Er schüttelte den Kopf, als könne er nicht den Zusammenhang erkennen, auf den sie hinauswollte. „Und Sie denken, Ben … er soll bei Ihnen eingebrochen und Sie bedroht haben? Wollen Sie das etwa sagen?“

„Wir werfen ihm nichts vor“, mischte sich Steve ein. „Aber sein Wagen wurde auf der Via del Rey gesehen.“ Er versuchte, so harmlos wie möglich zu klingen. „Darum würden wir gerne mit ihm sprechen und seine Version hören. Vielleicht hat er etwas oder jemanden bemerkt.“

„Ich verstehe.“ McDermotts klare blaue Augen ruhten nun wieder auf Steve, bevor sie sich auf die Pflanze richteten, mit der er sich zuvor beschäftigt hatte. „Sind Sie sicher, dass es Bens Wagen war, den Sie gesehen haben?“

„Wir haben den Wagen nicht gesehen“, erwiderte Steve, „sondern ein Nachbar.“ Er lehnte sich lässig gegen die Arbeitsplatte und beobachtete McDermott, der die Unterseite eines Blatts untersuchte. „Wir haben ihn dank eines Parkaufklebers bis zum Santa Barbara College zurückverfolgt“, erklärte er. „Die Verwaltung hat uns Bens Adresse auf dem Campus gegeben, und von seiner Freundin haben wir erfahren, dass er vorzeitig und mit unbekanntem Ziel abgereist war.“

McDermott ging zur nächsten Pflanze weiter und wiederholte bei jedem Blatt die Untersuchung. „Er könnte seinen Wagen auch einem Freund geliehen haben. Das macht er oft, müssen Sie wissen.“

„Aus dem Grund habe ich in verschiedenen Hotels in und um Monterey nachgefragt und erfahren, dass er am Nachmittag des 15. Juni ein Zimmer im Hidden Oak Inn in Sand City genommen hatte und nach dem 18. Juni nicht mehr gesehen wurde, obwohl er für eine komplette Woche im Voraus bezahlt hat. Bar.“

Als sich McDermott zu ihm umsah, hatte Steve das Gefühl, in

den Augen des Mannes eine Spur von Bewunderung zu erkennen, war sich aber nicht sicher.

„Sie sind recht findig, Mr. Reyes“, sagte er, während er sich aufrichtete. „Und offensichtlich auch sehr gründlich. Aber ich bin fast sicher, dass man sich im Hidden Oak Inn geirrt hat. Erstens würde Ben nicht in diese Gegend kommen, ohne es mich wissen zu lassen. Zweitens hat er keinen Grund, irgendwo einzubrechen. Seine Eltern haben ihm ein ansehnliches Vermögen hinterlassen ...“

„Er wollte kein Geld“, unterbrach ihn Julia.

„Nicht?“ Er hob eine Augenbraue. „Was wollte er *dann?*“

„Eine Kassette.“ Steve beugte sich über eine Blüte, als würde er an ihr riechen wollen. „Eine Audiokassette, die Mrs. Bradshaws Exmann hinterlassen hat. Er drohte sogar, sie umzubringen, wenn sie ihm nicht sagen würde, wo das Band versteckt ist.“

Bei diesen Worten vergaß McDermott seine Pflanzen und sah recht betroffen aus. „Das *muss* ein Irrtum sein, Mr. Reyes. Warum sollte Ben eine Kassette haben wollen?“

Es konnte nicht schaden, allmählich etwas direkter zur Sache zu kommen. „Hat sich Ihr Neffe jemals mit Ihnen über die Nordirlandpolitik unterhalten, Mr. McDermott?“

„*Nordirlandpolitik?*“ Diesmal stand McDermott ein echter Schock ins Gesicht geschrieben. „Großer Gott, wollen Sie unterstellen, dass mein Neffe in irgendeiner Weise mit irischen Terroristen in Verbindung steht?“

„Um genau zu sein, mit *Gleic Éire*“, sagte Steve.

„*Gleic Éire?*“ McDermott schien Schwierigkeiten zu haben, den Namen auszusprechen. „Ist das nicht diese Gruppe, über die im Moment jeder redet?“

Steve nickte und sah ihn lange und eindringlich an. Entweder sprach der Kerl die Wahrheit, oder er war ein verdammt guter

Schauspieler. Er beschloss, noch ein wenig stärker nachzubohren. „Ich möchte offen sein, Mr. McDermott. Bevor wir hergekommen sind, habe ich mir erlaubt, Bens Vergangenheit zu durchleuchten. Wenn ich das richtig sehe, ist er früher auch schon in Schwierigkeiten geraten, während seiner Zeit im Internat."

McDermott seufzte bedauernd. „Darauf ist keiner von uns stolz, Mr. Reyes. Außerdem ist das lange her."

„Aber die Anklagen lauteten doch auf Einbruch und Diebstahl, nicht wahr?" hakte Steve nach. „Und das gleich zweimal. Und beide Male ist es Ihnen gelungen, das Ganze zu vertuschen, indem Sie das Diebesgut zurückgegeben und den Opfern eine großzügige Entschädigung gezahlt haben."

McDermott nickte traurig. „Ich gebe zu, dass ich eingeschritten bin." Mit einem Blick zu Julia, als könne nur sie ihn verstehen, fügte er hinzu: „Das ist doch das, was Eltern machen, nicht wahr? Sie helfen und beschützen ihre Kinder. Und ich kann Ihnen versichern", fügte er hinzu und wandte sich wieder Steve zu. „Ben ist für mich wie ein eigener Sohn."

„Manchmal", bemerkte Steve, „richten wir mehr Schaden an, als wir helfen, wenn wir unsere Kinder beschützen, anstatt sie zu disziplinieren."

Die Bemerkung bewirkte bei McDermott ein zynisches Lächeln. „Haben Sie Kinder, Mr. Reyes?"

Es war dumm, wusste Steve, aber er hatte das sonderbare Gefühl, dass McDermott bereits die Antwort auf seine eigene Frage kannte. „Nein."

„Aber Sie. Ich habe in der Zeitung gelesen, daß Sie einen Sohn haben." Wieder fixierte McDermott Julia. „Darum können Sie das auch verstehen." Er nahm ein Handtuch von der Arbeitsplatte und begann, seine Finger einen nach dem anderen langsam abzuwischen. „Ich will nicht gutheißen, was Ben in der Schule gemacht hat“, sagte er ruhig. „Aber es gibt eine Erklärung, wenn auch keine Rechtfertigung für sein Verhalten. Seine Eltern starben, als er vierzehn Jahre alt war, wissen Sie. Und bis dahin hatte der Junge jegliche Disziplin ausschließlich von Kindermädchen erfahren, die sich, krass ausgedrückt, einen Dreck darum scherten. Nach dem Tod von Lizzie kam Ben zu mir. Ich versuchte, ihm Werte zu vermitteln, aber ...“ Er schüttelte den Kopf und ließ den Satz unvollendet.

Während McDermotts Monolog hatte Steve aus dem Fenster gesehen. Diese dritte Reifenspur machte ihn misstrauisch. Es sah fast so aus, als hätte man einen Wagen in den Hain gefahren. Es sei denn, McDermott hatte dort aus irgendeinem Grund ein Boot abgestellt.

Seine Augen richteten sich wieder auf McDermott. „Ich habe gehört, dass Sie Bootsbauer sind, Mr. McDermott.“

Der plötzliche Themawechsel schien ihren Gastgeber nicht zu stören. „Das war ich“, berichtigte McDermott ihn. „Ich habe vor Jahren mein Geschäft verkauft, damit ich mehr Zeit mit meinen Orchideen verbringen kann.“ Er lächelte. „Sind Sie ein Bootsfreund, Mr. Reyes?“

Da war es wieder, dieses seltsame Gefühl, dass der Mann mit ihm spielte. „Sehr sogar. Ich lebe auf einem Hausboot.“

Sofort war McDermotts Interesse geweckt. „Was haben Sie für ein Boot? Ein Gibson? Oder eine Sunstar?“ Er sah Steve anerkennend an. „Sie sehen mir nach dem Sunstar-Typ aus.“

„Ich habe eine Kingscraft.“

„Ah, ein exzellentes Boot. Wo liegt es?“

„In Florida.“ Steve widerstand der Versuchung, wieder aus dem Fenster zu sehen. „Und Sie? Wo ist Ihre beeindruckende Flotte?“

„Nirgends. Ich habe meine letzte Sea Ray vor einigen Jahren

verkauft, als mir klar wurde, dass ich nicht mehr die Zeit hatte, um sie zu genießen."

Der Verdacht, dass zwischen diesen Bäumen ein Wagen versteckt worden sein könnte, wurde mit jeder Minute stärker. „Kommen wir noch einmal zurück zu Ihrem Neffen", sagte er beiläufig. „Ich hatte gehofft, Sie könnten uns sagen, wo er zu finden ist."

„Ich fürchte, ich habe nicht die leiseste Ahnung. Wie ich gestern schon seiner Freundin erklärt habe, hat er sich bei mir seit Ostern nicht mehr gemeldet."

„Kommt er denn im Sommer nicht nach Hause?" fragte Julia verwundert.

McDermott reagierte mit einem bedauernden Seufzer. „Kaum noch. So wie sein Vater ist Ben ein ziemlicher Abenteurer. Er reist gerne als Rucksacktourist durch Europa, erforscht entlegene Inseln, reist in den Himalaja zum Bergsteigen."

„Und er ruft nie an?"

„Nur, wenn er etwas braucht." Das nachsichtige Lächeln kehrte auf seine Lippen zurück. „So sind Kinder nun mal, vermute ich."

Er ließ das Handtuch auf die Arbeitsplatte fallen und sah auf seine Uhr, um unmissverständlich zu signalisieren, dass dieser Besuch beendet war. „Ich wünschte, ich könnte Ihnen helfen", sagte er bedauernd. „Und wenn es nur darum gehen würde zu beweisen, dass mein Neffe mit dem Einbruch nichts zu tun hat."

Ohne große Eile brachte McDermott sie aus dem Gewächshaus.

„Rufen Sie mich an, wenn Sie etwas von Ben hören?" fragte Steve. „Ich wohne in der ‚Hacienda'."

„Ganz sicher. Auf Wiedersehen, Mr. Reyes." Er drehte sich um zu Julia und verbeugte sich. „Mrs. Bradshaw."

„Auf Wiedersehen, Mr. McDermott. Und vielen Dank."

Mit den Händen auf dem Rücken verschränkt stand ihr Gastgeber in der Einfahrt und sah zu, wie sie abfuhren.

„Der arme Mann“, sagte Julia, als sie sich anschnallte. „Das muss ja schrecklich sein, wenn plötzlich zwei wildfremde Menschen vor ihm stehen und erzählen, dass sein Neffe in irgendwelche furchtbaren Machenschaften verwickelt sein könnte.“

Steve warf ihr einen flüchtigen Blick zu. „Der Kerl tut dir Leid?“

„Ein bisschen schon.“

„Warum?“

„Weil er seinen Neffen offensichtlich sehr liebt. Und er hat Recht. Ich verstehe, warum Eltern ihr Kind beschützen wollen.“

„Der Mann ist ein Lügner.“

„Und du bist ja so was von misstrauisch.“ Julia streckte ihre Beine aus. „Hast du nicht gemerkt, dass der Mann unter diesem kühlen Äußeren von der Furcht geplagt wird, Ben könnte tatsächlich in die ‚Hacienda‘ eingebrochen sein?“

Steve rollte mit den Augen. „Mann, er hat dir einen ganzen Haufen Lügen aufgetischt. Ich kann es nicht fassen, dass du so leichtgläubig bist.“

Beleidigt sah sie ihn an. „Warum bin ich leichtgläubig?“

„Weil der Mann lügt. Er versteckt Ben, Julia.“

„Wie kommst du denn darauf?“

„Nur so ein Gefühl.“ Er wurde langsamer, damit ein Bussard, der vom Kadaver eines toten Vogels gefressen hatte, rechtzeitig wegfliegen konnte. „Und dann diese verdammten Reifenspuren.“

„Ich kann dir nicht folgen. Welche Reifenspuren?“

Steve lenkte den Wagen durch zwei aufeinander folgende scharfe Kurven. „Es gibt Reifenspuren, die zu den Garagen und zurück führen. Aber eine dritte Reifenspur verschwindet im Wald hinter dem Gewächshaus. Darum habe ich gefragt, ob er ein Boot hat. Ich dachte, er hätte es im Hain untergestellt, damit es nicht der Sonne ausgesetzt ist."

„Und weil er kein Boot hat, meinst du, dass Bens Wagen dort steht?"

„Da bin ich sicher. Und ich bin genauso sicher, dass der Junge auf die eine oder andere Weise mit *Gleic Éire* in Verbindung zu bringen ist. Ich bin mir nur nicht sicher, in welcher Form."

Julia betrachtete Steves Profil, das sie mittlerweile so gut kannte. Was hatte es mit dieser Gruppe bloß auf sich, dass sie so sehr an ihm zehrte? Ging es nur darum, gute Arbeit zu leisten? Das brennende Verlangen, den Fall zu lösen, den sonst niemand klären konnte? Als sie ihn jetzt so betrachtete, hatte seine Besessenheit mit *Gleic Éire* etwas … Persönliches.

„Wirst du Hammond davon erzählen?" fragte sie und erwartete fast, dass er verneinte, dass er die Sache auf eigene Faust lösen wollte. Aber er versetzte sie in Erstaunen.

„Da kannst du Gift drauf nehmen. Was wir über Ben herausgefunden haben, und dazu diese Reifenspuren …, das sollte für einen Durchsuchungsbefehl ausreichen."

„Und wenn nicht?"

Steve bog auf den Highway ein. „Dann durchsuche ich den Zypressenhain alleine."

Von seiner Terrasse aus hatte McDermott freie Sicht auf die gewundene Zufahrtsstraße. Er stand da und sah zu, wie der Landrover durch den unfruchtbaren Canyon fuhr.

Es begeisterte ihn, dass er endlich Steve Reyes von Angesicht zu Angesicht gegenübergetreten war, auch wenn ihm nun klar war, dass er den Reporter ganz massiv unterschätzt hatte. Obwohl er sieben Jahre lang nicht mehr für eine Zeitung gearbeitet hatte, hatte dieser Mann nichts verlernt. Allerdings machte das nicht wirklich einen Unterschied. Reyes' Besuch war kein Grund zur Beunruhigung gewesen. Auch wenn der unerschrockene Reporter mit seinen Vermutungen zur Polizei gehen sollte, würde nichts geschehen. Reyes hatte nichts in der Hand, um ihn mit dem Einbruch in Verbindung zu bringen. Und da Ben jetzt nicht mehr im Spiel war, würde nicht einmal ein Reporter vom Kaliber eines Steve Reyes die Wahrheit ans Licht bringen können.

Dass er Ben hatte töten müssen, war eine unerfreuliche Notwendigkeit gewesen. Einen ganz kurzen Augenblick lang hatte er mit dem Gedanken gespielt, ihn stattdessen auf irgendeine abgelegene Insel in der Karibik zu schicken. Der Junge gehörte schließlich zur Familie. Aber McDermott hasste offene Enden, vor allem, wenn es um etwas so Flatterhaftes wie Ben ging.

Zum Glück war es kein Problem gewesen, die Leiche zu beseitigen. Nachdem er Eanu losgeschickt hatte, um Besorgungen zu machen, hatte er zwei alte rostige Anker an dem Toten befestigt und ihn in ein Laken gewickelt. Das Anstrengendste war gewesen, ihn bis zum Rand der Klippe zu schleppen, von wo aus er ihn in die tosende See gestürzt hatte.

Da das Gebiet für seine starken und unberechenbaren Strömungen berüchtigt war, kam nie ein Boot in die Nähe von Point Cobra. So musste er sich keine Sorgen machen, dass neugierige Fischer den Toten entdeckten. Wenn es nicht schon längst geschehen war, dann würde Bens Körper in allernächster Zeit von hungrigen Fischen verspeist worden sein.

Der Wagen sollte ebenfalls kein Problem sein. Im Augenblick war er im Hain sicher versteckt. In ein oder zwei Tagen würde er anfangen, ihn in seine Einzelteile zu zerlegen und diese entweder zu verbrennen oder zu vergraben.

Das einzige potenzielle Problem war Eanu. Der treue Butler,

der seit dreizehn Jahren in seinen Diensten stand, hatte im Laufe der Jahre eine enge Beziehung zu Ben entwickelt. Während er sonst ruhig und bescheiden war, hatte er doch nicht so schnell glauben wollen, dass Ben spontan abgereist war, ohne sich zu verabschieden.

McDermott dachte eine Weile nach. Vielleicht sollte er sich in ein bis zwei Wochen gegenüber Eanu lautstark Sorgen darüber machen, wo Ben abgeblieben sein mochte. Vielleicht würde er sogar die Polizei anrufen und seiner Besorgnis Ausdruck geben. Das war vielleicht ein riskanter Zug, aber der Herausforderung würde er sich stellen. Außerdem würde es später von ihm ablenken, wenn irgendjemand ein Verbrechen vermutete.

Im Augenblick war das fehlende Audioband die einzige wirkliche Gefahr. Die Suche nach dem verdammten Ding war so von Missgeschicken begleitet, dass er sich zu fragen begann, ob es überhaupt existierte.

Eine Minute später war der Landrover verschwunden. Zufrieden darüber, dass Reyes ihn nicht wieder belästigen würde, kehrte McDermott zurück ins Gewächshaus.

Hammond schüttelte den Kopf, noch bevor Steve ausgesprochen hatte. „Ich weiß, was Sie von mir wollen, aber die Mühe können Sie sich sparen. Kein Richter wird einen Durchsuchungsbefehl auf der Grundlage so schwacher Beweise ausstellen. Ian McDermott ist ein angesehenes Mitglied der Gemeinde. Er spielt zwar nicht in der gleichen Liga wie Charles Bradshaw, aber er kommt ihm ziemlich nahe."

„Diese Reifenspuren ..."

„Das kann alles Mögliche gewesen sein – der Gärtner, ein Lieferant, ein Besucher, der ein paar Meter zu weit zurückgesetzt hat. Und falls Sie auf die Idee kommen, mich zu fragen, ob ich dort nicht auch *ohne* Durchsuchungsbefehl auftauchen könnte", fügte er an, „dann vergessen Sie das ganz schnell. Ich mag Sie, aber nicht so sehr, dass ich Ihretwegen meine Marke aufs Spiel setze."

Steve nahm die Dose Cola hoch und trank einen Schluck. „Ihre Marke steht nicht auf dem Spiel, wenn Sie Bens Wagen *und* Ben Rosenthal finden."

„So hoch pokere ich nicht, tut mir Leid." Hammond holte ein Tütchen Süßstoff aus der Schublade, riss eine Seite auf und ließ den Inhalt in seine Tasse Kaffee fallen. „Was haben Sie eigentlich mit *Gleic Éire?* Warum sind Sie so fest entschlossen, diese Leute zu finden? Ich dachte, dass Sie sofort nach Hause abreisen würden, sobald der Mord an Paul Bradshaw aufgeklärt ist." Plötzlich war da ein Funkeln in seinen Augen. „Oder gibt es etwas ... oder sollte ich besser sagen: Gibt es jemanden in unserem schönen Städtchen, von dem Sie sich nicht losreißen können?"

Steve ließ die Bemerkung unkommentiert und stellte stattdessen auch eine Frage: „Glauben Sie wirklich, dass Edith Donnovan Paul umgebracht hat?"

„Die Waffe ist in ihrem Garten gefunden worden. Und es handelt sich tatsächlich um die Tatwaffe, wie die ballistische Untersuchung ergeben hat."

„Sie haben meine Frage nicht beantwortet."

Hammond schlürfte an seinem Kaffee. „Was ich glaube, ist unwichtig. Wir haben gute und eindeutige Beweise. Wir haben sogar ein Motiv."

„Und das wäre?"

Hammond zuckte mit den Schultern. „Wir geben es ohnehin bald bekannt, also kann ich es Ihnen auch schon jetzt sagen. Edith liebte ihren Boss. Sie bestreitet das genauso hartnäckig wie den Mord an ihm, aber zwei ihrer Kollegen haben erklärt, dass sie verrückt nach Bradshaw war und er es wusste. Da er sie nicht für voll genommen hat, wurde Edith laut ihren Kollegen nach und nach zu einem Albtraum. Ich verwette mein Geld darauf, dass es ihr nach Jahren der selbstlosen Hingabe nicht mehr gereicht hat, nur jeden Morgen von Paul begrüßt zu werden. Dann hat sie ihm ihre Liebe gestanden, er hat sie abblitzen lassen und da ist sie ausgerastet."

Steve fragte sich, ob das Hammonds Worte waren oder die des ehrgeizigen Staatsanwalts. „Einfach so?" fragte er. „Sie ging abends zu ihm nach Hause, fand die Waffe und erschoss den Mann, den sie liebte."

Hammond hob wieder die Schultern. „So was kommt vor. Darum nennt man so etwas ja auch vorübergehende Unzurechnungsfähigkeit."

Steve war noch immer nicht überzeugt. „Und woher wusste sie, wo er seine Beretta aufbewahrte?"

„Kommen Sie, Steve. Sie wusste alles über den Mann, sogar, was er am Morgen gefrühstückt hatte. Aber selbst wenn sie nichts von der Waffe wusste und die Aussagen der Kollegen nichts weiter sind als Tratsch am Arbeitsplatz, bleibt es eine Tatsache, dass die Tatwaffe in ihrem Garten gefunden wurde."

Und das, dachte Steve, ist genau der Punkt, auf den sich der Staatsanwalt im Verfahren stützen wird.

Während Steve langsam seine Beine nebeneinander stellte, sah Hammond ihn durchdringend an. „An Ihrer Stelle würde ich keine Dummheiten machen", sagt er scharf.

Steve reagierte mit einem unschuldigen Blick. „Zum Beispiel?"

„Zum Beispiel nachts zu McDermotts Haus fahren und die Verdächtigungen auf eigene Faust überprüfen. Wenn Sie das nämlich machen und ich nur einen einzigen Anruf von dem Mann erhalte, der einen Eindringling meldet, dann sorge ich dafür, dass Sie die Höchststrafe bekommen."

Steve zerdrückte seine leere Dose und warf sie in den Papierkorb neben Hammonds Schreibtisch, dann stand er auf. „Danke für die Cola, Detective. Nächstes Mal gebe ich eine Runde aus."

Julia warf Steve ein Lächeln zu, als sie den Hörer auflegte. „Schönen Gruß von Andrew."

Steve schien völlig gedankenverloren, als er nickte. „Wie geht es ihm?"

„Wunderbar. Er hat einen Fisch gefangen, aber der war nicht groß genug. Coop konnte ihn überreden, ihn wieder ins Wasser zu werfen." Sie drehte sich in ihrem Sessel um. „Hammond wollte nichts davon wissen, stimmts?"

„Nein. Offenbar ist McDermott auch so ein wichtiger Bürger, der nur mit Samthandschuhen angefasst werden darf."

Julia hörte aufmerksam zu, während er ihr von seinem Gespräch mit dem Detective erzählte. Da sie Steve mittlerweile sehr gut kannte, konnte sie fast erraten, was er als Nächstes machen würde. Er hatte es ja bereits angedeutet.

„Wir brauchen nur ein paar Beweise mehr, sonst nichts", sagte sie und hoffte, dass ihr Vorschlag ihn besänftigen würde. „Tim hat doch gesagt, dass er in ein paar Tagen mehr über McDermott weiß, nicht wahr?"

„Ich werde nicht noch ein paar Tage warten."

„Steve."

Er hatte sich gegen die Kochinsel gelehnt und die Arme vor der Brust verschränkt. „Ich fahre noch mal hin, Julia. Ich werde diesen verdammten Wagen finden."

Julia sprang aus ihrem Sessel auf. „Bist du verrückt?" rief sie. „Du willst dich in McDermotts Haus umsehen, nachdem dich Hammond ausdrücklich davor gewarnt hat?"

„Ich will nicht in sein Haus", berichtigte er sie. „Ich will auf sein Grundstück. Um ganz genau zu sein: Ich will in den Hain hinter dem Gewächshaus."

„Das ist trotzdem verrückt. Was ist, wenn das Grundstück gesichert ist? Wenn McDermott es von zwei riesigen Rottweilern bewachen lässt?"

„Dann nehme ich ein paar Knochen mit."

Julia schlug mit der flachen Hand auf den Tresen. „Hör auf, Witze zu reißen, verdammt! Das ist eine ernste Sache. Und eine gefährliche. Ganz zu schweigen davon, dass sie illegal ist. Er könnte dich erschießen, um Gottes willen. Und er wäre auch noch im Recht."

„Warum sollte er mich erschießen, wenn er nichts zu verbergen hat?" Steve lächelte und wickelte eine ihrer blonden Locken um seine Finger. „Oder bist du dir da nicht mehr so sicher?"

Sie schob seine Hand fort. „Bring mich nicht durcheinander. Tatsache ist, dass es gefährlich ist und dass ich es dir nicht erlaube."

In seinen Augen sah sie dieses amüsierte Leuchten, das sie mittlerweile so gut kannte und mit dem er sie jedes Mal rumgekriegt hatte. Er stützte seine Hände zu beiden Seiten von ihr und hielt sie so fest, während ihr noch verbliebener Widerstand dahinschmolz.

„Nicht mal, wenn ich dich mitmachen lasse?"

„Oh, fantastisch", sagte sie halbherzig. „Jetzt bittest du mich auch noch, Komplizin bei einem Verbrechen zu werden. Als wenn ich nicht schon genug Ärger mit der Polizei hätte."

„Na, komm schon. Du willst es doch, gib es zu."

Verärgert über diese unerbittliche Seite an ihm, versuchte sie vergeblich, ihn fortzuschieben. „Ich könnte Hammond sagen, was du vorhast", drohte sie. „Er wird dich schon aufhalten."

Steve lächelte. „Das könntest du. Aber du wirst es nicht machen."

Ein letztes Aufbegehren ließ sie trotzig das Kinn heben. „Woher willst du das wissen?"

Er hielt ihrem herausfordernden Blick stand. „Weil du weißt, wie wichtig das für mich ist. Und du weißt, dass ich nicht dort suchen würde, wenn ich nicht verdammt sicher wäre, auch etwas zu finden. So wie bei Mrs. Hathaway."

„Mrs. Hathaway war nicht gefährlich. McDermott könnte es aber sein."

„Ich werde auf mich aufpassen." Er rieb seine Nase an ihrer. „Komm schon, was meinst du? Wir könnten so tun, als wären wir Bonnie und Clyde. Ohne Maschinenpistolen."

„Ich ..." Sie starrte auf seinen Mund, der ihrem immer näher kam. „Ich schätze, wenn du dich schon nicht aufhalten lässt, dann kann ich dich ebenso gut begleiten. Vielleicht kann ich dich ja so vor Ärger beschützen."

Ihr letzter Gedanke, bevor sie in seinem Kuss versank, war der, dass es keine Frau gab, die einen solchen Mann vor Ärger beschützen konnte.

Dank einer dichten Wolkendecke über der gesamten Halbinsel lag McDermotts Haus in tiefer Finsternis, als Steve den Landrover einige hundert Meter vom Grundstück entfernt abstellte.

Neben ihm saß völlig in Schwarz gekleidet Julia, die nervös aussah, sich aber alle Mühe gab, das zu verbergen.

Steve sah sich um, froh darüber, dass er sich nicht wegen vereinzelt vorüberfahrender Wagen Gedanken machen musste. „Da wären wir", sagte er und sah wieder zu Julia. „Wünsch mir Glück."

„Du meinst, ich soll uns beiden Glück wünschen, oder?"

Als sie die Beifahrertür öffnen wollte, hielt er sie am Handgelenk fest. „Augenblick mal, Bonnie. Weiter geht es nicht für dich."

Sie protestierte im gleichen Moment. „Warte. Du hast gesagt, ich könnte dir helfen."

„Und das machst du auch, indem du im Wagen bleibst und meine Zeit im Auge behältst."

Im Schein der Innenbeleuchtung blitzten ihre Augen auf. „Deine Zeit? Was bin ich? Etwa dein Trainer?"

Er unterdrückte ein Lächeln. „Unterschätz nie die kleinen Dinge, Darling. Du könntest mir das Leben retten, wenn du die Uhr im Auge behältst." Als sie sich beruhigt hatte, sah er wieder zum Haus hinüber. „Es sollte nicht länger als dreißig Minuten dauern. Mit etwas Glück gibt es kein Sicherheitssystem rund um das Grundstück, das mir Sorgen bereiten könnte ..."

„Und wenn doch?"

Er machte sich nicht die Mühe, ihr zu erklären, dass dies die Sache erheblich erschweren und dass er sich damit befassen würde, wenn es wirklich so war. „Dann renne ich, als wäre der Teufel hinter mir hier. Lass den Motor laufen."

Julia lehnte sich gegen ihren Sitz. „Das ist doch Wahnsinn. Wie konnte ich mich damit bloß einverstanden erklären?"

„Weil du weißt, dass ich Recht habe, was diesen Typen angeht."

„Ich hätte dich ans Bett fesseln sollen."

Er verzog einen Mundwinkel. „Hmm", sagte er und beugte sich zu ihr. „Warum hältst du den Gedanken nicht fest? Das könnte meine Belohnung sein, wenn ich meine Arbeit gut gemacht habe."

Sie sah ihn wütend an. „Und wenn du in dreißig Minuten nicht zurück bist?"

Steve gab ihr einen Kuss auf den Mund. „Dann ruf Hammond an", sagte er, während eine Hand auf dem Türgriff ruhte. „Seine Nummer ist im Handschuhfach."

Steve brauchte keine fünf Minuten, um McDermotts Grundstück zu erreichen. Er betete, dass es keine Alarmanlage gab, dann ging er weiter und wartete abermals fünf Minuten, um festzustellen, ob sein Eindringen einen stummen Alarm ausgelöst hatte und sich jemand seiner Position näherte.

Als alles ruhig blieb, atmete er erleichtert auf und eilte über die Terrasse hin zum Zypressenhain, um den Reifenspuren zu folgen, die er am Tag bemerkt hatte. Er hoffte, dass er sie trotz der Dunkelheit erkennen konnte.

„Stehen bleiben!"

Dem Befehl folgte das Geräusch, das entsteht, wenn der Hahn einer Waffe gespannt wird, und das Steve in der Bewegung erstarren ließ.

„Hände über den Kopf!"

Steve befolgte die Aufforderung.

„Umdrehen!"

Wieder gehorchte Steve dem Befehl, während das ganze Areal plötzlich hell erleuchtet war.

McDermott, der komplett angezogen war, stand vor Steve und hatte eine Schrotflinte auf seinen Bauch gerichtet.

30. KAPITEL

„Mr. Reyes.“ Die Schrotflinte bewegte sich keinen Millimeter. „Haben Sie etwas vergessen?“

Steve betrachtete einen Moment lang sein Gegenüber. Er hatte nicht den geringsten Zweifel, dass McDermott auf ihn schießen würde, wenn es sein musste. Von seiner Höflichkeit war nichts mehr zu merken, sie war einem gut kontrollierten, aber unübersehbaren Zorn gewichen.

„Nein“, sagte er und versuchte, nicht zu beunruhigt zu klingen. „Mich hat nur eine Sache neugierig gemacht.“

„Und was ist das?“

Es machte wenig Sinn zu lügen, schon gar nicht angesichts des Laufs einer Schrotflinte, die auf ihn gerichtet war. Steve deutete mit einer Kopfbewegung auf die Reifenspuren auf dem Weg. „Ich wollte sehen, wohin die führen.“

McDermott sah kurz auf die Spuren. „Warum haben Sie nichts davon gesagt, als Sie hier waren?“

„Ich hatte nicht das Gefühl, dass Sie eine Führung veranstalten wollten.“

„Und deshalb kommen Sie zurück, um sich noch einmal umzusehen. Ist das richtig?“ McDermotts Stimme hatte etwas erschreckend Ruhiges an sich. „Sie sind entweder sehr mutig oder sehr dumm, Mr. Reyes.“

„Ich bin nur jemand, der seine Arbeit macht.“

„Und zu Ihrer Arbeit gehört es, mitten in der Nacht den Grund und Boden anderer Leute zu betreten?“

Steve begann sich zu entspannen. Offenbar *hatte* es einen stummen Alarm gegeben und die Polizei war bereits unterwegs, was bedeutete, dass McDermott ihn nicht erschießen würde. Vielleicht. Wenn Steve Glück hatte.

„Sind Sie besorgt, dass ich etwas Belastendes finden könnte?"

„Sie sind derjenige, der besorgt sein sollte, Mr. Reyes. Sie befinden sich auf *meinem* Grund und Boden. Das heißt, dass ich sagen kann, Sie hätten mich bedroht. Und damit kann ich Sie in Notwehr erschießen."

„Ach, kommen Sie, McDermott. Hören Sie auf, so dramatisch zu agieren, und nehmen Sie die Waffe runter. Wie Sie sehen, bin ich nicht bewaffnet." Er streckte die Arme aus. „Wenn Sie wollen, können Sie mich durchsuchen."

„Halten Sie die Klappe und lassen Sie die Arme oben." McDermott sah über Steves Schulter hinweg in Richtung Zypressenhain. „Was genau suchen Sie eigentlich, Mr. Reyes?"

„Ihren Neffen."

Der Mann lächelte verächtlich. „Und Sie meinen, dass Sie ihn dort drüben finden? Zwischen den Bäumen?"

„Ich muss einfach nur den Wagen finden, dann weiß ich, dass er hier ist."

McDermott lachte kurz auf. „Ihr Reporter seid doch alle gleich. Ihr habt verdammt viel Fantasie, aber verdammt wenig gesunden Menschenverstand." Während er sprach, hielt er die Waffe weiter auf Steve gerichtet. „Wenn Sie früher gefragt hätten, dann hätten Sie sich diesen Weg sparen können." McDermott lächelte, sein Blick jedoch blieb eiskalt. „Von einer sehr peinlichen Situation ganz abgesehen."

Steve senkte die Hände ein wenig, während er darauf achtete, dass McDermott sie immer gut sehen konnte. „Sie meinen, Sie haben eine Erklärung für diese dritte Reifenspur?"

„Die habe ich tatsächlich. Sie stammen vom Wagen meines Butlers. Ich hatte Eanu in die Stadt geschickt, um mehrere Säcke Dünger zu kaufen, die er dann hinter dem Gewächshaus abgeladen hat. An der Hintertür."

Eines musste Steve dem Kerl lassen, er war nicht auf den Kopf gefallen. „Und warum reichen die Spuren bis nach unten in den Hain?“

McDermotts hatte eher etwas Duldendes als etwas Verärgertes. „Eanu ist nicht gerade der beste Autofahrer der Welt, Mr. Reyes. Es ist möglich, dass er im Nebel oder im Regen – ich weiß nicht mehr, welches Wetter wir an dem Tag hatten – zu weit zurückgesetzt hat. Das ist alles. Wenn …“

„Mr. McDermott?“ Eanu, der einen dunkelblauen Bademantel trug, blieb unter dem Scheinwerfer der Veranda stehen und zuckte leicht zusammen, als er die Waffe sah. „Ich habe Stimmen gehört. Ist alles in Ordnung?“

„Es ist alles bestens, Eanu. Mr. Reyes wollte gerade gehen.“

„Eanu“, sagte Steve rasch, bevor McDermott ihn daran hindern konnte. „Diese Säcke mit Dünger, die Sie vor ein paar Tagen eingekauft haben … wissen Sie noch, an welchem Tag das war?“

Steve wäre fast der beunruhigte Gesichtsausdruck entgangen, als Eanu ganz kurz zu seinem Arbeitgeber blickte. Mit einer Gelassenheit und Kaltblütigkeit, die für einen gut ausgebildeten Butler typisch war, riss er sich aber schnell wieder zusammen und schüttelte kurz den Kopf. „Nein, Sir, das weiß ich nicht mehr.“

Sie lügen, dachte Steve. Sie lügen alle beide.

„Sind Sie jetzt zufrieden, Mr. Reyes?“ McDermotts Tonfall war ein wenig herablassend. „Wenn ja, dann könnten wir doch jetzt alle wieder schlafen gehen, oder?“

Steve bemerkte, dass er zur Villa sah und sich fragte, ob Ben dort war und sie vom Fenster aus möglicherweise beobachtete. Oder hatte sein erster Besuch ihn zu einer überhasteten Abreise veranlasst?

Vielleicht war McDermott deshalb so selbstgefällig. Er wusste, dass Ben und der Wagen längst fort waren.

„Die Polizei wird bald eintreffen, Mr. Reyes. Ich bin so großzügig und lasse Sie gehen, aber wenn Sie lieber bleiben und von mir verklagt werden möchten, dann mache ich das. Es liegt ganz bei Ihnen."

Steve hätte nichts lieber gemacht, als den Bluff auffliegen zu lassen. Aber Hammonds Drohung klang ihm noch deutlich in den Ohren und reichte aus, damit er es sich anders überlegte. „Ich bin schon weg."

„Danke."

Während er sich vom Haus entfernte, hatte er das Gefühl, dass sich der Lauf der Waffe in seinen Rücken bohrte.

McDermott wartete, bis Steve außer Sichtweite war, erst dann ließ er die Schrotflinte sinken und wandte sich seinem Butler zu. „Wir müssen Bens Wagen fortschaffen."

Eanus Gesichtsausdruck war augenblicklich beunruhigt. „Bens Wagen? Er hat ihn nicht mitgenommen?"

„Nein." Ian klemmte sich die Schrotflinte unter den Arm und suchte in seinen Taschen nach dem Schlüssel.

„Was ist mit Ben passiert?" wollte Eanu wissen. „Wo ist er?"

„Er steckt in Schwierigkeiten, und er hat mich gebeten, den Wagen zurück zum College zu fahren und dort abzustellen."

„Schwierigkeiten?"

McDermott unterdrückte einen Fluch. Eanus Hartnäckigkeit begann ihm allmählich auf die Nerven zu gehen, aber er konnte ihn jetzt nicht abwimmeln, ohne ihn noch misstrauischer zu machen.

„Ein Mädchen am College behauptet, es sei von Ben schwanger", improvisierte er schnell. „Ben bestreitet das, aber ich glaube, dass er lügt. Darum hielt ich es für am besten, ihn für eine Weile wegzuschicken, bis sich die Aufregung gelegt hat. Er ist jetzt in Italien. Es geht ihm gut", fügte er an, als Eanus Stirnfalten noch tiefer wurden. „Genau genommen“, sagte McDermott lachend, „trinkt unser Junge bestimmt auf der Via Veneto einen Cappuccino und begutachtet die Frauen.“

Endlich schien das alles für den Butler einen Sinn zu ergeben. Eanu lächelte: „Wann soll ich losfahren, Sir?“

Die Wolkendecke riss auf und gab den Blick auf den Halbmond frei. Wenn Eanu sofort aufbrach, würde er noch in der Dunkelheit in Santa Barbara ankommen. Dann würde niemand ihn dabei beobachten, wenn er den Wagen auf dem Collegeparkplatz abstellte.

„Sobald wir die Polizei wieder weggeschickt haben.“ Er sah auf seine Uhr. „Die sollte jeden Moment hier sein. Von Santa Barbara fliegen Sie zurück zum Monterey Airport. Ich möchte Sie da allerdings nicht abholen, darum sollten Sie mit dem Bus zum Markt fahren und mich von dort anrufen. Ich hole Sie dann ab.“ Er warf ihm Bens Wagenschlüssel zu.

Eanu betrachtete sie einen Moment lang nachdenklich, dann verbeugte er sich, offenbar zufrieden gestellt. „Ja, Mr. McDermott.“

„Ach ja“, fügte McDermott beiläufig an. „Sorgen Sie dafür, dass sich am Wagen keine Fingerabdrücke finden, ja?“ Da Eanu wieder misstrauisch zu werden schien, sagte er: „Ich möchte nicht, dass einem von uns vorgeworfen werden könnte, wir hätten Ben geholfen, sich seiner Verantwortung gegenüber diesem Mädchen zu entziehen, wenn es tatsächlich schwanger sein sollte.“ Er lächelte Eanu verschwörerisch an. „Obwohl wir genau das ja eigentlich machen.“

Eanu verbeugte sich erneut und verschwand dann im Haus.

Das Warten war unerträglich. Angst ergriff von Julia Besitz und wandelte sich mit jeder Minute, die verstrich, zu kaltem Grauen. Sie hatte sehen können, wie im Haus und auf der Terrasse Lichter angingen, und das Schlimmste befürchtet.

Der Gedanke, dass Steve gefasst worden sein könnte, brachte sie dazu, an ihren Fingernägeln zu kauen, was sie noch nie gemacht hatte. Einen Moment lang hatte sie mit dem Gedanken gespielt, ihn zu retten. Aber alles war so ruhig, vielleicht hätte sie ihm seinen Plan nur verpatzt.

Schließlich hatte sie sich entschieden, Steves Anweisung zu befolgen und im Wagen zu bleiben.

Sie starrte auf die Uhr im Armaturenbrett. Als die dreißig Minuten um waren, warf sie wieder einen ängstlichen Blick in Richtung Anhöhe.

Ihre Hand hatte gerade das Telefon umschlossen, als sie ihn auf den Wagen zulaufen sah. Augenblicke später saß er neben ihr. „Das wurde auch Zeit", sagte sie zutiefst erleichtert. „Eine Sekunde länger und ich hätte die Kavallerie gerufen."

Dann, ein wenig übermütig, weil er wohlauf war, nahm sie sein Gesicht zwischen ihre Hände und küsste ihn leidenschaftlich. Er erwiderte den Kuss augenblicklich, doch auch wenn sein Herz bei der Sache war, verriet sein Gesichtsausdruck ihr, dass die kleine nächtliche Aktion nicht so verlaufen war, wie er es erhofft hatte. „Was ist passiert?"

„Es hat nicht geklappt."

„Keine Spur vom Wagen?"

„So weit bin ich gar nicht erst gekommen. Es gibt eine Alarmanlage. McDermott hat mich gestoppt, bevor ich den Hain erreichen konnte." Er startete den Wagen und sah in den Rückspiegel. „Der Bastard hat es genossen. Er hat gesagt, er würde der Polizei nichts von meinem Besuch erzählen, und dann hat er mich gehen lassen."

„Vielleicht sagt er ja die Wahrheit, Steve", gab sie vorsichtig zu bedenken. „Ich weiß, dass du das nicht hören willst, aber …"

„Sagt er nicht." Wütend schlug Steve mit der Faust auf das

Lenkrad. „Und dieser sonderbare Butler lügt auch wie gedruckt. Sie decken Ben. Oh, Scheiße!"

„Was?"

„Die Bullen." Er deutete auf ein rotierendes rotes Licht hinter ihnen auf der Straße.

„Ich dachte, McDermott will ihnen nichts von dir sagen."

„Das wird die Polizei aber nicht davon abhalten, mir ein paar Fragen zu stellen, wenn sie mich hier sehen." Er riss das Lenkrad herum und bog in einen Feldweg ab, der zu einer Erhebung führte. Die kleine Anhöhe war nicht hoch genug, um den Landrover völlig zu verstecken, aber in der Dunkelheit würde das niemand merken.

Keine Minute später raste ein Polizeiwagen vorbei. Steve wartete einen Moment lang ab, dann kehrte er auf die Hauptstraße zurück.

Julia atmete erleichtert aus. „Das war knapp."

„Zu knapp."

Sie sah ihn besorgt an. „Und was machen wir jetzt?"

„Ich muss beweisen, dass McDermott lügt. Vielleicht kann mir Bens Freundin, oder besser gesagt Ex-Freundin, dabei behilflich sein."

„Und wie?"

„Sie hat gesagt, dass sie sich McDermotts Namen und Nummer von der Telefonrechnung abgeschrieben hat. Wenn sie diese Rechnung noch hat, sollte sie mir sagen können, wann Ben zum letzten Mal seinen Onkel angerufen hat." Er sah wieder in den Rückspiegel. „Ich möchte wetten, dass Ostern nicht der letzte Anlass war."

Nachdem sie am folgenden Morgen zweimal versucht hatten, Kelly Sanders zu erreichen, beide Male aber nur der Anrufbeantworter reagiert hatte, schlug Julia vor, den Fall vorübergehend zurückzustellen. Ihr nächster Kochkurs würde bald beginnen, und sie brauchte einige Zutaten. Steve erklärte sich bereit, mit ihr zum Markt zu fahren.

Sie versuchten gar nicht erst, in Downtown einen Parkplatz zu finden, sondern ließen den Landrover auf dem Museumsgelände stehen und nahmen die Abkürzung durch das Presidio, das um diese Zeit noch menschenleer war.

„Ich fasse es nicht", sagte Steve tonlos, als sie sich der Artillery Street näherten.

„Was ist?" Julia folgte seinem Blick und entdeckte im angrenzenden Larkin Park einen großen Mann in hellgrauem Anzug und mit einem Panama-Hut, der sich mit einem deutlich kleineren Mann unterhielt. Der große Mann war so breit, dass von seinem Gegenüber kaum mehr als dessen Hände zu sehen waren, mit denen er aufgeregt gestikulierte. „Hast du jemanden gesehen, den du kennst?" fragte sie.

Steve nickte und deutete auf den Mann mit dem Panama-Hut, der sich für einen Moment in ihre Richtung umgedreht hatte. „Nicht *persönlich.* Aber ich habe von ihm gehört und kenne sein Bild aus der Zeitung. Er heißt Aaron Briggs. Er ist Eigentümer und Verleger des *San Francisco Star* und einer der angesehensten Nachrichtenleute im ganzen Land. Ich hatte gehört, dass er persönlich über den Mord an Paul berichtet, aber bislang war er mir hier noch nicht aufgefallen."

Julia warf Steve einen amüsierten Blick zu. Er klang fast so begeistert wie Andrew, als Steve beiläufig bemerkt hatte, er sei mit Gary Sheffield befreundet. „Du hörst dich an, als wärst du ein Fan von ihm."

„Ich bin ein *riesiger* Fan. Als ich meinen Collegeabschluss in der Tasche hatte, wollte ich unbedingt für den *Star* schreiben."

„Und warum hast du das nicht gemacht?"

Steve zuckte mit den Schultern. „Der Star wollte *mich* nicht so unbedingt haben. So bin ich bei der *New York Sun* gelandet."

„Auch nicht schlecht."

„Stimmt." Er beobachtete den Mann weiter. „Ich frage mich nur, warum er selbst recherchiert. Das hat er seit dem Attentat auf Reagan nicht mehr gemacht."

„Warum gehst du nicht rüber und fragst ihn?" schlug Julia vor, die froh war, dass er einmal an etwas anderes als an *Gleic Éire* dachte. „Stell dich ihm vor, und wenn du willst, kannst du ihn ja auf einen Drink in die ‚Hacienda' einladen." Sie nahm ihm den Einkaufskorb ab und schubste ihn sanft an. „Nun geh schon. Einkaufen kann ich auch alleine."

Steve schien sie nicht gehört zu haben. „Irgendwas an dem Typ, mit dem er redet, kommt mir bekannt vor. Wenn ich ihn bloß richtig sehen könnte ..."

Er brach mitten im Satz ab. Als sich der bekannte Verleger zur Seite bewegte und den Blick auf seinen Begleiter freigab, zuckte Steve zusammen. „Das darf doch nicht wahr sein."

31. KAPITEL

„Was ist?“ Julia fuhr herum. „Hast du einen Geist gesehen?“

„Erkennst du den anderen Mann nicht?“

Julia schirmte ihre Augen gegen die Sonne ab und blinzelte. „Ich kann ihn nicht sehen, Briggs ist im Weg. Warte … ich …“ Sie schnappte nach Luft. „O mein Gott, das ist der Butler von McDermott!“

Steves Verstand, der sonst so schnell Zusammenhänge erfasste, war völlig leer, während er weiter die beiden Männer beobachtete. Es gab keinen denkbaren Grund, warum sich ein Mann wie Aaron Briggs mit McDermotts Butler unterhalten sollte.

Es sei denn …

Es sei denn, Briggs und McDermott kannten sich.

Sein Verstand trat wieder in Aktion. All die kleinen Puzzleteile, die er vor acht Jahren in Erfahrung gebracht hatte, kamen mit völliger Klarheit ins Gedächtnis zurück. Er erinnerte sich an eine bestimmte Nacht in Belfast. In einem Pub hatte ihm ein alter Ire, ein ehemaliges Mitglied der Irisch-republikanischen Armee, alles erzählt, was er über *Gleic Éire* wusste.

„Die Organisation hat neues Blut angezogen“, hatte ihm der Mann bei einem Glas Guiness gesagt. „*Reiches* neues Blut. Man erzählt sich, dass es sich um eine kleine Gruppe reicher Iren handelt, die von den Vereinigten Staaten aus die Schreckensherrschaft von *Gleic Éire* finanzieren.“

Eine Zeit lang war über die Identität dieser Männer wild spekuliert worden. Namen wie Curtis O’Rourke, Leiter der Irish American Cultural Society in New York City, oder John Mahonney, ein angesehener Chicagoer Richter, oder Sean Clark, Besitzer von Clark Department Stores, waren gefallen. Alle drei Männer waren äußerst wohlhabend und machten aus ihrer politischen Gesinnung keinen Hehl. Außerdem waren sie ihrer Heimat eng verbunden geblieben.

Die Gerüchte nahmen aber ein jähes Ende, als Richter Mahonney damit drohte, jede Zeitung und jeden Fernsehsender zu verklagen, der seinen Namen in einem Atemzug mit *Gleic Éire* erwähnte.

McDermott und Briggs. Warum nicht? dachte Steve, während Julia von ihm eine Antwort hören wollte. Beide hatten genug Geld, um große Waffengeschäfte zu tätigen. Beide waren irischer Abstammung. Und auch wenn das an sich nichts bewies, war es doch merkwürdig, dass Briggs, der seit Jahren kein Ereignis mehr selbst recherchiert hatte, nicht nach dem Mord an Paul Bradshaw nach Monterey gekommen war, sondern erst unmittelbar nach Eli Seavers' Tod.

Julia zog ungeduldig an seinem Ärmel. „Steve, um Gottes willen, sprich mit mir. Warum ist Eanu so aufgeregt? Und warum spricht er mit dem Verleger des *San Francisco Star?*"

Steve bemerkte, dass sie völlig ungedeckt dastanden, und zog sie mit sich hinter einen Baum. „Das möchte ich auch gerne wissen."

Er sah wieder zu den beiden Männern. Was auch immer Eanu erzählte, es schien eine immense Wirkung auf den Verleger zu haben, der sich gedankenverloren am Hinterkopf kratzte.

Schließlich nickte Briggs, sagte etwas, das Eanu zu beruhigen schien, dann entfernte er sich in Richtung des Konferenzzentrums.

Eanu, der nun viel ruhiger wirkte, griff in seine Hosentasche und holte Kleingeld heraus, um dann auf die nächste Telefonzelle zuzustreben.

Steve nahm Julias Hand. „Komm, wir sagen ihm Hallo."

Eanu wollte gerade den ersten Quarter in das Münztelefon werfen, als Steve ihm plötzlich eine Hand auf die Schulter legte. „Hallo, Eanu."

Die erste Reaktion des Butlers beim Anblick von Steve war völliger Schock, dann Angst. Sekundenlang schien er nicht in der Lage, sich zu bewegen, und war so betäubt wie Steve einige Augenblicke zuvor. Dann rannte er plötzlich los.

Steve hatte genau das erwartet, lief ihm hinterher und bekam ihn ohne Mühe zu fassen. „Sie sind aber nicht sehr höflich, Eanu. Was ist los? Erwische ich Sie zu einer schlechten Zeit?“

„Ja, das machen Sie. Lassen Sie mich bitte los, Mr. Reyes.“ Eanu zappelte, um seinen Arm aus Steves Griff zu befreien. „Ich muss Besorgungen machen.“

„Warum wollen Sie mir aus dem Weg gehen?“

„Das will ich gar nicht … ich bin in Eile.“

Steve sah sich um, aber Briggs war schon längst verschwunden. „Vor ein paar Minuten hatten Sie es aber gar nicht so eilig, als Sie sich mit Aaron Briggs unterhalten haben, Eanu. Das *war* er doch, oder?“

Eanu schüttelte den Kopf. „Ich weiß nicht, wovon Sie reden.“

Während Eanu weiter versuchte, sich aus dem Griff zu befreien, rutschte ein schmaler Umschlag aus der Hemdtasche des Mannes. Bevor sich der Butler bücken konnte, um ihn aufzuheben, hatte Steve ihn schon zu fassen bekommen.

Es war der Kontrollabschnitt von einem Flugticket.

Ohne zu fragen las Steve ihn durch. „Santa Barbara“, sagte er und bemerkte, dass der Butler sich noch mehr aufregte. „Was haben Sie denn Schönes in Santa Barbara gemacht, Eanu?“

„Das geht Sie nichts an.“

„Und wieso nur ein Rückflug?“ bohrte Steve ungerührt weiter. „Wie sind Sie denn hingekommen? Vielleicht mit Bens Wagen?“

Steve spürte Julias Hand auf seinem Arm. „Steve, sei nicht so grob. Er ist verängstigt.“

Als hätten Julias mitfühlende Worte ihn erst angespornt, wurde Eanu mit einem Mal abweisend. „Ich muss mich nicht mit Ihnen unterhalten“, sagte er und sah Steve wütend an. „Sie sind nicht mein Arbeitgeber.“

Da Steve sicher war, dass der kleine Mann wieder zu entkommen versuchen würde, lockerte er seinen Griff nicht. „Möchten Sie sich lieber mit der Polizei unterhalten? Oder vielleicht mit dem FBI?“

Der entsetzte Ausdruck in Eanus Augen war für Steve Antwort genug. Dem Mann stand das Wort *schuldig* auf die Stirn geschrieben. Ihn zum Reden zu bringen, wäre ein Kinderspiel, aber sie befanden sich hier in der Öffentlichkeit, und früher oder später würde sich jemand einmischen.

Ohne seinen Griff zu lockern, holte Steve sein Mobiltelefon aus der Tasche und rief die Polizei an.

„Detective Hammond bitte“, sagte er zum Dienst habenden Sergeant, der das Gespräch annahm. Als der Detective in der Leitung war, kam Steve direkt auf den Punkt. „Ich bin auf der Eddie Burns Street“, sagte er knapp. „Gleich beim Larkin Park. Ich habe hier jemanden, den Sie befragen möchten.“

„Himmel, meine Nerven! Was zum Teufel treiben Sie denn jetzt schon wieder, Reyes?“ Hammonds Stimme verriet seine Verärgerung.

„Ich bin McDermotts Butler begegnet …“

Hammond stieß einen Fluch aus, den Steve an sich vorübergehen ließ. „Vertrauen Sie mir, Hank, ja? Ich verspreche Ihnen, dass Sie es nicht bereuen werden.“

Eanus Schweigen zu brechen, war nicht so einfach gewesen, wie Julia erwartet hatte. Aber wieder einmal erwies sich Detective Hammond als wahrer Verhörspezialist. Julia und Steve durften das Verhör im Nebenraum mit verfolgen, während Hammond sein gesamtes Repertoire auffuhr, indem er mal mitfühlend war, um im nächsten Moment fordernd und schneidend zu sein.

Es dauerte aber eine Stunde und erforderte das Versprechen von Hammond, dem Einwanderer Immunität zu garantieren und ihn nicht ausweisen zu lassen, bis Eanu endlich aufgab.

In dem Raum, von dem aus sie durch die Glasscheibe sehen konnten, die im Verhörraum wie ein Spiegel aussah, hörten Julia und Steve zu, wie Eanu Hammond gestand, dass er auf Anweisung seines Chefs Bens Wagen von McDermotts Grundstück, wo er im Zypressenhain versteckt worden war, zum Santa Barbara College gefahren hatte. Außerdem hatte er die Anweisung seines Chefs befolgt, alle Fingerabdrücke am Fahrzeug abzuwischen.

„Wer hätte das gedacht", murmelte Steve. „Ich habe mich doch geirrt. McDermott hat Ben nicht versteckt, der Bastard hat ihn umgebracht."

Auf die Frage „Wissen Sie, wo Ben Rosenthal ist?" schüttelte Eanu nur den Kopf, doch sein besorgter Gesichtsausdruck verriet, dass er auch das Schlimmste befürchtete.

Nach weiterem guten Zureden gab Eanu auch zu, dass Aaron Briggs und McDermott seit langem Freunde waren und der Verleger oft zu Gast im Haus bei Point Cobra war. Manchmal kam er alleine, manchmal in Begleitung anderer Männer.

„Was haben Sie denn mit Aaron Briggs besprochen?" fragte Hammond.

„Ich habe mir Sorgen um Ben gemacht", antwortete Eanu. „Als ich von Santa Barbara zurückgekommen bin, habe ich Mr. Briggs im Hotel angerufen und ihn gebeten, sich mit mir im Larkin Park zu treffen. Ich hatte gehofft, er könnte mit Mr. McDermott sprechen, um herauszufinden, was mit Ben passiert war."

„Warum haben Sie sich Sorgen gemacht? Glauben Sie nicht, dass Ben in Italien ist?"

Eanu senkte den Blick, als würde es ihm wehtun, die Worte seines Arbeitgebers anzuzweifeln. „Nein", flüsterte er.

Hammond bewegte seinen Kopf einige Male hin und her. „Erzählen Sie mir von den anderen", sagte er. „Wer sind sie?"

Die drei Männer, die Eanu dann nannte, gehörten zu den wohlhabendsten und prominentesten Bürgern des Landes. Nachdem er die drei Namen ausgesprochen hatte, drehte sich Hammond zu dem Polizisten um, der an der Tür stand, und schnippte mit den Fingern.

„Gardner, ich möchte, dass Sie und Brown nach Point Cobra fahren und Ian McDermott festnehmen. Nehmen Sie Verstärkung mit und seien Sie vorsichtig. Der Mann ist bewaffnet und ziemlich gefährlich."

„Jawohl, Sir."

Vom Vorzimmer aus, in das er mit Julia zurückgekehrt war, sah Steve zu, wie Gardner und vier andere Beamte sich in aller Eile auf den Weg machten. Jetzt ist es also so weit, dachte er, während auf seiner Brust eine solche Last lag, dass es schmerzte, durchzuatmen. Das war der Augenblick, auf den er gewartet hatte, der Augenblick, den er sich Hunderte Male vorgestellt hatte, seit Sheila gestorben war.

Und jetzt, da der Augenblick endlich gekommen waren, verspürte er nichts anderes als tiefste Befriedigung. Das Verlangen zu töten, das ihn so viele Jahre lang begleitet hatte, war verschwunden. Jetzt wollte er nur noch, dass McDermott und seine unangenehme kleine Gruppe vor Gericht gestellt wurden.

Eine Geschworenenjury würde den Rest erledigen.

Hammond kam aus dem Verhörzimmer und sah genauso zerknittert und müde aus wie vor einer Stunde. „Sie wissen doch, wer Spencer Flynn ist?" fragte Steve.

Der Detective nickte. „Der Chef des Sicherheitsunternehmens, das im nächsten Monat Patrick O'Donnell während seines Besuchs in Chicago beschützen soll."

Julia sah die beiden Männer an. „Wer ist Patrick O'Donnell?"

„Der Führer der Ulster Unionist Party", erklärte Steve. „Er ist dafür verantwortlich, dass sich Großbritannien und Nordirland an den Verhandlungstisch gesetzt haben. *Gleic Éire* hasst ihn aus tiefstem Herzen. Seit er seine Friedensvereinbarung vorgelegt hat, ist auf ihn ein Kopfgeld ausgesetzt, aber er wird so gut beschützt, dass es noch niemand geschafft hat, nahe genug an ihn heranzukommen."

„Und wie hat Spencer Flynn es geschafft, dass er ihn beschützen darf?"

Hammond lachte kurz auf. „Ganz leicht. Flynn International ist einer der besten Wachdienste. In den letzten zwanzig Jahren hat das Unternehmen Staatschefs aus allen nur denkbaren Ländern geschützt, und es hat nie einen Zwischenfall gegeben."

Er ging zu seinem Schreibtisch und nahm den Telefonhörer ab. „Gary", sagte er, als der Dienst habende Sergeant antwortete. „Verbinde mich bitte mit Scotland Yard."

Nachdem er wieder aufgelegt hatte, wandte er sich an Steve. „Wollen Sie hier bleiben, bis McDermott eintrifft?" Sein Mund verzog sich zu einem selten zu beobachtenden Lächeln. „Nachdem ich es Ihnen die ganze Zeit über so schwer gemacht habe, haben Sie sich ein wenig Schadenfreude verdient."

Mit anzusehen, wie ein besiegter McDermott auf die Wache gebracht würde, wollte sich Steve nicht wirklich entgehen lassen. Er sah Julia an. „Was dagegen?"

Sie legte ihren Arm um seine Hüfte und schüttelte den Kopf. „Keineswegs. Außerdem bin ich derselben Meinung wie Detective Hammond. Du hast dir ein wenig Schadenfreude verdient."

Niemand wusste wirklich, wie die Medien informiert worden waren. Doch nur Augenblicke, nachdem zwei Streifenwagen abgefahren waren, hatten sich Reporter und Leute aus der Umgebung zur Polizeistation begeben, um Einzelheiten zu erfahren.

Der für seine Gelassenheit bekannte Polizeichef persönlich trat vor das Gebäude und versuchte, die Menge zu beruhigen. Es war sinnlos. In dem Moment, in dem er erklärte, er könne nichts sagen, solange er nicht mit McDermott gesprochen hatte, setzte das Stimmengewirr wieder ein, lauter als zuvor.

Während die Menge wartete, dass die fünf Polizisten mit ihrem berüchtigten Gefangenen zurückkehrten, wurden Absperrungen eingerichtet, um die Menschen zurückzuhalten, während bewaffnete Polizisten an verschiedenen Punkten Stellung bezogen, um dafür zu sorgen, dass McDermott sicher ins Gebäude gelangte.

Fünfunddreißig Minuten später hatte das Warten ein Ende. Als der erste Streifenwagen angehalten hatte und McDermott ausgestiegen war, begann die Menge zu toben, ihn auszubuhen und zu beschimpfen.

Während die Blitze der Kameras zuckten, blieb McDermott völlig gelassen. Seine Hände vor sich in Handschellen gelegt, hielt er einen Moment lang inne und warf der Menge einen Blick zu, der einige der Umstehenden zurückweichen ließ. Als einer der Polizisten ihm einen leichten Schubs gab, ging er weiter.

An der obersten Stufe, wo Steve und Julia neben Hammond und Chief Browning warteten, blieb McDermott noch einmal stehen, genau vor Steve.

Steve erwiderte den ausdruckslosen Blick des Mannes, ohne mit der Wimper zu zucken. „Sie hätten mich töten sollen, als Sie die Gelegenheit dazu hatten, McDermott."

Der Ire antwortete nicht, aber es lag eine unübersehbare Spannung in der Luft, die jeder zu spüren schien. Während des kurzen

Moments der Ruhe war nur das beständige Summen der Kameras zu hören.

Als sei er sich bewusst, dass diese Szene von den Medien unzählige Male ausgestrahlt und wiederholt werden würde, nutzte McDermott die Gelegenheit und betrachtete seine Gegner mit einer Gefasstheit, die nahezu unglaublich war.

Plötzlich beugte sich McDermott vor, während seine unergründlichen Augen kurz aufflammten. „Wir sind noch nicht fertig, Reyes", flüsterte er.

Dann war das Glühen in seinen Augen so schnell verschwunden, wie es aufgetaucht war, und er sah ihn wieder ausdruckslos an.

„Das wars", sagte der Chief knapp. „Rein mit ihm."

Während der verhaftete Terroristenführer ins Gebäude gebracht wurde, brach wieder die Hölle los. Ein Reporter, der etwas aggressiver war als die anderen, durchbrach die Absperrung, sofort gefolgt von einer Flut von Menschen.

Steve nutzte das entstehende Durcheinander, nahm Julias Arm und brachte sie schnell fort.

Sie hatten aus McDermott nichts herausholen können. Nicht mit Drohungen, nicht mit Eanus aufgezeichnetem Geständnis, und auch nicht mit dem Versprechen, durch seine Aussage das spätere Strafmaß herunterzuhandeln.

Aaron Briggs dagegen hatte nicht so stoisch reagiert. Als er in seiner Hotelsuite im „Monterey Plaza Hotel" verhaftet wurde, waren die ersten Worte des Verlegers: „Ich will meinen Anwalt sprechen." Das hatte alle Beteiligten erleichtert aufatmen lassen, die FBI-Agenten Barddock und Norfield eingeschlossen.

Während Briggs und McDermott verhört wurden, verhafteten weitere Agenten die drei übrigen Männer in Chicago, New Orleans und Minneapolis. Spencer Flynn, der offensichtlich gewarnt worden war, wurde auf dem O'Hare Airport festgenommen, bevor er in eine Maschine nach Zürich steigen konnte.

Von McDermott abgesehen, der noch immer kein Wort sagte, bestritten die vier übrigen Männer vehement, Paul Bradshaw getötet zu haben. Und sie wussten auch nichts von Ben Rosenthals Verbleib, dessen Flug nach Italien nie stattgefunden hatte. Sie gaben wohl zu, dass McDermott Ben zur „Hacienda" geschickt hatte, damit der nach dem fehlenden Band suchte. Kurz danach war der Student verschwunden.

Briggs, der nach eigener Aussage McDermotts Stellvertreter war, hatte zudem gestanden, dass sie einstimmig dafür gewesen waren, Eli Seavers zu töten, der ihnen als J.C. Spivak bekannt war. Auf die Frage, ob sie auch einstimmig darüber entschieden hatten, den Chef der Ulster Unionist Party während seines Besuchs in den Staaten zu töten, hatten alle vier so beharrlich geschwiegen wie ihr Anführer.

Einige Stunden nach den Festnahmen saßen Julia und Steve aneinander gekuschelt auf dem Sofa und sahen sich im Fernsehen die aktuelle Entwicklung des Falls an. Ein Team aus Gerichtsmedizinern des FBI hatte in McDermotts Gewächshaus Blutspuren gefunden, obwohl der Boden kurz zuvor gesäubert worden war. Auch wenn davon ausgegangen wurde, dass es sich um Ben Rosenthals Blut handelte, würde es noch einige Tage dauern, ehe die DNS-Analyse abgeschlossen war.

Das FBI hatte auch ein unterirdisches Gewölbe entdeckt, in dem genug Sprengstoff gelagert war, um die gesamte Halbinsel von Monterey in die Luft zu sprengen. In einer Aktenmappe fand sich ein präziser Plan des „Barclay Hotel" in Chicago, wo Patrick O'Donnell und sein Stab übernachten sollten.

In einem kleinen Notizbuch hatten die FBI-Agenten den Namen J.C. Spivak und eine Telefonnummer gefunden, deren Anschluss vor langer Zeit abgemeldet worden war. Einem Eintrag in diesem Buch zufolge war Spivak nicht nur als Waffenhändler für *Gleic Éire* tätig gewesen, sondern hatte für die Terroristen auch eine Reihe von Bombenanschlägen ausgearbeitet. Dazu zählte auch das Attentat von 1990, bei dem Sheila Bradshaw ums Leben gekommen war.

„Jetzt weiß ich, warum Eli so reagiert hat, als er den Namen Bradshaw im Fernsehen gehört hatte", sagte Julia, während sie zum Fernseher sah. „Trotz seiner Krankheit hat der Name Erinnerungen an etwas geweckt, was er gemacht hatte." Sie machte eine Pause. „Vielleicht hat er es sogar bedauert."

Steve nickte. „Das würde auch erklären, warum er dich gewarnt hat."

Sie sah Steve an. „Und Ben? Werden wir erfahren, was mit ihm geschehen ist?"

„Nicht, solange McDermott schweigt", erwiderte Steve. „Und es sieht nicht so aus, als würde sich daran in nächster Zeit etwas ändern."

Julia legte ihre Arme um ihn und hielt ihn fest. „Er hat dir gedroht, oder?"

Steve küsste sie auf den Kopf. „Er ist nicht in der Position, um mir zu drohen."

„Auch wenn er im Gefängnis sitzt, wird er noch gefährlich sein. Er hat doch ein riesiges Netzwerk hinter sich, Steve. Leute, die darauf versessen sein müssen, sich an dir zu rächen. Allein wenn kein Geld mehr da ist, müsste *Gleic Éire* alle Aktivitäten einstellen müssen. Darüber kann doch keiner von denen glücklich sein."

Er rüttelte sie sanft. „Hörst du auf, dir Sorgen zu machen? Das ist ein Freudentag, kein Tag zum Grübeln."

Sie betrachtete seine schlanken, sonnengebräunten Hände, die sie an den Rand der Ekstase und darüber hinaus gebracht hatten. Sie versuchte, nicht daran zu denken, wie ihr Leben aussehen würde, wenn er wieder fort war. Sie wollte nicht, dass er ging, aber sie musste realistisch bleiben. Seine Arbeit hier war getan. In wenigen Tagen würde er seine Sachen packen und zu seinem alten Leben zurückkehren, so wie sie es auch machen würde.

Im Fernsehen hatten sich die Nachrichten einem weiteren lokalen Thema zugewandt – Edith Donnovans Kautionsfestsetzung.

Hinter ihr gab Steve einen missbilligenden Laut von sich. Julia wusste, worüber er so verärgert war. Er hatte nie daran geglaubt, dass Edith Donnovan Paul ermordet hatte, und er glaubte auch jetzt nicht daran. Da er hergekommen war, um Pauls Mörder zu finden, fragte Julia sich, ob er möglicherweise noch eine Weile bleiben würde. Vielleicht so lange, bis er den wahren Mörder gefunden hatte?

„Du glaubst noch immer nicht, dass Edith die Mörderin ist, oder?“ fragte sie.

„Niemals. Und ich gehe nicht eher fort, solange ich nicht die Wahrheit herausgefunden habe.“

Julia lächelte und sank noch tiefer in seine Arme.

32. KAPITEL

Die Meldung, dass die mutmaßlichen Anführer von *Gleic Éire* festgenommen worden waren, und dass ein Reporter namens Steve Reyes dafür gesorgt hatte, war der Aufhänger in allen Nachrichtensendungen des Landes.

Plötzlich wollte jeder wissen, wer Steve war, was er gemacht hatte, bevor er nach Monterey gekommen war, und ob er für Interviews zur Verfügung stand. Tim hatte ihn bereits angerufen, da „60 Minutes", „20/20" und „Good Morning America" ihn in ihren Sendungen haben wollten.

Der Gedanke an eine solche Publicity ließ Steve zusammenzucken. Wäre da nicht Julia gewesen, hätte er sich längst ohne viel Aufhebens auf den Weg zurück nach Florida gemacht und versucht, die Angelegenheit zu vergessen. Aber Julia bedeutete ihm inzwischen sehr viel, umso mehr, da sein eigentlicher Grund, der ihn nach Monterey geführt hatte, jetzt im Gefängnis saß.

So hatte er sich an diesem warmen, windigen Tag, während sich die Sonne über die Berge erhob, an den einzigen Platz begeben, von dem er wusste, dass er ihm ein paar Minuten Ruhe garantieren würde – Sheilas Grab.

Seine Blumen, die inzwischen ohnehin sicher verwelkt waren, hatte man durch ein kunstvolles Gesteck aus Callas ersetzt, das genauso förmlich und steif war wie der Mann, der es dorthin gelegt hatte.

Er hockte sich hin und ließ seine Hände zwischen seinen Knien baumeln. „Ich habe ihn gekriegt, Sheila. Du und unser Baby – ihr könnt jetzt in Frieden ruhen." Auch wenn er noch nie an übersinnliche Erlebnisse geglaubt hatte, blickte er jetzt zum Himmel, als suche er dort nach einem Zeichen von ihr. Als nichts dergleichen geschah, sah er wieder auf den Grabstein. Im hellen

Schein der Sonne schien Sheilas Name zu glitzern. Steve sah andächtig auf Sheilas Grab.

„Ich bin jemandem begegnet, Sheila", sagte er sanft. „Ich hätte es zwar nie geglaubt, aber es ist geschehen." Er schluckte. „Ich dachte, du solltest das wissen. Doch vielleicht ... musste ich auch nur hören, wie ich es sage."

Die einzige Antwort kam vom Ozean, der fünfzehn Meter unter ihm lag, wo die tosenden Wellen an die Felsen schlugen.

„Ich habe überlegt, sie zu fragen, ob sie mich heiraten möchte, aber ich bin nicht sicher, ob das richtig ist. Das ist ein großer Schritt. Für mich und für sie. Ich weiß nicht mal, ob sie Ja sagen würde."

Ein Windstoß fuhr durch den Mandelbaum und riss eine Blüte los, die zu Boden segelte und Zentimeter von Steve entfernt auf dem Grab landete. Er nahm sie auf und sah noch einmal zum Himmel. Dann nahm er die Blüte lächelnd auf, um an ihr zu riechen und sie zurück auf den Stein zu legen.

Nach einer Weile stand er auf und verabschiedete sich von Sheila.

Diesmal wusste er, dass er nicht zurückkehren würde.

„Sie schon wieder!"

Verärgert darüber, dass Ron Kendricks wieder einmal vor ihr stand, versuchte Julia, die Tür zuzuschlagen, aber der lästige Reporter hatte bereits einen Fuß in den Türspalt gestellt.

„Hallo, Mrs. Bradshaw."

„Was muss man eigentlich machen, damit Sie verstehen, dass Sie hier nicht willkommen sind?"

Unbeeindruckt blickte er über ihre Schulter. „Wo ist denn Ihr Wachhund?"

„Ich bin alleine", herrschte sie ihn an. „Aber machen Sie sich keine falsche Hoffnungen, Kendricks. Ich bin nicht wehrlos, müssen Sie wissen. Das sollten Sie inzwischen auch mitbekommen haben."

Er schien sie nicht gehört zu haben, oder es interessierte ihn nicht, was sie sagte. „Ruht er sich jetzt auf seinen Lorbeeren aus?" sagte er sarkastisch. „Der Mann der Stunde. Der große Held." Er verzog das Gesicht. „Was für eine Scheiße."

Während Julia versuchte, seinen Fuß zurückzuschieben, lehnte er sich gegen die Tür und versetzte ihr einen heftigen Stoß. „Wollen Sie mich denn nicht reinlassen?"

Verärgert warf Julia die Arme in die Höhe. „Das reicht. Ich rufe die Polizei."

Bevor sie aber auch nur einen Schritt machen konnte, fasste Kendricks sie am Arm und zog sie zurück. „Nicht so schnell, Blondie. Ich habe Ihnen doch noch gar nicht gesagt, warum ich hier bin."

Als ihr sein Atem entgegenschlug, zuckte Julia zurück. „Sie sind betrunken."

„Na ja, ich hab ja nicht viel anderes zu tun, nachdem man mich gefeuert hat."

Davon wusste sie nichts, und im gleichen Moment tat ihr der Mann Leid, auch wenn sie wusste, dass das dumm war. Noch vor ein paar Tagen hatte sie ihm überhaupt nicht Leid getan, und mit Andrew hatte er kein Mitgefühl gehabt. Ihn hatte nur das Geld interessiert. „So wie ich Sie kenne, ist das Ihre eigene Schuld", sagte sie und versuchte, distanziert zu klingen.

Er stieß auf. „Was denn? Mehr Mitleid kriege ich nicht? Nicht mal ein ‚ooh, tut mir Leid, Kenny'?"

Ihr Mitleid schwand schnell dahin. „Ich hatte nichts damit zu tun, dass Sie gefeuert wurden, Kendricks."

„Wollen Sie denn gar nicht wissen, wer es war?"

„Nein, und jetzt lassen Sie mich …“

„Charles Bradshaw. Ja, genau, Ihr Exschwiegervater, Ihr neuer Sir Galahad, er hat gehört, dass ich Sie neulich abends fotografiert habe, und er hat meinen Verleger angerufen.“ Endlich ließ er ihren Arm los, schwankte aber ein wenig, da er das Gleichgewicht zu verlieren begann. „Können Sie sich vorstellen, was für Nerven manche Leute haben, einfach zu glauben, dass sie Gott spielen können?“

„Ich habe ihm von dem Foto nichts gesagt, wenn es das ist, was Sie glauben.“

„Wer dann?“

„Auch nicht Steve“, sagte sie rasch, weil sie fürchtete, er könne ihm als Nächstes auflauern. „Die beiden reden ja nicht mal miteinander.“

„Ich weiß.“ Sein Blick hatte etwas von einer Anspielung, die sie nicht verstand. „Wollen Sie wissen, warum die beiden nicht reden?“

„Das weiß ich.“

„Irrtum, Blondie. Sie *meinen,* dass Sie es wissen.“ Er lachte gackernd. „In Wahrheit verbindet die beiden eine laaaaange Geschichte.“ Er zog das Wort in die Länge, als habe es eine besondere Bedeutung.

„Sie reden wirres Zeugs, Kendricks“, sagte sie gereizt. „Tun Sie sich einen Gefallen: verschwinden Sie und schlafen Sie irgendwo Ihren Rausch aus.“

Er legte den Kopf schräg. „Was? Und ich soll mir die Gelegenheit nehmen lassen, es Reyes heimzuzahlen?“ Er schüttelte benommen den Kopf. „Auf gar keinen Fall.“

Er beugte sich vor und blinzelte, während er versuchte, seinen Blick auf sie zu richten. „Wissen Sie, ich habe Ihren edlen Ritter überprüft. Und dabei habe ich herausgefunden, dass er gar nicht so edel ist.“

„Ich habe keine Lust, mir Ihre Lügen anzuhören."

„Ach ja?" Er wartete einen Moment lang. „Nicht mal, wenn ich Ihnen erzähle, dass Steve Reyes mal mit Sheila Bradshaw verlobt war? Und dass sie von ihm schwanger war, als sie starb?"

Julia hielt sich schockiert an der Wand fest. Das ist nicht wahr, sagte sie sich. Eine gehässige Lüge. Kendricks war ein kleiner, unbedeutender Mann, der alles tun würde, um Steve zu blamieren. Er hatte es selbst gesagt.

„Sie lügen." Aber ihre Stimme war plötzlich schwächer geworden und verriet ihre Zweifel.

Wieder stieß er auf. „Das würde ich mir nicht ausdenken. Bestimmt nicht, wenn ich es so leicht beweisen kann."

„Und wie?" sagte sie höhnisch. „Etwa mit den gleichen erfundenen Quellen, die Sie sonst für den Dreck benutzen, den Sie schreiben?"

„Meine Quellen sind über jeden Zweifel erhaben", erwiderte Kendricks und klang ein wenig verärgert. „Sie können es selbst nachprüfen. Rufen Sie Sergeant Bruno Cavalieri vom NYPD an."

„Ihr Sergeant Cavalieri ist falsch informiert. Steve ist bis vor drei Wochen nie einem der Bradshaws begegnet."

Der Reporter warf ihr einen langen, wissenden Blick zu. „Sie sind die mit den falschen Informationen, Julia. Reyes kannte sie alle – Charles, Sheila, sogar Paul. Das hätten Sie nun niemals gedacht, nicht wahr?"

Sie schüttelte langsam und wiederholt den Kopf. Steve hätte mir das gesagt, dachte sie. Er hätte in einer so wichtigen Sache nicht gelogen.

„Der Grund dafür, dass weder Sie noch sonst jemand in dieser Stadt etwas davon weiß", fuhr Kendricks fort, als hätte er ihre Gedanken gelesen, „ist der, dass der alte Bradshaw die ganze Sache unter Verschluss genommen hat, die Schwangerschaft eingeschlossen."

„Woher sollte jemand wissen, dass sie schwanger war? Es gab doch gar keine Autopsie."

Kendricks lächelte sie überheblich an. „Das stimmt. Aber Sheila war eine Woche vor ihrem Tod beim Arzt, und der hat die Schwangerschaft bestätigt."

„Ich glaube Ihnen kein Wort." Doch die Übelkeit, die sich in ihrem Magen ausbreitete, sagte ihr, dass die Zweifel erfolgreich gesät worden waren.

Plötzlich erinnerte sie sich an jenen Morgen vor Luthers Büro, als Steve und Charles vor laufender Kamera so hart aneinander geraten waren. Sogar Frank hatte sich gefragt, ob die beiden Männer sich kannten. Steve hatte das natürlich bestritten, und zu der Zeit hatte sie sich dabei nichts gedacht. Aber jetzt …

Während Kendricks sie weiter beobachtete, begannen seine Augen vor Freude zu strahlen. „Glauben Sie mir, Süße. Ihr Superman ist ein gewaltiger Lügner."

Er fing lauthals an zu lachen, als wäre seine Bemerkung unglaublich witzig gewesen. „Er hat Ihnen auch nicht erzählt, dass er seit sieben Jahren nicht mehr für die *Sun* arbeitet und dass er nur aus einem einzigen Grund bereit gewesen ist, nach Monterey zurückzukommen. Um nämlich die Männer zu fassen, die seine geliebte Sheila umgebracht haben."

„Sie lügen." Diesmal konnte Julia aber keine Überzeugung in ihre Worte legen, als sie sie aussprach. Sie konnte nicht wahrhaben, was ihr Kendricks offenbarte.

„Er hat Sie benutzt, Julia", sagte Kendricks. Seine Augen leuchteten gehässig. „Es hat ihn überhaupt nicht interessiert, ob Sie schuldig sind oder nicht. Er wollte nur den Tod der Frau rächen, die er geliebt hatte. Und des Kindes, das er mit ihr verloren hatte. Darum ist er nach Monterey gekommen. Und darum hat er sich bei Ihnen einquartiert. Damit er in Ihrer Nähe sein und Sie aushorchen konnte – über Paul, über Eli Seavers, über jeden, der ihn zu Sheilas Mörder führen würde."

Er gackerte wieder und schien mit sich zufrieden zu sein. „Aber vertrauen Sie nicht *mir.* Unterhalten Sie sich mit dem großartigen Charles. Er wird Ihnen alles erzählen, vor allem, wenn er hört, dass Sie's mit dem Kerl treiben."

Die Worte waren wie ein Schlag ins Gesicht, was exakt das war, was Kendricks auch in seinem betrunkenen Zustand hatte erreichen wollen.

„Tja, ich schätze, ich habe für heute meine gute Tat getan." Kendricks richtete sich auf. „Ich werde jetzt wohl feiern gehen. Sie rufen mich an, wenn Sie Ihre Meinung über unser Buch ändern, ja? Dieses neue romantische Kapitel in Ihrem Leben wird bestimmt noch eine weitere Million wert sein."

Mit der übertriebenen Langsamkeit eines Betrunkenen ging der Reporter fort.

Langsam schloss Julia die Tür und lehnte sich mit der Stirn gegen das Holz. Er hatte gelogen. Aber wenn nicht, dann hatte ein anderer gelogen. Sie bewegte sich nicht, bis sie hörte, dass Kendricks in seinen Wagen gestiegen und abgefahren war. Dann unterdrückte sie ihre Tränen, ging in die Küche und holte ihren Schlüsselbund aus dem Schreibtisch.

Es gab nur einen Mann, der Gewissheit bringen konnte.

Mit bleicherem Gesicht als üblich sah Charles Julia an und hörte zu, während sie Wort für Wort erzählte, was Ron Kendricks gesagt hatte.

Als sie fertig war, lehnte er seinen Kopf an das dunkelbraune Leder und schloss die Augen.

Julias Magen begann verrückt zu spielen. Charles hätte wütend sein sollen, aufgebracht. Er hätte damit drohen sollen, diesen Bastard zu erwürgen, der solche albernen Gerüchte über seine tote Tochter verbreitete. Stattdessen saß er einfach nur da, den Unterkiefer vorgeschoben, während Julia fühlte, wie ihr das Herz brach.

„Charles … hast du mich gehört?"

Langsam öffnete er die Augen und sah sie an. „Liebst du Steve Reyes?" fragte er.

Die überraschende Frage irritierte sie. Einen Moment lang wollte sie ihm sagen, dass ihre Antwort bedeutungslos für ihr Anliegen war, und dass er sich aus ihren Angelegenheiten heraushalten sollte. Doch unter seinem bohrenden Blick konnte sie nur leise ergeben seufzen. „Ja."

Das Eingeständnis überraschte sie, nicht, weil sie es endlich sich selbst gegenüber zugegeben hatte, sondern weil sie es einem Mann gesagt hatte, bei dem sie noch immer nicht sicher war, ob er wusste, was wahre Liebe eigentlich war.

„Ah." Charles stützte seine Ellbogen auf die Armlehnen, verschränkte die Hände und ließ sein Kinn auf den beiden aufragenden Zeigefingern ruhen. „Das macht es nur komplizierter."

Julias Magen drehte sich. „Dann stimmt es also", sagte sie mit einem erneuten flauen Gefühl. „Alles, was ich erfahren habe."

„Ja, es stimmt." Er runzelte die Stirn. „Reyes hat es dir nicht gesagt?"

„Nein." Sie drückte die Hand auf ihre Brust, als könne sie so das wilde Pochen ihres Herzens stoppen. Es half nichts, ihr Herz raste weiter. „Wie … wie lange haben sie sich gekannt?" brachte sie über die Lippen.

„Nicht lange. Drei Monate."

„Kendricks hat gesagt, du wolltest nicht, dass irgendjemand von ihrer Beziehung erfuhr." Der Grund dafür war für sie nicht erkennbar. „Stimmt das?"

„Ja."

„Aber warum? Welchen Unterschied …"

„Weil ich wütend war!" Er schlug mit den Handflächen auf die Armlehnen und sprang aus seinem Stuhl auf. „Ich war wütend darüber, dass sie ihr Leben für den ersten Mann wegwerfen wollte, dem sie begegnete. Ein Mann, den sie kaum kannte." Er atmete tief durch, als bereite er sich auf etwas vor, was er nur schweren Herzens aussprechen konnte. „Ein Kubaner", sagte er schließlich.

Julia saß fassungslos da. Diskriminierung war eine Schwäche, die sie nicht mit dem beliebten Exgouverneur in Verbindung gebracht hätte. Charles Bradshaw hatte die letzten vierzig Jahre Geld für die weniger Betuchten – darunter viele Einwanderer aus Mittelamerika – gespendet, damit sie ein besseres Leben führen konnten. Im Amt hatte er sich für höhere Löhne und bessere Lebensbedingungen eingesetzt, und im Gegenzug hatte sich die hispanoamerikanische Bevölkerung hinter ihn gestellt, seinen Namen bei politischen Veranstaltungen gerufen, gedrängelt und geschoben, um seine Hand schütteln und sich bei ihm persönlich bedanken zu können. So ernst es ihm damit aber auch gewesen war, hatte Charles offenbar entschieden etwas dagegen, dass seine Tochter einen Exil-Kubaner heiraten wollte.

Er ging zum Fenster und schwieg eine Weile. Seine Finger, die er hinter dem Rücken verschränkt hatte, bewegten sich unablässig.

Als er wieder sprach, war seine Stimme ruhiger. „Als Sheila mich von New York aus anrief und mir sagte, dass sie einen Mann kennen gelernt hatte, den sie heiraten wollte, dachte ich, das sei nichts weiter als die Schwärmerei eines jungen Mädchens. Das geht vorüber, sagte ich mir. Als ich erkannte, dass sie es ernst meinte, versuchte ich, mit ihr zu reden. Ich sagte ihr, sie sei zu jung, zu impulsiv. Sie hat nur gelacht und gesagt, sie sei einundzwanzig Jahre alt und wisse, was sie mache. Weil ich nichts weiter davon hören wollte, beendete ich das Gespräch an diesem Punkt. Ein paar Wochen später rief sie wieder an, mit einer neuen schockierenden Nachricht. Sie war schwanger. Ich war außer mir vor Wut. Ich sagte ihr, sie wisse gar nichts über Steve Reyes, außer dass er irgendein Reporter war. Vielleicht war er nur hinter ihrem Geld her."

„Steve macht sich nichts aus Geld", konterte Julia, verstummte aber sofort wieder. Warum verteidigte sie ihn? Den Mann, der sie belogen und benutzt hatte?

„Das weiß ich inzwischen auch." Charles lachte traurig auf und drehte sich zu ihr um. „Glaub mir, ich habe innerhalb weniger Tage die Erfahrungen eines ganzen Lebens gemacht."

Er sprach weiter in diesem flachen, monotonen Tonfall, der so untypisch für ihn war. „Ich stellte ihr ein Ultimatum. Ich sagte ihr, sie solle heimkommen, ansonsten würde ich sie enterben."

„O Charles." Der Gedanke, dass sich ein Vater aus irgendeinem Grund von seinem Kind abwenden könnte, ging über Julias Fassungsvermögen hinaus.

Ihr missbilligender Tonfall ließ Charles ein paar Mal nicken. „Ich weiß, ich hätte das nicht sagen sollen. Ich habe dafür teuer bezahlt." Er blickte in die Ferne. „Ein paar Tage später war sie tot."

Sein Schmerz war so offensichtlich, dass sich Julias Herz ungewollt verkrampfte. „Das tut mir Leid, Charles."

„Es muss dir nicht Leid tun. Ich bin an jeder quälenden Minute meiner Trauer selbst schuld. Ich hätte nie den Mann angreifen dürfen, den sie liebte. Dadurch habe ich sie nur völlig von mir entfremdet." Mit erhobenem Kopf sah er Julia in die Augen. „Ich bin vielleicht ein erfolgreicher Politiker gewesen, aber als Vater war ich ein völliger Versager. Ich habe meine Kinder geliebt, aber ich wusste nicht, wie ich es ihnen zeigen sollte, zumindest nicht auf die Art, die sie erwarteten. Ich wollte, dass sie erfolgreich wurden, stattdessen habe ich sie unterdrückt. Ich habe eines meiner Kinder gezwungen, das Zuhause zu verlassen. Und meinem anderen Kind habe ich es unmöglich gemacht, irgendetwas anderes zu sein als das, was ich wollte."

Er ging hinüber zum Kamin und berührte das gerahmte Foto einer fröhlichen, lächelnden Sheila. „Ich konnte mich nicht mal bei ihrer Beerdigung richtig verhalten."

„Wie meinst du das?" fragte Julia leise.

„Steve kam zum Friedhof, wie ich es auch erwartet hatte. Also bat ich Garrett, ein paar Wachen am Tor aufzustellen. Als Steve auftauchte, haben sie ihn aufgefordert zu gehen."

Irgendwie konnte sich Julia nicht vorstellen, dass sich Steve anstandslos wegführen ließ. „Und das hat er mitgemacht?"

„Er tat es für Sheila, damit es bei ihrer Beerdigung nicht zu einer Szene kommen konnte. Damit hatte ich auch gerechnet und genau das ausgenutzt." Er betrachtete weiter das Bild seiner Tochter. „Er hat sie mehr geliebt, als ich es jemals getan habe", murmelte er.

Und er liebt sie immer noch, dachte Julia, die sich elend fühlte. Sonst hätte er mir die Wahrheit gesagt. Ihr Blick verschwamm, als ihr Tränen in die Augen schossen.

Schließlich wandte sich Charles von Sheilas Bild ab und drehte sich um. „Was hat dieser Mann an sich, dass sich gleich zwei Bradshaw-Frauen so hoffnungslos in ihn verlieben?"

Julia bemerkte mit einem spürbaren Ruck, der ihren Körper durchfuhr, dass er sie zum ersten Mal als eine Bradshaw bezeichnet hatte.

Ihm musste das auch aufgefallen sein, da sein Blick plötzlich milder wurde. „Vielleicht", sagte er sanft, „kannst du mit ihm reden und versuchen, diese Sache aus der Welt zu schaffen …"

„Oh, ich werde zu Hause sofort mit ihm reden, Charles. Das kannst du mir glauben."

Sie freute sich nicht darauf, nach Hause zu kommen. Sie war nicht mal sicher, was sie Steve sagen sollte oder wie er reagieren würde. Würde er die Wahrheit sagen? Oder würde er lügen? Er wird bestimmt lügen, dachte sie. Für manche Menschen war eine Lüge immer die einfachste Lösung.

Und Steve war so gut darin.

33. KAPITEL

Als jemand wütend gegen seine Zimmertür hämmerte, stand Steve vom Schreibtisch auf und öffnete. Mit zornigem Blick stürmte Julia an ihm vorbei.

„Wann wolltest du es mir sagen?"

Er musste nicht fragen, wovon sie sprach. Ein Blick in ihr Gesicht genügte, um zu wissen, dass sie die Wahrheit erfahren hatte. „Wie hast du davon gehört?"

„Macht das etwas aus?"

„Nein, aber ich hätte es dir lieber selbst gesagt."

Sie schnaubte verächtlich. „Und warum hast du's nicht gemacht?"

„Ich war noch nicht bereit", sagte er ausweichend.

„Also hast du gelogen." Sie stellte sich vor ihn und ließ ihn ihre ganze Wut spüren. „Du hast mich glauben lassen, dass du nur nach Monterey gekommen bist, um den Mord an meinem Exmann zu untersuchen ..."

„Das ist wahr."

„Ach, hör doch auf. Ich bin nicht dumm. Vielleicht ein wenig leichtgläubig, wie du vor nicht allzu langer Zeit selbst gesagt hast, aber nicht dumm. Du bist aus einem einzigen Grund hergekommen. Du wolltest nach den Männern suchen, die Sheila getötet hatten. Du wolltest dich an McDermott und seinen Fanatikern rächen." Sie war nahezu außer Atem, schaffte es aber noch, eine letzte Bemerkung auf ihn abzufeuern. „Und du hast mich dafür benutzt."

Hinter ihrem Zorn erkannte er den Schmerz, und es tat ihm weh, sie seinetwegen so leiden zu sehen. In der Hoffnung, sie wenigstens lange genug zu besänftigen, um ihr alles zu erklären, wollte er sie berühren. Doch als sie seine Fingerspitzen auf ihrem Arm spürte, zuckte sie zurück, als hätte sie sich verbrannt.

„Fass mich nicht an!“

Er zog seine Hand zurück. „Ich wollte dir nie wehtun, Julia.“ Plötzlich wurde er von der Angst erfüllt, sie zu verlieren.

„Ach ja?“ Sie hob trotzig das Kinn. „Hast du dich darum nachts unbewaffnet auf McDermotts Grundstück geschlichen, obwohl du verdammt genau gewusst hast, dass er dich hätte erschießen können? Hast du auch nur einen Moment lang daran gedacht, was es für mich bedeutet hätte, dich zu verlieren?“ Ihre grünen Augen, die eben noch wutentbrannt gefunkelt hatten, wurden mit einem Mal eiskalt. „Hat dich das überhaupt interessiert?“

Er sagte nichts. „Du musst nicht antworten, weißt du? Und weißt du auch, warum?“ Sie kam auf ihn zu und blieb nur Zentimeter von ihm entfernt stehen. „Weil dich in dem Moment außer Sheila überhaupt nichts interessiert hat.“

„Sheila ist tot.“

„Nein, ist sie nicht. Das hast du in der Nacht bewiesen, als du dein Leben aufs Spiel gesetzt hast, um ihren Tod zu rächen.“

„Ich wollte, dass ein Mörder seine gerechte Strafe bekommt.“

„Du wollest, dass *Sheilas* Mörder seine gerechte Strafe bekommt.“

„Hör auf, mir Sheila vorzuhalten!“ Als Julia sich abwandte, packte er sie an den Schultern und riss sich zu sich herum. „Du bist die Frau, die ich liebe, verdammt!“ Dann erklärte er mit gesenkter Stimme: „Nur du. Wenn du mir nichts anderes glaubst, dann glaub mir das.“

Sie wand sich aus seinem Griff. „Ich habe schon vor langer Zeit aufgehört, an Märchen zu glauben.“ Die Verbitterung in ihren Worten versetzte seinem Herzen einen erneuten Stich. „Heute glaube ich nur noch an Fakten. Fakt Nummer eins, und darüber komme ich am schwierigsten hinweg: Du hast mich angelogen.“

„Ich wollte es sagen, wenn ich dazu bereit war."

„Fakt Nummer zwei: Du hast mich benutzt. Du hast meine Gefühle für dich ausgenutzt und mir Informationen entlockt. Und ich war so dumm und habe es nicht gemerkt."

„Ich wollte dich vor einer Mordanklage bewahren."

„Fakt Nummer drei", fuhr sie unbeirrt fort. „Du hast mich verdächtigt, ich hätte meinen Exmann umgebracht." Ihr Tonfall wurde sarkastisch. „Hast du vielleicht auch noch geglaubt, ich wäre die Anführerin von *Gleic Éire?* Das wäre doch gar keine so lächerliche Vermutung, nicht wahr, Steve? Bestimmt nicht, wenn du mich sowieso schon für eine Mörderin gehalten hast."

„Ich habe dich nie für eine Mörderin gehalten. Ja, ich war anfangs auch ein wenig misstrauisch, und ich schätze, dass ich damit keine Spur besser bin als jeder andere in der Stadt. Bloß hätten die es besser wissen müssen, weil sie dich kannten. Ich kannte dich nicht."

Julia war mit einem Mal todmüde und trat einen Schritt zurück. „Ich werde mich nicht von deinen Lügen umstimmen lassen", sagte sie. „Und auch nicht verzaubern. Nie wieder." Sie holte tief Luft. „Ich möchte, dass du deine Sachen nimmst und verschwindest."

„Julia, hör mir zu." Er packte sie wieder an den Schultern und hielt sie fest. „Es tut mir Leid, dass ich dir nicht die Wahrheit gesagt habe. Ich wusste nicht, wie ich es machen sollte. Und du hast Recht, das ist keine Entschuldigung. Ich wollte dich nicht täuschen, Darling. Ich habe nichts gesagt, weil Sheila Teil meiner Vergangenheit war. So wie die Tatsache, dass Paul dich geschlagen hatte, Teil deiner Vergangenheit war."

„Ich habe dir alles darüber erzählt, ich habe mich dir offenbart!"

„Weil die Zeit dafür gekommen war." Er rüttelte sie sanft, damit sie ihm in die Augen sah. „Wie viele Menschen wissen, was Paul dir angetan hat? Wie vielen hast du es erzählt? Und ich meine damit nicht den Arzt, den du in Santa Cruz aufgesucht hast."

Stur blickte sie zur Seite.

Wieder rüttelte er sie. „Wie viele?"

Sie seufzte. „Meine Mutter", antwortete sie widerwillig. „Du, und mittlerweile Charles."

„Nicht Penny? Oder Frank?"

Sie schüttelte den Kopf und weigerte sich, ihm in die Augen zu sehen.

„Und warum nicht?" bohrte er nach.

Sie sagte nichts.

„Dann sage ich dir, warum", fuhr er ruhig fort. „Weil diese Phase in deinem Leben so schmerzhaft und so persönlich war, dass du nicht darüber reden konntest, nicht mal mit deinen beiden engsten Freunden. Habe ich Recht?"

„Lass mich los", war das Einzige, was sie erwidern konnte.

„Du weißt, dass ich Recht habe, Julia. Warum ist es dann für dich so schwer zu verstehen, dass es mir genauso gehen könnte?"

„Weil mein Schweigen über das, was Paul getan hat, niemanden wehgetan hat. Aber dass du nichts von Sheila gesagt hast, hat mir wehgetan."

Seine rechte Hand ließ ihre Schulter los und legte sich auf ihre Wange. „Es tut mir Leid, dass ich dir wehgetan habe. Das habe ich nicht gewollt." Als das Schweigen zu unerträglich wurde, sagte er. „Ich liebe dich, Julia. Gib mir nur die Chance, es dir zu beweisen."

Seine Worte hatten die Wirkung einer eiskalten Dusche. Sie zog sich zurück. „Das hat Paul auch immer gesagt", flüsterte sie. „Ich habe den Fehler gemacht, ihm zu glauben. Aber ich werde diesen Fehler nicht wiederholen."

„Verdammt, Julia, ich bin nicht Paul!“ brüllte er. „Geht dir das nicht in den Kopf?“

„Du hast deine Chance gehabt“, sagte sie, ging zur Tür und öffnete sie. „Du hast es vermasselt.“ Mit einer Hand auf dem Türgriff drehte sie sich um. „Ich fahre jetzt zu Penny. Wenn ich wiederkomme, möchte ich, dass du verschwunden bist.“

Dann ging sie, ohne sich noch einmal umzusehen.

„Ich bin das Gesetz! Du bist verhaftet!“

Beim Klang der tiefen, befehlenden Stimme ließ Coop fast seine Kaffeetasse fallen. „Was zum Teufel …“, begann er und wirbelte herum.

Andrew warf den Kopf nach hinten und lachte lauthals, während er mit dem Finger auf seinen dreißig Zentimeter großen Spielzeugroboter zeigte. „Das war der Mächtige Zokor, Grandpa. Der hat dich aber erschreckt, was?“

Coop streckte sich. „Nichts kann einen Green Beret erschrecken, Junge. Wir sind viel zu hart.“

Mit der Kaffeetasse in der Hand ging Coop zum Spieltisch, wo Zokor stand und unbesiegbar und furchtlos aussah mit der Weltraumwaffe in einer Hand, einem roten schillernden Licht im Helm und einem Raketenwerfer auf dem Rücken. Auf dem Tisch verstreut lag ein halbes Dutzend Mikrokassetten.

„Zokor ist härter als alle anderen, Grandpa“, sagte Andrew stolz. „Er muss nur seine Gürtelschnalle berühren, und schon wird eine Granate abgeschossen.“ Prompt führte Andrew das auch vor, woraufhin eine Granate von der Größe einer Olive durch das Zimmer flog.

„Außerdem kann er durch Feuer gehen. Und es macht ihm nichts aus, wenn man mit Kugeln und Raketen auf ihn schießt.“ Andrew betätigte einen anderen Knopf, sofort begann Zokor langsam und steif loszulaufen, während er eine Reihe von Befehlen sprach.

„Hmm", murmelte Coop. „Kein Wunder, dass man ihn als mächtig bezeichnet." Er zeigte auf die Kassetten. „Und was ist das?"

„Sechs Zokor-Abenteuer." Er öffnete eine kleine Klappe auf der Rückseite des Roboters, nahm eine der Kassetten und legte sie ein. „Jede Kassette ist zehn Minuten lang und erzählt eine andere Geschichte", erklärte Andrew. „Die hier heißt ‚Zokor gegen die Invasoren'. Das ist meine Lieblingsgeschichte."

Er senkte den Kopf und wirkte auf einmal traurig.

„Was ist los, Junge?" fragte Coop vorsichtig.

Andrew begann, die Kassetten auf dem Tisch ohne System hin- und herzuschieben. „Mein Dad hat mir Zokor gekauft, und er hat mir versprochen, dass wir uns zusammen die Kassetten anhören. Aber dann ist er gestorben."

Coops Herz verkrampfte sich. Dieser Schmerz, den Andrew erlebte, musste das sein, was auch Jordan durchgemacht hatte, als er ihn vor so vielen Jahren verlassen hatte. „Ich sage dir was", schlug er mit heiserer Stimme vor. „Warum hören wir beide uns nicht deine Lieblingskassette an? Jetzt gleich?"

Andrews Gesicht strahlte. „Wirklich, Grandpa?"

Coop lachte. „Aber nur wenn du mir versprichst, dass du danach gleich ins Bett gehst."

„Versprochen."

„Ich komme mir so dumm vor", sagte Julia und wischte mit dem Handrücken ihre Tränen ab. „Da sitze ich hier und heule wegen eines Mannes. Ich kann mich nicht daran erinnern, wann mir das zum letzten Mal passiert ist."

„Das liegt daran, dass es so wenige Männer gibt, für die es sich lohnt zu heulen", sagte Penny wissend. Sie nahm den *Monterey*

Herald von Franks Sessel und setzte sich, um Julia anzusehen. „Aber Steve ist anders. Und ich finde, dass er die Tränen wert ist." Sie senkte den Kopf und versuchte, Julia in die Augen zu sehen. „Und vielleicht ist er es ja wert, dass du ihm vergibst?"

Julia schniefte. „Du bist schon immer so weich gewesen."

„Ach, und du etwa nicht?" spottete Penny. „Komm schon, wem willst du hier was vormachen? Vergebung ist dein zweiter Vorname."

„Diesmal nicht."

„Warum nicht?"

„Er hat mich angelogen, Penny. Immer wieder, eine Lüge nach der anderen, ohne auch nur mit der Wimper zu zucken. Wie soll ich ihm jemals wieder vertrauen?"

„Indem du dich in seine Lage versetzt, die Situation von seiner Seite aus betrachtest und verstehst, warum er so gehandelt hat. Sheila ist seine Vergangenheit", fuhr sie behutsam fort. „Du bist seine Zukunft. Warum kannst du dich nicht darauf konzentrieren, anstatt dir von diesem Widerling namens Kendricks das Beste zerstören zu lassen, was dir jemals widerfahren ist?"

Das Klingeln ihres Mobiltelefons ließ Julia aufschrecken. Sie griff in ihre Handtasche, holte das Telefon heraus und klappte es auf. „Hallo?"

„Hi, Mom."

Andrews fröhliche Stimme brachte sie erneut an den Rand der Tränen. Wie sollte sie ihm erklären, dass Steve aus der „Hacienda" ausgezogen war und sich am Morgen wahrscheinlich auf den Weg zurück nach Florida begeben würde?

„Wie gehts dir, Schatz?"

„Toll", sagte Andrew begeistert. „Ich habe einen Kondor gesehen, Mom! Er ist direkt über mich weggeflogen. Und heute Abend haben wir draußen Hamburger gemacht."

„*Wir?*“ neckte Julia ihn. „Du meinst, du hast beim Zubereiten geholfen? Das ist ja was ganz Neues.“

„Grandpa hat gesagt, dass ein guter Soldat lernen muss, alles zu können.“

„Hat er dir auch gesagt, dass ein guter Soldat ins Bett geht, wenn es Zeit dafür ist? *Deine* Bettzeit ist nämlich schon längst vorüber.“

Sie hörte ihn kichern. „Das kommt dadurch, dass wir uns noch ein paar von Zokors Kassetten angehört haben. Wir haben sogar noch eine Kassette gefunden“, sagte er aufgeregt. „Die hat unter den Batterien gesteckt.“

„Noch eine Kassette? Das ist komisch, ich dachte, Zokor hätte nur sechs Kassetten. Was ist denn da drauf?“

„Ich weiß nicht. Wir wollten sie abspielen, aber sie passt nicht.“

„Lass deinen Großvater mal einen Blick auf die Kassette werfen“, sagte Julia und dachte daran, wie sehr Coop es liebte, sich mit solchen Dingen zu beschäftigen. „Ich bin sicher, dass er weiß, was da nicht stimmt.“

„Er hat es schon versucht, aber es geht nicht. Er sagt, die Kassette ist ein Stückchen zu groß.“

Julia hörte Andrew gähnen. „Okay, Sweetheart, das wärs dann. Gib mir einen Kuss und dann ab ins Bett. Morgen ist ein großer Tag, Grandpa bringt dich zurück nach Hause.“

„Ja, und er hat mir davon erzählt, wie Steve die ganzen Verbrecher gefangen hat.“ Seine Stimme verriet, wie stolz er war. „Er ist cool, was?“

„Ja, Darling“, sagte sie, außerstande, ihm den Spaß mit dieser schlechten Nachricht zu verderben. „Er ist sehr cool.“

Nachdem Julia das Gespräch beendet hatte, klappte sie das Telefon zusammen und steckte es zurück in ihre Handtasche.

„Ich habe es nicht übers Herz gebracht, von Steve zu erzählen“, sagte sie.

„Das war auch gut so.“ Penny nahm ihre Kaffeetasse. „Klingt so, als würde er sich mit Coop gut amüsieren.“

Julia lachte. „Er hat seinen Großvater völlig um den kleinen Finger gewickelt. Er hat ihn sogar dazu gebracht, sich mit ihm diese Kassetten von seinem Roboter Zokor anzuhören.“

„Das habe ich mitbekommen.“ Penny nahm einen Schluck Kaffee. „Was war das mit der zusätzlichen Kassette?“

„Keine Ahnung. Er und Coop haben unter den Batterien noch eine Kassette gefunden, und als sie sie abspielen wollten, hat sie nicht gepasst. Komisch.“ Sie zuckte mit den Schultern. „Na ja, wahrscheinlich ist es irgendein Produktionsfehler. Das bekommen wir schon hin, sofern ich mich daran erinnern kann, wo Paul den Roboter gekauft hat.“

Aus dem hinteren Teil des Hauses hörte Julia einen Wecker summen und sah auf.

„Frank hat in dieser Woche wieder die Nachtschicht“, sagte Penny seufzend. „Der Ärmste hat so schwer gearbeitet, ich kann kaum das Monatsende abwarten. Der Captain hat ihm vier freie Tage am Stück versprochen.“ Ihre Augen nahmen einen verträumten Ausdruck an. „Vielleicht können wir irgendetwas Romantisches unternehmen. Vielleicht nach San Francisco fahren, oder in eine von diesen extravagant teuren Anlagen, wo man nur Kaninchenfutter vorgesetzt bekommt und den ganzen Tag nackt durch die Gegend läuft.“

Zum ersten Mal, seit sie Penny kannte, beneidete Julia sie um ihr Glück. Einen Augenblick lang war ein solches Glück auch für sie in Reichweite gewesen. Aber der Augenblick war verstrichen, und sie war wieder alleine.

„Ich mache mich jetzt besser auf den Weg“, sagte sie, bevor

sie erneut in Selbstmitleid versinken konnte. „Ich habe morgen Nachmittag wieder einen Kochkurs und muss noch den Tisch richten."

„Warum wartest du nicht noch einen Moment? Frank will dir bestimmt auch Hallo sagen."

Als er nach ein paar Minuten noch nicht aufgetaucht war, gab Julia Penny einen Kuss auf die Wange. „Er ist wahrscheinlich spät dran. Grüß ihn von mir."

Penny brachte sie zur Tür. „Wirst du wenigstens über das nachdenken, was ich dir gesagt habe?"

Da gibt es nichts nachzudenken, überlegte Julia. Sie hatte gesagt, was zu sagen war. Ihre wunderschöne Romanze war vorüber. „Danke für deine Schulter", sagte sie und beschloss, keine konkrete Antwort zu geben. „Das habe ich einfach gebraucht."

Dann winkte sie und ging zur Tür hinaus.

Als Coop sicher war, dass Andrew schlief, schlich er sich ins Wohnzimmer und rief Steve auf dessen Mobiltelefon an.

„Tut mir Leid, dass ich so spät noch störe", sagte er, als der Reporter antwortete. „Aber besteht die Chance, dass du zur Hütte kommen könntest und einen Kassettenrekorder mitbringst?"

„Einen Kassettenrekorder? Wozu?"

„Vielleicht ist es nichts", sagte Coop, während er Andrews Roboter betrachtete. „Aber heute Abend haben Andrew und ich uns ein paar von den Kassetten angehört, die in diesem Zokor abgespielt werden. Dabei haben wir eine zusätzliche Kassette gefunden, die unter den Batterien steckte."

Steves Stimme wurde schärfer. „Was für eine Art von Kassette war es?"

„Ich weiß nicht. Auf den ersten Blick hat sie ausgesehen wie die anderen, aber dann habe ich gemerkt, dass sie etwas größer war. Als ich sie abspielen wollte, hat sie nicht gepasst. Spike hat einen Kassettenrecorder hier, aber da passt sie auch nicht. Ich brauche etwas in der Größe eines Diktiergeräts."

„Meinst du, das könnte Jordans Kassette sein?"

„Es würde Sinn machen, Steve. Paul hat Andrew Zokor und die sechs Kassetten ein paar Tage vor seinem Tod geschenkt. Es wäre ein Leichtes für ihn gewesen, eine Kopie vom Originalband zu machen und sie im Roboter zu verstecken. Das Teil war so gut wie unsichtbar."

„Wenn das Einkaufszentrum noch geöffnet ist, sollte das mit dem Diktiergerät kein Problem sein", sagte Steve.

Coop hörte, wie Steve ein Blatt Papier abriss.

„Erklär mir den Weg zur Hütte."

Coop saß auf der Terrasse in Spikes altem, knarrenden Schaukelstuhl und atmete tief die kühle, frische Luft ein, während er die Sterne betrachtete. Ab und zu drang der grelle Schrei eines Luchs durch die Nacht und erinnerte ihn daran, dass die Hütte zwar nur eine Dreiviertelstunde von Monterey entfernt, aber mitten in einem Wildgebiet lag.

Instinktiv wanderte seine Hand zu seiner Hosentasche, in der er das Band versteckt hatte, nachdem Andrew eingeschlafen war. Durch den Stoff konnte er die leichte Beule fühlen. War er zu optimistisch, wenn er glaubte, dass er Jordans Kassette gefunden hatte? Oder lag er mit seiner Vermutung richtig?

Der Gedanke, dass Paul Zokor nur gekauft hatte, um belastendes Material zu verstecken, und dass er dadurch das Leben seines eigenes Sohns in Gefahr brachte, ließ Coop wünschen, er hätte den Bastard selbst umgebracht.

Ein leises Knistern, das man verursacht, wenn man auf trockenes Laub tritt, ließ ihn aufhorchen. Das konnte nicht Steve sein, dafür war es viel zu früh. Was dann? Ein Tier? So nah an der Hütte?

Mit allen Sinnen in höchster Alarmbereitschaft stand er auf und ließ den Schaukelstuhl gegen die Wand stoßen. Seine Augen spähten in die Finsternis. „Spike?“ rief er. „Bist du das, Kumpel?“

Als er das Geräusch wieder hörte, erkannte er, dass es sich hinter ihm befand. Bevor er sich aber umdrehen konnte, traf ihn etwas am Hinterkopf.

Mit einem erstickten Fluch sackte Coop zu Boden.

34. KAPITEL

Zu Hause angekommen, stellte Julia fest, dass ihr Heim mit einem Mal zu groß, zu kalt und zu leise war, obwohl sie von allen Dingen umgeben war, die sie liebte.

Wider besseren Wissens ging sie in Steves Zimmer. Er hatte die Tür offen gelassen, und als sie eintrat, verursachte der vertraute Geruch seines After Shave einen Stich in ihrem Herzen.

Das Zimmer war so aufgeräumt und sauber wie an dem Tag, an dem sie es ihm gezeigt hatte. Es war so, als wäre er niemals hier gewesen.

Das Telefon auf dem Nachttisch wirkte auf sie wie ein Magnet. Wenn sie es wollte, konnte sie sehr schnell herausfinden, wo er abgeblieben war. Vermutlich war er ins Monterey Arms gezogen, jenes große und recht bequeme Motel am Stadtrand. Oder er hatte sich für eines der malerischen Gasthäuser oder Motels entlang der Cannery Row entschieden.

Wenn sie es wollte. Aber sie wollte es nicht.

Während sie auf den Schreibtisch starrte, an dem er so oft gesessen hatte, um seine Artikel zu schreiben, kamen ihr die Worte in den Sinn, die er während ihres Streits gesagt hatte: „*Du bist die Frau, die ich liebe. Nur du. Wenn du mir nichts anderes glaubst, dann glaub mir das.*"

War sie ihm gegenüber zu hart gewesen? Zu unerbittlich? Ja, sie hasste Lügen. Sie hasste sie noch mehr, wenn sie von jemandem kamen, den sie liebte. Eine Lüge war ein Verrat, so einfach war das.

Oder vielleicht doch nicht?

„*Versetz dich in seine Lage.*" Das hatte Penny ihr eindringlich gesagt. Aber das hatte sie nicht tun können. Sie war zu wütend gewesen, zu sehr hatte die Gewissheit sie getroffen, dass er Sheila noch immer liebte.

Sie spürte, dass ihr die Tränen kamen, und verbannte die Gedanken aus ihrem Kopf, schloss die Tür und ging nach unten.

Auf dem Küchentresen wartete das Willkommensgeschenk für Andrew, ein Kirschkuchen. Die Heimkehr ihres Sohnes war das Einzige, was jetzt noch zählte.

Ihr noch immer verschwommener Blick blieb an dem kleinen gelben Regenmantel haften, der an der Hintertür hing. Sie lächelte. Gott, wie sehr hatte sie ihren Jungen vermisst, die abendlichen Machtkämpfe, wenn er ins Bett sollte, seine Zahnlücke, wenn er grinste, die Art, wie er ihr heute von der rätselhaften Kassette erzählt hatte, die ihm und Coop aufgefallen war.

Plötzlich versteifte sie sich. Die rätselhafte Kassette. Bislang war diese Formulierung nur benutzt worden, wenn es um Jordans fehlendes Band ging.

Während ihr ein fast unglaublicher Gedanke durch den Kopf jagte, schnappte Julia nach Luft. Nein, das konnte nicht sein. Nicht in Andrews Roboter. Paul hätte nie …

O Gott.

Plötzlich ergriff Panik von ihr Besitz. Paul hatte Andrew den Roboter als Wiedergutmachung geschenkt, weil er seinen letzten Besuchstag vergessen hatte. Das war am 23. Mai gewesen, nur drei Tage vor seiner Ermordung.

Sie versuchte, Ruhe zu bewahren, als sie nach dem schnurlosen Telefon auf dem Schreibtisch griff und Spikes Nummer in der Hütte eintippte. Als sie ein Besetztzeichen hörte, schrie sie frustriert auf. Mit wem sollte Coop um diese Zeit telefonieren?

Sie wählte neu, weil sie befürchtete, sich vertippt zu haben, doch die Leitung war abermals besetzt. Sie würde fünf Minuten warten und es dann noch einmal versuchen.

Ein Gefühl des Unbehagens machte sich kurz in ihr breit. Den Blick auf die Wanduhr über dem Schrank gerichtet, zählte sie die

Sekunden, griff aber schon nach drei zermürbenden Minuten wieder nach dem Hörer.

Immer noch besetzt.

Das ergab keinen Sinn. Nur sie und Steve kannten die Nummer. Und Steve würde um diese Zeit nicht anrufen. Vielleicht hatte Coop bei ihm angerufen, oder er hatte über Nacht ausgehängt. Sie hätte Steve anrufen können, aber sie wollte nicht den Eindruck erwecken, dass sie ihm möglicherweise nachlief oder seine Hilfe nötig hatte.

Ein fürchterlicher Gedanke ging ihr plötzlich durch den Kopf.

Was, wenn Coop wieder getrunken hatte?

Sie schämte sich für dieses Misstrauen gegenüber ihrem Vater und versuchte, den Gedanken zu vertreiben. Es wollte ihr einfach nicht gelingen. Spike war schon immer ein standfester Trinker gewesen, und daher hatte er auch einen gut sortierten Vorrat in der Hütte. Was, wenn Coop ohne den Rückhalt der Anonymen Alkoholiker der Versuchung erlegen war?

Ohne zu zögern, nahm Julia ihre Tasche und ihre Schlüssel vom Schreibtisch und rannte aus dem Haus.

Steve hatte es gerade noch rechtzeitig zum Del Monte Shopping Center geschafft. Ein paar Minuten später, und die Elektrohandlung wäre geschlossen gewesen.

Jetzt saß er im Landrover, das Diktiergerät auf dem Beifahrersitz, und nahm sein Telefon, um in der „Hacienda“ anzurufen. Ob Julia auf ihn wütend war oder nicht, sie würde dabei sein wollen. Vielleicht würden fünfundvierzig Minuten Fahrt bis zu Spikes Hütte ihnen die Gelegenheit geben, weiterzureden und Klarheit zu schaffen. Eines war auf jeden Fall sicher: Er würde sie nicht so leicht aufgeben.

Er erreichte aber nicht Julia, sondern hörte nur die Ansage auf ihrem Anrufbeantworter. Nach einem Blick auf die beleuchtete

Uhr im Armaturenbrett runzelte er die Stirn. Zehn Uhr. Würde sie so früh zu Bett gehen? Oder hörte sie seinen Anruf mit und wollte nicht mit ihm reden?

Leise fluchend trat er aufs Gaspedal und fuhr Richtung Via del Rey.

Von den Laternen im Hof abgesehen, war das Gasthaus dunkel, als Steve eintraf. Und die Garage, in der Julia ihren Volvo abstellte, war leer. *Wo zum Teufel sollte sie um diese Uhrzeit sein?*

Anstatt lange zu überlegen, eilte Steve die Stufen hinauf und klingelte Sturm. Als nichts geschah, klingelte er wieder und hämmerte mit dem Türklopfer auf das Holz. „Julia!“

Er wartete eine volle Minute, und als nichts geschah, ging er zurück zum Wagen.

Während er sich auf die Unterlippe biss und mit den Fingern ungeduldig auf das Lenkrad trommelte, versuchte er, sich keine Sorgen zu machen. Es konnte ein Dutzend Gründe geben, warum sie nicht zu Hause war. Vielleicht war sie bei ihrer Mutter. Oder bei Penny.

Penny! Natürlich. Warum hatte er nicht eher daran gedacht? Er nahm sein Mobiltelefon und rief die Auskunft an, um Pennys Nummer zu bekommen.

Die nahm nach dem dritten Klingeln den Hörer ab und sagte schlaftrunken: „Hallo?“

„Penny, hier ist Steve“, sagte er, während er Mühe hatte, seine Besorgnis zu verbergen. „Ich suche Julia, hast du sie gesehen?“

Sie war mit einem Mal hellwach. „Sie war hier, aber sie ist vor einer Stunde nach Hause gefahren. Sie wollte für den Kurs morgen alles vorbereiten.“

Er fühlte Unruhe in sich aufkeimen. „Sie ist nicht hier. Und ihr Wagen auch nicht. Könnte sie bei ihrer Mutter sein?“

„Das glaube ich kaum.“ Die Beunruhigung in Pennys Stimme

trug nicht dazu bei, seine Nerven zu besänftigen. „Sie weiß, dass sich Grace früh schlafen legt. Hast du versucht, sie auf dem Mobiltelefon zu erreichen?"

Er gab sich im Geiste einen Tritt, weil er die Nummer nicht notiert hatte. „Gib mir ihre Nummer, Penny."

Steve notierte sie auf der Rückseite einer Tankquittung, versprach Penny, sie sofort zurückzurufen, sobald er Julia gefunden hatte, dann beendete er das Gespräch. Er blickte kurz zur „Hacienda", dann tippte er die Ziffern ein und atmete erleichtert auf, als Julia sich meldete.

„Wo zum Teufel steckst du?" war das Einzige, was er herausbrachte.

„Was geht dich das an?"

Ihr scharfer Tonfall schmerzte, aber jetzt war keine Zeit, um sich zu bemitleiden. „Dein Vater hat mich angerufen", sagte er. „Er glaubt, dass er Jordans Band gefunden hat und …"

„In Andrews Roboter?" Der Zorn war völlig aus ihrer Stimme verschwunden. „O Gott, dann stimmt es."

„Woher weißt du das?"

„Andrew hatte angerufen und mir erzählt, dass er und Coop eine Kassette unter den Batterien entdeckt hatten. Ich habe erst später zwei und zwei zusammengezählt, als mir einfiel, dass der Roboter ein Geschenk von Paul war. Er hat ihn ihm drei Tage vor seinem Tod geschenkt." Sie machte eine Pause. Als sie weitersprach, war ihre Stimme wieder von Sorge geprägt. „Ich habe mehrmals versucht, meinen Vater anzurufen, aber es war immer besetzt. Ich bin jetzt gerade auf dem Weg zur Hütte."

Steve klemmte das Telefon zwischen Kopf und Schulter, schaltete die Innenbeleuchtung ein und holte die Karte aus dem Handschuhfach, die er bei seiner Ankunft in Monterey gekauft hatte. „Wo bist du jetzt, Julia?"

Er erwartete fast, dass sie ihn zur Hölle wünschte, aber das war nicht der Fall. „Ich bin gerade von der 101 in westlicher Richtung auf die Route 18 abgebogen“, sagte sie nach kurzem Zögern. „Ich schätze, dass ich bis zur Hütte noch etwa eine halbe Stunde brauche.“

Mit dem Finger verfolgte Steve die Strecke. „Okay, ich fahre jetzt ab.“ Er wendete den Landrover. „Unterwegs ist nicht viel los, also sollte ich ziemlich schnell da sein.“

„Steve?“ Ihre Stimme bebte. „Du glaubst doch nicht, dass ... etwas passiert ist, oder? Ich meine, ich habe jetzt bestimmt noch vier Mal angerufen, aber es ist noch immer besetzt.“

Das machte ihm auch Sorgen. Coop würde nicht den Hörer danebenlegen. Er wusste, dass er unterwegs war und möglicherweise nach dem Weg fragen würde. Das konnte er ihr aber nicht sagen, erst recht nicht in ihrer momentanen Verfassung. „Vielleicht hat er den Hörer ausgehängt“, sagte er so überzeugt, wie es nur ging. Als er dann bemerkte, was ihr wirklich Sorgen machte, fügte er hinzu: „Er hat nichts getrunken, Julia. Er hat mich erst vor ein paar Minuten angerufen und war völlig nüchtern.“

Er hörte sie erleichtert aufatmen. „Danke, Steve.“

Nachdem sie aufgelegt hatte, rief er Hammond zu Hause an.

„Sie können einem so richtig schön auf die Nerven gehen, Reyes, wissen Sie das?“ murmelte der Detective. „Was ist denn jetzt schon wieder los?“

Steve hatte sich in den vergangenen drei Wochen an Hanks ruppige Art gewöhnt und ignorierte sie einfach. Mit wenigen, präzisen Sätzen ließ er ihn wissen, was Coop ihm gesagt hatte, dann fügte er an: „Julia versucht seit einer halben Stunde, ihren Vater zu erreichen, aber es ist ständig besetzt. Sie macht sich Sorgen, und ich ebenfalls. Coop würde nicht den Hörer danebenlegen, wenn er weiß, dass ich anrufen könnte, um nach dem Weg zu fragen.“

Am anderen Ende der Leitung war ein Seufzen zu hören. „Okay, okay, wo ist diese verdammte Hütte?“

Coop kam langsam zu Bewusstsein. Sein Gesicht ruhte auf einer Lage Piniennadeln. Vorsichtig fasste er sich an den Hinterkopf und stöhnte leise auf, als er einen stechenden Schmerz spürte.

Zum Glück hatte der Schlag ihn nicht frontal getroffen, so dass er keine ernsthaften Verletzungen hatte verursachen können. Allerdings war er kräftig genug gewesen, um ihn außer Gefecht zu setzen.

Als er sich sicher genug fühlte, um aufzustehen, hielt er sich am Geländer der Terrasse fest und zog sich hoch.

Von dieser Stelle aus konnte er in die Hütte sehen, er erkannte den Kamin, in dem ein paar Scheite glühten, die mit Holz verkleideten Flächen, das braune Sofa und die Sessel.

Zokor stand auf dem Spieltisch, wo Andrew ihn zurückgelassen hatte. Rund um den Roboter verstreut lagen die sechs Kassetten.

Ein Mann in dunkler Hose und schwarzem Parka durchsuchte leise und methodisch jeden Winkel im Zimmer. Auch wenn die rechte Hand zum Teil verdeckt war, konnte Coop erkennen, dass sie eine Pistole hielt.

Gerade drehte sich der Eindringling um, doch noch bevor sein Gesicht komplett zu sehen war, brachte sich Coop in Sicherheit.

Der Mann war Frank Walsh.

35. KAPITEL

Vom wilden Pochen in seiner Brust überwältigt, stand Coop wie angewurzelt da, ohne aus dem einen Sinn machen zu können, was er gerade gesehen hatte. Wenn sich auf dem Band, nach dem alle suchten, Informationen über *Gleic Éire* befanden, und wenn McDermotts Neffe tatsächlich der Mann war, der Julia überfallen hatte, was machte dann Frank hier?

Darauf gab es nur eine Antwort.

Das Band enthielt *nichts* über *Gleic Éire,* sondern belastendes Material gegen Frank. Irgendwie hatte er herausbekommen, dass das Band in Andrews Roboter versteckt war. Und er war hergekommen, um es sich zu holen.

Die Erkenntnis akzeptierte er nur widerwillig.

Frank hatte Paul umgebracht.

Und er hatte es Julia ausbaden lassen.

„Dreckskerl." Coop wollte in die Hütte gehen, um den jüngeren Mann bis zur Bewusstlosigkeit zu prügeln oder es zumindest zu versuchen.

Ein Schwindelgefühl bremste ihn. Er lehnte sich gegen das Geländer und wartete, dass sich vor seinen Augen nichts mehr drehte. Dadurch sah er sich gezwungen, seine Vorgehensweise zu überdenken. In seinem Zustand konnte er kaum wie Dirty Harry in die Hütte stürmen und darauf hoffen, einen Mann zu besiegen, der dreißig Jahre jünger war und eine Waffe hatte.

Und ganz gleich, wie groß seine Wut war, so galt Andrew in dem Moment die höchste Priorität. Er musste den Jungen rausholen. Sobald Frank klar war, dass sich das Band nicht in der Hütte befand, würde er nach ihm, Coop, suchen, weil er es haben musste.

Er hatte zwei Möglichkeiten: Entweder tat er so, als sei er noch bewusstlos, damit Frank das Band finden und entkommen konnte. Oder er würde das Band behalten, Andrew holen und versuchen, die Flucht zu ergreifen.

Die erste Option würde sicherstellen, dass Andrew und er überleben würden, es sei denn, Andrew wachte auf, wie es in den letzten drei Nächten der Fall gewesen war. Wenn er Frank sah, würde der Detective keine andere Wahl haben, als sie beide zu erschießen. Dazu durfte es nicht kommen.

Die zweite Möglichkeit war ebenfalls riskant. Viel hing davon ab, wie schnell er es in Andrews Schlafzimmer schaffen würde, um ihn herauszuholen. Coop tastete seine Taschen ab und fluchte leise, als er merkte, dass sich seine Wagenschlüssel in der Hütte befanden. Damit war die schnelle Flucht mit seinem Buick ausgeschieden. Er und Andrew müssten sich in den Wald zurückziehen und hoffen, dass Frank ihnen nicht folgte.

Angesichts der Tatsache, dass Andrew in den letzten Nächten immer um diese Zeit aufgewacht war, schien ihm der zweite Weg der weniger riskante zu sein.

Also gut, Sergeant. Genug geredet, los gehts.

Sein Überlebenstraining aus Army-Zeiten trat im gleichen Moment wieder in Aktion, als er sich geduckt bewegte, damit man ihn vom Fenster aus nicht sehen konnte. Rasch und ohne einen Laut lief er den schmalen Weg entlang, der zur Rückseite der Hütte führte. Das Fenster zu Andrews Zimmer war zwar geschlossen, aber nicht verriegelt.

Er setzte seine Fingerspitzen unter dem Rahmen an und versuchte, das Fenster hochzuschieben, musste aber leise fluchend einsehen, dass Zeit und Wetter das alte Holz verzogen hatten. Außerdem fürchtete Coop, dass das Quietschen zu laut sein könnte. Nach einigen Versuchen gab es aber endlich nach, sodass er es weit genug öffnen konnte, um hineinzuklettern.

Andrew hatte das Bettlaken weggetreten und wälzte sich hin

und her, was Coop in der Überzeugung stärkte, die richtige Entscheidung getroffen zu haben.

Er wusste, dass sie keine Zeit zu verlieren hatten, und packte Andrews Steppjacke, Strümpfe und Schuhe, die er neben sein Bett gestellt hatte, in den Matchbeutel des Jungen. Er legte sich den Tragegurt der Tasche über die Schulter, nahm den Jungen mitsamt Bettzeug in den Arm und verließ das Zimmer auf dem Weg, auf dem er hereingekommen war.

Als Coop über die Fensterbank kletterte, begann sich Andrew zu regen. „Grandpa?"

„Sscht. Ruhig", flüsterte Coop, als er auf den Wald zulief, der nur ein paar Meter von der Hütte entfernt anfing. „Wir spielen ein Spiel, einverstanden?"

Andrew befreite einen Arm aus der Decke und rieb sich die Augen. „Was für ein Spiel? Warum trägst du mich?"

„Damit wir schneller weiterkommen."

Plötzlich wurde die Hintertür der Hütte aufgerissen, und Franks Silhouette war im Lichtschein deutlich zu sehen. Coop fluchte stumm. Der Detective musste sie gehört und erkannt haben, dass sie beide weggelaufen waren.

„Hey!" rief Andrew. „Das ist Onkel F..."

Coop legte die Hand auf Andrews Mund. Sie waren für Frank vielleicht nicht mehr zu sehen, aber damit nicht unbedingt auch weit genug entfernt, um nicht mehr gehört zu werden. „Sscht", machte er wieder, während sie sich tiefer in den Wald begaben. „Wir wollen nicht, dass er uns hört."

Aus der relativen Sicherheit des dichten Waldes sah Coop, wie sich Frank mit der 38er in der Hand von einer Seite zur anderen drehte. „Coop!" brüllte er. „Ich weiß, dass du da draußen bist, Mann. Du willst bestimmt nicht, dass ich dich suchen komme."

Andrew war inzwischen hellwach und wand sich so sehr, dass

Coop ihn absetzen musste. „Was ist mit Onkel Frank los?“ fragte er und blinzelte Coop an. „Warum ist er so böse? Warum antwortest du ihm nicht?“

Coop glaubte nicht, dass der Junge ihm die Geschichte mit dem Spiel noch abnahm, dafür war er zu aufgeweckt. „Ich erzähle es dir nachher“, sagte er, um Zeit zu gewinnen. „Ich möchte, dass du deine Jacke und deine Schuhe anziehst, damit wir losgehen können.“

„Wohin gehen wir?“

„Nach Hause.“ Er deutete auf die Kleidung, die er aus dem Matchbeutel geholt hatte. „Komm, Andrew, beeil dich.“

Wir nehmen den Wanderweg, beschloss Coop, den einzigen auf dieser Seite des Bergs.

Ob Frank ihnen folgen würde, war nicht sicher. Auch wenn er als Kind ein paar Mal mit Jordan hergekommen war, kannte er das Gebiet nicht so gut wie er selbst. Auf der anderen Seite konnte er es sich nicht leisten, sie beide entkommen zu lassen, da er sich zu erkennen gegeben hatte.

Coop hielt die Lichtung unter ihnen genau im Blick. Der Detective lief im Kreis umher und sah von Zeit zu Zeit in ihre Richtung. Solange er nichts anderes unternahm, würden sie hier bleiben. Wenn er ihnen folgen sollte, würden sie sich auf den Weg zum Pass machen.

Er mochte nicht an Steve denken, der in Kürze eintreffen musste, und daran, was geschehen würde, wenn der Reporter plötzlich Franks Waffe auf sich gerichtet sähe. Im Moment war Andrew der Einzige, um den er sich zu sorgen hatte, niemand sonst.

Plötzlich legte Frank die Hand an den Mund und rief: „Weglaufen bringt nichts, Coop. Du wirst in diesem Gebirge sterben. Willst du das? Willst du, dass du zusammen mit Andrew stirbst? Wenn nicht, dann tu, was ich sage!“

„Klar“, murmelte Coop leise. „Als ob wir bei dir sicherer wären.“

Andrew hörte auf, seinen Schuh zuzuschnüren. Mit großen Augen sah er Coop an. „Werden wir sterben, Grandpa?“

„Auf keinen Fall, Junge.“

Andrew stand auf. „Ich will zurück in die Hütte“, sagte er wehleidig. „Ich will zu Onkel Frank.“

Coop konnte es ihm nicht verübeln. Andrew kannte Frank sein ganzes Leben lang, und im Augenblick erschien alles angenehmer als dieser kalte dunkle Wald.

Coop zog den Matchbeutel zu und sah wieder zur Lichtung. Frank hatte sich nicht von der Stelle gerührt. „Wir können nicht zur Hütte zurückgehen, Andrew.“

„Warum nicht?“

Coop überlegte, wie er dem Jungen die Wahrheit am schonendsten beibringen konnte, fand aber keine Lösung. Der Gedanke, ihm in die unschuldigen Augen zu sehen und ihm zu sagen, dass der Mann, den er so liebte und dem er vertraute, seinen Vater getötet hatte und nicht zögern würde, auch ihn zu ermorden, bereitete ihm Magenschmerzen. Lieber würde er sich einem Rudel wilder Tiere stellen, als seinem Enkel das anzutun.

„Andrew, hör mir zu“, sagte er behutsam. „Ich weiß, dass du viele Fragen hast, und ich weiß, dass du Angst hast …“

„Ich habe keine Angst.“

Coop lächelte. „Gut, das ist nämlich auch nicht nötig. Ich bringe dich heil nach Hause, und du wirst deinen Freunden im Sommerlager eine Wahnsinnsgeschichte erzählen können.“

Andrew sah ihn weiter an, woraufhin er anfügte: „Ich wünschte, ich könnte dir mehr sagen, Junge, aber es ist sehr kompliziert, und ich möchte, dass dir deine Mutter alles erklärt. Im Moment musst du mir einfach vertrauen. Kannst du das?“

Andrew nickte, zwar nicht sehr überzeugt, doch er nickte.

„Gut. Dann mach jetzt deine Jacke zu, es wird kalt."

„Wie lange brauchen wir denn, bis wir zu Hause sind?" fragte Andrew, während er zusammenpackte.

Coop wünschte sich, die Antwort darauf zu wissen. Sie hatten keine Nahrung, kein Wasser, keine Arzneimittel, keine Waffen, um sich zu beschützen. Zum Glück verdeckte in dieser Nacht nicht eine Wolke den Mond. So würde er wenigstens genau wissen, wohin sie sich begaben. „Nicht sehr lange", sagte er und hätte sich gewünscht, seinen eigenen Worten zu glauben.

Plötzlich zerriss ein langgezogenes, gequältes Heulen die Nacht.

Unter ihnen auf der Lichtung machte Frank vor Schreck einen gewaltigen Satz. Im gleichen Moment klammerte sich Andrew an Coops Hüfte fest.

„Was war das, Grandpa?"

„Nur ein Luchs, kein Grund zur Sorge", erwiderte er und legte eine Hand auf Andrews Kopf. „Er hat mehr Angst vor dir als du vor ihm."

Wieder sah er zur Hütte. Frank hatte sich offenbar entschieden, da er mit entschlossenen Schritten auf den Wald zuging.

Er folgte ihnen.

Coop bemühte sich, seiner Stimme keine Angst anmerken zu lassen, nahm den Jungen wieder an die Hand und sagte in spielerischem Tonfall: „Bereit, Soldat?"

Andrew seufzte. „Ich glaube schon."

„Dann wollen wir mal."

Auch wenn Julia es nicht hätte zugeben wollen, empfand sie etwas weniger Angst, da sie wusste, dass Steve unterwegs war. Seit sie auf den steilen Weg zum Pass eingebogen war, hatte sie keine Menschenseele mehr gesehen, während die Landschaft finster und verlassen erschien. Zum Glück war es eine sternklare Nacht, sodass sie die Straßenschilder und markante Punkte gut erkennen konnte, die sie noch aus ihrer Kindheit kannte. Ansonsten wäre sie vermutlich Gott weiß wo gelandet.

Sie verfluchte die sich windende Straße, die es ihr nicht ermöglichte, schneller als knapp fünfzig Stundenkilometer zu fahren. Sie umklammerte das Lenkrad und zwang sich, ruhig zu bleiben. Wenn sie jetzt durchdrehte, würde das niemandem helfen. Doch allem guten Zureden zum Trotz schnürte ihr die Angst von Zeit zu Zeit die Kehle zu und erstickte sie fast. Lass es ihm gut gehen, betete sie.

Im Lichtkegel der Scheinwerfer tauchte plötzlich das Verkehrsschild für Spurrillen auf. Sie lenkte hastig, begann zu rutschen, bekam den kräftigen Wagen aber wieder unter Kontrolle. *Ruhig, altes Mädchen.*

Als die hell erleuchtete Hütte in Sichtweite kam, sprach sie noch ein Stoßgebet. Bitte, lieber Gott, lass Andrew nichts zugestoßen sein.

Mit wild pochendem Herz brachte sie den Volvo gleich neben Coops Buick zum Stehen und sprang aus dem Wagen. „Dad!“ rief sie, als sie nach drinnen lief. „Andrew!“

Sie blieb abrupt stehen und erstarrte. Die Hütte war durchsucht worden. Kissen lagen auf dem Boden, Andrews Roboter stand auf dem Spieltisch, die sechs Kassetten lagen verstreut um ihn herum. In der Küche waren die Schränke ausgeräumt worden, ebenso Coops Angeltasche.

Übelkeit ergriff von ihrem Magen Besitz. „O mein Gott! Andrew!“

Sie stürmte ins erste Schlafzimmer, warf einen Blick auf das leere Bett und das offen stehende Fenster und fühlte sich kraftlos. Obwohl ihre Beine sie kaum noch tragen wollten, eilte sie ins zweite Schlafzimmer. Dort war das Bett nicht berührt worden.

Das Schlagen einer Tür ließ sie herumschnellen. „Dad!“ Sie rannte nach draußen, während Tränen der Erleichterung über ihr Gesicht liefen.

Sie traf aber nicht auf Coop, sondern stieß stattdessen mit Steve zusammen.

„Sie sind weg“, schrie sie sofort und klammerte sich an seiner Lederjacke wie an einer Rettungsleine fest.

Steve sah zu Coops Wagen. „Was meinst du damit, dass sie fort sind?“

„Irgendjemand war hier! Die Hütte ist auf den Kopf gestellt worden, und jetzt sind Coop und Andrew verschwunden. Sein Bett ist völlig leer, und Dad hat gar nicht erst in seinem Bett geschlafen.“ Sie drückte ihren Kopf an seine Brust. „Irgendwas ist ihnen zugestoßen.“

Steve legte seine Arme um ihre Schultern und drückte Julia kurz an sich, dann ging er in die Hütte, um sich dort umzusehen. „Reg dich nicht auf“, sagte er und nahm sie wieder in die Arme. „Coop würde es nicht zulassen, dass Andrew irgendwas zustößt.“

„Wen rufst du an?“ fragte sie, als er sein Telefon aus der Tasche zog.

„Hammond. Er ist auf dem Weg hierher. Hank“, sagte er und hielt das Telefon so, dass sie das Gespräch mit verfolgen konnte. „Coops Wagen ist hier, aber er und Andrew sind weg. Die Hütte ist durchsucht worden. Außerdem parkt so etwa fünfzehn Meter den Weg hinunter ein Wagen, den ich aber nicht erkennen konnte.“

Julia sah zu ihm auf.

„Sehen Sie ihn sich an“, wies Hammond ihn an. „Brechen Sie ihn notfalls auf, aber finden Sie auf jeden Fall heraus, wem er gehört. Dann rufen Sie mich wieder an.“

„Welcher Wagen?“ fragte Julia, als Steve das Gespräch beendet hatte. „Ich habe keinen Wagen gesehen.“

„Du hast auch nicht nach einem Wagen Ausschau gehalten.“ Er nahm ihre Hand. „Komm, wir sehen ihn uns mal an.“

Sie hatten die schwarze Limousine schnell erreicht, als Julia abrupt stehen blieb und Steves Arm umklammerte. „Das ist Franks Lexus“, flüsterte sie.

„Bist du sicher?“ Noch während sie nickte, öffnete er die Beifahrertür, die nicht verschlossen war, und fand im Handschuhfach eine kleine Ledermappe.

„Das darf doch nicht wahr sein.“ Verständnislos sah Steve zu Julia. „Was um alles in der Welt macht er hier? Und warum versteckt er seinen Wagen?“

„Ich weiß nicht, er sollte eigentlich im Dienst sein.“

„Weiß er von der Kassette, die Andrew gefunden hat?“

„Ich wüsste nicht, wie er …“ Sie drückte ihre Hände auf die Brust und weigerte sich, den wahnsinnigen Gedanken zu akzeptieren, der sich ihr aufdrängen wollte. „Ich habe Penny davon erzählt. Frank war nicht dabei, er … er war irgendwo hinten im Haus. Er machte sich für seine Spätschicht bereit.“

Er könnte mich gehört haben, wurde ihr klar. Darum war er auch nicht nach vorne gekommen, um sie zu begrüßen.

Sie betrachtete den Wagen, der weit zwischen die Büsche gefahren worden war. Er kannte die Hütte und ihre Umgebung so gut wie sie. Als Kind war er mit ihr und Jordan öfter hier her hergekommen.

Nein. Sie schüttelte den Kopf. Nicht Frank. Nicht ihr bester Freund auf der ganzen weiten Welt. Nicht der Mann, dem sie ihr Leben anvertraut hätte.

„Er war es“, flüsterte sie. „Es war Frank.“

Sie weigerte sich, das Schlimmste anzunehmen, und sah Steve

an. „Er würde Andrew nichts antun. Egal, aus welchem Grund er was auch immer gemacht hat, er … er würde Andrew nichts antun."

Steve sah hinauf in den dunklen, unheimlichen Wald. „Es könnte sein, dass er Andrew nicht mal hat."

„Wie kommst du darauf?"

„Weil sein Wagen noch hier ist. Und Coops Wagen ebenfalls. Außerdem fehlt Andrews Bettwäsche."

Sie konnte ihm nicht folgen, zu viele Gedanken gingen ihr durch den Kopf. „Und?"

„Ich glaube, Coop hat mit Andrew die Hütte verlassen, bevor Frank ihr Verschwinden bemerkt hat."

„Und wo ist dann Frank?"

„Vielleicht ist er ihnen gefolgt." Sein Blick schweifte umher und versuchte, die Dunkelheit zu durchdringen. „Die drei können irgendwo da oben sein. Coop und Andrew versuchen zu entkommen, und Frank hofft, dass er sie einholt." Er sah zu Julia. „Gibt es hier einen Wanderweg?"

Sie nickte und deutete nach oben. „Neben dem Zeichen dort. Er führt hinauf zur Bergkuppe und danach hinunter zum Crystal Lake."

Steve klappte sein Mobiltelefon auf und rief wieder Hammond an. Julia stand dicht neben ihm und hörte, wie der Detective beim ersten Klingeln ans Telefon ging. „Hammond."

„Sie werden es nicht glauben, Hank", sagte Steve. „Der Wagen gehört Frank Walsh."

„Oh, Scheiße."

„Wir brauchen dringend einen Helikopter", fuhr Steve fort. „Alle drei sind zu Fuß unterwegs und können sich praktisch überall befinden."

„Ich habe schon einen angefordert, aber das dauert noch eine

Weile. Jeder Chopper in der näheren Umgebung ist auf dem Weg nach San Luis Obispo, um Flutopfer zu retten."

Steve legte auf. „Hat Charles einen Helikopter?" fragte er Julia.

Sie schüttelte den Kopf. „Ich glaube nicht." Sie überlegte einen Moment lang. „Aber ein paar seiner Freunde bestimmt."

Er reichte ihr sein Telefon.

Während Julia den Anruf erledigte, lief Steve zurück in die Hütte. Ein verschlossener Waffenschrank mit Glasfront hing an einer Wand. In ihm befanden sich sechs Jagdgewehre und mehrere Schachteln Munition.

Er hatte nicht die Zeit, nach dem Schlüssel zu suchen oder das Schloss aufzubrechen, sondern nahm den Schürhaken vom Kamin und schlug die Scheibe ein.

Als das Glas zerbrach, kam Julia verstört in die Hütte gelaufen. „Was …?"

Sie blieb stehen, während Steve eine Remington aussuchte. „Was machst du da?"

Er riss eine Schachtel Munition auf. „Ich folge ihnen. Sieh mal, ob du eine Taschenlampe finden kannst."

Julia lief in die Küche und kehrte Augenblicke später mit einer Lampe zurück, die sie ein- und ausschaltete. „Gott sei Dank, sie funktioniert."

„Gut." Steve steckte die Taschenlampe in seinen Hosenbund, dann klemmte er sich das Gewehr unter den Arm. „Du wartest hier auf Hammond", wies er sie an. „Er kommt mit einem Officer und einem mehrköpfigen Suchteam. Zeig ihnen die Richtung zum Wanderweg."

Mit sorgenvollem Blick fasste sie seinen Arm. „Steve, pass auf dich auf."

„Mache ich. Hast du Charles erreichen können?"

Sie nickte. „Er hat gesagt, er würde so schnell wie möglich einen Helikopter auftreiben, und wenn er einen stehlen muss. Es wird ihm auf jeden Fall gelingen."

Die Bemerkung ließ Steve lächeln. Er beugte sich vor, küsste sie sanft auf den Mund und machte sich dann auf den Weg.

36. KAPITEL

„Andrew, pass auf!"

Coops Warnung kam zu spät. Andrew konnte zwar gerade noch dem tief hängenden Zweig ausweichen, verlor dabei aber den Halt. Als er seinen Sturz mit den Händen abfedern wollte, schrie er laut auf.

Coop eilte zu ihm. „Bist du in Ordnung, Junge?"

„Ich glaube, ich habe mich geschnitten."

Das hatte er tatsächlich, wie Coop grimmig feststellen musste. Ein langer Schnitt klaffte in seiner Handfläche, verursacht durch eine Glasscherbe, die ein gedankenloser Wanderer zurückgelassen hatte. Coop atmete erleichtert auf, als er sah, dass dunkelrotes Blut gleichmäßig aus dem Schnitt austrat. Eine blutende Vene war zwar nicht auf die leichte Schulter zu nehmen, doch die Blutung war viel einfacher zu stoppen als bei einer verletzten Arterie.

Er sah zurück, konnte Frank aber nirgends sehen. Der Trick hatte funktioniert. Als der Polizist Boden gut gemacht hatte, war Coop vor ein paar Minuten nach links vom Weg abgebogen, um einen steileren, aber seltener begangenen Pfad zu nehmen, der zum selben Ziel führte, aber das steil abfallende Gelände umging. Um sicherzugehen, dass Frank auf dem Hauptweg blieb, hatte Coop ihre Spuren mit trockenem Laub bedeckt und darauf gehofft, dass sein Plan erfolgreich war.

„Setz dich hin", sagte er. „Das haben wir gleich."

Mit blassem Gesicht machte Andrew ganz ruhig das, was er ihm sagte. Coop nahm das Bettlaken aus dem Matchbeutel und riss ein Stück ab. Er faltete es mehrmals und drückte es fest auf die Wunde, während er auf Geräusche achtete.

„Das sollte die Blutung stoppen", sagte er zu Andrew und schob den Matchbeutel neben den Jungen, damit der seinen Ellbogen draufstützen konnte. „Hier, leg deinen Arm auf die Tasche, Andrew."

„Und wenn es nicht aufhört zu bluten?"

Der Junge hat immer irgendeine Frage auf Lager, dachte Coop amüsiert. So wie seine Mutter. „Dann machen wir etwas anderes."

„Eine Aderpresse?"

Coop verzog die Mundwinkel. „Woher weißt du was von einer Aderpresse?"

„Mein Freund Jimmy hat sich letztes Jahr im Sommerlager ins Bein geschnitten, und der Arzt hat ihm eine Aderpresse angelegt. Genau hier." Mit der unverletzten Hand zeigte er auf einen Punkt oberhalb des Knies.

„Hat die Blutung aufgehört?"

Andrew nickte.

„Siehst du? Dein alter Grandpa weiß, was er macht." Während er redete, sah er auf und versuchte, die Entfernung abzuschätzen, die sie bis zum Pass noch zurückzulegen hatten. Ein Kilometer? Zwei? Es würde so oder so für Andrew zu viel sein.

Coop steckte das Laken zurück in die Tasche. Vielleicht konnten sie die Nacht hier verbringen. Die Bäume standen dicht genug, und ihre vielen Zweige waren so dick, dass sie sie ausreichend tarnten. Trockenes Laub und Immergrünzweige konnten als Matratze herhalten und würden sie vor dem kalten Boden schützen.

Als er wieder zu Andrew sah, war der Junge bereits eingeschlafen, den Kopf auf den Matchbeutel gelegt.

Damit war die Entscheidung gefallen.

Steve war seit gut fünfzehn Minuten unterwegs, als Julia das unverkennbare Knattern eines Helikopters hörte. Fast im gleichen Moment klingelte ihr Mobiltelefon. Es war Charles.

„Wir sind da, Julia", rief er, um den Lärm zu übertönen. „Viel können wir nicht sehen, aber ich hoffe, dass Coop eine Lichtung findet und uns ein Signal gibt."

Julia sah auf. Der Chopper war unmittelbar über ihr, seine starken Scheinwerfer erhellten das gesamte Gebiet. „Du musst sie finden, Charles", rief sie zurück.

„Das werden wir. Ist die Polizei schon da?"

„Nein, aber Steve hat nicht auf sie gewartet. Er sucht nach Coop und Andrew."

Der Helikopter stieg höher, um den Baumwipfeln nicht zu nahe zu kommen, und Charles' Antwort verlor sich in statischem Rauschen.

Steve folgte unbeirrt dem Verlauf des Wanderwegs und war froh darüber, dass er das Joggen nie aufgegeben hatte. Das regelmäßige Training hatte seine Beinmuskeln gestärkt und gab ihm jetzt das Durchhaltevermögen, das er in bergigem Gelände brauchte. Was Coop und Andrew anging, war er nicht so sicher. Auch nicht, was Frank betraf. Der Mann war in guter Form, begann aber um die Hüfte herum ein wenig aus der Form zu geraten.

Vielleicht würde ihn das nicht so schnell vorankommen lassen.

Nach weiteren fünf Minuten blieb er plötzlich stehen. Vor ihm bewegte sich ein Schatten, und dann sah er sie – eine einzelne Gestalt in dunkler Kleidung, die mühselig weiterkletterte, aber alle paar Sekunden stehen blieb, um Atem zu holen.

Ohne mehr Geräusche zu verursachen als unbedingt nötig, beschleunigte Steve sein Tempo. Als er nur noch gut fünf Meter von dem Mann in Schwarz entfernt war, blieb er stehen.

„Frank!"

Als sich der Mann ruckartig umdrehte, richtete Steve die Taschenlampe auf ihn. In dem grellen Schein wirkte Frank so verängstigt wie ein Tier, das in eine Falle gelaufen war. „Gib auf, Frank, du bist umzingelt."

Aus der Ferne war das rasch näher kommende Geräusch eines Helikopters zu hören. Über Lautsprecher rief eine Stimme die Namen von Coop und Andrew, dann: „Da sind sie!"

Steve atmete erleichtert auf. Coop und Andrew waren gefunden worden.

Als Frank wieder losrannte, eilte Steve ihm nach. Obwohl die Luft sehr kalt war, ließ die Kletterpartie ihn schwitzen und nach Luft schnappen. Über ihm kreiste weiterhin der Helikopter.

„Hör auf zu rennen, Frank", rief er. „Du machst alles nur noch schwieriger!"

Ohne stehen zu bleiben, drehte Frank sich um und begann zu schießen.

Als eine Kugel dicht an Steves Kopf vorbeiflog und mit einem grellen Pfeifen die Luft zerschnitt, stieß er einen Fluch aus. Der Bastard hatte ihn nur knapp verfehlt. Steve hob das Gewehr, zielte auf Frank und betätigte in dem Moment den Abzug, als sein Gegenüber erneut auf ihn schoss.

Der Polizist schrie auf und stürzte zu Boden, während er sein Bein festhielt. Steve rannte zu ihm, nahm die Waffe an sich und steckte sie in den Hosenbund. „Du verdammter Hurensohn", murmelte er, als er neben dem Mann kniete. „Merkst du eigentlich nicht, wenn du keine Chance mehr hast?"

Frank schloss die Augen und lehnte seinen Kopf gegen einen Baum. „Verpiss dich."

„Oh, das werde ich auch, mein Freund. Aber erst übergebe ich dich der Polizei. Wo habe ich dich getroffen?"

„Am Oberschenkel", stöhnte er.

Steve riss das Hosenbein auf und warf einen raschen Blick auf die Wunde. Die Kugel hatte lediglich den Oberschenkel gestreift.

Die Verletzung blutete, aber nicht sehr stark. „Die Kugel hat dich nur leicht gekratzt", sagte er und fand es schwer, Mitgefühl zu zeigen. „Komm schon, steh auf."

Da Frank nicht reagierte, beugte sich Steve über ihn, legte einen Arm um die Hüfte des Mannes und zog ihn hoch. „Entweder du kooperierst", herrschte er Frank an, als der sich wehren wollte, „oder ich zerre dich bis zur Hütte hinter mir her. Du hast die Wahl, Kumpel."

Frank murmelte atemlos etwas Unverständliches, dann begann er, neben ihm her bergab zu humpeln.

Hammond und sein Suchteam waren gerade eingetroffen, als Charles wieder anrief.

Diesmal klang er überglücklich. „Wir haben sie gefunden, Julia! Andrew geht es gut, und Coop ebenfalls."

„Gott sei Dank. Bist du sicher, dass es Andrew gut geht?" fragte sie ängstlich. „Er ist nicht verletzt?"

„Wir haben ihn noch nicht hier. Der Copilot ist gerade auf dem Weg nach unten, um sie zu holen … aber er scheint in Ordnung zu sein. Er und Coop winken uns zu." Durch den Lärm, den der Helikopter verursachte, konnte sie nur die Hälfte von dem verstehen, was Charles sagte. „… bringen sie dann zum Memorial … um sicher zu sein …"

„Kann ich mit Andrew sprechen, Charles? Ist das irgendwie möglich?"

„Warte, hier ist er."

Sie hörte eine Reihe von knarrenden Geräusche und Stimmen. Die Sekunden verstrichen unerträglich langsam. Um sie herum waren die fünf Männer, die jeder ein Gewehr hielten, ruhig geworden und sahen zum Himmel. Der Helikopter war nicht mehr zu sehen, aber immer noch gut zu hören.

Dann hörte sie endlich am Telefon die Stimme, auf die sie so gewartet hatte. „Mommy!"

Die Erleichterung war so immens, dass sie nicht wusste, wie sie es schaffte, sich weiter auf den Beinen zu halten. „Andrew! O Baby, geht es dir gut?"

„Ja, wir haben den Helikopter gehört, und dann hat Grandpa nach einer Stelle gesucht, wo nicht so viele Bäume stehen. Und dann haben wir angefangen zu winken." Sie hörte ihn lachen. „So wie im Film."

Tränen liefen ihr übers Gesicht, aber sie machte sich nicht die Mühe, sie wegzuwischen. „Wo ist Grandpa?"

„Er kommt jetzt rauf. Das war so toll, Mom. Der Mann ist an einem *Seil* runtergekommen! Dann hat er mich genommen und an seinem Gürtel festgemacht, und dann sind wir raufgezogen worden."

Sie atmete erleichtert aus. Für Andrew war die ganze Tortur nichts weiter als ein großes aufregendes Abenteuer gewesen. Aber vielleicht war es das auch wirklich. „Bist du sicher, dass es dir gut geht?" fragte sie nochmals.

„Ja, mir gehts gut." Er klingt so hart, dachte sie. So erwachsen. „Ich habe mich geschnitten, aber darum hat sich Grandpa gekümmert. Wir müssen jetzt los, Mom. Grandpa Charles bringt uns ins Krankenhaus."

„Ich weiß, Darling, ich komme so schnell wie möglich rüber."

„Okay."

Julia legte auf und wandte sich Hammond und den anderen zu. „Sie sind beide wohlauf."

Von ihren Gefühlen endgültig überwältigt, spürte sie, dass sie den Halt verlor. Während sie versuchte, sich an einen Baum zu stützen, war Hammond mit zwei großen Schritten bei ihr und hielt sie fest.

„Ganz langsam", sagte er mit seiner schroffen Stimme. „Alles wird gut werden."

„Steve", murmelte sie. „Er ist da oben, mit Frank."

Hammond schrie bereits seine Befehle, woraufhin drei seiner Männer ihren Verbandskasten aus dem Kofferraum ihres Wagens holten, als plötzlich Steve zusammen mit dem bei ihm untergehakten Frank auftauchte.

„Hey, Detective", rief er. „Sehen Sie mal, was ich gefunden habe."

Fünf sprachlose Männer sahen zu ihm hinauf, während sich das seltsame Paar näherte.

„Er hat eine Schussverletzung am Oberschenkel." Steve ließ Frank herunter, damit der sich setzen konnte. „Nichts Ernstes, aber er blutet."

Während einer der Männer aus dem Suchteam neben Frank niederkniete und sich mit der Wunde befasste, warf Julia sich in Steves Arme. Sie hatte ihn noch nie mehr geliebt, und noch nie war sie ihm dankbarer gewesen. Und nie zuvor hatte sie sich alberner dafür gefühlt, dass sie ihn abgewiesen hatte. Er hatte sein Leben für ihren Sohn aufs Spiel gesetzt. Welchen größeren Liebesbeweis hätte er ihr bieten können? „Bist du in Ordnung?" fragte sie mit erstickter Stimme.

Er nickte. „Andrew?"

„Er und Coop sind in Sicherheit. Sie sind auf dem Weg ins Memorial, damit sie untersucht werden."

Frank saß ein Stück entfernt auf dem Boden, wo seine Verletzung behandelt wurde. Sein attraktives Gesicht hatte einen gequälten Ausdruck, als er Julia ansah. „Ich hätte ihm nichts getan, Jules", sagte er mit gebrochener Stimme. „Ich schwöre dir, ich hätte ihm nichts getan."

Als Frank wieder hochgezogen wurde, legte Hammond ihm

Handschellen an. „Das kannst du dem Richter erzählen", sagte er schroff.

„Nein." Julia hob ihre Hand. „Wenn es Ihnen nichts ausmacht, Detective, würde ich gerne hören, was er zu sagen hat. Jetzt." Sie betrachtete den Mann, den sie immer für ihren besten Freund gehalten hat, und fühlte nichts außer Verachtung. „Du bist Andrew und meinem Vater mit einer Waffe gefolgt. Du hättest sie beide erschossen, und das weißt du ganz genau."

Er sagte nichts.

„Warum hast du das gemacht, Frank?" Sie ging auf ihn zu und war sich bewusst, dass ein Teil von ihr noch immer nicht glauben wollte, dass er ein Mörder war. „Was ist auf dem Band, dass du dafür getötet hättest?"

Frank atmete tief ein. „Paul hatte herausgefunden, dass ich für Vinnie Cardinale arbeitete."

„Du dreckiges Stück Mist", sagte Hammond tonlos. Er riss an den Handschellen, woraufhin Frank zusammenzuckte.

„Woher hast du gewusst, dass Paul dahinter gekommen war?" fragte Steve.

„Er hatte es mir gesagt. Dieser Mistkerl hat mich in sein Haus bestellt, weil er mir etwas sagen wollte. Als ich eintraf, hielt er eine Waffe auf mich gerichtet und zeigte mir Jordans Kassette. Ich habe ihn angefleht, niemandem davon etwas zu sagen. Ich erklärte ihm, Vinnie würde ihm Geld geben, er würde sogar dafür sorgen, dass er gewählt wurde. Er sollte mir nur das Beweisstück geben und den Mund halten."

Nach einem Moment fuhr er fort: „Paul hat mich nur ausgelacht. Er sagte, dass er nach der Erklärung auf der Pressekonferenz ohnehin die Wahl gewonnen haben würde. Er hatte Vinnie nicht nötig." Er hüpfte auf seinem unverletzten Bein. „Und er wollte dich beeindrucken, Julia. Er dachte, wenn er die Mörder deines Bruders entlarvte, würden sich deine Gefühle für ihn wieder ändern."

Frank gab einen verächtlichen Laut von sich. „Er war so sehr damit beschäftigt, selbstherrlich zu sein, dass er gar nicht mitbekam, wie ich auf ihn zustürmte."

Julia fühlte Steves Hand auf ihrer Schulter. Die Berührung schien ihr neue Kraft zu geben. „Und Jordan wusste es die ganze Zeit?" fragte sie.

„Ja, er wusste es. Er kam dahinter, als er sich mit einem alten Drogenfall befasste."

„Und er hat nie etwas davon gesagt?" fragte Hammond ungläubig.

„Er wollte es." Frank sah Julia an. „Er war ein zu guter Bulle, als dass er es nicht gemacht hätte. Ich habe ihn angefleht, den Mund zu halten. Ich habe ihm Geld geboten, alles, was er haben wollte. Aber er hat nichts nehmen wollen. Er war bereit, fünfundzwanzig Jahre Freundschaft einfach wegzuwerfen."

Plötzlich versteifte sich Julia. „Mein Gott", sagte sie atemlos. „Wenn du gewusst hast, dass er dich verraten wollte, dann …"

Entsetzen zeigte sich in ihren Augen, die auf Frank gerichtet waren. „Du hast Jordan umgebracht!" Sie legte ihre Hände vor den Mund.

„Ich habe nicht auf ihn geschossen, Jules. Das haben Vinnies Leute gemacht."

„Vinnie?" wiederholte Steve. „Ich dachte, du und Jordan wärt einem Drogenring auf der Spur gewesen."

„Vinnie hat sich das ausgedacht, um Jordan in das Lagerhaus zu locken." Tränen liefen ihm hemmungslos über die Wangen und hinterließen dunkle Streifen auf seinem verschmutzten Gesicht. „Ich wollte es nicht tun, Jules. Wirklich nicht, glaub mir. Ich habe ihn wie einen Bruder geliebt."

„Du hast ihn umbringen lassen", sagte sie matt. „Du wusstest, dass Vinnies Leute auf ihn gewartet haben. Und du hast ihn in das Lagerhaus gebracht, damit sie ihn abknallen konnten."

„Er wollte mich ans Messer liefern, Julia. Meine Karriere wäre beendet gewesen. Neunzehn Jahre einfach weggeworfen."

„Du Bastard!" Sie riss sich von Steve los und machte einen Satz nach vorne. Bevor er sie zurückzerren konnte, hatte sie dem Detective bereits mehrere Schläge verpasst.

„Hör auf, Julia, er wird schon das bekommen, was er verdient hat."

„Dafür garantiere ich." Hammonds Tonfall war vernichtend. Er nickte einem der uniformierten Polizisten zu. „Wir haben genug gehört. Lesen Sie ihm seine Rechte vor, und dann bringen Sie ihn zum Wagen. Ich bin gleich da."

Noch während Frank fortgebracht wurde, redete er weiter auf Julia ein. „Verachte mich nicht, Julia! Ich bin doch immer für dich da gewesen. Ich habe die Waffe in Ediths Garten vergraben, damit sie dich in Ruhe lassen. Ich hätte es nicht zugelassen, dass sie dich ins Gefängnis stecken, Jules. Das schwöre ich dir!"

„Du hast Edith da mit reingezogen?"

„Ich habe es für dich getan, Julia!"

Julia vergrub ihren Kopf an Steves Brust. Sie wollte nichts mehr hören, sie wollte nur nach Hause. Sie wollte ihren Sohn in die Arme schließen und diesen Albtraum einfach vergessen.

Sie lehnte sich gegen den Mann, der so hart daran gearbeitet hatte, um dem Albtraum ein Ende zu setzen. „Bring mich bitte zum Krankenhaus, Steve. Ich … ich glaube nicht, dass ich fahren kann."

Steve sah zu Hammond, der nickte. „Fahren Sie ruhig los. Einer von meinen Männern bringt Julias Wagen zurück. Ich bin dicht hinter Ihnen. Ich habe einen Mann, der des Mordes angeklagt wird, und eine Frau, die unschuldig im Gefängnis sitzt." Er schüttelte den Kopf. „Zwei irrtümliche Verhaftungen in einem einzigen Fall. Nicht gerade ein Rekord, auf den ein Detective stolz sein kann." Er zuckte mit den Schultern. „Vielleicht wird es Zeit, dass ich in den Ruhestand gehe."

Wenige Minuten später saß Julia im Landrover und starrte stumm aus dem Fenster. Dass Steve ihre Hand hielt, nahm sie kaum noch wahr.

„Was ist, Julia?"

„Penny", flüsterte sie. „Sie wird am Boden zerstört sein. Sie liebt Frank doch so sehr."

Steve drückte ihre Hand. „Du bist für sie da, und du wirst ihr durch diese Situation helfen."

Julia schüttelte den Kopf. „Ich bin nicht sicher, ob ich das kann. Sie konnten keine Kinder haben, weißt du, und Frank war ihr Ein und Alles, der einzige Mann, den sie jemals geliebt hat. Das wird sie sehr schwer treffen."

„Willst du sie anrufen?"

„Das habe ich schon versucht, aber der Anrufbeantworter meldet sich nur. Sie muss zur Polizeistation gefahren sein."

Steve nahm ihre Hand und küsste sie. „Sag mir einfach nur, was ich machen kann, und das mache ich dann, okay?"

Diese Worte, die er mit einer so liebevollen Ehrlichkeit sagte, ließen es ihr warm ums Herz werden. „Okay."

37. KAPITEL

Von einer leichten Gehirnerschütterung und der Empfehlung des Arztes abgesehen, über Nacht zur Beobachtung im Krankenhaus zu bleiben, ging es Coop bestens.

In der Notaufnahme des Monterey County Memorial sah Julia zu, wie der Assistenzarzt, ein junger Mann mit einem einnehmenden Lächeln, Andrews frischen Verband befestigte.

„Dein Großvater hat bei dem Schnitt sehr gute Arbeit geleistet", sagte er zu Andrew. „Das ist schnell wieder verheilt." Er sah zu Charles, der nicht von Andrews Seite gewichen war. „Weißt du, du kannst froh sein, dass du zwei so fantastische Großväter hast."

„Ich weiß." Andrew strahlte Charles an. „Der Helikopterflug war cool, Grandpa. Darf ich wieder mal mit deinem Freund mitfliegen?"

Charles musste lachen. „Ich bin sicher, dass sich das arrangieren lässt." Er blickte zu Julia. „Aber nur, wenn deine Mutter damit einverstanden ist."

Julia nickte kurz und lächelte. Er hatte wirklich in den letzten Tagen viel dazugelernt.

Andrew wandte sich wieder an den Doktor. „Kann Grandpa Coop mit nach Hause kommen?"

„Erst morgen, Andrew. Aber da du jetzt fertig bist, kannst du doch noch zu ihm gehen, bevor er auf die Station verlegt wird, oder? Ich bin sicher, dass er dich gerne sehen würde."

Grace, die Augenblicke zuvor im Krankenhaus eingetroffen war, legte beschützend einen Arm um die Schultern ihres Enkels. „Es wäre vielleicht besser, wenn Andrew nach Hause gehen würde", sagte sie spitz. „Er braucht etwas Ruhe."

Julia nahm ihre Mutter am Arm und zog sie ein Stück mit sich. „Ich glaube, auf ein paar Minuten kommt es jetzt auch nicht mehr an, Mom. Ich hatte übrigens gehofft, dass *du* vor Andrew zu Coop gehen würdest."

„Ich?" Grace riß erschrocken die Augen auf. „Wozu, um alles in der Welt?"

„Willst du ihm nicht dafür danken, dass er Andrew das Leben gerettet hat?" Sie senkte die Stimme. „Tut es dir denn überhaupt nicht Leid, dass du so an ihm gezweifelt hast?"

Als Grace nicht antwortete, schob Julia sie sanft in Richtung Tür. „Geh schon, Mom, du weißt, dass du es willst."

„Das will ich nicht." Ihre Wangen röteten sich. „Na ja ... ich denke, ich könnte ... aber nur für eine Minute."

Lächelnd sah Julia ihrer Mutter nach, als die nun doch den Raum verließ.

Auf der Trage liegend, auf die man ihn beim Eintreffen ins Memorial gebettet hatte, hielt Coop den Atem an, als sich Grace ihm langsam näherte.

Sie ist noch immer eine so hübsche Frau, dachte er, während seine Gefühle ihm die Kehle zuschnürten. Fast so schön wie an dem Tag, an dem er sie geheiratet hatte. Ja, es gab ein paar Falten in dem wunderschönen Gesicht, und sie hatte auch ein paar graue Haare bekommen, aber ihre grünen Augen, die ihm vor vielen Jahren den Kopf verdreht hatten, waren noch genauso strahlend, wie er sie in Erinnerung hatte.

„Hallo Gracie." Es überraschte ihn zutiefst, überhaupt einen Ton herauszubekommen. Und noch mehr überraschte ihn, dass sie ihm antwortete.

„Hallo Coop." In ihrer Stimme war kein Zorn zu hören, nur Traurigkeit – eine Traurigkeit, die *er* verursacht hatte. „Wie fühlst du dich?"

„Jetzt, wo du hier bist, gleich viel besser." Er wusste, dass sie das nicht hören wollte, aber so fühlte er sich, und er musste es aussprechen. „Wie geht es Andrew?"

„Ihm geht es gut. Der Arzt …" Sie machte eine kurze Pause, als sei sie unsicher, ob sie weitersprechen sollte. „Der Arzt hat gesagt, dass die Verletzung viel schlimmer sein könnte, wenn du sie nicht versorgt hättest."

„Andrew war richtig tapfer."

Grace sah auf ihre Hände. „Ohne dich hätte Frank ihn umgebracht."

„Dazu ist es nicht gekommen, Gracie, also mach dir darüber lieber keine Gedanken, einverstanden?"

Sie blickte auf, Tränen standen ihr in den Augen. „Frank hat Jordan getötet", sagte sie mit zitternder Stimme.

Er nickte. „Steve hat es mir erzählt." Er atmete tief durch. „Ich wünschte, ich wäre für euch da gewesen, Gracie. Für Jordan, für Julia und vor allem … für dich."

„Du bist für Andrew da gewesen, das ist das Einzige, was zählt."

Coop sah auf ihre Hände, die sie verschränkt in den Schoß gelegt hatte. Er hätte sie am liebsten genommen und ihr gesagt, wie sehr er sie liebte, dass er nie aufgehört hatte, sie zu lieben, aber sie war schon wieder im Begriff, das Zimmer zu verlassen.

„Ich gehe jetzt besser. Wir brauchen alle etwas Schlaf." Sie biss sich auf die Unterlippe, eine Angewohnheit, die er noch gut in Erinnerung hatte. „Wenn du willst", sagte sie ein wenig unbeholfen. „Ich meine … ich dachte …" Sie räusperte sich. „Möchtest du vielleicht am Sonntag zum Mittagessen kommen? Andrew und Julia werden da sein. Und Steve ebenfalls."

Diesmal versuchte Coop nicht, die Tränen zu unterdrücken, die ihm in die Augen schossen. „Gerne, Gracie." Er schluckte. „Sehr gerne."

Als Julia am nächsten Morgen Pennys leiderfülltes Gesicht sah, nachdem die die Tür geöffnet hatte, musste sie wieder gegen ihre Tränen ankämpfen.

„O Penny."

Mit einem erstickten Schluchzer warf sich Penny ihr an den Hals und weinte hemmungslos. „Ich habe davon nichts gewusst, Julia. Das schwöre ich dir."

„Sscht, ich weiß." Julia legte ihr die Hand auf den Kopf. „Ich weiß das."

„Es … es tut mir so Leid."

„Was Frank getan hat, war nicht dein Fehler, Penny", sagte Julia sanft, während ihre Freundin sie ins Wohnzimmer führte. „Er hat schon immer Geld und schöne Dinge geliebt."

„Ich hätte es wissen müssen." Penny ließ sich auf das Sofa sinken. „Ich bin seine Frau. Ich hätte aufmerksam werden müssen, als er anfing, mir teure Geschenke mitzubringen, und dann erklärte, das Geld sei eine Sonderzahlung. Ich hätte es wissen müssen."

Julia setzte sich neben sie. „Du hast ihm vertraut."

„Wäre ich doch bloß etwas misstrauischer gewesen, dann hätte ich ihn rechtzeitig stoppen können, bevor er …" Sie vergrub ihr Gesicht in ihren Händen. „Oh, Jordan, der arme Jordan."

Julia biss sich auf die Lippe und sah fort. Die Erkenntnis, dass Frank so kalt und berechnend Jordan von Vinnies Leuten hatte erschießen lassen, verletzte sie mehr als alles andere. Sie drei hatten sich so nah gestanden … Sie waren beste Freunde gewesen, Seelenverwandte, Vertraute. Als Frank und Penny geheiratet hatten, waren Jordan und Julia ihre Trauzeugen gewesen. Jeder hätte für den anderen sein Leben gegeben.

Einer von ihnen hatte auch genau das getan.

Aber es war nicht Pennys Schuld. Vorsichtig nahm sie die

Hand ihrer Freundin. „Jordan würde es nicht gefallen, wenn du dir die Schuld gibst."

Penny zog ein Taschentuch aus einer Schachtel auf dem Couchtisch und trocknete ihre Augen. „Nein, das glaube ich auch." Sie sah auf. „Frank hat uns wohl gestern Abend belauscht, darum wusste er von der Kassette."

Julia nickte und sagte ihr, was Detective Hammond später von Frank erfahren hatte. „Er rief auf der Wache an und meldete sich krank, dann fuhr er zur Hütte. Er wusste, dass es irgendwo eine Kopie von dem Band gab, weil Paul ihm das gesagt hatte. Aber erst durch Andrews Anruf ist er so wie ich auf das Versteck gekommen."

Penny sah sie mit verzweifeltem Blick an. „Er hätte doch Andrew nichts getan. Sag mir bitte, dass er Andrew nichts getan hätte."

Julia senkte den Blick, antwortete aber nicht.

„O mein Gott." Penny stand auf und ging zum Fenster. Erst nach einiger Zeit sprach sie weiter. „In der Nacht, in der er Paul umgebracht hat, wollte ich wissen, wohin er ging. Er sagte, er müsse einen kranken Freund besuchen." Ein heftiges Schluchzen ließ ihre Schultern zucken. „Ich habe ihm geglaubt."

„Du hattest keinen Grund, ihm nicht zu glauben."

„Ich habe ihm sogar noch gesagt, er solle seinen Regenmantel anziehen, den mit der Kapuze, weil es so stark regnete."

Darum hat Eleanor ihn mit mir verwechselt, dachte Julia. Durch den Regenmantel mit Kapuze war ihr nicht klar gewesen, dass sie einen Mann in Pauls Haus hatte gehen sehen. Und da für sie ein schwarzer Lexus und ein schwarzer Volvo sich sehr ähnlich sahen, hatte sie nicht den geringsten Zweifel gehabt.

„O Julia", sagte Penny, als sie sich umdrehte. „Wie konnte ich mich in ihm so täuschen?"

„Du hast ihn geliebt", antwortete Julia einfach.

„Ich liebe ihn ja immer noch", sagte sie heftig. „Das wird sich nie ändern, Julia." Sie ging zurück zum Sofa und setzte sich wieder. „Was wird mit ihm geschehen?"

„Hat er dir nichts gesagt?"

Sie schüttelte den Kopf. „Er wollte nicht, dass ich ihn sehe."

„Er schämt sich, Penny. Gib ihm ein paar Tage."

„Er wird einen Anwalt benötigen."

„Ich habe schon mit Michael Runsom gesprochen."

Penny sah sie erschrocken an. „Du hast mit ihm gesprochen? Nach allem, was passiert ist?"

„Ich habe es für dich getan, Penny. Du bist diejenige, um die es jetzt geht."

Penny seufzte. „Ich mache mir solche Sorgen um ihn, Julia." Als würde ihr mit einem Mal bewusst, dass auch andere gelitten hatten, fragte sie: „Wie geht es Andrew?"

„Schon besser. Ich musste ihm die Sache mit Frank erklären. Es ging nicht anders, Penny", fügte sie an, als ihre Freundin die Augen schloss. „Er hätte sonst davon in der Schule gehört."

„Natürlich." Penny begann, an der Umrandung eines kleinen rosafarbenen Kissens zu ziehen, bis plötzlich die Naht aufging. „Wie hat er es aufgenommen?"

„Er war verwirrt, verärgert, verletzt. Er hat viele Fragen gestellt, und ich habe ihm alles beantwortet, soweit ich es konnte."

„Ich hoffe, er hasst mich nicht."

Julia schüttelte den Kopf. „Er könnte dich nie hassen."

„Und Coop?" Sie sah besorgt aus. „Ich habe gehört, dass er verletzt wurde, als Frank … ihn niedergeschlagen hat."

„Er hat eine leichte Gehirnerschütterung und ist die Nacht über im Memorial geblieben, aber es geht ihm gut. Du weißt ja, wie zäh er ist. Jetzt hat er das auch bewiesen." Sie sah auf die Uhr und stand auf. „Ich muss los. Ich möchte Andrew nicht zu lange alleine lassen.“ Sie gab Penny einen Kuss auf die Wange. „Soll ich morgen vorbeikommen?“

Penny schüttelte den Kopf. „Danke, aber ... wenn es dir nichts ausmacht, wäre ich die nächsten Tage lieber alleine. Ich muss ... das alles erst mal verarbeiten und unbedingt ein paar Entscheidungen treffen ...“

„Das verstehe ich. Versprich mir aber, nichts zu überstürzen. Das sagst du mir schließlich auch immer.“

Penny reagierte mit einem schwachen Lächeln. „Ich werde dran denken, versprochen.“

Auf halbem Wege zu ihrem Wagen drehte sich Julia noch einmal um, aber Penny hatte bereits die Tür geschlossen.

Steve und Julia saßen auf der steinernen Bank und tranken Eistee. Ein paar Meter von ihnen entfernt schilderte Andrew Jimmy in allen Einzelheiten, was sich in der Hütte ereignet hatte.

Nachdem er seine Sachen im Monterey Arms abgeholt hatte, war Steve in die „Hacienda“ zurückgekehrt. Julia war sich aber nicht sicher, ob er es für Andrew getan hatte oder ob er wirklich hier sein wollte.

Sie wollte ihm so viel sagen, fand aber nicht die passenden Worte. Was, wenn es für sie beide zu spät war? Was, wenn Penny Recht hatte? Wenn sie wirklich vor ein paar Tagen das Beste weggeworfen hatte, was ihr jemals widerfahren war?

Steve, der von ihrem inneren Ringen nichts bemerkte, deutete auf die beiden Jungs. „Sieh dir nur Andrew an“, sagte er mit einem Anflug von väterlichem Stolz. „Ist es nicht erstaunlich, wie robust dieser Junge ist?“

„Es ist erstaunlich, und dafür bin ich dankbar. Es ist zuerst schwierig für ihn gewesen, die Sache mit Frank zu verstehen.

Aber wir haben uns lange darüber unterhalten, und ich glaube, dass er es verkraftet hat. Außerdem war dein kleines Gespräch unter Männern wohl auch ganz gut", fügte sie hinzu. „Nachdem ich von Penny zurückgekommen war, war er wie ausgewechselt." Sie lächelte. „*Was* hast du ihm gesagt?"

„Eigentlich nicht viel. Ich habe *ihn* reden lassen."

„Na, egal, was du gemacht hast, es hat geholfen. Danke." Nach einer Weile räusperte sich Julia. Jetzt oder nie, dachte sie.

„Steve?"

Er trank einen Schluck Tee und sah weiter den Jungs zu. „Hmm?"

„Ich habe nachgedacht ... ich habe neulich ein paar sehr hässliche Dinge gesagt. Ich meine ... ich habe dich angegriffen, möglicherweise ungerechtfertigt." Sie sah ihn wieder an. Er trank weiter seinen Eistee und hatte den Blick auf Andrew und Jimmy gerichtet.

Er wird mir nicht entgegenkommen, dachte sie bestürzt. Sie würde es ganz allein machen müssen. „Was ich sagen will, ist ... es tut mir Leid." Sie biss sich auf die Lippe. „Ich hoffe, es ist für uns noch nicht zu spät."

Steve nahm noch einen Schluck, während sein sonst so ausdrucksstarkes Gesicht nichts verriet.

„Ich mache mich hier zum Narren, oder?" fragte sie.

Ein noch unerträglicheres Schweigen machte sich breit. „Würdest du bitte irgendwas sagen?" flüsterte sie wütend. „Wenn du nicht glaubst, dass noch etwas zu retten ist, dann sag es mir. Um Gottes willen, sag irgendwas!"

„Ich bin verrückt nach dir."

Ihr Herz machte förmlich einen Salto. „Was?"

„Ich sollte irgendwas sagen, und das habe ich gerade getan." Er drehte sich zu ihr um. Der Blick, den sie in seinen Augen erkannte, ließ sie zittern. „Ich bin verrückt nach dir", wiederholte er. „So sehr, dass ich mir ein Leben ohne dich nicht vorstellen kann. Ich möchte dich in meiner Nähe haben, Julia – bei mir", korrigierte er sich. „Nicht nur als meine Geliebte sondern als ... meine Frau."

Der Druck, der auf ihrer Brust lastete, war nahezu unerträglich. „Ist das ... ein Heiratsantrag?"

Sein Lächeln wurde langsam breiter. „Kommst du damit zurecht?"

„Und du?"

Er nickte. „Oh, ich schon." Im Sonnenlicht leuchteten seine dunklen Augen. „Natürlich müssen wir uns noch über einige Details unterhalten."

„Details?"

„Zum Beispiel, wo wir leben werden. Monterey oder Fort Lauderdale?"

„Oh." Sie unterdrückte ein Grinsen. „Das ist leicht. Ich habe hier mein Geschäft, mein Sohn geht hier zur Schule. Also leben wir in Monterey."

„Aber ich bin der Mann", sagte er todernst. „Und du bist die Frau. Und die Frau macht *immer* das, was der Mann will."

Sie lachte. „Seit wann bist du ein Chauvinist?"

„Seit ich mir vorgestellt habe, wie du dich in einem Bikini auf dem Deck der ‚Time Out' machen würdest."

„Nicht in einem Stringtanga?"

„Nein, da bleibt die Fantasie auf der Strecke."

Der Baseball, den Andrew in die Luft geworfen hatte, während er sich mit Jimmy unterhielt, rollte ihr vor die Füße. Sie nahm ihn und warf ihn zurück. „Ich könnte nicht das ganze Jahr im Bikini rumlaufen. Das wäre schlecht für meine Haut."

„Wie wäre es denn mit ...", er verzog schelmisch den Mund, „... drei Monaten?"

„Drei Monaten?“

Er machte ein ernstes Gesicht. „Wir drei könnten den Sommer in Florida verbringen. Ihr würdet mit mir das Boot bemannen. Und wenn die Schule wieder anfängt, kümmert sich Delgado um das Boot, während wir hierher zurückkommen. Du kannst doch einen Handwerker in Vollzeit gebrauchen, oder? Na, was sagst du zu dieser fabelhaften Idee?“

Sie spürte einen Kloß in ihrer Kehle. „Würdest du das für mich tun?“

Er küsste sie auf den Mund. „Das würde ich. Und noch viel, viel mehr.“

„Und was ist mit der ‚Hacienda‘, wenn wir in Florida sind?“

„Vielleicht könnten wir deine Mutter und Penny bitten, sich darum zu kümmern.“

Eine wundervolle Idee, dachte Julia. Penny würde das lieben, vor allem jetzt, da sie sich auf ein neues Leben ohne Frank einstellen musste.

Sie sah Steve mit verklärtem Blick an. „Sieht aus, als hättest du an alles gedacht.“

„Ich wollte nur nicht, dass du irgendeinen Grund hast, um Nein zu sagen. Und wenn du dir Gedanken darüber machst, was Andrew dazu sagen wird, dass wir heiraten – ich habe ihn schon gefragt. Er ist begeistert.“

„Du hast mit Andrew über uns gesprochen?“

„Natürlich. Du glaubst doch nicht, dass ich dir einen Heiratsantrag machen würde, ohne mich erst mit meinem Kumpel zu besprechen, oder?“

„Seid ihr deswegen heute Morgen zusammen unterwegs gewesen? Um über eine Hochzeit zu sprechen?“

„Nein. Andrew und ich hatten etwas zu erledigen.“

Sofort war ihre Neugier geweckt. „Was denn?“

Steve griff in seine Tasche. „Wir haben Monsieur Garnier besucht."

„Na, ihr beide werdet ja noch richtig gute Freunde." Sie legte den Kopf zur Seite. „Was wolltest du denn diesmal von ihm?"

„Das hier."

Er holte eine kleine Samtschachtel hervor und gab sie ihr.

Mit zitternden Fingern öffnete sie sie. In weißen Satin gehüllt, präsentierte sich ihr der außergewöhnlichste antike Ring – ein kleiner quadratischer Smaragd, der von zwölf Diamanten umgeben war. Sie hatte ihn oft in Monsieur Garniers Vitrine bewundert, und einmal hatte sie ihn sogar anprobiert.

„Woher …" Sie schluckte. „Woher wusstest du, dass ich diesen Ring liebe?"

„Ich wusste es nicht." Er nahm den Ring aus der Schachtel. „Aber ich hatte so ein Gefühl, dass der Franzose etwas Passendes haben könnte. Er hat ihn mir gezeigt und versichert, dass er passen würde, weil du ihn schon einmal anprobiert hattest."

„Ich dachte nicht, dass er sich daran noch erinnern würde. Und dass er ihn überhaupt noch hatte."

„Schicksal, Darling. Daran glaube ich."

Steve nahm ihre linke Hand und schob ihr den Ring auf den Finger. „Na, wer sagts denn? Der Franzose hatte Recht, er passt wie angegossen."

„Er ist wunderschön, aber …" Sie schüttelte den Kopf. „Das ist zu viel."

Er legte einen Finger auf ihre Lippen. „Nein, ist es nicht. Also kein Wort mehr. Außer natürlich das Wort, das ich als Antwort auf meine Frage hören muss." Er sah ihr tief in die Augen. „Willst du mich heiraten, Julia?"

„Sag Ja, Mom! Sag Ja!" Andrew hatte seinen Ball zur Seite geworfen und sprang wie verrückt umher. „Sag Ja, sag Ja!"

Jimmy schloss sich ihm an und gemeinsam riefen sie fröhlich lachend immer wieder diese zwei Worte.

Julia kicherte. „Ich schätze, ich bin zahlenmäßig unterlegen."

„Ich habe noch immer kein Ja gehört", sagte Steve. „Ihr etwa, Jungs?"

„Nein", riefen sie gleichzeitig. „Sag Jja!" brüllten sie weiter.

„Also gut, also gut! Die Antwort ist ja! Ja, ja, j...!"

Der Rest ihres Satzes ging in Jubel und Gelächter unter.

– ENDE –

Sharon Sala

Im Zeichen der roten Rose

Eine dunkle Macht will Gabriel Donner dazu treiben, die Frau zu töten, die er liebt. Verzweifelt kämpft er dagegen an – und kommt einem schrecklichen Geheimnis auf die Spur.

Band-Nr. 25149
7,95 € (D)
ISBN: 3-89941-188-9

MIRA®

Rebecca Brandewyne

Tödliches Labyrinth

Seit ein skrupelloses Konsortium sie um ihr Firmenerbe betrogen hat, will Angelina, dass die ganze Wahrheit ans Licht gelangt. Ihre Stunde scheint gekommen, als sie unter falschem Namen Assistentin bei dem mächtigen Konzernmanager Hawk Bladehunter wird ...

Band-Nr. 25165
7,95 € (D)
ISBN: 3-89941-207-9

MIRA®

Christiane Heggan
Der Duft des Mörders
Band-Nr. 25140
7,95 € (D)
ISBN: 3-89941-179-X

Erica Spindler
Gefangene des Ruhms
Band-Nr. 25151
7,95 € (D)
ISBN: 3-89941-190-0

Erica Spindler
Der Albtraum
Band-Nr. 25169
7,95 € (D)
ISBN: 3-89941-227-3

Tess Gerritsen
Gefährliche Begierde
Band-Nr. 25150
7,95 € (D)
ISBN: 3-89941-189-7

Heather Graham
Unter tausend Monden
Band-Nr. 25166
7,95 € (D)
ISBN: 3-89941-208-7

Heather Graham
Ihr letzter Tanz
Band-Nr. 25130
7,95 € (D)
ISBN: 3-89941-169-2

Heather Graham
Tango mit dem Tod
Band-Nr. 25168
7,95 € (D)
ISBN: 3-89941-226-5

Heather Graham
Das Geheimnis von
Melody House
Band-Nr. 25176
7,95 € (D)
ISBN: 3-89941-234-6